REINO FEROZ

Reino Feroz

Lucía G. Sobrado

Papel certificado por el Forest Stewardship Council®

Primera edición: mayo de 2023

© 2023, Lucía G. Sobrado
Autora representada por Editabundo Agencia Literaria, S. L.
© 2023, A. Wildes, por las ilustraciones de interior
© 2023, Penguin Random House Grupo Editorial, S. A. U.
Travessera de Gràcia, 47-49. 08021 Barcelona

Printed in Spain — Impreso en España

ISBN: 978-84-666-7526-0
Depósito legal: B-5.825-2023

Compuesto en Llibresimes

Impreso en Rotativas de Estella, S. L.
Villatuerta (Navarra)

BS 7 5 2 6 0

Para Nia,
por ser mi compinche de sinsentidos
al más puro estilo del País de las Maravillas

Prólogo

Dentro de mí viven las sombras. De volutas negras que me estrangulan cada vez que abro la boca; sombras que me aprietan las entrañas y me arrastran a un pozo de negrura infinita con regusto a culpabilidad. Y esas sombras que zumban en mi interior se hacen eco de todas mis pesadillas.

En la soledad más absoluta, las sombras se alargan y me engullen, recrean mis mayores temores y los materializan, los hacen tangibles. Me torturan de mil formas agónicas que creo que acabarán conmigo, mostrándome lo que viví con tanta intensidad durante el corto periodo del letargo. Y despejar las sombras cuando estoy solo, cuando no tengo nada a lo que aferrarme para que no me arrastren hacia el abismo más profundo, se me antoja imposible. Es entonces cuando las sombras me empujan a doblegarme a su voluntad, a buscar la manera de arrancarme la piel para que el sufrimiento acabe. Y nunca lo consigo.

Sin embargo, hacer que las sombras se desvanezcan cuando estoy con ella, con la razón de mi existencia, cuando su mera presencia me insufla vida, resulta más sencillo. Solo en esos momentos me siento libre, solo en esos momentos la losa que me lanza hacia abajo constantemente desaparece y me otorga un breve respiro. Porque cuando estoy con ella, las pesadillas se diluyen en el frescor de sus ojos verdes y fieros y no queda espacio para nada más en el mundo. Porque perderme en la inmensidad de su mirada, por emponzoñada que pueda estar, es un millar de veces más placentero que cualquier otro estímulo. Y a pesar de todo lo que nos lleva a chocar, me ahogaría en esos ojos y me despediría de la vida para siempre con tal de no sentir las sombras ni un segundo más.

Dentro de mí habitan muchas sombras. Sombras con formas claras; sombras con formas indefinidas; sombras con mi mismo rostro; sombras con ninguno. Y todas buscan acabar conmigo. Con nosotros. Pero así es como está conformado el mundo de los mentirosos: de luces y sombras.

1

Desearía poder estar recorriendo la distancia hacia la casa de Brianna para llevarle algo de desayunar, como cada mañana, en lugar de permanecer aquí encerrado.

Preferiría mil veces estar hundiendo los pies en las últimas nieves de la temporada en mi trayecto hacia la choza de su abuela, con un hatillo con algo de queso fresco y pan recién horneado, por mucho que no fuese a servir de nada, porque ni siquiera me abre la puerta cuando llamo. Hay ocasiones en las que incluso dudo que esté allí; pienso que quizá se haya ido y abandonado todo lo conocido. Pero entonces, con la frente apoyada en la puerta, oigo su respiración al otro lado de la madera, unas pisadas recelosas o el retumbar de su corazón acelerado cuando me escucha llamarla por el nombre con el que se siente cómoda. Y el nudo de mi garganta se aprieta un poco más.

No habla conmigo, no quiere saber nada de mí, y no la culpo, no después de lo que le hice. Pero si tan solo me diera la oportunidad de explicarle mi historia, qué me llevó a urdir semejante telaraña de mentiras en la que yo mismo me quedé atrapado... Si me permitiese contarle por qué accedí a trabajar para el Hada Madrina, quizá, y solo quizá, la pátina de desconfianza y resquemor que la inunda por dentro se desharía aunque fuera un poco.

No puedo pedirle que me perdone, pese a que eso sea lo que mi instinto me lleve a hacer una y otra vez. Y aun así, tampoco puedo dejar de esforzarme en demostrarle que lo que hubo antes de la dichosa bruma, de los maleficios y de las dictaduras era tan real como el aire que respiramos.

Alguien da un par de palmadas para llamar la atención de los demás y que se acallen los murmullos. Apenas me esfuerzo en alzar la vista para comprobar que se trata de Maese Gato, con esos ojos lechosos y ciegos, la sonrisa sempiterna y de pie frente a la enorme mesa redonda que nos reúne. Suspiro con algo de resignación y levanto la cabeza para centrarme lo mínimo indispensable, a pesar de que lo que me pide el cuerpo es salir de aquí y acudir a mi cita diaria no correspondida con Brianna.

La sala de reuniones del Palacio de Cristal es fría y aséptica, con paredes de vidrio opaco y mobiliario a juego, y me veo rodeado de personas que me achacan la responsabilidad total de la situación. Y yo ni siquiera sé por qué.

La Reina de Corazones me habló a mí claramente, pero no sé qué le hace querer que sea yo en persona el que vaya a buscarlas. Puedo imaginar que se deleita con las torturas mentales, como lleva haciendo con mis sueños, o más bien pesadillas, desde que caí en el dichoso letargo. Porque cuando el Hada Madrina me maldijo con el sueño inducido, mi mente abandonó mi cuerpo y viajó al País de las Maravillas para someterse a una tortura indescriptible. A pesar de que apenas estuve así unas horas, por lo que sé, a mí me parecieron vidas enteras, solo que al despertarme con el beso, mi mente bloqueó esos sucesos para protegerme. No obstante, cuando vi a la Reina de Corazones al otro lado del espejo... los recuerdos acudieron en tropel.

Y desde entonces, cada noche me enfrento a una agonía que no me deja descansar, que me arranca temblores y me mantiene en un punto de extenuación insostenible.

Pero yo no sé qué puede querer la Reina de Corazones con todo esto más allá de sembrar el caos, como todas las malditas villanas. Aunque creo recordar que el Hada Madrina tenía contacto con ella, o alguna vez me pareció escucharla hablar al respecto, tampoco era el asistente personal de esa mujer como para conocer sus secretos. ¿Algunos? Sí. Demasiados, para mi propio bien. Pero no todos.

En cualquier caso, la responsabilidad última de esta situación tendría que ser de las propias princesas, y no mía, ya que yo no rompí un trato que nos sumió a todos, a mí entre ellos, en la maldición que nos borró los recuerdos y nos ancló en el tiempo.

Y me veo en el punto de mira cuando no puedo hacer más de lo que hacen ellos, a pesar de que me exigen muchas más responsabilidades por haber trabajado para el Hada. Pero los aquí presentes han olvidado que cambié de opinión antes siquiera de recuperar la primera de las tres reliquias con las que se forjó la Rompemaleficios. Me puse de su parte y, maldita sea, literalmente di la vida por ellos.

Nada de eso parece importar.

—¿Habéis averiguado algo al respecto de la situación? —pregunta Gato con voz tensa, mirándonos a unos y a otros.

La respuesta llega en forma de silencio y paseo la vista por las personas que me rodean, que me lanzan miraditas de soslayo. Los príncipes lo hacen con gesto reprobatorio, irascible y de pena profunda, según cada cuál; Campanilla no se deshace de ese ceño fruncido que parece tatuado en su cara; la reina Áine, líder de las hadas, presenta una calma insondable que me da muy mal rollo. Pero lo que más me duele es la mirada triste de Pulgarcita, que intenta con todas sus fuerzas que algo que identifico como decepción no rezume por cada poro de su piel.

Me fijo en el asiento vacío reservado para Brianna y su

ausencia se me clava en el pecho. He acudido en su ayuda más veces de las que me gustaría reconocer, y en todas me he llevado la misma respuesta: silencio.

—¿Vos no sabéis nada nuevo, reina Áine? —pregunta Felipe, soberano de la Comarca del Espino, por enésima vez en este mes.

Ella niega con solemnidad, las manos cerradas frente al cuerpo.

—Me temo que mi conocimiento no traspasa las barreras de la muerte, puesto que nosotras..., bueno, hasta antes de que cayésemos en el olvido, no moríamos por causas naturales.

—Supongo que lo de romper el espejo para evitar que esa maldita psicópata venga hasta aquí, tal y como prometió, sigue sin ser una opción —apunta Campanilla.

El Príncipe Azul le lanza una mirada furibunda ante la que el hada alza el mentón.

—Lo dejaremos como último recurso —interviene Florián, monarca del Bosque Encantado—, por si pudiese resultar en una vía de entrada hacia el País de las Maravillas. Además de que, durante años, se ha empleado como medio de comunicación con otras zonas. No podemos deshacernos de él sin más, es un bien demasiado preciado.

Me sorprende que el Príncipe Azul se mantenga al margen, con la vista fija en ninguna parte y gesto taciturno.

Lo de utilizar el Espejo Encantado, el Oráculo de Regina, para cruzar a aquel mundo es ridículo. Ninguno de los aquí presentes tenemos la magia que haría falta para conseguirlo, porque a pesar de que, según he leído, hay espejos mágicos que actúan de puente entre sí, este no es uno de ellos. O al menos eso nos dijo el propio Oráculo. Aunque fue más que parco en palabras, puesto que no le pedimos un vaticinio. Y no hemos llegado al punto de desesperación como para hacer eso.

Todavía.

—Pero lo mantenéis a buen recaudo, ¿verdad? —pregunto con cierto temor, porque la mera idea de que la Reina de Corazones venga a buscarme me pone muy mal cuerpo.

—Sí, nadie tiene acceso a él sin permiso expreso mío —explica Florián con calma.

Mejor así, porque después de la visita de la Reina de Corazones, ni siquiera hemos querido volver a reunirnos en el Bosque Encantado y hemos convocado el consejo en el Principado de Cristal para mantenernos alejados de esa posible vía de entrada y salida.

—¿Los interrogatorios a Maléfica siguen sin dar sus frutos? —interviene la reina Áine.

Felipe niega y coge aire despacio.

—Lo hemos probado todo y nada, ni siquiera con vuestros conjuros, alteza.

—Supuse que nuestra magia no serviría —cavila la reina en voz alta—. Nuestro poder no es destructor, no puede quebrar una voluntad para obligarla a hablar. Doy gracias por que nuestras salvaguardas hayan conseguido mantenerla retenida en su forma humana y hayan contenido sus poderes.

La única forma de hacer que esa mujer hable será mediante la tortura, pero los príncipes se niegan a maltratar así el cuerpo de Aurora, por mucho que dentro se encuentre otra persona.

—¿Qué vamos a decirle al pueblo? —pregunta Pulgarcita pasados unos segundos de silencio.

—Suficiente tienen con preocuparse por recuperar sus recuerdos ahora que saben cómo hacerlo —dice Florián, masajeándose el puente de la nariz.

«No deberíamos haber transmitido la clave para despejar la bruma», rumio por dentro.

—El pueblo no debería haberse enterado de cómo romper

la maldición. —La voz de Campanilla se hace eco de mis pensamientos y revolotea por encima de la mesa hasta llegar al centro—. Habríamos ganado algo de tiempo con su ignorancia. Ahora que muchos han recuperado la memoria, las exigencias de compensación por lo que las propias princesas les arrebataron con sus decisiones son cada vez mayores y están empezando a buscar responsables en cualquier parte.

La reina Áine asiente despacio, como si hubieran acordado sacar a relucir este tema. Si los rumores son ciertos, la ira del pueblo por los actos del Hada se está redirigiendo a cualquier portador arcano que no consiguió romper el maleficio antes, como si el simple hecho de poseer magia te concediera poderes infinitos. Y las hadas están en el centro de un huracán que no hace más que crecer.

—¿Y qué habrías sugerido, Campanilla? —El hada endereza la espalda nada más oír el tono neutro del príncipe Felipe—. No podíamos permitir que siguieran viviendo en la ignorancia. Vosotras mismas estuvisteis de acuerdo, necesitabais que os recordaran.

Por mucho que vivieran al margen de todo durante el siglo que duró el maleficio, las hadas se estaban muriendo simplemente porque nadie sabía de su existencia. La magia de las feéricas como ellas necesita de la fe de los demás para nutrirse, y tras tanto tiempo viviendo en el anonimato, a duras penas podían considerarse hadas como tal. Por eso la aludida hace un mohín con los labios y se cruza de brazos al mismo tiempo que sus mejillas se vuelven del color de la grana.

Paseo la vista por los presentes y mis ojos se encuentran con los de Pulgarcita, que me mira fijamente. Siento un retortijón en las entrañas y continúo con el escrutinio. Hay demasiados asientos vacíos, no solo el de Brianna: el de la general de Nueva Agrabah, el del duque De la Bête...

—Pero también necesitábamos que alguien se hiciese con el control de la situación —murmura Pulgarcita con una valentía que me hace abrir mucho los ojos. Una pulla directa a la mala gestión de los príncipes, desconocedores de cómo conseguían ganarse al pueblo las princesas.

—Como la amenaza de la Reina de Corazones de levantar a los muertos en el reino de los vivos no parece funcionar, veamos si la mía sí surte efecto —comenta el Príncipe Azul en tono impertérrito e ignorando a Pulgarcita.

Acto seguido, mis ojos se clavan en él con recelo y mi cuerpo se pone en alerta, la punta de las garras de mi lobo saliendo al exterior.

—¿A qué os referís, príncipe? —pregunto con la voz tan tensa y grave que apenas la reconozco.

Porque sus palabras han sido una amenaza clara que me está costando un esfuerzo tremendo obviar.

—Le debes demasiado a los Tres Reinos como para seguir soportando tu indiferencia con respecto a esta situación —continúa, ignorándome.

«Está confundiendo indiferencia con terror».

El Príncipe Azul se levanta despacio, con las palmas apoyadas sobre la mesa. No me pasa desapercibido que tanto Felipe como Florián rehúyen mi mirada, y que su lenguaje corporal parece indicar que no están de acuerdo con lo que sea que vaya a suceder.

Da un par de palmadas vigorosas que me crispan y hacen que estudie todos los puntos vitales del hombre por puro instinto. Transcurren unos segundos de un silencio tan tenso que asfixia, en los que mis músculos se contraen, preparados para luchar si es necesario. Porque acorralar a un lobo nunca ha sido un movimiento inteligente.

Cojo aire profundamente para decirle que se deje de patrañas y el corazón me da un vuelco al olerla. Giro la cabeza hacia la entrada en el mismo momento en el que las puertas se abren y dos soldados arrastran a Brianna, maniatada y amordazada, hasta el centro de la sala.

Si creía haber sentido terror por pensar en el País de las Maravillas, verla así me genera auténtico pavor.

2

—¡Roja! —exclama Pulgarcita con un grito ahogado al mismo tiempo que las hadas alzan el vuelo.

Antes de darme cuenta, estoy desenvainando la espada. Aunque un brazo, que se cierra con fuerza en torno al mío, me lo impide. Miro a Gato con rabia desmedida, porque no me importa nada que sacar un arma en presencia de los monarcas sea considerado un acto de traición que se pene con la muerte. Pero él tiene los ojos clavados al frente, con los labios apretados y el ceño muy fruncido.

—¿Qué significa esto, alteza? —inquiere.

Miro hacia él con violencia, los dientes rechinando por la presión de mis mandíbulas, los ojos viajando del Príncipe Azul a Brianna de forma frenética. Entonces me doy cuenta de cómo me mira ella, cómo sus ojos se ven atrapados por los míos, y el nudo de la garganta se deshace por completo.

—Soltadla ahora mismo —lo amenazo sin tapujos.

El príncipe entrecierra los ojos y sus labios se estiran en una sonrisa ladina.

—No sienta bien que jueguen con lo que aprecias, ¿verdad?

Mátalomátalomátalomátalo. Me está costando demasiado esfuerzo ignorar al animal que llevo dentro y no atravesar la distancia convertido en lobo para clavarle los dientes en el gaznate.

Para beneficio de todos, Felipe se levanta y coloca la mano sobre el hombro de su compañero. Intercambian una mirada larga y el Príncipe Azul chasquea la lengua y vuelve a sentarse.

—Liberadla —les indica a los guardias.

En cuanto las ataduras se deshacen en torno a las muñecas de Brianna, esta se gira hacia ellos para asestar dos puñetazos rápidos: uno en el abdomen del guardia de la izquierda y otro en la nariz del de la derecha. Me pregunto si ese torrente de violencia será mérito completo de la bestia que vive dentro de ella o si habrá parte de Brianna en esa toma de decisiones que puede resultar muy estúpida. Hago amago de acudir en su ayuda, pero Gato me lo impide.

—Suéltame ahora mismo si no quieres que te corte la mano —siseo hacia el hombre de infinita paciencia.

Él cabecea hacia delante y me señala la escena, en la que Brianna se masajea los nudillos sin apartar la vista del torrente de sangre que le mana de la nariz al último guardia. Entonces deslizo la mirada hacia un lado y me doy cuenta de que Felipe tiene la mano en alto para contener las posibles represalias hacia Brianna.

Ella se zafa de la mordaza con un tirón furibundo, sus ojos jade centelleando con violencia.

—¿A qué coño estáis jugando? —le recrimina al Príncipe Azul, que sonríe con mayor diversión.

Esta vez es Florián el que se encarga de mediar y se interpone entre ella y su objetivo, con las palmas en alto en un gesto conciliador que va a servir de poco.

—Comprendemos que las formas de traerte hasta aquí no han sido las más cívicas —explica Florián—, y te pedimos disculpas por ello. Pero era nuestro último recurso.

—¡¿Último recurso para qué?!

—Si hubieses venido a cualquiera de las reuniones anteriores, lo sabrías —suelta Campanilla con mordacidad.

Brianna se gira hacia ella al instante, su rabia reconducida en dirección al hada.

—Sé muy bien qué está pasando con las princesas. Él me lo dijo. —Me apunta con un dedo que siento como acusatorio—. Y me importa una mierda.

—Eres la Rompemaleficios —interviene Felipe con tacto—. Te necesitamos.

—Yo no tengo nada que ver con esto. Ya hice y di suficiente con la anterior plaga. Mi deuda con los Tres Reinos está saldada.

—Pero la suya no —apunta el Príncipe Azul con sus fríos ojos oscuros clavados en mí—. Y tú eres el salvoconducto para que *él* le ponga más empeño. —Los nervios se me crispan y el lobo aúlla en mi interior, revuelto. Los ojos de Brianna conectan con los míos y sus facciones se endurecen—. A partir de ahora —su voz se torna felina, maliciosa—, la vida de las princesas está ligada a la de Roja.

—Príncipe, os ruego que lo reconsideréis. —Una petición.

—No... —Un murmullo trémulo.

—Seguro que hay otra forma de solucionarlo. —Una mediación.

Todo el mundo habla al mismo tiempo, pero yo solo tengo oídos para lo que pronuncian los labios del Príncipe Azul:

—Y tienes dos lunas llenas para recuperarlas. Si para entonces no las has traído de vuelta, Roja será juzgada por traición a la Corona. —Me quedo lívido en el sitio, y no soy el único—. Y os sugiero que no consideréis siquiera la opción de huir, porque Regina dejó tras de sí muchos objetos mágicos muy interesantes.

—No queríamos tener que llegar a esta sit... —dice Felipe.

—¡Y una mierda! —espeta Brianna—. Estáis deseando hacerme pagar por no haber ayudado a las princesas antes de que recayera el maleficio del Hada.

El Príncipe Azul a duras penas reprime una sonrisa autosuficiente, pero Felipe y Florián intercambian una mirada apenada. Y sé que ha dado en el clavo.

Brianna aprieta los puños con fuerza y después se marcha, en un revoltijo de caperuza roja.

Los asistentes a la reunión empiezan a hablar entre ellos, a cada cual más alto en una discusión acalorada, incluso creo que Pulgarcita me llama, pero tan solo tengo ojos para mi objetivo.

Me zafo del agarre de Gato, que aún me sostenía del brazo, conmocionado, y recorro la distancia que me separa del Príncipe Azul de cinco zancadas amplias. Ni siquiera le da tiempo a levantarse de la mesa cuando lo cojo por el cuello de su traje militar de gala y del brazo, lo incorporo y le retuerzo la extremidad a la espalda al mismo tiempo que le estampo la cara contra la superficie de la mesa, ahora agarrándolo de la cabeza.

Acto seguido, los guardias desenfundan sus armas y se acercan a mí para atacarme, pero no les presto atención. Simplemente no puedo.

—Soy vuestro último recurso —gruño con una voz que es más animal que humana.

—¡Alto! —grita Felipe acto seguido.

Con una sonrisa arrogante, acerco la cara a la del príncipe, que se retuerce en vano bajo mi agarre, para susurrar sobre su oído:

—Ten por seguro que esta jugada te va a salir muy cara. Porque crees tener la sartén por el mango, pero lo que no sabes es que quien tiene pleno poder soy yo. —Se revuelve de nuevo y aprieto su cabeza contra la mesa con más fuerza—. Porque podrías intentar castigarme por esto matando a Brianna, pero entonces no tendrías correa alguna con la que atarme. —Le retuerzo más el brazo, él gime de dolor—. Y sin ese salvoconducto, estarías ya más que muerto. Así que dale otra vuelta antes de volver a amenazarme. A *amenazarla* —siseo con voz tan grave y ronca que me retumba en el pecho—. Porque podría ser lo último que hicieras. Y me da igual si después de que tú mueras, voy yo. —Lo suelto con brusquedad y él resbala sobre la mesa hasta el suelo, con gesto de pavor.

Me incorporo y clavo los ojos en Felipe, que me dedica un cabeceo de labios tensos que interpreto como una disculpa por haberme metido en esto que no va a verbalizar por su honor. Y sin perder más tiempo, me doy la vuelta y salgo de la sala en su busca.

3

—Roja, ¡espera! —grito cuando, siguiendo su rastro, la veo al final de un pasillo, y tengo que hacer un esfuerzo inmenso para no llamarla por su verdadero nombre.

Se le crispan los nervios, lo sé por la tensión en sus hombros según me acerco a grandes zancadas y porque ni siquiera se da la vuelta para verme llegar. De hecho, en cuanto es consciente de que se ha detenido ante mi llamada, la mía en concreto, retoma la marcha sin mirar atrás. La alcanzo, la agarro del codo para que se detenga y me coloco frente a ella. Clava la vista en mis dedos y luego, con desprecio, la sube lentamente hasta mi rostro. Y ese gesto me duele más que si se hubiese zafado de mí de un tirón.

Todo en ella sigue siendo igual y, al mismo tiempo, demasiado diferente. La melena castaña, mucho más corta que la última vez que la vi, ahora le llega por encima de los hombros en un corte recto y afilado. Y bendita sea Luna, empaparme de su aroma a madreselva y a pomelo rosado, que me rodea en cuanto me acerco, y tenerla frente a mí después de un mes de silencio, de haber escuchado por fin su voz por mucho que haya sido en medio de una pelea, me ha trastocado más de lo que estoy dispuesto a admitir. Verla aquí, a un paso de distancia, hace que regresen a mi mente todos los recuerdos habidos y por haber que hemos compartido juntos. Y los que más duelen son los últimos, emponzoñados por mi traición.

No puedo evitar recordar sus labios cálidos y sentidos, mis mejillas empapadas por sus propias lágrimas cuando su beso de amor verdadero me despertó del terrible letargo en el que me sumió el Hada cuando intenté matarla.

«Te despertaré en un mundo en el que no exista ella —me susurró la tirana al oído justo antes de maldecirme—, y me deleitaré con tu sufrimiento por toda la eternidad, porque su muerte será culpa tuya. Y lo sabes».

La suelto sin necesidad de que me diga nada y nos observamos durante un instante.

—Siento mucho lo que ha pasado ahí dentro —me sincero.

—¿De verdad lo sientes? —pregunta con inquina—. ¿O todo ha salido a la perfección para ti? Porque ahora tienes lo que querías: vas a poder verme todos los días.

El odio que destilan sus ojos no es nada comparado con el dolor que me atraviesa el pecho ante sus palabras, que se entremezcla con la ira que ya me bullía por dentro. Pero sé que lo hace a propósito, que quiere desahogarse por lo ocurrido ahí dentro y, además, devolverme el daño que yo le he causado a ella multiplicado por tres. Y eso es lo peor de la gente a la que amas y que te ama: que sabe exactamente dónde apuntar para hacerte sangrar.

Me obligo a coger aire a un ritmo pausado y a soltarlo en la misma cadencia para serenarme, porque si no ignoro lo que la influencia de la bestia le obliga a escupir por esa boca envenenada por el odio, acabaremos peor de como empezamos.

—Al menos, que nos veamos a diario significará que habrás dejado de recluirte mientras sigues lamiéndote las heridas.

«Mierda».

Sé que me he excedido en el preciso momento en el que he terminado de hablar. Pero me ha salido solo; no puedo remediar verme arrastrado a ese tira y afloja que siempre nos ha caracterizado. Ahora quien tiene que reunir toda su paciencia es ella, y no voy a negar que me divierte ver su reacción furibunda. El esfuerzo que tengo que hacer por controlar mis labios para que no se estiren en una sonrisa socarrona es enorme.

—¿Qué quieres? —suelta de mala gana.

Una de sus cejas se arquea pasados unos segundos y sé que este no es el mejor momento para abordar el tema, lo sé demasiado bien, pero no resulta fácil coincidir con ella y este asunto también es de vital importancia. Y supongo que es mejor darle todos los disgustos al mismo tiempo.

—Tenemos que hablar.

—¿Tú crees? ¿Has aprendido a no decir mentiras?

—Si en algún momento te decidieras a escucharme, lo averiguarías. —Mi paciencia también se está agotando a pasos agigantados—. Pero no es de eso de lo que tenemos que hablar, sino de tus responsabilidades.

La que se divierte ahora es ella, lo sé por cómo me mira. No obstante, también sé que es una diversión sarcástica. Todo en ella destila sarcasmo incrédulo.

—¿De verdad tienes los cojones de decirme qué tengo que hacer? ¿Eh?

—Sí, porque tú ni siquiera comprendes cuáles son esas responsabilidades.

—Ah, ¿no? Por si con una vez no fuera suficiente, vuelvo a tener sobre mis hombros la responsabilidad de salvar a los malditos Tres Reinos. Y si me apuras, a toda Fabel a este paso. ¿Y te crees que no lo sé?, ¿que no me ha quedado claro ahí dentro?

Señala hacia atrás con ímpetu y furia, al pasillo por el que hemos venido. Ahora, al abrirse su caperuza y ver la ropa que lleva debajo, me doy cuenta de que tan solo porta una de sus dagas rojas, lo que me sugiere que la pillaron un tanto desprevenida. ¿Le harían daño? La rabia vuelve a recorrerme las venas con fuerza y alzo la vista despacio hacia sus ojos, que refulgen de un verde esmeralda intenso, examinándola por el camino.

—No me refiero a eso —consigo decir después de comprobar que parece intacta—. Sino a tus responsabilidades para con el clan. —Frunce el ceño con tanta fuerza que sus cejas casi se juntan. Y después, todo su rostro destila estupefacción, así que me apresuro a hablar antes de que pueda hacerlo ella—. Mucha gente de las manadas recobró la memoria una vez se divulgó la forma de romper el hechizo. —Emite un gruñido que ignoro—. Y te están esperando para que ocupes tu lugar al mando. Te concedieron tiempo tras la muerte de tus padres y luego excusaron tus deberes para que cuidaras de tu abuela, pero ya es hora.

—Perdona, ¿de qué deberes estás hablando exactamente?

—Tienes que asumir tu rol de alfa del clan. Es tuyo por derecho de nacimiento.

Nos sobrevienen unos segundos de silencio que se ven rotos por las carcajadas que se escapan de su garganta.

—Venga, no me hagas reír.

Me da una palmadita en el hombro y pasa junto a mí despidiéndose con la mano con indiferencia. Aprieto los puños y me obligo a contar hasta cinco antes de darme la vuelta y alcanzarla de nuevo, con amplias zancadas.

—Hablo en serio, Roja. El clan no puede sobrevivir sin liderazgo, las manadas no son nada sin un alfa.

Omito la parte de que los lobos en realidad necesitamos a una pareja alfa y me escudo en que dependemos de que ella asuma su rol, porque yo ya asumí el mío, y el suyo, por extensión y negación, cuando nos casamos. Y no es mentira, solo que no la necesitan a ella sola, sino a ella *conmigo*.

Se detiene de repente y casi choco contra su espalda.

—¿Y quién se ha estado encargando de todo eso en mi lugar? ¿Eh?

—¿Qué? Pues... yo.

—¿Tú? —Arquea una ceja y cruza los brazos ante el pecho—. ¿Por qué tú?

Maldita sea, no puedo decirle la verdad, ni así ni ahora. Si lo hago, si le digo que estamos casados y que yo, como esposo, tuve que asumir la totalidad de ese papel, me odiará más. Qué digo, me matará como se entere de que somos marido y mujer, porque soy muy consciente de que ella es la única persona que conozco que no ha recuperado la memoria al descubrir su verdadero nombre.

El día que Brianna me devolvió el mío, el día que lo pronunció con esos mismos labios que ahora no puedo dejar de observar, lo recordé todo. Y ser consciente de que mi rol en el clan durante un siglo no había estado completo por la ausencia de ella fue... complicado de comprender.

Cuando desperté de la bruma en medio del bosque, enterrado en la nieve y convertido en lobo, no recordaba nada. Y después de mi encontronazo con Brianna en aquel claro, después de todo lo que le siguió a eso, al llegar a la colonia, los miembros del clan me observaron con reverencia, como si se esperara más de mí. Y al final, terminó siendo algo natural. Las manadas asumieron mi papel y yo también.

Si yo he necesitado de este tiempo para digerir lo que somos y lo que eso conlleva, ella va a necesitar el doble o el triple.

—Pues... porque éramos amigos, ¿acaso ya no lo recuerdas? —Sabe que le estoy mintiendo. ¿Cómo puede saber cuándo miento si no oye mis latidos, a diferencia de mí con los suyos? ¿O acaso a partir de ahora no se va a creer nada de lo que le diga?

Entrecierra los ojos para observarme.

—Claro, ¿cómo iba a olvidarlo? Parece que éramos *tan* buenos amigos como para que asumieras semejante papel y para que *folláramos* más de una vez.

Se me atasca la respiración en la garganta por su tosquedad y solo con la mera mención de esa palabra, por la fuerza con la que la pronuncia, algo primario se enciende dentro de mí.

—Sí —digo como única respuesta, ignorando lo demás por nuestro propio bien.

Ahí vuelve a estar esa ceja alzada con escepticismo. Tengo que dejar de mentirle. Pero es que no está preparada para escuchar la verdad, no mientras siga tan poco receptiva. De igual modo, ¿se considera mentir no decir toda la verdad?

—Espero que se te diera bien el cargo, Lobo, porque es todo tuyo, yo no lo quiero.

Retoma la marcha y vuelve a dejarme atrás, aunque en esta ocasión me esfuerzo en seguirla bien de cerca.

—No podemos estar así para siempre, y lo sabes.

—Te odié durante un siglo. Nada me impide seguir odiándote lo que me resta de existencia, que es mucho menos que ese tiempo.

El desprecio que rezuman sus palabras me sobrepasa de tal forma que la estoy agarrando del codo antes de ser consciente de ello. Me mira con odio y de manera desafiante, y cuando quiero darme cuenta, tengo la punta de su daga debajo de la barbilla. Es condenadamente rápida, y eso me excita de una forma perversa.

—Veo que no hemos perdido las viejas costumbres... —Paladeo cada sílaba, mis labios se estiran en una sonrisa pícara que la turba. Y la satisfacción de verse perdida en mi boca... Por toda la magia. Eso que nos une me arrastra a inclinarme hacia ella, hacia su oído, ignorando por completo la amenaza del arma. Ella inhala con fuerza y cierra los ojos un segundo, yo me deleito con esa fragancia suya que me vuelve tan loco. La punta de su daga se aprieta justo debajo de mi nuez, pero no me importa—. Teniendo en cuenta eso de que follamos en más de una ocasión —sus mejillas se sonrojan, el pantalón me aprieta—, me sorprende que sigas teniendo las pataletas propias de una cría.

Se ha enfadado. Mucho. Y me divierte y horroriza a partes iguales. ¿Es que acaso no puedo mantener la bocaza cerrada? Es superior a mí, no puedo evitar provocarla y llevar su ingenio al límite.

—¿Tendría que dejar de hacerlo solo porque tú lo digas?, ¿porque te mereces que te haga caso?

Un poco más centrado en la conversación que tenemos entre manos, una vez reprimido el instinto animal que llevo dentro, me enderezo y recupero la distancia habitual que separa nuestros rostros.

—No, porque *tú* te mereces saber la verdad. *Toda* la verdad.

Y eso último no podría ser más sincero. Por muchas mentiras que me vea obligado a decir, ella, más que nadie en Fabel, merece algo de verdad.

Entreabre los labios un par de veces, como buscando una respuesta, y las ganas que me entran de besarla son irrefrenables. O lo habrían sido si no se hubiera soltado de un tirón y hubiera puesto un paso de distancia entre nosotros.

—¿Acaso puedes entregarme algo que no sean medias verdades?

—Sí —sentencio con cierta dureza—. A mí. Entero.

Retiene el aire en el pecho y los ojos le brillan por la sorpresa. Sé que el corazón le ha dado un vuelco porque lo he oído a la perfección, y eso hace que crezca un destello de esperanza en mi interior.

Por mucho que ella no sepa que estamos casados, sí sabe que compartimos un pasado juntos, porque me lo dijo en la masía del duque. También sé que es plenamente consciente de que entre nosotros renació algo antes de que descubriera mi traición y que ambos sucumbimos de forma irremediable ante esos sentimientos. Y es imposible que hayan desaparecido por completo en este tiempo.

—No te quiero, gracias —responde con odio.

Reemprende la marcha a lo largo del pasillo y, esta vez sí, me veo sin fuerzas para seguirla. Adiós a la diversión y a mis respuestas ingeniosas. A fin de cuentas, me lo he ganado a pulso.

Pocas mentiras me han dolido más que lo último que le digo a Axel antes de alejarme por el pasillo, incapaz de enfrentarme a él por la vorágine de sentimientos que llevo dentro.

Cuando esos malnacidos entraron a la fuerza en la casa de la abuelita, arrasando con todo a su paso, a duras penas tuve tiempo para defenderme, porque me pillaron reorganizando las madejas de lana que acumuló en el dormitorio. Y ese error mínimo, haber bajado la guardia por estar centrada en mis sentimientos, me ha salido muy caro.

No esperaba que me condujeran frente a los mismísimos príncipes, mucho menos que se estuviese celebrando un consejo. Pero lo que jamás podría haber imaginado es que él estuviera ahí y que me mirara como si la magia en sí misma hubiese tomado forma. Para mi desgracia, he descubierto que tampoco esperaba sentirme tan mal por odiarlo cuando es lo mínimo que se merece por mi parte.

Soy consciente de cómo ha reaccionado en cuanto me ha visto maniatada, cuando la amenaza se ha hecho tangible. Y eso me hace sentir... sucia. Porque el corazón me ha dado un vuelco al verlo tan dispuesto a sacrificarlo todo por mí, a pesar de nuestras diferencias y de lo mal que lo he tratado en este último mes, cuando él solo ha intentado explicarse.

Y sé bien que lo perdoné. Cuando lo tuve muerto sobre mi regazo después de la Batalla de las Reliquias, perdoné el daño que me había hecho en un acto desesperado fruto de la aflicción más desgarradora.

Pero el dolor es tan grande, el peso de la traición me constriñe tanto que... simplemente no puedo terminar de cerrar esa herida, de pasar página.

Aún no.

4

Inmóvil en la penumbra del pasillo, aguardo hasta que ya no oigo sus latidos, hasta que su esencia se convierte en un rastro y dejo de verme tentado a seguirla de cerca. Solo así, con la certeza de que vuelve a estar lejos, consigo moverme de nuevo, en dirección contraria a la suya, para buscar a cualquiera que me entretenga y haga que me calme. Porque como no lo consiga, el lobo saldrá contra mi voluntad e irá a buscarla para obligarla a escuchar todo lo que tengo que decir. Y luego me lamentaría por ello profundamente.

Recorro un par de pasillos siguiendo otra esencia que, tras lo vivido, me resulta muy familiar, y la encuentro en una amplia sala, amueblada con una mesa de té y varias estanterías, que se abre a una enorme terraza. El aire gélido me trepa por la piel y me arranca un escalofrío. Gato y Pulgarcita hablan con las hadas, que me observan en cuanto me detengo en el umbral y ese vistazo hace que la chica mire en mi dirección para dedicarme un gesto cálido. No termino de comprender cómo es posible que no me odie del mismo modo en que lo hace Brianna.

La reina Áine le entrega a Pulgarcita un recipiente diminuto, como un dedal cerrado con un botón, se despide de mí con un cabeceo cortés, molestia que Campanilla no se toma, y salen del palacio a través de la terraza. Con un suspiro que solo mi oído más desarrollado me permite oír, Pulgarcita cierra las puertas y apoya la frente sobre ellas antes de girarse hacia mí con una sonrisa radiante que no se le transmite a los ojos.

Gato, por su parte, le palmea el hombro un par de veces y se dirige a los butacones orejeros frente a la chimenea del lateral.

—Siento el espectáculo que he montado —digo mientras me froto la nuca. Y a pesar de que la disculpa me incomode, es totalmente sincera, porque no me gusta mostrarme tan temperamental y cegado por la ira. Pero no lo he podido remediar. Es ver a Brianna en peligro y pierdo cualquier control sobre mí.

Gato hace un gesto al aire para restarle importancia y Pulgarcita toma asiento junto a él.

—No tienes nada de lo que disculparte, muchacho. Cualquiera en tu situación habría reaccionado del mismo modo.

—¿Cualquiera en mi situación?

Pulgarcita nos mira de hito en hito, pero se mantiene al margen. Él esboza una sonrisa leve y luego suspira.

—No hay que ser muy listo para ver que entre Roja y tú hay algo muy fuerte. Ya no es solo que Mia me hablara de su hija y de cómo le iba todo —hace una pausa para que comprenda que se refiere a que le hablaba de mí—, sino porque entre vosotros hay una química que solo un ciego de corazón podría no percibir.

Cabeceo en señal de asentimiento con la vista perdida en las llamas de la chimenea.

—Igualmente, no me gusta actuar de esa manera, así que lamento mi comportamiento. Sobre todo por haberme ido de ese modo y dejaros solos con los príncipes. Seguro que habrá habido alguna represalia.

—No te preocupes —interviene Pulgarcita—. El Príncipe Azul es muy temperamental, pero tanto el príncipe Florián como el príncipe Felipe son mucho más calmados. Nos han explicado que no veían otra opción para que... te involucrases de verdad en esto.

Aprieto los puños a ambos lados del cuerpo.

—¿Y estáis de acuerdo con sus métodos? —Mi voz suena tensa cuando abandona mis labios.

—Para nada —dice Gato—. Por eso he intentado que los... términos sean mejores. No hemos conseguido que levanten la sentencia, pero al menos han accedido a prestar toda la ayuda que esté en sus manos.

—Tenemos carta blanca para pedir lo que queramos siempre que esté relacionado con la investigación —prosigue Pulgarcita—. Sufragio de cualquier menester, alojamiento en el palacio para poder dedicarle más horas, acceso a la biblioteca privada...

—Vaya, qué generosos —mascullo, sarcástico.

Gato coge aire y se levanta despacio, sus huesos quejándose aunque ellos no puedan oírlos.

—Menos es nada, muchacho. Al menos hemos conseguido que la situación sea menos tensa mientras estemos aquí.

—Ya. —Pasa junto a mí para salir por la puerta—. Gracias.

Él me mira por encima del hombro sin llegar a verme y asiente con la cabeza una única vez antes de seguir su camino por el pasillo enmoquetado.

Pulgarcita y yo nos quedamos callados, en un silencio que hace un mes habría sido natural y que ahora, por momentos, me va resultando agobiante y asfixiante.

—¿Cómo estás?

He preguntado lo primero que se me ha pasado por la cabeza, porque ni siquiera tiene sentido que le pregunte algo así cuando llevamos un rato juntos. Y por cómo se agrandan sus ojos, diría que a ella también le ha descolocado un poco, aunque Pulgarcita es demasiado amable y educada como para hacérmelo saber.

—Bien, ¿y tú?

—Bien, bien.

Cierro las manos a la espalda para no denotar nerviosismo y nos quedamos mirándonos unos instantes, tensos los dos. La complicidad que demostramos tener en las primeras fases de la misión de las reliquias ha desaparecido, pero ¿qué esperaba?

—¿Necesitas algo más? —pregunta con cortesía.

—Pues... La verdad es que sí. Disculparme contigo.

En sus labios se forma una *o* diminuta, fruto de la sorpresa, que trata de esconder, pero que a mi vista no se le ha escapado. A pesar de habernos reunido en varias ocasiones para intentar resolver el problema de las princesas, nunca he encontrado la ocasión ni las fuerzas para estar con ella a solas y hablar como es debido. Pero ahora que he visto a Brianna de nuevo, ahora que las cosas se van a complicar más, es el mejor momento para hacerlo.

—No tienes por qué disculparte, ya lo hemos habl...

—Por eso no —la interrumpo.

Pulgarcita parpadea un par de veces, un tanto confundida, y extiende la mano hacia delante para señalar el butacón libre frente a ella. Asiento mientras me muerdo el labio inferior y me acerco al hogar, con las palmas extendidas, como si necesitase calentarlas a pesar de que mi cuerpo ya es cálido de por sí. Ella me mira con cierto recelo y aguarda en silencio, a la espera de que hable. Yo me veo incapaz de quedarme quieto.

«Ni siquiera sé por dónde empezar».

—¿Qué tal por el principio?

La miro un poco perplejo y entonces me doy cuenta de que lo he dicho en voz alta. Me obligo a coger aire despacio para armarme de valor.

—Lo siento —suelto con fuerza, como si las palabras me quemasen en la garganta y necesitara escupirlas cuanto antes—. Por todo. Por mentiros. Por traicionaros. Por... trabajar para ella.

Pulgarcita aprieta los labios y me dedica un gesto maternal que le pega demasiado, por mucho que sea la más joven.

—Acepto tus disculpas.

—¿Sí?

—Sí... —dice, riendo entre dientes.

—¿Y ya está? ¿No necesitas explicaciones?

Hace un mohín y parece pensarlo unos segundos antes de volver a hablar.

—Creo que la primera persona que merece conocer las motivaciones que te llevaron a aceptar un trato con Lady Rumpelstiltskin es Brianna, no yo.

Aprieto la mandíbula. Eso también lo saben... Necesito ponerme al día cuanto antes.

—¿Cómo lo averiguasteis?

—¿No te lo ha contado Roja? Supuse que te habría explicado todo lo que pasó.

Algo incómodo, clavo los ojos en la danza hipnótica del fuego frente a nosotros. Mi silencio le vale como respuesta. Por mucho que haya coincidido con este extraño consejo a lo largo del último mes, nadie ha tenido a bien explicarme qué me perdí después de separarme de ellas, más allá de la mayor consecuencia de matar a la tirana: que las princesas están secuestradas por la Reina de Corazones. Y, para ser sincero, yo tampoco me he visto en la posición de exigir respuestas. Así que no, apenas sé nada de lo que pasó desde que Brianna me echó de la segunda residencia del duque, mucho menos sé qué sucedió mientras yo estaba sumido en ese horrible letargo.

—Entiendo. —Coge aire nuevamente y tengo la sensación de que incluso a ella le está costando hablar conmigo como si no hubiera pasado nada. Supongo que aceptar las disculpas y perdonar no llevan el mismo proceso—. Después de forjar la Rompemaleficios, teníamos que convocar al Hada Madrina pronunciando su apellido tres veces. —Asiento con la cabeza al recordar la explicación que nos dio Tahira en la posada—. Y la reina Áine nos dijo cuál era. —Ahora quien entreabre los labios por la sorpresa soy yo, porque ni siquiera yo era conocedor de esa información, y eso que compartimos muchas... intimidades—. Así fue como Roja pudo convocarla el día de la batalla para... —Calla y frunce el ceño. Sus ojos viajan de sus dedos nerviosos a mi cara—. Espera, ¿cómo supiste dónde estábamos?

—Os seguí. Bueno, la seguí. Todo el tiempo.

—¿Y la encontraste incluso habiéndose trasladado a la Hondonada con un deseo?

Alzo la cabeza al techo, porque es una pregunta complicada, y me fijo en los intrincados frescos en tonos pálidos que decoran la estancia.

—No importa dónde vaya o dónde esté, podría encontrarla en cualquier parte del mundo. Cueste lo que cueste. —No sé por qué le estoy confesando algo tan íntimo, pero desde el principio me resultó fácil hablar con Pulgarcita, y creo que se merece que confíe en ella, que me abra para recuperar parte de lo que hemos perdido por mi culpa—. Cuando a mí también me afectaba la bruma, no comprendía por qué siempre estaba de mal humor, por qué no era capaz de experimentar casi nada de felicidad, por qué me la encontraba una y otra vez, fuese donde fuese. Pero luego lo recordé todo, y ahora tengo claro que es porque es mi vínculo.

—¿Tu vínculo?

Parece que voy a hablar más de lo que esperaba, así que ahora, más calmado después de haberme atrevido a disculparme, sí que me siento en la butaca junto a ella.

—Sí. Es algo que a veces pasa entre licántropos. Cuando encontramos a alguien especial, surge un vínculo que nos une a esa persona. Es como una cuerda invisible, como una fuerza etérea que no sé bien explicar.

—¿Como estar enamorado? —aventura.

Los labios se me estiran en una sonrisa ladeada y niego con la cabeza.

—No, va más allá, porque no siempre se da como vínculo romántico. A veces es una amistad muy fuerte o incluso un lazo familiar. Y cuando se reconoce, esa persona se convierte en... tu todo. Tu compañera o compañero.

—Entiendo... —Frunce el ceño un poco, con la vista perdida en el fuego mientras piensa en lo que le he dicho—. Pero Roja no es una licántropa, ¿no? —Sus ojos vuelven a mí raudos, con un brillo especial, y a juzgar por lo deprisa que le late ahora el corazón diría que es por un ápice de temor.

—Creo que eso le corresponde a ella contártelo. Si quiere.

—Ya, tienes razón.

Nos quedamos en silencio de nuevo, acompañados únicamente por el chisporroteo de la leña al prender. Y entonces caigo en la cuenta de algo que ha dicho.

—¿Cómo...? ¿Cómo sabes que hice un trato con el Hada?

Y ahí está otra vez, esa sonrisa dulce que tanto la caracteriza y que en esta ocasión sí que se le transmite a los ojos.

—Porque en los días que pasamos juntos creo haberte conocido lo suficiente como para saber que no estuviste en el lado equivocado de la balanza porque sí. Aunque tus decisiones no me resulten las más inteligentes en este momento, estoy convencida de que algo te obligó a trabajar para ella, ¿me equivoco? —Entreabro los labios, sorprendido, y niego con la cabeza—. Y estoy segura de que quisiste contárnoslo. Sobre todo a ella.

Me recuesto contra el asiento y vuelvo a clavar la vista en los frescos del techo, un poco derrumbado.

—Varias veces. Pero me daba tanto miedo perderla... Y al final la he perdido igualmente.

—No creo que la hayas perdido. No del todo, al menos. Al fin y al cabo, su beso de amor verdadero te despertó.

—Ya, me aferro a eso. Pero no la conoces como yo, no te ofendas. —Niega con un cabeceo sutil—. Sé que cabe la posibilidad de que, por mucho que pueda quererme, me despertara solo para no deberme nada. Llevaba una cuenta, ¿sabes? De las veces que yo había tenido la oportunidad de matarla y no lo hice y viceversa. —Río con amargura—. Y la cuenta estaba a mi favor. Con el beso, se igualaron las cosas.

—Con ella nunca se sabe, pero me parece demasiado retorcido. Y, aun así, aunque fuese cierto, los besos de amor verdadero no se pueden fingir. Eso significa que te quiere.

—O que me quería y ese sentimiento desapareció después de resucitarme.

El silencio que acompaña a esas palabras me resulta pegajoso, porque no quiero creer que sea una posibilidad siquiera, por mucho que la parte que intenta protegerme a cualquier coste me empuje a esa versión de los hechos.

—De todos modos —dice al cabo de un rato indeterminado—, no sabrás si ese fue el motivo si no se lo preguntas.

—Ni siquiera me deja explicarme.

—Dale tiempo.

Suspiro con resignación y giro la cabeza hacia ella.

—Supongo que no me queda más remedio que ser paciente.

—Las heridas tardan su tiempo en cicatrizar. Más si son demasiado profundas.

Quizá no debería olvidar tan alegremente que los humanos no sanan sus heridas en cuestión de horas, y ella es medio humana. Quizá debería aferrarme a esas palabras para no acabar volviéndome loco o desesperándome por sus desplantes y sus borderías, que espero que sean cosa de la bestia.

—Bueno, me alegro de haber podido hablar contigo. Ojalá... Ojalá las cosas hubieran sido diferentes —me sincero. Y ella me dedica un gesto de comprensión—. Espero, de verdad, poder enmendar mis errores contigo.

Me levanto de la butaca con cierto ímpetu, deseoso por salir de aquí después de tanta sinceridad y confesiones, y doy dos pasos hacia la puerta.

—¿A dónde vas? —pregunta, extrañada.

—A... ¿mi casa?

—¿No te vas a quedar aquí?

—Creí... Creí que no querríais verme a todas horas.

Chasquea la lengua y niega con la cabeza.

—Cuantas más cabezas pongamos a pensar durante más tiempo, mejor que mejor, ¿no crees?

—No sé qué le parecerá a Roja esa idea.

—Pues que se aguante. —Sus palabras me arrancan una carcajada sincera que me reverbera en el pecho y, a juzgar por cómo se le relaja el rostro, le complace—. Dicen que nunca llueve a gusto de todos, así que puede tragarse su mal humor. Además, de este modo a lo mejor tenemos una oportunidad para que consigas explicarte.

Pulgarcita se pone en pie y da dos zancadas en mi dirección.

—¿Vas a ayudarme? —pregunto con interés.

—A ver, me costó mucho emparejaros en su momento como para olvidarlo ahora.

Una sonrisa nostálgica me nace en el rostro al recordar cómo nos vistió a juego para el baile del solsticio de invierno. Han sucedido tantas cosas desde entonces que parece haber pasado una eternidad. Y eso, para alguien que ha vivido más de un siglo siendo consciente del transcurso de los días, es mucho tiempo.

A pesar del temor profundo y visceral que me genera enfrentarme a todo lo relacionado con el País de las Maravillas, termino diciendo:

—Está bien. Me quedaré y me pondré a trabajar en ello, pero antes tengo que resolver unos asuntos.

Asiente y los labios se le estiran en una sonrisa sincera, la primera que alguien que considero de confianza me dedica en mucho tiempo. La respiración se me atasca un segundo en el pecho y le devuelvo el gesto, aliviado por cómo ha ido la conversación, agradecido por lo buena que es esta mujer. Y solo se me ocurre una cosa que decir:

—Me alegro de haberte conocido.

5

No me apetece lo más mínimo ir a la colonia a explicar, una vez más, que Brianna no va a asumir su papel como colíder, por mucho que por sus venas corra la sangre del alfa. Por lo que sé, ya resultó complicado, en su momento, que el clan aceptara a Mia como pareja de Aidan y, en consecuencia, alfa por extensión. Porque tener a una humana, compañera de un licántropo, como pareja alfa al mando de las cinco manadas de nuestro clan es... único. Pero ellos demostraron con creces el poder que atesoraban, su capacidad para que este clan, en sintonía con los otros clanes que conforman la colonia, saliera adelante. Literalmente se dejaron la piel por nosotros.

Y a Brianna le concedieron el rol de alfa por herencia, porque, para los lobos, honrar la memoria de nuestros antepasados es clave para seguir comportándonos como un único ser. Lo excepcional de todo esto es que llevemos años con un solo alfa —yo— al mando, en lugar de una pareja, como suele ser habitual. Le dieron una tregua cuando fallecieron sus padres, porque aún era pequeña; después nos casamos, pero seguía siendo responsable de su abuela, así que asumí ese rol yo solo. Y ahora que Lianna también ha muerto, están nerviosos por que Brianna no acepte su cometido. Y, sinceramente, después de esta nueva negativa, me veo sin fuerzas de defenderla.

A pesar de que el clan de la Luna Parda le deba mucho a Aidan, su padre, y a todo su linaje, ahora... Ahora no sé qué va a pasar. Ni siquiera sé si en algún momento de nuestra historia se ha dado una situación así: que una alfa no quiera asumir la mitad de su rol. Lo peor es que esa falta de interés tan prolongada ya generaba rencillas incluso antes de que recayera la bruma. Ahora que están recuperando los recuerdos y que el ambiente está caldeado..., no me quiero ni imaginar qué va a pasar cuando me vean aparecer sin ella.

Me centro en el paisaje que me rodea para apartar distracciones y evitar acabar estrellado contra un árbol. El bosque se difumina a mi alrededor según lo voy dejando atrás, trotando con todas mis fuerzas para llegar cuanto antes a la colonia. Siento el viento recortando contra mi pelaje, mojado por los débiles copos que gotean del cielo nocturno; las patas se me hunden en las últimas nieves y voy levantando la tierra húmeda bajo mi paso. Permito que los aromas del bosque me embriaguen, los diferentes rastros de posibles presas: un jabato de tres cuernos solitario, una rapicua cavernosa, varios gatos arbóreos... La boca se me hace agua ante tanto estímulo y me saliva.

¿Podría desviarme un poco para...?

La razón se impone sobre el animal con la antelación suficiente como para no cambiar mi rumbo en el último segundo. Poco después, a lo lejos, percibo el fulgor de las antorchas de la colonia y la tensión por la conversación que me veré obligado a mantener se une a la calma de estar en casa. El olor típico de los lobos se entremezcla con el de la carne cocinada, con el de la madera al quemarse, con el de la tierra mojada. Ralentizo el paso hasta ir al trote, con la lengua colgándome por un lado y la respiración acelerada. Oigo un aullido a lo lejos, de algún centinela que ha captado mi esencia y avisa a los demás de mi llegada. Me cuesta horrores no unirme a ese canto, pero lo reprimo.

Paso por entre las tiendas de lona, dejando atrás a un par de cachorros que juegan a morderse y a algunos vecinos que estiran los últimos minutos del día reunidos alrededor de una hoguera. Todos me miran mientras camino hacia la tienda del consejo de mi clan y los murmullos curiosos empiezan a crecer a mi alrededor. Las orejas se me mueven solas intentando captar cualquier palabra, pero igualmente los ignoro y me adentro en la construcción de telas tupidas, donde, a juzgar por los olores, sé que se encuentra Diot, la portavoz del consejo y tía abuela de Bri. Desde que fallecieron los padres de Brianna y hasta que nos casamos, ella y su pareja fueron las encargadas de liderar a las cinco manadas de nuestro clan, y aún me pregunto por qué delegó esa responsabilidad en mí.

La ubico al fondo, sentada a la mesa circular en completa penumbra y estudiando unos papeles, tan concentrada que ni siquiera levanta la cabeza con mi llegada. Pero es evidente que sabe que estoy aquí.

—Cuéntame.

Cojo aire para enfrentarme al cambio y tiro de mi forma humana para poder explicárselo todo.

La mutación hoy es especialmente dolorosa no solo por el cansancio, sino por un nuevo rechazo por parte de Brianna que ha alterado mi concentración y mi estado anímico. Los huesos se me empiezan a romper uno a uno y a reubicarse en una reacción en cadena; un calor insoportable me invade y siento la sangre casi hirviéndome en las venas, como todas las veces que cambio. El pelaje se retrae, las encías me sangran momentáneamente al resguardar los caninos y la boca me sabe ferrosa; los ojos me escuecen y mis facciones se contraen, se aprietan entre sí para esconderse en mi interior. Cuando he terminado, de entre los labios se me escapa un jadeo tembloroso y me obligo a recobrar la compostura y a calmar mis latidos desbocados.

Con los últimos coletazos de la metamorfosis, me inclino hacia delante para recoger mis pertenencias que, como siempre, llevaba atadas al cuello, y me visto despacio, siendo consciente de cómo los nuevos músculos se flexionan y contonean con cada movimiento. Siempre resulta un tanto extraño cambiar de una forma a otra, acostumbrarse a unos sentidos diferentes a los que tenía segundos antes. Todo a mi alrededor está mucho más en silencio que hace un instante.

—Será mejor que convoquemos al consejo —digo por fin.

Diot asiente mientras inspira hondo y clava sus ojos dorados en los míos.

—¿No traes buenas noticias? —Se levanta sirviéndose de la mesa como apoyo y las rodillas le crujen por los años.

—Las esperadas.

—Está bien. Puedes servirte de mi plato si quieres. No lo he tocado.

Señala un recipiente de madera lleno de jugosa carne estofada y un trozo de pan. La boca se me hace agua solo de pensarlo, pero no es el momento de comer. Le dedico un cabeceo y la anciana sale de la tienda para ir en busca de los demás miembros del consejo. Habría ido yo mismo, pero como líder no es mi tarea. Sin poder remediarlo, me quedo mirando el lugar por donde se ha marchado, dando gracias mentalmente porque aquí nadie sepa lo que hice por el Hada Madrina. Aún no sé cómo lo he logrado, porque llevar una doble vida durante un siglo es de las cosas más complicadas que he hecho en mi vida. El primer puesto lo tiene haberle mentido tantísimo a Brianna.

Derrotado por la carrera y una tarde llena de emociones, me derrumbo sobre una de las sillas y hojeo los papeles que Diot estaba estudiando. Son inventarios de víveres y bienes cultivados y recolectados, censos de defunciones —demasiadas— y de nacimientos —inexistentes—, y un sinfín más de documentación de la que sé que debería encargarme yo. Si no encontramos la forma de regular la situación, el clan acabará muriendo y los otros clanes con los que convivimos en la colonia terminarán por echarnos del terreno, por débiles.

Con la reactivación del flujo del tiempo tras la muerte de la tirana, muchos de nuestros miembros más longevos murieron al encontrar el fin de sus días. Porque aunque el tiempo estuviese congelado, los cuerpos y las mentes se fueron deteriorando muy despacio y, al final, el ciclo de la vida acabó imponiéndose. Incluso yo, que he sido consciente de todo en este siglo, a veces pierdo la noción de dónde y cuándo estoy, como si mis recuerdos se apelotonasen en un mismo punto, unos encima de otros, y, a su vez, tuviese tantos acumulados que se evaporasen de repente. Y a eso hay que sumarle que, si bien durante ese siglo no murió nadie por vejez, tampoco hubo nuevos alumbramientos; además de las crecientes rencillas entre la ciudad y las colonias que vivimos en la periferia, como viene siendo costumbre, por exigencias de abastecimiento absurdas. Como si los licántropos les debiéramos algo a esa escoria que no es capaz ni de conseguirse su propio alimento.

Me masajeo las sienes para intentar paliar el incipiente dolor de cabeza sin dejar de pasear la vista de un documento a otro. Esto es insostenible y yo no estoy hecho para estar aquí. No tengo lo que hay que tener para liderar a toda una comunidad, para imponer medidas que puedan sacarnos de esta. Y, sobre todo, no tengo la capacidad de ser el alfa que la colonia necesita, al menos yo solo. Debería contar con alguien fuerte a mi lado, que compensase mis flaquezas. Debería estar acompañado de Brianna.

Justo cuando creo que la cabeza me va a explotar, las solapas de la tienda se abren y el consejo hace acto de presencia. Cada anciano que toma asiento representa a una de las parejas de betas encargadas de supervisar a cada una de las cinco manadas que conforman el clan de la Luna Parda. Diot, la tía abuela de Brianna, beta de nuestra propia manada, abre la marcha, seguida de Brendan, Finna, Nora y Roi. Me saludan con cortesía, e incluso me preguntan cómo me encuentro, pero sus palabras son tensas, porque todos saben que las noticias que porto no son buenas.

—No nos demoremos más —empieza diciendo Diot—. Cuéntanos, ¿cuál es la situación en palacio?

—Lo que ya suponíamos. —Suspiro y paseo la vista entre ellos—. Un completo caos. Las exigencias de compensación hacia las princesas están escalando de forma flagrante y no hay nadie para responder a esas demandas. Los príncipes no saben qué hacer, nunca han ostentado el poder de ellas; las princesas eran las que se encargaban del pueblo, de las políticas entre reinos, de... todo. Y las villanas, dentro de lo mal que lo hicieron, fueron funcionales. Consiguieron mantener una paz medianamente estable, por mucho que sus medidas económicas fuesen abusivas. Por lo que he oído, se van a seguir manteniendo esos diezmos hasta que la situación se calme. Para entonces prometen tiempos mejores.

—Promesas, promesas y más promesas —se queja Roi, con su espesa barba gris trenzada hasta el pecho—. Las colonias nos conocemos ese cuento viejo. Siempre prometen que después del sufrimiento llegará la calma, y lo que sucede en realidad es que los tiempos convulsos se normalizan y la gente acaba resignándose a esa vida de mierda.

Escupe en el suelo y se cruza de brazos. El resto del consejo le da la razón y yo no puedo hacer más que asentir.

—No nos queda más remedio que esperar a que la situación se estabilice.

—Y mientras, ¿qué? —interviene Finna. Por mucho que su voz suene dulce y melosa, toda ella rezuma autoridad—. ¿Dejamos que las aldeas y ciudades nos vengan con exigencias y amenazas de destrucción? No podemos permitirnos volver a pasar por otra crisis como la que sufrimos cuando aún vivían los alfas.

Aidan y Mia. Porque yo no soy un alfa de verdad.

Aprieto los labios y clavo la vista en ninguna parte. Tenía trece años cuando sufrimos el invierno más crudo que recuerdo, cuando los cultivos se helaron, los animales hibernaron más de la cuenta y apenas quedó alimento para nadie. Fue entonces cuando se exigió a las colonias de licántropos y cambiaformas de la periferia que ayudaran a los demás suministrándoles bienes de caza que a nosotros nos resultaban más fáciles de conseguir. Cuando la situación se hizo insostenible, estalló todo y Mia y Aidan acabaron muriendo en una de las revueltas.

—¿Qué hay de su hija? —pregunta Brendan con los ojos escondidos entre los pliegues de la piel—. ¿Está preparada para asumir sus responsabilidades ya?

Me obligo a respirar con calma para refrenar el vuelco que ha estado a punto de darme el corazón, porque todos los aquí presentes lo habrían oído, y chasqueo la lengua.

—Ese es el segundo problema. Le han pedido que encuentre el modo de traer de vuelta a las princesas.

—Y está claro que habrá aceptado —dice Nora con una risa tosca—, porque la codicia le puede a esa chica. ¿Cuál ha sido el precio que le han ofrecido esta vez? Prefiere tener los bolsillos llenos de reales en lugar de ayudar a los suyos. Antes de la bruma ya os dije que no nos podíamos fiar de una mestiza.

—¿Acaso no sabes atar a tu mujer en corto? —apunta Roi.

A duras penas, reprimo el estallido de ira que me sobreviene por ese ataque y lo transformo en un gruñido gutural y primario que hace que el aire a nuestro alrededor se enrarezca. Puede que yo por mí mismo no posea el poder de una pareja de alfas, y ninguno de ellos tampoco, pero me otorgaron el liderazgo durante un tiempo y no pienso permitir que nadie hable así de mi esposa.

—Estoy convencida de que Brianna tendrá motivos para retrasar sus obligaciones —intercede Diot al ver que soy incapaz de pronunciar palabra por la frustración y la rabia que me ha trepado por la garganta. Y se lo agradezco con una mirada cómplice—. ¿No es así, Axel?

Asiento muy despacio, contando hasta diez para controlar mis instintos y que las garras vuelvan a replegarse. Al separarse de la mesa, donde se han clavado, emiten un chirrido muy molesto y varias astillas se desprenden de ella. Aún no sé cómo fui capaz de controlar todo esto durante el tiempo que fingí que el maleficio me afectaba, pero está claro que estar separado de Brianna hace que mis instintos se descontrolen más de lo deseado. Y si encima hablan mal de ella...

—Exacto —consigo decir, con la voz más ronca y grave de lo habitual—. El príncipe... No recuerdo su nombre, el marido de Cenicienta, amenazó a Brianna con juzgarla por traición si no conseguimos traer de vuelta a las princesas.

Los rostros de todos se ensombrecen de golpe, porque por mucho que puedan odiarla, repudiarla y considerarla una niña malcriada, nadie amenaza a un licántropo sin sentir la ira de su clan, de las cinco manadas. Y aunque ella no quiera asumir su papel de alfa, le corresponde por derecho.

—¿Y ha aceptado? —pregunta Nora, más calmada.

—No le ha quedado más remedio. Ella no ha recuperado sus recuerdos —confieso por fin.

—¿No le has dicho su nombre?

—Lo hice.

—¿Y?

—Que no sucedió nada. Por el motivo que sea, ella no ha conseguido despejar la bruma. No ha encontrado la forma de unir sus dos mitades divididas ni siquiera al saber su nombre.

—Tampoco me sorprende —dice Nora—. Ni cuando era pequeña hacía caso cuando alguien la llamaba así.

—Creo... Creo que Brianna murió el mismo día en que asesinaron a sus padres.

Todos se me quedan mirando, con ojos entristecidos o cargados de ira por los recuerdos del pasado. Porque hubo un antes y un después tras ese fatídico suceso. Aunque Bri siempre ha sido muy temperamental, cuando mataron a sus padres se volvió más recelosa, taciturna e independiente.

—Pues hay que devolverle los recuerdos a esa chica —comenta Diot, como si fuera lo más sencillo del mundo.

Se me escapa una risa incrédula al oírla y enarca una ceja. Por mucho que yo sea el líder en funciones, esta mujer me cuadriplica la edad —si no contamos el siglo anclado— y le debo cierto respeto. Porque si no estuviese casado con Brianna, yo sería un omega y ella seguiría siendo la beta de mi manada. E incluso puede que ella misma y su pareja ya hubiesen aceptado el rol de pareja alfa de nuevo de no haber sido tan mayores, porque readaptar al clan al cambio para que solo dure diez o veinte años más sería duro.

—No me malinterpretéis —comienzo diciendo—, pero no creo que seáis capaces de dar con algo que no haya intentado ya.

—Chico, tienes la solución en la palma de tu mano —dice Brendan quitándose una mota de polvo de la túnica—. Eres su marido, cuéntale todo lo que no recuerde y seguro que los fragmentos terminarán por encajar.

—Sí, no podemos seguir más tiempo sin una pareja de alfas fuerte. —Me sorprende que Finna intervenga, cuando suele mantenerse al margen y limitarse a escuchar—. Necesitamos que su poder complemente al tuyo para hacer frente a lo que se nos viene. Los clanes no somos nada sin una pareja alfa que nos una y nos nutra. Y no te ofendas, pero tú solo no cumples esa función.

Hago un mohín con los labios y opto por callar, porque cualquier palabra que salga por mi boca ahora mismo solo va a servir para perjudicarme.

—Si la chiquilla no hace frente a sus responsabilidades, mi mujer y yo estamos más que dispuestos a asumir ese papel —dice Roi como si sus palabras no significaran nada.

Me tenso al instante, y no soy el único. Diot esconde las manos bajo de la mesa y veo que las garras le han crecido unos centímetros. Dada su edad, ya tendrá más que controlados los arrebatos de ira, así que algo me dice que se está preparando por la amenaza, para apoyarme. Que alguien reclame el papel de pareja alfa no puede traernos más que problemas, porque, para empezar, habría luchas por el poder.

—Vamos, Roi —consigue mediar Diot con una calma que no sé de dónde sale—. Seguro que encontramos la forma de solucionar esto. Axel se está esforzando mucho por todos nosotros. Démosle algo más de tiempo.

Roi se levanta arrastrando la silla tras él y los demás lo imitamos de forma automática, atentos y alertas por lo que pueda hacer. Apenas si consigo reprimir los gruñidos que me reverberan en el pecho en un eco silencioso.

—Te daremos un tiempo.

—¿Cuánto? —consigo mascullar.

—Hasta que nos cansemos de esperar.

Y con esa sentencia, se da la vuelta y desaparece entre las solapas de la tienda. Desde el exterior oímos cómo llama a su manada con un aullido. Aprieto las manos en puños hasta sentir las puntas de las garras clavadas en la piel y cojo aire con fuerza, porque está empezando a separar al clan y lo sabe perfectamente. Y si el resto de los clanes descubren la inestabilidad, incluso peligra nuestra estancia en la colonia.

Entonces siento un apretón en el hombro. Giro la cabeza y me encuentro con el rostro de Brendan.

—No se lo tengas muy en cuenta. No es personal. —Me da un par de palmaditas y abandona la tienda.

Nora le dedica una mirada significativa a Diot y desaparece.

—Espero que consigas solucionarlo —dice Finna a modo de despedida.

Cuando nos quedamos Diot y yo en completo silencio y nos cercioramos de que los demás están lo suficientemente lejos, me permito volver a respirar.

—Si hay algo en lo que te pueda ayudar...

Mis ojos se encuentran con los de la anciana y descubro que en su rostro hay plantada una sonrisa afable y conciliadora. Niego con un gesto sutil y vuelvo a sentarme, con los codos apoyados sobre la mesa para enterrar la cabeza en las manos.

—No sé cómo hacerlo, Diot, de verdad. Perdió mucho por culpa de la tirana y es difícil llegar a ella.

—No olvides que es tu compañera, Axel. Vuestro vínculo es de los más fuertes que he visto. Más que el de Mia y Aidan. Así que aférrate a eso.

—Lo era... —digo con resignación—. Yo... La cagué. Metí la pata hasta el fondo y ahora ni siquiera quiere hablar conmigo. ¿Cómo le voy a relatar toda su vida si no está dispuesta a escucharme?

—Si conseguiste abrirte paso a través de ese corazón de hielo una vez, volverás a lograrlo. Creo en ti.

Me da un apretón en el brazo y sale de la tienda en silencio. Sonrío con nostalgia por sus palabras, que repito varias veces en la mente, porque la Brianna que ellos conocían era la del corazón de hielo, no la mujer con la que yo me casé.

No solo tenemos la amenaza tácita del Príncipe Azul pendiendo sobre nuestras cabezas, sino que también está esto: conseguir explicarme y que acceda a ser la alfa; que acceda a ser alfa *conmigo* cuando ni siquiera yo sé si sigo queriendo pelear por ese puesto y enfrentarnos a las luchas de poder. Todo eso mientras buscamos la forma de traer de vuelta a las princesas cuanto antes, para que los muertos no se alcen sobre la tierra. Sin olvidarme de que mi objetivo real, lo único que me importa, es conseguir que me escuche. Y, para mi desgracia, es lo más complicado.

6

La paz que se respira a mi alrededor es inquebrantable. Ni un solo pájaro, ni un solo frotar de hojas, se atreve a romper la quietud del cementerio. Es una paz inusual la que me acompaña en mi paseo nocturno. A pesar de la profunda oscuridad, la luz de la luna me resulta suficiente como para moverme entre los senderos. Hay lápidas decoradas con recuerdos familiares, otras con flores de todo tipo, pero lo que predomina, lo que impregna el espacio, es el olor del crisantemo. De distintos colores, esas flores adornan la mayoría de los sepulcros que conforman esta necrópolis.

Según avanzo por los caminos mal empedrados, la sensación de que algo no va bien crece más y más. Sobre todo porque una extraña neblina, del todo antinatural, comienza a rodearme los tobillos. Me detengo, con el vello erizado, pero cuando miro hacia atrás, no encuentro nada salvo una densa oscuridad.

Trago saliva y aprieto el paso. Las tumbas y lápidas a ambos lados del sendero se convierten en un borrón al que no presto atención, puesto que no me interesan lo más mínimo los sepulcros humanos. Aunque he de admitir que algunos son bastante curiosos, con esculturas velando por la seguridad de sus muertos.

En la parte más alejada del cementerio, como si nuestra presencia incomodase incluso cuando hemos abandonado nuestros cuerpos de carne, se encuentra el panteón del clan de la Luna Parda, una majestuosa construcción de piedra caliza reservada para que las cenizas de algunos de los miembros del clan descansen. Entre los licántropos, la costumbre es la incineración, y desde que el Hada murió, esta vivienda funeraria se ha visto poblada por demasiados nuevos habitantes. Pero a quienes vengo a buscar llevan aquí más de una década.

Hay muchos licántropos que prefieren que sus huesos convertidos en cenizas sean esparcidos en lugares conmemorativos, en esos sitios que marcaron algún punto de sus vidas. Pero los alfas no tienen la capacidad de decidir dónde quieren que descansen sus restos. Por eso, no me cuesta demasiado dar con las dos urnas negras, veteadas de dorado, que contienen los restos de Mia y Aidan.

No voy a decir que no echo de menos a los padres de Brianna porque estaría mintiendo. Mia y Aidan fueron grandísimos alfas, pero mejores personas. Nos trataron a mi hermana Olivia y a mí como si fuéramos sus propios hijos, desprendían cariño por cada poro de la piel. Fueron de esos seres que se te clavan bien dentro. Por eso he venido hasta aquí, porque estoy demasiado perdido como para saber qué hacer.

Ellos lo hicieron todo bien, y se enfrentaron a infinidad de penurias que no me gustaría que se repitieran. Lo mío, a pesar de haber llevado adelante al clan durante la tiranía del Hada, ha sido un camino de rosas en comparación. Y, aun así, me siento desorientado.

No quiero perder a mi manada. No quiero perder a mi clan. Es una sensación a la que solo los lobos más huraños querrían enfrentarse. Verte abandonado por tu manada es... un sentimiento indescriptible. Dejaría de tener un propósito, una familia. Y ahora todo lo que conocía peligra de verdad. Me consolaría con la presencia de Brianna, porque con ella a mi lado no necesito a nadie más, pero ni siquiera la tengo a ella y tampoco sé si volveré a tenerla.

Paso la mano por la superficie pulida de la urna de Mia. La recuerdo siempre con una sonrisa en los labios, aunque las facciones de su rostro se hayan difuminado por el paso del tiempo. La imagino preparando confituras constantemente, confituras que luego le pedía a Brianna que le llevara a su abuela. A veces, iba a buscarla al camino que recorría casi a diario y la acechaba en las sombras, para asustarla; otras, me hacía el lío para que cargase yo con el peso de la cesta de mimbre. Pero en todas, Mia siempre aguardaba a nuestro regreso para darnos pan con mermelada de distintos tipos para cenar.

Se fueron demasiado pronto...

—No sé qué hacer... —murmuro. Mi voz reverbera contra las paredes y un frío extraño se me pega a los huesos—. No sé cómo arreglar todo esto.

Alzo la vista y miro fijamente el patrón de la urna que, curiosamente, parece una calavera.

—Sé que debería contárselo a Brianna, pero me da miedo perderla para siempre.

Deslizo los dedos sobre la superficie y dejo caer el brazo a un lado. No es la primera vez que vengo a hablar con ellos, puesto que las cenizas de mis padres fueron esparcidas en los alrededores del asentamiento de la colonia, como las de muchos otros. Venir aquí, enfrentarme a la urna de mármol, siempre me ha parecido menos demente que lanzar palabras al aire sin tener un objetivo al que hablarle. Aunque, según lo pienso, me resulta igual de ridículo.

Bufo y me froto la cara, exasperado, aunque no sé por qué. ¿Qué pretendía?, ¿que los muertos me enviasen algún tipo de señal? Airado y enfadado conmigo mismo, abandono el panteón.

De repente, un temor extraño, nacido de la nada, me hace estremecer. Cuando me doy la vuelta, el aliento se me congela, el corazón se me constriñe en un puño y me pongo a temblar aunque luche contra ello. «No es posible», me repito una y otra vez.

Las facciones de la Reina de Corazones se ocultan detrás de una máscara roja que tan solo me deja ver la intensidad de sus ojos dorados y la malicia con la que se estiran sus labios. Después, se pasa la lengua sobre el inferior, como si estuviera degustando mi propio terror.

—No sé por qué te sorprendes tanto —comenta con inquina y diversión, con esa voz que encierra otras—, estabas suplicando por una señal. Y aquí estoy.

Extiende los brazos a ambos lados del cuerpo para señalarse a sí misma, con su vaporoso vestido de gasas rojas meciéndose a su alrededor gracias a la extraña bruma baja. Despacio, como deleitándose con cada paso, se acerca a mí. Se me cruza por la cabeza la idea de huir, pero lo único que tengo a mi espalda es la entrada al panteón, y no creo que me vaya a servir como refugio. Así que me quedo anclado en el sitio, o eso me digo, porque reconocer que es por temor supondría demasiado.

Me rodea, como evaluándome, con un dedo perezoso recorriéndome los hombros.

—Deberías aprender a no pedir cosas de las que luego te puedas arrepentir —ronronea junto a mi oído, y me estremezco.

Sin necesidad de hacer gesto alguno, una presión asfixiante en el pecho me arranca un jadeo y me obliga a clavar una rodilla en el suelo. A juzgar por cómo se ensancha su sonrisa, sé que es ella la que me está provocando semejante dolor. Me palpita la sangre en las venas, en los oídos. Me llevo la mano al pecho y agarro la camisa en un puño, como si así fuese a conseguir que parase.

—¿Qué clase de señal es esta? —gruño con demasiado esfuerzo.

Ella se ríe del dolor tan evidente que hace que se me atraganten las palabras.

—La señal no es esta, querido. —Se agacha junto a mí y alza el dedo hacia delante, en dirección a los senderos flanqueados de tumbas y más tumbas—. Sino esa.

De repente, un estruendo ensordecedor lo abarca todo, la tierra tiembla bajo mis pies y me sobresalto. Miro a mi izquierda, donde segundos antes estaba la reina, pero ya no. Con la garganta seca, respirando de forma atropellada por los últimos coletazos del dolor, me incorporo con esfuerzo.

La estampa de lo que veo frente a mí me eriza la piel y pone todos mis sentidos en alerta, porque lo que antes era un tranquilo cementerio, con sus flores, esculturas y lugares de descanso, ahora parece haberse convertido en una cantera, con trozos de losas, tumbas y lápidas partidas inundando el espacio. Las flores, marchitas y pútridas, sobrevuelan por el espacio y se enroscan a mis pies y el ambiente comienza a oler a tierra revuelta.

—Los muertos vienen a buscarte... —ríe una voz en mi cabeza.

El temor profundo que me atraviesa el pecho me hace dar un respingo. Parpadeo varias veces, confundido, hasta que mi visión se habitúa a la oscuridad de mi tienda. «Estoy en la colonia», me repito cuando soy consciente de lo que ha pasado. «Estoy en casa».

Azorado, con la respiración acelerada y el sudor bañándome la piel, salgo de debajo de las pieles que me cubrían para paliar el calor que me arrasa después de la pesadilla. Porque eso es lo que ha sido. Una pesadilla. Aquí estoy a salvo. Ella no puede venir a por mí. Y si eso es cierto..., ¿por qué me huele la ropa a crisantemos?

7

Lo último que me faltaba después de no haber descansado nada por culpa de la pesadilla, de enfrentarme a miradas indiscretas por la mañana por parte de todos en la colonia y de recorrer la distancia hasta el Palacio de Cristal de nuevo, era que no me dejaran entrar. Y aquí estamos, intentando hacerle entender a un guardia zopenco que me tiene que permitir pasar, que soy uno de los aliados de la Corona. Pero, claro, me marché con tantas prisas para regresar cuanto antes que ni siquiera me molesté en conseguir un salvoconducto para volver a entrar en palacio después. Porque hasta ahora siempre me habían permitido el paso con las misivas que reclamaban mi presencia, y ahora no tengo ni eso.

—Mira, chico —me dice uno de los guardias por enésima vez, y como vuelva a llamarme «chico» una vez más, le cruzo la cara—, si no te vas, acabarás metiéndote en problemas.

Como si no fuera más que un crío intentando colarse en el palacio. Me llevo las manos a la cara con frustración y resoplo con fuerza para enmascarar el gruñido gutural que se me escapa de las entrañas.

—Si tan solo me dejarais ir a buscar a alguien —señalo hacia las puertas—, os podrían confirmar que esto es una pérdida de tiempo.

Los dos guardias intercambian una mirada, a todas luces divertida, y vuelve a decirme que no. Y encima se lo están pasando bien. Aprieto la mandíbula y siento el sabor ferroso de la sangre invadirme la boca a causa de los colmillos cambiantes. Me veo obligado a dar dos pasos atrás para poner distancia y serenarme y entonces la siento. No sé qué llega primero, si el tirón en el pecho o ese dulce aroma tan suyo, pero sé que está viniendo antes incluso de que aparezca. Y no sé si me conviene.

Tal y como me esperaba, llega a las puertas, con su caperuza roja puesta, un morral y, asomando por encima del hombro, la empuñadura de una espada de plata. Es la que acabó con la vida del Hada, la que Pulgarcita llamó la Rompemaleficios. Y no es la única arma que porta, porque además de sus dagas gemelas, una en cada muslo, también lleva a la cadera la espada corta que me dejé olvidada en la residencia del duque cuando me pidió que me marchara, la hermana de la espada que llevo yo ahora y que he recuperado de entre mis pertenencias en la colonia. Espadas que nos regalaron nuestros padres cuando nacimos. Hasta hace poco más de un mes, esa era la que usaba yo, en lugar de la mía propia, para sentir que tenía a mi hermana conmigo, que no la había perdido del todo. Y que ahora sea Brianna quien la lleve...

Sin apenas mediar palabra, los soldados la dejan pasar. Sé que me ha visto, su corazón ha sido su delator, pero ni siquiera me ha dedicado una mirada de soslayo. Se ha esforzado por mantener la vista fija en el frente e ignorarme a conciencia mientras pasaba por entre los guardias, que claramente saben quién es ella. Y aunque una parte de mí me dice que le pida ayuda, no estoy dispuesto a afrontar un rechazo más. No ahora.

—Disculpad, señorita —la llama el guardia que más callado se había mantenido. Ella se detiene en mitad de la entrada y se gira hacia atrás, con aire altivo y una ceja levantada—. Este buen hombre dice ser alguien de interés para los Tres Reinos. ¿Podríais confirmarnos si es así?

Ella aprieta los labios para reprimir una sonrisa socarrona, pero no termina de conseguirlo, porque una de sus comisuras se eleva lo mínimo para que yo la vea.

—Mmm, no, no me suena de nada.

—¡Roja! —digo, dando un paso adelante. A la mierda lo de no pedirle ayuda. Las lanzas de los guardias se entrecruzan frente a mí para impedirme el paso. Ella se detiene otra vez y me mira por encima del hombro. Sus ojos ahora rezuman desdén—. Por favor. —La petición casi se me atraganta; ella se muerde el labio inferior y su pecho se infla con una amplia bocanada de aire.

Sus ojos se deslizan por todo mi cuerpo, de arriba abajo, durante unos segundos que se me hacen agónicamente largos. Entonces chasquea la lengua y su porte se tranquiliza. Con un gesto de la mano, comenta:

—Ahora que lo dices, sí. Dejadlo entrar.

Los guardias intercambian un vistazo cómplice y retiran las lanzas entrecruzadas.

—Os lo dije... —murmuro con voz grave mientras paso entre ellos. Ni siquiera se atreven a añadir nada más.

Para cuando miro de nuevo al frente, Brianna ya no está. Marcho raudo para adentrarme en el palacio y sigo su rastro. Entonces, en el recodo de una esquina, veo un trozo de su caperuza y acelero.

—¡Roja! ¡Espera!

Hace caso omiso, pero eso no me impide alcanzarla y caminar a su ritmo, junto a ella. Tan cerca que nuestras manos están a punto de rozarse. Y sé que es consciente de ello por la tensión de su expresión corporal mientras camina presurosa.

—Gracias —digo por fin, mirándola de soslayo.

Sus ojos, velados por unas pestañas tupidas, brillan de una

forma que no sé descifrar. Y eso me turba, porque antes de la bruma, antes de todo, era capaz de leer cada uno de los gestos que me dedicaba o que pretendía esconder. Me pregunto si alguna vez conseguiremos restaurar lo que teníamos, si seremos capaces de dejar atrás el dolor que nos hemos ocasionado.

A modo de respuesta, tan solo emite un gruñidito disconforme que hace que me dé un vuelco el corazón. Es lo menos agresivo que me ha dedicado desde que me despertó del letargo.

—¿Qué haces aquí, *Axel*?

Escuchar mi nombre de sus labios, pronunciado de esa manera tan despectiva y con cierto retintín, me genera repulsión. Hasta ahí ha llegado la «amabilidad» por su parte. Preferiría seguir siendo Lobo para ella y que no contaminara mi nombre con unas acciones que no encajan con quién soy. Lobo fue quien la traicionó, no Axel. A Axel no lo recuerda. Todavía.

Aun así, me armo de paciencia y sonrío con malicia antes de decir:

—Creía que no me había ganado el derecho a que me llamaras por mi nombre.

Recuerdo una de las últimas conversaciones previas a que descubriera la traición, la misma noche en la que nos acostamos por segunda vez, cuando el Hada me apuñaló para darme un toque de atención. Le pregunté si podía llamarla por su nombre y me dijo que no. Y, por supuesto, ella tampoco me iba a llamar por el mío, tan tozuda como siempre.

Que su respuesta ahora sea ignorarme me satisface, porque sé que le ha salido mal la jugada. Quería molestarme, picarme y que me enfadara porque la primera vez que dijera mi nombre fuera estando peleados. Pero no recuerda que esta no es la primera vez que me llama Axel. La primera fue justo antes de que el Hada me durmiera, y lo hizo con una desesperación y necesidad puras que no se me van a olvidar nunca.

—Vengo a ayudar —le digo para seguir con la conversación. Aunque realmente quien tenga casi todo el peso de la misión sobre los hombros sea yo, me parece una forma más asertiva de acercarme a ella.

Se detiene en seco y hago lo mismo dos pasos más allá. Me mira con el ceño fruncido y los brazos en jarras.

—¿Acaso no has hecho ya suficiente? ¿No te bastó?

«Oh, no. Por ahí no paso».

—No, claro que no. Morir por ti está visto que no fue suficiente —suelto de mala gana.

El aire se le atraganta en los pulmones y sus ojos refulgen con un destello de dolor. Ese sí lo identifico, y no sé si me alegro por ello.

—No *moriste* —dice con la boca pequeña, relajando los brazos a ambos lados—. Solo... te dormiste.

Suelto una carcajada amarga que me retumba en el pecho y la observo con una sonrisa ladeada. Sus ojos viajan por mi rostro y se detienen en mi hoyuelo.

—Permíteme que te corrija: me maldijeron. —Doy un paso hacia ella—. Y mi conciencia sí que murió. —Otro más—. Por ti. —Nuestros cuerpos están tan cerca que veo su pulso desbocado en el cuello—. Y tú me trajiste de vuelta.

Las mejillas se le colorean con tanta rapidez que la sonrisa me trepa aún más por la cara hasta que aparece el hoyuelo del otro lado, al que le dedica un vistazo con la respiración contenida antes de pasar junto a mí. Me golpea con el hombro y las comisuras se me estiran más y más. El corazón me chisporrotea y cojo aire con fuerzas para atesorar la sensación. Me giro sobre los talones y vuelvo a alcanzarla. Camina con las manos apretadas en los costados y gesto serio.

—Tenemos que trabajar juntos —insisto a su lado, mirándola desde arriba. Ella tiene la vista fija en el frente mientras bajamos un tramo de escaleras, no sé bien hacia dónde—. Y, para mi desgracia, no estás en una posición en la que puedas rechazar este ofrecimiento.

Ríe por la nariz y me observa de reojo, con una ceja enarcada.

—Tú tampoco estás en posición de exigirme nada.

—No te estoy exigiendo que me perdones —comento con más paciencia de la que yo mismo habría esperado. A ella también le sorprende esa afirmación, porque se detiene en un rellano y me mira a los ojos—. Solo digo que si trabajamos juntos, podemos evitar que tengas un hacha pendiendo sobre tu cuello.

—¿Estás dispuesto a hacer lo que sea necesario?

—Lo que sea. Cualquier cosa.

Durante unos segundos, sopesa mis palabras, como valorando si realmente estoy dispuesto a cumplirlo o no.

—¿Y puedo odiarte durante ese tiempo?

—Puedes odiarme durante ese tiempo —concedo, consciente de que no puedo pedirle nada que no sea eso.

—¿Y después me dejarás en paz?

El corazón se me hiela y me veo obligado a apretar los puños para aparentar una calma que, de repente, se ha evaporado de mis venas. Esa pregunta me duele más que su daga abriéndose paso lentamente a través de mi pecho. Siento las palmas sudorosas mientras me estudia, sin perder de vista ni un solo detalle de mí. Quiere la verdad. Merece la verdad. Y aunque la verdad sea más desgarradora de lo que cualquiera podría soportar, a pesar de que sea mi compañera, del vínculo que nos une y que ella desconoce, controlo la voz para que no me tiemble al decir:

—Si cuando todo acabe me lo pides, me marcharé y no volverás a saber nada de mí. Nunca.

Aprieta los labios y hace un mohín. Me repasa una vez más con la mirada y cabecea en señal de asentimiento antes de seguir descendiendo escaleras.

—Está bien. Trato hecho. —«¿Tenía que usar esas palabras?».
La miro de refilón. Sí, lo ha hecho a propósito, esa sonrisilla me
lo confirma—. Vamos, tenemos trabajo por hacer.

Cojo aire con fuerza, aún con el dolor de mis propias palabras en el pecho, y me obligo a seguirla. En el silencio que nos
pisa los talones me repito que esto es un paso, por pequeño que
sea; que no tiene por qué acabar pidiéndome que me marche
cuando hayamos terminado con todo. Si es que salimos vivos
de esta. Aunque estoy convencido de que voy a tomar decisiones bastante cuestionables a nivel moral para que ella sí sobreviva.

A pesar de que me esfuerzo por permanecer alerta mientras
descendemos hacia lo profundo del castillo, he de reconocer que
he dejado de saber cuántas plantas hemos bajado. El olor comienza a enrarecerse según recorremos más tramos de escaleras
y entonces me doy cuenta de que estamos descendiendo a las
catacumbas. Mis músculos se tensan en anticipación a lo que sea
que Brianna tiene en mente, pero empiezo a sentirme inseguro
en mi propia piel.

¿Y si se trata de alguna clase de trampa para hacerme pagar
por mis mentiras? Valoro la posibilidad mientras coge un candil
de la pared y me mira por encima del hombro. Si ese fuera el
caso, le permitiría que me arrancara las uñas con tal de ganarme
su perdón.

A la derecha vamos dejando atrás celdas de barrotes gruesos,
vacías pero cargadas de humedad y de hedores que se han quedado incrustados en las paredes de piedra. Nuestras pisadas resuenan en los túneles bajo el palacio y apenas se oye nada más
allá de eso y del goteo de algún líquido cuya procedencia prefiero no descubrir.

Al fondo del pasillo, varios guardias armados hasta los dientes custodian una celda cuyas puertas macizas impiden ver el

interior, a diferencia de las de barrotes del pasillo. Quien sea que aguarde al otro lado debe de ser peligroso.

—Espera. —Me detengo en seco y Brianna mira hacia atrás, con una sonrisilla pícara—. No.

—Dijiste que harías cualquier cosa. ¿O acaso estabas mintiendo?

—No, no estaba mintiendo. Pero...

—Pero nada. Además, el siglo trabajando para la tirana te habrá curtido en estos ámbitos. ¿Me equivoco?

No se equivoca, no.

Sin esperar mi respuesta, reanuda la marcha y le pide a un guardia que la deje entrar en la celda. Con un chirrido que se me clava en los tímpanos, la puerta de hierro macizo se abre para descubrir, en el centro, a una Aurora con aspecto desmejorado encadenada de pies y manos a la pared. El pelo, grasiento por la falta de higiene, le cae en cascada frente a un rostro pálido y alargado, pero esos iris verdes, que nos observan en cuanto nos oye llegar, no podrían ser otros que los de Maléfica.

Levanta la cabeza despacio, con una sonrisa ladina en esos labios de melocotón que le pertenecen a otra persona, y clava los ojos en Brianna, que le sostiene la mirada con altanería. Tras nosotros, la puerta se cierra con un estruendo que vibra en mis huesos. Es entonces cuando me doy cuenta de que las paredes, de una piedra tan negra como el abismo más profundo, están grabadas con diferentes runas y dibujos que identifico, gracias al siglo trabajando para el Hada, como guardas mágicas. Esto debe de ser obra de la reina Áine o de algún otro portador arcano poderoso.

Sin perder más tiempo, agarro a Brianna del brazo y la llevo hasta una esquina. Acerco la boca a su oreja, ante lo que ella se tensa, para susurrar:

—Sé lo que pretendes. Te advierto de que, cuando yo lo propuse, el príncipe Felipe se negó en redondo. Ese —señalo hacia atrás— sigue siendo el cuerpo de Aurora.

—Ninguno de esos príncipes me da miedo.

Me separo apenas unos centímetros para mirarla a la cara y por un instante me pierdo en las pequitas que le salpican la nariz.

—¿Y entonces por qué estás tan desesperada como para caer tan bajo?

Sus ojos viajan por mi rostro, se detienen unos segundos en mis labios y a mí se me seca la garganta. Estamos tan cerca que su aroma se convierte en el mío propio y nuestras respiraciones se entremezclan.

—Porque estoy harta de que me molestéis, estoy harta de que me exijan más de lo que debería dar, estoy harta de que jueguen con mi vida. Y tan solo quiero volver a la normalidad.

—¿La normalidad previa a la bruma? —me atrevo a preguntar.

Brianna traga saliva y de nuevo ese viaje frenético de mis ojos a mis labios y luego arriba.

—La que sea.

Se escapa de la jaula en la que se había convertido mi cuerpo y me doy la vuelta para mirarla.

—Ya intentaron interrogarla y no sirvió de nada.

—Hazle caso, niña. Vas a perder el tiempo. —Maléfica sonríe con deleite por lo mucho que implica que alguien como ella, aliada del Hada, hable del tiempo.

—No me voy a limitar a interrogarla. —Calla y clava sus ojos verdes en mí—. Pienso torturarla hasta que me cuente todo lo que necesito saber.

8

Una vez pasado el estupor inicial, apenas un segundo o dos, Maléfica recupera la máscara de indiferencia y suelta una carcajada aguda que hace eco contra estas paredes.

—Ay, chiquilla. Si el hierro no ha podido conmigo, ¿qué te hace pensar que tú vas a conseguir que hable?

La sonrisa de Brianna se vuelve taimada por momentos y me estremezco. En un acto reflejo, llevo la mano a la empuñadura y aprieto la mandíbula, tenso y preparado para lo que sea.

—Resulta que soy mucho más persuasiva que cualquiera de los que hayan podido venir a hablar contigo —dice con un tono perverso que no le había escuchado nunca—. Y hay muchas cosas que necesito saber.

—¿Y por qué no le preguntas a él? —Maléfica cabecea hacia mí y se me evapora la sangre de las venas—. Él estuvo mucho más cerca del Hada de lo que yo llegué a estarlo jamás. ¿Tengo que recordarte que por culpa de la intervención de esa mala pécora morí? —espeta con acritud.

—Siempre me he preguntado cómo pudo ayudar a Aurora estando la princesa sumida en un letargo —comenta Brianna con indiferencia, sosteniendo todo el peso de su cuerpo sobre una cadera en una pose distendida.

—Porque la muy malnacida sabía dónde había mandado yo a Aurora e hizo un trato con la princesa.

—Por eso Felipe pudo acabar con un dragón con una simple espada —apunto.

Ella me lanza una mirada furibunda, pero no añade nada más.

—Vaya, veo que te has dado cuenta de que estabas cantando sin necesidad de torturarte —se burla Brianna—. Dime, ¿cómo se viaja al País de las Maravillas?

—¿Qué te hace pensar que se puede entrar estando vivo?

—Respuesta incorrecta.

Sin preverlo siquiera, Brianna le cruza la cara de un guantazo tan fuerte que le gira la cabeza con violencia. A juzgar por cómo abre y cierra la mano, el golpe le ha debido de picar en la palma.

Para nuestra sorpresa, Maléfica empieza a reírse y levanta la cabeza para contemplarnos con diversión.

—¿Cómo se viaja al País de las Maravillas?

Los labios de Maléfica se estiran aún más en una sonrisa desquiciada, a juego con el intenso fulgor de sus ojos. Apenas le deja tiempo para responder antes de que le propine dos puñetazos rápidos en la cara que hace que las cadenas que la mantienen presa tintineen. Cuando alza el rostro una vez más, tiene la nariz partida y la sangre le chorrea por la barbilla.

—¿Cómo se viaja al País de las Maravillas?

Maléfica le escupe en la cara y Brianna le asesta un puñetazo férreo en el abdomen que habría hecho que cayese de rodillas de no estar anclada a la pared. No obstante, las piernas le fallan y tan solo se mantiene erguida por las cadenas.

Y, de nuevo, Maléfica se echa a reír. Una carcajada que, esta vez, me rebota en la mente y me transporta a un lugar de pesadillas, a un páramo angosto cargado de colores vibrantes donde arriba es abajo y reina esa perversa mujer que se oculta tras una máscara decorada con corazones.

—Creo que eso es todo lo fuerte que puedes pegarme —se burla Maléfica.

Brianna está a punto de traspasar la línea de no retorno, lo sé por cómo le centellean los ojos, cargados de fiereza desmedida y perdidos en el frenesí de la adrenalina, por el porte tenso de sus hombros, por la mandíbula apretada y las pupilas contraídas.

Yo mismo me he visto ahí en demasiadas ocasiones como para no reconocer lo que está dispuesta a hacer.

—Te aseguro que yo puedo hacerte mucho más daño —digo con voz ronca y ensayada, una que creía haber enterrado.

Sin darle tiempo a prepararse, le agarro los dedos índice y corazón y tiro hacia atrás. Sus huesos se retuercen y se quiebran con un chasquido que me hace apretar los dientes. El grito que escapa de entre sus labios es profundo y las lágrimas acuden raudas a sus ojos. Cuando miro a Brianna, no encuentro repulsión ni rechazo, sino determinación férrea y compromiso con la información que tenemos que sonsacarle.

—Veo que ya no te ríes.

—Creía que tú ibas a ser el bueno y ella la mala.

—Pues ya ves que te equivocabas. ¿Cómo se llega allí?

—No se puede.

Brianna y yo compartimos una mirada dubitativa y los dos concluimos que debe estar mintiendo, por nuestro propio bien. Si la Reina de Corazones me pidió que fuera a buscarlas, algún modo debe de haber.

—¿Sabes lo que creo? —Me rasco la barbilla con indiferencia—. Que tu poder es tan insignificante, que eres tan inferior al Hada Madrina, que tus conocimientos son inútiles en comparación con lo grande que era ella.

Brianna hace una mueca de repulsión, pero se mantiene al margen. Maléfica, por su parte, aprieta los dientes y escupe un lamparón de sangre al suelo. Al menos ahora ha tenido la inteligencia de no escupirme a mí. No obstante, meterme con ella no ha servido, así que no me queda más remedio que decir:

—Creo que necesitas un recordatorio de lo mucho que vas a sufrir si no hablas.

Aprovechando que se está incorporando y que tiene todo el peso del cuerpo sobre una pierna, le propino tal patada que la rodilla se parte bajo la suela de mi bota y ella aúlla de dolor. Se deja caer nuevamente, las cadenas, que le queman la piel con cada movimiento, se le clavan en la carne. Intenta recomponerse, ponerse esa máscara pétrea de indiferencia, pero el dolor es tan lacerante que ni siquiera puede.

Brianna me agarra por el brazo cuando voy a darle otro golpe y esta vez veo algo de temor en sus ojos al girar el rostro para mirarla.

—Esto era lo que querías —escupo con rabia.

—Sí, pero...

—Pero nada —repito las mismas palabras que ella me ha dedicado antes—. Si tienes reticencias, sal de aquí y acabo yo. —Atrás han quedado los recelos por no dañar a Aurora y ahora solo puedo ver a Maléfica frente a mí, en un entorno rojo y blanco que sé que no corresponde a este lugar pero que tengo bien grabado en la mente por el tiempo que mi conciencia estuvo en ese infierno—. Porque pienso hacer que desee no haber regresado del País de las Maravillas. Y créeme, he estado allí y sé bien cómo conseguirlo.

El temor de Brianna se transforma en desconcierto y sus ojos viajan raudos por mis facciones contraídas por la rabia implacable. Cuando baja la vista hasta donde su mano se ha encontrado con mi brazo, se percata de que en mis dedos ahora hay unas garras que antes no estaban y me suelta. Sacudo las manos para volver a retraerlas y me enfrento a la mujer que a duras penas consigue respirar entre los sollozos, que poco a poco son más calmados.

Levanto el puño para estamparlo en su cara con inclemencia cuando Brianna dice:

—Tengo una idea.

Se lleva la mano a la espalda y desenvaina la espada ante la atónita mirada de Maléfica, cuya atención se había visto atraída por sus palabras. Si ya de por sí la mujer tenía un aspecto demacrado y cargado de dolor, este cambia al terror más absoluto en cuanto es consciente de lo que tiene ante sí.

—Sabes lo que es esto, ¿verdad? —pregunta con inquina. Maléfica divide su atención entre Brianna y la espada—. Es la Rompemaleficios, forjada para acabar con la magia.

Maléfica intenta ponerse en pie sin éxito según Brianna le acerca el arma. La mujer, ante la cercanía del filo, se echa más hacia atrás, o al menos eso intenta, puesto que la pared se lo impide. Consciente de lo que eso significa, le agarro la cabeza con ambas manos y la mantengo en el sitio mientras Brianna aproxima el arma, por la parte plana, a su mejilla. Antes incluso de que llegue a rozarle la piel, esta empieza a enrojecer y Maléfica aprieta los dientes y los ojos con fuerza.

—Vaya. Me alegra estar en lo cierto.

Y, sin más, Brianna le planta la espada contra la mejilla.

Maléfica grita con mucha más fuerza de lo que lo ha hecho con cualquiera de los huesos rotos y una parte perturbada y perversa de mí disfruta con ese canto agónico.

Brianna intensifica el empuje del arma y empieza a oler a chamuscado. Espero que las hadas puedan curar estas heridas, o que incluso sanen tan rápido como lo hacemos los licántropos, porque estoy convencido de que le dejará marca en ese precioso rostro de muñeca de porcelana.

Maléfica se revuelve para intentar zafarse, pero mi agarre es firme y me he perdido por completo en las aguas turbias de la tortura, así que sé que no la soltaré hasta que diga lo que quiero oír. Y a juzgar por el lenguaje corporal de Brianna, ha traspasado la frontera y ella tampoco cesará en sus esfuerzos.

—Por favor, parad —balbucea. El olor se torna nauseabundo y la sangre empieza a salir por cada poro en contacto con el dorso de la espada—. ¡Las aguas! ¡El Barquero! ¡Buscad al Barquero!

Brianna sonríe y lanza el brazo hacia atrás para terminar el trabajo y acabar con ella. Y a punto estoy de dejarle hacerlo cuando un haz de claridad y cordura me atraviesa la mente y le rodeo la cintura con los brazos para apartarla en volandas. Por suerte, he sido lo suficientemente rápido como para que el tajo corte aire y las puntas del pelo de Maléfica, cuya cabeza cae inerte hacia delante fruto del desmayo.

Tiro de Brianna hacia atrás y la saco de la celda forcejeando, perdida por completo en el éxtasis de la tortura. Cuando estamos fuera, con la puerta cerrada y los soldados observándonos con una preocupación profunda que les impide hablar, la suelto con tanta fuerza que casi trastabilla.

—Lárgate —le digo con voz tensa y grave.

—¡No eres nadie para decirme que...!

—¡Que te largues! —Para mi desgracia, mi voz sale gutural y entremezclada con una reverberación animal que la hace callar de inmediato.

Acto seguido, Brianna recoge la espada del suelo, que ni siquiera sé cuándo se le ha caído, y se marcha por los oscuros túneles de la perdición. Y esta escena se asemeja tanto a cuando estuve a punto de matarla, en aquel bosque hace tanto tiempo, que la garganta se me seca.

Aún con la ira bullendo en mis venas, me giro hacia los dos guardias, pálidos por lo que han tenido que escuchar, y saco las

garras al instante, obviado el ramalazo de dolor que me sobreviene. Ninguno de los dos hombres pierde detalle de lo que acabo de hacer y se quedan más lívidos todavía.

—Más os vale no decir ni una palabra —levanto la mano con
gesto amenazador— si no queréis acabar como ella.

Los guardias se miran entre sí: uno traga saliva, el otro está
perlado en sudor, y asienten con pavor.

Sin permitirme ni un solo segundo para pensar en lo que
hemos hecho, me marcho.

9

El laberinto me engulle y me atrapa, los muros de setos se alargan y se cierran por encima de mi cabeza para empujarme hacia abajo, hasta que tengo que recorrer la distancia a rastras para evitar que las hojas, zarzas y ramas me asfixien. Sigo avanzando, incansable, con el corazón tronando en mi pecho y la frente y la espalda perlados de sudor. Y mientras tanto, una insidiosa risa de mujer, que me deja un regusto familiar pero no consigo ubicar, se mofa de mí y de mi lentitud. Se jacta de que voy a ser devorado por el laberinto y de que voy a pasar a formar parte del arsenal de estatuas que lo decoran.

Entonces, un agujero se abre bajo mis pies y caigo y caigo y caigo y caigo. Las paredes son terrosas, el fondo, oscuro. Hay muebles flotando según desciendo, con el estómago en la garganta por la ingravidez, y cuando mi cuerpo debería acabar hecho papilla por estamparse contra el suelo, aparezco sobre una mesa larga y atestada de porcelana, con un mantel blanco y varios juegos de té de diferentes tamaños y colores, de piezas enteras y desportilladas.

Me incorporo, con la respiración acelerada, y miro a mi alrededor. Estoy en un paraje yermo, desértico, con dos soles brillando inclementes sobre la cabeza. Solo que no son dos soles, sino dos enormes ojos dorados de pupilas contraídas que me observan con curiosidad y regocijo.

Ahora estoy atado sobre la mesa, la porcelana de los juegos de té clavada en mi carne y abriendo heridas por todo mi cuerpo. Siseo de dolor e intento zafarme de las ataduras, librarme de esta tortura mental, pero la mano de una mujer, de larguísimas uñas con corazones, me empuja de la frente sobre la mesa para que me quede quieto.

El brillo de sus ojos en el cielo me impide verle la cara con claridad, completamente a contraluz, pero juraría que las facciones delicadas que intuyo no van en consonancia con lo demente de sus ojos, con lo fría que es su piel marrón, con la sonrisa afilada de colmillos prominentes que me dedica. Sí atisbo a ver el corsé rojo que lleva en el torso, la falda holgada que cae sobre sus caderas y que vuela a su alrededor con cada uno de sus movimientos. La larga cabellera rizada y negra como la noche más oscura baila sobre su espalda según gira y gira, en una danza hipnótica alrededor de la mesa cuya música es el chirrido disonante de su risa.

Entonces, alza las manos al cielo con un grito de júbilo y un rayo, nacido de la nada más absoluta del firmamento, parte la tierra junto a la mesa. El sonido me ensordece, me pitan los oídos y la luminosidad del fenómeno eléctrico me ciega unos segundos. Cuando consigo abrir los ojos, una enredadera negra y pútrida trepa por las patas de la mesa, lenta, perezosa, deleitándose con el momento de enterrarme entre sus garras. Garras que me acarician la mejilla. Vuelvo la vista al frente y tengo a la mujer sobre mí, pasando su uña por mi mentón, con esos ojos, lo único que se ve a través de la máscara roja que ahora sí lleva puesta, clavados en los míos, vibrando con intensidad.

El matorral que nos envuelve sigue creciendo y su sonrisa se ensancha antes de susurrar junto a mi oído:

—Siempre me han gustado las rosas rojas. Justo del color de la sangre.

De las zarzas que me envuelven empiezan a crecer flores bermellón cuyas espinas se me clavan en la carne y escarban en mi interior para llegar profundo. Me revuelvo, ahogo los gemidos de dolor solo por no darle el placer de verme sufrir, pero entonces ella me agarra del rostro y sisea, con voz ajena a su propio cuerpo, la vista perdida aunque me esté mirando y cierto deleite:

—¿Ves lo que pasa si te resistes?

Una lágrima de sangre cae y se pierde bajo su máscara, las rosas terminan de eclipsarme la visión y siento las espinas clavadas en los ojos. Solo entonces despierto, con la respiración acelerada y el cuerpo perlado de sudor.

«Ha sido una pesadilla», me recuerdo una y otra vez; palabras que casi se han convertido en un mantra últimamente.

Pero nunca son solo pesadillas. A veces son retazos de recuerdos entremezclados con la tortura de haber ido a parar al País de las Maravillas por culpa del Hada. En otras ocasiones, me veo sumergido en recuerdos agradables para luego descubrir que están alterados para destruirme aún más. Y en otras, como la de ayer, son composiciones tan vívidas que casi creo que son reales, algo del todo imposible.

Me levanto de la cama, con la garganta seca y los ojos irritados, y me acerco a la palangana para refrescarme, porque la temperatura elevada de mi cuerpo por creer que realmente debía sanarme de las heridas de los rosales va a acabar conmigo. Me empapo la cara, el cuello, el pecho desnudo y hasta el pelo. Todo con la intención de quitarme el hedor a rosas del cuerpo, que se ha adherido a mi propia piel incluso a través del sueño.

Lo que hemos tenido que hacer hoy, lo que he tenido que hacer hoy, ha traído de vuelta las peores pesadillas y mis peores temores. Me ha hecho ser una persona que creía muerta y enterrada, esa capaz de desconectar su humanidad en pos de sobrevivir a lo que sea, ya fueran las peticiones imaginativas del Hada o las torturas de la Reina de Corazones. Y por mucha agua que me eche en el cuerpo, no consigo deshacerme de la sensación de suciedad.

Alzo la vista y observo mi reflejo en el espejo sobre la pila. Tengo ojeras bajo los ojos, fruto de llevar un mes sin apenas descansar; la barba incipiente me raspa cuando paso la mano por el mentón y tengo la sensación de que mi piel marrón ha adquirido un tono ceniciento y grisáceo, puesto que la cicatriz que me cruza el rostro desde la ceja izquierda a la mejilla resalta mucho más. Hasta los pendientes de las orejas parecen haber sido lustrados en comparación con lo apagado de mi piel.

Cuando me doy la vuelta para volver a la cama, reparo en un enorme jarrón que adorna una esquina de mi dormitorio. Pero lo único en lo que me fijo de verdad es en la enorme cantidad de rosas rojas que asoman por encima del borde.

No sé de dónde sale el arrebato de ira que me lleva a volcarlo, a convertir la cerámica en añicos y a esparcir todo el contenido por el suelo pulido del dormitorio, pero cuando termino, es como si un charco de sangre se extendiese a mis pies. Y ver ese charco rojizo por los juegos de luces de una chimenea casi extinta me sume en un estado de semiinconsciencia del que no consigo salir hasta que el sol se alza en el firmamento.

10

A primera hora de la mañana, me decido a salir del dormitorio, sin haber pegado ojo en toda la noche, para buscar algo con lo que ayudar.

Recorro los intrincados pasillos un poco por inercia, porque creo que me pierdo en más de una ocasión. Aquí los corredores son iguales, decorados hasta los techos, tal y como comprobé cuando nos colamos en el baile del solsticio. Ubicarse por la zona del servicio era más sencillo que esto, porque todos tenían algo peculiar y único que ayudaba a recordar el recorrido. Pero estos son tan ostentosos que apenas si tengo tiempo de fijarme en un detalle cuando hay otros ocho que me llaman la atención.

Pensar en el baile del solsticio me hace recordar, de forma irrevocable y dolorosa, que aquella fue la noche en que conseguí tender un puente hacia Brianna. Cuando las máscaras cayeron y ella me vio, por fin, como quien soy en realidad, sin traiciones de por medio, sin odio emponzoñado. Tan solo ella y yo bajo el influjo de la luna llena. Cómo pude dejar que las cosas se torcieran tantísimo...

Y ahora, encima, ha visto una nueva faceta mía que, casi con total seguridad, va a jugar más en mi contra que a mi favor. Porque después de ver el temor grabado en sus ojos anoche estoy convencido de que no será capaz de obviar el monstruo en el que llegué a convertirme durante el siglo trabajando para el Hada.

Deambulando de acá para allá, siguiendo el camino inconsciente que marcan mis pies, llego a un pasillo corto con una única puerta de madera, decorada con arabescos de pan de oro, entreabierta. Como animal curioso que me considero, termino de abrirla y me asomo al interior.

Al otro lado se extiende una majestuosa biblioteca cuyas paredes están formadas por estanterías tan altas que tengo que alzar la cabeza para ver su fin. Lo primero que noto es el hedor penetrante de las rosas, que me hace arrugar la nariz y plantearme si seguiré consternado por la pesadilla o si realmente huele a eso aquí dentro; después, distingo los matices del polvo viejo y la humedad, impregnados en los lomos de los cientos de libros que se acumulan por doquier. El centro del techo está decorado por una grandiosa lámpara de araña de cristales azules cargada con velas encendidas que le confieren a la estancia un aire íntimo y místico. Hay mesas repartidas por el poco espacio que dejan libres las hileras de estanterías, atestadas de libros abiertos y amontonados en pilas que desafían a la gravedad.

En el corazón del laberinto, justo debajo de la imponente lámpara, hay una mesa, que podría dar cabida a treinta comensales, rodeada de sillas. En una de ellas se encuentra Pulgarcita, cuyo olor a manzanilla y margaritas me ha pasado desapercibido entre tantos estímulos nuevos. Ojea un libro sin levantar la cabeza de él, con algunos mechones sueltos de la trenza cayendo como una cortina frente a su rostro.

—Buenos días —la saludo con la voz ronca por la falta de descanso.

—Ah, hola, Axel. ¿Qué tal? —Su sonrisa, aunque tensa, parece afable. Pero ¿cómo no iba a serlo si esta chiquilla rezuma amabilidad por cada poro?

—Bien, gracias —respondo, frotándome la nuca, algo incómodo—. ¿Qué haces aquí sola?

Me acerco a la mesa y paso las páginas de uno de los numerosos libros que hay abiertos sobre ella. El papel es tan fino y antiguo que me da miedo que se deshaga entre mis dedos.

—Investigar. Buscar algo que pueda servirnos de ayuda. Y no estoy sola.

Miro a mi alrededor con aire distraído en busca de la compañía que ha sugerido. No veo el destello amarillo de las alas de Campanilla por ninguna parte, y tampoco percibo el aroma de Gato. Y tengo la certeza absoluta de que Brianna no está por aquí. Lo único que huelo, aparte de a ella, es ese intenso olor a rosas y a libro viejo.

—¿Con quién...? —empiezo a decir cuando oigo el ligero crujir de los tablones de madera tras de mí.

Me giro hacia la procedencia del sonido y, tras una de las innumerables estanterías, aparece una joven hermosa, de cabellos castaños y ondulados recogidos en una coleta baja con un lazo azul.

—Anda, ¿hay un nuevo voluntario? —pregunta con voz dulce. Ante mi estupefacción, da dos pasos hacia mí y extiende el brazo—. Hola, soy Anabella, la bibliotecaria.

Por un momento, me quedo absorto con la belleza de la mujer, con sus facciones delicadas, su piel tersa y el cabello lustroso sin un solo pelo fuera de su sitio. Pero lo que me deja sin aliento un segundo es la increíble sonrisa de labios carnosos que me dedica, sin prejuicios velados tras los ojos. Me apresuro a estrecharle la mano y casi balbuceo mi nombre por culpa del estupor inicial.

Cuando Anabella pasa junto a mí para dejar en la mesa los libros que porta, me doy cuenta de que ella es la que despide la fragancia de rosas que empapa las paredes y libros de esta sala.

Y no me extraña. Si es la bibliotecaria, seguro que pasa aquí más horas que en su propia casa y ha terminado dejando parte de su esencia en este trocito de palacio.

—Axel ha venido a ayudar —le explica Pulgarcita con diligencia. Y me sorprende que sea yo el que viene a ayudar cuando toda la responsabilidad está sobre mis hombros, pero tampoco voy a corregirla y rechazar su apoyo—. Es un amigo.

Esa palabra me deja con un calorcito en el pecho.

—Ah, qué bien. Cuantas más cabezas pongamos a pensar, mejor.

Sin poder remediarlo, sonrío ante ese comentario que se parece tanto al que Pulgarcita me hizo después de la reunión.

—Creo que hay algo que podría servirnos de pista —comento, mientras hojeo uno de los libros—. Pero deberíamos hablarlo cuando llegue Roja. ¿Sabes dónde está?

Pulgarcita niega y por fin levanta la cabeza de la mesa para estirarse con un suspiro lánguido.

—Estuvo aquí hace un rato, aunque parecía alterada y de peor humor de lo habitual.

Después de lo que tuvimos que hacer, no me extraña que estuviera consternada. Y por mucho que sienta que ella me arrastró hasta eso, que es responsable de la pesadilla de esta noche y del malestar que siento ahora, habría dado lo que fuera por pasar los momentos posteriores a la tortura con ella. Porque sé bien lo mucho que te destroza por dentro algo así. Pero anoche... simplemente perdí el control y lo recuperé justo a tiempo de evitar una desgracia que la habría condenado a una muerte inmediata y segura, por lo que tampoco estaba yo en mi mejor momento como para hacerme cargo de ella, para enfrentarme a su odio visceral y no terminar estallando.

—Espera... —Pulgarcita frunce el ceño con la vista clavada en la ventana—. ¿Qué hora es?

La bibliotecaria se encoge de hombros y se enfrasca en una nueva lectura.

—Amaneció hace un par de horas —respondo.

—¡¿Qué?!

Rendida, Pulgarcita se deja caer sobre la mesa con un gesto dramático y entierra la cabeza entre los brazos.

—¿Habéis pasado la noche aquí? —Emite un gruñidito a modo de confirmación—. ¿Habéis comido algo? —Pulgarcita vuelve a gruñir, esta vez en una negativa—. ¿Habéis averiguado algo?

Niega con la cabeza con teatralidad y me arranca una sonrisa. Anabella, sin levantar la vista del libro, le da un par de palmaditas en la espalda. No sé si se conocerán de antes o no, pero parecen demostrar una familiaridad especial.

—Para no perder tiempo esperándola —dice la bibliotecaria—, puedes empezar releyendo todo lo que ya hemos leído, por si acaso se nos hubiese escapado algo importante o por si encuentras algo relacionado con lo que nos tengas que contar. Mientras, voy a buscar el desayuno.

Pulgarcita se reincorpora y empuja un libro, que se desliza sobre la madera hasta llegar a mí.

—Inténtalo tú. Cada vez que leo más de dos líneas, me entra sueño.

Las tapas están ajadas por el tiempo, con el cuero cuarteado por el desgaste. No obstante, las letras, lustrosas y doradas, permanecen casi intactas. Paso las yemas sobre el título, que reza *Historia de la magia* en lengua arcana, y frunzo el ceño.

—¿Cómo es que esto sigue aquí después de la purga del Hada?

—Ese en concreto me lo dio la reina Áine —responde Pulgarcita—. Y también todos estos. —Levanta el dedo hacia una pila—. Esos otros estuvieron escondidos.

Señala el montón junto a ella y asiento como respuesta. Eso significa que Pulgarcita lleva buscando respuestas desde el principio, cuando la Reina de Corazones apareció en el espejo. Y, acto seguido, me siento culpable, porque yo apenas me he preocupado por la situación por temor a enfrentarme a ella. Mi mayor interés durante este tiempo siempre ha sido Brianna, para bloquear todo lo demás y no tener que pensar en la amenaza tácita de esa mujer.

Devuelvo la atención al libro, un mamotreto que jamás podría ser considerado lectura ligera, con las páginas rugosas y agujereadas en algunas partes por la intervención de algún insecto. Repaso el índice de contenido despacio, porque no estoy habituado a esta lengua arcaica después de un siglo de desuso.

Según parece, recoge información sobre un sinfín de tipos de magia y portadores arcanos: faes, hadas, trasgos, magos, brujos, elfos... Y algunos ni siquiera sé qué son. Después de pasar varias páginas del índice, doy con el epígrafe dedicado a los conjuros y abro el libro por ahí, con tal estruendo al chocar las tapas contra la mesa que sobresalta a Pulgarcita.

Transcurridos unos segundos de silencio amenizado por el pasar de páginas, oímos la puerta abrirse y el rostro de Pulgarcita se ilumina por completo.

—¡Qué pronto has vuelto! Me muero de hambre. —Como si su estómago la hubiera oído, ruge y se hace eco de sus palabras. La chica reprime una sonrisilla que le desaparece del rostro al instante, los ojos fijos en un punto tras de mí.

Alerta, me doy la vuelta y descubro a un guardia, ataviado con su armadura reglamentaria y los hombros cuadrados, que nos observa con gesto adusto.

—Se requiere vuestra presencia en la sala del consejo. Inmediatamente.

Sin más, el soldado desaparece y Pulgarcita y yo compartimos una mirada consternada. Al levantarme, lo único en lo que puedo pensar es en que, por favor, no le haya pasado nada a Brianna.

11

Cuando llegamos a la sala del consejo del Palacio de Cristal, tan solo estamos Pulgarcita y yo. Un tanto inquietos, los guardias nos indican que esperemos en el interior. Y no tenemos más remedio que obedecer. Pulgarcita toma asiento en una de las sillas más cercanas a la ventana y desliza la vista por el frondoso paisaje que se extiende tras el palacio. Está nerviosa, lo sé porque su aroma se enturbia aunque aún no haya empezado a sudar.

A pesar de que el cuerpo me pide estar de pie, porque yo también estoy preocupado, me siento junto a ella.

—Eh, ya verás como no es nada importante.

—Sabes que no nos habrían convocado si no fuese importante —murmura sin mirarme.

—¿Qué puede haber pasado? —Trato de restarle importancia al asunto porque los nervios me están mordiendo el estómago. Hay mil posibles respuestas a esa pregunta y ninguna sería agradable.

—Supongo que pronto lo averiguaremos.

Las puertas vuelven a abrirse y ambos, raudos, miramos en esa dirección, con el corazón en un puño. No obstante, tan solo se trata de Gato, que llega con el mismo rostro taciturno que nosotros.

—Buenos días, Gato —lo saluda Pulgarcita, con una afabilidad tensa.

—¿Estáis bien? —pregunta él mientras toma asiento.

—Nosotros sí.

—¿Y Roja? —Aunque no he abierto la boca desde que ha llegado, Gato se gira hacia mí en busca de una respuesta.

—N-no lo sé —musito para mi consternación.

Los portones vuelven a abrirse y, esta vez sí, el Príncipe Azul hace acto de presencia. Por protocolo, los tres nos levantamos, aunque lo que más me apetece es estamparle un puñetazo en la cara al petulante este. Tampoco me pasa desapercibida la mirada de odio que me dedica, y me congratula que sea mutuo.

—Sentaos. —Obedecemos y él planta las palmas sobre la mesa.

—¿Y Roja? —me atrevo a preguntar, con un nudo de temor en el estómago.

—Dímelo tú. —Frunce el ceño y sus labios se convierten en una línea—. ¿Ya ha desertado de la misión? Sabes lo que le ocurrirá si eso sucede.

Escondo las manos bajo la mesa y las aprieto en puños. No me apetece lo más mínimo enfrentarme a un hombre tan prepotente y arrogante, menos cuando ostenta todo el poder.

—No nos ha abandonado —interviene Pulgarcita con voz trémula—. Ha salido a recabar información.

El Príncipe Azul inspira hondo y cabecea, conforme.

—No es por ella por lo que os he reunido. Y siento que haya sido con tanta premura que no haya tiempo de esperar a la reina Áine o a Felipe y Florián. Aunque ya he mandado un halcón mensajero para informarles al respecto.

—¿Qué sucede? —inquiere Gato, con los hombros rígidos por la tensión.

—Hacedlo pasar. —Ante un gesto de la mano de su soberano, las puertas vuelven a abrirse y dejan pasar a un anciano pálido, agitado y que juguetea con un sombrero viejo entre las manos. Por su aspecto, diría que es un campesino—. Cuéntales lo que me has contado a mí.

—E-esta mañana —balbucea—, al alba, he llegado al cementerio, como cada dos días, para cuidar de los jardines y...

No necesito escuchar más para saber qué va a decir. El estómago se me retuerce y siento la bilis trepando por mi garganta ante el temor de lo que mi mente imagina, que es exactamente lo que el sepulturero revela:

—Y todas las tumbas estaban rotas. Destrozadas por completo. No se ha salvado ni una. Creemos que han podido ser unos vándalos, pero ¿qué motivo podrían tener para asaltar las tumbas? Los sepulcros están intactos, un poco de tierra batida, pero no se ha usurpado ningún cadáver.

—No tiene pinta de que haya sido un médico buscando voluntarios con los que practicar... —murmura Gato, haciéndose eco de los pensamientos de todos.

—Y las flores..., ay, las flores —se lamenta el sepulturero, con voz temblorosa—. Los crisantemos que pueblan el cementerio se han marchitado de la noche a la mañana, podrido. Es algo inaudito.

Su consternación me traspasa y casi me quedo sin aliento.

—Puedes retirarte —le indica el príncipe sin mirarlo siquiera.

El silencio que se instala entre nosotros en cuanto el hombre abandona la estancia es tan tenso que creo que todos escucharán los latidos frenéticos de mi corazón. No puede ser, es imposible...

¿Y por qué, al mismo tiempo, tengo la sensación de que yo ya sabía esto? ¿Por qué, si no, me desperté la otra noche oliendo a crisantemos?

—¿Alguna idea de qué puede significar esto? —inquiere el Príncipe Azul, con un subtono de reproche.

En cualquier otra circunstancia me habría vanagloriado con su estupidez, pero ahora apenas si puedo hilar un pensamiento detrás de otro.

—Creo que la amenaza de la Reina de Corazones está un paso más cerca de ser real —aventura Gato.

Todos lo miramos, con mayor o menor grado de estupefacción. No me queda otra alternativa.

—Yo... —Me avergüenza lo mucho que me cuesta que me salga la voz, y me cuesta más al ser consciente de todas las miradas. Carraspeo para aclararme la garganta e inspiro hondo—. La otra noche soñé con esto.

—¿A qué te refieres? —pregunta Pulgarcita, con tono amable a la par que preocupado.

—Desde el letargo tengo sueños... complicados. Pesadillas. —Miro a la chica porque me resulta más fácil imaginar que le hablo a ella—. No en todos sale la Reina de Corazones. Pero la otra noche soñé que iba al cementerio y, estando allí, ella... Ella destrozó las lápidas con su magia y me dijo que los muertos venían a buscarme.

Termino de relatarlo con la respiración acelerada y los nervios clavados en la nuca. Los tres se quedan tan estupefactos que ninguno se atreve a decir nada. Hasta que el príncipe lo hace.

—Tenemos que entregarte a esa mujer —sentencia.

—¡¿Qué?! —brama Pulgarcita.

—Me temo que no serviría de nada, alteza —media Gato, tan calmado como siempre. Yo estoy tan turbado que ni siquiera reacciono ante la amenaza—. Seguiríamos sin poder recuperar a las princesas. Por no hablar de que no sabemos cómo llegar hasta allí.

—Me entregaría de buen grado si supiera que eso iba a servir para algo... —musito.

Y aunque el miedo que siento hacia la Reina de Corazones

sea de todo menos irracional, sí que tengo esa certeza. Porque si con eso consiguiera que Brianna no tuviera que enfrentarse al horror de ver a los muertos levantarse, de ver a su abuela, a la que decidió enterrar en lugar de incinerar, volviendo a por ella, me entregaría sin dudar.

—La amenaza es inminente —apunta el Príncipe Azul con reproche—. Algo tendréis que hacer.

Un bufido se escapa de entre mis labios y atraigo la atención de todos.

—Es evidente que algo tenemos que hacer, alteza. Pero no es fácil lo que nos pedís. Estamos hablando de ir a la tierra de los muertos, de enfrentarnos a su guardiana para traer a las princesas de vuelta. Puedo aseguraros que vamos a poner todos nuestros esfuerzos en ello.

—Sobre todo ahora que a ti también te interesa, ¿no? —Me va a sacar de mis casillas, es lo que está buscando para tener cualquier excusa con la que mandarme a los calabozos. Pero es tan estúpido que ni siquiera se da cuenta de que no le conviene.

No sé cómo lo consigo, pero hago acopio de toda la paciencia que soy capaz de reunir y respiro hondo.

—Creo que esto podría significar que mis sueños pueden ser un puente hacia ella —reconozco con temor.

—¿Quieres decir que son reales? —interviene Gato, mesándose la perilla.

—Eso creo.

Pulgarcita se tensa a mi lado.

—En ese caso, tienes que informarnos de todo lo que sueñes —establece el Príncipe Azul. Se yergue para dotar de mayor poder a sus palabras.

Ni de coña pienso contarles todo lo que pasa en mis pesadillas. Hay algunas demasiado personales e íntimas como para compartirlas con cualquiera. No obstante, no necesitan saber la verdad, así que me limito a asentir, con los labios apretados, y a desear que la Reina de Corazones no vuelva a mostrarme nada que pueda estar relacionado con los muertos, por muy reales que me resulten los sueños.

12

Regresamos a la biblioteca para enfrascarnos en nuevas lecturas y, pocos segundos después, aparece Anabella con tres platos de comida, que según dice son sobras de la cena recalentada. Ni Pulgarcita ni yo tenemos cuerpo para comer, pero nos obligamos a hacerlo mientras le relatamos lo sucedido.

—¿Has oído algo de Roja? —le pregunto, más tenso de lo que imaginaba.

No puedo evitar preocuparme. Por mucho que esté un tanto resentido por haberme arrastrado a la tortura, y por haberme apuñalado en el muslo y en el pecho tiempo atrás, ahora tengo la sensación de que la amenaza de la Reina de Corazones es mucho más real y solo puedo pensar en si le hará algo a ella para llegar hasta mí.

Anabella niega con la cabeza con un «lo siento» trémulo y suspiro mientras cojo la primera salchicha. La boca me saliva con el exuberante olor a carne cocinada y a especias, pero sigo teniendo el estómago un poco cerrado.

—Tampoco le des demasiadas vueltas a su ausencia —comenta Pulgarcita, limpiándose la boca con una servilleta—. Ayer también estuvo desaparecida hasta la madrugada, cuando se pasó por aquí; seguro que no le ha ocurrido nada.

—Y, además, se marchó un tanto airada —apunta Anabella limpiándose las comisuras con cuidado de que ni una sola migaja se salga del plato.

Con otro bocado, me lleno la boca de verduras, aunque las detesto, pero me parece descortés rechazar la comida que me han servido, y pregunto:

—¿Qué pasó?

—Ya sabes cómo es, se enfada con nada.

—Sí, pero suele reprimirlo muy bien. —Pulgarcita y yo nos miramos un instante y frunzo el ceño de forma automática—. ¿Qué le dijiste?

La chica, que tenía la boca llena, se toma su tiempo para tragar y retrasar la respuesta lo máximo posible. Después, le da un largo trago a su vaso de agua. Cuando no puede dilatar más el momento, suspira y vuelve a clavar sus ojos en los míos.

—Puede que le sugiriera que tendría que ser un poco más amable y puede que le dejara caer que vais a tener que trabajar juntos. —Abro la boca para responder, pero me interrumpe—: Y puede que no se tomara a bien mi insinuación de que tal vez, y solo tal vez, debería escucharte.

El corazón se me encoge por lo que eso significa: que Pulgarcita está esforzándose por conseguir ablandar a Brianna a pesar de todo lo que está pasando. La garganta me escuece de repente y centro mi atención en el plato mientras jugueteo con la comida. No obstante, sé bien que no fue eso lo que la alteró tanto, sino que traía sus propios fantasmas consigo. Y por mucho que ahora mismo tengamos otras preocupaciones más importantes, hablar de esto me reconforta en cierto modo.

—Aunque agradezco tu ayuda, creo que es mejor que no interfieras de forma tan evidente a partir de ahora. —Teniendo en cuenta lo que hicimos anoche, casi prefiero dejar que las aguas sigan su curso y esperar a que lleguen a buen puerto sin presionarla. Sobre todo durante el día, cuando está mucho más irascible. Ella aprieta los labios y asiente—. A Br... A Roja nunca le han sentado bien las prisas.

—Pero me da rabia que tú la conozcas tan bien y ella ni siquiera haga intención de saber que estás ahí. En la reunión del otro día, vi cómo te miraba. Y o bien le damos un empujoncito para que se tranquilice, o su cabeza acabará en una pica mucho antes de lo que esperábamos. Sobre todo con esta nueva amenaza. —Calla un segundo, porque se ha dado cuenta de que sonaba a regañina, y añade—: De todos modos, seguro que está bien, y tú aquí preocupándote por ella.

—No puedo evitarlo.

—¿Es porque es tu vínculo? —Me tenso por el nuevo rumbo de la conversación, algo muy privado para los lobos. Al ver que Anabella está enfrascada en su lectura, lo que ya he comprendido que significa que no nos hará ni caso hasta que la llamemos, me relajo y asiento—. ¿Cómo es? ¿Qué sientes?

A pesar de que sé que lo hace para distraerme, para darme tema de conversación y que no siga pensando en ella, las palabras se me enredan en la lengua y me obligo a coger aire despacio para ordenar los pensamientos, que están demasiado entremezclados con los del animal.

—No sé bien cómo describirlo, pero siempre que he estado separado de ella, incluso cuando no la recordaba, tenía la sensación de que me faltaba algo. Por aquel entonces lo achacaba a la bruma, como es lógico, aunque ahora sé que me faltaba ella. Y me sigue pasando lo mismo. Es como si estuviese famélico y me obligasen a observar el festín.

—Vaya, eso suena muy... —traga saliva— íntimo.

La miro con sorpresa, porque por una vez no era mi intención llevarlo por un camino no apto para menores, pero me divierte su franqueza y consigue que una sonrisa me nazca en los labios.

A juzgar por cómo relaja el rostro, juraría que lo ha hecho a propósito. Y agradezco este soplo de aire fresco entre tanta tensión.

—En un sentido menos... pícaro —ella sonríe con diversión—, es como si te dejasen respirar lo mínimo indispensable para mantenerte al borde de la consciencia al mismo tiempo que la adrenalina corre rauda por tus venas. Todo eso sumado a la certeza de que si te reúnes con tu vínculo, el dolor desaparecerá. Pero ir a buscarla supondría invadir su privacidad, y me niego a hacerlo.

—¿Y cómo es que ella no siente ese vínculo?

—Porque hasta que no te das cuenta, no lo ves. Es como algo que encaja de repente y te hace comprender muchas cosas. Y tengo la sensación de que sí que nota algo extraño, porque incluso durante el siglo de la bruma más de una vez chocamos o nos descubrimos buscándonos, pero que no lo ha asociado conmigo todavía. Hay tanto que no sabe...

—Entonces terminará descubriéndolo tarde o temprano, ¿no?

—Emito un gruñidito a modo de respuesta y ella sonríe de nuevo—. ¿Cómo fue la primera vez?

Parpadeo varias veces, fruto de la sorpresa, y los recuerdos me inundan por completo y ejercen como bálsamo para las heridas. Pensar en ella, en nuestro pasado, siempre me tranquiliza.

—Fue gracias a ella. —Los labios se me estiran en una sonrisa nostálgica—. Hubo una noche en la que, al verla, todo cobró sentido en mi mente.

Está deseando saber más, lo sé por cómo me contempla, ávida de información y de una buena historia. Pero son nuestros recuerdos, de Brianna y míos, y no los voy a compartir con nadie sin que ella los tenga primero.

No obstante, me sumerjo en ese momento para calmar un poco el revoloteo del pecho. Ella acababa de cumplir dieciocho años, estábamos celebrando su mayoría de edad los dos solos, porque hacerlo en público habría conllevado reafirmar ante todos que tenía la edad para asumir su rol de alfa y buscar pareja y que no estaba preparada.

Como le gustaba mucho pintar, le regalé las vistas más bonitas que conozco. La llevé al Pico de la Luna, donde los lobeznos van a aullar por primera vez, con su voz de lobo de verdad, cuando consiguen controlar el cambio. Al no ser una licántropa pura, y con lo que pasó con sus padres, nunca tuvo la oportunidad de hacer ese rito y no había estado antes. Cuando llegamos a la cumbre, jadeando, la ayudé a asomarse al borde y la respiración se le congeló en el pecho. Frente a nosotros, bañado por la luz de plata de la luna llena, se extendía todo el Principado de Cristal, con el palacio de fondo sobresaliendo sobre los árboles.

Se quedó atónita, con los ojos chispeando por la impresión, y a pesar de habernos criado juntos y compartido mil vivencias, aquella noche la vi por primera vez. Tan radiante, con la piel brillando de emoción, el cabello corto castaño mecido al viento que arrastraba su aroma hacia mí. No conseguí despegar la mirada de ella ni un solo segundo, y cuando se empachó de las vistas, se giró hacia mí y se perdió en mis ojos con la misma necesidad que yo lo hice con ella.

Ahí lo sentí. Ese tirón en el corazón, un único latido fuerte que me dejó sin aire. Y ahí lo sintió ella también, porque la respiración se le atragantó del mismo modo que a mí y me besó como no lo había hecho nadie nunca.

Como si el mero hecho de pensar en ella la hubiese convocado, siento la presencia de Brianna acercándose. No sé si es el tirón del vínculo, el repiqueteo característico de sus andares o que entra en la biblioteca como si se tratase de un vendaval, pero todos los estímulos que me llegan me hacen pensar que se trata de ella. Y no me equivoco.

—Vaya, ya veo que la única que trabaja aquí soy yo —comenta burlona al ver nuestros platos llenos—. Que os aproveche.

Se detiene junto a la mesa y cruza los brazos ante el pecho, cambiando el peso de una pierna a otra. No me pasa desapercibido que al primero que mira es a mí, con cierto dejo de arrepentimiento en los ojos. No obstante, esa pátina de debilidad apenas dura unos segundos y aparta una silla, sin esforzarse siquiera en no generar un estruendo, para sentarse de cualquier modo. Me sorprende que esté de tan buen humor, y eso solo puede sugerir que la influencia de la bestia está haciendo que reprima por completo lo que hicimos anoche.

Parece... agotada, tanto a nivel físico como mental, pero ¿cuándo no lo ha estado? Desde que empezó la misión de acabar con el Hada Madrina, no ha habido un solo día en el que no la haya visto con el ceño fruncido y unas profundas ojeras bajo los ojos. Por no hablar de que imagino que seguirá sin poder dormir.

Anabella se limpia bien las manos y se levanta con gestos nerviosos.

—Perdona, ya segui...

—No le hagas caso —la interrumpo—. No lo dice en serio. ¿Verdad que no?

Brianna bufa y pone los ojos en blanco antes de plantar las palmas sobre la superficie.

—A ver, si te vas a sumar a esto, tienes que espabilar un poco, Anabella. No, espera, mejor aún, te llamaré *Bella*. Es mucho más corto y tiene gancho.

Definitivamente está enmascarando el cansancio y el mal humor con socarronería, sarcasmo y diversión fingida. Y seguro que todo empeora cuando le contemos lo del cementerio.

—¿Por qué? —pregunta la aludida con incomprensión—. No es así como me llamo. Y si Anabella te resulta largo, siempre puedes llamarme Ana.

Brianna apoya la barbilla en el puño en un gesto distendido y se observa las uñas con falso interés y una sonrisa maliciosa en los labios.

—Bueno, es más que evidente que eres despampanante. Solo hay que verte. Y a mí me gusta denominar a las cosas por lo que son. Él, por ejemplo —me señala y me tenso al instante—, en mi cabeza es Traidor. —Pongo los ojos en blanco, aunque ella pasa por alto mi gesto—. Y ella es Cría.

—La Cría tiene ciento dieciocho años —repone Pulgarcita—. Creo.

Bri hace un gesto con la mano para restarle importancia.

—Tecnicismos.

—Nunca te he oído llamar a nadie por algo que no sea su nombre —digo, un tanto molesto por el camino que está tomando la conversación.

—Ah, ¿no? Pues creo recordar que a ti siempre te he llamado «Lobo» —«No siempre», pienso irremediablemente—, y dudo mucho que alguien tuviera tan mal gusto como para llamar a su hija «Pulgarcita» —la señala con el pulgar—. Así que, como venimos de una época en la que nadie ha sido quien verdaderamente es, ¿por qué no hacer que ella se sume al club?

Todo esto es una simple pataleta por buscar las cosquillas, estoy convencido. Eso o que le apetece levantar más muros entre nosotros, demostrar lo dura que es después de haberse dejado arrastrar por los monstruos de la tortura.

—No seas infantil, Roja —la reprendo a sabiendas de que el comentario me va a estallar en la cara. Más aún teniendo en cuenta la pulla que le solté tras la primera reunión a la que acudió. Frunce el ceño y aprieta los labios.

«Efectivamente. Allá vamos...».

—¿De nuevo la infantil soy yo? ¿Acaso hay algo más infantil que mentir por temor a las represalias?

Me levanto con tanto ímpetu que la silla emite un chirrido muy molesto al arrastrarse contra el suelo. Ella se tensa, yo me tenso y hago acopio de todas mis fuerzas para no caer en su juego de discusiones al que nos vimos arrastrados durante el mes que estuvimos intentando recuperar las reliquias. Solo el recuerdo de que nuestra relación antes no era así, que estamos actuando movidos por el dolor y por el momento tan turbio que compartimos anoche, sumado a mi tensión por lo del cementerio, consigue apaciguarme lo suficiente como para hablar con calma y tono neutro:

—Si me dejaras explicarte lo que pasó...

—Ninguna explicación borrará las mentiras dichas.

—No, no las borra, pero así descubrirías que no todo es blanco o negro; que hay una amplia gama de tonos grises en medio. Ni tú eres la heroína que todos creen ni yo soy el villano que te has empeñado en que sea.

Mis palabras suenan mucho más tajantes después de lo vivido anoche.

Los cuatro nos quedamos en silencio. Por una fracción de segundo me pregunto si me habré pasado de la raya, si habré sepultado cualquier esperanza que hubiera entre nosotros, y la fuerza del vínculo que nos une se retuerce en mi estómago y aprieta con tanta intensidad que creo que voy a vomitar, como aleccionándome. Sin embargo, no puedo dejar que me siga mangoneando con el pretexto de que le hice daño. Sí, tiene toda la razón del mundo, pero una única decisión que podría ser desafortunada para algunos, aunque no para mí, no puede definirme.

Para mi sorpresa, a ella también se le agria el rostro. Entonces Anabella, con voz firme, dice:

—No pasa nada. Si así va a estar de mejor humor, que me llame como quiera. —Brianna abre mucho los ojos, sorprendida por lo inesperado del comentario, y a mí se me escapa una carcajada que rebota contra las estanterías. Pulgarcita suelta una risilla por lo bajo. Parece que el ambiente se va relajando—. Es solo un nombre.

—Pues... adjudicado, entonces. Supongo. —Brianna se acaba de dar cuenta de que le ha salido mal la jugada, que lo que pretendía era molestarnos con lo de los motes y Anabella lo acaba de usar en su contra.

—Hay algo que tienes que saber, Roja —interviene Pulgarcita en tono calmado. Después, me mira para indicarme que debo ser yo el que se lo explique.

—La Reina de Corazones ha estado aquí —suelto sin más.

El rostro de Brianna se crispa y se reclina sobre la mesa, con gesto de no haber escuchado bien.

—¿Cómo dices?

—Bueno, ella personalmente no, pero sí ha conseguido que su poder llegue hasta aquí.

Callo para serenarme y reordenar los pensamientos, pero la paciencia nunca ha sido una de las virtudes de Brianna.

—¿Y...?

—Y ha destrozado el cementerio de Poveste —añade Pulgarcita, al comprender que a mí no me salen las palabras—. Está intentando levantar a los muertos de verdad.

Suspira, se frota la cara con la mano y se recuesta sobre el asiento de cualquier manera.

—Entonces ya no hay nada que hacer. Es demasiado tarde...

—Tengo... Tengo la sospecha de que está jugando con nosotros. Conmigo. —No me gusta el modo en el que Brianna me mira ahora, como si me hubiese salido una segunda cabeza—. Pensadlo bien. Hace más de un mes que la vimos en el espejo y no habíamos vuelto a saber nada de ella. ¿Por qué iba a tener prisa de repente?

Mis palabras se asientan en el silencio que le siguen y se toman unos segundos para pensar.

—¿Quieres decir que va de farol? —aventura Brianna.

Los labios se me estiran en una media sonrisa amarga.

—No, ni mucho menos. Esa mujer no se tira faroles, pero sí que le gusta jugar con la comida. O bien está esperando para deleitarse con mi desconcierto, o bien no sabe cómo hacerlo y está tanteando el terreno.

—Confiar en esas suposiciones es muy arriesgado, ¿no creéis? —interviene Anabella con un hilillo de voz.

—No digo que nos relajemos. Tenemos que darnos prisa por muchos motivos. Pero creo que aún nos queda algo de tiempo.

Un nuevo silencio se instaura entre nosotros.

—Hasta ahora tenía la vaga esperanza de que sus amenazas no se cumplieran —comenta Pulgarcita en un murmullo.

—Si te soy sincera, yo también —reconoce Brianna, con la vista perdida y brillando con cierto temor. Me pregunto si estará pensando en su abuela—. ¿Y cómo puede hacerlo siquiera? No está en nuestro plano.

La tensión se me acumula en los hombros y aprieto la mandíbula. Pulgarcita me lanza una mirada significativa que ignoro. No estoy preparado para reconocer que todas las noches tengo pesadillas, no ante ella, que ahora mismo podría aprovechar esa vulnerabilidad en mi contra. Y ojalá no tuviera esos recelos, porque acabo diciendo:

—Es una portadora arcana, guardiana de las almas malditas. No conocemos el alcance de su poder.

Pulgarcita me observa con cierta reprobación, pero no puede pretender que me abra en canal ante Brianna tal y como está nuestra relación. Que me atravesara el pecho con un puñal sería menos doloroso.

—¿Y entonces qué hacemos? —pregunta Anabella.

—Investigar. Y creo que tenemos un hilo por el que empezar a tirar.

Observo a Brianna y ella cabecea con sutileza, en señal de afirmación.

—Anoche hicimos algo... gracias a lo que obtuvimos cierta información.

Pulgarcita y Anabella intercambian una mirada cargada de confusión y aguardan a que continúe. Yo jugueteo con las salchichas que quedan en mi plato para reunir el valor para hablar.

—Fui a hacerle una visita a Maléfica —explica Brianna— y la torturé.

Levanto la vista hacia ella, con el ceño fruncido por la incomprensión de que hable en singular. ¿Acaso se siente culpable por haberme arrastrado a eso? Apenas reparo en los gestos de horror de Pulgarcita y Anabella; tan solo tengo ojos para Brianna, que me mira de soslayo y sigue explicándose:

—No habló mucho, pero sí que dijo algo significativo.

—Algo sobre un barquero y las aguas —intervengo para asumir parte de la carga.

—¿La habéis...? —tartamudea Pulgarcita.

—Sí. De alguna forma había que conseguir información, y nadie más parecía dispuesto a hacer lo que fuera necesario —explica Brianna, mordaz—. Y, mira por dónde, ahora incluso nos viene bien que lo hiciéramos, dada la nueva amenaza.

—Si se entera Felipe... —añade Anabella con voz temblorosa.

—Por eso no se puede enterar —digo en tono conciliador—. Cuando terminemos de hablar, necesitamos que vayas a verla, Pulgarcita. Trata sus heridas lo mejor que puedas o llama a alguien de confianza para que se encargue. —La chica sale del estupor inicial y asiente con vehemencia—. Sé discreta.

—Confiad en mí —afirma con convicción.

—¿Qué has dicho sobre el Barquero, Axel? —Devolvemos la atención a Anabella, que se frota el mentón, pensativa.

—No hay nada más que explicar. Tan solo balbuceó eso, que encontráramos al Barquero.

La bibliotecaria se levanta con mirada escrutadora y desaparece entre las estanterías sin mediar palabra.

—¿Qué creéis que puede significar? —pregunta Pulgarcita con preocupación.

—No lo sé —responde Brianna—. Pero anoche estuve pensando en todo y, después de la conversación con Maléfica, estoy mucho más convencida de que sí que hay alguna forma de ir al País de las Maravillas. Más aún si resulta que ella también puede venir.

No sé si realmente la Reina de Corazones podrá personarse aquí, espero que no, por mi propio bien, pero estoy de acuerdo en que debe de haber alguna clase de puente entre reinos más allá de los sueños.

—Nos conviene que estés en lo cierto —murmura Pulgarcita.

Y aunque ese «nos» pueda incluirnos a todos, los tres sabemos que la única vida en peligro real ahora mismo es la de Brianna. Y la mía, si me apuras.

—Dijiste que un letargo es como morir, ¿no? —me pregunta Brianna.

—No es *como* morir. Tu conciencia muere de verdad.

—Y fuiste a parar al País de las Maravillas. —Reprimo un escalofrío y asiento—. Y, por lo que comentaste, crees que las villanas también estuvieron en el País de las Maravillas.

—De eso sí que tengo la certeza —respondo—. El Hada se jactó de ello en más de una ocasión. Era amiga de la Reina de Corazones y a menudo hablaban de los viejos tiempos, de cuando el Hada ayudó a las princesas y mandó a sus villanas a los dominios de la reina, antes de traerlas de vuelta.

—Por lo que dicen los cuentos de viejas —continúa Bri—, al

morir, nuestra alma, la chispa de nuestra esencia, emprende un nuevo viaje más allá de las aguas, y el destino depende de las decisiones tomadas en el plano terrenal, ¿no?

Sonrío sin darme cuenta y mis ojos la recorren de arriba abajo, atraído por la belleza de su inteligencia. Y bendita sea Luna, no podría estar más enamorado de ella.

—¿Crees que para llegar hasta ellas hay que surcar los mares? —se atreve a preguntar Pulgarcita.

La sonrisa de Brianna se estira más y más. Está tan natural así..., siempre con mil ideas, maquinando y pensando cuál podría ser nuestra siguiente trastada. Y que ahora lleve la melena por los hombros me hace viajar al pasado, a cuando, sin querer, terminamos derrumbando dos de las casitas que los trillizos se estaban construyendo. El corazón me da un vuelco al ver un trocito de Brianna entre tanta Roja a pesar de todo lo que ha pasado.

—Esa es mi teoría, sí. Y estoy convencida de que ese Barquero será la clave.

13

—Es imposible —comenta Pulgarcita con cierto temor—. Las princesas eran buenas. De haber llegado hasta allí surcando los mares, habrían ido a parar a Nunca Jamás.

Aunque estoy de acuerdo con el destino de las almas una vez alguien muere, están mezclando lo que sucede tras una muerte real con el letargo, y son dos procesos muy diferentes.

—Un letargo te manda directamente al País de las Maravillas. Y las tres princesas fueron maldecidas con un letargo. Y no hay opción a rebatirlo, porque *lo sé* —intervengo, ante lo que me gano un gesto interesado por parte de Brianna—. Es decir, es como si estuvieran dormidas, aunque sus cuerpos estén ocupados por parásitos. No han muerto, sus almas no han cruzado los mares, sino que sus conciencias han sido puestas allí por la magia del Hada, igual que trajo las de las villanas aquí, y ahora la Reina de Corazones las tiene cautivas. ¿Por qué os creéis que es tan fácil retener a Maléfica? Porque no es su cuerpo, no está en plenas capacidades. Y lo mismo sucederá con la Reina Malvada cuando la encontremos. Su magia se verá limitada por los recipientes en los que se encuentran.

—Aquí... —murmura Anabella, que reaparece con un tomo pesado entre las manos. En sus tapas desgastadas se lee *Leyendas de los mares*—. Sabía que había leído algo sobre un barquero en alguna parte. Según esta leyenda, el Barquero se encarga de transportar las almas a una isla u otra, dependiendo de hacia dónde se incline la balanza al pesar sus esencias. —Me mira a través de las pestañas y devuelve la atención al libro—. Y no hay forma de que un alma engañe al capitán del barco. Lo que significaría que los vivos no pueden recurrir a él.

—Es un libro de cuentos que representa una figura misteriosa para explicar algo más antiguo que el tiempo —conviene Brianna—. Ni siquiera habíamos oído hablar de ese hombre antes. —Cruza los brazos ante el pecho y las observa con incredulidad—. Hasta donde yo sé, nadie se encarga de cribar las almas, es un proceso natural que fluye por sí solo. Así que puede que la información de ese libro no sea del todo correcta y que él sí que pueda ayudarnos.

—Después de lo que le hicim... de lo que le hice a Maléfica —intervengo con calma fingida, porque todo lo relacionado con el País de las Maravillas me pone muy nervioso—, dudo mucho que nos mintiera. Si mencionó al Barquero es porque ella sabe que es clave. A fin de cuentas, solo los muertos pueden saber si es cierto o no. Y ella sí que murió.

—¿Y no se suponía que tú moriste? —pregunta Brianna con acritud—. ¿Acaso estás ciego y no lo viste para confirmarnos si esto es una opción viable o no?

Anabella y Pulgarcita me miran con los ojos muy abiertos y un tanto preocupados. Con el cansancio y la tensión de los últimos acontecimientos, no me queda nada de paciencia, así que no me inquieto demasiado antes de responder con mordacidad.

—Sí, morí, pero mi cuerpo no. Creía que ya te habría entrado en la sesera que morir en cuerpo y morir en alma no son lo mismo.

Brianna decide ignorarme —casi que es lo mejor— y devuelve la atención a las otras dos mujeres, que ante su mirada retoman la conversación donde la habían dejado. Y yo me limito a estudiarla con absoluta reverencia. Porque incluso así, cuando discrepamos, no puedo evitar fijarme en el destello jade de sus ojos fieros, en el grosor de esos labios que cada día me muero por besar. Todo en ella destila poder, ahora asomada por encima del hombro de Pulgarcita con interés renovado, atenta a lo que dicen, perspicaz; el ceño un tanto fruncido por la concentración, la respiración calmada y un puño sobre la cadera. Y algo dentro de mí se enciende por la autoridad que rezuma, movido por el instinto animal de reencontrarme con mi pareja alfa.

Por mucho que se empeñe en fingir que no es la misma de antes, que dentro de ella ahora hay una bestia, por mucho que se esfuerce en negarlo, la cruda realidad es que Bri no sabe quién es en realidad. Y la respuesta es bien sencilla: sigue siendo ella. Porque en cada facción, en cada mirada de soslayo o sonrisa velada veo a la Brianna de la que me enamoré perdidamente, esa que me llamaba para planear la siguiente trastada a la que terminaba arrastrándome y cuyas culpas siempre asumía yo. Porque cómo iba a permitir que la heredera de Aidan, la próxima alfa por derecho, ensuciara su imagen frente al clan. Como aquella vez que se la jugamos al gamberro de Pedro y le dimos un susto de muerte cuando me presenté en sus prados en mi forma de lobo para robarle sus ovejas. Después de haberse pasado semanas gastando bromas a los vecinos de su aldea, amenazándolos con que venía un lobo a comerse el rebaño, siendo mentira, nos pareció justicia mágica pagarle con el mismo real. No sé si el chaval habrá recuperado sus recuerdos o no, pero de haberlo hecho, estoy convencido de que aún nos odia.

—Si la Reina de Corazones puede venir aquí, y suponemos que no está muerta —interviene Pulgarcita, pensando en voz alta—, es evidente que habrá algún modo de que los vivos vayan allí.

—Ella es poder —les recuerdo, con los puños apretados por la tensión—. Es la custodia de parte de las almas.

—No perdemos nada por seguir el hilo de este Barquero, a ver dónde nos lleva —comenta Brianna mientras se deja caer sobre una silla—. Y si nos equivocamos..., pues solo habremos perdido algo de tiempo y tendremos que empezar desde el principio.

—¿Ya te has olvidado de lo del cementerio? —digo tamborileando con los dedos sobre la mesa—. Ya sea cierta mi suposición de que está jugando con nosotros o no, no podemos arriesgarnos y demorarnos en dar con una solución.

—Pero es algo que no ha hecho nadie nunca —me rebate, molesta—. De nuevo nos encontramos en la tesitura de dar un salto de fe y jugárnosla. Es eso o perder horas y horas buscando una información que bien podría conducirnos al mismo punto que esta.

Mi cuerpo se pone alerta cuando detecto unos pasos que se han detenido frente a la puerta; luego, el clic característico de la cerradura al abrirse y más pisadas entre las estanterías.

—Viene alguien —les anuncio.

Anabella cierra el libro y lo cubre con otro, para despistar. Ni siquiera sé por qué tenemos que disimular, pero creo que es lo mejor cuando lo único que tenemos son teorías que hacen aguas.

Justo antes de que un rostro asome por el pasillo de estanterías, por el olor me doy cuenta de que no hay de qué preocuparse: es Gato.

—Anda, no esperaba encontraros aquí. —Ahí está su eterna sonrisa cuando se percata de quiénes somos sin siquiera llegar a vernos a causa de esos ojos lechosos. Me pregunto si él también tendrá el olfato más desarrollado y si será capaz de reconocernos por nuestros aromas, igual que yo—. Después de lo de esta mañana, no me había imaginado que estaríais en la biblioteca.

—¿Y eso por qué? —inquiere Brianna con una ceja alzada—. ¿Acaso no somos lo suficientemente inteligentes como para disfrutar de la lectura?

—Oh, no, querida —ríe con sutileza—. La inteligencia nada tiene que ver con el disfrute de un buen libro. Solo hay que ver lo zopenco que es el príncipe de este palacio y lo enorme que es su biblioteca.

Brianna y yo reímos al mismo tiempo y un calor reverbera en mi pecho, como pajarillos revoloteando alrededor del corazón cuando nuestras voces se encuentran en el espacio que nos separa y se entremezclan. De forma automática, nuestros ojos conectan y hasta ella parece sorprendida. No voy a mentir, esa sorpresa en sus ojos me duele y hace que los pájaros caigan muertos en mi estómago. No debería resultarle tan extraña esta clase de conexión, por mucho que no recuerde su pasado. Hace apenas un mes que estábamos coqueteando y acostándonos juntos como para que haya olvidado, de repente, lo bien que encajamos, no solo con las armas y en la cama.

—¿Puedo ayudaros en algo, señor? —pregunta Anabella, asumiendo su rol de bibliotecaria.

—Vaya, a ti no te conozco, ¿me equivoco?

Ella niega y el silencio se extiende entre nosotros. No es consciente de que, aunque no lo parezca, no nos ve, así que Pulgarcita, tan atenta como siempre, añade:

—Si es la primera vez que vienes, no creo que hayas tenido el placer de conocerla, ya que nunca sale de aquí.

—Me temo que los libros son demasiado interesantes, y hay tanto por leer... —Lo último lo dice con un suspiro nostálgico mientras observa los tomos a nuestro alrededor—. Es un placer conocerlo. Soy la bibliotecaria, Anabella.

—Aunque sus amigos la llaman Bella.

La aludida mira a Bri por encima del hombro y, para sorpresa de todos, sonríe y dice:

—Pero solo mis amigos de verdad. —Le guiña un ojo, Brianna se queda atónita, y devuelve su atención a Gato—. ¿Habéis venido buscando alguna lectura en concreto?

Ella da dos pasos hacia él y espera, ansiosa, a que le diga qué libro debe encontrarle.

—La verdad es que no. Venía simplemente a buscar algo que pudiera servir de ayuda para traer de vuelta a las princesas. Le he estado dando vueltas y no se me ocurre qué tipo de magia podría emplearse.

Brianna y yo intercambiamos una mirada cómplice que no sé de dónde ha salido y creo que los dos vamos a decir lo mismo.

—¿Acaso puedes leer? —pregunta.

«No, definitivamente me equivocaba. No es más burra porque no puede».

Por suerte, Gato sonríe con cariño y asiente. Doy gracias a que él también conozca a Bri desde su niñez, porque cualquier otra persona podría haber entrado en cólera por su descaro.

—No todos los libros están hechos para leerse con los ojos, así como no todos los libros lo están para las mismas mentes. —Se da dos toquecitos en la sien y sus labios se estiran más si cabe, hasta que los ojos casi desaparecen entre los pliegues de su piel ajada por los años.

Sus palabras me arrancan una sonrisa ladeada, porque la acaba de dejar con la boquita bien cerrada. Brianna hace un mohín un tanto infantil y mis comisuras se elevan hasta el punto de que sé que ha salido el hoyuelo.

—Tenemos una idea en mente —digo entonces—. Y nos vendría bien la opinión de alguien como tú.

—Está bien, contadme.

Se acerca a la mesa, busca una silla alargando la mano y, solo entonces, Anabella se da cuenta de que el hombre está ciego y acude rauda a ayudarlo a encontrar asiento. Pulgarcita, que se ha sentado a su lado, le explica las conclusiones a las que hemos llegado, ante lo que Brianna la rebate en un tono acalorado.

—No es una idea tan descabellada —medita Gato—. Pero me temo que estoy de acuerdo con Pulgarcita y que los vivos no pueden ir más allá de los mares, sea cual sea su lugar de destino.

—Yo creo que sí que pueden —interviene Anabella mientras abre *Leyendas de los mares* y pasa las páginas hasta llegar donde quiere—. Hay una vieja leyenda que dice: «Si las aguas quieres cruzar, con oro puro habrás de pagar. La moneda el Barquero te pedirá y más allá de los mares te llevará». He leído acerca de antiguos ritos funerarios en los que se enterraba a los muertos con monedas en los ojos, pero no es una costumbre que haya perdurado. ¿Y si nunca hemos oído hablar del Barquero porque es una tradición que ha caído en el olvido y el sistema de cribado se ha tenido que adaptar? ¿Y si esa es la forma de viajar más allá de las aguas para los vivos ahora, puesto que los muertos ya no pagan?

—No son más que un par de versos de un cuento infantil en un libro cualquiera —dice Pulgarcita, y estoy convencido de que sus argumentos en contra son fruto del terror de enfrentarnos a esa situación. Y no puedo culparla—. Nos estamos agarrando a un clavo ardiendo.

—Los libros muchas veces esconden más de lo que aparentan, ¿verdad, Roja? —responde Gato, con voz suave. Ella aparta los ojos, molesta, y sé que algo me estoy perdiendo—. Además, toda leyenda encierra parte de verdad.

—Entonces, ¿estamos todos de acuerdo en que tenemos que investigar la vía del Barquero? —interviene Brianna con voz seria. Los demás asentimos, unos con más convicción o entusiasmo que otros—. Vale, pues tenemos un plan que seguir con respecto a cómo llegar, pero ¿cómo traemos a las princesas de vuelta? Son conciencias allí, ¿no?

Me mira para buscar confirmación y asiento con pesadez.

—Es una tarea harto complicada —medita Gato en voz alta, mesándose la perilla.

—Y no solo eso —interviene Anabella—, sino que también tendremos que sacar las conciencias de las villanas de los cuerpos de las princesas.

La presión del pecho por la enorme cantidad de secretos que guardo aumenta tanto que todos los músculos del cuerpo se me tensan. Se me ocurre alguien que podría conseguir transportar las almas de las villanas y dejar los cuerpos de las princesas como cáscaras vacías, pero no me agrada en lo más mínimo tener que recurrir a ella, no solo por quién es, sino por el tiempo que nos llevaría viajar hasta sus dominios. Un tiempo del que dudo que dispongamos.

—¿Hay algo que quieras compartir con nosotras, Lobo? —pregunta Brianna con recelo.

Respiro hondo y retengo el aire en los pulmones unos segundos. Para no querer saber nada de mí más allá de lo estrictamente necesario, Brianna no ha perdido detalle de mi lenguaje corporal y ha sabido leer mi preocupación a la perfección.

Aprieto los dientes, sopesando la posibilidad de plantearles lo que tengo en mente. Los pensamientos se suceden unos tras otros a tanta velocidad que casi no me da tiempo a comprenderlos. Hay mucho en juego ahora mismo, mucho que perder y mucho que arriesgar. Pero si comparto esta información con ella, quizá me beneficie y me considere una persona en la que poder confiar y sirva para empezar a construir el puente entre nosotros.

A la mierda con las preocupaciones del clan, a la mierda con la angustia por trabajar contra reloj. Lo único que debería importarme de verdad es ella: mi vínculo. Mi compañera. Y si para recuperarla tengo que ceder y empezar a revelar secretos que me puedan perjudicar..., que así sea. Ya tomé decisiones moralmente cuestionables en el pasado; no creo que haya mucha diferencia entre tener un clavo más o un clavo menos en el ataúd.

—Conozco a una mujer lo suficientemente poderosa como para conseguirnos un objeto mediante el cual podríamos transportar a las villanas. Pero es muy peligrosa y... caprichosa.

—No creo que Maléfica esté dispuesta a ayudarnos después de lo que le hicimos anoche... —comenta Brianna con rostro sombrío.

—¿Qué le...? —empieza a preguntar Gato, pero Pulgarcita le da un apretón en la mano y él opta por callar.

—No me refiero a ella —continúo—. La mujer más poderosa en este plano, después de la tirana, ni siquiera vive en los Tres Reinos. Por eso el Hada nunca pudo quitársela de en medio, como sí hizo con Regina, Maléfica y Lady Tremaine, y la consideró una aliada.

—¿Y quién es? —inquiere Anabella con curiosidad.

—La Bruja del Mar.

14

—¿La Bruja del Mar? —repite Brianna.

Asiento con la cabeza, para mi desgracia, y me fijo en los nudos de la madera.

—Si llegamos hasta su cueva, podría pedirle ese favor.

—Chico, en Fabel los favores se pagan caros —me sermonea Gato.

—¿Acaso no hemos aprendido nada de las princesas? —interviene Pulgarcita en tono maternal.

—Creedme que sí. Yo, mejor que nadie, sé lo que supone hacer un trato. —Brianna me estudia con interés renovado y los ojos entrecerrados, escrutadores, pero rehúyo su mirada y me centro en Pulgarcita, que me dedica un gesto cómplice—. No lo propondría de no ser lo único que podría servirnos de ayuda.

—Podemos seguir investigando, a ver si encon...

—No —interrumpo a Anabella—. La cruda realidad es que las princesas están en el País de las Maravillas, y estar allí supone... —Trago saliva y mis ojos viajan de un lado a otro, nerviosos—. Hay que sacarlas de allí cuanto antes. Así que no podemos perder tiempo investigando por el mismo motivo por el que vamos a tirar por lo del Barquero.

—Pero ir a ver a la Bruja del Mar, ¿no nos retrasaría también? —pregunta Pulgarcita.

—Sí, pero al menos nos estaríamos saltando un paso —explico con paciencia—. Investiguemos o no, vamos a tener que tomar decisiones y actuar. Así nos ahorramos el pasar días encerrados en la biblioteca.

Anabella hace un mohín disconforme que ignoro.

—¿Y prefieres jugártela con la magia de esa mujer antes que estudiar otras vías? —Gato clava los ojos en mí, los labios apretados por la preocupación a causa del camino que estamos tomando.

—Yo sí, sin duda —responde Brianna en mi lugar. Y algo dentro de mi pecho se hincha con la esperanza de que eso signifique que está depositando cierta confianza en mí—. No es que me importe lo que puedan estar sufriendo las princesas o no, pero lo de quedarme quieta en un mismo sitio no es mi fuerte. Y tampoco me apetece ver a la Reina de Corazones por aquí.

—Pues debería importarte la integridad de las princesas —la reprendo por su comentario egoísta—. Un día más o un día menos puede suponer que, cuando las encontremos, sea demasiado tarde y sus almas estén tan corrompidas y sumidas en la locura que sería mejor no traerlas de vuelta. Porque ¿qué crees que dirán los príncipes si les traemos a unas Aurora, Cenicienta y Blancanieves que han perdido todo ápice de cordura?

—Os matarán igual —aventura Pulgarcita con cierto temor.

Brianna se aprieta el puente de la nariz, exasperada.

—Supongamos que te creemos —pongo los ojos en blanco, molesto por el comentario— y que esa bruja nos ayuda con nuestro problemilla. Aún tendríamos que encontrar a Lady Tremaine y a Regina.

—Por lo que dijeron los príncipes —interviene Gato—, creo que están cerca de dar con ellas. Podría encargarme de liderar la misión de búsqueda mientras vosotros vais a hablar con esa mujer.

El silencio que nos sobreviene es tenso, con la densidad de un hacha pendiendo sobre nuestros cuellos.

—Aún queda en el aire la cuestión del Barquero —dice Brianna, un tanto molesta por todos los frentes abiertos—. ¿De dónde vamos a sacar oro puro? Hace siglos que los dragones se quedaron con todo, que vaciaron los yacimientos de Fabel y lo fundieron para crear la Cordillera del Crepúsculo. No quedó ni una sola pepita.

—Es cierto —murmura Anabella, con la vista perdida en el libro.

—¿Y si vamos hasta la cordillera y tallamos algunas monedas con sus «rocas»? —propone Pulgarcita.

Gato hace una mueca pensativa y se acaricia la barbilla.

—No conozco herramienta capaz de perforar la dureza del oro fundido por fuego de dragón. Ni siquiera los picos de los Siete Enanitos.

—¿Y entonces por qué nos diría Maléfica lo del Barquero, si no hay forma de conseguir el pago por el viaje? —interviene Brianna. A juzgar por el timbre de su voz, empieza a estar cansada de esta conversación. Y a decir verdad, no me extraña, porque estamos dando más vueltas que una peonza.

—Porque es la respuesta que estábamos buscando.

Los demás se quedan en absoluto silencio, atentos a la conversación entre Brianna y yo, sin atreverse a intervenir.

—Entonces, interroguémosla de nuevo.

—No la interrogamos, precisamente.

—Torturarla, ¿qué más da? Es una simple cuestión de semántica.

Suelto una carcajada seca y Brianna me fulmina con la mirada.

—No es una simple cuestión de semántica. Y cuando pasen los días y la veracidad de nuestros actos te cale, te darás cuenta.

—Hasta donde yo recuerdo, el que le partió la rodilla de una patada fuiste tú.

Me crispo al instante y siento las garras amenazando con salir, pero hago acopio de toda mi fuerza de voluntad para mantenerlas controladas. No obstante, eso no significa que mi paciencia no esté a punto de desaparecer por completo.

—¿Y quién me arrastró hasta ese pozo de mierda? —pregunto con voz tensa.

—No parecías estar en un pozo de mierda —se burla con altanería—. Es más, juraría que te vi en tu salsa. Es como si todo mal se te diera extremadamente bien: mentir, traicionar, torturar... Aunque, claro, quien nace escoria muere siendo escoria.

Estrello las palmas contra la mesa con fuerza, movido por mi temperamento lobuno, y Pulgarcita se sobresalta.

—¡Ya basta, Brianna! Es suficiente. —Nos batimos en un duelo de miradas durante unos segundos en los que estoy convencido de que Brianna va a saltar por encima de la enormísima mesa para estamparme un puñetazo en la boca por gritarle—. Sí, soy un cabrón mentiroso que te apuñaló por la espalda. En ningún momento lo he negado —su ceño se frunce más y coge aire con violencia—, pero eso no te da derecho a hablarme así eternamente. Cuando estés dispuesta a escucharme, podrás seguir odiándome y ninguneándome con gusto. No antes. Eso se acabó. Si eres tan testaruda como para cerrarte en banda por tus propias conclusiones, acepta que no voy a seguir tolerando que me trates así. No tú.

«No tú, que eres mi vínculo. No tú, que eres mi esposa. No tú, que eres la mujer de mi vida. No tú, que eres mi compañera». Pero todo eso me lo callo, porque abrirme el pecho en canal dolería menos que pronunciar esas palabras en voz alta.

No me pasa desapercibido que se aferra a la daga derecha con tanta fuerza que tiene los nudillos blancos. Tampoco me pasa desapercibida la respiración desacompasada. Ni me pasa desapercibido el cambio en su aroma, ahora teñido de un subtono rancio fruto de la rabia. Y, mal que me pese, no me pasa desapercibido el desprecio que rezuman sus ojos con el último vistazo que me dedica antes de marcharse sin decir nada más.

Las paredes tiemblan con el portazo que da al salir. Me dejo caer sobre la silla, maldiciéndome por haber sido tan estúpido y haberme dejado arrastrar por ese instinto animal que me lleva a ladrar más fuerte que los demás.

—Creo que será mejor que lo dejemos por hoy —dice Anabella en tono conciliador.

Un nuevo silencio.

—Has hecho bien —comenta Pulgarcita mientras se levanta de la silla—. En algún momento tenías que pararle los pies.

Me masajeo la frente para paliar el incipiente dolor de cabeza y suspiro.

—Puede que haya terminado de cagarla.

—¿Tú crees? —interviene Gato—. Por lo que yo recuerdo, a esa chiquilla le encantan los juegos de poder. Dale un tiempo.

—El problema es que dejó de ser una chiquilla hace mucho. Y empiezo a tener dudas de conocerla realmente. Un siglo separados es mucho tiempo.

—Aunque las personas puedan cambiar de ideas y opiniones, es muy difícil que todo en ellas resulte tan diferente como para pensar que no las conoces. Siempre queda algo de quienes somos que perdura a lo largo de nuestras vidas.

Me dedica una sonrisa tranquilizadora que no me veo con fuerzas de responder.

—Yo me retiro por hoy —anuncia Anabella, consciente de que la conversación podría volverse demasiado íntima.

—Te acompaño.

Las chicas se despiden con un gesto de la mano y Gato y yo nos quedamos a solas. Aprieto los ojos con fuerza y me retrepo sobre la silla, sentado de cualquier manera.

—Te he notado muy tenso mientras me explicabais vuestras suposiciones. —A este hombre no se le escapa ni una.

No me apetece demasiado hablar, menos con él, con quien apenas tengo confianza, pero sé que va a terminar arrancándome las palabras, porque así he deducido que es Gato: esa balsa que acude a rescatarte de un naufragio.

—¿Hay algo que no les has contado?

Chasqueo la lengua y me levanto para deambular por el espacio que nos rodea, de un lado a otro. Claro que sé algo más. Joder, sé demasiadas cosas, para mi desgracia.

En un acto reflejo, me llevo la mano al cuello y paso las yemas sobre la delgada cicatriz que me dejó Brianna cuando intentó degollarme a las puertas de la Hondonada. ¿Qué me haría si se enterara de todo lo demás? Un escalofrío me recorre el cuerpo y mi lengua empieza a moverse sin permiso alguno.

—Sé demasiadas cosas... —Las palabras se me atragantan en la boca y cierro los puños con fuerza. Vuelvo a caminar de un lado a otro, como una bestia enjaulada—. Porque estuve un puto siglo trabajando para el Hada. Pero si abro esa caja y dejo salir todos los monstruos que hay dentro, sé que terminaré de perderla. Que la confianza se desvanecerá y no quedará ningún «nosotros».

—¿Crees que seguir por la senda de las mentiras te ayudará?

—No... —Suspiro, exasperado—. No son mentiras. No le he vuelto a mentir desde que descubrió que trabajaba para ella. Ni una sola vez.

—Ocultar información es una suerte de mentira.

—Si ni siquiera está lista para escuchar qué me llevó a tomar ciertas decisiones, ¿cómo voy a explicarle todo lo que vino después? Clavaría mi cabeza en una pica.

—¿Y no crees que sería mejor obligarla a escuchar?

—No la obligaré a hacer nada que no quiera, por mucho que me mate la idea de que no sea capaz de escucharme. —Gato cruza los dedos sobre el regazo y alza una ceja. Sé por dónde va a ir, y me niego—. Yo no la obligué a reunir las reliquias. No sabía que ella sería el diamante en bruto definitivo. Maldita sea, si ni siquiera sabía quién era para mí antes de que me devolviera mi nombre. Y desde que me presenté como voluntario para ayudarla, nunca la obligué a dar el siguiente paso.

—No, solo le indicaste hacia dónde soplaba el viento.

—Y ella decidió seguirme.

No sé en qué momento me he detenido, en qué momento me he sentido tan amenazado como para que las garras hayan salido por sí solas, pero cuando me doy cuenta, me concentro en retraerlas otra vez, ignorando el dolor.

—Es evidente que tienes mucho trabajo por delante para ganarte su confianza o la de cualquiera de los que estamos trabajando en esto. Te aceptan porque saben que eres inteligente, fuerte y perspicaz, y porque, a fin de cuentas, el futuro de todos depende de ti. Pero la confianza es algo que se trabaja día a día y que tendrás que construir tú mismo. Y aunque te escudes en que ocultar y mentir no son lo mismo, no te ganarás la suya sin mostrarte tal y como eres, porque no puedes pedirle confianza ciega a alguien que no consigue ver. —Sus labios se estiran en una nueva sonrisa—. Llevas puestas demasiadas máscaras, muchacho. Y cuando estas han cicatrizado sobre la piel, arrancarlas siempre va a ser doloroso.

Me froto el tabique, hastiado, para qué mentir. Estoy harto de tantos sermones. Cojo aire con fuerza y lo suelto todo lo despacio que puedo para ralentizar los frenéticos latidos de mi corazón.

—Mañana hablaré con los príncipes para intensificar la búsqueda —dice al cabo de unos minutos de silencio.

Gato se levanta con un quejido y las rodillas le crujen por los años. Por conversaciones que se dieron en las reuniones anteriores con los príncipes, antes de que Brianna se dignara a aparecer, sé que él participó en la Batalla de las Reliquias, y aún desconozco cómo consiguió sobrevivir a aquello. Aunque si su apodo está relacionado con quién es en realidad, tampoco me extraña demasiado, porque dicen que los gatos tienen siete vidas.

—Os deseo toda la suerte del mundo en esta empresa, de verdad, porque en esta ocasión, no solo los Tres Reinos dependen de vosotros, sino toda Fabel.

Me da un apretón en el hombro y me dedica una sonrisa que no llega a transmitir con los ojos. Un gesto que me sabe agrio.

—Gracias —me limito a responder.

Entonces se da la vuelta, con la vista perdida en ninguna parte y los labios apretados.

—Creo que hay algo más que no habéis valorado —piensa en voz alta—. Si de verdad ese Barquero se encarga de decidir a dónde va cada persona que llega a su navío, ¿qué os hace pensar que todos iréis a parar al mismo lugar?

15

La tierra bajo mis patas está fresca y húmeda, consecuencia de la tormenta de hace unos días y de las bajas temperaturas del invierno. Corro y corro a través del bosque detrás de la segunda residencia del duque para evitar pensar en lo que está sucediendo, en todo lo que estoy ocultando. Para no pensar en Brianna y en su cuerpo desnudo a mi lado, en sus labios sobre mí, en el sabor de su boca y el olor de su piel. Sacudo la cabeza para apartar todo eso en lo que no quiero pensar y me detengo a recobrar el aliento, jadeando y con la lengua muerta a un lado del hocico. Me he alejado con el pretexto de cazar y es lo único que no he hecho todavía.

Alzo la cabeza hacia el cielo y compruebo que la tarde está llegando a su fin, así que más me vale encontrar algún animal que cenar esta noche para que mi tapadera no se desmorone. No quiero que Brianna lo descubra todo sin haberme dado la ocasión de explicarme, porque sé que jamás me perdonaría. Tengo la sensación de que sospecha algo, de que hay detalles que no le terminan de encajar, y aunque he intentado contárselo, no he encontrado el valor ni las fuerzas para ver la decepción y el dolor de la traición en sus ojos. Pero he de sacar el coraje para ponerle fin a esto, porque cada vez estamos más cerca del final y me está resultando muy complicado despistar al Hada. De esta noche no pasa.

Camino olfateando a mi alrededor, en busca de un rastro reciente, alguna presa fácil con cuya sangre embriagarme un poco y liberar tensiones, cuando lo siento. El colgante de cuarzo azul, escondido entre mi pelaje negro, se torna incandescente. Palpita sobre mi pecho y me obliga a mutar con una violencia que me desgarra carne, músculos, piel, entrañas y huesos. Me sacudo con violencia sobre el suelo, me lleno de tierra y barro y convulsiono hasta que el pelaje desaparece, las extremidades se alargan, el torso encoge; todo agonizando por un torrente de magma que me corre por las venas y me hace resollar, con el corazón palpitándome en los oídos. Me aferro a la tierra con fuerza para no arañarme la piel, que me escuece por el cambio indeseado, con los ojos anegados de lágrimas y la garganta constreñida.

Cuando consigo recobrar un poco la noción de qué soy, de qué ha pasado, me permito respirar una amplia bocanada de aire y todo me hiede a un dulzor pútrido.

—¿Ya has dejado de quejarte? —dice el Hada con voz aburrida mientras se estudia esas afiladas uñas lacadas en rojo.

Cierro las manos en puños y me resigno a levantarme, conteniendo los últimos temblores de la transformación. En cuanto me pongo en pie, ella se deleita con mi desnudez sin cortarse ni un pelo. Sus labios se estiran en una sonrisa pícara que me revuelve el estómago, pero me esfuerzo por aparentar calma y afabilidad, cuando lo que me apetece en realidad es arrancarle la cabeza de un bocado.

—Si no me obligaras a cambiar, te ahorrarías tiempo.

—Me gusta verte así, como viniste al mundo: desnudo y sufriendo.

Camina a mi alrededor, me acaricia el hombro con una uña

que viaja por mis músculos según me rodea. El escalofrío que me recorre el cuerpo contra mi voluntad me repugna.

—¿Qué quieres? —pregunto por fin.

—Saber cómo le va a mi chico de los recados favorito.

—Hablamos hace unos días.

—Unos días es mucho tiempo cuando mi vida depende de ello, ¿no crees? —Su sonrisa se torna maliciosa y clava sus ojos en los míos—. ¿Lo has logrado ya? ¿La has convencido de recuperar las reliquias cuanto antes?

Aprieto los dientes durante un segundo y luego los relajo, para que no perciba la tensión de la mandíbula. Ayer lo intenté, vaya que si lo intenté. Y no sirvió de nada.

—Aún no. Es muy testaruda.

El Hada bufa con frustración y se acabaron las miradas pícaras, las sonrisas ladeadas. Su rostro rezuma poder y autoridad. Sin preverlo, me agarra la cara y siento sus uñas hundidas en la piel, levitando frente a mí para que su cabeza quede a la altura de la mía. Reprimo un siseo y me limito a sostenerle la mirada, a un palmo de mí, mientras habla:

—Estás dejando mucho que desear, muchacho. ¿Recuerdas nuestro trato? —Un silencio para que responda, pero por experiencia sé bien que, cuando está así, no me conviene hablar sin su permiso, así que me limito a asentir lo poco que su agarre me permite—. Pues parece que necesitas que te refresque la memoria. O cumples o me cobro el trato con las vidas de tus seres queridos. Y algo me dice que ahora tienes más seres queridos de los que tenías cuando sellamos el trato.

La sangre me hierve en las venas y, si no fuera porque el colgante me mantiene en esta forma cuando estoy frente a ella, ya me habría transformado para hincarle los colmillos en la tráquea.

Chasquea la lengua varias veces, como quien reprende a un

infante, y me da un par de palmaditas en la mejilla. Me está sacando de mis casillas y ambos lo sabemos.

—Vamos, las cosas pueden salir bien para todos. Tú me consigues las reliquias y propicias que Roja las forje, y yo os dejo en paz y te digo dónde está. Es lo que llevas queriendo todo este tiempo, ¿no? —A estas alturas no me creo ni una sola palabra suya, pero he de admitir que su propuesta me sigue tentando—. ¿Vas a seguir siendo un chico bueno y leal? Ya sabes que con la magia no se juega. —Ladea la cabeza y mira mis labios un segundo. Me está dando permiso para hablar.

—Lo conseguiré. Necesito un poco más de tiempo. Casi la he convencido.

—Tienes suerte de que Tiempo esté de mi parte. —Sus ojos centellean con malicia y sonríe de medio lado—. Tienes dos días.

Me suelta con violencia y vuelve a poner los pies sobre el suelo. Yo abro y cierro la boca un par de veces, con las mandíbulas doloridas.

—Y como hoy me siento magnánima, te voy a propiciar una coartada para que te hayas pasado todo el día fuera.

Sin previo aviso, en su mano aparece un puñal de oro que me clava en el costado. Siento el metal atravesándome carne y músculos, un calor sofocante que se abre paso por mi cuerpo y me congela en el sitio. El corazón me da un vuelco por la impresión de la puñalada y, cuando bajo la vista hacia el arma hundida dentro de mí, no hay nada. Alzo la cabeza para mirarla, sin comprender qué está pasando, y descubro que el Hada se encuentra a varios metros de distancia, sosteniendo a Brianna por el cuello mientras le clava el puñal en el mismo sitio.

La respiración se me acelera de forma automática.

«Te dije lo que pasaría si me desobedecías», oigo su voz en mi cabeza, como un eco que reverbera contra mis huesos. Luego su risa maliciosa, aguda. Suelta a Brianna y cae como un fardo a sus pies. Veo la sangre manando a borbotones de su cuerpo. Intento avanzar hacia ella y no puedo, mis pies anclados en la tierra. Para mi absoluto pavor, lo que me retienen son manos que se abren camino desde las profundidades, huesos y falanges pútridas que tiran de mí hacia una tumba. Forcejeo con todas mis fuerzas, araño sobre la tierra y gruño y grito de rabia y frustración. Su nombre se me atraganta y maldigo mi incapacidad para hablar. Levanto la vista de nuevo hacia ella, aunque no quiera verla así, y descubro al Hada agachada junto a su cuerpo. Sigue viva. Hay esperanzas.

Me revuelvo una vez más, algunos brazos de los muertos se quiebran con un chasquido que me remueve el estómago, pero la libertad dura solo un segundo y vuelven a tirar de mí hacia abajo, hacia mi propia tumba. El Hada la agarra del pelo y la obliga a levantar la cabeza para mirarme, sus ojos anegados en lágrimas. Brianna susurra mi nombre, sin apenas fuerzas en la voz.

—Axel... —solloza.

—Es culpa tuya —dice el Hada. Pero solo puedo prestar atención a los ojos verdes de Bri, que cambian al amarillo por segundos. Se está muriendo.

Miro a mi alrededor en busca de una forma de salir de aquí. Tengo medio cuerpo hundido en el fango, me cuesta respirar e intento deshacerme del barro que empieza a enterrarme con las manos, escarbando, pero no sirve de nada.

Entonces, una risa procedente de varias voces entrelazadas me hace alzar la cabeza. Y en lugar del Hada me encuentro con la Reina de Corazones, quien ahora sostiene el puñal de oro y tira del pelo de Brianna hacia atrás.

—Ojo por ojo —susurra al oído de Brianna, aunque lo oigo a la perfección.

La Reina de Corazones le pasa el filo del puñal de oro por la garganta y la degüella frente a mí. Grito, sé que grito aunque no me oigo, y mi corazón se quiebra y se fractura, las esquirlas de mi órgano se me atragantan en los pulmones y lloro sangre. Los ojos me escuecen y mi cuerpo vibra con la intensidad del cambio, la piel me hierve y, por más que lo intento, no puedo apartar la vista del torrente bermellón que mana del cuello de Brianna.

El cuerpo se me sacude y oigo una voz que me llama, que pronuncia mi nombre. Solo que no es mi nombre.

—¡Lobo!

Es *ella*, la Reina de Corazones.

Abro los ojos de golpe, me incorporo con violencia y la agarro por el gaznate con fuerza para terminar con las pesadillas de una vez por todas. Mi mano encaja tan bien alrededor de su cuello...

Giro la cabeza para deleitarme con la agonía de su rostro y mis ojos conectan con los suyos. Pero no son dorados, sino del verde de las praderas de la Hondonada de las Hadas. Me contemplan con pavor, me araña la piel para intentar soltarse, y entonces me doy cuenta. Abro la mano como si su contacto me abrasara y la observo con horror y estupefacción.

—Bri... ¿Qué...?

Ella boquea en busca de aire, doblada hacia delante, con la respiración tan agitada como la mía y la mirada fija en mí, alerta, recelosa, dolida.

Salgo de la cama a toda prisa y me acerco a Brianna, pero ella da los mismos pasos hacia atrás.

—Lo siento. Lo siento muchísimo. No... —Los ojos y la garganta me escuecen por lo que le he hecho. Nos observamos unos segundos que se me hacen eternos y agónicos, en los que sé que la relación que teníamos, si es que había una, se está desmoronando por momentos y no puedo hacer nada para evitarlo—. Perdóname, de verdad.

Despacio, ella se reincorpora, sin apartar la vista de mí, sus ojos pendientes de cada detalle: mi respiración acelerada, mi mirada atormentada, mi pelo alborotado. Nada escapa a su escrutinio. Y lo último en lo que se fija es en el tatuaje que me cruza el pecho descubierto: las fases de la luna.

—Me estabas llamando... —dice con la voz ronca, y ese deje me atraviesa el pecho. Porque es mi culpa.

Frunzo el ceño con incomprensión e intento recordar qué ha pasado. Las pesadillas. Son las putas pesadillas de siempre, que me acechan noche tras noche. Al menos tengo el consuelo de que esta no haya sido real. Derrotado, me paso la mano por el rostro y me coloco en el borde de la cama.

—Lo siento.

—Eso ya lo has dicho. —No hay desprecio en su voz, tan solo constata el hecho. Calla para que siga explicándome, sin necesidad de formular pregunta alguna.

—Era una pesadilla.

Mi voz apenas es un hilo, pero ella también tiene el oído más desarrollado y sé que me escucha. En el silencio que nos rodea, oigo el viento silbando al otro lado de las ventanas, la leña consumiéndose en los últimos coletazos del fuego y su corazón latir, recobrando un ritmo normal. Y, no sé bien por qué, pero escuchar ese ritmo frenético calmándose me tranquiliza a mí también.

—¿Qué soñabas?

Por cómo lo pronuncia, creo que no está segura de querer saberlo. Trago saliva y cojo aire, porque si alguien se merece la verdad es ella. Y espero que no piense que la estoy engañando para camelarla y ganarme su perdón. Ahora mismo no podría soportarlo.

Alzo la vista y la miro fijamente. Aunque intenta luchar contra el sentimiento, por el temblor de sus cejas percibo que está preocupada.

—Que el Hada te mataba —digo con voz trémula.

Su corazón da un brinco, y el mío da otro en respuesta al suyo.

—Tenías... Tenías miedo, Lobo.

¿De verdad tiene dudas al respecto? Por mucho que pueda odiarme, ¿de verdad no comprende que lo que compartimos antes de que descubriera mi engaño era cierto?

Me levanto y acorto la distancia que nos separa. Ella se tensa, pero se queda en el sitio, con la mirada perdida y un tanto alerta, como siempre. Los muros que nos separan vuelven a ser infranqueables, como antes, aunque espero que al menos me permita asomarme por el borde.

—Pues claro que tenía miedo... —susurro.

Levanta la cabeza y sus ojos se encuentran con los míos. Por un instante, temo perderme en la belleza de sus facciones y me nace el impulso de recolocarle un mechón de pelo tras la oreja. Solo su pregunta consigue detenerme a tiempo:

—¿De qué?

Hablamos en voz baja, con temor a que pronunciarlo en un tono más alto vaya a quebrar la breve tregua que se ha instalado entre nosotros, sobre todo después de que la última vez que hablamos antes de esto fuera para discutir. Y doy gracias por que su bestia interior esté dormida ahora mismo.

—De perderte. —Da un paso hacia atrás y la sostengo por el codo con delicadeza—. No, por favor. Ahora no. —Mi súplica hace que sus ojos viajen de mi mano aferrada a su brazo hasta mi rostro, y creo que algo se reblandece en ella—. ¿Qué haces aquí? —pregunto con cautela, porque sé que nos estamos exponiendo demasiado a los sentimientos y va a volver a cerrar la puerta si se ve arrastrada hacia ella—. En mis aposentos.

—Te oí gritar mi nombre. Y pensé que te... —traga saliva— que ocurría algo. —Intento contener la emoción que me sobreviene de repente, entremezclada con una esperanza que no me conviene para nada, y me limito a asentir, incapaz de pronunciar palabra—. ¿Desde cuándo te pasa?

—Desde el letargo.

—Entiendo.

Y yo no sé qué entiende. Da un paso para alejarse de mí y mi brazo cae inerte a mi lado.

—Espero que consigas descansar —se despide.

Justo antes de que atraviese las puertas, por fin la observo en detalle y me doy cuenta de que va armada.

Ha venido llevando las dos dagas y no las ha usado cuando he intentado estrangularla.

II

No sé si lo que me lleva a salir del dormitorio a altas horas de la noche es la culpabilidad por lo que le hicimos a Maléfica, esa sensación pegajosa y extraña, mezcla entre el horror más absoluto y el deleite. O si quizá sea la costumbre de no quedarme quieta. Puede incluso que sea que extraño demasiado a todas las mitades que he ido perdiendo durante los últimos dos meses. O tal vez sea algo más, algo ante lo que no me quiero abrir.

Desconozco o ignoro qué motivos me conducen hasta sus puertas precisamente, sobre todo después de haber discutido hace unas horas, pero cuando me encuentro frente a ellas, me tiemblan las manos y la respiración. Me siento como una niña perdida que no sabe a dónde ir. Y, por alguna extraña razón, dentro de mí hay algo, como un tirón, que me conduce hacia él de forma irrefrenable, igual que sucedía incluso antes de descubrir su traición. Una y otra vez, como una corriente embravecida que me arrastra a donde quiere.

Despacio, apoyo la frente contra la madera y dejo escapar un suspiro tembloroso. Con los ojos cerrados, aprieto los puños con fuerza a ambos lados del cuerpo. Sé que no debo estar aquí, que no me merezco esto, y, sin embargo...

Entonces grita mi nombre y todas las dudas desaparecen a

causa del temor y la agonía con los que me llama. Antes de que pueda llegar a pensarlo siquiera, estoy dentro de sus aposentos movida por un pánico que, sinceramente, me aterra por lo mucho que puede significar.

16

Apenas conseguí pegar ojo después de que Brianna abandonara mi habitación. Me pasé las horas siguientes pensando en la infinidad de posibles razones que la llevarían a no defenderse de mí con sus dagas, esas que son una extensión de sus propios brazos. Y por mucho que no me quiera hacer ilusiones, no puedo evitar que mi corazón se vuelva más ligero al verse desprovisto de cierto peso. Pero no fue lo único que me quitó el sueño, porque la insinuación de Gato de que cada uno podríamos ir a parar a un reino diferente según las decisiones que hayamos tomado en vida me turba.

No cabe ninguna duda de que mi corazón, mi alma, mi esencia o lo que sea, me conducirá al País de las Maravillas. A pesar de que tenga ligeras dudas con respecto al pesaje de Brianna, porque aunque creo que es buena, ha tomado algunas decisiones moralmente cuestionables, estoy convencido de que Pulgarcita jamás conseguiría llegar allí. Y por más que Nunca Jamás debería ser mucho más agradable que su antítesis —o esa es mi teoría—, me preocupa que exista la posibilidad de que se quede sola. Y, al mismo tiempo, pensar en que Brianna pueda acabar en el País de las Maravillas, por mucho que sea el objetivo de todo esto, también me aterra lo más grande, porque no me gustaría verla sometida por las garras de ese infierno.

—¿Te encuentras bien? —pregunta Anabella junto a mí y me saca de mis pensamientos.

Si bien no me sobresalto, porque sabía perfectamente que estaba ahí, su voz sí que me suena demasiado alta a causa del dolor de cabeza por no dormir y el oído más desarrollado. Con suerte consigo reprimir el siseo por el latigazo que me recorre la cabeza de un lado a otro.

—Sí, es solo que estoy algo cansado. —Como si la hubiera llamado, Pulgarcita levanta la cabeza y me mira con interés.

—¿Has tenido otra pesadilla, Axel? —pregunta la medio hada, con el ceño fruncido por la preocupación.

Miro a Brianna de refilón, que ojea un libro para disimular. No hemos hablado desde su aparición de anoche, pero casi que mejor así, porque no sé si estoy preparado para afrontar lo que quiera que signifique eso.

Chasqueo la lengua y me froto la nuca, un tanto incómodo.

—Sí —admito—. Pero no vi nada que haya podido pasar.

Brianna me mira de reojo, aunque no hace preguntas. Y ahora mismo, casi que lo prefiero así.

—E imagino que no estarás descansando nada —aventura la chica, ante lo que respondo negando con la cabeza—. ¿Por qué no lo habías dicho antes? —Pulgarcita se cruza de brazos y Anabella se levanta con disimulo, consciente de que no hay tanta confianza como para participar en esta conversación, y se pone a guardar los últimos libros que quedan sobre la mesa.

Me encojo de hombros y devuelvo mi atención a la chica.

—No le di demasiada importancia.

—Nos hemos visto envueltos, otra vez, en una misión muy complicada. Y no creo que lo más inteligente sea que vayas por ahí cayéndote de sueño. —Lo último lo dice con una sonrisa amable en los labios—. No sé si te librará de las pesadillas, imagino que no. Pero quizá una mezcla de hierbas te dé algo de tregua. Mmm... —Se frota el mentón con aire pensativo—. Puede que valeriana, pasiflora y algo de menta te funcione.

Levanto las cejas por la sorpresa y asiento.

—No quiero molestar...

—No molestas. —Hace un gesto con la mano y se levanta—. No me cuesta nada, hombre. —Pasa por detrás de mi silla y me da un apretón en el hombro, un gesto que cada vez comparte más conmigo—. A fin de cuentas, somos compañeros de equipo, ¿no?

Pulgarcita mira a Brianna y ella pone los ojos en blanco.

—Claro —le respondo—. Muchas gracias, de verdad.

Coloco mi mano sobre la suya y compartimos una mirada cómplice.

—Por aquí ya está todo listo —anuncia Anabella limpiándose el polvo de las manos sobre los pantalones azules—. A falta de guardar el libro que está leyendo Roja, claro.

La aludida asiente y se levanta. Por un instante, creo que va a dejar el libro sobre la mesa, ignorando la petición de la bibliotecaria, pero cambia de parecer en el último segundo y lo deja donde lo había encontrado. Y me sorprende ese detalle teniendo en cuenta lo insoportable que la vuelve la bestia. Tras eso, el silencio que nos envuelve se va tornando más y más tenso según nos acercamos a la salida de la biblioteca.

Después de que Pulgarcita nos asegurara que ayer por la tarde se encargó de las lesiones de Maléfica, que con los hechizos y ungüentos preparados no dejarán marcas, hemos terminado de concretar la ruta de viaje hacia Landia, el reino en el que vive la Bruja del Mar. Y una vez resuelto eso, solo quedaba preparar lo mínimo indispensable para el viaje, así que hemos solicitado viandas y monturas y acabado de repasar este plan tan improvisado. Pulgarcita ni siquiera ha tenido tiempo de viajar a la Hondonada para despedirse de Campanilla durante unos días, así que ha mandado un halcón mensajero con la esperanza de que su pareja comprenda la premura con la que partimos.

—Bueno, ha sido un placer —le digo a Anabella, con la mano extendida frente a ella.

—No pensaréis que me vais a dejar aquí, ¿no? —Nos mira de hito en hito.

—Mira, Bella —dice Brianna, burlona—, nuestro futuro ahora mismo es totalmente incierto. Y no nos gustaría que una delicada rosa como tú se marchitara.

La alusión a esa flor me arranca un escalofrío que pasa desapercibido. Anabella cruza los brazos ante el pecho y repiquetea con un pie sobre el suelo.

—¿Eres consciente de que todas las rosas tienen espinas?

«Que me lo digan a mí...».

Pulgarcita contiene una risilla a duras penas; Brianna entrecierra los ojos con cierta malicia.

—Podrías morir —suelta a bocajarro.

—Todos los días puedo morir. —Se encoge de hombros y se da la vuelta para abrir la puerta de la biblioteca—. Vamos, llevo toda la vida encerrada entre estas paredes. No pretenderéis que me quede al margen cuando se me presenta la oportunidad de vivir una aventura como las de los libros.

Brianna y yo compartimos una mirada ¿cómplice? En cuanto se da cuenta, vuelve a clavar los ojos en el frente, molesta consigo misma.

—Pero no te puedes ir sin más —interviene Pulgarcita—. Este es tu trabajo.

—Antes he ido a hablar con el príncipe y no pareció importarle demasiado. A fin de cuentas, no he tenido ni un solo día libre desde que trabajo aquí.

—¿Ni uno? —pregunto con incredulidad—. ¿En un siglo?

Ella niega con la cabeza y se planta en el umbral de la puerta, los brazos en jarras.

—Si no me dejáis acompañaros, no os permitiré salir.

Brianna la evalúa de arriba abajo, con una ceja arqueada y una sonrisa pícara en el rostro.

—¿Crees que puedes impedírnoslo? —Su pregunta va cargada de diversión—. ¿Tú y cuántas más, Bella?

Acorta la distancia que las separa y se queda muy cerca de ella, invadiendo su espacio personal al completo para intimidarla y demostrarle que no está hecha para esto. Anabella coge aire con fuerza y se ruboriza al instante.

—¿De verdad vas a ser capaz de soportar cualquier situación a la que nos enfrentemos? —ronronea junto a su oído. Pulgarcita tiene los ojos como platos, y no es para menos—. ¿Vas a aguantar días de cabalgata y de dormir a la intemperie? —Le recoloca un mechón suelto tras la oreja y el corazón de la bibliotecaria trastabilla.

Por unos segundos, me pierdo en el rostro de Brianna, en su gesto relajado, con una sonrisa ladina y enfrentándose a Anabella como quien saborea un buen manjar incluso antes de hincarle el diente. Como una loba jugando con la comida. Tal y como hacía conmigo hace demasiado tiempo. Se me seca la garganta y carraspeo para paliar la incipiente sed justo cuando Anabella asiente con un cabeceo fuerte. Con dos pasos hacia atrás, y las manos a la espalda, Brianna se aleja de ella.

—Muy bien, entonces. Bienvenida a la comitiva.

La bibliotecaria esboza una sonrisa temblorosa que se estira a medida que los demás le sonreímos de vuelta. Espero que haya meditado bien lo que hace, porque vamos a acabar metidos en el mismísimo averno.

Montar a caballo no es mi fuerte. Ni siquiera aunque me hayan dejado la yegua más dócil. Y no es de extrañar; a fin de cuentas, que un lobo vaya sobre un caballo es una suerte de chiste. Preferiría mil veces caminar en mi forma de animal, libre de esta tortura que me está dejando el trasero y las piernas molidos. Pero eso supondría cansarme más de la cuenta, y ni siquiera estoy en mi mejor momento por la falta de sueño como para encima gastar energías caminando.

Suspiro, dolorido, y me estiro sobre el caballo para intentar relajar los músculos de la espalda. Para sorpresa de nadie, no sirve de nada. Estoy deseando detenernos para acampar y pasar la noche.

—Creo que este es un buen sitio para descansar —anuncia Brianna desde la parte de delante, como si me hubiera leído el pensamiento.

Acto seguido, se escuchan dos suspiros de alivio y un «menos mal» de boca de Anabella que me arranca una sonrisa. Nos separamos del camino principal de las rutas comerciales en dirección a un claro en el que montar el campamento improvisado.

A pesar de que las temperaturas, ahora que se acerca la primavera, son algo más elevadas que en nuestra anterior misión, por las noches aún hace frío como para dormir a la intemperie, pero en esta zona no hay montañas en las que cobijarse. Y hasta la próxima luna llena, que coincide con el equinoccio de primavera, las temperaturas no empezarán a subir realmente. Espero que, para entonces, no tengamos que depender tanto de las rutas comerciales. Aunque a quién quiero engañar, esperar algo más allá de encontrar una posible respuesta a nuestras preguntas ya es pedir demasiado, porque vamos dando palos de ciego.

Desmontamos en silencio, resentidos por haber pasado tantas horas cabalgando sin detenernos a descansar. Después de recobrar un poco la movilidad de los músculos y las articulaciones agarrotadas, empezamos a instalar el campamento. Mientras que Anabella recoge ramas y palos para preparar una hoguera, Pulgarcita estira las telas para levantar las tiendas. Brianna está junto a su caballo, acariciándole el cuello y hablando con el animal en susurros.

Me quedo observándola unos segundos, embelesado con su naturalidad y tranquilidad, sin que el ceño esté fruncido y sin que los ojos le brillen con desconfianza y resquemor. Repaso su cuerpo de arriba abajo y me detengo en su rostro, en el cabello castaño por encima de los hombros, un tanto revuelto por el día de cabalgata, en su nariz respingona y en los pómulos altos. Se recoloca un mechón de pelo detrás de la oreja y mi corazón se salta un latido. No entiendo cómo no pude ver que es mi vínculo mucho antes, si con tan solo mirarla el aliento se me queda atascado en el pecho.

Suspiro con un nudo en la garganta y me deshago de la capa de pelaje negro. La dejo sobre la yegua, a la que acaricio con un par de palmadas y ella busca mi mano con el hocico.

—Voy a por algo para cenar —digo al aire.

Me quito el peto de cuero y lo guardo en una de las alforjas de la yegua, luego empiezo a abrirme la camisa y me la saco por la cabeza. La doblo para dejarla con lo demás y alzo la vista por encima de la grupa de mi corcel. Brianna me está observando. Y no consigo descifrar su mirada.

—Voy contigo.

No lo pronuncia demasiado alto, aunque sus palabras llegan hasta mi oído más desarrollado mecidas por la brisa. Mi intención es responderle que no hace falta, que puedo yo solo, pero algo dentro de mí me dice que no lo hace por ayudar, sino porque lo necesita, así que me limito a asentir y a desabrocharme el pantalón. De refilón, veo que no me quita el ojo de encima ni siquiera cuando me desnudo y en mis labios se dibuja una sonrisa pícara. Al llamar al lobo de mi interior, sí que deja de mirar.

Los huesos se me rompen una vez más y la lava empieza a correr por mi torrente sanguíneo. Me doblo hacia delante, las manos sobre la tierra. Solo que ya no son manos, sino una extraña masa amorfa de la que comienzan a salir garras negras. Mi piel se oscurece aún más y empieza a brotar pelo espeso. Las encías me queman según los colmillos se abren paso por mi carne y aprieto los ojos con fuerza para intentar mantener el dolor a raya. Cuando vuelvo a abrirlos, el cambio se ha completado y me concentro en calmar los latidos de mi corazón.

Paso por al lado de la yegua, bastante tranquila para encontrarse junto a un lobo casi tan grande como ella, y me dirijo hacia la espesura, donde la densidad de árboles aumenta. Anabella suelta un gritito horrorizado al levantar la vista de la hoguera que no consigue encender y se cae de culo. Río y sacudo la cabeza. Pulgarcita se une a mis risas, aunque se apresura a explicarle la situación.

«Podrías haberla avisado», oigo que dice la chica en mi mente.

Por un momento me sobresalto, porque hace mucho tiempo que nadie se comunica así conmigo, desde la última vez que la vi en la segunda residencia del duque De la Bête, cuando Pulgarcita estaba tan malherida que casi acabó muerta.

Era más divertido así, responde el animal por mí.

Una vez ha calmado un poco a Anabella, Pulgarcita se acerca a mí y me acaricia el morro. Cierro los ojos y a duras penas consigo controlar la cola por el placer.

«Echaba de menos verte así».

Solo tú podrías decirle eso a un lobo más grande que tú.

«Me gustan los animales, ya lo sabes».

Me yergo sobre las cuatro patas cuando veo a Brianna acercarse a nosotros, con el carcaj al hombro y empuñando el arco con fuerza. Nos mira de hito en hito y luego cabecea hacia el bosque. Sin esperarme siquiera, echa a correr para alejarnos del campamento lo suficiente como para poder acechar alguna presa.

«Buena suerte. Y no hagas que te clave una flecha en el ojo». Río y me adentro en la oscuridad del bosque.

Yo no estoy hecho para esto, definitivamente. Agazapado, tumbado sobre la tierra fresca y húmeda, espero a lo que sea. De vez en cuando, la cola se me mueve por la impaciencia y Brianna me lanza una mirada desdeñosa. Como si así fuéramos a encontrar alguna presa tan estúpida como para acercarse donde hay un rastro de un depredador. Ella estará muy acostumbrada a esperar y esperar, ahí, en la seguridad de su árbol, pero yo soy un lobo, lo mío es correr, sentir la tierra batida bajo las zarpas, el corazón tronando en el pecho según me acerco a una presa. La boca me saliva solo de pensarlo.

Antes no lo hacíamos así. Antes de la bruma, ella venía conmigo, corría junto a mí, me seguía, a veces yo bajaba el ritmo para que me alcanzara, otras competíamos por conseguir la mejor pieza. Y esperar así... es una pérdida de tiempo. Ni siquiera sé cuánto rato llevamos aguardando.

Alzo el hocico para mirarla, para decirle algo, pero no puedo. Aún no. Me concentro en ella, en su figura oculta por las sombras de la noche y el bosque y acaricio las paredes de su mente tirando del vínculo. Nada, es inútil, es como arañar un muro insondable. Y ni siquiera los chirridos de mis garras contra esa pared le llaman la atención. Estoy muy lejos de conseguir que me perdone.

Y creo que es ese pensamiento el que lleva a mi animal a levantarse y a mandarlo todo a la mierda. No le puedes pedir a un lobo que espere quieto, como si fuera un perro.

—¡Lobo! —medio grita en susurros.

Miro hacia atrás por encima del lomo y de nuevo al frente, con la esperanza de que me entienda. No lo hace, porque eso sería pedir demasiado. Doy un par de pasos más hacia la espesura y vuelvo a repetir el movimiento.

—¿Quieres que te siga? —susurra. Asiento y ella parece coger aire para pensárselo. Entonces, se cuelga el arco a la espalda y desciende del enorme árbol al que estaba subida.

El corazón me bombea con fuerza en anticipación a la cacería y a duras penas reprimo el nerviosismo que me invade. Consigo quedarme quieto en el sitio, a la espera de que llegue hasta mí, salvo porque la cola se me mueve de un lado a otro.

Normalmente no importaba qué hora del día fuera que ella se adentraba en los bosques conmigo y se movía con maestría entre raíces, piedras y ramas bajas. Ahora... Ahora, al no aceptar quién es, no sé si seguirá teniendo esas capacidades. Aunque antes de la bruma no quería asumir su rol de alfa, sí que se dejaba llevar por sus instintos, por su parte medio loba. ¿De qué es capaz ahora? ¿Es consciente de que su versión actual no es ni la mitad de mortífera que su versión previa a la bruma?

Me alcanza y espera. Si pudiera, le diría que se subiera sobre mí para asegurarme de que no se mate por correr casi a ciegas por medio de un bosque. Pero no puedo. Así que troto despacio con la esperanza de que me siga. Masculla un «maldita sea», pero corre tras de mí.

En un par de ocasiones o tres la oigo tropezar. Hace demasiado ruido. No vamos a encontrar nada y nos va a tocar comer carne seca. Y no sé quién se va a cabrear más por eso, si ella o yo. Es como un elefante, arrasando con todo por donde pasa. Y cada vez que encuentro un rastro que podría servirnos, la presa huye porque la detecta a ella antes incluso que a mí.

Cansado de perder el tiempo, me detengo en seco. Brianna

choca contra mí, su cara acaba enterrada en mi pelaje unos segundos que me saben a gloria, porque su aroma dulce me envuelve como si fuera un abrazo.

No obstante, lo que voy a hacer no le va a gustar.

Me separo de ella, giro y acerco el hocico a su pecho.

—¿Qué...?

Se tensa, da dos pasos hacia atrás, pero antes de que se haya alejado de mí, encierro el arco entre mis fauces y tiro de él para quitárselo.

—¡Para!

Se dobla hacia delante y levanta los brazos a la fuerza. Le arrebato el arco y lo lanzo lejos.

—¿Qué haces?

Niego. Me mira con estupefacción. Por toda la magia, ¿por qué tiene que ser todo tan complicado? Estoy a punto de soportar el dolor del cambio para mutar otra vez y explicárselo cuando habla:

—¿Quieres que me vaya?

¡Menos mal!

—No pienso hacerlo. No te necesito para encontrar comida.

Bufo y pongo los ojos en blanco. Esto es por el bien de todos, pero no tengo forma de decírselo, así que me limito a darme la vuelta para alejarme de ella, consciente de que sabrá hallar el camino de vuelta perfectamente.

—Pienso encontrar una presa mejor que la tuya.

Miro hacia atrás con una sonrisa en los labios. O ese extraño gesto que podría entenderse como sonrisa en un lobo.

Con un asentimiento, le indico que acepto el reto.

17

Me gustaría poder decir que la otra anoche la dejé ganar, más que nada por no meter el dedo en la llaga de mi estúpido orgullo herido, pero sería mentir. Cuando Anabella, Pulgarcita y yo ya habíamos terminado de cenar, Brianna apareció arrastrando un enorme jabalí velludo, la mitad del tamaño de ella.

—¿Qué pretendes que hagamos con eso? —le pregunté, con los brazos cruzados ante el pecho y una ceja arqueada, fruto de la diversión.

Llegó extenuada, y no era para menos. No debió de resultarle sencillo llevar semejante presa hasta el campamento. Yo me conformé con cazar los conejos suficientes como para abastecernos y llenarnos el estómago, pero Brianna fue mucho más allá y me cerró la boca como solo ella sabe hacer.

Se comió su conejo en silencio, mientras Anabella, Pulgarcita y yo despiezábamos el jabalí como buenamente pudimos. Una pena no haber podido aprovecharlo al máximo, no solo porque se nos hizo tarde y teníamos que dormir, sino porque era un animal demasiado grande como para tratarlo con las herramientas que llevamos, así que dejé lo que sobró dentro del bosque, para que algún otro depredador con suerte lo encontrase.

Lo bueno de ese estúpido pique es que esta noche no tendremos necesidad de salir a cazar. Y todo gracias a ella.

También doy gracias por que estos dos días de camino hayan sido tranquilos, aunque tampoco es ninguna sorpresa teniendo en cuenta que yo soy un lobo y que Brianna es mestiza. Nuestros aromas, peculiares y de depredadores, sirven de disuasión suficiente como para que ninguna otra criatura se atreva a acercarse a nosotros. Nos sucedió lo mismo mientras viajábamos hacia la Hondonada hace un par de meses. Y eso nos ha permitido mantener cierta calma.

Anabella ha resultado ser una compañía muy agradable para viajar, porque conoce tantos cuentos y leyendas que ha hecho que las cabalgatas sean más amenas. Es como si lleváramos a nuestra propia trovadora. Y Pulgarcita está encantada de contar con ella en campo abierto, porque ha podido compartir sus conocimientos sobre botánica y fauna, a cada cual más interesada con la sabiduría de la otra.

Brianna se ha mantenido callada, como siempre. Un tanto alejada de nosotros, pero atenta a todo lo que sucede, a nuestras conversaciones alrededor de la hoguera, a las risas y a los chistes. En más de una ocasión la he visto reprimiendo sonrisas, como si estuviese luchando por no unirse a nosotros. Y eso me ha dado nuevas esperanzas, porque tengo la sensación de que esa coraza se va resquebrajando.

Si no erré en mis cálculos, esta será la última noche de viaje antes de llegar a las costas de Landia y casi que lo agradezco, porque las pesadillas no han cesado ni con la ayuda de las infusiones de Pulgarcita y anoche apenas conseguí conciliar el sueño por temor a despertarme entre gritos. Aunque confío en que ellas no me harán sentir vergüenza por ello, no me siento cómodo con mi condición; con sentir un terror tan asfixiante que me haga revolverme y retorcerme, gritar y, Luna no lo quiera, atacar a alguien, como pasó cuando Brianna entró en mi alcoba en el palacio. Por suerte, ninguna de las últimas pesadillas me ha parecido real, porque eran recuerdos retorcidos hasta el extremo. Y por mucho que lo prefiera así, ahora que sé que mis sueños pueden ser un puente hacia la realidad, descanso todavía menos, si es que eso es posible.

Desmontamos para pasar la noche e instalar el campamento y hasta yo tengo que arrebujarme un poco más bajo mi capa de pelaje. Hoy ha salido un día malo, de esos en los que el frío intenta colarse en los huesos. Claro indicador de que el equinoccio de primavera está cada vez más cerca, porque siempre descienden las temperaturas antes de empezar a subir de verdad. Y a eso hay que sumarle que hoy hemos elegido la ribera de un lago para descansar cerca de una fuente de agua y que los caballos puedan beber todo lo que quieran para recobrar fuerzas. Un lago que, para mi desgracia, me recuerda dolorosamente a otro que jamás podría olvidar.

Al igual que anoche, Anabella se dedica a recoger ramas, sin dejar de hablar para intentar controlar el castañeteo de sus dientes, mientras que entre Pulgarcita y yo montamos las dos tiendas. Brianna se encarga de abastecer a los caballos y de cubrirlos con mantas, porque ella también ha previsto que va a ser una noche fría.

—¿Os he contado ya el cuento del encantador de ratas? —pregunta Anabella según reúne las ramas en un montón.

—Sí, dos veces —respondo.

—Y con dos finales diferentes —apunta Pulgarcita con una sonrisa.

—Ah, claro. —Saca la yesca y el pedernal del zurrón—. ¿Y el de la rana que crio pelo?

—También —comenta Brianna.

Todos callamos por su intervención inesperada. Y ella misma

se percata de ese detalle, porque chasquea la lengua y vuelve con los caballos para sacar lo poco que nos queda de comida.

—Estira de ahí, Axel.

Aparto la vista de ella y le presto atención a Pulgarcita para ayudarla a instalar la última tienda, la que comparte con Anabella. Se seca el sudor de la frente con el dorso de la mano y se cala bien su capa para resguardarse del frío.

—¡Ah, ya sé! —dice Anabella con una palmada animada, y sus labios se estiran con una sonrisa emocionada—. ¿Os he contado la leyenda del señor del tiempo?

—No, esa no —le responde Pulgarcita, ilusionada por un nuevo cuento. Uno que los licántropos conocemos bien.

—Cuenta la leyenda... —comienza, intentando contener los castañeteos de sus dientes con las palabras— que hubo una época en la que los días y las noches se desdibujaban. No había orden ni control porque el dios Sol y la diosa Luna estaban tan centrados en disfrutar de su amor que se olvidaron de que tenían un trabajo por hacer.

—Los dioses no existen —refunfuña Brianna desde su lugar junto a los caballos.

—Esto ya está —me informa Pulgarcita, en referencia a la tienda de campaña que estábamos montando.

Me giro hacia Brianna con los brazos en jarras y una ceja enarcada.

—Porque tú lo digas. —Ella imita mi postura y nos observamos unos segundos—. A ver, ¿a quién te crees que debemos nuestra condición los licántropos?

—No me dirás que te crees todo eso —responde en tono jocoso, haciendo un gesto de la mano hacia Anabella. La aludida se encoge de hombros.

—Es un cuento... —comenta la bibliotecaria.

—Luna sí que existe —la interrumpo, un tanto molesto—.

Y también estuvo enamorada de Sol. Y por culpa de Tiempo, uno de sus hijos, se vieron obligados a separarse.

Miro a Anabella para buscar apoyo en esta historia y ella asiente, complacida.

—Como decía, Tiempo, su primogénito, se dio cuenta de que sus padres estaban olvidando sus funciones en este mundo y los encerró en una jaula que tan solo los dejaría salir durante unas horas, en momentos en los que nunca pudiesen encontrarse, para que así los habitantes de este mundo disfrutaran de cierta normalidad.

Brianna chasquea la lengua y abre el paquete con la poca carne que nos queda mientras que Anabella nos relata el cuento peleándose con el fuego.

—Así es como se consolidaron el día y la noche tal y como lo conocemos.

—Y a Luna le dolió tanto esa traición de su hijo que lloró y lloró —intervengo—. Y cada una de las estrellas del cielo conforma una de sus lágrimas. Y a día de hoy, su amor a Sol sigue siendo tan grande que no se le han agotado las lágrimas.

—¡Por eso a veces vemos estrellas nuevas! —apunta Pulgarcita, emocionada con el relato.

—Y estrellas fugaces —añade Anabella.

—Y por eso la luna cambia de fase —prosigo—. Cuanto más llora, más pequeña se hace y, después, poco a poco, su amor por Sol la va hinchando otra vez, hasta que se vuelve llena y poderosa. Y de nuevo comienza el ciclo.

—¿Me estás diciendo —interviene Brianna en tono escéptico— que lo que nos pasa durante la luna llena es a causa del profundo amor que siente por Sol?

Mis labios se estiran en una sonrisa complacida y asiento con la cabeza.

—Justo por eso.

Ella bufa y se acerca con el paquete de carne a la hoguera para recalentarla y quitarle el frío, pero aún no tenemos fuego porque las manos de la pobre Anabella no hacen más que temblar.

—Déjame a mí.

—Es un cuento muy bonito —dice Pulgarcita, embelesada.

—Es triste... —repone Brianna con un mohín en los labios.

Me agacho junto a Anabella y le quito los utensilios.

—Lo bonito no tiene por qué ser alegre —le responde la chica, sentándose junto a la hoguera apagada.

La piel de Anabella entra en contacto con la mía unos segundos y ella jadea por la impresión. Cuando me mira, lo hace ojiplática.

—¡Estás muy caliente!

Los labios se me estiran en una sonrisa juguetona y enarco una ceja.

—Sí, siempre estoy caliente —respondo con picardía y dedicándole una mirada de soslayo a Brianna, quien resopla y pone los ojos en blanco—. Aunque no me esperaba que fueras a insinuárteme de forma tan abierta.

El rubor corre raudo a sus mejillas y se queda boquiabierta unos segundos. Cuando entiende que mi sonrisa es burlona, me da un manotazo en el hombro y aparta los ojos de mí, un tanto azorada. No puedo evitar reírme por su reacción tan pudorosa. Alzo la vista y descubro que Pulgarcita nos contempla divertida. Brianna... Brianna no. La observo mientras froto los utensilios y prenden las chispas para encender la madera. Después, acerco la cara a la hoguera, sin permitir que nuestros ojos pierdan el contacto, y soplo para avivarlas. Unos segundos más tarde, las ramas empiezan a crepitar y Pulgarcita y Anabella suspiran encantadas.

—Entonces ¿tú no sientes frío? —pregunta Anabella pasado un rato, con la vista fija en el fuego.

—Sí, claro que lo siento. —Me resigno a dejar de observar a Brianna con cierta lascivia y devuelvo mi atención a la chica—. Solo que como mi metabolismo es más acelerado, las temperaturas tienen que ser mucho más bajas para que me resulte molesto. Esta noche, por ejemplo, sí lo noto un poco más.

Pulgarcita se pega más a Anabella para compartir el calor mutuo y la bibliotecaria le pasa un brazo por el hombro para atraerla más hacia ella. Me quedo absorto en el hipnótico baile del fuego frente a nosotros, pensando en el frío que sentí durante el letargo. A veces era como estar caminando por un bloque de hielo descalzo, con la piel quedándose pegada a cada paso y esa sensación gélida que te atraviesa el cuerpo por exponer una zona tan sensible a ese estímulo.

Me estremezco y apenas consigo reprimirlo.

—¿Cómo acabaste siendo bibliotecaria? —le pregunta Pulgarcita entre bocado y bocado.

—Pues fue algo natural —responde después de tragar—. Mi padre es muy imaginativo, ¿sabéis? Siempre está ideando cosas extrañas y curiosas, con mil planes para mejorar la vida de los demás. Así fue como consiguió trabajar al servicio del Palacio de Cristal. Ganó un concurso con el que se pretendía encontrar una forma de facilitar la tarea de riego de los agricultores. Él inventó algo que llamó «sistema de regadío» y atrajo la atención de los príncipes, quienes le pidieron que instalara eso en los jardines reales. Así que empezó a trabajar para ellos de forma asidua: subvencionan sus ideas y le otorgan un espacio en el que tener su taller, siempre y cuando aplique sus descubrimientos para mejorar la comodidad de los monarcas. —Sonríe con nostalgia, como si ya lo echara de menos aun habiendo pasado solo dos días—. Ahora está trabajando en un modelo de carruaje que no necesita de caballos para ser movido.

La sorpresa cruza el rostro de Pulgarcita.

—Pero eso solo lo puede hacer la magia.

—Él lo llama «ciencia».

—Parece un hombre muy inteligente —comento, dejando el palo de mi trozo de carne cocinada en la hoguera para que se recaliente. Una cena demasiado ligera para mi gusto, pero mejor esto que tener que desnudarme ahora para buscar otra presa, con el frío que hace.

—Lo es. —Su respuesta va teñida de orgullo e ilusión—. Por eso he crecido entre nuestra casita y el palacio. Y cuando no podía ayudar a mi padre en nada, me escabullía a la biblioteca para saciar mi curiosidad. Así conocí al anterior bibliotecario. Y cuando el pobre falleció por la edad, justo antes de que apareciera la bruma, los príncipes me pidieron que asumiera su cargo.

—Desde que te conozco, Bella, me he preguntado para qué sirve una bibliotecaria en una biblioteca que no visita nadie.

—¿Quién te dice que no venga nadie? —refunfuña, ofendida y divertida a partes iguales.

—Bueno, no puede ser muy famosa si escapó a la criba del Hada Madrina.

—Sí que fue cribada. —Clava los ojos en el fuego, como lamentando la pérdida de los libros desaparecidos en ese tiempo—. Lo que pasa es que no fui muy diligente acatando su petición de reunir todos los libros relacionados con la magia.

—¿Estuviste con ella? —pregunta Pulgarcita con cierto temor. Anabella traga saliva antes de asentir.

—Se presentó poco después de que nos maldijera con la bruma y me pidió que le mostrara esos libros. A mí me extrañó que alguien que era el poder y la magia personificados, la mayor portadora arcana conocida (y la única, teniendo en cuenta los destrozos que nos hizo la bruma), quisiera saber más sobre algo que dominaba. Así que... escondí unos cuantos.

—Y menos mal que lo hiciste —intervengo.

Me dedica una mirada agradecida y una sonrisa tirante.

—¿Tuviste el valor de engañarla? —Anabella mira a Brianna y vuelve a asentir en su dirección—. ¿Por qué? Solo son libros.

—Son conocimiento. Son nuestro pasado. Recogen quiénes fuimos y quiénes somos, y algunos incluso se atreven a vaticinar qué seremos. No son *solo* libros. Son nuestra memoria al completo.

Brianna emite un gruñidito y lanza varios palos a la hoguera, con la vista fija en el fuego.

—Bueno, creo que me voy a ir a dormir ya —dice Pulgarcita cuando ha terminado de comer y el silencio se extiende entre nosotros.

—Sí, yo también.

Ambas se levantan y se quejan cuando el frío les araña las partes del cuerpo al descubierto después de haber estado sentadas hechas un ovillo.

—Corre, corre —le dice Anabella a Pulgarcita justo antes de desaparecer tras las solapas de la tienda.

Escuchamos sus cuchicheos y risillas un rato más hasta que el silencio del bosque vuelve a engullirnos, únicamente roto por el chisporroteo del fuego, el lento movimiento del agua del lago y los crujidos de algunos animales en la lejanía, pero sé que eso solo lo oigo yo.

—Puedes ir a dormir si quieres —susurra Brianna, consciente de que no necesita hablar en un tono más alto.

Giro la cabeza hacia ella y, por un segundo, la garganta se me cierra por la impresión. Los contornos que las sombras del fuego dibujan en su rostro hacen que luzca más hermosa que cualquier oasis en medio del desierto. Sus ojos se encuentran con los míos y percibo cierto destello, como un calambre en el pecho y una caricia cálida.

Su respiración se acelera unos segundos y la mía la imita por pura inercia. ¿Acaso ella también lo ha sentido?

—Yo me encargo de hacer las guardias, ya lo sabes. —Su voz suena un poco arrastrada, como ahogada, pero aun así se esfuerza en llevar la conversación hacia otro lado.

Mi instinto es decirle que no es necesario, que podemos alternarnos, pero después de la discusión que tuvimos anoche acerca de establecer turnos de guardia es absurdo. Me dejó claro que no puede dormir, que no tiene sentido que ella descanse cuando su situación no va a cambiar, siempre con miradas de refilón a la tienda que me sugieren que tampoco le apetece demasiado compartir un espacio tan reducido conmigo.

Me levanto y estiro un poco las piernas, agarrotadas por la posición.

—Si cambias de opinión, ya sabes que puedes entrar.

Mira a la tienda y luego a mí. Pero no añade nada, así que me doy media vuelta y entro al cobijo de las telas.

18

Sé que estoy soñando porque Brianna ríe para mí, tan pletórica y llena por las carcajadas que las lágrimas se le desbordan por los ojos. Y eso solo sucedía antes de la bruma. A pesar de las risas, seguimos subiendo por la empinada ladera rocosa, ella resollando tras de mí y quejándose, como siempre.

—Menudo regalo de cumpleaños —dice con la respiración entrecortada—. Este año te has lucido.

Me giro hacia atrás para verla sonreír, por mucho que se queje, y el pecho se me inunda de alegría. Extiendo la mano y me la coge cuando llega a mi altura. Tiro de ella para ayudarla a soportar la pendiente y seguimos ascendiendo con los dedos entrelazados, como tantas otras veces.

—Venga, un último esfuerzo. Te prometo que la subida merecerá la pena.

Me mira con una ceja alzada y los labios estirados de medio lado, sin fiarse lo más mínimo pero confiando ciegamente.

Terminamos de escalar la curva del pico y hasta a mí se me acelera el pulso por el esfuerzo, así que no es de extrañar que cuando llegamos a la cima, ella esté perlada de sudor. Aunque eso no impide que las comisuras de sus labios se eleven más y más, hasta casi desbordarle el rostro, al ver lo que se extiende bajo nuestros pies: toda Fabel, con sus montañas doradas muy a lo lejos; a nuestros pies, la laguna de aguas cristalinas, que reluce como plata líquida por el influjo del astro; el palacio un poco más allá, coronando Poveste con sus paredes de cristal opaco brillando con luz propia; el mar de árboles de copas frondosas. Y, sobre nuestras cabezas, un océano de estrellas con una luna bien redonda como capitana.

Contiene el aliento y su corazón late más fuerte si cabe. Se lleva las manos al pecho y siento mi palma fría al romperse el contacto de nuestras pieles, pero su sonrisa... Esa sonrisa lo alivia todo.

—Es lo más hermoso que haya visto nunca.

—Sí que lo es.

En cuanto respondo, me doy cuenta de que lo he hecho con los ojos fijos en ella, en sus mejillas sonrojadas salpicadas de pecas, en la nariz respingona y en ese jade imperioso que tiene por mirada, y que mi intención al pronunciar esas palabras era totalmente diferente.

Entonces, frunzo el ceño y parpadeo varias veces. El aire se me atasca en el pecho y la garganta se me seca. Noto un picor intenso sobre la piel y empiezo a sentirme muy incómodo, como si mi cuerpo estuviese intentando cambiar y convertirse en lobo, pero sin todo el dolor asociado a eso. Vuelvo a girar la cabeza hacia ella y me la encuentro observándome, con los ojos vidriosos, y de repente lo noto: un único latido compartido al mismo compás que me podría haber partido la caja torácica en dos. Y sé que ella también lo ha sentido; algo dentro de mí, primario, me dice que es así.

Da un paso en mi dirección, el crujido de los guijarros como sinfonía magnificada por la emoción del momento. Levanto la mano por inercia, sin ser consciente de qué estoy haciendo ni de por qué estoy temblando. Y cuando quiero darme cuenta, con una palma acuno su mejilla, con la otra encuentro su nuca y mis dedos juguetean con los mechones rebeldes de su cabello despeinado. Nos hemos tocado infinidad de veces, no en vano hemos crecido juntos. Pero el roce de su piel contra la mía sugiere que esta es la primera vez real. Luego, sin dejar de beberme con los ojos, sus labios presionan sobre los míos con delicadeza y necesidad.

En mis veintiún años, he tenido el corazón dormido y despierta justo en este preciso momento, con esas cosquillas y punzadas que suelen resultar molestas y que me dicen que ahora es cuando estoy vivo de verdad. Algo dentro de mí termina por encajar a la perfección. Sus labios saben a maná puro, a luz de luna, a pomelo y a madreselva. Su boca se abre para mí y solo con el roce exploratorio y tímido de nuestras lenguas me estremezco. Porque en los trece años que hace que nos conocemos, jamás imaginé que sus labios pudieran ser todo lo que necesito.

Abro los ojos. No sé por qué lo hago. Y el rostro que veo frente a mí, pálido y enmarcado por una melena lacia y negra, me aterra y horroriza. Intento separarme de ella, pero me retiene por la nuca, sus uñas afiladas hundidas en la carne. Me obliga a seguir con el beso hasta tenerme acorralado contra la pared, como tantas otras veces hizo durante el siglo. Mi espalda se encuentra contra la piedra de la montaña con una embestida que me arranca un gemido de dolor. Y ella lo malinterpreta. Lo malinterpreta tanto que su mano se encuentra con el borde de mi pantalón y se cuela dentro.

Cierro los ojos con fuerza, como si así fuese a librarme de esto, y cuando los abro de nuevo, he dejado de tener veintiún años y tengo veintisiete y medio siglo. Estamos en el dormitorio del Hada, en su cama, con ella debajo de mí, una mano a cada lado de su cabeza y el colgante de cuarzo azul pendiendo en el aire entre nuestros cuerpos desnudos. Vuelvo a cerrar los ojos para no verla justo cuando, con un gemido placentero, tira de mí para tenerme donde quiere, entre sus piernas. Me revuelvo, incómodo, y siento su mano sobre mi pecho, sobre mi tatuaje. El contacto me repugna. Mi nombre pronunciado de sus labios me sabe a agrio.

Pero ella nunca me llamó Axel porque sabía lo que eso implicaba.

Abro los ojos de golpe, sobresaltado y con la respiración desacompasada, el corazón en un puño. Tardo un par de segundos en habituarme a la oscuridad, en comprender que estoy dentro de la tienda de tela, en medio del claro junto al lago. Y quien tiene la mano apoyada sobre mi pecho, arrodillada para caber aquí dentro, es Brianna. Mi Bri. Pero ella no me habría llamado Axel, ¿no?

—Solo era una pesadilla... —susurra.

No encuentro palabras para responderle que esta vez no era una pesadilla, sino dos recuerdos entremezclados. Parpadeo varias veces para intentar despejar el estupor del sueño y me froto el puente de la nariz.

—¿Era real? —pregunta con un deje nervioso.

No le he contado que lo del cementerio lo vi en sueños, pero creo que ha llegado a esa conclusión ella sola después de que Pulgarcita me pregunte cada mañana. Aún consternado, me limito a negar con la cabeza y ella respira hondo, como con alivio.

—¿Va todo bien? —inquiero con cierto temor, no sé si por el mal sueño o de verdad. Mi voz sale rota y gutural, más animal que humana, pero no parece importarle.

—Sí, sí. —Se reclina hacia atrás y queda en cuclillas. Callamos unos segundos en los que no sé qué decir, aún confundido—. ¿Te importa si...?

Señala el pequeño espacio junto a mí y, ahora sí, la estudio con atención. Tiene las mejillas y la punta de la nariz enrojecidas por el frío y está temblando. Asiento una única vez y levanto mi espesa capa para hacerle hueco bajo ella. Duda un instante, pero acaba moviéndose para quedar acostada de lado, de espaldas a mí y todo lo separada que el reducido espacio de la tienda nos permite.

Su aroma me envuelve y consigue relajar la tensión de mis músculos lo suficiente como para que sea otra tensión la que empiece a preocuparme: la de tenerla tumbada tan cerca que compartimos calor sin siquiera tocarnos. Se encoge en posición fetal y veo que sigue temblando, a pesar del grosor de nuestras ropas, mi capa y su caperuza.

Chasqueo la lengua y, a sabiendas de que esto puede costarme muy caro, paso el brazo por encima de su cintura hasta rodearla. Ella ahoga un gemido a medio camino entre la sorpresa, el rechazo y el placer por sentir mi calor.

—A este paso o te mueres de frío o despiertas a medio bosque con el castañeteo de tus dientes —murmuro.

Antes de darle tiempo a replicar, tiro de su cuerpo hacia el mío, hasta que su espalda encaja contra mi pecho y su trasero contra mi entrepierna. Maldita sea, me he pasado de fuerza. No era mi intención colocarla aquí, pero sigo tan alterado por el sueño que no soy capaz ni de controlar los músculos. Y creo que ella también es consciente de mi erección, por mucho que me desagrade el recuerdo de qué me la ha provocado involuntariamente. A decir verdad, no sé si prefiero que piense que tengo el autocontrol de un pubescente o no.

No obstante, y para mi sorpresa, no se mueve ni dice nada. Se queda encajada contra mí, con la respiración un tanto forzada y el corazón bombeando con fuerza, atenta a todo. Acerco la cara un poco más a ella, hasta que su pelo me cosquillea en la nariz, y sonrío con nostalgia. Por lo que tuve y perdí. Por lo que es probable que nunca recupere.

Los ojos se me anegan de lágrimas de repente, cierro los párpados con fuerza para controlarlas e intento pensar en lo que sea, en cualquier cosa menos en la vívida pesadilla y en ella, en todo lo que fuimos y jamás seremos, pero me resulta imposible teniéndola tan cerca. La idea de apartarla de mí, de darme la vuelta y quedar de espaldas a ella aparece por mi mente, tentadora. Porque por mucho que la ame con cada fibra de mi ser, no sé cuánto tiempo más aguantaré sus desplantes, sus palabras que arañan y sus miradas de odio.

Y quizá sea el cansancio. Quizá sea el llevar más de un mes sin dormir con tranquilidad por culpa del letargo. O incluso quizá sea el regusto amargo que me ha dejado la pesadilla en el fondo del paladar. Pero, pasado un tiempo indeterminado, decido darme la vuelta para no hacerme más daño esta noche.

Levanto la mano despacio, porque su respiración se ha ralentizado y puede que esté dormida. Pero no lo está, porque el corazón le da un vuelco al sentir que me aparto y coloca la palma sobre mi dorso para impedirme que me separe. La garganta se me cierra y abro más los ojos, incluso alzo un poco la cabeza para buscarle el rostro entre tanta oscuridad y comprobar si ha sido un reflejo fruto del sueño o un acto consciente.

Descubrir que tiene la vista fija en la tela de la tienda y que se está mordiendo el labio inferior con discreción prende una chispa de esperanza en mi pecho que bien podría terminar calcinándome por completo.

Se da cuenta de que estoy medio incorporado, apoyado sobre un codo para verla mejor, y esconde la cara en la improvisada almohada hecha con mi macuto. Su cuerpo desprende más calor de repente y sé que no es mi propia temperatura la que la enciende, porque su olor se endulza a causa de la excitación y reprimo un gruñido animal por los pelos.

Bendita sea Luna por darme fuerzas para no enterrar la cara

en su cuello y plantar un camino de besos hacia el nacimiento de sus pechos, porque ganas no me faltan.

Recuesto la cabeza sobre el brazo para intentar serenarme y cojo aire con fuerza. Pero es una idea terrible, porque con lo pegados que estamos su aroma, su delicioso aroma, se me clava en las fosas nasales y ella se mueve como reflejo de mi aspiración profunda. Y ese movimiento se traslada de una forma maravillosa a cómo se menean las caderas de Brianna contra mí, a cómo arquea la espalda para acoplar nuestros cuerpos con mi respiración.

Está jugando conmigo. Tiene que ser eso. Está jugando a torturarme por lo que le hice, a tenerme a su merced para hacerme pagar por todo. Y si esta va a ser mi penitencia por mis pecados, me postraría de rodillas ante ella para aceptarla de buen grado.

Con una mano un tanto temblorosa, se echa el pelo a un lado y el cuello queda al descubierto, totalmente expuesto para mí. Y ese simple gesto, esa sutileza, me arranca un jadeo que no consigo reprimir y que la hace estremecerse, porque el vello se le eriza, como una invitación a que le temple la piel con un beso.

Y eso hago.

Me inclino sobre ella muy despacio, mi entrepierna se roza aún más contra su trasero y me hace apretar los dientes de pura excitación, pero eso no me detiene. Solo una negativa suya podría refrenarme ahora.

Entierro la cabeza entre su hombro y su oreja con lentitud, empapándome de su olor entremezclado con la acidez de la lujuria y aspiro profundamente para que su fragancia se clave en mí. Decir que me vuelve loco sería describir solo la punta del iceberg.

Mis labios se detienen a unos milímetros de su cuello expuesto, de su piel desnuda para mí, y ella respira hondo en anticipación y se revuelve, apretándose más contra mí. Eso me hace ser verdaderamente consciente de lo que está pasando, porque un ramalazo de placer me sube desde la entrepierna a todas las partes de mi cuerpo. Y entonces me doy cuenta de que me sujeta la mano con fuerza, sobre el vientre bajo su ombligo; que tiembla, pero no de frío, y que su corazón se ha acompasado al ritmo frenético del mío. Y eso me lleva a pensar en que tal vez ninguno esté jugando con el otro. En que tal vez simplemente estemos siendo Brianna y Axel, sin máscaras, corazas ni bestias, sin muros infranqueables, y unidos por un vínculo que nos hace conectar a un nivel que va más allá de cualquier entendimiento.

Por toda la magia, no lo soporto.

Mis labios se encuentran con su cuello con delicadeza controlada y a ella se le escapa un gemido que me provoca un escalofrío y se transforma en un gruñido que la hace jadear de nuevo. Planto otro beso más abajo, en la base del cuello, y mi nariz casi roza el hueco de su garganta. Siento su pulso desbocado en mis labios y eso me genera una palpitación placentera.

Giro un poco la cabeza y llego hasta el lóbulo. Por entre las pestañas percibo el rubor de sus mejillas y a punto estoy de correrme solo con verla así, tan bonita y tan rendida al placer. Le encierro el lóbulo con los dientes, aprieto un poco, lo suficiente como para que sienta mis colmillos anormalmente largos y arrancarle otro bendito gemido, este audible para cualquiera que esté cerca, y aprovecho para trazar círculos perezosos con el pulgar sobre su bajo vientre.

Mi lengua se encuentra con su piel y me empapo de su sabor, un poco salado y tan apetecible que empiezo a salivar como el animal que soy. Los movimientos circulares de mi pulgar la hacen retorcerse contra mí, arquear la espalda y dejar más al descubierto su cuello. Gira la cabeza hacia atrás, para mirarme, y nuestros ojos se encuentran.

Por un momento temo que la razón se vaya a abrir paso por su mente y se dé cuenta de lo que significa lo que estamos haciendo. Pero la determinación de esos iris jade, el brillo que distingo incluso en la más absoluta oscuridad me dice que es muy consciente de todo lo que está pasando y de que esta vez no tiene la excusa de la luna llena para dejarse arrastrar.

Con su cabeza hacia atrás, la camisa le cae un poco por el hombro y el cuello de la prenda se abre más, sus pechos asomando por la nueva posición de la tela. Mi vista viaja ahí de forma automática, trago saliva y me obligo a devolver la atención hacia sus ojos, que me observan con la misma lascivia que yo a ella.

Un cabeceo sutil es lo único que necesito para descender hasta el nacimiento de sus pechos, por encima de la tela, y a besarla lentamente, con reverencia, como siempre le ha gustado.

Me encantaría arrancarle la camisa, deshacernos de toda la ropa que impide que nuestras pieles se encuentren desnudas, pero me contengo porque sé que eso supondría traspasar otra frontera para la que no estamos preparados ninguno. Y cuando sus jadeos empiezan a adquirir un volumen demasiado elevado, justo en el momento en el que mis dientes se van a encontrar con su pezón por debajo de la tela, Brianna me agarra del mentón y me separa de ella para obligarme a mirarla.

A pesar de que sus ojos brillan con una desesperación lujuriosa, de que sus labios están entreabiertos para controlar la respiración acelerada, arrastra las manos que aún tenemos entrelazadas hasta el centro de su abdomen, me mira un instante más largo y vuelve a tumbarse de costado.

Y yo soy condenadamente feliz con que me haya regalado este momento.

III

Estaba decidida a hacer la guardia completa, a pasar toda la noche a la intemperie aunque se me congelasen los dedos y se me cayesen a trozos. Pero entonces lo he escuchado: sus jadeos ahogados, fruto de otra pesadilla. Y no he podido remediarlo. Mis piernas, entumecidas por las bajas temperaturas, me han conducido hacia la tienda de campaña por sí solas. Y cuando he separado las solapas y lo he visto con gesto de dolor, revolviéndose entre espasmos, algo me ha llevado a entrar e intentar calmarlo.

· Sé que se merece sufrir, que sería una suerte de justicia mágica que viviese el resto de su vida atormentado por todo lo que nos ha hecho, no solo a mí. Pero verlo así de roto y vulnerable me deja el corazón en un puño y me arrebata el aliento. Y si hubiese sido de día, quizá habría podido ignorarlo, porque a la luz del sol aún me escudo en un carácter fiero e indómito, consecuencia de haber convivido un siglo con la bestia, a la que extraño demasiado. Sin embargo, por la noche caen todas las máscaras y me encuentro siendo una persona que sufre con la angustia de Axel. Por eso me inclino hacia delante y le coloco la mano en el pecho, para intentar despertarlo y que su dolor deje de traspasarme.

Abre los ojos, alterado, desubicado, con una gota de sudor

bajándole por la sien, y algo dentro de mí se remueve inquieto por el dolor profundo que rezuma el ámbar líquido de sus iris.

—Solo era una pesadilla... —susurro, turbada por su congoja.

Y cuando le pregunto si ha soñado con algo real, no me invade el alivio, como esperaba, sino una decepción extraña por saber que sus propios recuerdos lo atormentan de semejante manera. No me ha hecho falta preguntar a qué se refiere Pulgarcita, cada mañana, cuando le pregunta si hay algo nuevo, si lo que ha soñado ha sido real o no. Porque cuando me contó lo del cementerio percibí algo, como una palpitación que me sugería que había algo más. Y aunque me enfadó que me lo ocultase, tampoco puedo reprochárselo. No debe de ser fácil vivir tormentos nocturnos y no saber si, cuando abras los ojos, la realidad habrá cambiado en consecuencia o no.

La mirada de Axel se tiñe de alarma ante mi presencia en el interior de la tienda, cuando tendría que estar haciendo guardia, y lo tranquilizo nuevamente. Mi subconsciente me dice que ya está, que ya he hecho lo que tenía que hacer y que es momento de volver a salir. Pero aquí dentro hace un calor tan agradable y el ambiente está tan impregnado de su fragancia...

Así que termino quedándome. Y no solo eso, sino que permito que me abrace contra su pecho, que comparta su calor conmigo para calmar mis temblores, como tantas otras veces hizo en ese pasado que compartimos juntos. Y entonces me percato de la dureza contra mi trasero y en mi mente despiertan los instintos primarios que por lo general me arrastran a los placeres de la carne y que se hacen con el control de todo mi cuerpo.

Eso me lleva a impedirle que se gire para quedar de espaldas a mí. Y me empuja a colocar mi mano, tan pequeña en comparación, sobre la suya.

Él no se mueve, no reacciona, se queda quieto, como un conejo asustado. Y eso... me gusta.

Su corazón late fuerte contra mi espalda, lo siento como si fuera el mío propio. Se incorpora un poco, buscando mi rostro, casi con total seguridad para comprobar si estoy despierta. Y la vergüenza por necesitar tanto de él, a pesar de lo que nos hemos hecho el uno al otro, me invade de repente, así que entierro la cara en el morral que usamos como almohada. Y con ese pequeño movimiento, noto un nuevo roce de su erección contra mí.

Maldita sea, lo mucho que me enciende tenerlo tan pegado me hace sentir sucia, porque no debería dejarme llevar por este instinto animal. Y, sin embargo, no puedo remediarlo. Porque por mucho que me empeñe en decirme que esto está mal, que me ha hecho mucho daño y que no debería sucumbir a sus encantos, algo me sugiere que estar con él me hace sentir jodidamente bien. Y que ni siquiera le he concedido el beneficio de la duda, por lo que no toda la culpa es suya; que no puedo considerarlo el villano de mi historia cuando hay secretos que yo tampoco le he desvelado, e incluso intenté matarlo.

Creo que, por eso, y porque necesito entrar en calor —o eso me digo—, llevo la mano al cuello para retirarme el pelo hacia un lado.

El tacto de sus labios sobre mi piel me enciende, hace que sienta un tirón en las entrañas y en el pecho al mismo tiempo que me relaja y tensa. Me rindo a él, a sus caricias y a su lento jugueteo. Y aunque me muero por que me bese con lujuria, por que entierre sus dedos entre mis muslos y me arrastre a la vorágine de placer irrefrenable, en el último segundo la razón se impone sobre la pasión y lo detengo. Porque antes de ir más allá tenemos que hablar. Necesito saberlo todo antes de traspasar una nueva frontera y arrepentirme luego de ello.

Así que le cojo la mano, nos miramos fijamente unos segundos y me vuelvo a tumbar de costado, con mi espalda contra su pecho y su dureza de nuevo; con mi mano y la suya entrelazadas sobre mi vientre y sin permitirme pensar en lo bien que me siento con ese simple gesto.

Pasado un tiempo, el sueño me pesa en los ojos y los párpados se me cierran despacio, la inconsciencia empieza a tirar de mí. Es entonces cuando siento un ligero apretón, como un abrazo, y un beso sentido en la coronilla. Pero me resulta más sencillo pensar que forma parte de un sueño, porque, como ya me imaginaba, estando con él consigo dormir.

19

Despierto con el piar de los pájaros tempraneros y completamente en calma. Muevo el brazo hacia un lado, buscándola, pero ya no está. Y aunque siento una pequeña punzada de desilusión, tampoco me sorprende demasiado.

Entreabro los ojos para descubrir que el sol apenas se ha alzado sobre el cielo, porque el ambiente está ceniciento, desperezándose aún después de una noche fría. Cojo aire y me deleito con los remanentes de su fragancia, impregnados en mi capa, en el morral que usamos de almohada, en la tela de la tienda. En mi propio cuerpo.

Me estiro un poco antes de frotarme los ojos y apoyar la mano sobre la frente, con la vista fija en el techo de la pequeña tienda de campaña. Rememoro lo de anoche y una sonrisa tira de mis labios hacia un lado. No pasó nada realmente, tan solo un par de caricias calenturientas, ni siquiera llegamos a besarnos y perdernos por completo en la boca del otro, pero me siento tan... pleno. Y no solo por lo que hemos compartido, sino porque con ella durmiendo a mi lado es la primera vez desde que la Reina de Corazones apareció en el espejo que no tengo pesadillas y consigo descansar.

Me mentalizo para salir y enfrentarme a su rechazo, a su

vergüenza y a su brusquedad, y atravieso las solapas de la tienda de campaña. El aire frío me acaricia las mejillas y me echo la capa sobre los hombros para no destemplarme demasiado. La veo al otro lado de la hoguera extinta, de pie junto a los caballos, cerca del lago que influyó en la pesadilla previa a que apareciera para rescatarme, y con una sonrisa mientras acaricia el morro del animal. Solo de verla así mis labios se estiran. Y acto seguido, mira por encima del hombro hacia mí. El corazón me da un vuelco cuando descubro que esa calma no se desvanece de su rostro, como venía siendo costumbre.

—Buenos días —dice sin dejar de acariciar al caballo.

—Buenos días. —La voz me sale ronca por el sueño y por su afabilidad, todo sea dicho. Después de unos segundos de silencio, y teniendo en cuenta que parece de buen humor, me atrevo a preguntar—: ¿Has dormido bien?

Me repasa con la vista y la sonrisa desaparece. Y con ella también se va mi calma. Coge aire y suspira mientras se acerca a mí. Trago saliva y cruzo las manos a la espalda en un gesto distendido con el que pretendo ocultar los nervios que me muerden las palmas de repente.

—Lo de anoche... —«Fue un error», «Prefiero olvidarlo», «No se puede repetir»; me preparo para cualquiera de esas respuestas que la bestia, y su subconsciente, la obligará a decir— me gustó.

La sorpresa trepa hasta mi rostro y alzo las cejas. Si cualquier otra persona me hubiese dicho que lo que hicimos anoche le gustó, me habría vanagloriado y alabado mis buenas dotes de amante. Pero que lo diga ella, después de todo por lo que hemos pasado..., me deja sin palabras. No me esperaba esta afabilidad, sobre todo después de haberse rendido al placer y teniendo en cuenta que es de día. Creía que estaría de mal humor, porque estaba convencido de que ella pensaba que había caído muy bajo al haber sucumbido a los encantos de una alimaña como yo, y que su bestia interior se lo echaría en cara. Y aunque agradezco que no haya sido así, no sé bien cómo tomármelo y los secretos que aún guardo se me enquistan en el pecho, me asfixian un instante.

—¿A ti no? —Frunce el ceño y malentiende mi turbación.

Me apresuro a negar con la cabeza y doy un paso hacia ella, porque estar separados en este preciso instante me quema, para susurrar junto a su oído:

—No se me ocurre mayor placer que tenerte gimiendo entre mis brazos.

Ahora la que pone los ojos como platos es ella y el rubor le empolva las mejillas. Aun así, no aparta sus iris de jade de los míos, ni siquiera cuando alzo la mano para recolocarle ese mechón rebelde detrás de la oreja. Solo con el ligero contacto de mis yemas sobre el arco de su oreja se estremece y cierra los párpados; la tensión sexual aumenta y siento al animal revuelto en mi interior, deseoso por desfogarse.

Estoy a punto de rendirme a sus pies, de cogerla en brazos y llevármela a la tienda para acabar lo que no terminamos anoche, cuando nos interrumpen y me doy la vuelta para quedar de espaldas a ellas.

—Buenos días —nos saluda Pulgarcita con un bostezo.

Brianna se aleja de mí, aunque me mira de refilón, con los ojos empañados de diversión, mientras me recoloco el paquete.

«Maldita sea, esta mujer va a acabar conmigo».

—Buenos días —dice Anabella tras ella.

Bri no responde, de nuevo recuperada la máscara.

—¿Habéis dormido bien? —pregunto según me acerco a mi yegua para sacar el poco pan de viaje que nos queda.

—Yo he dormido del tirón —responde la bibliotecaria, estirándose cual gato—. Aunque Pulgarcita dice que se ha despertado un par de veces.

—Vaya, ¿y eso? —Me acerco a ellas y les tiendo una de las tortas de pan para que la compartan. Pulgarcita la acepta y la parte por la mitad antes de darle un trozo a Anabella.

—Me despertaron unos extraños ruidos a altas horas de la noche —suelta como si tal cosa. Me atraganto con el bocado que le estaba dando a la mía y mis ojos se encuentran con los suyos. Pulgarcita sonríe con malicia, una ceja arqueada, y luego mira a Brianna, que se da la vuelta para preparar su caballo y disimular.

—Sí, yo también lo oí —responde Bri de espaldas a nosotros—. Sería alguna alimaña. Los bosques están llenos de ellas.

—Sí, seguro que era eso... —murmura Pulgarcita sin quitarme los ojos de encima.

A media mañana empezamos a entrever los contornos de las playas de arena blanca en la lejanía, lamidas por un mar calmado que nada tiene que ver con cómo me siento yo por dentro. Según nos acercamos a la cala, la presión por los secretos crece más y más, sobre todo después de lo que me ha dicho Brianna esta mañana.

Y ahora que ella parece estar más dispuesta a escucharme, resulta que nos hemos quedado sin tiempo, porque desde el momento en el que planteé la posibilidad de recurrir a la Bruja del Mar supe cuál sería mi final, aunque haya mantenido esos pensamientos apartados.

Tuve la desgracia de coincidir con ella en algunas ocasiones, en las numerosas fiestas que el Hada celebraba con el pretexto de entablar lazos con potenciales aliadas, y es de las mujeres más malas que conozco. Ávida de poder y de conocimiento, adicta al caos, la Bruja era capaz incluso de hacer callar al Hada. Y aunque jamás pensé que llegaría el día en el que pudiese estar en deuda con la tirana, sí he de agradecerle que, en cierto modo, me protegiese de los tentáculos de la bruja y que hubiese un aspecto en el que me reservase para sí misma, porque esa sí que habría sido una tortura digna de las de la Reina de Corazones.

Un estremecimiento me hace tensarme al instante, sobre todo al reconocer la orografía de la cala un poco más abajo. Fueron varias las veces que tuve que venir hasta aquí para escoltarla hasta la residencia del Hada; fueron varias las ocasiones en las que tuve que servirla en todo lo que me pedía salvo en una cosa. Y confío en que esa triste complicidad que surgió en aquellos días, ese interés que mostró, sea la baza ganadora en esta ocasión.

Es evidente que la Bruja no va a ofrecernos la respuesta a nuestros problemas de forma altruista, sino que pedirá algo a cambio, y creo saber qué ofrecerle para que Brianna tenga la oportunidad de continuar con la misión y, de paso, me libre de encontrarme con la Reina de Corazones en carne y hueso.

Y, al mismo tiempo, después de lo de anoche, algo me dice que busque otra forma de solucionar este embrollo, que quizá la opción de seguir investigando no habría sido tan mala teniendo en cuenta que Brianna parece dispuesta a abrir su coraza. Pero cuando propuse recurrir a la Bruja, daba toda esperanza por perdida, y ahora una parte de mí se arrepiente por lo que esta decisión va a suponer para nosotros.

—¿Seguro que es aquí? —pregunta Anabella, la voz teñida de temor.

Para mi desgracia, asiento con la mandíbula tensa.

Dejamos a los caballos atados en el límite del camino de piedra junto con nuestras pertenencias más pesadas, como las capas, que con el cielo desprovisto de nubes dan demasiado calor.

Caminamos sobre la arena tersa acompañados por el crujir de los granos bajo nuestras botas, mecidos por la brisa salada que nos revuelve los cabellos con una caricia pegajosa. A la izquierda, la falda de la montaña se deja caer sobre el mar en un punto único en el que la tierra y el agua se encuentran, un espectáculo geográfico que va a ser la clave en esto.

—Es allí —señalo ese punto del peñón.

—No veo ninguna cueva —comenta Brianna con la mano a modo de visera.

—Porque la entrada no aparece hasta que baja la marea.

—¿Que es...? —pregunta Pulgarcita.

—La más cercana, ya será por la noche.

—No podemos esperar aquí, perderíamos mucho tiempo —se queja Brianna.

—Tampoco podemos bucear hasta la profundidad a la que se encuentra la entrada, por no hablar de que la cueva estará inundada.

Brianna repiquetea con el pie, los brazos cruzados ante el pecho y los labios apretados.

—Está bien.

Y, sin más, se deja caer sobre la arena para sentarse y empezar a quitarse las botas.

—¿Queréis que montemos las tiendas aquí? —pregunta Anabella.

—No es mala idea —respondo, sopesando la situación—. Así tendremos un sitio en el que cobijarnos cuando regresemos esta noche.

Hablar en plural me cuesta más de lo que había esperado.

—¿Cómo vamos a llegar? —interviene la bibliotecaria, con los ojos entrecerrados para combatir la claridad del sol.

—Tenemos que nadar hasta allí. Cuando la marea esté lo suficientemente baja, se verá la entrada.

—Lo de nadar no es mi fuerte —se queja Pulgarcita. Y tampoco me extraña demasiado. A mí me aterraría hacerme diminuto sin pretenderlo y verme sumergido en un océano.

—Vosotras os quedáis.

—¡¿Qué?! —Brianna ni siquiera interviene tras el chillido de la chica, tan solo me observa con interés.

—Hemos venido a ayudar, Axel —me reprende Anabella en un tono más calmado.

—Lo sé, y es lo que vais a hacer. —Divido la mirada entre ellas sin perder de vista a Brianna, atento a sus reacciones—. Alguien tiene que quedarse aquí a cuidar de los caballos y del campamento.

—¿Y por qué iba a ser eso importante? —Pulgarcita coloca los brazos en jarras y me mira con el ceño fruncido.

—Porque vamos a enfrentarnos a la Bruja del Mar, una mujer del todo impredecible. Y siendo así, se me ocurren varios finales: que tengamos que salir por patas, y más nos vale tener los caballos preparados; que lleguemos heridos y necesitemos atención médica en el campamento. O...

—¿O...? —inquiere Brianna.

Trago saliva y la miro de reojo, pero devuelvo mi atención a las chicas.

—O que no regresemos y alguien tenga que continuar con la misión sin nosotros.

—En ese caso, ¿por qué no voy solo yo? —Brianna estira las piernas y se sacude la arena de las manos—. Así podrías seguir ayudándolas, ya que la Reina de Corazones parece quererte a ti.

Hago caso omiso de su respuesta, porque esta noche eso cambiará, y cojo aire despacio para serenarme antes de decir:

—Porque a ti no te va a hacer ningún caso.

—¿Y a ti sí? —Arquea una ceja en un gesto altivo.

—Puede. Yo ya la conozco, quizá eso juegue en nuestro favor.

—O en nuestra contra —añade Pulgarcita.

—Creo que lo mejor es dividir esfuerzos —interviene Anabella—. Somos cuatro, deberíamos estar en parejas por si el otro necesita que le echen una mano.

Brianna y yo intercambiamos una mirada larga y luego desliza la vista hacia el horizonte azul.

—Como queráis.

—En ese caso, vamos a ir montando las tiendas —le dice Anabella a Pulgarcita—. ¿Te encargas tú de la hoguera, Axel? A mí no se me da tan bien.

Sonrío de medio lado y asiento con un cabeceo. Antes de retirarme a buscar madera por los alrededores, me giro hacia Brianna y la estudio unos segundos.

—¿Estás bien? —me atrevo a preguntarle ante ese gesto taciturno que tiene. No hemos vuelto a hablar de lo de anoche, y casi que mejor así, pero no puedo evitar preocuparme.

—Sí, es solo que... Tengo un mal presentimiento.

Siento un nudo en el estómago y trago saliva. Echo un vistazo atrás y compruebo que las chicas se alejan de nosotros charlando distendidamente, por lo que decido sentarme junto a ella a una distancia prudencial como para que su fragancia, entremezclada con la brisa salada, no me embote y me haga replantearme todas mis decisiones de cara a esta noche.

Observo el lento rielar del mar sin atreverme a decir nada ni a quebrar la quietud que nos invade con pensamientos agoreros. No sé qué es lo que la lleva a tener un mal presentimiento, pero tampoco me veo capaz de despejar esa sensación porque le estaría mintiendo abiertamente. Otra vez.

—Quiero saberlo —dice entonces. El aire se me atasca en la garganta de repente y casi me atraganto con mi propia saliva—. Necesito saberlo. Todo. —La voz le tiembla con la última palabra y clava esos ojos verde esmeralda en mí.

—¿Estás segura? —pregunto, como un estúpido. Porque cualquier otra persona aprovecharía esta ocasión para escupirlo todo y olvidarse del problema, para que la pelota estuviera en su tejado. Pero ahora no nos conviene que la distraiga de ese modo, no con lo que nos espera esta noche, y al mismo tiempo me muero por decírselo.

—Sí, aunque no sé si estoy preparada. —Calla y hago lo mismo, porque creo que no me corresponde a mí añadir nada. Necesito que me lo pida una vez más antes de abrirme a ella y exponerme aunque sea a modo de despedida—. Y me da miedo no llegar a estarlo nunca. Creo que tú no lo sabes, pero perdí a la bestia. Al forjar la espada. El orbe de poder me arrebató esa parte de mí.

Sonríe con amargura y vuelve a mirar el mar. Yo me quedo atónito, observando sus facciones tristes con cierto horror. No tenía ni idea del sacrificio que tuvo que hacer para imbuir las reliquias con el orbe de poder. Sé que Brianna no se sentía cómoda teniendo esa parte de ella en su interior, que no la reconocía como a sí misma, pero al mismo tiempo no debió de ser fácil perder una parte de ella en el proceso de salvar a los Tres Reinos. Y yo no estuve con ella. Miro al frente y trago saliva para intentar paliar el nudo que se ha apretado en mi garganta con más fuerza; la piel empieza a picarme, como cada vez que la culpa me carcome.

—Lamento tu pérdida. —Creo que es lo único que puedo decir en estas circunstancias.

Un nuevo silencio se extiende entre nosotros y me concentro en el latir de su corazón arropado por el arrullo de las aguas. Esta bien podría ser la última vez que hablemos de verdad, ya sea por cómo termine la conversación o por cómo acabe nuestro viaje hasta la cueva. Y un temor nuevo y desconocido se me enquista en las costillas.

—Me la arrancó, literalmente. Lo sentí como si me despegaran las uñas de la carne —continúa con timbre monocorde, y yo me estremezco solo de imaginar semejante dolor—. Justo después de que me traicionaras. Justo antes de que muriera mi abuela. Y, por mucho que te odie, no... no quiero quedarme sola. No *puedo* quedarme sola.

—Nunca has estado sola. Y nunca lo estarás.

Esas palabras me duelen tanto que apenas consigo reprimir el temblor de mi voz. Nuestros ojos conectan con la perfección de dos piezas creadas para encajar. Nos sostenemos la mirada durante unos segundos en los que su corazón trastabilla dentro del pecho y el mío lo imita al escuchar ese latido desacompasado.

—No te importó dejarme sola.

Sé que se refiere a cuando descubrió mi traición. Creo que ha llegado el momento definitivo de dejar de tirarme piedras sobre mi propio tejado, así que hago acopio de toda la calma que puedo para hablar sin que se sienta atacada:

—Me pediste que me marchara. —Bufa y una sonrisilla condescendiente se hace con sus labios, así que me apresuro a añadir—: Pero no me fui. —Frunce el ceño cuando vuelve a mirarme, aunque no puedo contarle toda la verdad enfrentándome a sus ojos, así que paseo la vista por el horizonte—. No podía dejarte. Ni con la certeza de que si volvías a verme, me matarías. Simplemente... no pude. Prefería morir antes que dejarte sola enfrentándote al Hada.

El silencio se vuelve denso, asfixiante, me ahoga, y creo que en cualquier momento me derrumbaré, así que aprieto los puños con disimulo y me obligo a ralentizar la respiración. Soy consciente de que esta es mi última baza, que me lo juego todo con esta conversación. Así que sopeso todas y cada una de las palabras, pero ella habla antes.

—En el bosque. En la linde con la fortaleza de Aurora. —Lo pronuncia despacio, como si le costase verbalizar los recuerdos—. Salí a cazar. Y vi una sombra moverse entre la maleza. Eras tú. —No lo pregunta; aun así, asiento en silencio—. Y también creí verte luchando en la Batalla de las Reliquias. No llegaste solo al final.

Niego con la cabeza, pero esta vez sí me veo obligado a añadir algo.

—Estuve allí desde el principio. —La miro de reojo y estudio sus facciones una vez más. Sus ojos se centran en los míos y tengo la sensación de ver caracolas en la infinidad de su mar verde.

Con cuidado, giro el cuerpo en un gesto relajado —muy mal fingido— y me inclino hacia ella. Se fija en la distancia acortada, en el nuevo espacio reducido entre nosotros, pero no protesta, solo vuelve a mirarme a los ojos. Y por egoísta que pueda parecer, una parte minúscula de mí, apenas visible, se alegra de que la bestia ya no esté presente durante el día. Saber eso, que cabe la posibilidad de que no me destroce con las palabras, me da el valor para seguir hablando.

—Estuve allí para ayudarte —susurro y me arrastro sobre la arena hacia ella.

Me la estoy jugando, soy consciente de ello, pero el vínculo tira de mí y me resulta demasiado fácil dejarme arrastrar, como tantas otras veces. Oponer resistencia es doloroso, y bastante me duele el pecho ya por el regusto amargo de que bien podría estar despidiéndome de ella ahora mismo como para también pelear contra eso.

—Para luchar por ti. —Mi voz se torna más grave, confidente.

No soy el único al que esto le está costando un esfuerzo sobrehumano, porque ella también contiene el aliento al escuchar mi último susurro.

Por primera vez desde que todo se fue al traste, en sus iris no encuentro una pátina de odio emponzoñado, ni del desprecio más absoluto, ni de la ira irrefrenable; solo hay hueco para la incomprensión en esos ojos que refulgen como joyas. Necesita respuestas. Pero yo necesito que haga las preguntas concretas que esté dispuesta a dilucidar.

—Por eso el Hada supo que la atacabas por la espalda —concluye por fin—, porque también estaba atenta a ti.

Asiento y paseo la vista por su cuerpo. Mis ojos se detienen en sus muslos, porque con solo mover un poco la mano, podría rozarle la pierna en una caricia que me tienta.

—¿Qué te dijo? ¿Qué la distrajo tanto como para que yo pudiera clavarle la espada?

Despacio, devuelvo la atención a su rostro.

Dos preguntas. Una más fácil de responder que la otra. Aun así, el recuerdo del letargo me araña la piel hasta constreñirme la garganta con fuerza. Ni a mi peor enemigo le deseo sufrir algo así.

—«Te dije lo que pasaría si me desobedecías». Eso fue lo último que me susurró al oído antes de maldecirme.

—Que te mataría... —deduce para sí misma con la mirada perdida.

—No. —Vuelve a girar la cabeza hacia mí, el ceño fruncido—. Que te mataría a ti. Me durmió para volver a despertarme en un mundo en el que tú hubieras muerto. Por mi culpa. Y que tuviera que vivir con ello toda la eternidad.

Me pica el fondo de la garganta y, solo de pensarlo, los ojos me escuecen por las lágrimas, pero no permito que se desborde ni una sola.

—Lo... Lo siento —balbucea. Niego una vez más y ella se apresura a añadir—: Siento portarme como una gilipollas contigo, pero... no puedo evitarlo. Aunque la bestia ya no esté conmigo, durante el día sigo siendo más... agresiva. Después de un siglo con ella, me sale solo.

—No tienes nada por lo que disculparte. Odiarme es lo mínimo que podrías hacer. Me lo merezco.

—No voy a ser yo quien lo niegue. —Sonríe de medio lado, gesto que me contagia y que hace que me entren ganas de terminar de matar la distancia que nos separa para besarla. Pero no lo hago.

Callamos nuevamente y nos vemos rodeados por los sonidos de la playa: el vaivén del mar sobre la arena, las olas rompiendo contra la piedra del peñón, las gaviotas a lo lejos. El vuelco de un corazón que no es el mío. Brianna gira el cuerpo hacia mí, el espacio entre nosotros casi extinto tras su nueva posición, y alza el mentón para salvar la leve distancia que separa nuestros rostros y mirarme fijamente. Ahora su fragancia me envuelve en un abrazo que despierta mariposas en mi estómago.

—Solo necesito saber una cosa más.

Aquí viene la pregunta que lo estropeará todo, la extraña paz que nos rodea: «¿Por qué trabajabas para el Hada?». No obstante, Brianna siempre ha sido de las pocas personas capaces de sorprenderme.

—¿Me quisiste de verdad?

La garganta se me seca más que si hubiese formulado la pregunta que me esperaba, pero no se merece menos que mi sinceridad.

—Sí.

Me da la sensación de que su pregunta encierra más conocimiento del que parece a simple vista, como si supiera algo más. ¿Como si lo supiera todo? Es imposible. ¿Quién le habría hecho desbloquear ese recuerdo?

Sin embargo, mi mente colapsa y no se permite pensar en nada más, porque Brianna está a centímetros de distancia, tan cerca que noto el calor que desprende su cuerpo, que veo lo mucho que se esfuerza por controlar la respiración. Lo percibo todo. Y, bendita sea Luna, no creo que pueda soportarlo mucho más.

—Es lo que necesitaba saber. Por el momento —susurra.

Sus ojos descienden hasta mi boca, el corazón se me encabrita, y los míos siguen su mismo recorrido. Entreabre los labios, yo me muerdo el inferior con disimulo y muevo la cabeza hacia delante muy despacio. Cierra los ojos con lentitud, alza el mentón para concederme pleno acceso a su boca, nuestros labios están a unos milímetros de rozarse, su respiración me acaricia las mejillas.

Entonces se levanta, me mira una última vez, con los latidos tan desbocados como los míos, y dice:

—Voy a buscar madera.

20

Después de dejarnos la madera que había recogido, Brianna se marchó con el pretexto de dar un paseo para despejarse y prepararse para esta noche, que claramente significa que quiere pensar en lo que nos ha sucedido en los últimos días. Porque hemos pasado de que se tirase un mes ignorándome por completo a torturar juntos —que, mal que me pese, eso une a un nivel profundo y macabro—, compartir tienda en un momento calenturiento y casi besarnos. Todo eso aderezado con pullas, piques y sonrisas escondidas.

Si yo estoy hecho un lío con cómo está nuestra relación, no me quiero ni imaginar cómo debe de sentirse ella. El resquemor de que intentase matarme tanto en la Hondonada como en la segunda residencia del duque De la Bête me resulta fácil de tragar. Ahora bien, no sé cómo reaccionaría de enterarme de que Brianna trabaja para la mayor amenaza de los Tres Reinos. Conociéndome, sé que la habría terminado por perdonar, pero ignoro cuánto tiempo me habría tomado eso.

Y ahora, sin embargo, carecemos de más minutos para descubrir cuánto le llevaría a ella.

Nos quitamos las botas en el límite del agua, lejos del improvisado campamento que montamos cuando la marea estaba alta.

Pulgarcita y Anabella recogen nuestros zapatos. En un silencio roto por el subir y el bajar del mar, Brianna y yo nos miramos fijamente, de forma no intencionada por mi parte, mientras medio nos desnudamos para meternos en el agua.

Comienzo por la camisa, que me saco por encima de la cabeza de un tirón. Brianna contempla mi pecho —y no es la única— y luego mete los dedos por la cinturilla de su pantalón. Con un contoneo de caderas que casi me hace bufar, la tela resbala sobre sus piernas y cae hasta la arena. En bragas, da un paso al lado y Anabella recoge sus pantalones. Yo, que me había quedado embobado, le tiendo la camisa a Pulgarcita. Luego, Brianna se quita el cinturón en el que porta las armas y se lo tiende a la bibliotecaria para poder desabrocharse el sobreveste que lleva encima de la camisa. Yo me entretengo con los cordones de mi pantalón para dilatar el momento de quitármelo, jugueteando con la expectación de Brianna. Después, dejo que los pantalones caigan y me quedo en calzones.

Tal y como habíamos acordado, Brianna se ajusta bien la vaina sobre el muslo, cuya piel desnuda refulge bajo el influjo de la luna, y enfunda una de sus dagas, única arma que va a poder llevar. Al principio se mostró reacia a dejar atrás mi espada corta y la Rompemaleficios, pero tenemos que recorrer una amplia distancia a nado y sería aportarle peso muerto a una tarea ya de por sí dura. Yo, por mi parte, puedo recurrir a mi forma de lobo para defenderme, pero ella está demostrando una confianza ciega en mí que incluso me duele.

Cuando estamos preparados para meternos en el agua, compartimos una mirada larga con Anabella y Pulgarcita. La primera está demasiado tensa, y la segunda parece a punto de echarse a llorar. De hecho, sin preverlo siquiera, da dos zancadas largas y me envuelve en un abrazo fuerte que me pilla desprevenido. El estupor inicial hace que me quede rígido, pero luego me relajo y la envuelvo entre mis brazos para devolverle el gesto.

—Qué calentito estás... —murmura contra mi pecho, con la voz enturbiada por la congoja.

Su comentario me arranca una sonrisa sincera y le doy un último apretón antes de separarla un poco de mí.

—La próxima vez que pases frío, avísame y le ponemos remedio. —Estiro los labios hacia un lado en una sonrisa traviesa. Ella me da un manotazo en el pecho y se frota la nariz, nerviosa.

—Tened mucho cuidado —nos dice Anabella.

—Lo tendremos —responde Brianna con seriedad.

Y sin despedirse de ellas, con los puños apretados a ambos lados del cuerpo, se da la vuelta y empieza a meterse en el agua.

—Si para la pleamar no hemos vuelto, regresad al Principado y buscad otra forma de llevar a las villanas al País de las Maravillas. —Pulgarcita mira al suelo y juguetea con los dedos, así que me centro en Anabella—. Tiene que haber un modo de conseguir oro puro, y estoy convencido de que tú darás con él.

La bibliotecaria agradece mis palabras con un cabeceo y una sonrisa triste mientras Pulgarcita abraza mi ropa con fuerza. Joder, la voy a echar muchísimo de menos.

Sin darme ocasión a replanteármelo todo, y porque Brianna ya está con el agua por la cintura, me meto en el mar. La enorme diferencia de temperatura entre mi cuerpo y el agua me impresiona tanto que me hace contener la respiración y reprimir un jadeo. Lo siento como si un millar de agujas me atravesara los músculos tirantes, pero desecho la sensación y sigo avanzando. Para algo tendría que servir un siglo de vivir situaciones indeseadas.

Los temblores por el frío llegan cuando termino de sumergirme del todo y alcanzo a Brianna, que me estaba esperando, con brazadas amplias. Tras un asentimiento por su parte, me adelanto y nadamos hacia el peñón en el que ahora se entrevé una abertura oscura y cavernosa, como las fauces abiertas de un monstruo que nos invita a entrar.

No intercambiamos palabras mientras nadamos hacia nuestro destino, por mucho que me muera por contárselo todo a sabiendas de que va a ser mi última oportunidad, porque no podemos permitirnos perder fuerzas en eso.

Continuamos nadando durante lo que se me antoja una eternidad, pero cuando por fin llegamos al límite de la cueva, el terror se me clava en la piel con mayor ahínco que el frío que me rodea. Ya no hay vuelta atrás.

Nos adentramos a nado en la caverna, repleta de estalactitas puntiagudas que amenazan con ensartarnos, oscura cual boca de lobo y plagada de moluscos que nos estudian con atención.

—Espera —dice Brianna tras de mí, su voz hace eco contra las paredes. Me doy la vuelta con el corazón en un puño, braceando para mantenerme a flote—. No veo nada.

Aprieto los labios y nado hasta colocarme a su lado.

—Cógeme de la mano —le pido después de un segundo de deleitarme con su rostro lleno de gotitas, a sabiendas de que apenas me ve.

Ella duda un instante, pero después encuentra mi palma sin necesidad de visión. Tengo la sensación de sentir un chispazo cuando nuestros dedos se entrelazan y la estudio con los ojos entrecerrados, en busca de alguna pista de reconocimiento por su parte. No obstante, Brianna da una nueva brazada hacia delante y me veo obligado a seguirla.

Ignoro por completo ese chispazo, que me desconcierta unos instantes, e intento no prestarle demasiada atención al hecho de que vamos cogidos de la mano, pero no puedo evitar fijarme en el punto en el que nuestros dedos se enroscan cada vez que lanzamos los brazos por delante de nuestros cuerpos. Al menos, abandonaré tierra firme sabiendo que he podido llevarla de la mano una última vez.

En cuanto nos acercamos al fondo de la cueva, me detengo y me coloco frente a ella para recordarle lo que tenemos que hacer.

—Ahora es cuando hay que bucear. Tienes que llenar los pulmones lo máximo que puedas, porque hay que recorrer un trecho largo. —Brianna asiente, con la mirada perdida por culpa de la oscuridad—. ¿Lista?

Un nuevo asentimiento por su parte e inhalo todo lo profundo que puedo antes de retener el aire en los pulmones.

—Espera. —Me desinflo por completo.

—¿Qué? —pregunto con delicadeza.

—Por favor, no me sueltes —susurra con voz trémula.

El corazón se me comprime en un puño y me quedo seco entre tanta agua. Me muevo hacia ella y se tensa por lo inesperado de mi acercamiento. Sin poder remediarlo, le suelto la mano, coloco la palma sobre su mejilla y me empapo de su estampa, ávido por un segundo más con ella a solas. Para mi sorpresa, Brianna no se aparta de mí.

—El día en que deje de sostenerte la mano será porque mis brazos ya no tengan fuerzas para levantarse —susurro, más cerca de su rostro de lo que creo que es consciente. Brianna se queda muy callada, aparto la palma, nuestros dedos se entrelazan y no consigo reprimir el impulso de plantarle un beso casto en la frente. Ella contiene el aliento y yo me impregno de su aroma ahora salado, con las lágrimas picándome tras los párpados cerrados—. Así que no pienses en eso y coge aire.

En cuanto la oigo dar una amplia bocanada, tiro de ella hacia abajo y buceamos y buceamos. La negrura nos envuelve y sigo avanzando por inercia y memoria muscular. La presión choca con mis oídos y aplasta mis músculos según descendemos. Doy fuertes patadas mientras voy tirando de ella para ayudarla a recorrer el espacio que nos queda. Y después, en cuanto hemos cruzado por debajo de la pasarela de roca que separa la gruta de la cueva, comenzamos a subir.

Los pulmones se me comprimen por la presión y empiezan a arder cada vez más. Pataleo más fuerte, tirando más y más de Brianna, que sé que se está quedando sin oxígeno. Pero allí arriba, por encima de nuestras cabezas, se entrevé el brillo de la luna a través del agujero del techo de la cueva.

Y entonces estamos al otro lado.

En cuanto nuestras cabezas se encuentran con el aire, los dos damos una amplia bocanada y le rodeo la cintura con el brazo para asumir parte de su peso mientras se recompone. Su camisa se mueve a su alrededor con los pataleos para mantenerse a flote y mi brazo se cuela justo por debajo de la tela, piel con piel, pero a Brianna no parece molestarle, aunque tampoco puede prestarle atención a algo que no sea conseguir más oxígeno. Su respiración agitada y su rostro de temor se me clavan en las retinas, porque si esto no es confianza en mí no sé lo que es.

—¿Es aquí? —pregunta en un jadeo.

Entonces nada hacia delante, se separa y se lleva un trozo de mí consigo.

Con los brazos, se incorpora por encima de la plataforma de roca de la cueva y se sienta para terminar de recobrar el aliento. Hay una pátina de agua sobre el suelo de piedra de la cueva, que nos llegará por los tobillos, indicativo de que aún quedan unos minutos para la bajamar. La tela de la camisa se le pega al cuerpo como una segunda piel, literalmente, y deja de servir como prenda que oculte su figura. Sin inmutarse ante mi escrutinio, o fingiendo no hacerlo, se pasa las manos por el pelo para retirarlo hacia atrás.

Hago acopio de todas mis fuerzas y subo junto a ella. Mis calzones tampoco dejan nada a la imaginación, todo sea dicho. Ahora mismo parecemos dos perros empapados.

—¿Y ahora qué? —pregunta mientras se pone en pie y, con la cabeza alzada hacia la abertura del techo, se recoloca las bragas; un gesto tan poco seductor y tan natural que enciende algo en mi interior.

Pero la realidad se impone sobre mí y me hace apretar los labios. No le he contado el resto del plan y ella tampoco ha preguntado. Imagino que supuso que esta sería la guarida de la Bruja del Mar y que la encontraríamos aquí, pero este no es más que un punto de encuentro, ya que nadie sabe dónde vive.

—Ahora hay que invocarla con un derramamiento de sangre.

Brianna se gira hacia mí de golpe, con la mano sobre la daga al muslo, y varias gotitas salen despedidas de su cuerpo.

—Tranquila, no te voy a apuñalar. En eso eres tú la experta. —Le guiño un ojo con diversión y ella bufa y pone los ojos en blanco. Estiro la mano y comprende que le estoy pidiendo el arma.

—¿Qué vas a hacer? —inquiere aún con recelo mientras la desenvaina.

—Derramar sangre, ya te lo he dicho. —Se detiene justo antes de entregármela y entrecierra los ojos—. *Mi* sangre.

Solo con ese posesivo termina de darme el puñal de filo rojo. Sin pensármelo demasiado, paso la hoja sobre mi antebrazo con fuerza, puesto que no vale con un par de gotas. Siseo ante el dolor de sentir el metal atravesándome piel y músculos y aprieto los dientes cuando la sangre empieza a manar con bastante fuerza.

Brianna ahoga una exclamación y se acerca a mí, las manos por delante. La sangre chorrea por mi extremidad en un ritmo constante y dejo caer el brazo inerte a un lado.

—No... —Brianna divide la mirada entre la herida y mis ojos en un ritmo frenético—. ¿Te has vuelto loco?

—Tranquila, estoy bien.

Sus manos se encuentran con mi carne abierta y se tiñen con mi sangre cuando intenta contener la hemorragia, que va adquiriendo mayor afluencia con cada bombeo de mi corazón. Sonrío con dulzura al ver la preocupación en su rostro.

—No, no estás bien.

Hace amago de quitarse la camisa para detener el sangrado y me sobreviene un mareo que me hace hincar una rodilla; ella se acuclilla junto a mí por inercia.

«Mierda, quizá me he pasado de fuerza y estoy perdiendo sangre demasiado rápido».

—Para —le pido en un susurro—. Está bien. Tranquila, de verdad.

—Axel, por favor, no. —Tiene los ojos anegados de lágrimas y mi corazón frenético se las apaña para dar un vuelco al escucharla pronunciar mi nombre.

—¿Cómo me has llamado?

—Axel... —murmura, la voz rota por la impresión de ver tanta sangre, *mi* sangre, cayéndole encima.

Sonrío y le aparto un mechón húmedo de la frente con toda la dulzura que me permite mi cuerpo desprovisto de parte de mis fuerzas.

A nuestro alrededor empieza a formarse un charco de sangre que nos moja las plantas de los pies desnudos y se entremezcla con el agua que inunda la superficie de la cueva. Brianna aumenta la presión en torno a mi brazo y juraría que son lágrimas eso que le moja el rostro.

Es imposible, es culpa de la pérdida de sangre.

«Joder».

Termino por sentarme, completamente mareado, el brazo

inerte a un lado, Brianna apretando la incisión con todas sus fuerzas. Me estoy yendo demasiado rápido, maldita sea. Tengo que seguir sangrando, pero no a esta velocidad.

Clavo la vista en la luna que se cuela por el techo, en mi diosa velando por mí, y respiro hondo muy despacio.

—No te mueras, por favor... —susurra Brianna, que ya no sabe qué hacer para detener la hemorragia—. No te atrevas a dejarme.

Su comentario me arranca una sonrisa ladeada y giro la cabeza para mirarla, para fijarme en esos preciosos ojos que refulgen con luz propia, en las pequitas que le salpican la nariz.

—Nunca te dejaré.

Sus ojos, raudos y ávidos, se encuentran con los míos, con el ceño fruncido y una necesidad imperiosa.

—Prométemelo —balbucea intentando reprimir un sollozo.

Tan orgullosa como siempre, que no se permite llorar abiertamente por mí ni en esta situación.

—Te lo prometo —murmuro sin fuerzas.

Empiezo a ver estrellas negras en la periferia, los ojos me pesan y se me van hacia atrás y me maldigo por ser tan estúpido. El miedo se me clava en la nuca, la respiración se me acelera y la vida se me escapa por el antebrazo abierto al ritmo de mi corazón maltrecho bombeando con fuerza contra mi pecho, la adrenalina como acelerante.

Y entonces el agua empieza a subir con violencia.

«Por fin».

Brianna se estira para recuperar la daga y vuelve a apretarme el brazo con la otra mano, preparada para lo que sea. Pero ningún arma puede cortar el mar en dos. De un vistazo fugaz, se plantea la posibilidad de lanzarse al agua, al agujero que nos ha traído hasta aquí, pero la marea sube y sube, inclemente, impávida, y nos va levantando del suelo para llevarnos hasta el techo a gran velocidad. Brianna mira la abertura de arriba con avidez, consciente de que nos vamos a ahogar, y después se gira para observar nuestro alrededor, flotando con brazos y piernas e intentando sostener el peso de mi propio cuerpo, todo a la vez.

—Coge aire —me pide cuando nuestras cabezas llegan al techo.

Y entonces la gruta queda completamente inundada y nos atrapa entre sus aguas.

21

Para mi desgracia, caigo en la inconsciencia cuando no debería haberlo hecho. Lo sé porque un frío gélido, que nada tiene que ver con las aguas, se me clava en las sienes, en los oídos, en los ojos; se arrastra entre mis vísceras para llegar más y más adentro. Y mientras, una mujer cuya voz reconozco como la de la Reina de Corazones me pide que vuelva con ella.

Es como si esas uñas de corazón me arañasen la piel al mismo tiempo que la acariciasen, su risa macabra y desquiciada, fruto de la locura más profunda, resonando contra los ecos de mi mente.

—¿Sabes por qué me llaman la Reina de Corazones? —Su pregunta se entremezcla con ese eco de distintas risas insidiosas, aunque percibo un deje triste.

Una presión creciente me oprime el pecho y me hace jadear. Miro hacia abajo en la inconsciencia de mi cerebro y veo una mano ahí hundida, atravesándome carne, músculos y huesos. El temor se me anida en el estómago y, despacio, alzo la vista al frente. Una nueva opresión en el corazón.

La Reina de Corazones se encuentra frente a mí, con sus ropajes vaporosos del mismísimo color de la sangre, la mata de rizos negros cayéndole sobre la espalda desnuda, y la máscara, esa máscara adornada con corazones que oculta sus facciones, tal y como haría un saco con un verdugo.

Un nuevo apretón en el corazón me recuerda que esto es muy real y que nada me da más pavor que la mujer que me observa con una sonrisa de labios carnosos y dientes blancos, que relucen aún más en contraste con el marrón oscuro de su piel.

—No es por el nombre de mi reino, como algunos creen, sino porque me gusta coleccionar esto.

Entonces aparta la mano y me arranca el corazón de cuajo. Atónito, con el aire atascado en la garganta y un dolor atroz con cada nueva presión que sigo sintiendo en el pecho, observo mi corazón palpitante sobre su mano de uñas largas que chorrea con mi propia sangre.

El aire entra a raudales en mi pecho con una bocanada que no es mía y entonces mi cuerpo recobra la consciencia del tiempo y el espacio y se da cuenta de que me estaban reanimando. Me inclino hacia delante y vomito el agua de los pulmones entre toses.

—¡Dijiste que no me dejarías! —grita una mujer tras de mí.

Tardo un segundo en ubicar la voz, pero en cuanto lo hago, aún con los ojos cerrados por el escozor de vomitar agua, sonrío de medio lado y murmuro, con voz rasposa y quemada:

—Y no te he dejado. Estoy aquí.

—¡Eres un maldito imbécil!

Me da un empujón que casi hace que me coma la piedra del suelo, aunque no se lo tengo en cuenta y lanzo un vistazo por encima del hombro. Veo a Brianna tan empapada como antes, pero esta vez con el pelo revuelto y pegado a la cara por todas partes, andando de un lado a otro, nerviosa.

—¡Lo sabías! ¡Sabías que ibas a morir! ¡Lo sabías, joder! —gruñe con una rabia visceral.

Me siento y recobro un poco el aliento; tan solo tengo fuerzas para asentir mientras me paso el dedo sobre la nueva cicatriz del antebrazo, rosada y fresca, pero del todo cerrada. Una nueva marca que se suma a las otras cuatro que ya tenía.

Entonces se detiene con brusquedad y clava sus ojos, que brillan con fuego, directos en mí. Con una calma mortecina que me hace estremecer, susurra:

—Te vi morir una vez. —El corazón se me encoge en el pecho y recuerdo a la Reina de Corazones con él en su palma—. Y has dejado que vuelva a vivir lo mismo.

La ira que rezuman sus palabras me hiere con una profundidad que no creía plausible.

—Porque si no estás dispuesto a morir de verdad, el precio de la sangre no habría servido —le explico con paciencia—. Y que tú supieras que no iba a morir, o que no debería, habría supuesto fallar.

—Te odio.

—Lo sé —respondo, muy a mi pesar.

Brianna está a punto de abalanzarse sobre mí cuando otra voz ronronea:

—Por mí no os cortéis, me encanta disfrutar del caos.

El timbre de la Bruja del Mar es el mismo que el de una piedra rozando un cristal, que el de un cubierto arañando porcelana; ese sonido agónico y molesto que te hace apretar los dientes, hasta rechinarlos, y te eriza la piel.

Brianna, rauda y ágil como siempre, se da la vuelta y observa a la mujer de amplias curvas que se estudia las uñas con indiferencia frente a nosotros. Tiene la piel gris azulada y plagada de unas relucientes escamas verdosas aquí y allá. El vestido, conformado por algas oscuras, casi negras, se le despega de las piernas con movimientos fluidos mecidos por una brisa inexistente y que hace que parezcan tentáculos; en el centro de su pecho reluce un colgante dorado con forma de caracola. El lustroso pelo blanco, recogido en lo alto de su cabeza, está adornado con una enorme cantidad de conchas, estrellas de mar diminutas y cangrejos ermitaños que se mueven entre sus cabellos empapados.

—Has tardado mucho en venir —me quejo mientras me pongo en pie.

—Me apetecía jugar contigo. —Sus labios voluminosos se estiran en una sonrisa malintencionada que deja a relucir una doble hilera de dientes puntiagudos y amarillentos—. ¿Qué se te ha perdido por aquí, Lobo?

Me acerco a Brianna y la Bruja del Mar empieza a caminar a nuestro alrededor, como valorando si somos una buena presa o no.

—Necesito un favor.

—¿Un favor? ¡Ja! —Su risa se me clava en los tímpanos—. Yo no concedo favores, querido, ya lo sabes.

Aprieto los puños con fuerza y me obligo a respirar despacio para no sobreoxigenar mi cerebro, que ya ha sufrido bastante hoy.

—Un trato.

—No —dice Brianna por inercia, a sabiendas de lo que implica hacer un trato.

La Bruja del Mar sonríe con malicia y desvía sus ojos, dos pozos profundos y completamente negros, hacia Brianna.

—Vaya, vaya, ¿qué tenemos aquí? —La rodea como si de un buitre se tratase y le recoloca un mechón húmedo. Brianna se aparta con repulsión y una mueca de asco en el rostro—. Si resulta que la chiquilla tiene más agallas que yo —ríe.

—¿Podemos hablar del trato?

—¿Estás dispuesto a hacer uno?

—Sí.

—No. —Miro a Brianna con reprobación y ella me devuelve

el gesto—. No vas a hacer un trato con ella. A ti te quiere la rei...

—Calla y mira a la Bruja de soslayo, que la observa con diversión—. Esta vez, tú eres importante. —Intento no hacerme ilusiones, pero fallo—. Si alguien tiene que cerrar un trato, soy yo.

—Ay, querida —ronronea la Bruja del Mar—, me temo que si alguien va a hacer un trato, ese es él, que es quien ha pagado el precio de la sangre. —Brianna desliza la vista hacia mí y las aletas de su nariz se ensanchan en una aspiración profunda, conteniendo el enfado.

—No me gustaría hacerte perder más tiempo del necesario —digo con voz tensa.

—Ah, no te preocupes, me lo estoy pasando de *maravilla*. —Ignoro su comentario mórbido y la Bruja se pasa la lengua azul por los labios, mirándonos de hito en hito. Sé que está maquinando algo y no me gusta ni un pelo.

—Necesitamos un objeto para contener almas en su interior.

—Caray —finge sorpresa—, sí que vienes con exigencias. —Da una nueva vuelta a nuestro alrededor, jugueteando con nosotros, y se detiene en el frente para llevarse la mano a la barbilla y sopesar mi petición—. Puedo hacerlo —concluye después de unos segundos tensos y con una macabra sonrisa de oreja a oreja.

—Pero establecerás los términos del trato antes de sellarlo —sentencia Brianna con voz afilada y mortífera.

La Bruja del Mar la observa con ternura fingida y se lleva las manos al pecho.

—Ay, querida, yo no soy el Hada. La mala era ella. —La Bruja me mira de refilón y sus labios se estiran en una sonrisa maliciosa.

«Eso no te lo crees ni tú».

—Además —prosigue—, si estabas dispuesto a morir, lo que quiero a cambio te parecerá una nimiedad. —Me acaricia el brazo con una mano membranosa y un escalofrío me recorre el cuerpo—. Yo te entregaré esto —coge el colgante que lleva al cuello entre los dedos—, que es un recipiente de esencias, a cambio de que te cases con mi hija.

Brianna ahoga una tos, los ojos como platos. Yo me quedo de piedra, porque esto sí que no me lo esperaba.

—¿C-con tu hija? —pregunto, intentando no denotar demasiada extrañeza—. Ni siquiera sabía que tuvieras una hija.

—¿Por qué ibas a saberlo? —ronronea, juguetona. Termina de rodearme y me pasa una uña por los hombros—. ¿Aceptas o no?

Miro a Brianna de soslayo y aprieto los puños con fuerza.

—No puedo casarme con ella —respondo con voz monocorde.

—¿Y eso por qué? —Los labios de la Bruja del Mar se estiran aún más y mira a Brianna de reojo—. ¿Acaso no te complacería casarte con una dulce sirenita?

«No, ni lo más mínimo».

—¿En qué podría beneficiarte casar a tu hija conmigo? No soy nadie.

—Ah, ahí te equivocas... Un chico como tú, alfa de su propio clan y sin compañera, es un buen partido. —Veo a Brianna fruncir el ceño y siento sus ojos clavados en mí—. Tienes un puesto de poder en uno de los clanes de licántropos más poderosos de toda Fabel. Y siendo los tiempos que son, con tanta disconformidad y revueltas... —Hace un gesto vago con la mano—. Los clanes ya habéis demostrado ser fuertes. Además, siempre me he preguntado qué saldría de cruzar a un licántropo con una sirena. ¿Tú no? —Se observa las uñas, sin perder esa sonrisa pérfida del rostro.

—Di la verdad, no sabes cómo quitarte a esa hija de encima —aventuro, porque no me trago esa excusa vaga.

Ella chasquea la lengua, divertida.

—Me gustas, chico. Siempre te consideré demasiado listo como para trabajar bajo las órdenes del Hada Madrina.

Entrecierra los ojos y nos mira de hito en hito.

—La respuesta sigue siendo la misma —le explico, intentando sonar afable.

—¿Por qué? ¿Es que tu corazón pertenece a otra? —Aletea las pestañas en dirección a Brianna, quien se tensa ante la mención de mi corazón. Y no es la única.

—Podría decirse que sí.

Suelta un suspiro lánguido y fingido y se atusa el pelo.

—Ariel se llevará una decepción cuando se lo cuente, pero qué le vamos a hacer. Así es la vida. —Se encoge de hombros y nos da la espalda. Y que deje ese tema al margen tan rápido me desconcierta—. Como hoy me siento generosa, voy a pedirte algo sencillo entonces. Por los viejos tiempos que compartimos y porque no me apetece perder más tiempo. Solo quiero tu secreto.

Levanta un dedo a duras penas, porque las membranas no se lo permiten del todo.

—¿Un secreto? —inquiero con la tensión desvaneciéndose de mis hombros.

No esperaba que me cediera la mano de su hija a cambio de su ayuda, algo que no le puedo ofrecer al estar ya casado con Brianna. Y sin duda tampoco imaginé que me pediría un secreto a cambio. Estaba dispuesto a ofrecerme a mí mismo como sirviente suyo bajo el mar, y tenía la convicción de que eso sería lo que pediría dadas nuestras interacciones del pasado, pero esto me quita un peso enorme de encima. Brianna ya sabe que oculto cosas de mi vida anterior, así que tengo muchas entre las que elegir. De hecho, tengo muy claro cuál voy a contar.

—Dices el secreto y ya está, estaremos en paz, sí. —Hace un mohín—. Te he dicho que me sentía generosa, así que no me cuestiones demasiado.

Mira a Bri de reojo y su sonrisa se ensancha aún más. Brianna desliza la vista hacia mí, con el ceño un tanto fruncido por la preocupación.

—Dime cómo funciona el colgante.

—Ah, es muy sencillo. —Se lo desabrocha del cuello y lo sostiene delante de mi cara—. Tan solo tienes que colocarlo frente a la materia incorpórea que quieras almacenar, pensar mucho en ella y decir «te reclamo» y el nombre de lo que reclames. Y si quieres volver a liberar lo que contiene, dices «te libero» y el nombre de lo que quieras liberar. Todas las veces que quieras.

—¿Y ya está?

Ella asiente con fervor y sonríe aún más.

—Claro que una vez el colgante haya cumplido con el propósito último para el que lo necesites, tendrás que devolvérmelo. No te iba a dar algo tan preciado solo a cambio del secreto.

—Trato hecho —digo sin darle más vueltas.

La Bruja del Mar rota el cuello con satisfacción y deleite, con placer puro, y su piel brilla en tonos azulados y verdes. Entonces acorta la distancia que nos separa, me agarra el rostro con esas manos pegajosas, membranosas y húmedas, y me pasa la lengua rasposa por la cara, desde la barbilla hasta el nacimiento de la cicatriz por encima del ojo.

El rostro se me contrae en una mueca de asco por ese beso de las profundidades y la Bruja lleva las manos tras la espalda, adoptando un gesto infantil que no casa con ella.

—Venga, estoy expectante. —Da un par de saltitos en el sitio y nos mira a Brianna y a mí.

Cojo aire despacio y aprieto los puños con fuerza. Espiro lentamente y miro a Bri de reojo antes de volver a clavar la vista en la Bruja, porque no quiero decirlo haciéndole frente a ella.

—Durante un siglo, fui... fui el amante del Hada.

La sangre se me hiela en las venas al pronunciarlo en voz alta, al deshacerme de un pedazo de mí, de una parte que detesto y que me repugna, que me hace sentir sucio; un papel que me vi obligado a cumplir para garantizar mi supervivencia.

—Agh. —La Bruja del Mar hace un gesto despectivo con la mano y pone los brazos en jarras—. No vale que cuentes un secreto que no es secreto.

—¿Qué? —Levanto la cabeza de golpe, con incomprensión—. Nunca se lo he contado a nadie.

—Pero tampoco hacía falta, ¿verdad, querida?

La Bruja sonríe hacia Brianna, quien tenía la vista fija en el suelo y hace un mohín con los labios.

—Me lo había imaginado, sí —reconoce en un hilo de voz. Muy despacio, alza la cabeza en mi dirección y nuestros ojos se encuentran con una intensidad que me atraviesa el pecho.

Entonces me doy cuenta de que he caído en su trampa.

—No —digo al instante, tajante.

La máscara de la Bruja cae por completo y su gesto, en cierto modo afable, se torna en horror puro. La piel le cae a chorros por la cara y deja entrever un rostro ajado, destrozado y moldeado con las facciones de una bestia a medio camino entre pez de las profundidades y esqueleto.

Su mano se cierra alrededor de mi cuello y me alza del suelo sin esfuerzo alguno. El aire empieza a abandonar mi cuerpo y la presión del cuello se magnifica cuando aprieta el agarre. Clavo los dedos alrededor de la muñeca con la que me sostiene, para intentar que me suelte. Brianna da un paso adelante, puñal en mano, pero le hago un gesto para que se detenga.

—A mí no me vas a engañar, muchacho —susurra con inquina. Me suelta y por poco no se me doblan las piernas al tocar el suelo—. Te dije que quería *el* secreto. Y tú sabes que hay uno que sobresale por encima de los demás.

De nuevo esa mirada maliciosa hacia Brianna. Cómo lo sabe

esta mujer, lo desconozco. Aunque imagino que cuando eres la bruja más poderosa de todos los océanos, cuando te has codeado con las mayores calañas, acabas aprendiendo a calar a la gente. Y yo tendría que haberla calado después de un siglo reuniéndome con escoria como ella. Pero estaba tan cegado por el alivio de no tener que separarme de Brianna que no lo he visto venir.

«Soy un puto idiota».

El corazón se me deshace por latidos, la sangre me zumba en los oídos, el mundo da vueltas a mi alrededor y siento que caigo y caigo en una espiral dentada que me machaca el cuerpo. Pero tan solo es una sensación, porque a pesar de que desearía estar en cualquier otro lugar, incluso en el mismísimo infierno del País de las Maravillas, estoy en esta maldita cueva.

Miro a Brianna por encima del hombro y luego a la Bruja del Mar, a quien le suplico que anule el trato.

—Un trato es un trato, querido. —Se está regodeando con mi sufrimiento, lo sé por cómo le brillan esos ojos como pozos.

—Dímelo —susurra Brianna con voz tensa—. Sea lo que sea, podré soportarlo.

Tiene las manos apretadas, una alrededor de la empuñadura de la daga y otra en un puño, con tanta fuerza que sus nudillos se tornan blancos.

Y esas palabras terminan de romperme, de arrasar con todo lo que tengo por dentro, y simplemente me dejo ir, me dejo llevar por la corriente perversa que es la Bruja del Mar y murmuro:

—No sé si podrás soportarlo. —Sonrío con tristeza y me giro hacia Brianna. Esto sí que merece que se lo diga a la cara—. Porque mi secreto es que no mataste a Olivia.

22

La risa de la Bruja del Mar se me incrusta en la raíz de los dientes y escucho el tintineo del colgante cayendo al suelo. Aunque se haya ido, sé que sigue atenta a todo, porque le gusta ver el caos cundir, pero me da igual. Tan solo me importa Brianna, su gesto descompuesto y desprovisto casi de expresión alguna, conmocionada.

—¿Qué? —pregunta en un hilillo de voz.

—No mataste a Olivia. —Aprieto los puños con más fuerza, las puntas de las garras hundidas en las palmas y abriéndome la carne.

—¿Qué pasó? —pronuncia con una mordacidad y tranquilidad inquietantes.

No estoy preparado para soltarlo todo, ni muchísimo menos. A pesar de que me haya pasado los últimos meses deseando contarle mi verdad, deseando quitarme este lastre de encima, ahora me aterra el rechazo que sé que voy a sufrir después.

Pero si he de morir, mejor hacerlo con la conciencia tranquila y con la convicción de que le he sido sincero al menos una última vez, porque estoy seguro de que en esta ocasión sí que me atravesará el pecho con la daga que empuña con tanta virulencia.

—Qué no pasó... —La voz me sale entremezclada con una risilla incrédula, fruto claro del nerviosismo, y me froto el rostro para aclararme—. Cuando la maldición del Hada recayó sobre todos, te vi apuñalando a Olivia. —Baja la cabeza y su respiración se acelera un poco, perdida en los recuerdos—. Después de casi matarte y dejarte marchar, regresé con Liv. Se estaba muriendo... —Sus facciones se endurecen, aunque se mantiene estática donde está—. Mi gemela se moría y yo no podía hacer nada para evitarlo. Lloré, grité y rogué a quien fuera, a quien estuviera dispuesto a escucharme. Al viento, ofrecí cualquier cosa a cambio de que Olivia sobreviviera. Y alguien respondió. —Se crispa frente a mí, pero no me detengo, ya no puedo parar—: El Hada podía oír las plegarias de los desesperados y acudir a ofrecer un trato si ella lo consideraba beneficioso. Me dijo: «Vuestra esclavitud y servidumbre por toda la eternidad a cambio de cerrarle las heridas». Y no dudé ni un segundo antes de aceptar y entregarle todo lo que yo era en bandeja de plata. El Hada accedió de buen grado; no se me pasó por la cabeza establecer términos ni buscarle doble sentido al trato. Tan solo podía pensar en que mi hermana se moría un poco más con cada segundo de conversación. Ni siquiera sopesé la posibilidad de que lo que me ofrecía bien podría no valer para nada y que muriera igual, porque solo se ofreció a cerrar sus heridas.

No soporto estar en mi propia piel, tan quieto, los nervios me muerden y pellizcan y me veo obligado a caminar de un lado a otro, como un animal enjaulado. Ella sigue mi paseo errático con los ojos, sin moverse lo más mínimo.

—Cuando el Hada me besó para sellar el trato, hizo lo pactado y me dejó allí solo, esperando a que su metabolismo reaccionase y el proceso de curación se acelerara, como sucedió cuando tú me cosiste la herida en la segunda residencia del duque. —No me atrevo a mirarla, porque todo en ella supura una rabia que me traspasa—. El Hada se marchó con la promesa de que volvería. Esperé abrazado a mi hermana tanto tiempo que los músculos se me entumecieron y agarrotaron y el cansancio me sumió en un sueño. El Hada regresó a cobrarse lo que era suyo, y cuando desperté, no había ni rastro de Olivia. Le pregunté por ella y la sonrisa que esbozó...

»Como un completo estúpido, no especifiqué quiénes pasarían la eternidad sirviéndola a la hora de cerrar el trato y pensé que con "vuestra esclavitud" me estaba tratando de vos, no que se estuviera refiriendo a los dos, así que Olivia también le pertenecía. Me dijo que estaba a buen recaudo, que no me preocupara. La busqué por toda Fabel mientras seguía trabajando para ella, pero nunca la encontré. Y me vi obligado a seguir así porque incumplir el pacto podría haber supuesto que el Hada se cobrase nuestras vidas a cambio. Y la mía no me habría importado, pero la de Olivia...

Al terminar, me detengo de golpe y me doy cuenta de que tengo la respiración tan acelerada que hasta ella podría escuchar el retumbar frenético de mi corazón, las garras bien clavadas en las manos, dejando a mi paso un goteo de sangre. Nos quedamos en silencio en la inmensidad de una penumbra que me engulle poco a poco, ella con la vista perdida en el suelo entre nosotros. Necesito que diga algo, que se enfade y me grite, que me lance la daga a la cabeza. Que me demuestre, del modo en que sea, que sigue viva.

—¿Olivia no murió...? —Su voz suena trémula, temblorosa, rota por el dolor que no está exteriorizando; sus ojos, velados por unas pestañas tupidas, tan anegados de lágrimas como los míos.

—No.

Levanta la cabeza despacio y mi impulso es apartar la vista de ella, pero no puedo. Se merece que afronte mis errores de frente, que pueda odiarme a la cara.

—¿Me hiciste creer que la había matado?

La garganta me pica y el nudo que se ha apretado ahí me arrebata el aliento. Las lágrimas están al borde de caer por los párpados de ambos.

—Sí.

Pronunciar un monosílabo nunca me ha dolido tanto. Ni siquiera sentir su daga atravesándome el pecho me quemó del modo en el que lo hace esa palabra.

—¿Por qué...? —La voz se le quiebra en un sollozo desprovisto de lágrimas, fruto de la angustia y la frustración. Aunque intento añadir lo que sea para defenderme, no encuentro excusa. Estoy en blanco—. Dejaste que me sintiera miserable por haber matado a mi mejor amiga. A tu hermana gemela.

Aprieta los labios y los puños con más fuerza, y estoy convencido de que está luchando con todo lo que siente dentro para no acortar la distancia que nos separa y cruzarme la cara con un bofetón o estamparme un puñetazo. Y que estemos manteniendo esta conversación en cierta calma me aterra aún más, porque preferiría mil veces estar gritándonos y que parte de ese dolor se diluyese en el ambiente.

—Dejaste que la culpa me carcomiera —susurra con voz tensa—. Y ni siquiera me lo dijiste cuando te pedí perdón en el baile del solsticio, cuando me viste rota y destrozada por lo que eso suponía para mí. —Apenas consigue que no se le rompa la voz al final.

—Quise hacerlo, de verdad. —Mis pies se mueven solos para dar un paso hacia ella, pero me lanza una mirada que destila tal odio emponzoñado que me disuade. Me duele, el gesto me duele, pero me lo merezco. Me merezco todo lo que quiera hacerme sufrir—. No pude. El colgante de cuarzo me conectaba con el Hada. Ella podía escuchar siempre que quisiese, y yo nunca sabía cuándo era eso. No podía decirte la verdad porque ella habría considerado que te había contado de más. Me daba pavor lo que eso pudiera haber supuesto para ti, para nosotros. Intenté contártelo varias veces, hasta te pedí que lo dejáramos todo atrás porque estaba dispuesto a enfrentarme a su cólera. A romper mi trato por ti.

—Pero solo lo rompiste cuando ya no te quedó más remedio —escupe con rabia.

—No. Lo rompí cuando tú lo descubriste todo, para que ella no pudiese llegar hasta ti a través de mí. Rompí el trato con ella incluso sabiendo que eso podría perjudicar a Olivia, esté donde esté y si es que sigue viva. —La voz me tiembla, pero no me importa—. Puse en riesgo la vida de mi hermana por concederte a ti algo más de tiempo.

Su ceño se frunce aún más si cabe.

—¿Y por qué podría haber llegado hasta mí a través de ti? Dime, Lobo. —Durante unos segundos, me pierdo en esos iris de jade. Ha llegado el momento de terminar con todo y rezar por que nuestros senderos vuelvan a unirse si Luna lo quiere—. ¿Porque eres mi marido?

La estupefacción trepa hasta mis cejas y me hace entreabrir los labios, completamente conmocionado. El corazón me pesa en el pecho y me late tan fuerte que lo oigo retumbar en los oídos, lo siento en cada una de mis venas.

—¿Cómo lo...? —balbuceo, pero ella me interrumpe.

—¿O acaso es por esa extraña sensación que siempre me conduce a ti?

Sus palabras salen emponzoñadas de sus labios temblorosos, a punto de dejarse controlar por la rabia. Y debería añadir algo para apaciguarla, pero me ha dejado tan atónito que no sé qué decir. ¿Lo sabe? ¿Lo sabe todo? ¿Desde hace cuánto? ¿Cómo?

—Me traicionaste —prosigue, la rabia arañándole la garganta—. Me mentiste y te dio igual lo mucho que me dolía... —Está al borde del llanto.

—No me dio igual...

—No te atrevas a ignorar la verdad.

Sus ojos, frenéticos, me recorren de arriba abajo, deteniéndose más tiempo en las cicatrices que ella misma me ha provocado. Y, por último, en la que me acabo de hacer en el brazo.

—No ignoro la verdad, no puedo. Te mentí. Te traicioné. Te oculté información. Pero no me dio igual ni un solo segundo desde que me devolviste los recuerdos. Desde ese momento, busqué la forma de conducirte hacia tu destino, mantener al Hada controlada y salvarte. Todo al mismo tiempo. Y no encontré el modo de hacerlo de forma segura. No podía arriesgarme a que ella decidiera matarte y esperar a que apareciera otro diamante en bruto para robarle el arma a él. Solo de pensarlo...

No consigo reprimir las lágrimas y una rueda sobre mi mejilla hasta precipitarse por mi barbilla.

—¿Y pretenderás que te esté agradecida?

—No.

—¿Y qué pretendes entonces? ¿Resarcirte?

—No sé lo que pretendo...

Nos quedamos callados unos segundos en los que sus ojos brillan con angustia y dolor, sobre todo dolor. Todas mis decisiones desde que ella me devolvió los recuerdos fueron para protegerla, para salvarla de las garras del Hada. Y me di cuenta demasiado tarde de que debía protegerla de mí.

—Solo quería que supieras la verdad —susurro, derrotado, porque no puedo decirle más.

—Ahora ya la sé —escupe con rabia—. Olivia está viva.

—Sí.

—No la maté.

Me estoy ahogando con su dolor, con la rabia que destila con cada respiración, con el odio en cada nuevo temblor que le sobreviene. Me muerdo el labio inferior y a duras penas consigo mantenerme entero. Mi cuerpo me pide que me transforme en animal para no sentir todo lo que se remueve por dentro.

Frustración, desesperación, miedo, rabia, ira, congoja, tristeza, ansiedad...

Pero aun así reúno las fuerzas para volver a asumir la culpa de mis actos y verbalizarla, porque aunque no lo ha preguntado, sé que necesita una nueva confirmación para poder deshacerse de su propia culpa.

—No.

Dos lagrimones enormes le ruedan por las mejillas, los labios le tiemblan, las manos, el cuerpo entero. Su corazón va a estallar dentro de su pecho de lo fuerte que truena. Un río de lágrimas silenciosas parte ahora sus mejillas en dos, incapaces de alejar la mirada el uno del otro.

—Lo siento. Lo siento muchísimo, Brianna. Por todo.

Y sin preverlo, me arroja la daga directa a la cara. La esquivo por puro instinto, aunque debería haber dejado que me atravesara la cabeza. Antes siquiera de que el metal repiquetee contra el suelo, ya la tengo lanzándome el primer puñetazo, que también esquivo. Sé que debería dejarme golpear, que merece soltar todo ese dolor y canalizarlo peleando, pero no puedo reprimir mis reflejos animales.

Brianna encadena una serie de ataques brutales que no habría sido capaz de detener o de esquivar de no ser porque hemos peleado juntos demasiadas veces, ya fuera entrenando o no, y casi puedo preverlos, por lo que consigo pararlos. No obstante, cuando hace amago de lanzarme un gancho de derecha, finta hacia la izquierda y me propina una patada lateral en el estómago que me arrebata el aliento y me hace inclinarme hacia delante. De ahí al rodillazo en la nariz hay un paso, y ni siquiera tengo tiempo de bloquear con los antebrazos para que la cara no se lleve el mayor impacto. Pero está tan cegada por la rabia que sus movimientos no son medidos ni calculados y falla el ángulo. Su hueso se clava en mi hombro y me arranca un jadeo de dolor.

Lanza la rodilla hacia arriba de nuevo, esta vez con intención de partirme la nariz, pero la cara es demasiado preciada y delicada como para permitir que se ensañe con ella, así que, ahora sí, bloqueo con los brazos y la embisto hacia delante para inmovilizarla sobre el suelo.

A pesar de que mi llave sí está meditada y calculada, Brianna siempre ha destacado por su agilidad y se escurre entre mis brazos como una culebrilla. Clavo las rodillas y las manos en el suelo con una violencia que hace que todos los huesos me vibren, pero no puedo distraerme con eso.

Cuando me doy la vuelta para incorporarme, ya ha recuperado la daga y vuelvo a tenerla encima, sentada a horcajadas sobre mí. La empuña con ambas manos para tener más fuerza y la sostengo por las muñecas mientras empuja hacia mí con violencia y el rostro teñido de dolor.

El instinto de supervivencia empieza a abrirse paso por mi mente de forma peligrosa. Podría detenerla si quisiera. No tiene la fuerza suficiente como para vencer mi empuje con el suyo. Pero ¿acaso quiero? ¿No es esta la recompensa que merece?

El lobo que llevo dentro decide por mí y le quito la daga con un movimiento ágil justo antes de lanzar el arma lejos, que resbala sobre el suelo de piedra con un chirrido metálico. El puñetazo que me asesta por arrebatarle el arma me da de lleno en el pómulo y por poco no me muerdo la lengua. El segundo impacta en el mismo sitio y hace que me tiemble la cabeza, pero aprieto bien los dientes para no cometer el mismo error de poner en peligro la lengua y la observo.

Está totalmente desquiciada. Sin embargo, lo que más me

llama la atención en su rostro es la extrema expresión de dolor, los ojos que no dejan de supurar lágrimas incluso a través de la rabia desmedida.

Entonces, cuando me va a asestar el tercer puñetazo, me cubro con los antebrazos, que se quejan por el impacto y por la herida recién cicatrizada, y me cuelo en su guardia para conseguir retenerla de las muñecas. Intenta zafarse, pero la inmovilizo en el sitio y me escupe en la cara, pero lo ignoro. Tampoco es la primera vez que tengo su saliva sobre el cuerpo.

—Brianna, acaba con esto —pronuncio con tensión y voz arrastrada. Se queda muy quieta de repente, como un animal acorralado y asustado—. Si de verdad quieres matarme por el daño que te he hecho, levántate, ve a por la daga y clávamela en el pecho. Pero hazlo ya, porque no sé si podré seguir conteniendo mis instintos.

Nos miramos durante tanto tiempo que casi pierdo la noción de dónde estamos, sus ojos viajan frenéticos por todo mi rostro, sus lágrimas mojándome las mejillas. Entreabro los labios para volver a disculparme, ella se fija en ellos y, de repente, siento su boca presionando la mía, besándome con una voracidad descontrolada y hambrienta.

—Brianna... —consigo decir contra sus labios, con su lengua intentando abrirse paso hacia la mía—. Brianna, para.

Me muerde el labio inferior y me arranca un gemido involuntario. Y, para mi desgracia, eso me hace acordarme de otras muchas veces en las que me han reclamado contra mi voluntad. Aparto esos pensamientos a la misma velocidad que han llegado, porque sé que ella jamás me haría eso. Pero, igualmente, no quiero que me bese. No cuando el odio la sobrepasa tanto que no sabe siquiera cómo gestionarlo. No cuando sus sentimientos han cambiado tanto que se ve incapaz de terminar lo que ha empezado.

Intento zafarme de ella, intento separarme de esos labios que tanto he ansiado, que tanto necesito, porque sé que se va a arrepentir de esto, pero me tiene completamente apresado entre sus piernas, tan musculadas como recordaba. No quiero usar más fuerza de la necesaria, no quiero hacerle daño, y yo también estoy al borde de la combustión por todo lo que supone esto para mí y por lo fuerte que bulle la adrenalina en mis venas.

Aun así, me arriesgo a lastimarla. La envuelvo con los brazos, ignorando el desenfreno de sus labios, y la empujo hacia un lado, rodamos sobre el suelo duro y quedo sobre ella. Intenta llegar hasta mí otra vez, perdido cualquier control sobre su propio cuerpo, y le sostengo las muñecas por encima de la cabeza.

—Para. ¡Para! —Se detiene unos segundos, jadeando, con los ojos aún llorosos e inundados de lujuria y rabia desmedidas, clavados en mis labios enrojecidos—. Si sigues... Si sigo, mañana te vas a arrepentir.

—¿Y tú no? —escupe.

No le hago caso al pensamiento intrusivo que me dice que esa pregunta significa que sí que se arrepentirá, ni al pensamiento cálido que sugiere que habrá un mañana.

—Jamás podría arrepentirme de besarte.

—¿Solo besarme? —Su voz adquiere un tono sugerente.

Joder, me lo está poniendo muy difícil.

—Solo voy a decirlo una vez y te voy a dar tiempo para que lo pienses. —Intenta responder, pero continúo hablando—: Hemos compartido muchas experiencias duras, y los últimos días han sido un completo caos. Y hasta hace unos minutos creías que me había vuelto a morir. Así que estás muy dolida. —Frunce el ceño y sé que está pensando, porque pone esa cara de siempre, la que valoraba los pros y contras antes de que nos lanzáramos a una trastada. Ambos callamos, con las respiraciones aceleradas—. Tienes pleno poder sobre mí, Brianna. Así que si me lo pides, si de verdad es lo que quieres, seguiré. Seguiré y te follaré hasta que grites mi nombre y acabes tan rendida y extenuada que no recuerdes ni quién eres.

Se revuelve bajo mi cuerpo y sus labios, esos benditos labios, se estiran en una sonrisa pícara que me vuelve loco, que despierta mis instintos más primarios. Y por un momento tengo la sensación de que está jugando conmigo, de que quiere ponerme cachondo para luego dejarme con las ganas. Y no podría reprochárselo.

—Pero si lo que quieres es matarme, dilo y yo mismo marcaré una equis sobre mi corazón para que sepas bien dónde apuntar.

—Sí —suelta con un jadeo que me eriza la piel.

—Sí, ¿qué?

Aprieto mis manos alrededor de sus muñecas y Brianna sisea, complacida, mientras acerco mi rostro al suyo, como un depredador sobre su presa. Hace rato que se me ha puesto dura y los calzones me aprietan, pero ahora los noto mucho más clavados en mi erección.

—Fóllame —susurra, la cabeza alzada unos centímetros para buscar mi boca.

Me inclino más sobre ella, hasta que mis labios le rozan el lóbulo, saboreando el momento y porque necesito una última confirmación por su parte para estar del todo convencido de que esto es lo que quiere: desfogar la ira, la rabia y el dolor con un polvo. Porque no será más que eso: sexo desenfrenado y pasional fruto de la adrenalina.

—Repítelo —murmuro contra su oído, la voz más grave, ronca y gutural por culpa del deseo.

«Joder, como ahora me diga que prefiere matarme...».

Si me dice que prefiere matarme, me levantaré y le entregaré el puñal yo mismo.

—Fóllame, Axel.

Escuchar mi verdadero nombre pronunciado de su boca con tanta necesidad rompe cualquier contención que pudiera haber en mi cuerpo. Me pierdo completamente y le beso los labios, los muerdo con rabia. Ella intenta revolverse, entre jadeos y gemidos desfogados, y me doy cuenta de que aún la estoy sosteniendo de las muñecas, retenida para mí. Aprovecho el momento y me deleito con ella, porque solo necesito una mano para mantenerla presa, sus manos pequeñas en comparación con las mías. Paso la que tengo libre por encima de su cuerpo, sin cuidado ninguno, porque sé que esto es lo que quiere ahora, lo que necesita; nada de delicadezas, solo crudeza animal.

Mi boca se reencuentra con la suya. Nuestras lenguas salen a buscarse y me arranca un jadeo al morderme el labio inferior. Sonríe con suficiencia. Sonríe contra el beso y me contagia el gesto. Una sonrisa traviesa, de superioridad.

El frío de su camisa mojada contra mis yemas según exploro su cuerpo me arranca un escalofrío, o quizá sea porque sus manos, ya sueltas, corren hasta mi abdomen mientras le beso la boca, el cuello, la clavícula. Pasa los dedos sobre mi pecho desnudo, sobre el tatuaje, me manosea por completo, cicatrices incluidas, y yo hago lo mismo con ella. Siento el cuerpo en combustión, tan caliente que podría reducir a cenizas toda la cueva en cualquier momento. Sus uñas se encuentran con mi espalda y araña con fuerza y violencia.

—Joder... —mascullo contra su boca.

Duele. Y el dolor me pone más cachondo todavía.

Tiro de su camisa hacia arriba, la lanzo lejos y emite un sensual sonido a mojado al impactar contra la piedra. La vuelvo a besar en el mismo instante en el que cierro la mano alrededor de un pecho, fuerte. Su cuerpo responde para mí con una exhalación ahogada que me arranca un gruñido grave. Mis pulgares encuentran el camino hasta sus pezones y juego con ellos sin clemencia. Y Brianna me recompensa con un gemido extasiado y arqueando la espalda, movimiento que aprovecho para profundizar el beso. Pero mis labios no se quedan sobre los suyos demasiado tiempo. Le recorro las costillas con las manos mientras siembro un camino de mordiscos y lamidas en la barbilla, cuello, clavícula, entre sus pechos. La miro por entre las pestañas, ella tiene los ojos cerrados y se muerde el labio, rendida al placer por completo, y solo de verla así casi me corro.

Anoche me quedé con ganas, pero esta vez sí encierro un pezón entre los labios, lamo y succiono antes de morder. Brianna se deshace en gemidos y entierra los dedos en mi pelo, agarra con fuerza y tira, pero al mismo tiempo no deja que me separe de su piel. Me empapo de ella sin piedad, una y otra vez. Deslizo la mano por su cuello expuesto, su pecho, su abdomen. Introduzco los dedos en los laterales de las bragas y tiro de ellas para quitárselas. Brianna levanta las caderas para mí y casi me asfixio al verla tan resplandeciente.

Mi boca encuentra el camino hasta la suya de nuevo y ni siquiera se molesta en ahogar los gemidos, completamente desatada y rendida, cuando mis dedos llegan entre sus piernas y compruebo lo empapada que está. Joder, otra vez casi termino solo con eso. Pero cojo aire y dejo de pensar, toda mi sangre concentrada en un mismo punto. Ahoga un jadeo de sorpresa cuando tiro de su pezón entre mis dientes, cuando jugueteo con el colmillo algo más afilado; mis dedos trazan círculos perezosos sobre su punto más sensible entre las piernas y Brianna mueve las caderas en respuesta.

Cuando meto un dedo dentro de ella, el calor y la humedad que siento me hacen bufar contra su pezón. Ella ríe. La maldita ríe entre dientes por verme tan cachondo solo disfrutando de su cuerpo. Y aprovecho para introducir otro dedo que hace que esa risa se transforme en una exhalación ahogada tan rápido que no me contengo. Juego con mis dedos dentro de ella, los doblo un poco para llegar a su punto más sensible al tiempo que tiro del pezón entre los dientes y siento sus músculos contraerse alrededor de mis dedos. Ahora el que sonríe soy yo, porque sé perfectamente que la tengo al borde de ese abismo tan placentero que es el orgasmo.

—Te necesito dentro... —jadea con voz rota, necesitada y ardiente.

No hay lugar para las caricias dilatadas, para jugar con los límites del placer cuando esto es un simple polvo fruto de la rabia. Y aunque me duela no poder seguir, no poder enterrar la cabeza entre sus piernas y hacer que se corra solo con mi lengua, me separo y me llevo los dedos a la boca para empaparme del sabor que me va a negar. A ella se le atasca la respiración al verme, perdida en la lascivia. Entonces me quito los calzones con premura, obediente, justo cuando Brianna abre más las piernas, una invitación muda.

Resoplo, acelerado y agitado por la estampa que se presenta frente a mí, y vuelvo a recostarme sobre ella. Más besos, más mordiscos, más lenguas enfrentadas sin control alguno. Mis manos se encuentran con sus caderas y tiro para recolocarla más cerca. Le separo más las piernas y entro en ella solo un poco antes de detenerme, jugando. Y me cuesta un esfuerzo sobrehumano. Abre los ojos de repente y, por un segundo, creo que me va a decir que pare.

—Hazlo, Axel, por favor.

Y no necesito más para introducirme dentro de ella con tanta lentitud que se queda sin respiración antes de deshacerse en un jadeo lánguido. Empiezo despacio pero embistiendo con fuerza. Sus ojos brillan con súplica para que acelere el ritmo de una vez. Pero me deleito con tenerla ansiosa de más, con sentir cada centímetro de su cuerpo en contacto con el mío, con notar cómo sus músculos se contraen en anticipación alrededor de mi pene, con notar sus caderas moviéndose contra mí deseando que sea duro con ella. Y entonces lo soy.

Reclamo sus labios con voracidad mientras la penetro con tanta fuerza que sus jadeos se descontrolan, ahogados contra mi boca. Cuelo la mano entre nuestros cuerpos y trazo círculos con los dedos, empapados de su placer, al ritmo justo que sé que le gusta sin dejar de mover mis caderas adelante y atrás. Clava las uñas en mi espalda y se abraza a mí, me rodea el cuerpo con las piernas. Y aunque sea esto lo que quiere, no puedo evitar sentirme roto por dentro por culpa del vínculo, desolado por el dolor y sobrepasado por el placer que me provoca estar dentro de ella.

Sé que está cerca del orgasmo, muy cerca, porque apenas jadea, superada por el placer y los estímulos. Y lo sé por todas las otras veces que la he tenido en este mismo punto antes. Por ese año de noviazgo y los otros casi cuatro que estuvimos casados y en los que rompimos tres camas.

Empujo con fuerza para sentirla más cerca si cabe, para que no haya ni un milímetro entre nuestros cuerpos. Hundo la cara en su hombro y ella me agarra de la nuca en un gesto tan cariñoso que me supera por lo mucho que me duele. Apoyo la frente en su piel, sudorosos y mojados, del todo sobrepasado por los recuerdos, por lo que este polvo supone. Por lo agrio que me sabe de repente a pesar de estar disfrutándolo con cada fibra de mi ser. Porque sabe a despedida.

Oigo su respiración en mi oído, sus gemidos y su voz ahogada repitiendo mi nombre, tal y como le dije que pasaría, según llega al orgasmo. Y es tan condenadamente seductora que siento una sacudida en el cuerpo y no consigo evitar correrme con todo lo que llevo dentro. Jadeo con fuerza y solo dejo de mover los dedos entre sus piernas cuando Brianna arquea la espalda y me aprieta contra ella con los muslos, señal de que ella también ha llegado al orgasmo. A duras penas no me desplomo sobre su cuerpo, con la respiración acelerada y desprovisto de fuerzas.

Me quedo así, sintiendo los últimos coletazos del orgasmo aún dentro de ella, mi pene palpitando y sus músculos contrayéndose una última vez. Brianna intenta recuperar el aliento con esfuerzo, una mano apoyada sobre la frente. Alzo la cabeza y tiene los ojos anegados de lágrimas, fijos en el agujero del techo, totalmente perdidos.

Me nace el impulso de besarla otra vez, en esta ocasión despacio, como siempre que teníamos sexo antes de la bruma, pero esa idea ahora me desagrada por todo lo que supondría, así que aprieto los ojos con fuerza para apartar esa idea de mi mente.

No sé cuánto tiempo estamos así, quietos en la inmensidad de esta cueva con la luna como único testigo, pero no me atrevo a salir de ella porque será el final de todo. Y ella parece que tampoco se atreve a quitarme de encima. Porque mientras sigamos así, tan solo importamos nosotros y no habrá pasado nada.

Pero, de repente, algo duro y contundente impacta contra mi sien y todo se vuelve negro a mi alrededor.

IV

«Porque mi secreto es que no mataste a Olivia».

«No mataste a Olivia».

Tengo que hacer un esfuerzo sobrenatural para mantenerme atenta a lo que me dice después de eso, con el corazón desbocado y temerosa de que mi oído me haya traicionado y esté entendiendo lo que no es.

Me lo explica todo con pelos y señales y la rabia va creciendo más y más, va trepando por mi garganta y encendiéndome la piel. Mentira tras mentira tras mentira tras mentira. Una y otra vez. Un ciclo de embustes y traiciones que me deja el corazón roto. Pero yo ya intuía que esta conversación me iba a destrozar, y precisamente por eso la he retrasado día a día, por eso me he escudado en el odio y el dolor, en hacerle daño con las palabras, porque sabía que él me devolvería ese sufrimiento multiplicado por mil en cuanto habláramos.

—¿Olivia no murió...? —farfullo a duras penas, con el temor atravesado en la garganta.

—No.

La seriedad en su voz me sugiere que no me está mintiendo, que se acabaron los embustes. Y de repente me siento más liviana. Sí, me mintió, y eso me consume por dentro, pero... no la maté.

No maté a Olivia.

Me trago el dolor que siento cuando me confirma que me hizo creer que yo la había asesinado y lo concentro en una bola que se enquista en el centro de mi pecho. Aprieto los puños con fuerza hasta que siento el relieve de la empuñadura de la daga clavado en la piel.

Ignoro el hecho de que buscase la forma de decírmelo sin que nos perjudicase a ambos porque todo eso ya lo comprendí en el mes que estuve sin querer verlo; ya reflexioné todo lo que tenía que reflexionar sobre la traición.

Según lo que pude recordar cuando se marchó de la segunda residencia, estamos casados. Por eso me permití abrirme un poco, porque me di cuenta de cómo me mira, de cómo está pendiente de lo que necesito; de cómo salta a defenderme siempre que surge la posibilidad y se contiene, porque sabe que no preciso defensa alguna.

Le doy vueltas y más vueltas a los pensamientos contradictorios que me fustigan la mente y dentro de mí crecen burbujas de sentimientos encontrados.

Lo odié mucho antes, cuando desconocía por qué me atacó en el bosque. Y lo he odiado desde el mismo momento en el que descubrí la traición. Lo he hecho con todas mis fuerzas, de verdad que sí. Pero no puedo seguir engañándome, y sé que por mucha rabia y furia que pueda tener dentro, lo que le dije cuando creí que había muerto hace más de un mes sigue siendo igual de cierto ahora: lo perdono por la traición de trabajar para el Hada.

Pero esta mentira...

Por mucho que me duela en el orgullo, esta mentira me alivia tanto como me rompe, porque con ella la culpabilidad se diluye de repente y la balanza no se inclina tanto en contra de Axel. Sí, me mintió, pero Olivia sigue viva, y eso significa que mis manos no han acabado con *esa* vida inocente. La vida de la que fue..., o es, mi mejor amiga.

No obstante, a pesar de que me tranquilice saber que Liv está viva, eso tampoco hace que el dolor que me corroe por dentro deje de existir de golpe. No puedo obviar que me haya mentido con esto precisamente y que haya permitido que me machaque a mí misma.

—¿Y por qué podría haber llegado hasta mí a través de ti? —pregunto, a pesar de saber la respuesta—. Dime, *Lobo*.

No responde, no encuentra palabras para hacerlo. Pronunciar ese nombre me quema, pero para mí fue Lobo quien cometió error tras error. Y Axel es quien lleva desde el día en que lo descubrí todo intentando contarme su verdad, a brazo partido y soportando mi mal carácter.

—¿Porque eres mi marido? —continúo con odio irrefrenable. Me mira ojiplático, con miedo incluso. Más aún—. ¿O acaso es por esa extraña sensación que siempre me conduce a ti?

Sé que hay algo más que nos une, un extraño tirón que me hacía ver sus ojos cada vez que cerraba los párpados antes siquiera de lanzarme a la misión de matar al Hada.

Seguimos hablando, aunque a duras penas soy consciente de lo que digo, de cómo busco las palabras exactas para hacerle daño, para destrozarlo del mismo modo en que él ha hecho conmigo. Y a pesar de que una parte de mí se rebela e intenta que no sea así, he pasado demasiado tiempo con la bestia como para conseguir ignorar mis instintos más primarios.

Me veo incapaz de seguir reteniendo las lágrimas cuando una oleada de alivio me recorre de arriba abajo y me insufla el pecho con aire renovado tras su última confirmación de que no la maté. A duras penas mantengo los sollozos a raya. Estudio sus facciones, su gesto compungido por el dolor, la lágrima que le surca la mejilla de la cicatriz.

—Lo siento. Lo siento muchísimo, Brianna. Por todo.

Y escucharlo por fin de sus labios, oírlo después de meses esperando a que se disculpase de una vez y con semejante sinceridad, me impulsa a lanzarle la daga a la cabeza. Porque no puedo comprender cómo alguien a quien quiero con cada fibra de mi ser ha podido destrozarme de semejante manera.

Fallo en mis ataques porque soy estúpida y me estoy dejando arrastrar por los sentimientos, estoy sucumbiendo a la ceguera desmedida de la rabia, esa que te hace ser impredecible y fácilmente controlable por tu oponente.

Y cuando me pide que lo mate de una vez por todas si es lo que quiero y que él mismo se servirá en bandeja, la razón se impone sobre la violencia y me quedo muy quieta. Me veo reflejada en sus iris de ámbar y no me gusta lo que me muestran, porque desde que la bestia se marchó, ya no me reconozco tanto en esa agresividad roja y ponzoñosa.

Es entonces cuando me doy cuenta de que ya han sido varias las ocasiones en las que he intentado matarlo y que nunca he podido. Porque yo no asesino a sangre fría, solo mato para garantizar mi supervivencia. Y transgredir esa frontera me convertiría en una persona más parecida a la bestia de lo que me gustaría, por mucho que extrañe su compañía.

Esa sensación de no querer ser así, entremezclada con el alivio que siento, es la que me lleva a abalanzarme otra vez sobre él y a besarlo con furia y rabia. Porque sé que como me permita un solo segundo para pensar en otra cosa distinta a desfogarme de otro modo que no sea matándolo, me romperé en mil pedazos y tendré que enfrentarme a una nueva versión de mí. Una que no está acostumbrada a sentir el dolor con tanta pasión e intensidad, en lugar de bloquearlo y escudarse tras una máscara de chica dura y de piedra impasible.

Y aun así se atreve a jugar conmigo, a llevarme al límite y a hacerme suplicar por sus caricias, por su contacto. Y me rindo por completo.

Necesito sentir algo físico, que no sean golpes o puñetazos; necesito sentirlo a él. Necesito sentirlo todo en esta noche tan caótica con las emociones como estupefacientes. Necesito regodearme en el dolor, la rabia, el odio y la lujuria para terminar de ahogarme con mi propio veneno antes de conseguir tragarlo y que mi cuerpo lo digiera. Por suerte o por desgracia, el siglo conviviendo con la ponzoña de la bestia me enseñó a sobreponerme a eso.

Sin embargo, lo que no esperaba era que con el orgasmo viniesen los recuerdos. Los de un pasado reciente, sí, uno doloroso, pero también acude en tropel todo lo que yo fui, todo lo que fuimos y lo que quizá nunca seamos. Porque justo cuando la tensión de mi bajo vientre se deshace, de nuevo me sobreviene la oleada del recuerdo y la bruma se despeja por completo a mi alrededor, aunque esta vez no es doloroso, sino reconfortante. Y me quedo tan turbada por lo que eso significa, por todo lo que se me echa encima sin haberlo previsto, que lo único que se me ocurre para acallar esa ansiedad que me oprime de repente es alargar el brazo y coger una piedra con la que golpearlo en la cabeza.

23

Estamos en el bosque, el suelo cubierto por una manta de nieve densa que me llega por las pantorrillas, pero eso no me detiene, porque tengo que encontrarlas. Hago uso de mi olfato para seguir sus rastros, mascullando improperios y maldiciones por haber tenido que salir a buscarlas con el frío tan condenado que hace. Juego con el vínculo y tiro de él para ver hacia dónde me lleva, pero Brianna lo rechaza y no me deja llegar más allá. Me tiene bloqueado porque sabe que voy a por ellas y no quiere que la diversión acabe.

Y lo peor es que las dos se han compinchado contra mí. Por si no tenía suficiente con una hermana pejiguera, caprichosa e impulsiva, me tenía que casar con una mujer cortada por el mismo patrón. Por mucho que me esté congelando y tenga la ropa empapada, y contra todo pronóstico, este jueguecito me arranca una sonrisa, porque mantiene alertas mis instintos incluso cuando no estoy en mi forma animal.

De repente, todo a mi alrededor tiembla, los ojos se me van hacia atrás de forma involuntaria y siento que me desvanezco. La sangre en mis venas se calienta hasta arder y las uñas y el pelaje me queman con fiereza. Me alzo sobre las patas como buenamente puedo, con la cabeza zumbando y palpitando, mis instintos latiendo en un pulso frenético.

«Con el sol una apariencia, con la luna otra. Esa será la norma hasta recordar la verdadera forma».

Miro a mi alrededor, las orejas moviéndose en busca de la procedencia de esa voz melosa y de mujer. Pero estoy completamente solo en el bosque. Y... ¿qué hago en el bosque? El cielo empieza a teñirse de naranja poco a poco e intento recordar por qué he venido hasta aquí.

Tras de mí hay un rastro de huellas alargadas, a dos patas, pisadas firmes de un varón, a juzgar por el tamaño. ¿Acaso son mías? Olfateo a mi alrededor en busca de una pista que me sugiera qué me ha conducido hasta aquí en un día tan gélido como este y me fijo en los pequeños detalles. Hay trozos de ropajes destrozados por doquier y una espada corta con el pomo tallado en forma de lobo, pero ni rastro de una presa moribunda. Las fauces tampoco me saben a sangre, así que no he sido yo, además de que no noto el estómago lo suficientemente lleno como para sugerir que me he comido a una persona. Y tampoco hay huesos ni trozos de carne.

No comprendo nada.

Camino, como continuando la dirección que habrían tomado las pisadas tras de mí, movido por el instinto y un extraño tirón en el pecho que me sugiere que siga hacia delante. No sé cuánto tiempo sigo así, pero el cielo cada vez se va volviendo más y más añil. Un tiempo después, encuentro otro montón de ropajes destrozados, entre los cuales distingo una espada corta con empuñadura de marfil y pomo tallado con forma de cabeza de lobo. Giro el hocico para estudiarlo, le doy la vuelta con la pata. ¿Por qué me resulta tan familiar? Entonces, justo antes de alzar la vista de los ropajes para estudiar el claro que hay frente a mí, lo oigo: un aullido agudo, chirriante y lastimero que me eriza el pelaje y me acelera el pulso. Pero lo que me hiela la sangre es contemplar a una joven de larga melena castaña arrancando un puñal rojo del inmaculado pelo blanco de una enorme loba.

El corazón me da un vuelco y creo que me está matando a mí mismo, porque no necesito saber de dónde vengo o a dónde iba para reconocer a mi hermana en la loba moribunda. Quiero correr hacia ella, clavarle los colmillos en el gaznate a la mujer que se yergue sobre el cuerpo inerte de mi gemela, pero, de repente y venido de la nada, algo dentro de mí vuelve a cambiar, la sangre se me incendia y me arrasa, las extremidades se contraen, hueso chocando contra hueso. Todo se torna negro a mi alrededor, los pulmones se me constriñen y mi cuerpo muta por completo hasta adoptar la forma de un hombre. El pecho me sube y baja en bocanadas irregulares y consigo reunir el aire suficiente para aullarle al cielo en un sonido a medio camino entre animal y humano.

Me revuelvo sobre la nieve, que se derrite bajo mi cuerpo dada mi alta temperatura, y, sin pensarlo ni un solo segundo, me levanto, agarro la espada con pomo de lobo y corro hacia ella. Hacia la asesina de mi hermana.

La pillo desprevenida, pero eso no impide que lance acometidas por la izquierda y la derecha, sin tregua alguna. Según la voy acorralando contra la espesura, me fijo en todos los detalles: ropajes destrozados, brazo malherido, hombro inutilizado, rostro contraído. Ojos de jade puro. Dudo un segundo, un fatídico segundo en el que ella aprovecha mi guardia expuesta y lanza un tajo ascendente que apenas esquivo.

Otro segundo, este de quietud, en el que me percato de que un líquido caliente me desciende por el lado izquierdo del rostro. Abro los ojos despacio, conteniendo la furia y la rabia que bullen en mi interior, y vuelvo a la carga con violencia renovada. No me cuesta ningún esfuerzo llevarla hasta un árbol, arremeter contra ella sin control ninguno, dispuesto a morir si hace falta pero con la certeza de que me la llevaré por delante. La embisto contra el tronco repetidas veces, clavando el codo en la herida abierta en su hombro. Su rostro pierde todo el color, sisea de dolor, pero intenta contenerse. Está acabada. Le arrebato la daga con facilidad, cegado por la aflicción, el odio, la ira. Cegado por la idea de haber perdido a mi gemela.

Mis manos encuentran su cuello con demasiada facilidad, aprieto y aprieto. Siento su vida desvanecerse entre mis dedos, su aliento irregular que solo sale, nada entra. Y me gusta. Me gusta tener la certeza de que estoy acabando con la persona que ha asesinado a mi hermana, porque la venganza me deja un regusto dulce en los labios.

Entonces, con voz rasgada, ronca, desprovista de vida, susurra:

—Por favor, basta... No te he hecho nada.

Algo en su timbre, algo primario y extraño dentro de mí se activa y me deja estupefacto unos segundos, los suficientes como para que la cordura se abra paso, a duras penas, a través de la furia y el dolor y me vea a mí mismo reflejado en los ojos de la muchacha, con el rostro ensangrentado por la herida y mirada desquiciada. Se está desmayando entre mis manos cuando la suelto, asqueado por mi propia violencia.

—Lárgate —le espeto, con la sangre bullendo con fuerza en mi interior. Su respuesta son unas simples toses, no hace intención de levantarse ni da señal de haberme oído—. ¡Que te largues!

Sobresaltada, obedece con premura, recogiendo sus armas del suelo como buenamente puede con una mano, y desaparece por entre la espesura sin mirar atrás. Y en cuanto me deja a solas, la veracidad de todo lo que ha sucedido me aplasta y las lágrimas caen inclementes, la adrenalina diluyéndose poco a poco para dejar paso a un frío gélido que nada tiene que ver con estar sin ropa en un bosque nevado.

Rehago el camino hacia donde he dejado el cuerpo de Olivia, ahora desnuda y boca abajo sobre la nieve, abandonada su forma de animal. Me dejo caer de rodillas a su lado, con las lágrimas entremezclándose con la sangre de mi rostro, y tiro de ella para apoyarla sobre mi regazo, para abrazarla una última vez y despedirme. Pero justo cuando mis manos cálidas se encuentran con sus fríos brazos, un quejido lastimero escapa de entre sus labios y el corazón me da un vuelco. Le doy la vuelta con presteza, con un nudo en el pecho y la vista recorriéndola frenéticamente. La recoloco sobre mis piernas y la abrazo. Está tiritando, los labios lívidos y perdiendo todo el color, así como en el resto del cuerpo.

—No... —solloza contra su oído.

—Hermano... —Su voz suena trémula, desprovista de fuerzas. Los ojos se le van hacia atrás.

—No te duermas. Por favor, no te duermas.

Mis manos se encuentran con el enorme tajo que le atraviesa el vientre de un lado a otro. Hay tanta sangre que no puedo contenerla, por mucho que mis manos sean grandes y fuertes. Su vida se escurre entre mis dedos literalmente, y no hay nada que pueda hacer. Aprieto con más fuerza, ella suelta un jadeo tembloroso y coloca sus manos sobre las mías, pálidas a pesar de que compartamos el mismo tono de piel.

—Te pondrás bien, te lo prometo... —Apenas se me entiende cuando hablo a causa de las lágrimas—. Tú aguanta.

Tiro más de ella sobre mí, hasta casi sentarla en mi regazo para intentar contener la hemorragia con los brazos. Ella se queja, pero ni siquiera se revuelve por el dolor, totalmente lánguida.

—Tranquilo... —murmura. De no ser por mi oído más desarrollado ni siquiera la habría oído—. Está bien...

—¡No! ¡No está bien! —grito entre sollozos, la vista nublada por las lágrimas, la garganta ardiéndome por el llanto—. ¡Que alguien me ayude! ¡Por favor!

—Ax...

El estómago se me revuelve al escuchar esa palabra, que me deja un regusto familiar en el fondo de la garganta, pero apenas si puedo concentrarme en pensar como para hacerlo en eso.

Liv alza la mano hacia mi rostro y me acaricia de forma tan leve que me sobreviene un escalofrío. Su sangre se entremezcla con la mía en mi mejilla. Entonces el brazo le cae inerte a un lado, carente de fuerzas, acompañado de un estertor entre toses.

—No, no, no. Por favor, no me dejes. ¡Ayuda! ¡Socorro! —Un aullido quejumbroso se escapa de entre mis labios, seguido de un sollozo. La abrazo con fuerza, sin apartar las manos de la herida que me está arrebatando a mi gemela, y la mezo adelante y atrás mientras le chisto para calmarla, mientras le susurro palabras de consuelo que ni siquiera yo me creo.

—Si es ayuda lo que buscáis, puedo brindárosla. —La voz a mi derecha me sobresalta, pero no me muevo. No dejo de abrazar a Olivia por nada del mundo.

—¿Cómo?

—Con un trato.

El cuerpo se me tensa en anticipación, porque si ofrece eso solo puede ser una portadora arcana, y la miro de reojo. Junto a mí hay una despampanante mujer menuda, enfundada en un vestido de terciopelo bermellón, con una larga melena negra que le cae lacia hasta las caderas. Me observa como si fuera insignificante, como si estar aquí le resultara tedioso.

—Vuestra esclavitud y servidumbre por toda la eternidad a cambio de cerrarle las heridas. —Señala el vientre desnudo y mutilado de mi hermana y luego se estudia las uñas.

Observo a Olivia una última vez, su cuerpo desprovisto de color, el pecho apenas subiendo y bajando. Y la sangre... Hay tantísima sangre sobre su cuerpo, sobre el mío y sobre la nieve... Ni siquiera me detengo a pensarlo antes de asentir con un cabeceo sutil.

Entonces, la mujer se agacha junto a mí y me alza el mentón con una de sus larguísimas uñas. Su mirada se encuentra con la mía durante un segundo demasiado largo, en el que me pierdo en esos ojos moteados de plata, antes de que sus labios, suaves y carnosos, se posen sobre los míos en un beso estático que me revuelve por dentro. Cuando abro los párpados, cerrados por la inercia del gesto, ya no está conmigo. La respiración se me agita al instante por la incertidumbre de lo que acaba de pasar y devuelvo la atención al cuerpo inerte de mi hermana, más pálida aún si cabe.

No puede ser que esa mujer me haya engañado. Me niego a creerlo.

Abrazo a Olivia con más fuerza, con el oído pegado a su cuello para escuchar el débil latido de su corazón, ralentizado por la muerte en sus venas. El tiempo se dilata, los minutos se estiran y siento la nieve llorando sobre mi espalda y derritiéndose al contacto, burlándose del camino de lágrimas que me surcan las mejillas. Estoy así tanto rato que pierdo la noción del tiempo, la noción de quién soy, y en algún momento caigo en un sueño, movido por el dolor de mi alma y el cansancio.

Cuando vuelvo a abrir los ojos, no sé cuánto tiempo después, lo hago aún con Olivia sobre mi regazo, devolviéndome el abrazo, fundidos el uno en el otro.

Entonces me despierto de verdad.

Me incorporo al ser consciente de que el nivel del agua estaba a punto de ahogarme y me llevo la mano a la cabeza por el fuerte pinchazo que me ha devuelto a la consciencia; un ramalazo de dolor me atraviesa la sien en cuanto la toco. Miro a mi alrededor, desubicado y descolocado, con los ojos muy abiertos y la respiración acelerada. Esa sí que ha sido una pesadilla, sin necesidad de que interfiera la Reina de Corazones, porque descubrir a Olivia conmigo, viva, en medio del bosque, es tan irreal que duele solo de pensarlo. Y sin poder remediarlo, la culpa me sobreviene en una oleada que me obliga a coger aire con fuerza para intentar paliarla.

Tomé la decisión de rebelarme contra el Hada siendo plenamente consciente de que estaría incumpliendo el trato que formalicé en nombre de mi hermana y mío, que podría matarnos a los dos por mi decisión, pero eso me habría otorgado tiempo para ayudar a Brianna una última vez. Y ahora solo puedo esperar, con todas mis fuerzas, que siga viva, esté donde esté, pero mi lógica me dice que el Hada tuvo tiempo de sobra para matarla con sus propias manos y que conmigo no lo hizo solo por seguir torturándome en vida.

Un escalofrío me recorre el cuerpo y me observo los dedos, teñidos de mi propia sangre reseca. Me masajeo la mejilla y una punzada de dolor me confirma que los puñetazos de Brianna fueron muy reales. A juzgar por la escasa luz que entra en la cueva y por el nivel de la marea, la pleamar se acerca. Bajo la vista, intentando empaparme de lo que ha pasado.

Le confesé a Brianna lo de Olivia, tuvimos sexo y después... Después me dejó inconsciente.

La rabia trepa por mi garganta y se escapa en forma de gruñido que vuelve a mí rebotado en las paredes. Me levanto, airado, y camino de un lado a otro.

No tiene sentido que ahora sea yo el que esté enfadado con ella, sobre todo teniendo en cuenta que estaba dispuesto a dejarme matar. Pero decidió no hacerlo. Decidió perdonarme la vida, por el motivo que sea. Y después me usó como su puto juguete sexual.

—¡Joder!

Verme arrastrado a esa dinámica por la mujer de mi vida me lleva a tal estado de enfado que las garras salen del tirón por sí solas, inmune al dolor que eso supone, y araño las paredes de piedra con fuerza. En cuanto el chirrido agudo y las chispas se pierden a mi alrededor, empiezo a serenarme.

Me digo una y otra vez que no me ha utilizado, que tan solo se dejó llevar por los sentimientos, pero me cuesta demasiado creerlo. Porque si de verdad sabe que estamos casados, si sabe que hay algo único que nos une, si me quisiera y esos sentimientos nos hubieran llevado a follar, no me habría dejado aquí tirado, inconsciente y sangrando. Lo que significa que ya no me quiere.

Me quedo de piedra, con la mirada fija en la nada, asimilando lo que eso supone, esperando que el vínculo se rompa y me haga pedazos. Pero no sucede nada, porque un vínculo no tiene por qué ser romántico. Puede que nuestro vínculo surgiese fruto de la amistad y que nosotros mismos nos confundiéramos al reconocerlo.

Sin atreverme a darle más vueltas a esos pensamientos, decido que tengo que salir de aquí, antes de que la marea termine de subir y acabe muriendo ahogado. Recorro la cueva con la vista, chapoteando por el espacio en busca del colgante de la Bruja del Mar, porque después de todo lo que he perdido por la maldita misión no puedo dejarlo atrás. Pero por más que busco y busco, no lo encuentro, y cuando el agua me llega por las rodillas me convenzo de que Brianna se lo llevaría antes de dejarme aquí tirado.

Inspiro profundamente y me zambullo en el agua de cabeza. En esta ocasión, ni siquiera me doy cuenta de lo frío que está el mar, de lo mucho que me queman los pulmones según desciendo o de la presión en los tímpanos; no hay hueco para ninguna de esas sensaciones cuando la angustia de mi corazón es tan grande que lo copa todo.

24

Recorrer el espacio entre el peñón y la cala a nado me resulta mucho más tedioso que anoche. La falta de descanso, la pelea, el sexo, todo me lleva a un nivel de agotamiento que cuando llego a la orilla, me arrastro a gatas y me dejo caer sobre la arena para recobrar el aliento.

La luz de las últimas estrellas de la noche me enfría más la piel, pero con lo alta que es mi temperatura, noto cómo poco a poco las gotitas se van secando, la respiración se va calmando. Con los ojos cerrados, dejo pasar un minuto tras otro. Despacio, mi pulso se ralentiza y me concentro en el latir de mi corazón, el arrullo del mar sobre la arena, en el completo silencio más allá de eso. Y en un determinado momento, hasta el mar calla para mí.

«El mar calla para mí...».

Sobresaltado, me siento erguido. Parpadeo varias veces, perplejo, y creo que he debido de perder el sentido de la vista, porque las arenas bajo mi cuerpo poco tienen que ver con las propias de una playa. Por no hablar de que estoy vestido. Raudo, me doy la vuelta y trepo por la duna de arena negra del desierto de Nueva Agrabah. Los granos se deslizan en cascadas ante mis movimientos apresurados. No sé qué me lleva a estar tan en alerta ni asustado, puede que sea que no me he dormido tan profundamente y, desde el primer momento, sé que estoy soñando. Y es cuestión de tiempo que averigüe si es una pesadilla o simplemente un mal trago.

Me detengo en la cumbre de la duna y me asomo, resguardado por las sombras de la noche. Más abajo, la imponente boca de tigre que conforma la entrada a la Cueva de las Maravillas se abre, con sus fauces refulgiendo de un tono anaranjado sobrenatural, como si estuviese a punto de escupir fuego. Trago saliva para tratar de paliar la sed y noto la ropa pegada a la piel por el calor sofocante que me invade aunque la noche sea fresca. Porque la silueta que veo en la entrada a la gruta la reconocería en cualquier parte: la Reina de Corazones.

—Despierta, Axel... Despierta... —mascullo por lo bajo.

Pero ¿realmente me conviene despertarme? A todas luces, esto parece un fragmento de la realidad. ¿Y no sería mejor descubrir qué está tramando para estar preparados? Aguardo en mi posición, con el aliento contenido en el pecho. Transcurridos unos minutos, la Reina de Corazones sale de la gruta seguida de un séquito de naipes... Me quedo de piedra y entonces caigo en la cuenta. Este enclave estaba controlado por el Hada Madrina, pero los naipes son habitantes del País de las Maravillas. Y cuando huimos de aquí, no volví a pensar en ellos. ¿Se recluirían dentro de la gruta a la espera de que su reina viniera a por ellos? ¿Acaso la general del ejército de las dunas sabe de la existencia de estos naipes? Porque no creo que ella los ignorara como sí lo hicimos el resto.

La Reina de Corazones se detiene a hablar con ellos y, cuando termina, los naipes conforman una fila y echan a correr en la misma dirección, a marcha militar sincronizada. Entonces, se gira con violencia hacia donde estoy escondido e, incluso con la enorme distancia que nos separa, nuestros ojos se encuentran en la oscuridad.

Con el corazón en un puño, me doy la vuelta para dejarme resbalar por la pendiente de la duna y huir de ella, pero en cuanto lo hago, la Reina de Corazones está plantada frente a mí, con una sonrisa perniciosa en los labios. Y esta vez no necesita de máscara para ocultar sus rasgos, porque la noche parece estar compinchada con ella para cumplir ese cometido.

—Tú no deberías estar aquí... —murmura con un deje malicioso. Y aunque sea verdad que yo no debería haber visto esto, hay algo en esa mezcla de tonos de voz que me sugiere que le agrada mi presencia.

Me quedo tenso, rígido, porque sé bien que no tiene sentido alguno tratar de huir o luchar con ella. Desconozco los motivos que la llevarán a sorprenderse de mi presencia, pero está muy claro que ella es la dueña de los sueños y puede moldearlos a su antojo.

Chasquea la lengua una vez y se agacha frente a mí, los codos apoyados sobre las rodillas. Me mira como quien observa a un niño antes de regañarlo y algo en mí se retuerce, alterado por lo que sea que me vaya a pasar.

—Supongo que esto servirá para que te des más prisa. —Se encoge de un hombro y hace un mohín con los labios. Después, entrecierra los ojos, escrutadora, antes de morderse el labio inferior—. ¿Sabías que ni siquiera necesito ir a Fabel para hacerle daño?

Frunzo el ceño, turbado, porque no sé a quién le está hablando y, con un nudo en la garganta, miro por encima de mi hombro para comprobar que estamos solos. Porque mi primer pensamiento viaja hasta Brianna y, aunque esté enfadado con ella, me aterra que pueda dañarla a través de mis sueños. Para mi alivio, no hay nadie más aquí. Y cuando deslizo la vista de nuevo hacia ella, la Reina de Corazones estampa la palma contra mi pecho con tanta fuerza que me arrebata el aliento. Acto seguido, el corazón se me comprime y la piel en contacto con la suya comienza a arderme con intensidad. Le rodeo la muñeca con la mano para alejarla de mí, pero no cede ni un centímetro. Mi piel se calienta más y más y gruño, con los dientes apretados para no darle la satisfacción que busca. Si me dijeran que tengo un hierro candente contra el pecho me lo creería, pero semejante calor es fruto de su magia. Sus labios se estiran con satisfacción en cuanto el dolor comienza a sobrepasarme y no controlo mis facciones.

—Tú te lo estás buscando.

El calor asciende más aún, cierro los ojos y un aullido de dolor escapa de mi garganta cuando no lo soporto más.

De repente, siento un aire salobre acariciándome la piel y abro los ojos, sobresaltado y con el corazón golpeándome el pecho con fuerza. Estoy en la playa, el sol brilla inclemente en el firmamento y tengo la piel demasiado caliente. Creo que eso ha influido en la pesadilla, pero cuando desciendo la vista hacia mi pecho, descubro la silueta de una mano sobre mi pectoral. La piel está enrojecida, como quemada, pero no han llegado a salir ampollas. Paso el dedo por encima, con delicadeza, y siseo, porque duele como mil infiernos.

Aún agitado, trago saliva para paliar la sed incipiente que se hace con mi boca, porque es la primera vez que consigue hacerme daño real.

Me tomo unos minutos para serenarme y poner en orden lo que he visto. Es evidente que la Reina de Corazones no está perdiendo el tiempo. Sean cuales sean sus planes, los naipes están involucrados. Y Nueva Agrabah.

Determinado a seguir con la misión, miro hacia atrás.

No me sorprende que en el campamento que montamos anoche no haya nadie, aunque sí que me duele. Tan solo quedan los restos de la hoguera extinta y una playa plagada de huellas de un lado para otro. Al fondo tampoco hay ningún caballo por si yo regresaba, ni mis pertenencias, claro. Lo que me lleva a pensar que Brianna debió de decirles que había muerto, porque no me creo que Pulgarcita me hubiese abandonado aquí sin más.

Teniendo en cuenta que Brianna y yo acudimos a la cueva poco antes de la bajamar, sumado a la posición del sol, deben de sacarme unas cuatro o cinco horas de camino. No obstante, ellas cuentan con monturas que pudieron descansar durante la noche y que estarán bien alimentadas. Yo, sin embargo, estoy rozando el punto de extenuación.

Pero no me queda más remedio que llamar a mi lobo interior y buscar el cambio de forma, porque ni de coña conseguiría llegar hasta el Principado de Cristal a dos piernas. Y este cambio es el más doloroso que recuerdo en mi siglo y casi veintisiete años de vida.

25

Los siguientes días pasan como un manchurrón en el que no me permito volver a convertirme en persona. Me dejo guiar por el animal para reprimir todos los sentimientos propios del corazón humano. Cazo cuando lo necesito, bebo cuando lo necesito y, entretanto, corro y camino cuando no puedo más. Un trayecto que me habría tomado tres días a caballo se convierte en cuatro jornadas lentas, agónicas, tortuosas.

Mi mente racional se entremezcla con la del lobo y me pide que no vuelva a cambiar nunca, que acepte esta forma como única, y eso me reafirma que estoy mucho más dolido y trastocado de lo que habría cabido esperar.

Ni siquiera soy consciente de cuándo cruzo la frontera entre Landia y el Principado, mucho menos de cómo recorro sus caminos ni cuándo llego al límite del Palacio de Cristal, habiendo atravesado toda Poveste en mi forma de lobo. Por eso me pasan desapercibidas las miradas de terror que, casi seguro, he ido atrayendo, y no me percato demasiado de cómo la gente huye de un lobo negro como la noche del tamaño de un poni.

Tan solo me fijo en la esplendorosa construcción de cristal traslúcido que se erige sobre la colina y subo y subo, con la lengua a un lado, resollando y jadeando. Y cuando llego a las puertas principales, como no podría ser de otra forma, me encuentro con los mismos zopencos que me negaron el paso hace unos días.

En cuanto me ven aparecer, apuntan en mi dirección con sus largas lanzas, con los músculos agarrotados por el temor y los corazones bombeando con fuerza contra las costillas. Pongo los ojos en blanco y, aunque nada me gustaría más que soltar parte de mi propia tensión jugando con ellos, me obligo a invocar a mi forma humana para que me dejen pasar.

El cambio es doloroso y se dilata más de lo habitual por el cansancio. Los huesos emiten chasquidos que hasta a mí me hacen rechinar los dientes, el lento torrente de mi sangre volcánica me calienta la piel y obliga al pelo a retraerse. Aprieto los dientes para que vuelvan al interior de mis encías y, poco a poco, la metamorfosis se va completando. Cuando termino de mutar, lo hago a cuatro patas, incapaz de haberme puesto en pie mientras cambiaba, como suelo hacer.

Dejar atrás la forma de lobo trae consigo todos los estúpidos sentimientos de mi corazón humano y me arrepiento al instante, pero no me quedaba otra opción.

En cuanto se dan cuenta de quién soy, intercambian una mirada recelosa entre ellos y se acercan a ayudarme. Tiran de mí para ponerme en pie y uno de ellos me echa su capa por encima para tapar mi desnudez. Me hablan, pero solo soy vagamente consciente de ello. Creo que les indico dónde están mis aposentos y me dejan en otras manos para que me conduzcan hasta allí.

Necesito una cama, descansar todo lo que no he descansado. No obstante, esa idea me da pavor, porque ahora, sabiendo que la Reina de Corazones puede hacerme daño físico cuando quiera, dormirme me aterra mil veces más. Caminamos por los altos pasillos del palacio a paso lento, me intentan dar conversación, pero tan solo puedo pensar en lo bien que sientan las largas alfombras que cubren los suelos a las plantas de mis pies, maltratadas tras tantos días de camino incesante.

Entonces nos detenemos y frunzo el ceño. Oigo el ruido de un objeto cayendo al suelo y alzo la cabeza. Frente a nosotros se encuentra Pulgarcita, con el pelo suelto por primera vez, profundas ojeras y labios entreabiertos. Después, sus ojos se anegan de unas lágrimas que no se molesta en reprimir.

—Axel... —susurra y corre hasta mí.

Me envuelve en un abrazo que me sabe a gloria, pero los guardias me han soltado y ella no puede sostener mi peso por completo, así que ambos nos dejamos caer hasta el suelo fundidos en los brazos del otro. Solloza contra mi pecho y eso sí que lo oigo con claridad, porque ella, la única persona que ha demostrado bondad conmigo y ha estado dispuesta a perdonarme, sí que me importa.

—Creía que estabas muerto... —balbucea.

Le acaricio la cabeza y le chisto para que se tranquilice. Para mi sorpresa, no le incomoda lo más mínimo mi desnudez, no importa nada cuando descubres que un amigo ha regresado de entre los muertos. Por segunda vez.

—¿Por qué creías que estaba muerto? —pregunto en un murmullo tenso, aunque sé bien la respuesta.

—Roja regresó sin ti, totalmente descompuesta y alterada. —Sorbe por la nariz y se limpia las lágrimas con el dorso de la mano para mirarme a la cara—. Estaba tan afectada como cuando creyó que habías muerto en la Batalla de las Reliquias, Axel. —Aprieto las mandíbulas y cojo aire despacio—. Y luego nos dijo que era mejor que nos olvidáramos de ti. Y entendimos... Entendí...

Empieza a sollozar de nuevo y la abrazo con más fuerza.

Por mucho que esté enfadado con Brianna, por mucho que

roce el odio una vez más, no puedo evitar sentir cierto alivio al enterarme de que no les mintió ni les dijo que había muerto.

—¿Dónde está? —me atrevo a preguntar con voz monocorde.

Pulgarcita niega contra mi pecho y vuelve a secarse las lágrimas.

—Se fue. —El corazón se me comprime—. Llegamos aquí en tiempo récord, cambió de caballo y volvió a marcharse.

—¿A dónde? —Intento que la voz no me tiemble y no sé si lo consigo.

—No dio explicaciones.

La presión del pecho crece y lo reconozco como el tirón diciéndome que la busque, que siga su influjo para dar con ella. Pero me abandonó. Me abandonó a mi puñetera suerte en una gruta que se iba a inundar con el paso de las horas.

—¿Al menos os entregó el colgante?

Pulgarcita asiente, se separa de mí y me ayuda a incorporarme, con la intervención de los guardias.

—Ya puedo yo, gracias —les digo para que nos dejen a solas.

Los guardias se despiden con un gesto regio y Pulgarcita se cuela por debajo de mi brazo para ayudarme a caminar. Ahora sí, porque creo que acaba de ser consciente de mi desnudez, uso la capa para taparme un poco. Ella clava la vista al frente, con los ojos enrojecidos por el llanto, aunque aún hay alguna que otra lágrima que se le escapa.

—Fue lo único para lo que se detuvo, para darnos el colgante.

—¿Dijo si volvería?

Niega con resignación y un suspiro lánguido.

—Nada, ni una palabra. Ni siquiera en el día y medio que tardamos en llegar. Por eso tanto Anabella como yo estábamos convencidas de que habías muerto.

—Tenemos que solucionar todo esto cuanto antes. Nueva Agrabah...

—Lo sabemos —me interrumpe con voz seria. Intercambiamos un vistazo y suspira—. Luego te pongo al día. Ahora quiero comprobar que estés bien.

Con la mandíbula rígida, asiento.

Llegamos a mis aposentos y, con cuidado, me ayuda a sentarme sobre la cama. Después, se arrodilla frente a mí y estudia mis facciones.

—¿Qué te pasa? ¿Qué te duele? —pregunta con preocupación, adoptando ese rol a medio camino entre sanadora y madre.

Tomo una bocanada amplia de aire y trago saliva.

—El corazón. —Sonrío con amargura y los ojos me escuecen de repente.

El rostro de Pulgarcita se compunge ante mi propio dolor y se incorpora para darme un nuevo abrazo que me reconforta. Siento su mano acariciándome la espalda y, pasado un minuto, me da un tierno beso en la coronilla.

—Voy a buscarte algo de comer y agua fresca, ¿vale?

Asiento con la mirada perdida en el nuevo jarrón de rosas rojas que adorna mi estancia. Pero entonces ella se da cuenta de algo, me coge de la mano y estudia la cicatriz rosada que me cruza el antebrazo.

—¿Cuándo...?

Eso me hace recordar que esta es la primera vez que abandono la piel del lobo desde la última pesadilla, la de la playa, porque en estos días no me he atrevido a pegar ojo. Deslizo la vista hacia mi pecho, nervioso, y descubro la piel intacta. Me desinflo con un suspiro lánguido y doy gracias a que mi metabolismo me haya curado bien y a que la quemadura no fuese grave, porque de haber sido así, me habría destrozado el tatuaje del clan.

Despacio, levanto la cabeza un poco para mirar a Pulgarcita a la cara. Y no sé si es que parece verdaderamente preocupada por mi integridad, algo a lo que no estoy acostumbrado después de un siglo siendo escoria, o si es que no puedo más, pero termino respondiéndole cómo me hice esa cicatriz. Y después, todo lo demás sale en tropel. Para mi alivio, parte de la presión del pecho, que ahora sé que no es por el vínculo, se evapora con cada nueva palabra que sale de mi boca.

26

Recuperé fuerzas como buenamente pude, rindiéndome al sueño e implorándole a Luna que me protegiera, porque está visto que ni mi propia mente puede protegerme ya. Hasta hace unas semanas, la mayoría de los sueños eran fragmentos de mi vida retorcidos de un modo macabro para hacerme daño. Pero están pasando a ser composiciones nuevas que me turban. Y que sé que no son reales, porque son demasiado fantasiosas y me sugieren que la Reina de Corazones me lleva al País de las Maravillas en lugar de visitarme ella en el Fabel onírico. Caigo en las garras de esa mujer más veces de las que suelen ser habituales, y en unas pesadillas sus tormentos rozan los niveles de la demencia, mientras que en otras la encuentro más afable, calmada, e incluso intenta conversar conmigo. Y creo que esa es mayor tortura todavía, porque nunca sé qué faceta de la Reina me voy a encontrar.

Atrás empiezan a quedar los recuerdos de la tiranía del Hada, aunque sigo teniendo pesadillas en las que veo distintas formas de matar a Brianna. Lo peor es que ahora quien la ejecuta casi siempre soy yo, movido por mi rabia y el enfado. Y por mucho que cualquiera pudiera pensar que eso debería aliviarme, no hace más que acrecentar mi nerviosismo.

En cuanto me encontré con fuerzas suficientes como para

salir de mis aposentos, me reuní con el Príncipe Arrogante, Pulgarcita, Anabella y Gato para que me pusieran al día de la situación. Les expliqué lo que vi en el sueño del desierto y me confirmaron que los naipes han desaparecido. Ellos no saben cuándo sucedió porque, tal y como imaginaba, la general no estaba informada al respecto de la existencia de la Cueva de las Maravillas, pero los naipes atacaron el cementerio de Nueva Agrabah. Se dedicaron a romper los sepulcros y a desenterrar muertos, pero la guardia del ejército de las dunas intervino y dio muerte a algunos naipes. Aunque no a todos. Desde entonces, han llegado varios informes más alertando de cementerios saqueados, como si los naipes estuviesen preparando el terreno para que los muertos puedan salir de sus tumbas con facilidad.

No obstante, no todo han sido malas noticias porque, tras un giro beneficioso de los acontecimientos, la partida de búsqueda de Maese Gato consiguió dar con el paradero de Lady Tremaine y Regina y pasaron a ser invitadas en los calabozos del Palacio de Cristal. Por suerte, nadie ha sospechado siquiera lo que Brianna y yo hicimos con Maléfica, y, por supuesto, ella tampoco nos ha delatado, porque habría tenido que reconocer que cedió a nuestro «interrogatorio».

Así que en cuanto me encontré con algo más de ánimos, bajé a hacerles una visita, colgante en mano. Para mi sorpresa, Pulgarcita decidió acompañarme, y no sé si lo hizo para asegurarse de que no sucumbiera de nuevo a la tortura, preocupada por mi estado mental, o porque realmente quería participar en eso. Y su rostro serio y su mirada taciturna me disuadieron de preguntarle.

Primero nos enfrentamos a Lady Tremaine, que nos recordaba de nuestra incursión durante el baile del solsticio y nos maldijo sin filtro ninguno. Se desgañitó y pataleó, se retorció sobre las cadenas, pero de nada le sirvió, porque cuando pronuncié el «Te reclamo, Lady Tremaine», un humo naranja y luminoso salió de la boca de la caracola y se adhirió a su piel durante unos segundos antes de regresar a su lugar de origen. El cuerpo de Cenicienta quedó vacío y, durante un instante, el temor a que la hubiésemos matado y que la Bruja del Mar nos hubiese engañado me perforó los huesos, pero Pulgarcita me confirmó que sus pulmones seguían respirando y su corazón, latiendo.

La Reina Malvada, por su parte, intentó sobornarnos a cualquier precio; nos pidió que la liberásemos de las guardas mágicas que bloqueaban sus poderes, que nos recompensaría a cambio. No voy a mentir y a decir que algunas de sus sugerencias no me tentasen, porque afirmó ser capaz de hacer realidad todos nuestros deseos. Fantaseé con qué pediría: que Brianna volviera a casa, que aceptara convertirse en mi pareja como alfa; que todo el caos desapareciera y pudiéramos vivir una vida tranquila junto a nuestra manada, que formáramos un hogar. Sin embargo, todos esos anhelos que antes me habían resultado tan naturales, eso con lo que siempre he soñado, me dejaron un regusto amargo. Y pensar en los deseos que la Reina Malvada nos ofrecía trajo a mi mente, de forma irremediable, el recuerdo de Tahira y de su lámpara maravillosa. Solo de recordar a la *djinn*, lo leal que era y lo dispuesta que estuvo a entregarlo todo me hizo reconsiderarlo y terminé reclamando a Regina con el colgante.

Cuando entramos en la celda de Maléfica, la mujer clavó sus redondos ojos verdes en mí, con una fiereza que me traspasó y me hizo fijarme en todas y cada una de las runas que adornaban la piedra de las paredes, deseando que ninguna fallase en aquel preciso momento, porque como lo hiciera, estaba muerto. Ella no pronunció palabra alguna, tan solo se limitó a mirarme fijamente, con un odio desmedido que desapareció en cuanto la neblina naranja consiguió arrancarla del cuerpo de Aurora, no sin esfuerzo, como si Maléfica se hubiese resistido hasta el último aliento.

Para mi desilusión, reclamarlas dentro de la caracola no me

generó ninguna satisfacción y resultó demasiado sencillo. Iba buscando una forma de desahogarme, de soltar la tensión y la rabia que llevo en mi interior con algún tipo de enfrentamiento y terminé encontrándome con una situación demasiado fácil que me dejó vacío.

El segundo día nos enfrascamos en la tediosa lectura de todo lo relacionado con el origen del oro puro, su procedencia y usos, por si en alguna parte pudiera quedar un pedazo, aunque fueran monedas. Pero esa investigación no nos llevó a ninguna parte. Tal y como sugirió Anabella, aquí no hay ni un libro útil de geología, y me preocupa que eso pueda llevarnos a un punto muerto.

El tercer y cuarto día los dedicamos a investigar acerca de coleccionistas de antigüedades, incluso mantuvimos correspondencia mediante halcón mensajero con algunos de ellos, pero nadie parece tener ni idea de dónde podríamos encontrar un metal extinto.

Al quinto día ya no sé dónde meterme.

Tamborileo sobre la mesa de forma frenética, mis uñas más largas de lo normal por culpa de las garras, con la respiración agitada. No hago más que lanzar miradas furtivas hacia la puerta de la biblioteca, pasearme por todas partes y buscarla. Sobre todo buscarla. Porque desde que todo estalló, no hemos vuelto a saber nada de ella.

Sé que está bien, o eso creo que me dice el vínculo. Si hubiese muerto... No quiero ni pensar en qué pasaría si hubiera muerto, pero lo sabría.

En más de una ocasión me he visto peinando los alrededores en mi forma de lobo para dar con ella, para verla una vez más y quedarme tranquilo. Pero sé que no está cerca, y la razón siempre se ha impuesto al animal y me he obligado, con un esfuerzo sobrehumano, a darle su privacidad, a no buscarla aunque sepa hacia dónde ir para encontrarla.

Pero cinco días son muchos, sobre todo con la amenaza tácita del Príncipe Arrogante de que no huyéramos y con la incertidumbre de cuál será el próximo movimiento de la Reina de Corazones para levantar a su ejército de muertos. Y no lo soporto más; necesito liberar la tensión desfogándome como sea. Así que decido dar un paseo, lanzarme a la carrera y esconderme en la piel del lobo para dejar de sentir el agobio que me revuelve por dentro por no saber dónde está Brianna.

Sopeso la posibilidad de sumergirme en las calles de Poveste para encerrarme en cualquier taberna a empaparme de las conversaciones de los demás, porque que un licántropo beba es un colador de dinero. Nuestro metabolismo acelerado y nuestra temperatura corporal alta queman el alcohol en sangre en cuestión de segundos. Para empezar a sentir los efectos de la embriaguez tendría que ingerir lo mismo que a cualquier otro le provocaría un coma etílico. Por eso siempre me hizo mucha gracia salir de tabernas con Bri, porque enseguida se le arrebolaban las mejillas y una sonrisa pícara se hacía con sus labios.

Pero anclarme al fondo de una jarra me haría pensar en ella más aún, y no me conviene. Así que salgo a correr. Recorro los bosques del Principado por completo, sin permitirme ni un solo segundo de descanso, ni un momento de alivio, porque sé que como lo haga, la incertidumbre me arrasará incluso en mi forma animal. Y a pesar de tener esa certeza, no consigo dejar de pensar en Brianna, en lo que hemos vivido, en todo lo que le he contado y lo que se me ha quedado por decir, que era lo más importante.

Que comprendo que no quiera saber nada más de mí. Que si pudiera cambiar las cosas, eso sí que lo cambiaría. Que en otra vida quizá me habría arriesgado a contárselo todo mucho antes, pero que fui un cobarde y al final hice lo que siempre detestó que hiciera: defenderla sin darle oportunidad a decidir por sí misma. Odiaba con todas sus fuerzas que alguien se impusiera sobre ella para protegerla de los demás. Siempre tan fiera, siempre luchando con uñas y dientes, nunca dejaba que nadie la achantara. Ni siquiera las manadas consiguieron intimidarla y obligarla a cumplir con su rol de alfa a mi lado.

Y yo, con mi estúpido ego de macho, decidí que lo mejor para ella, para garantizar su supervivencia un día más, era mentirle de una forma tan descarada. Joder, si pudiera volver atrás, habría buscado una manera de conducirla hacia la verdad sin tanto temor, porque sabía que Brianna sería capaz de acabar con todo. Porque yo mismo vi que ella era el único diamante que había llegado tan lejos, la que buscó mil formas de sobreponerse a la adversidad, como siempre. Y, aun así, tuve miedo de que no siguiese siendo la misma mujer de la que me enamoré; que esa fachada apodada Roja la hubiese cambiado tanto que yo no fuera capaz de traspasar su coraza para hacerla comprender. Y al final no pude. Maldita sea, fracasé estrepitosamente.

El Hada dijo que se quitaría de en medio a otro diamante en bruto si los planes no se desarrollaban como ella deseaba; que solo quería el arma y nada más. Y al principio no me importó demasiado, cuando aún no sabía quién era Brianna para mí. Pero entonces lo recordé y mis prioridades cambiaron por completo. Y a pesar de todos mis esfuerzos por no perderla de una forma u otra, la he perdido igualmente.

Creo que nunca seré capaz de olvidar el gesto de absoluto dolor que vi en ella, el rostro contraído por la pena. Y esa chispa de alivio... Creo que eso es lo que más me duele de todo: haber permitido que se sintiera responsable de la muerte de Olivia y haber presenciado el momento justo en el que esa carga se evaporaba sobre sus hombros.

La he traicionado a tantos niveles...

Corro más rápido, las almohadillas de las patas probablemente cuarteadas y sangrando por la violencia de mi carrera y la brutalidad del terreno, lleno de pendientes y laderas, de ramas bajas, arbustos frondosos y árboles gruesos.

El nudo del pecho, nuestro vínculo, me pide que lo siga, que cambie de rumbo y llegue hasta ella. Pero no puedo. Simplemente no puedo hacerle eso.

El sol va muriendo en el cielo, aunque eso no impide que siga corriendo y corriendo. Pierdo el rumbo. Estoy tan consternado que me desoriento y no sé a dónde voy, pero no me importa. Tan solo quiero sentir la libertad de la carrera y dejo que mis patas me conduzcan a donde quieran.

Mato, sé que mato porque cuando la razón humana se impone sobre la animal, siento en las fauces el sabor ferroso de la sangre, pero no me molesto siquiera en intentar averiguar qué presa me he llevado al estómago. No me importa nada, me dejo llevar por el lobo; que él guíe mi camino.

Solo cuando el sol ha desaparecido del firmamento, aminoro la marcha, con la respiración acelerada y la lengua colgando, pero con ese segundo de calma se me escapa un gemido agudo y sacudo la cabeza.

«Al animal, tengo que escuchar al animal. Axel no existe».

Busco una fuente de agua para intentar paliar la deshidratación, más por instinto que porque verdaderamente quiera hacerle frente. Camino despacio, dejando que los minutos pasen perezosos, consciente de que sí, me he hecho bastante daño en las patas. Y, cojeando, me aferro a ese dolor para no pensar en el hueco del pecho.

Sin poder remediarlo, mi mente divaga hacia el clan; hacia qué va a pasar ahora y creo que no voy a poder explicarle a Brianna todo lo que debería saber al respecto. Estoy convencido de que alguien acabará clamando por el poder y estallarán revueltas y una guerrilla. Y casi seguro que será Roi quien se encargue de ello, ese viejo retrógrado y malhumorado.

Me quedo muy quieto de repente, las patas clavadas a la tierra de forma involuntaria. Porque es la primera vez que pienso en el clan, en *mi* manada, de forma activa y consciente desde que partimos hacia Landia hace más de diez días.

Parpadeo, confuso, turbado, y mi instinto me dice que algo falla. Sacudo la cabeza y vuelvo a centrarme en mi instinto, busco ese sentimiento de unidad que siempre ha estado ahí, latente, que le sugiere a un lobo que no está solo. Y no encuentro nada.

La congoja me trepa por la garganta y se manifiesta en forma de aullido lastimero y profundo que me hace alzar el hocico al cielo. El aullido de un alfa buscando a su manada.

Espero un segundo. Dos. Pruebo otra vez, en esta ocasión con un cántico más largo, un lamento que me reverbera en el pecho y que espero encuentre eco en la inmensidad de este bosque. Porque ningún lobo es capaz de ignorar la llamada de un alfa. Siempre tiene que responder el que esté más cerca. Y estamos en el mismo reino, tiene que haber alguien cerca.

Lo intento una tercera vez, a la desesperada, el cuerpo entero temblándome por todo lo que este silencio significa. Y el resultado es el mismo.

Desciendo la vista para orientarme un poco y cuando miro la explanada que se extiende a mis pies, más allá del precipicio, me doy cuenta de que estoy en el Pico de la Luna, en el puñetero lugar en el que Brianna y yo nos dimos cuenta de que éramos compañeros, almas gemelas.

Y entonces algo dentro de mí se retuerce.

Me han abandonado.

Mi manada me ha abandonado.

Brianna me ha abandonado.

De repente, la cabeza se me sacude como en un terremoto y me da vueltas y vueltas. Me retuerzo, salto sobre las patas, enfurecido, luchando contra las diferentes sensaciones que me dejan los abandonos, pero el que despunta es el de Brianna; el de que incluso quien debería haber sido mi pareja alfa, quien debería haberme apoyado en todo esto, también me ha dejado tirado.

No no no no no.

No puedo perder eso también. Es como cuando se desbloqueaban los recuerdos, pero peor. Mi mente empieza a fragmentarse despacio, muy despacio, a llevarse todo lo que soy. Porque sin manada, soy un lobo solitario. Pero sin mi pareja alfa, no queda nada.

Echo a correr de nuevo, frenético, desesperado por huir del lugar en el que me encuentro y de esa sensación tan asfixiante. Pero está dentro de mí, no puedo escapar de ella. Y aun así sigo corriendo pendiente abajo.

Ramas, troncos, rocas; arraso con todo lo que encuentro a mi paso sin detenerme ni un solo segundo, con el corazón desbocado y dejándome llevar por el instinto, por el dolor y la rabia. No soy consciente de nada de lo que me rodea, de los árboles que esquivo a duras penas, de los saltos potentes para evitar las piedras de la ladera.

Como una exhalación, me cruzo por delante de un caballo, que se encabrita, y a punto estoy de embestirlo. Lo sorteo en el último segundo, porque impactar contra el animal habría sido fatídico para él, para el jinete y para mí, y ruedo ladera abajo. Zarzas, arbustos, piedras afiladas que ahora no consigo eludir. Todo se me clava en la carne mientras ruedo y ruedo, intentando detener la caída con las patas delanteras, que me queman por la fricción, por el desgaste de todo un día corriendo.

Lo consigo cuando mi espalda impacta contra un árbol tan ancho que detiene mi peso y no se parte en dos. Acto seguido, noto huesos saliéndose de las articulaciones, el aire se me escapa de los pulmones con un gemido y cierro los ojos.

Pensar, necesito pensar.

«Estoy jodidísimo». Esa es la conclusión a la que llego cuando el dolor me atraviesa con la violencia de un rayo tras la primera bocanada acelerada.

Recolocarme un hueso en forma humana sería medianamente sencillo gracias a un siglo de prácticas, pero las dos patas delanteras siendo lobo...

Lo peor es tener la certeza de que no puedo transformarme ahora, porque los daños serían irreversibles, aunque tampoco puedo quedarme así porque mi sistema acelerado va a empezar a sanar tal y como estoy. Y dudo mucho que en ese caso pudiera volver a usar los brazos. Tan solo necesitaría recolocar los huesos en su sitio y algo de reposo, nada más, porque mi metabolismo haría el resto. Pero ni siquiera voy a poder hacer eso y la frustración me trepa por la garganta con tanta fuerza que suelto un aullido profundo. Un aullido que sé que nadie va a responder. El dolor y la tristeza se entremezclan y me dejan un regusto amargo en el paladar.

Intento levantarme, pero solo con los cuartos traseros no lo consigo y gimoteo cuando un ramalazo de dolor me sobreviene, un sonido animal chirriante que se pierde en la inmensidad de este bosque solitario.

Antes prefería sentir dolor físico, sí, pero no esto, joder.

Mis orejas se mueven solas hacia la procedencia de unos chasquidos que me ponen en alerta y automáticamente gruño en esa dirección, porque ahora mismo estoy más que indefenso: soy un lobo sin manada y una presa débil y fácil para cualquier depredador que se sienta con aires de grandeza.

Entonces la veo: una figura resbalando por la pendiente, intentando paliar la vertiginosa inclinación de la ladera a toda velocidad. Directa hacia mí. Con una caperuza roja ondeando tras de sí.

El corazón se me detiene y gimoteo más si cabe, tratando de llegar a ella y alejarme al mismo tiempo. Estoy hecho un lío, el dolor me retumba en la cabeza, me truena en las venas. No sé si seguimos siendo una pareja alfa o no, no sé si siento el vínculo o no. Tan solo puedo pensar en el dolor correoso y lacerante, en mi temperatura cada vez más elevada que intenta curar las heridas.

Resbala y resbala. Piedras y hojarasca se desprenden de la ladera a su paso según va descendiendo sentada sobre el trasero. No soy capaz de seguir mirando hacia ella, así que apoyo la cabeza a un lado. Así al menos podrá matarme fácilmente si es lo que quiere.

—¡Axel! —jadea en cuanto llega junto a mí, y el corazón me da un vuelco. De no haber estado tan dolorido, seguro que habría movido la cola de un lado a otro.

Se detiene con la respiración acelerada y el rostro perlado de sudor por controlar los músculos para no matarse en la bajada. Se deja caer de rodillas a mi lado y acerca las manos a mí, pero un gruñido gutural me sale de dentro. Estoy dispuesto a que me mate si quiere, pero lo de que me toque con lo mucho que me duele..., eso no.

Y con ese pensamiento me doy cuenta de que el golpe me ha afectado tanto que estoy siendo irracional, que mi parte animal me está dominando.

—¿Qué te duele? —pregunta con desesperación.

Resoplo de mala gana y otro ramalazo de dolor me recorre el cuerpo entero. El gruñido que se me escapa ahora es más grave, involuntario nuevamente. Puede preguntarme todo lo que quiera, que no voy a conseguir hablar.

—Axel, déjame ayudarte.

Hace un siglo, estoy convencido de que ella habría sabido perfectamente qué hacer sin necesidad de que yo se lo dijera. Ahora no lo creo, y ni siquiera voy a poder guiarla.

La miro de soslayo, agotado por soportar el dolor con cada respiración, acelerado por la lava que me recorre las venas y que me está embotando la cabeza. En mi forma humana estaría empezando a tener alucinaciones por la temperatura tan elevada. Y en mi forma de lobo también, porque por detrás de Brianna, veo a la Reina de Corazones, sonriendo con deleite y los brazos cruzados ante el pecho. O más me vale que sea una alucinación. Trato de alejarme de Brianna y, no sé cómo, pero ella parece percibir mi turbación y mira por encima del hombro, hacia la pendiente.

—¿Qué? ¿Qué pasa? —Devuelve la atención a mí y clava los ojos en los míos—. ¿Qué has visto?

Me fijo de nuevo en el punto tras ella y ya no está. La Reina de Corazones no está. Solo espero que la fiebre me esté haciendo alucinar de verdad y no que empiece a ejercer poder sobre mi consciencia incluso despierto.

Distraído con mis pensamientos, no me doy cuenta de lo que hace Brianna hasta que entierra la mano en mi pelaje denso y se me vuelve a escapar un gruñido, aunque esta vez en bajito. No se amedrenta lo más mínimo, pero se queda con la vista fija en mis colmillos al descubierto.

Sé que no tengo que mostrarme así, mi parte racional se rebela contra eso, pero si siendo un animal ya me suele costar controlar ciertos impulsos, ahora que estoy tan saturado es que no tengo ni fuerzas para intentarlo.

—Para —me ordena con voz demasiado autoritaria para estar hablando con un herido.

Pero en ese momento en el pecho siento un ligero cosquilleo y una presión muy diferente, esa que me lleva a colocar la cabeza entre las patas, más sumiso de lo que me estaba mostrando antes.

Mi igual.

Brianna no deja de mirarme, seria, diría que incluso con cierta preocupación. Después sacude la cabeza, un poco consternada, y vuelve a mover las manos sobre mi pelaje. Esta vez el gruñido se ve reemplazado por un quejido lastimero en cuanto llega a la articulación y comprueba la posición de las patas. A duras penas consigo no revolverme, reprimido por la orden de mi igual.

Sigue siendo mi pareja alfa, aunque no tengamos manada.

Por toda la magia, duele tanto que creo que en cualquier momento me voy a desmayar. Tengo que abrir la boca y dejar caer la lengua a un lado para que el aire me llegue bien a los pulmones, pero eso me arranca nuevos dolores.

—Vale, voy a intentar una cosa —dice, con voz un tanto conciliadora.

Entierra las manos más aún en mi pelaje y entonces me doy cuenta de lo que pretende.

No no no no.

Me levanto sobre las patas traseras, ignorando la presión que me mantenía quieto, y eso me arranca un nuevo dolor, no solo por el movimiento, que me hace sacudirme, sino por desobedecerla.

Para para para para.

Brianna me mira con el ceño fruncido otra vez, los labios un poco entreabiertos.

—No voy a parar.

Parpadeo varias veces, sorprendido por su respuesta, y me quedo tan quieto que permito que se acerque de nuevo a mí.

—Túmbate. —Obedezco, el dolor un tanto ignorado y en un segundo plano—. Te va a doler, pero estás sanando con los huesos desencajados. Déjame intentar recolocarlos.

No sabes hacerlo para para para para para.

Me dedica una nueva mirada de incomprensión, el ceño tan fruncido que sus cejas casi se tocan.

—Sé recolocar un hueso animal. —Me estudia de arriba abajo—. Imagino que tú tendrás una explicación a por qué sé hacerlo, ¿no?

En su timbre noto algo extraño, un ligero temblor, ¿reprobación?, ¿sospecha? Tan turbado como estoy no consigo identificar qué significa, pero aparto la cabeza igualmente, incapaz de sostenerle la mirada por el peso de la culpa, del dolor y de todo. Y, maldita sea, que me arranque las patas ya de una vez, porque no lo soporto más. Le hago un gesto sumiso con la cabeza que comprende a la perfección. Entonces, sin previo aviso, entierra de nuevo las manos en mi pelaje, me sostiene una pata con fuerza y firmeza y, con un movimiento fuerte, el hueso vuelve a la articulación con un chasquido.

Aúllo, me revuelvo y me levanto. Ella me suelta con brusquedad y cae de bruces, porque estaba inclinada sobre mí y ahora de repente no tiene punto de apoyo. Para mi sorpresa, en cuanto el latigazo de dolor desaparece, todo mengua un poco, aunque no lo suficiente. De hecho, puedo estar apoyado sobre una de las patas, la otra cae muerta a un lado.

«Vale, no, no puedo apoyarme sobre esa pata aún».

Me dejo caer sobre el suelo húmedo y terroso y ella se acerca a mí, rauda. Antes de que pueda darme cuenta, me ha agarrado de la otra pata y, con un movimiento rotatorio, me la recoloca.

La Reina de Corazones vuelve a aparecer frente a mí y me hace una señal con el dedo, como para que acuda junto a ella. Y estoy convencido de que no es la última oleada de dolor que me sobreviene lo que me manda de golpe a la inconsciencia, sino que es culpa de ella.

27

Despierto tan alterado y desubicado que ni siquiera sé con qué he soñado esta vez, y eso me perturba, porque vuelvo al mundo real con la sensación de que he estado hablando; de que he contado más de lo que debería. Y eso me trastoca más que descubrir que despierto en una cama.

En mi cama de los aposentos del palacio.

Miro a mi alrededor y compruebo que estoy solo y que es de noche. Tengo un brazo inmovilizado contra el pecho, en cabestrillo, y lo relaciono con el que me ha hecho desmayar, probablemente porque estuviera más afectado que el otro.

Giro el hombro que no tengo vendado y me sobreviene una palpitación molesta, pero soportable. El contrario, no obstante, ni me atrevo a probarlo.

Me quedo unos minutos con la vista clavada en el techo, ordenando los últimos acontecimientos. Pero lo que atrae toda mi concentración es tener la certeza de haber visto a la Reina de Corazones detrás de Brianna, disfrutando con mi sufrimiento. Por mucho que sepa que no fue real, porque Bri no la vio, un nuevo miedo me cierra la garganta. Recuerdo el dolor tirante que me sobrevino cuando Brianna me recolocó el hueso y no fue, ni de lejos, tan doloroso como para mandarme a la inconsciencia. Y que la Reina de Corazones empiece a controlar cuando duermo y cuando no... Solo espero que sea porque estoy demasiado agotado, porque llevo varias jornadas sin descansar y cualquier día me volveré loco, y no porque ella esté más cerca de venir a Fabel.

No quiero ni pensarlo.

Saco los pies de la cama y veo que estoy desnudo, así que me acerco a ponerme un pantalón, pero no encuentro ninguno en el armario. Cuando me giro en redondo, me doy cuenta de que hay ropa doblada sobre la butaca junto a la cama. Cojo la camisa y me llega una fragancia a pomelo y a madreselva.

—Bri... —murmuro con alivio.

Con la misma velocidad con la que me ha inundado la calma al saber que ha estado aquí, llega todo lo demás: las mentiras desveladas, el rechazo, la pérdida de la manada, la sensación de quedarme sin mi pareja alfa... Todo se me clava en la piel, incapaz de detenerme en un solo pensamiento para hacerle frente.

Termino de vestirme y abandono mi dormitorio para averiguar qué ha pasado, pero es demasiado tarde como para que haya alguien despierto. La brisa que se cuela por algunas ventanas abiertas empieza a ser más cálida y eso me hace seguir andando en un paseo tranquilo con el que pretendo aclarar algunas ideas.

Mis piernas me conducen, por sí solas, hasta una enorme sala, cuyas puertas cerradas no me ha importado abrir para cotillear. El suelo está tan pulido que refleja los frescos del techo, una escena bucólica de un cielo plagado de nubes. Azul, el color predilecto de Cenicienta.

Mis botas hacen eco en la inmensidad del espacio y me fijo en los espejos, en las columnas talladas y colocadas de forma estratégica aquí y allá. Al fondo, hay una pequeña tarima reservada para los músicos. Sin duda alguna, estoy en el salón en el que se celebró el baile del solsticio de invierno; las amplias puertas abiertas al balcón me lo confirman.

Y ahora sé por qué mis piernas me han traído hasta aquí: porque también está ella, sentada sobre la baranda de cristal opaco, con el cabello corto mecido al viento y bocetando algo sobre un pergamino. El corazón me da un vuelco al verla y tengo que tragar saliva para intentar deshacer el nudo que se me forma en la garganta. Todo en ella rezuma paz y tranquilidad, y doy gracias por que su oído no esté tan desarrollado como el mío y que no haya escuchado mis latidos desbocados de repente, porque, por mucho que me muera por envolverla entre los brazos tras cinco días sin saber dónde estaba, también me apetece gritarle de frustración.

Y al mismo tiempo tampoco quiero quebrar su quietud, porque sé lo mucho que le cuesta encontrar momentos de paz, sobre todo teniendo en cuenta lo que le conté y que su cabeza debe de ser un hervidero.

El pecho me pesa cuando todos los malos recuerdos se agolpan en mi mente a la vez. Y lo que me constriñe el corazón no es rememorar sus golpes o sus patadas, ni siquiera el sexo posterior, que aún no sé si fue por despecho o para utilizarme. No, lo que me genera una congoja que a duras penas puedo soportar es el recuerdo de sus ojos desbordados por las lágrimas, su gesto de dolor absoluto. El claro reflejo de un corazón roto.

Daría mi vida entera por aliviarle ese dolor. Desearía no haberme dejado arrastrar por la corriente del vínculo que nos une para no haberla destrozado del modo en el que lo hice.

Por eso, giro sobre los talones y doy media vuelta, dispuesto a salir de aquí y a dejarla en paz.

—Puedes quedarte. —Su susurro me llega mecido por el viento, pronunciado al volumen justo para que mi oído lo capte. No importa lo que me empeñe en evitarlo, mi corazón da otro vuelco igualmente.

Cojo aire despacio, con el temor anidado en el pecho. Las

piernas me tiemblan de repente y me siento como el muchacho que fui hace tanto tiempo.

—Solo estaba dando un paseo —consigo decir sin que se me quiebre la voz—, no quiero molestarte.

Ella niega en un gesto sutil que percibo, sobre todo, por la melenita castaña moviéndose. Así que me armo de valor y recorro la distancia que nos separa con zancadas amplias pero tranquilas, porque tampoco quiero parecer desesperado, por mucho que sea así como me sienta. Desesperado por abrazarla, por acariciarla, por sentirla, por besarla. Desesperado por ella, a pesar de todo.

Apoyo el antebrazo que está mejor sobre la baranda, lo suficientemente cerca de Brianna como para deleitarme con su aroma, pero con un cuerpo de distancia entre nosotros. Observo el bosque que se extiende tras el palacio, justo en el límite de Poveste. La última vez que lo vi desde aquí, todo estaba escarchado y la mujer que tengo a mi lado llevaba el vestido más despampanante que le he visto nunca. Jamás olvidaré cómo brillaba esa noche, lo hermosa que estaba, el intenso calor que me recorrió el cuerpo en cuanto la vi descender por las escaleras de la residencia del duque.

Aparto esos pensamientos y la miro de refilón. Tiene los ojos fijos en el pergamino, sin dejar de mover el carboncillo sobre él. Y aunque me sorprende verla dibujando después de tanto tiempo, tan solo puedo fijarme en que al trasluz del astro, su nariz respingona resalta mucho más y su piel clara casi resplandece con luz propia. Mientras que en el pasado ella buscaba los puntos de claridad, los rayos de luna y la luz de las estrellas, yo siempre he preferido la oscuridad, donde me resulta más fácil esconderme a observar a los demás. Ella refulgía y yo era la sombra que velaba por su brillo.

—¿Estás bien? —me pregunta pasado un rato indeterminado.

Un tanto sorprendido por su muestra de interés, le digo que sí y estudio sus facciones, que se relajan ligeramente. Dobla el pergamino y lo deja a un lado antes de mirarme y evaluarme de arriba abajo, con los labios apretados en una delgada línea.

El silencio que nos envuelve es tenso. Por el rabillo del ojo compruebo que no aparta la vista de mí, de mi brazo en cabestrillo, de mi rostro. Pero yo me veo incapaz de sostenerle la mirada. No después de todo lo que le he hecho, porque haberlo confesado, haberlo puesto en palabras por fin, supone que me sienta más culpable todavía.

No obstante, tampoco puedo ignorar que me dejara inconsciente y me abandonara a mi suerte en una cueva que se iba a inundar. Ella se adelanta y murmura:

—Olivia está viva.

—No sé si está vi...

—Y me mentiste —me interrumpe.

La voz le tiembla con esa última palabra, las cejas muy juntas por el dolor de pronunciarlas. Su congoja se traslada al centro de mi propio pecho y hace que me arda la garganta, así que me obligo a tragar saliva para intentar paliar esa sensación, aunque la sequedad de mi boca es tal que ni eso me queda.

Sé que debería añadir algo, lo que sea, pero no encuentro palabras lo suficientemente buenas en este momento. Porque cualquier cosa que diga se quedará corta en comparación con todo lo que siento, con todo lo que se merece que le responda. Lo único que puedo hacer ahora es apartar la vista, incapaz de enfrentarme al rechazo que exuda su piel.

—Y luego pretendías abandonarme. —Giro la cabeza de golpe, con el corazón en un puño y los labios entreabiertos por la sorpresa. ¿Acaso ella también se ha quedado sin manada? ¿O se refiere a cuando creí que mi pareja alfa, mi igual, me abandonaba?—. Lo sentí aquí. —Se lleva la palma al pecho—. Me abandonaste.

—No... No te abandoné —balbuceo, consternado por lo mucho que significa que ella sintiera *eso*, porque estoy convencido de que se refiere a mi turbación por perderla a ella, ya que a Brianna la manada y el clan nunca le importaron lo más mínimo.

—Pero quisiste hacerlo.

—No.

—No te atrevas a mentirme de nuevo, Axel —espeta.

Brianna cierra la mano sobre el pergamino y aprieta con fuerza. A pesar del tono autoritario, de la firmeza de su voz, escuchar mi nombre de sus labios es una caricia para mis oídos.

—No te miento. Creía que *tú* te habías marchado para siempre. —Lo pronuncio con toda la sinceridad que habita en mi pecho, porque es lo menos que puedo darle ahora mismo: mi corazón servido en bandeja de plata—. Y de llegar a abandonarte en algún momento, será solo porque mi cuerpo haya encontrado la muerte.

Su corazón da un vuelco y contiene la respiración un segundo. Incluso con la falta de luz, la veo tragar saliva despacio, midiendo cada una de sus reacciones a mis palabras.

—No te creo —suelta con un mohín un tanto infantil.

—No necesito que me creas para que sea cierto.

Brianna se cruza de brazos y nos observamos durante unos segundos intensos en los que nos decimos de todo y nada al mismo tiempo. Sé que está incómoda, su lenguaje corporal me lo sugiere, así que decido cambiar de tema por algo que ahora me tiene en vilo.

—¿Me sentiste?

—¿Qué?

—Has dicho que lo sentiste aquí. —Con un movimiento lento, coloco la palma sobre mi corazón, ignorando el latigazo de dolor que me atraviesa—. Que sentiste *aquí* que te abandonaba.

Aparta la mirada y se centra en un hilo suelto de su capa.

—Serían imaginaciones mí...

—No, no creo que lo imaginaras —la interrumpo—. Y tú lo sabes.

Mi voz, seria, se torna ronca por la intimidad de la conversación que estamos compartiendo y me acerco un poco hacia ella. Para mi sorpresa, no rechaza esa nueva cercanía ni pone más distancia entre nosotros.

—Y si no lo imaginé, ¿qué era? —pregunta, un tanto esquiva.

Aunque sea complicado de responder, se merece sinceridad y que ella decida cómo afrontarla.

—El sentimiento de manada deshaciéndose.

Sus ojos se encuentran con los míos con necesidad. Cojo aire despacio y tengo la tentación de pasarme la mano por la cara, pero me detengo a tiempo, a sabiendas de que aún me duelen las articulaciones.

—Ya te dije que eras nuestra alfa. —Aprieta los labios y devuelve la atención al horizonte—. Por mucho que no quieras aceptarlo, esa jerarquía está ahí. Aquí. —Ahora sí, y a pesar del quejido de mi cuerpo, me atrevo a levantar el brazo y a llevar su mano hasta mi pecho, justo encima de mi corazón, que bombea a mayor ritmo que el suyo—. O estaba.

Brianna entrecierra los ojos mientras estudia mi pecho, como si pudiera ver más allá de la carne y estuviera midiendo mis palabras. Después, desliza la vista hacia mi rostro y sus cejas se juntan aún más antes de apartar la mano, dejándome con una nueva sensación de frío.

—¿Por qué?

—¿Por qué qué?

—¿Por qué hablas en pasado?

Suspiro y hago un mohín con los labios.

—Nuestra manada nos ha abandonado —respondo con más pesar del que esperaba, la voz un tanto temblorosa por lo mucho que me duele pronunciar esas palabras.

—¿Por qué?

La miro de refilón y vuelvo a clavar la vista en los bosques, en un búho que se picotea bajo un ala en uno de los árboles más cercanos, en una criaturilla que trepa por otro tronco. En cualquier cosa menos en esos ojos verdes que me observan, anhelantes.

—¿Qué ha pasado, Axel?

—Que han dejado de considerarme lo suficientemente fuerte —confieso al fin, y aunque me duela, es como si me quitara un peso de encima.

—¿Por qué?

Me giro hacia ella, una ceja arqueada.

—¿Es que eso es lo único que sabes preguntar? —inquiero con un deje de burla que no sé de dónde sale, quizá de la necesidad de recuperarla y conseguir que el sentimiento de soledad y abandono desaparezca. Ella chasquea la lengua y hace un mohín con los labios, un tanto infantil—. Porque no tenía a mi pareja a mi lado.

Ella me mira con solemnidad y veo un brillo extraño en sus ojos, como si estuviese dándose cuenta de algo que escapa a mi comprensión, y luego sus iris se tiñen de una tristeza un tanto superficial.

—Dijiste que yo era la alfa y que tú habías aceptado ese rol en mi lugar.

—Y no era mentira. —Me lanza una mirada reprobatoria, el ceño fruncido—. No me mires así. Te dije eso porque no estabas preparada para escuchar toda la verdad. Pero ahora pareces saber más de lo que yo creía.

Esta vez soy yo el que la mira con los ojos entrecerrados y ella aparta la vista.

—Los lobos se nutren de una pareja de alfas —continúo—, un macho y una hembra, generalmente, aunque no siempre es así. Y a mí me faltaba mi... mi hembra. —Pronuncio la última palabra con cierto deje de repudio, porque me resulta raro llamarla «mi hembra», por mucho que sea así—. Te dije que la manada te necesitaba. *Nos* necesitaba.

—No me eches la culpa de habernos quedado sin manada —suelta, un tanto dolida. Y su comentario me atraviesa el pecho.

—No te estoy echando la culpa —le aseguro con paciencia—. Solo te lo estoy explicando.

Pero no consigo deshacerme de esa sensación de que ya lo sabe; de esa desconfianza que no sé si será fruto de todo lo que hemos vivido últimamente o qué.

—Entonces por eso sentí lo que sentí —supone, una ceja se le levanta con lentitud—. Porque mi manada también me ha abandonado. ¿Y por nada más?

Ahora soy yo el que chasquea la lengua. Cierro los ojos y me pellizco el puente de la nariz, exasperado. Sabe que estamos casados, ella misma me lo dijo. Y también que sintió algo extraño que nos une. ¿Qué más da decírselo todo ya?, ¿explicarle que es mi vínculo?

Me tomo unos segundos para valorar todas las opciones, pero sé que si quiero albergar la más mínima esperanza de que el vínculo, frágil como está, no termine por romperse, no puedo contárselo ahora, porque lo rechazaría directamente. Así que opto por tirar por otro camino igual de cierto.

—En parte —termino diciendo—. Como alfa, aunque no asumieras tu rol, toda la manada estaba ligada a ti en mayor o menor medida. Podemos presentirnos unos a otros, tener ciertos instintos sobrenaturales, pero la conexión con el alfa es mucho mayor. Más si... —Dejo la frase a medias, temeroso de cómo pueda interpretar lo que iba a decir.

—¿Más si qué?

—Más si la relación entre esos miembros de la manada es estrecha. Y la nuestra lo era.

—Lo era... —repite, meditando mis palabras con la vista perdida en ninguna parte.

—Lo es. —Sus ojos me encuentran otra vez, cargados de un dolor y resentimiento que se me clavan en la carne—. El odio no deja de ser un sentimiento fuerte —digo para intentar aliviar la tensión.

Me froto la nuca con desinterés, ocultando lo mucho que me duele el brazo con ese movimiento, y ella se fija en mi bíceps flexionado mientras cabecea en señal de asentimiento, aunque no sé a qué.

—Olivia formaba parte de nuestra manada, ¿no? —De nuevo rehúye mi mirada. Y aunque hablar de la manada ahora mismo me duela horrores, merece recuperar esa parte de sí misma.

—Sí.

—Pero no sabes si está viva —completa por mí.

—No. —Un nuevo asentimiento por su parte, como si estuviese recabando toda la información para luego procesarla en conjunto.

—Porque rompiste el trato con el Hada.

—Sí.

—Por mí.

—Sí.

—Tu pareja alfa.

Ahora aguardo yo, perdido en la infinidad de ese prado de jade que deslumbra incluso en medio de la noche. Y no sé si es la impulsividad del animal que llevo dentro, las ganas de terminar de contarlo todo o qué, pero acabo diciendo lo que menos me conviene en este momento:

—Mi esposa.

El aire se le atasca en los pulmones y todo en su expresión corporal sugiere que le acabo de dar una bofetada mental totalmente inesperada. Trago saliva con mayor temblor del que me gustaría reconocer, pero no aparto los ojos de ella ni un solo segundo. Brianna hace lo mismo conmigo, se muerde el labio inferior en ese gesto pensativo que reconozco tan bien y me estudia de arriba abajo.

—Ya lo veremos, Axel. —Me mira por encima del hombro—. Ya lo veremos.

Me quedo muy callado, estupefacto por lo que podría significar. Y no sé si eso debería prender la chispa de la esperanza o no, pero aún tengo algunas preguntas, solo que no sé por dónde empezar.

—Fui a ver al Oráculo —dice entonces, para aligerar la tensión que nos envuelve. Frunzo el ceño, fruto de la sorpresa, y observo sus facciones.

—¿Le consultaste al Espejo de Regina? —Otro asentimiento—. ¿El qué?

Un nuevo temor, totalmente inesperado, se anida en mi pecho. Me mira de refilón, como estudiándome con desconfianza, y vuelve a contemplar el paisaje bajo nuestros pies.

—Por la misión. Le pregunté si quedaba algún dragón del que conseguir oro puro. Y, literalmente, me respondió que solo encontraría respuestas con la mente puesta en las nubes. —Su voz va cargada de decepción—. Mensaje que no entiendo.

No me sorprende que haya hecho ese viaje tan largo solo para hablar con el espejo, sino que haya gastado su única pregunta al Oráculo en eso, en lugar de ahondar en mis secretos movida por la desconfianza.

El Espejo de Regina concede una única respuesta a quienes le solicitan ayuda, pero siempre da respuestas ambiguas, enrevesadas, que muchas veces conducen a quienes preguntan a un destino catastrófico por intentar evitar lo que sea que el Oráculo haya vaticinado. Por eso los príncipes no se han atrevido a preguntarle por la forma de traer a las princesas, porque podría desembocar en un futuro peor. Brianna parece ser la única dispuesta a arriesgarlo todo con tal de traerlas de vuelta, a pesar de que la responsabilidad recaiga sobre mí. Y algo me hace sentir terriblemente mal con ese pensamiento, no sé si es culpa o qué.

—Pero añadió que los dragones no son los únicos seres de Fabel capaces de crear oro puro. —Su comentario atrae mi atención con verdadero interés—. Y terminó diciendo que uno de mis aliados encierra la clave del éxito.

Ahí está la parte de la predicción que puede arrastrarla hacia un camino u otro en su destino.

—¿Y a qué conclusión llegaste? —pregunto.

—Al principio pensé que se refería a ti. —El temor me araña por dentro—. Pero dijo «mis aliados», y tú no eres un aliado para mí. —El dolor eclipsa cualquier temor previo y devuelvo la atención al horizonte—. Así que, en el camino de vuelta, repasé la lista de aliados posibles. Llegué a la conclusión de que debía ser alguien que participara de forma activa en la Batalla de las Reliquias, porque esos fueron mis verdaderos aliados. Y pensé en Yasmeen, en ella y Tahira convertidas en oro, pero no podemos sacar monedas de ellas, porque siguen vivas ahí dentro. Dudo mucho que eso se considere oro puro siquiera. —Asiento con los labios apretados y la mente dando vueltas y más vueltas en busca de una solución—. Luego recordé lo que dijo Gato acerca de los libros, sobre lo importantes que son y que albergan mucho conocimiento. Y creo saber a quién se refería.

Me mira de refilón y espero su respuesta, con paciencia y nervios al mismo tiempo.

—El duque De la Bête poseía una biblioteca muy extensa

y minuciosa teniendo en cuenta que esa era su segunda residencia. Quizá en su castillo en la Comarca del Espino encontremos algunas respuestas.

—¿Crees que es prudente ir en busca de su ayuda? Después del juramento de Tahira...

—Antes de que se convirtieran en oro, asumí su juramento y me comprometí a ayudarlo en nombre de ella. Y puede que, estando allí, encuentre el modo de hacerlo. Creo que a estas alturas no perdemos nada por intentarlo.

Me quedo perplejo ante sus palabras. No entiendo por qué fue tan inconsciente como para asumir la responsabilidad del juramento de sangre que Tahira contrajo con el duque por ayudarnos con el embrollo del baile del solsticio. Un juramento como ese son palabras mayores. Si la magia imbuida en ese pacto llega a la conclusión de que ha transcurrido demasiado tiempo, de que no se han puesto los esfuerzos necesarios para cumplir lo pactado, se cobrará sus palabras con sangre. Y según la magnitud de lo acordado, tendrá que sangrar más o menos. Y, por toda la magia, espero que sea lo último.

Aunque la idea no me complazca, porque el duque ahora mismo vive en una condición que lo convierte en más monstruo que humano, termino accediendo porque quiero que se libre de ese juramento cuanto antes y la ayudaré en todo lo que pueda. Después, volvemos a sumirnos en un silencio un tanto tenso que se dilata no sé cuántos minutos. Entonces se da la vuelta sobre la baranda y se deja caer a mi lado.

—Buenas noches —dice a modo de despedida.

—Espera. —La cojo de la muñeca y se gira para mirarme—. ¿Cómo me encontraste?

—Te cruzaste por delante de mi caballo —responde como si eso no hubiera podido matarla—. Y luego cabalgué hasta aquí para buscar ayuda.

Saber que puso todos sus esfuerzos por mí hace que el nudo en el pecho se afloje un poco, que algo del enfado se diluya, pero no del todo. A pesar de que el mentiroso sea yo, la que trató de asesinarme fue ella.

—Tú sí que me abandonaste —digo con recelo, retomando la conversación en un punto anterior. Ella chasquea la lengua y desliza la vista hacia el horizonte—. Me dejaste ahí tirado después de... saciarte. Terminaste y te largaste. —No puedo evitar que mis palabras vayan cargadas de desprecio y desdén.

La vergüenza trepa rauda a sus mejillas, que se ruborizan un poco.

—No fue exactamente así...

—Ah, ¿no? ¿Y entonces cómo fue? —Doy otro paso hacia ella, sin soltarla de la muñeca, consciente de cada milímetro que nos separa y del tacto suave de su piel contra mis yemas—. Porque lo que yo recuerdo es que primero querías partirme la cara y que, luego, querías que te follara. —Me mira con gesto reprobatorio y alzo la mano con inocencia exagerada—. No me malinterpretes, follar contigo es lo que más me apetece en el mundo, a todas horas. Como si quieres que lo hagamos sobre la baranda ahora mismo. Pero yo no te habría dejado tirada después de eso. Jamás.

—No pretendía darte tan fuerte, tan solo quería atontarte un poco y marcharme sin ti. Ni siquiera quería que Pulgarcita y Anabella me acompañaran. Pero no tenía fuerzas para explicarles nada, para verbalizarlo todo, y simplemente seguí adelante en automático. No me quedaba espacio para pensar en nada más.

Aprieta los puños con fuerza y algo me sugiere que es verdad, pero aún hay un tema que me quema y me revuelve demasiado por dentro como para que la ira se temple sin más.

—Me da igual que no quisieras dejarme inconsciente. Con

solo decirme que necesitabas espacio, te habría dejado marchar. Te prometí que, después de acabar con todo esto, me marcharía para siempre si es lo que querías. Darte algo de espacio no me habría costado nada en comparación. Me escuchaste decir que fui el puñetero amante del Hada Madrina y, aun así, aprovechaste el calentón para desahogarte conmigo y dejarme a mi puta suerte. Me usaste igual que me usaba ella. Y luego encima estuviste desaparecida cinco días.

Parpadea varias veces con estupefacción y sus labios se entreabren.

—No sabía que no fue...

—¿No sabías que me forzaba? No, claro que no, porque un tío siempre está dispuesto a tirarse a quien sea.

—No es eso...

—Entonces ¿qué es?

—Es que... —Resopla con frustración y se frota la cara con la mano—. Mira, cuando me enteré de tu traición, imaginé demasiadas cosas y me convencí de que eras ruin y rastrero, de que trabajabas para ella por voluntad propia. Y un siglo junto a la misma persona une demasiado. No me quería creer nada de las burdas explicaciones que me diste en la masía...

—Y que no me dejaste terminar —la interrumpo, y me fulmina con la mirada.

—Después me dijiste lo de Olivia y entré en cólera —prosigue—. Apenas si podía pensar en respirar, como para pensar en lo que estaba haciendo. Así que siento mucho haberte hecho sentir así, no lo vi de ese modo. Lo siento, de verdad. —Por la sinceridad con la que lo pronuncia, la creo—. Pero no pensé en nada, tan solo me dejé llevar por lo que mi cuerpo me pedía en cada segundo. Nada más. Y luego... simplemente me bloqueé. Me bloqueé por todo lo que pasó en tan poquísimo tiempo, por todo lo que... —Clava los ojos en mí, desconcertada, y calla.

—O sea, que no quisiste utilizarme, pero ahora te arrepientes de que nos acostáramos. —Nuestros ojos se encuentran con fiereza.

—¿De verdad eso es lo único que te importa?

—Sí, es lo único que me importa ahora mismo, porque necesito saber si de verdad querías estar *conmigo* o si te habrías tirado a cualquier persona que se cruzase en tu camino y tuviste la mala suerte de estar encerrada en una cueva conmigo.

Sus ojos vibran con intensidad y eso bien podría significar que me quiere propinar un puñetazo, pero entonces se deslizan hacia mis labios y la garganta se me seca por completo. Me fijo en su boca por pura inercia y el corazón le da un vuelco. Me muevo unos centímetros hacia delante, porque incluso el palmo que nos separa ahora me parece demasiada distancia.

No comprendo cómo puedo estar enfadado y quererla con todas mis fuerzas al mismo tiempo, pero aquí estoy, con la vista clavada en esos labios que tan bien saben y muriéndome por presionar los míos contra los suyos. Y cuando su boca se entreabre para que haga lo que nuestros cuerpos nos piden, porque nos entendemos mejor con las caricias que con las palabras, cierra los ojos en una petición silenciosa que me veo incapaz de ignorar.

Desciendo la cabeza hacia ella, despacio, con el corazón bombeando con fuerza y sin saber qué significa lo que está pasando, en qué punto nos vuelve a colocar esto. Pero eso es problema de mi yo de mañana, porque el de ahora tan solo puede pensar en nuestros alientos entremezclados, en nuestros labios que a punto están de rozarse.

Entonces Brianna da un paso atrás, con la respiración acelerada en anticipación a lo que iba a suceder, y me mira a los ojos.

—Buenas noches, Axel.

Y así, sin más, se marcha sin haber respondido a la pregunta que podría haberlo cambiado todo. Resoplo con cierta frustración, hecho un completo lío, y vuelvo hasta la baranda, donde sigue estando el pergamino arrugado en el que estaba trabajando. Y cuando lo desdoblo y lo estiro, reconozco los ojos que me devuelven la mirada, porque son los míos.

V

Salgo del balcón con el corazón tan desbocado que lo noto en los oídos, con las mejillas enrojecidas y un calor intenso en mi bajo vientre. Huyo dejando a Axel atrás, molesta por el maldito impulso que me arrastra hacia él y, al mismo tiempo, turbada por el deseo que me ha hecho cerrar los ojos, rendida a su beso. Y doy gracias por que la razón se haya impuesto sobre el placer, porque necesito algo más de tiempo para comprender qué me está pasando.

Dejarlo tirado en la cueva me costó muchísimo más de lo que estoy dispuesta a admitir, pero tenía tanto miedo por los recuerdos recuperados y por lo bien que me hizo sentir el sexo..., por lo bien que me hizo sentir *él* a pesar de todas las mentiras y el pasado juntos, que me bloqueé y reaccioné de la peor manera posible. En todos estos días, no he podido deshacerme de la sensación pegajosa de culpabilidad y me he encontrado pensando en él más de lo que me conviene.

Y este atardecer he sentido miedo, un miedo atroz cuando he percibido que algo en mi interior empezaba a difuminarse. Y no, no era la pérdida de la manada, porque la manada siempre me ha importado bien poco. Era él.

Se me revolvió el estómago con violencia y a punto estuve de vomitar de repente y sin comprender bien por qué. Y entonces esa sensación empezó a dejarme el regusto amargo característico de la despedida de un ser querido y me he vuelto loca. He recorrido el camino real con la mente en un limbo en el que tan solo podía pensar en Axel; en el que tan solo podía llamarlo en mi mente y pedirle que no se fuera en una súplica silenciosa que me mantuvo con el corazón en un puño.

Y entonces se cruzó frente a mí como un rayo atravesando un cielo desprovisto de nubes. Tan solo vi un manchurrón negro y me bastó para reconocerlo. Mi cuerpo se tranquilizó al instante, desapareció el malestar y una calma profunda me inundó por dentro; una sensación de corrección, de que todo estaba bien, difícil de explicar. Pero después de escuchar sus gemidos agónicos, ese aullido chirriante, todo volvió a ser caos y desesperación por aliviar su dolor a cualquier precio.

Esa sensación es la que me ha terminado de confirmar que sigo tan enamorada de él que duele. Y eso me aterra, porque no somos los que éramos.

A pesar de lo que ahora sé y que hace una semana no, a pesar de lo que nos rodea, tampoco me he atrevido a decirle la verdad, que lo recuerdo todo, y he fingido desconocimiento para ver si él seguía mintiéndome. Para comprobar hasta dónde llegaba su compromiso. Y eso me ha conducido directamente a verme como una maldita hipócrita, porque le exijo sinceridad y ahora yo le estoy haciendo lo mismo. No obstante, aún no me siento preparada para confiar en él y decírselo, porque tampoco sé qué quiero hacer con nuestra relación, si estoy dispuesta a luchar para perdonarlo o no. No sé si estoy dispuesta a recuperar a mi compañero.

Y aunque estoy convencida de que hice bien al no preguntarle al Oráculo acerca de Axel para ayudarme a comprender mis sentimientos actuales, una parte de mí se muere por saber qué podría haber vaticinado, si eso me habría ayudado a decidirme, y se arrepiente de no haber seguido ese camino. Porque quizá todo habría sido más fácil con una predicción como guía.

Ahora lo único que puedo hacer es continuar avanzando por el camino que el destino quiera llevarnos y cruzar los dedos para que mi teoría sea cierta y que el Espejo de Regina se refiriera al duque y no a Axel. Porque si Axel encierra la clave para resolver todo esto y está ocultándomelo de nuevo..., tengo la certeza de que acabaría con él.

28

No es ninguna novedad que esta noche tampoco haya conseguido pegar ojo. Me metí en la cama con un calentón que ni en mi época de adolescente y, para mi alivio, eso hizo que el sueño, al principio, fuera de lo más interesante y divertido. Hasta que dejó de serlo y me vi arrastrado, una vez más, a las pesadillas.

La de anoche empezó con Brianna y conmigo compartiendo cama en Nueva Agrabah, aquel dulce momento de calma en el que el muro entre nosotros se resquebrajó por primera vez, a pesar de que pocos días antes hubiera intentado matarme, y le hablé de nuestro clan. Para mi alivio, en el sueño no apareció la parte en la que acababa de reunirme con el Hada para darle mi primer informe sobre la situación, para contarle todo lo que había descubierto por el momento.

Creo que aquella fue la primera ocasión en la que le mentí al Hada de una forma tan descarada, porque me tocó fingir que no había recordado mi pasado y controlar los impulsos asesinos del animal dentro de mí. Y ese informe..., Luna misericordiosa, cuánto me costó ponerla al tanto del estado de la misión habiendo recordado quién era Brianna para mí y lo que significaban mis actos. No obstante, a esas alturas de la misión me sentía demasiado perdido todavía, así que acepté de buen grado la invitación al baile del solsticio de invierno que me entregó el Hada para que condujera a Brianna hacia nuestro siguiente objetivo.

En la parte buena del sueño, compartiendo cama con Brianna, no hubo reproches, ceños fruncidos ni palabras mal pronunciadas, tan solo hubo espacio para los besos y las caricias, para los mordiscos y los arañazos luego. Y los jadeos, benditos jadeos y gemidos que me arrancan un escalofrío solo de recordarlos. Porque su voz pronunciando mi nombre en medio del éxtasis es como un cántico glorioso imbuido con la mayor de las magias del que nunca me cansaré y al que nunca me acostumbraré.

Pero, como era de esperar, ese polvo memorable no duró más de unos minutos, porque justo después apareció la Reina de Corazones para sacarme de la cama a rastras y llevarme al País de las Maravillas. Y automáticamente me di cuenta de que se trataba de la reina mala, y no la que parece mostrar mejor cara en contadas ocasiones, porque a pesar de saber que fue una pesadilla de las duras, apenas recuerdo nada.

Me desperté al alba, bastante consternado por esa falta de recuerdos, porque tengo la sensación de que, poco a poco, ella va teniendo más control sobre mí. Y me aterra hablar más de la cuenta y que eso suponga un peligro para las personas que me importan. Lo bueno —porque si no le veo algo bueno a esta situación me volveré loco— es que esa tortura en sueño me debió de haber subido la temperatura corporal y sané más rápido. Cuando salí de la cama, lo hice con el hombro en muchísimo mejor estado, casi recuperado, y me dirigí a la biblioteca para matar el tiempo leyendo y recabando algo más de información. Para mi sorpresa, ya se hallaban allí las tres y Brianna las estaba poniendo al día de su incursión en el Bosque Encantado, del Oráculo y de sus sospechas de que quizá el duque pueda saber algo.

Volvemos a jugárnoslo todo a una baza muy arriesgada, pero

no tenemos ninguna otra pista que seguir. E imagino que quien no arriesga, no gana.

Tras lo que pasó en la gruta de la Bruja del Mar, cuando literalmente estuve a punto de morir porque calculé mal el flujo con el que me iba a desangrar, le volvemos a ofrecer la posibilidad de quedarse en el palacio a Anabella.

—Vamos, no pretenderéis visitar una biblioteca más grande que esta y dejarme aquí, ¿verdad? —preguntó con diversión.

Después, reunimos las provisiones que pudiéramos necesitar y partimos a toda prisa, para no perder más tiempo y recuperar a las princesas cuanto antes. Y como sé bien lo que pueden estar sufriendo, estuve de acuerdo con irnos en ese mismo momento. Antes de partir, el Príncipe Arrogante nos informó de que la búsqueda de los naipes sigue activa, sin grandes resultados, pero que intentaría avisarnos en caso de que haya novedades. Nos han llegado informes de más cementerios saqueados, como si los estuviesen preparando para facilitar la salida de los muertos, y no consigo deshacerme de la sensación de que el tiempo se está escapando de entre nuestras manos.

En estos dos días de cabalgata hemos charlado de todo, nos hemos llegado a conocer más y, para mi sorpresa, hasta Brianna ha intervenido.

—Oye, ¿cómo es aguantar el carácter de alguien como Campanilla? —le preguntó Bri una noche, alrededor de la hoguera.

Pulgarcita se atragantó con el pedazo de carne al que se estaba enfrentando y Anabella le frotó la espalda en gesto cómplice. A mí su pregunta me arrancó una sonrisa burlona.

—Creo que no eres la más indicada para preguntarlo —le dije con sorna. Ella puso los ojos en blanco y, para mi sorpresa, no me mandó a paseo.

—Para mí no hay nada que aguantar —respondió Pulgarcita cuando las toses hubieron parado—. A fin de cuentas, eliges a la persona con la que quieres pasar tu vida sabiendo cómo es. O al menos así sucede cuando estás enamorada.

Las mejillas se le enrojecieron con el rubor y Anabella soltó un ruidito emocionado antes de sumirse en una retahíla de preguntas que Pulgarcita fue respondiendo acerca de cómo se conocieron, cuánto llevan juntas y demás cotilleos. Aunque me perdí parte de la conversación, porque las palabras de la chica me llegaron tan profundo que no pude evitar deslizar la vista hacia Brianna para encontrármela observándome del mismo modo. Y seré un completo estúpido, pero esa mirada me devolvió unas esperanzas que creía perdidas.

El segundo día de viaje se hizo más duro que el anterior porque estuvo lloviendo durante la mayor parte del camino. No hubo apenas conversaciones animadas cuando el cielo parecía querer impedirnos cumplir nuestra misión y estuvimos sumidos en nuestros pensamientos. Y los míos no hacían más que llevarme a que he perdido a mi manada y a que no consigo deshacerme de la lacra de la soledad, por mucho que últimamente yo tampoco estuviera demasiado unido al clan.

Desde que perdí a Olivia, me distancié mucho de ellos a nivel sentimental, sobre todo para mantener mi fachada. Pero antes de eso fueron mi familia. Fueron los que cuidaron de Liv y de mí cuando nuestros padres murieron poco después de las revueltas por las heladas en las que fallecieron los padres de Brianna. Fueron ellos quienes nos consolaron y quienes nos guiaron para ser los lobos en los que nos hemos convertido. «En el que me he convertido», me obligo a rectificar. Ojalá Olivia siga viva, esté donde esté, y pueda recuperar ese pedacito de mi manada aunque sea. Porque ahora me siento desamparado, siento que falta algo y que nunca llegaré a estar completo. Y estoy deseando acabar con esta misión para tener tiempo de lamerme las heridas y descubrir en qué punto estoy conmigo mismo.

Qué rápido acabaríamos con todo si hubiéramos podido seguir contando con la ayuda de Alfombra, pero la sultana Yasmeen ya nos lo dejó muy claro cuando nos la cedió: solo respondería ante la *djinn*, y con Tahira convertida en oro... La piel se me erizó al pensar en lo que me contó Pulgarcita en la reunión a la que se presentó la Reina de Corazones. Me pregunté si verse convertidas en estatuas de oro será peor que un letargo. ¿Qué le pasará a la mente ahí dentro, recluida? Porque con el sueño inducido, aunque el cuerpo no es consciente de nada —o eso creía hasta hace una semana larga—, la mente vive por su cuenta en esa vorágine de pesadillas y tormentos. ¿Y si ellas sufren eso al mismo tiempo que se percatan de lo que las rodea? No quiero ni pensarlo.

De forma irremediable, me fijé en Brianna, que iba por delante, abriendo la marcha, mientras que yo la cerraba. Imagino que no tuvo que ser fácil condenar a la sultana al mismo destino que la *djinn*. Incluso ella, que tan de piedra ha demostrado ser en muchas ocasiones, debe de sentir algo al respecto, al igual que sé que la tortura la trastocó más de lo que creyó en un primer momento.

Según me explicó Pulgarcita en aquella misma conversación, Bri prometió encontrar la forma de librarlas de ese hechizo, y desconozco si fue algo impulsivo o si de verdad tiene intención de cumplir su palabra. Brianna hizo demasiadas promesas para mi gusto, teniendo en cuenta que sé bien lo mal que pueden salir ese tipo de jugadas que te unen a otra persona.

Poco después de partir, cruzamos la frontera y el paisaje cambió de vida exuberante a muerte mirásemos donde mirásemos, y con la lluvia, el terreno se volvió mucho más inestable. No es la primera vez que vengo al reino vecino, pero siempre me genera una sensación de rechazo y cierta angustia.

Apenas hay vida animal, y los pocos que sobreviven son

agresivos y temperamentales, y eso me hace estar en constante alerta. Por no hablar de que la vegetación, conformada en su totalidad por ramas, es de lo más tétrica y espeluznante. Además, incluso estando tan lejos de la capital de la comarca, por el suelo sobrevuela la extraña neblina verdosa que cubre todo este reino, estragos de la magia de Maléfica durante tantos años en el poder.

La última vez que estuve aquí lo hice en mi forma de lobo, sin cambiar en ningún momento, mientras seguía a Tahira y a Brianna de camino a la fortaleza de Antaria, la capital de la comarca. Y no me resulta agradable pensar en eso, en por qué tuve que venir solo y todo lo que conllevó. Aún recuerdo el miedo que sentí al ver a Maléfica convertida en dragón, paralizado por lo que estaba presenciando, porque llegué cuando el caos ya se había hecho dueño y señor de la situación. Había muertos por doquier, y me horrorizaba la idea de que Brianna hubiese hecho todo eso; que se hubiese dejado arrastrar de una forma tan visceral por el instinto asesino. Ahí fue cuando pensé, por primera vez, que nunca conseguiría recuperarla, porque estaba tan emponzoñada por las mentiras que había rechazado su humanidad.

Para mi alivio, luego descubrí que los soldados de Maléfica ni siquiera habían estado vivos, que eran como cáscaras movidas por los hilos de su magia, y esa sensación se diluyó un poco. Lo que no lo hizo fue encontrarme con el Hada Madrina observando la batalla contra el dragón, apoyada contra la pared en gesto distendido, escondida entre las sombras y disfrutando del horror de la muerte. Intenté evadirla y seguir buscando a Brianna, porque el vínculo me decía que no se encontraba bien, que estaba sufriendo demasiado, pero el Hada siempre fue capaz de percibirme, incluso aunque me hubiera deshecho ya del colgante de cuarzo mediante el cual nos comunicábamos.

—De no ser por ti, nada de esto sería posible, así que te doy las gracias —me dijo con una sonrisa maliciosa y satisfecha—. Y ahora el fin está cerca.

Se dio la vuelta hacia mí y sus labios se estiraron aún más un segundo antes de desaparecer frente a mis ojos, envuelta en una neblina azul. Aullé con toda la rabia que me corroía por dentro y tiré del vínculo para encontrar a Brianna a cualquier coste, aunque eso supusiera mi propia muerte por enfrentarme de forma tan abierta al Hada. Pero cuando llegué a lo alto del torreón en el que creía que estaba, lo encontré vacío, con una vidriera rota y el intenso olor de la magia revoloteando por el ambiente. Ni rastro de Brianna, ni del Hada, ni del dragón, ni de las hadas. No quedó nada.

Y llegar hasta ella tras eso fue... agotador. Después de buscarla de forma tan desesperada y llegar justo para la Batalla de las Reliquias, donde el vínculo me resultó de poca ayuda entre tanto estímulo, muerte y olores desagradables, cuando por fin la vi estaba a los pies del Hada, en el suelo, llena de sangre, tinta, tierra y con el rostro magullado. La ira y la necesidad de protegerla a cualquier precio me cegaron. No me extraña que errase al lanzarle la daga y que me pillase un poco desprevenido, porque estaba demasiado alterado y extenuado para pensar con claridad.

Y entonces vi a Brianna levantarse con la misma rabia y fiereza que me corría a mí por las venas, dispuesta a acabar con ella incluso pagando el mismo precio que yo estaba dispuesto a pagar. Justo ahí todo se volvió negro y pesadillas, volutas de sombras que me asfixiaban y torturaban.

A pesar de lo que hemos pasado, siento una pequeña chispa que me aterra.

Por el día, incluso habiendo perdido a la bestia, hasta ahora se ha seguido mostrando esquiva, altiva, resentida, dolida..., y no se lo reprocho, está en su derecho, pero lo de por las noches... es como volver a estar cerca de la antigua Brianna.

La esperanza intenta hacerse un hueco en mi pecho, cada vez empujando con más fuerza, y me resulta extenuante luchar contra ese sentimiento todo el tiempo, porque sé que el muro entre nosotros sigue siendo infranqueable y quizá siga así para siempre. Y si pierdo de vista ese pensamiento, acabará destrozándome por el camino. Esta vez de verdad.

Sí, la amo con cada fibra de mi ser. Pero no puedo permitirme olvidar que le he hecho muchísimo daño. Y aunque a mí me resulten hermosas las cicatrices de la carne, no todo el mundo está conforme con esas marcas, mucho menos si son en el alma.

29

Es la última noche que pasaremos a la intemperie, y es la más fría de todas con diferencia, antes de llegar al castillo del duque De la Bête. O al menos tenemos las esperanzas puestas en que no nos repudie y nos eche de una patada nada más vernos, que sería lo que nos merecemos. Por suerte, después del equinoccio de mañana, que coincide con la luna llena, las temperaturas empezarán a subir con rapidez y las noches a la intemperie no serán tan tortuosas.

Después de montar el campamento, Pulgarcita saca las últimas provisiones del caballo de Brianna y las reparte para dar buena cuenta de la cena. Estamos tan cansados tras el día entero cabalgando, tan entumecidos por el frío, que apenas conversamos, algo totalmente propio de Brianna, pero no de las otras chicas. Entonces me doy cuenta de que bajo los ojos de Pulgarcita hay unas profundas ojeras moradas y de que su piel está un tanto pálida.

—¿Te encuentras bien? —le pregunto, preocupado por su estado.

Brianna me mira con el ceño fruncido, pero la aludida lo hace con sorpresa, como si mi pregunta la hubiese pillado desprevenida.

—Ah, sí. Es que llevo un par de días sin dormir bien. Nunca me ha gustado la Comarca del Espino, me da mala espina.

—¡Ja! —Ahora el que se sobresalta soy yo—. «Mala espina».

—Brianna hace un gesto con los dedos como para preguntarme si lo he pillado o no, pero me ha sorprendido tanto esa muestra de diversión pura que me quedo atónito.

—Es un chiste malísimo, Roja —comenta Anabella con una sonrisa velada.

—Lo ha dicho ella, no yo —responde con la boca llena de pan y carne seca.

Las comisuras de Pulgarcita se elevan aún más, disfrutando de este momento cómplice tan peculiar, y luego devuelve su atención a mí con un suspiro lánguido.

—El caso es que estar aquí no me deja pegar ojo por las noches.

—¿En la Hondonada también os contaban historias para no dormir? —pregunta Anabella con un brillo emocionado y casi enfermizo en los ojos.

Asiente con la cabeza mientras termina de tragar.

—Sí, pero nuestras historias de terror se centraban en los gigantes, y dudo mucho que eso llegase a existir nunca, así que no es lo que me preocupa. —No me extraña nada que a las hadas, unos seres tan diminutos, se las asustase con su antítesis transformado en descomunales criaturas tan altas como árboles. Y ese pensamiento me arranca una sonrisa divertida—. Es culpa de mis muchos años viviendo en Poveste. Esa gente tiene una imaginación demasiado desbordante, capaz de idear criaturas de pesadilla que, dicen, se esconden en las sombras de este reino. Eso sí que da miedo.

—Bueno, vuestro folklore no se queda atrás, ¿eh? —interviene Anabella—. He leído cada cosa que luego no me ha dejado dormir...

—¿Como qué? —pregunta Brianna con renovado interés.

—Como... las criaturas como Maléfica. —Pulgarcita a duras penas reprime un escalofrío.

—Pero viven en la tierra al norte del Bosque de la Plata, ¿no? —apunta Anabella—. Más allá de la Cordillera del Crepúsculo.

—Sí, pero solo tras La Criba —le explica.

—¿La Criba? —intervengo antes de darle un buen bocado a mi trozo de pan negro—. No me suena de nada.

—Porque fue mucho antes de que cualquiera de nuestros antepasados estuviera pensado siquiera. Antes de que el ser común se hiciera con el control de los Tres Reinos y de las tierras conscientes, toda Fabel estaba habitada por criaturas como yo o como tú. —Me señala—. Seres diferentes, seres con otra condición a lo que comúnmente hoy se conoce como «normal», a los humanos. —Desliza la vista hacia Anabella y comparten una sonrisa.

—Cambiaformas, brucolacos, trasgos, trolls, elfos, gnomos, enanos... y hadas, por supuesto —la releva la bibliotecaria.

—No tengo ni la más mínima idea de lo que están hablando —dice Brianna mirándome fijamente.

—Yo tampoco.

Pulgarcita sonríe aún más, divertida, y se limpia las manos en los pantalones antes de recolocarse mejor contra el tronco en el que tiene la espalda apoyada.

—Antes de La Criba, seres de todo tipo, muchos de pesadilla, vivían en el corazón de Fabel, no solo en la periferia. El problema de los feéricos es que a veces somos... «muy».

—¿Muy? —inquiere Brianna.

—Sí, muy todo, en general. Alocados, calmados, acaparadores, bondadosos. Todo en extremo. Y los extremos nunca son buenos, siempre es conveniente que haya un equilibrio. El resumen rápido, según la historia, es que no había equilibrio de ningún tipo y algunos seres empezaron a creerse los dueños de Fabel. Hubo escasez de alimentos, problemas de territorio, otras razas aterrorizadas... Lo de siempre.

—Sí, me suena —comento mientras me rasco el mentón.

Pulgarcita sonríe con complicidad.

—Al final se llegó a un consenso en el que se evaluaría muy de cerca a todas las razas. Y las que no cumplieran con unos límites de convivencia, bueno...

—Serían exiliadas —completo por ella.

Asiente con cierto pesar y respira hondo.

—Las hadas sobrevivimos a La Criba.

—Y los cambiaformas —apunto. Un nuevo asentimiento por su parte.

—Algunos enanos también, por ejemplo —interviene Anabella.

—¿Y qué clase de ser es Maléfica? Bueno, o qué era —se atreve a preguntar Brianna.

Un nuevo estremecimiento recorre a Pulgarcita de arriba abajo y sacude la cabeza.

—Hay muy pocos de su especie. Es una variedad distinta de hada, una mucho más antigua y cuyo nombre se perdió en el tiempo. Solo sé que fueron los que más hicieron doblegarse al resto.

—Ahora que lo dices... —medito en voz alta—, el Hada Madrina tampoco era como el resto de las hadas. Y nunca me pregunté qué era exactamente.

No me pasa desapercibida la larga mirada triste que me lanza Brianna al mencionar a la tirana. Daría lo que fuera por no saber muchas de las cosas que sé.

—Sí que era un hada, solo que no de las diminutas, como mi padre o Campanilla. Pero, por lo que nos contó la reina Áine después de la Batalla de las Reliquias, Lady Rumpelstiltskin aprendió varias cosas, como lo de los tratos mágicos, de su marido, un duendecillo que falleció muchísimo antes de la consolidación de los Tres Reinos. No me quedó claro si lo mató ella o no. Se mencionó algo de tierra, no sé si de un entierro o de alguien sepultado, la verdad.

—La obsesión por el oro también le venía de él, si mal no recuerdo.

De nuevo esa mirada de soslayo.

—No me puedo creer que alguien quisiera casarse con esa mujer —farfulla Brianna.

Sé que su comentario no tiene segundas intenciones más allá de constatar su repulsión por ella, pero un nudo se me aprieta en la garganta con el recuerdo de todo lo que tuve que hacer para ella.

—El caso es —dice Pulgarcita después de unos segundos de silencio tenso— que este sitio me da muy mal rollito y no duermo bien por las noches, pensando que un sacabuches me va a sacar de la tienda a rastras en mitad de la noche.

Brianna sonríe con malicia mientras juguetea con la punta de la daga, que no sé cuándo ha sacado.

—Piensa que estoy yo aquí para protegerte, encanto —comenta con sorna.

Anabella se ríe, divertida, y Pulgarcita bufa en respuesta y se levanta para sacudirse los pantalones.

—No te ofendas, pero me fío más de las habilidades altruistas de él que de las tuyas.

Brianna me mira con el ceño fruncido y se fija un instante de más en mi sonrisa suficiente, en el hoyuelo que me nace en la mejilla izquierda.

—Me voy a dormir antes de que sigamos hablando de criaturas de pesadilla.

—Sí, yo también.

—Que descanséis —digo sin perder la sonrisa.

Brianna tan solo les dedica un cabeceo y centra su atención en el jugueteo de la daga y las yemas. Está midiendo cuánto tiene que apretar antes de hacerse sangre.

Después de unos segundos de silencio, en los que aprovecho para recolocarme sobre el suelo, decido que es hora de lanzarme a mantener la conversación que llevo queriendo tener desde la noche del balcón. Mejor ahora que la oscuridad se enrosca a nuestro alrededor y se supone que va a estar más calmada, o eso espero.

—Oye, Roja...

—Qué —dice, tan tajante como siempre.

«A lo mejor me equivocaba».

—Me gustaría que me dijeras la verdad con respecto a una cosa. —Suelta una carcajada seca y finge limpiarse una lágrima antes de mirarme—. Vale, puede que mis palabras no hayan sido las más adecuadas dada la situación, pero es lo que necesito ahora mismo.

—¿Y tiene que importarme lo que necesites?

—Debería.

—¿Porque...?

«Porque soy tu esposo. Porque eres mi vínculo. Porque soy tu compañero».

—Porque estamos trabajando juntos. Y la vez anterior ya llegamos a la conclusión de que más nos vale construir cierta confianza para que las cosas salgan bien.

—Se te dio a las mil maravillas eso de hacer que confiara en ti. *Tanto* que ni me di cuenta de que me la estabas pegando por la espalda.

Aprieto los dientes ante el golpe bajo, aunque me lo merezco.

—Puede que el fin no justifique los medios, pero no salió tan mal, dentro de lo que cabe. Te convertiste en la Rompemaleficios.

—¿Y eso fue gracias a ti?

—¿Sí?

Me estoy metiendo en un pozo de mierda yo solito, pero no puedo evitar picarla y darle respuestas cargadas de sarcasmo.

—¿Qué quieres saber?

Que decida ignorar mi pulla no sé si me alivia o si me preocupa.

—La otra noche estuvimos hablando de algunas de las cosas que implica ser alfa. —Asiente, de mal humor—. Pero hay algo más que necesito saber si pasó o no.

Silencio, tan solo quebrado por el crepitar de la hoguera.

—Te escucho.

—Cuando casi te embestí en mi forma de lobo y bajaste a por mí... —Por toda la magia, qué complicado me está resultando poner esto en palabras—. Me dio la sensación de que oíste mis pensamientos.

Brianna se queda muy quieta un segundo y después, despacio, fija la vista en el hipnótico baile del fuego frente a nosotros.

—Fue intuición —murmura de mala gana.

Creo que está mintiendo de nuevo. Y empieza a preocuparme que hayan cambiado las tornas en cuanto a embustes se refiere.

—Te he pedido que me dijeras la verdad —susurro en tono serio. Que sus ojos busquen los míos me confirma que me ha oído.

—No te he mentido. —Arqueo una ceja y chasquea la lengua—. No del todo. —Se toma unos segundos para pensar—. Simplemente supe qué intentabas decirme.

El corazón me da un vuelco por lo mucho que significa eso: que a pesar de todo por lo que hemos pasado, no está rechazando el vínculo, sino que se está dejando atraer por él. Aunque no sepa si realmente me oyó o si fue mera intuición, como dice, esto es un paso. Uno tan grande que no puedo evitar que la esperanza haga un nido en mi pecho.

—¿Es por lo de ser pareja alfa? —pregunta mirándome de soslayo, la mandíbula tensa.

Puede que me haya emocionado demasiado rápido, porque mi respuesta bien podría echarlo todo por tierra, así que me limito a negar con la cabeza, dividiendo mi mirada entre el fuego y ella, cuyo rostro de facciones delicadas refulge con los tonos anaranjados de la hoguera.

—¿Es por lo de estar casados? —pregunta con cautela, y juraría que con cierto temor también.

La garganta se me cierra y aunque quisiera responderle con palabras —que no es el caso, porque no me atrevo—, no podría. La respuesta llega en forma de cabeceo de lado a lado, y espero que entienda que significa un «más o menos».

—¿Por qué no me lo dijiste? —A pesar de que intente reprimirlo, su timbre va cargado de un deje de dolor que me atraviesa las costillas.

—¿Cómo habrías reaccionado si de buenas a primeras te hubiera dicho que somos marido y mujer?

Brianna esboza una sonrisa incrédula y clava el puñal en la tierra.

—Te habría matado.

Su comentario me divierte y las comisuras se me elevan en una media sonrisa.

—Creo que cualquier decisión que hubiera tomado entonces habría llevado al mismo punto: a que *intentaras* matarme.

La diversión trepa hasta sus ojos, que chispean con malicia.

—Es más que probable.

Callamos unos segundos en los que la sonrisa se le desvanece y su rostro adopta un gesto un tanto lúgubre y cargado de rencor.

—Siento haberte mentido de esa forma, Brianna —susurro en una disculpa tan sincera que ni siquiera la he visto venir. Ella alza la vista con rapidez, sus ojos atraídos por los míos—. Siento haberte hecho creer que eras responsable de la muerte de Olivia. Pero al principio simplemente pensé que te merecías todo eso, porque sentía resquemor hacia ti por haber atacado a mi hermana. A pesar de que me devolviste los recuerdos, después de un siglo viéndote por Poveste como si nada, de considerarte una asesina despiadada..., me costaba borrar ese resquemor, incluso sabiendo que eres mi esposa. Porque de no ser por el Hada Madrina, Olivia habría muerto.

Sobrepasada por lo que eso supone, Brianna mira el fuego, sin parpadear. Los ojos le brillan con intensidad. Y sé que ahora que he empezado, no puedo parar.

—Y después, no supe cómo manejar la situación, cómo llevarte hasta donde yo creía que debías llegar sin que empezaras a desconfiar de mí y sin que el Hada lo descubriera todo y nos quitara de en medio a los cuatro. Incluso tras tantos años trabajando con ella, desconozco cómo lo hacía, porque no creo que su magia fuera tan poderosa, pero se convirtió en la dueña del tiempo, literalmente. Se pasó ese siglo despachando a posibles diamantes en bruto sin inmutarse. Y pensar que ese pudiera ser también tu final me dio demasiado miedo. —Callo un instante para recobrar el aliento, un tanto acelerado por la carrerilla al hablar de seguido—. Y fui un cobarde.

Levanta la vista despacio y clava los ojos en mí, escrutadores y jueces.

—No hay otra palabra para describir lo que fui. —Aprieto los puños para controlar mis sentimientos—. Tuve miedo de las mil formas en las que podría haberte perdido.

—Y me perdiste de todos modos.

Siento sus palabras atravesándome el pecho y el aire se me

atasca en los pulmones. Cierro los ojos con fuerza y cojo aire despacio para intentar poner en orden mis pensamientos antes de volver a abrirlos.

—Sí. Y es de la única decisión de la que me arrepiento después de más de un siglo de existencia consciente.

Sin poder remediarlo, me pierdo en esa pradera verde que son sus iris, como embrujado por ellos; un hechizo fruto de la intimidad de mis confesiones entremezclada con el ambiente tétrico que nos rodea. E incluso con todos mis años de vivencias, tengo la certeza de que jamás he visto magia más esplendorosa que la que posee el mar de malaquita que me devuelve la mirada.

—Escucha, Axel... —De nuevo esa sensación de que me falta el aliento—. Sé que nunca olvidaré lo que me hiciste. Lo que nos hemos hecho. Esa certeza la tengo grabada aquí dentro. —Se lleva la palma al pecho y trago saliva despacio, con el temor arraigado en las muelas—. Pero no estoy tan segura de no poder perdonarte en algún momento.

Me quedo estupefacto por la sorpresa de sus palabras, por esa hebra de esperanza real y tangible que ha tendido hacia mí. Y me aferro a ella con tantas fuerzas que el pecho me duele al respirar. Después de lo que le he hecho, no está todo perdido.

Benditos sean los motivos por los que Luna decidió que nuestros caminos se cruzaran, porque tengo la certeza de que ni en un millar de vidas podría merecerme a Brianna.

30

Aún no sé si la sensación de que Brianna ha pasado la noche conmigo en la tienda de campaña que he tenido al despertar es real o si ha sido fruto de una de tantas pesadillas. Cada vez son mucho más vívidas, algo que creía imposible, y me dejan más descolocado. A veces incluso despierto con la sensación de tener la boca sangrando. Y, además, olvido más fragmentos de los que me gustaría. Casi que prefiero despertar sabiendo que me ha hecho daño físico real antes que sentir que he perdido la memoria. Otra vez.

Pero esta mañana, cuando he abierto los ojos, no he tenido recuerdo alguno de haber luchado contra el mal sueño, simplemente he despertado en calma y con el convencimiento de que todo olía a madreselva y a pomelo rosado. Como ella.

Sin embargo, no me he atrevido a preguntarle por temor a que reaccionase de forma arisca, porque eso supondría reconocer que la guardia fue tan dura a causa del frío que tuvo que resignarse a entrar en la tienda y compartir calor conmigo. Y lo que más me molesta de esa sensación, más allá de no saber si es cierto o no, es haberme dormido tan profundamente que ni siquiera he sido consciente de ello.

—Hemos llegado —anuncia Brianna desde la cabecera de la marcha, señalando hacia delante.

Frente a nosotros, aún algo a lo lejos, se alza un imponente castillo que nada tiene que envidiar a los de las princesas. Con múltiples torreones y un cuerpo rectangular tallado en piedra blanca, ennegrecida por el paso del tiempo y la falta de cuidado. Las tejas son de un vívido tono terroso y las gárgolas, distintas criaturas de piedra que culminan las torres, son las encargadas de velar por la seguridad de la construcción.

Me revuelvo sobre mi yegua, dolorido por tantos días de cabalgata y tenso por cómo pueden evolucionar los acontecimientos a partir de aquí. El duque parecía ser una persona racional, pero no podemos ignorar el hecho de que es una criatura monstruosa ahora mismo, por mucho que debajo de ese pelaje, cuernos y colmillos pueda haber un buen hombre maldito.

El camino pasa a estar empedrado según nos desviamos y nos dirigimos a la entrada principal. A ambos lados de la calzada, distintas esculturas, en diferentes estados de deterioro, nos flanquean y parecen querer decirnos que nos demos la vuelta, que estamos a tiempo de marcharnos para no volver.

—¿Seguro que esto es buena idea? —pregunta Anabella con voz trémula, justo por delante de mí.

—Eso espero... —murmura Pulgarcita.

Nos sumimos en un nuevo silencio que ni siquiera los animales se atreven a romper. Los caballos suben la amplia escalinata que conduce a los enormes portones del castillo un tanto incómodos, agitando las cabezas en claros gestos de nerviosismo y en fila de a dos.

De repente, escucho los latidos demasiado desbocados de uno de los animales y me tenso, el de Brianna se encabrita y se pone de manos con un relincho profundo. En cuestión de un segundo, he saltado de mi propio caballo, que sale despavorido ante mi brusquedad, y estoy junto al de Briana, sin importarme que pueda llevarme una coz, pero eso no impide que ella resbale de la montura y caiga hacia atrás.

El tiempo parece ralentizarse a mi alrededor a causa de los estímulos. Pulgarcita suelta un alarido que revuelve más a los caballos, el de Brianna relincha con violencia, Anabella ahoga un grito. Con el corazón en un puño, hago uso de mis reflejos animales y estiro los brazos. Le rezo a Luna para cogerla de donde sea y que no acabe con la cabeza estampada contra la piedra.

Y, bendita sea la diosa, mis dedos consiguen encontrarse con la tela de la caperuza justo cuando está resbalando de la silla. Tiro hacia mí con fuerza y cambio la dirección de su caída lo suficiente como para que, en lugar de hacerlo de espaldas, venza hacia mi lado. Brianna suelta las riendas para no quedar enganchada con ellas y levanta las manos hacia mí. Mis brazos envuelven los suyos a medida que caemos hacia atrás por la inercia.

El impacto contra la piedra con el cuerpo de Brianna cayendo sobre mí me arrebata el aliento de los pulmones y me deja en *shock* unos segundos, boqueando en busca de aire. Siento un ardor en la espalda que nada tiene que ver con lo que estoy acostumbrado a causa del cambio. Las aristas del adoquinado mal empedrado se me clavan en la piel y músculos y noto todo el peso de Brianna sobre mí.

Entonces se alivia la presión del pecho y consigo llenar los pulmones de aire en una aspiración profunda que me arranca una tos.

El tiempo retoma su cauce y parpadeo varias veces. El rostro de Brianna aparece en mi campo de visión y creo que está hablando, pero tardo unos instantes en entender lo que dice.

—... respóndeme —pide con voz un tanto temblorosa mientras sus ojos viajan frenéticos desde mi rostro hacia mi cuello, de donde sale una mano, su pequeña mano, después de haber comprobado si me he hecho sangre.

—¿Está bien? —pregunta Pulgarcita junto a nosotros, con los ojos vidriosos.

La temperatura de mi cuerpo empieza a aumentar y sé que será cuestión de un par de minutos que me recupere, así que me incorporo; Brianna me agarra de los antebrazos para ayudarme a sentarme y no consigo apartar la vista de esos iris preocupados.

—Estoy bien... —digo con un quejido—. Solo ha sido un golpe.

Siento las manos de Pulgarcita escarbando en mi pelo en busca de alguna herida, de un rastro de sangre.

—Que estoy bien...

Aparece frente a mí, aparta a Brianna y el contacto de nuestros brazos entrelazados se rompe. Ahora no estoy tan bien, pero me lo callo. La chica planta un dedo frente a mis ojos y me pide que, con la vista, siga los movimientos que hace. Sin poder remediarlo, esbozo una sonrisa.

—Te he dicho que estoy bien.

La agarro de las manos y hago que las baje.

—¡Está bien! —grita Pulgarcita para que Anabella, que se encuentra al final del camino de adoquines con los dos caballos que nos quedan, se entere.

—Sonó como un melón partiéndose contra el suelo —dice Brianna, con los brazos cruzados ante el pecho y los labios bien apretados.

—Bueno, pues ya ves que estoy de una pieza.

Me levanto con un quejido y me sacudo las manos en el pantalón, un tanto a la espera de que me dé las gracias o algo, mientras Pulgarcita regresa con Anabella para ayudarla con los dos caballos.

—¿Qué? —pregunta con una ceja arqueada.

—¿Cómo que «qué»? —digo con incredulidad—. Estaría bien escuchar un «gracias».

—¿Por qué?

Me froto la cara, hastiado.

—¿Por qué eres tan cabezota?

Alza una ceja y sus labios se curvan en una sonrisa socarrona.

—Este suceso ha demostrado que el de la cabeza dura eres tú, no yo.

Y sin darme ocasión a replicar, pasa junto a mí en dirección a las chicas, murmurando un «gracias» tan bajito que apenas lo oigo, pero que me sabe a victoria.

—Hay que dejarlos aquí —comenta la medio hada.

—¿Por qué? —pregunta Anabella, con voz temblorosa.

—Porque no se sienten cómodos.

—¿Te lo han dicho? —Las tres me miran y Pulgarcita asiente.

—Aquí hay mucha magia, sienten a una criatura extraña, y no quieren avanzar más.

Pulgarcita acaricia el morro de su caballo y le quita la brida.

—Les he pedido que nos esperen aquí, que no se vayan lejos.

—¿Y confías en que lo vayan a hacer? —pregunta Brianna con escepticismo—. Ya has visto qué ha pasado con los otros dos.

—Los animales no mienten, no está en su naturaleza. Eso es algo propio de las personas. —No me pasa desapercibido que tanto ella como Brianna me miran de refilón, así que cojo aire con fuerza y suspiro con resignación. Por poco tiempo que haya podido pasar, empezaba a acostumbrarme a no estar en mira de todas constantemente—. Además, según dicen Prado y Penumbra, saben volver al palacio.

—Bien, cuanto antes entremos, antes podremos marcharnos —digo, ignorando la sensación pegajosa que me recorre por dentro.

Después de llamar un par de veces, esperamos al otro lado de los portones lo que se nos antoja una eternidad. Una nube enorme y negruzca se ha puesto sobre el sol y la brisa se torna más gélida. Odio los días previos al cambio de estación, porque son demasiado impredecibles. Hace unos minutos estábamos disfrutando de un sol cálido que nos templaba la piel en un entorno de pesadilla y ahora hasta el cielo se ha adaptado a la nueva situación.

Brianna y yo intercambiamos una mirada cargada de preocupación y tensión. Asiente y comprendo qué quiere decir. La idea de colarnos dos veces en una residencia del duque no me termina de complacer, pero necesitamos investigar en su biblioteca —si es que realmente las sospechas de Bri son ciertas— para averiguar de dónde extraer oro puro.

Respiro hondo y saco las ganzúas de mi morral.

—Procura tardar un poco menos que la última vez.

Su comentario me hace gracia, para qué negarlo.

—¿Quieres intentarlo tú? —Le ofrezco los utensilios, los mira y de nuevo a mí. Chasquea la lengua y se cruza de brazos.

—No me gustaría herir tu ego —responde, con cierta diversión mordaz.

Me río por la nariz y me pongo manos a la obra.

—¿Estáis seguros de que es prudente? —pregunta Anabella.

—No tenemos muchas más opciones —le responde Pulgarcita—. El duque lo comprenderá.

—Yo no lo tengo tan claro... —murmura Brianna por lo bajo.

Me agacho frente a la puerta y examino la cerradura. Está en buen estado, así que no debería tener muchos problemas para forzarla. Es un tipo de cerradura estándar, por lo que no me resulta demasiado complicado visualizar el mecanismo de cierre antes de introducir las ganzúas y empezar a trabajar.

—Es para hoy... —se queja Brianna junto a mi oído.

Su aliento contra mi cuello me estremece y a punto estoy de perder el trabajo que llevo hecho, pero sentir que me desconcentra me divierte, por estúpido que pueda parecer, y me arranca una sonrisa burlona.

—Lo bueno se hace esperar...

La miro de soslayo, con la misma sonrisa en los labios, y ella bufa en respuesta. Me sirvo de mis herramientas para terminar de forzarla. Entonces, la cerradura emite un chasquido que me sabe a gloria y suspiro con satisfacción. Me levanto despacio, giro el picaporte y la puerta cede bajo mis manos expertas. Como no podía ser de otro modo, las bisagras emiten un alarido molesto. ¿Por qué todo lo relacionado con el duque da tan mal rollo?

—Señoritas...

—Casi mejor que vayas tú delante —dice Anabella, visiblemente incómoda.

—Por toda la magia... —suspira Brianna, exasperada, antes de poner los ojos en blanco y adelantarse—. Bella, vas mal si un simple castillo deteriorado te amilana.

El repaso que le da con la mirada, desde el interior del castillo, habría dejado helado a cualquiera.

—¿Sabes que no tienes por qué ser tan antipática? —comenta Pulgarcita con indiferencia, un paso por detrás de ella, también en el recibidor—. ¿O acaso te pagan por bordería?

Brianna se gira de golpe, con las facciones endurecidas y los ojos entrecerrados, destilando rabia. Pulgarcita le planta cara con los brazos en jarras y porte altivo, con el mentón un poco alzado para mirarla de frente. Y yo me quedo pasmado, anclado en el umbral de la puerta, sin saber bien qué decir, porque la valentía de la chica me ha dejado mudo.

Anabella, a mi lado en la puerta, se frota las palmas sobre los pantalones para secarse el sudor.

—No pasa nada, tiene razón.

—Sí, sí que pasa. —Pulgarcita no está dispuesta a dejarlo correr y, sinceramente, tengo miedo por cómo pueda terminar esto. Bien seguro que no acaba—. Ya tuvimos que aguantar su mal carácter la primera vez, e hicimos la vista gorda porque todo el peso de la misión recaía sobre sus hombros. Pero ahora esa carga la lleva él. Así que no hay excusa para que te trate así de mal. Para que *nos* trate así de mal. —Se señala a sí misma y luego a mí y aprieto los dientes con disimulo. No quiero que me incluya, porque sé que Brianna va a reconducir su odio hacia mí, ignorando por completo a la chica.

—Vuelve a insultarme si te atreves —sisea Brianna con mordacidad.

—Constatar los hechos no es insultar.

A duras penas consigo reprimir una risa por su comentario, y menos mal, porque Brianna está que echa chispas. No me queda más remedio que intervenir, pero tratar de razonar con ella es inútil, así que me adentro en el castillo, coloco la mano sobre el hombro de Pulgarcita y tiro de ella un poco para separarlas.

De repente, siento el estómago descompuesto y el lobo dentro de mí se revuelve inquieto. Es como un ramalazo de rabia inesperada que me recorre de arriba abajo, con tanta fuerza que a punto estoy de hincarle las garras en el hombro. Aparto la mano deprisa, aunque ya las he separado. Me quedo consternado unos segundos, observándolas, y respiro hondo para terminar con esto.

—No creo que sea ni el momento ni el lugar para tener esta conversación.

Brianna me dedica una mirada furibunda. Ya sabía yo que me iba a caer a mí el muerto.

—¿Es que estás de su parte?

«Sí».

—No. —Sacudo la cabeza, sin comprender de dónde ha salido ese impulso que habría complicado mucho más las cosas—. No estoy de parte de ninguna —consigo decir con algo de esfuerzo—. Solo digo que tenemos cosas más importantes que hacer que discutir en la puerta de un castillo que pretendemos allanar, por si no os habíais dado cuenta.

—Chicas, dejadlo estar, por favor.

Anabella atraviesa el umbral, con porte y tono conciliadores, pero en cuanto se coloca a mi lado, el gesto le cambia a uno más turbio y se lleva la mano al estómago. Reprime un gruñido y su respiración se acelera. Oigo su pulso encabritado y la preocupación me trepa por los brazos. Me acerco a ella y la sostengo por la cintura justo antes de que las rodillas se le doblen.

—Anabella. —Su nombre me sale en un jadeo desconcertado y tanto Brianna como Pulgarcita devuelven su atención a nosotros.

Las observo, intentando buscar una explicación a lo que está pasando. Pulgarcita se acerca y empieza a abanicarla con las manos. Brianna duda un instante, aunque se queda plantada en el sitio, contemplándome con rabia mal contenida.

—No me jodas, Brianna —le suelto de mala gana, porque he identificado esa mirada como celos puros.

Ella se queda estupefacta, pero no tiene tiempo de responder, porque todo el peso de Anabella recae sobre mí y me doy cuenta de que la cabeza se le va hacia atrás, el cuello laxo y carente de fuerza. Paso el otro brazo por sus corvas y la levanto a pulso. Se ha desmayado.

—¿Qué coño le pasa ahora? —pregunta Brianna de mal humor.

—No lo sé. Ha entrado y enseguida ha empezado a hiperventilar. Y después se ha desplomado.

—Sabía yo que iba a ser un incordio... —murmura.

—¡Roja! ¡Ya basta!

—No, ya basta las dos.

—¿Qué tal si dejáis de gritar todos? —pregunta una voz de ultratumba desde lo alto de las escaleras. Los tres miramos hacia su procedencia—. He de decir que como ladrones dejáis mucho que desear.

31

Muy despacio, sin apartar la vista de la escena ni un momento, con los labios retraídos y arañando el mármol del pasamanos según desciende, el duque De la Bête se acerca a nosotros como un depredador arrinconando a su presa. No me pasa desapercibido que su atención recae mayoritariamente en Brianna, quien tiene un pacto por extensión con él.

—Es humana, ¿verdad? —pregunta con desdén cuando ha llegado junto a nosotros, con una zarpa señalando el cuerpo entre mis brazos.

—Así es, duque —dice Pulgarcita, un poco más calmada—. Estaba bien y, de repente, se ha desmayado. No sabemos qué le ha pasado.

—Yo sí. Es el castillo.

—¿Os importaría conducirnos a algún lugar en el que pueda dejarla? —intervengo, un tanto incómodo por estar sosteniendo el peso muerto de Anabella entre mis brazos, por mucho que no pese demasiado.

—¿Por qué iba a hacer tal cosa cuando es la segunda vez que allanáis una de mis propiedades?

—Porque os conviene tenernos de vuestra parte —suelta Brianna, tan mordaz como siempre.

—Ah, ¿sí?

Sus palabras salen acompañadas de un gruñido gutural y animal que me pone en alerta y despierta todos mis instintos, porque es una clara amenaza. Y a menos que suelte a Anabella de golpe, no voy a poder hacer nada si la cosa se pone fea. Aprieto los dientes e intento ignorar el revoloteo extraño de mis entrañas. Es como si de repente tuviera una indigestión que me pusiera de mal humor, pero apenas hemos desayunado nada. No lo entiendo.

Pulgarcita da un paso hacia delante, aunque no se atreve a interponerse entre ellos. Hacerle frente a Brianna es una cosa; encararse con el duque..., hasta yo me lo pensaría más de una vez.

—Habéis dicho que sabéis qué le sucede —comento, intentando cambiar de tema y porque los brazos empiezan a temblarme.

La atención del duque se desvía hacia mí y observa a Anabella con indiferencia.

—Es el maleficio que me retiene en esta forma y que asoló a todo mi castillo. Saca lo peor de los forasteros. A los humanos que consiguen entrar... los sobrepasa un poco.

—Es decir que, mientras esté aquí, ¿se quedará así?

Creo que el ruido que emite el duque es una risa cascada, pero apenas si lo intuyo.

—No. En unos minutos, en cuanto su cuerpo se acostumbre a la magia que nos rodea, despertará y le afectará como a todos.

—¿Y cómo se supone que nos está afectando a los demás? —pregunta Brianna, con una ceja alzada.

El duque la estudia con arrogancia y a mí me hierve la sangre. ¿Con qué derecho se cree a mirarla con tanta superioridad?

—Odio, rabia, rencor... Todo lo negativo que una persona es capaz de sentir se agolpa y sale a la luz. Como ya os he dicho, saca lo peor de la gente.

¿Significa la pregunta de Brianna que a ella no le afecta? ¿Será un efecto secundario de haber vivido con la bestia?

—Duque, tenemos que hablar con vos —digo, con tono autoritario—. Si después de escucharnos queréis que nos vayamos, así lo haremos.

Brianna me observa con el ceño fruncido, visiblemente contrariada por mis palabras. Y me da igual, la verdad.

—Deberíais aprender a sacaros las castañas del fuego solos —refunfuña mientras se dirige hacia la derecha, a través de un amplio pasillo.

—No os falta razón.

Recoloco a Anabella sobre mis brazos, apretando los dientes a causa del esfuerzo después de la caída, y lo seguimos en silencio. Aprovecho para observar el interior del edificio, tan lúgubre como su exterior. Al igual que su segunda residencia en el Principado de Cristal, todo está decorado con un gusto exquisito, aunque deteriorado y descuidado. Las paredes están adornadas con óleos y retablos carcomidos por el tiempo, por la luz y, algunos, atravesados por las garras del duque.

Me fijo en cómo Brianna estudia los lienzos según avanzamos por los pasillos y me pregunto si después de todo volverá a pintar. Antes se pasaba días y noches completas con un pincel o un carboncillo entre las manos, con las mejillas manchadas de pintura y ropa vieja llena de un millar de colores. Ahora, simplemente, no me la imagino con esa vitalidad. Y algo dentro de mí se constriñe con ese pensamiento.

Para ser sincero, en este último siglo yo tampoco me he dedicado demasiado a tallar madera. Pero trabajar para el Hada consumía la mayor parte de mi tiempo y mi ánimo, así que, cuando libraba, lo único que me apetecía era correr, dormir y comer. ¿Seguirá conservando el lobo de madera que le regalé en nuestra boda?

La puerta del fondo del pasillo chirría cuando el duque la abre y nos invita a pasar. El interior de la amplia estancia está iluminado por unos candelabros colocados de forma estratégica y que emiten sombras sobre las paredes forradas en terciopelo verde. En el centro de la sala, frente a una enorme chimenea en cuyo interior casi cabría sin necesidad de inclinarme, se encuentra una mesa descomunal y robusta, con las patas talladas en un patrón floral y, sobre ella, un candelabro más grande que los demás. Aunque mire donde mire el mobiliario rezuma opulencia, todo tiene ese aspecto demacrado y viejo, poco cuidado, carente de vida.

El duque señala un pequeño diván y recuesto a Anabella sobre él con toda la delicadeza que me permiten mis brazos agarrotados. Después, se acerca a la imponente mesa que preside la estancia y se sienta sobre la silla de cuero ajado, que se queja bajo su peso. En un gesto que pretende ser tranquilo, a pesar de la tensión de la ropa que rodea sus enormes brazos, entrelaza las garras frente a sí y nos observa uno a uno.

—Por lo que veo, cumplir tu palabra no se te da especialmente bien —comenta el duque con indiferencia. Brianna se crispa y cierra las manos en puños, pero su corazón sigue latiendo a la misma cadencia, en perfecta calma calculada—. ¿Acaso has intentado siquiera deshacer el maleficio de la *djinn*?

Los ojos del duque y los de ella se encuentran con rapidez y tengo la sensación de que saltan chispas entre ambos. El retortijón de mis entrañas se revuelve y sube a mi garganta, tirando de mis gruñidos más graves para que sean verbalizados, pero no me pasé la infancia entera reprimiendo impulsos animales como para que ahora un hechizo vaya a echar por tierra todo mi esfuerzo y trabajo duro.

—Estoy en ello —dice Brianna con firmeza. Y desconozco si está mintiendo o no.

—¿Igual que estás intentando deshacer el mío? —La voz del duque se agrava un par de octavas y hace que las ventanas de la estancia vibren.

Con aire distraído, agarro la empuñadura de mi espada, por si fuera necesario desenvainar. Examino al duque, su lenguaje corporal tenso y alerta, y paseo la vista por el estudio en el que nos encontramos. Cuatro ventanas y una puerta. Cinco vías de escape. Hay bastantes muebles con los que entorpecerle el paso, porque por muy monstruoso que sea, una criatura de semejante envergadura nunca va a ser más ágil que yo, mucho menos que Brianna. Que Pulgarcita... tal vez. Y sin duda alguna sería más rápido que Anabella, que ni siquiera está consciente. Si nos vemos obligados a luchar contra el duque aquí y ahora, tenemos las de perder. O al menos yo tengo las de perder, porque no estoy seguro de que Brianna fuera a preocuparse por ayudar a Pulgarcita y a Anabella.

La última vez que nos enfrentamos a él, Bri y yo nos manejamos bien, condenadamente bien, de hecho. Pero ahora... Ahora esa complicidad que nos acompañaba en la lucha no sé si saldría a la luz o si quedaría eclipsada por el dolor y el resquemor que siente hacia mí. Y eso podría costarnos la vida.

Un alarido de pavor me crispa y me doy la vuelta con el corazón acelerado, alerta. Brianna ha desenfundado una de las dagas rojas por pura inercia, y Pulgarcita se ha quedado petrificada en el sitio por lo inesperado de la interrupción.

Es Anabella la que ha gritado, ahora despierta y aterrorizada, encogida sobre el diván, con los ojos muy abiertos y el gesto descompuesto por el miedo, señalando hacia delante. Al duque.

—Mierda... —mascullo.

Creo que ninguno nos tomamos la molestia de explicarle cómo era el duque. Él, irritado por semejante desplante, se levanta y se estira cuan largo es, como un pavo real exhibiéndose.

Observo a Anabella, que estudia a la criatura que acaba de levantarse con horror: se fija en los cuernos retorcidos, en el cuerpo cubierto de pelo, en los colmillos que se escapan de su boca y en las garras, esas que podrían atravesar la mesa maciza y partirla como si fuera un mondadientes.

—¿Q-qué...? —balbucea Anabella.

Brianna resopla y enfunda su daga con hastío.

—Duque, os presento a Bella.

—Roja, ese no es... —la intenta reprender Pulgarcita, pero ella la ignora y continúa con la presentación.

—Bella, te presento al duque De la Bête, dueño y señor del castillo en el que nos encontramos.

Una conmocionada Anabella nos mira uno a uno, intentando evitar que sus ojos se encuentren con los de la criatura. Y creo que vernos tan calmados, a pesar de estar en alerta por su chillido, es lo que hace que sus pulsaciones se vayan ralentizando poco a poco.

Cuando la razón se impone sobre su temor, baja del diván, le da un par de palmadas para limpiar lo que sus zapatillas hayan podido ensuciar y se atusa los ropajes para intentar causar buena impresión. Aunque va tarde.

—S-siento mucho haber reaccionado así. —La voz le sale trémula pero firme. De varias zancadas, pasa junto a nosotros y se planta frente a la mesa, con la mano extendida hacia él—. Es un honor conoceros, duque.

Observamos la estampa como quienes acuden a un circo, con gestos variopintos. Brianna es la que se lo está pasando pipa. Pulgarcita la mira con preocupación maternal. Y Anabella ni siquiera se ha tomado la molestia de corregirla y presentarse por su verdadero nombre. La pobre tiene que seguir conmocionada a pesar del esfuerzo que está haciendo para no parecerlo.

El duque estudia la palma extendida frente a él y alarga la

zarpa para estrecharla con una delicadeza inusual en una criatura como él.

—El honor es mío, Bella.

No me pasa desapercibido que a ella la trata con cortesía y respeto. Interesante...

Anabella vuelve a alejarse de la mesa y se queda junto al diván, un poco escondida tras mi cuerpo. Cuando pasa a mi lado, percibo a la perfección que su corazón sigue latiendo a un ritmo más acelerado del normal y que su fragancia a rosas está enturbiada por el olor del miedo.

—¿Qué necesitáis de mí? —pregunta el duque, con cierto hastío, sus ojos intentando estudiar a Anabella por completo.

Miro hacia la chica por encima del hombro, con disimulo, y una idea peligrosa empieza a germinar en mi mente. ¿Y si el maleficio del duque también se rompe con un beso de amor verdadero? Cuando vuelvo la vista al frente, me percato de que Brianna también la está observando con interés y disimulo y nuestros ojos se encuentran un momento. Esa mirada me dice que ambos hemos llegado a la misma conclusión.

—Estamos buscando oro puro —le explica Pulgarcita, tomando asiento en una de las butacas frente a la mesa—. Por lo que hemos podido averiguar, el oro puro desapareció con el expolio de los dragones, quienes lo fundieron todo para moldear la Cordillera del Crepúsculo.

—Así es.

—Nos preguntábamos si vos teníais alguna pista más sobre de dónde podemos extraer ese metal.

Él frunce el ceño y se reclina sobre su silla de cuero.

—¿Por qué iba a tener yo esa información?

—Supusimos que tendríais una extensa biblioteca —añade Brianna, con los brazos cruzados sobre el pecho.

—Y la tengo. Pero todos los libros os dirán lo mismo: no

queda oro puro. Tan solo las aleaciones que los enanos consiguen sacar de las minas del Bosque Encantado. ¿Habéis hablado con ellos? —Pasea la vista por nosotros y nos quedamos callados unos segundos, porque no se nos había ocurrido esa posibilidad.

Brianna coge aire y niega con la cabeza.

—Me dijeron lo mismo —responde—, que no queda nada de oro puro en toda Fabel.

Así que su viaje al Bosque Encantado no fue solo para hablar con el Oráculo. Me complace saber que no soy el único que guarda secretos.

—¿Hablaste con ellos? —pregunta Pulgarcita, estupefacta.

—Sí, ¿acaso tienes cera en los oídos? —La chica está a punto de rebatir, movida por la rabia del castillo, pero el duque la interrumpe.

—Sí que hay alguien que podría conseguiros oro puro, aunque es... peligroso.

Oigo a Anabella contener el aliento, y da un paso más hacia mí, como si la mera mención del peligro le resultase aterradora aquí dentro. Me pregunto si esto es lo peor de ella, si en su cuerpo no habrá maldad como para que le salga por los poros y su carácter se vea transformado en uno más temeroso.

—¿Quién? —pregunta Brianna con necesidad. Ahora el corazón le late más rápido.

—No pienso ayudaros sin ciertas garantías. —La tensión asciende y Brianna entrecierra los ojos, atenta a lo que tenga que decir—. En esta ocasión, mi generosidad tendrá un precio. Si aceptáis, os ayudaré de buen grado. Pero no pienso confiar en tu palabra de nuevo.

Lo último lo escupe con acritud, con una voz grave y cavernosa que le arranca un escalofrío a Pulgarcita y a Anabella. Brianna ni se inmuta.

—Poned un precio.

—Exijo que uno de vosotros se quede aquí para garantizar que regreses para romper mi maleficio.

El corazón me da un vuelco por la posibilidad de perder a Brianna y mis ojos la observan con frenesí, incómodo y nervioso por el rumbo que pueda tomar esta conversación. No pienso dejar que se quede aquí.

Brianna lo estudia con fría calma, aunque su corazón también ha tropezado en su pecho. Entonces me doy cuenta de que el duque ha dado por sentado que ella no se va a quedar, o al menos que no quiere tenerla aquí tanto tiempo.

—Me quedaré yo —dice Pulgarcita con convicción.

—No, te necesitamos —la interrumpe Brianna, tajante—. Tus conocimientos sobre botánica y medicina pueden suponer la diferencia entre la vida y la muerte.

Pulgarcita boquea un par de veces, turbada por las palabras de Brianna, y siento un nudo en el pecho. Nuestros ojos se encuentran y cojo aire despacio. La decisión es evidente.

—Yo me quedaré con vos, duque.

Pensar en separarme de Brianna me genera ansiedad y siento el vínculo revuelto, inquieto dentro de mí. No sé cuánto tiempo podríamos estar separados, ni siquiera sé si conseguiría mantener mi palabra y dejar que se marchase o si me encontraría buscándola cuando menos me lo esperara, como ya ha pasado antes. Pero es la única solución que veo.

Una mano delicada se posa sobre mi hombro y la miro.

—Axel no puede quedarse —dice Anabella, intentando que no le tiemble la voz—. Es clave en el lugar al que tendréis que ir.

—Compartimos un vistazo cómplice. La chica niega con resignación y deja caer la mano a un lado. Con una entereza que no le había visto desde que la conozco, alza la vista hacia el duque y se la sostiene con convicción—. Yo me quedaré con vos a la espera de que regresen.

El silencio que nos envuelve es tenso, porque aunque haya cierta intención de decirle que no podemos dejarla atrás, desde un punto de vista racional es la mejor opción. El duque la mira de arriba abajo y aprieta los labios. Desconozco cómo no se clava los colmillos en el proceso.

—Está bien.

Con la respiración un tanto acelerada, Anabella pasa junto a mí y se sienta en la butaca libre. La mano le tiembla cuando la coloca sobre el reposabrazos.

—Ahora decidnos lo que sabéis —le espeta Brianna. Diría que está molesta por tener que dejar a su *Bella* aquí, pero eso sería más propio de la antigua Bri, no de Roja.

—Cuenta la leyenda que entre las nubes hay un castillo regentado por el hombre más avaro conocido en toda Fabel, uno cuyas riquezas escapan a cualquier entendimiento. No obstante, no sé de nadie que haya regresado para confirmarlo.

—Las nubes... —murmuro para mí mismo. ¿Tendrá esto algo que ver con la predicción del Oráculo? La mirada de Brianna se encuentra con la mía y cabecea en señal de asentimiento.

—Es decir —comenta Brianna—, que sí que se puede llegar hasta ese reino entre las nubes. —No me sorprende que omita la parte de que nadie ha vuelto nunca.

El duque chasquea la lengua, o eso creo, y ladea la cabeza.

—Sí, en el sentido estricto de las palabras, se puede llegar hasta allí. Pero desconozco qué os puede esperar entre las nubes más allá de un hombre malo y codicioso que fue expulsado de Fabel por sus malas prácticas y sus crueles experimentos.

—¿Experimentos? —interviene Pulgarcita, preocupada.

—Se dice que experimentó con todo tipo de criaturas hasta que dio con la fórmula de conseguir ese metal precioso. Me suena haber oído que logró que una gallina pusiera huevos de oro. —El duque se frota el mentón, pensativo.

Los ojos de Brianna refulgen con un brillo avaricioso.

—¿Y creéis que esa gallina podría poner huevos de oro *puro*? —pregunta Brianna.

—Podría ser.

—¿Cómo vamos a llegar hasta las nubes? —inquiero, nada convencido del rumbo que está tomando la misión—. No podemos usar a Alfombra sin Tahira.

—¿Y polvo de hadas? —propone Brianna. Ambos clavamos la vista en Pulgarcita. Anabella está demasiado ausente como para preocuparse por la situación.

—Aún no hemos conseguido generar el suficiente como para reabastecernos propiamente. Las hadas siguen recuperándose del siglo de anonimato y el árbol de la vida todavía está débil. Cuando usaron polvo para que saliéramos de la Hondonada antes de ir a Nueva Agrabah, supuso un esfuerzo tremendo para las hadas. Y aunque la reina Áine me dio un poco, por si mi vida peligra, para poder huir, no nos bastaría para todos.

Despacio, saca del bolsillo un dedal cerrado con un botón y nos lo muestra. Lo recuerdo, vi a la reina Áine entregándoselo antes de que ella y Campanilla se marcharan del palacio, y entiendo que contiene polvo de hadas. Es una cantidad irrisoria que le serviría a Pulgarcita en su tamaño diminuto. Y me alivia que la chica tenga esa posible escapatoria en caso de que sea necesario.

Brianna aprieta los labios, pensativa.

—En una aldea cerca de aquí —interviene el duque—, vivía una familia que cultivaba unas plantas que crecían tan alto que siempre se perdían entre las nubes. Hace tiempo que no veo ninguno de sus tallos por el horizonte, pero quizá os puedan ayudar.

—Por intentarlo, no tenemos nada que perder... —murmura Brianna.

—Tiempo —respondo sin pensar.

Ella frunce el ceño y luego me observa con una ceja enarcada. Aunque, mal que me pese, la situación precaria del clan ya no sea problema nuestro, los príncipes nos dieron un plazo para cumplir con todo esto antes de juzgar a Brianna por desacato. Por no hablar de que la Reina de Corazones podría presentarse en Fabel en cualquier momento y traer a los muertos consigo. Porque estoy convencido de que le queda poco para lograrlo.

—¿Acaso tienes prisa? —me pregunta ella con suspicacia.

—Tú deberías. —Ella hace un mohín—. Olvidas muy a la ligera que nos pusieron una fecha límite. Por no hablar de lo que pasará si *ella* —rehúyo la mirada interesada del duque— decide que se ha cansado de esperar. Y tampoco sabemos cuánto tiempo aguantarán los cuerpos de las princesas vacíos ahora que las villanas... no están.

Por pura inercia, acaricio el colgante que llevo al cuello y que se esconde bajo mis ropajes.

—En eso tiene razón —añade Pulgarcita.

—En ese caso, partiréis mañana —sentencia el duque, levantándose de la silla. Como si necesitase una excusa para echarnos...—. Disfrutad del banquete por el equinoccio de primavera y descansad un poco.

—¿Banquete? —pregunta Anabella, que parece haberse reenganchado a la conversación.

El duque rodea el escritorio, asintiendo, y la bibliotecaria se crispa por la nueva cercanía con la criatura.

—Así es.

—¿Van a asistir invitados de la comarca? —inquiere Brianna. Sé que los desconocidos la ponen incómoda, más aún si son numerosos, como ocurrió en el baile del solsticio.

—No, es algo más íntimo, solo para el personal del castillo y... supongo que para vosotros.

No termina de agradarle la idea, pero algo me dice que está mostrando su parte más bondadosa a pesar de que este castillo nos empuje a ser desagradables. ¿Será un acto de buena fe en deferencia a Anabella, que tendrá que quedarse aquí recluida con él?

—¿Personal? —comenta Pulgarcita, mirando hacia la puerta abierta tras nosotros—. No he visto a nadie desde que hemos llegado.

—Porque no os habéis molestado en ver, solo en mirar.

Entonces, el candelabro sobre la mesa del duque se dobla por la mitad en una sentida reverencia y todos contenemos el aliento.

32

Después de que el candelabro nos mostrara nuestros aposentos, pasamos buena parte de la tarde, tras una escasa comida en previsión de lo mucho que cenaremos, en la majestuosa biblioteca del castillo. Tal y como Brianna supuso, la biblioteca del Palacio de Cristal tiene muchísimo que envidiarle a la del duque. Según el jefe de mayordomos, un viejo reloj cascarrabias, es la mayor recopilación de libros que haya sobrevivido a la purga.

Sé que hubo lugares en los que el Hada no se atrevió a intervenir, por motivos que desconozco, y ahora que estamos dentro de este castillo, tengo la sensación de que ni ella misma quiso tener nada que ver con la magia que empapa estas paredes.

La biblioteca se encuentra en una estancia de tres pisos de altura, con una enorme claraboya de vidrieras y amplios ventanales flanqueados por espesas cortinas de terciopelo color crema, a juego con las paredes. En el techo, los frescos en tonos pasteles representan un bucólico amanecer. Las paredes, aunque llenas de polvo, están en mejor estado que el resto del castillo. Y para acceder a los pisos superiores, abiertos en el centro, hay dos escaleras de caracol que trepan por la pared hasta dos pasillos estrechos delimitados por una baranda dorada.

Anabella no fue la única que se quedó sin aliento en cuanto

pusimos un pie dentro, olvidado el mal humor que el embrujo nos hace sentir. Deambulamos por los caminos de estanterías blancas absortos, deleitándonos con la vista más que buscando información provechosa. Pasado el estupor inicial, nos enfrascamos en una nueva búsqueda, entre estornudos polvorientos y pisadas que hacían eco en la inmensidad de esta biblioteca.

Sabemos que necesitamos oro puro para pagar nuestros pasajes más allá de los mares, pero desconocemos dónde atraca el Barquero ni si de verdad eso es lo único que se nos exigirá. Así que centramos nuestros esfuerzos en eso y yo hago todo lo posible por no pensar en lo que Gato dijo acerca de que es probable que cada uno vayamos a parar a un sitio distinto.

Tengo la sensación de que andamos un poco perdidos, atajando un problema a la vez y eso, en cierto sentido, me desconcierta. Aunque durante la búsqueda de las reliquias nos enfrentamos a adversidades e imprevistos, como el follón de la trampa de monedas en la Cueva de las Maravillas, no fue nada comparado con la incertidumbre de no saber hacia dónde te conducen tus pasos. Entonces estaba todo planeado, tenía que guiar a Brianna hacia las tres reliquias y luego convencerla de que entregarle el arma forjada al Hada era la mejor solución para Fabel.

—¿Y si nos olvidamos del tema de las nubes y viajamos a Nueva Agrabah? —pregunto, con una nueva idea en mente—. En la Cueva de las Maravillas había oro por doquier, acordaos de las monedas.

Brianna levanta la vista del libro que estaba ojeando y parpadea varias veces seguidas, como si hubiese estado tan concentrada que se le hubieran secado los ojos.

—Son monedas.

—¿Y? ¿No es precisamente lo que necesitamos? ¿Monedas con las que pagar el viaje?

—Oro puro. Monedas de oro puro. —Guardamos silencio

unos segundos en los que nos observamos. Pulgarcita nos mira de hito en hito, Anabella ni siquiera ha alzado la cabeza de su lectura, tan concentrada como está, y Brianna cierra su libro con fuerza—. ¿De verdad crees que existe moneda alguna conformada por un oro tan puro que sea una rareza? Las monedas nunca han estado hechas de oro sin nada más. Por eso sobrevivieron al expolio de los dragones. —Chasqueo la lengua y vuelvo a clavar la vista en el libro que tengo delante—. Además, de ser así, los enanos me lo habrían dicho.

—¿Te fías de esos siete chiflados? —pregunta Pulgarcita.

—¿Por qué no iba a hacerlo? —Brianna se encoge de hombros—. Ya no es solo que el duque nos haya confirmado lo que ellos me dijeron, con lo cual tan dementes no han de estar, sino que las mentes más perturbadas a veces son las más cuerdas de todas. Esos hombres han vivido más que todos nosotros juntos, incluso sumando nuestros siglos. Quizá no sean la fuente más fiable en otros temas, pero en geología y metales preciosos dudo mucho que haya alguien que sepa más que ellos.

—Entonces ¿te crees lo de que entre las nubes viva un hombre capaz de conseguirnos oro puro? —pregunto, cerrando mi propio libro.

—En lo que llevamos de viaje, he descubierto más sobre el mundo en el que vivo que en toda mi vida. Como cazarrecompensas —añade de forma apresurada. Pulgarcita y yo compartimos una mirada significativa—. O esa es la sensación que tengo... —Parece dudar un instante, inmersa en sus pensamientos—. Así que a estas alturas me creo cualquier cosa. Además, no tenemos mejor opción que tirar por ahí.

Ese siglo de cazarrecompensas le sirvió para ganarse un sueldo y granjearse la fama que la precedía antes de convertirse en la Rompemaleficios. Sin embargo, al estar el tiempo anclado, incluso los propios recuerdos que se construyeron en ese tiempo quedaron difuminados por la bruma. Los míos, por suerte o por desgracia, no tanto. Ella cree que esa sensación de saber más de lo habitual y al mismo tiempo no recordarlo viene de su vida previa a la bruma, pero no son más que vivencias acumuladas en este siglo. Antes del conjuro del Hada, ella no fue cazarrecompensas, le bastaba con cuidar de su abuela, que en paz descanse, y con pasar desapercibida para que el clan no le exigiera que adoptara su rol de alfa y buscara pareja.

—El caso es que, si lo que dijo Bella es cierto, cualquier cosa es posible. —La aludida no despega los ojos de su lectura ni con la mención del apodo—. Su padre mismo está trabajando en esa *cencia* extraña mediante la cual pretende conseguir que los carromatos se muevan sin caballos ni magia. Así que, después de todo lo que hemos visto y vivido, sí que me creo que pueda haber una persona que haya conseguido que una oca ponga huevos de oro.

—Gallina —apunta Pulgarcita.

—Eso, gallina. —Está tan absorta con su hilo de pensamientos que ni siquiera se ha dado cuenta de que Pulgarcita la ha corregido y no se ha molestado por ello.

—Señor, señoras —nos llama el jefe de mayordomos desde la puerta de la biblioteca—, la hora del banquete se acerca. Será mejor que se preparen.

—¿Prepararnos? —pregunta Pulgarcita con incomprensión.

—Ah, por supuesto. El banquete del equinoccio es una celebración que nos tomamos muy en serio en el ducado. El código de vestimenta es de etiqueta.

Brianna bufa y sonrío por lo que eso significa: que tendrá que vestirse de gala y que yo me deleitaré de nuevo con las vistas. Ni siquiera en nuestra boda la vi tan magnífica y esplendorosa como con el vestido del solsticio de invierno, en cuanto a ropa se refiere, claro. Porque creo que no habrá imagen más bella que la de sus mejillas arreboladas por los nervios previos al sí quiero, sus manos entrelazadas con las mías y atadas por un lazo de seda roja, ambos vestidos de blanco y rodeados de las manadas. Esa imagen compite muy de cerca con la de la noche en la que nos dimos cuenta del vínculo. Y pensar en todo eso que compartimos con nuestra gente, que nos ha dado la espalda, me deja con un regusto amargo en el fondo de la garganta.

Como ya habíamos imaginado, no hemos descubierto nada nuevo entre los libros, y creo que eso pesa en los ánimos de los cuatro, porque nos dirigimos al pasillo de nuestros aposentos en completo silencio, el recorrido amenizado por el incesante parloteo del reloj que camina por delante de nosotros.

Sí es cierto que en Fabel estamos muy acostumbrados a la magia, a ver cosas que desafían los límites de la imaginación, pero ¿el personal del servicio convertido en mobiliario? Eso es algo tan retorcido que dudo mucho que incluso al Hada se le hubiera ocurrido.

Según lo que nos ha contado antes el candelabro, el embrujo recayó sobre los que moraban en el castillo cuando el duque se negó a casarse con la hija de una misteriosa mujer para establecer una mejor relación marítima con Landia. Y por lo poco que ha explicado en deferencia a la privacidad del duque, y la oferta que ella misma me hizo, no puedo evitar pensar en si será cosa de la Bruja del Mar. Tendría sentido que, por eso, quienes entran aquí, ajenos al maleficio, se pongan de tan mal humor, un claro reflejo de lo mal que le sentó a ella el desplante del duque. Y eso también explicaría por qué no le afectó a él la bruma, porque ya estaba maldito por una hechicera mucho más poderosa, y por qué el Hada no se atrevería a cribar a fondo este lugar.

Si lo que he pensado antes es cierto, que se necesita de un beso de amor verdadero para romper su maleficio, tampoco me extrañaría que maldijera con mal carácter a todo aquel que entrara en el castillo, porque así sería mucho más complicado que llegaran a romperlo. Y la Bruja del Mar es experta en generar caos.

—El duque os ha cedido algunos ropajes para que podáis asistir al banquete como es debido y... —nos repasa con la vista— os deshagáis de esas prendas por una noche. No les vendría mal un lavado. Avisaré a una doncella.

—No es nece... —me apresuro a decir.

—Ah, paparruchas. Mientras estéis en el castillo, sois nuestros invitados. El banquete dará comienzo en una hora —me interrumpe mientras reemprende la marcha en dirección contraria a nuestros aposentos—. ¡Qué emoción! No esperábamos tener público, es una ocasión única para que...

Lo último que dice se pierde en la distancia y los cuatro nos quedamos unos segundos plantados frente a nuestras puertas, creo que intentando asimilar lo que estamos viviendo. Después, nos adentramos en los aposentos con una escueta despedida.

En el interior, los amplios ventanales que dan a un pequeño balcón me reciben abiertos de par en par, con unas cortinas vaporosas meciéndose con la primera brisa primaveral que vamos a tener esta temporada. El cielo está teñido con los últimos tonos anaranjados del día, salpicado de las nubes grises que se resisten a dejar marchar el invierno. Desde aquí, los jardines y alrededores del castillo adquieren otro matiz. Ya nada me parece tan muerto, y cuando creo que algo es simple mobiliario o decoración, de repente se mueve y cambia de posición, sorprendiéndome. Un nuevo sirviente.

Detrás de mí, una enorme bañera de patas de garras humea por las aguas cálidas aderezadas con aceites esenciales: lavanda y romero. Lo que me recuerda que hoy, como cada luna llena, me toca tomarme el tónico anticonceptivo. Rebusco en mi morral, que doy gracias a que lo llevaba encima y no en el caballo, y me lo bebo de un trago. Estoy convencido de que no voy a necesitarlo en una buena temporada, pero nunca se sabe.

Después, me meto en la bañera, aunque el agua está demasiado caliente para alguien con mi condición y no aguanto mucho dentro de esa sopa. Con una toalla alrededor de la cintura, salgo al balcón a disfrutar del frescor para que mi cuerpo se regule a su temperatura habitual. Me quedo unos minutos disfrutando de las últimas caricias de un sol débil sobre la piel, con los ojos cerrados.

En completa soledad, no siento esos retortijones en el estómago, no tengo que refrenar mi instinto animal ni los impulsos desagradables que nos sobrevienen desde que hemos puesto un pie en este castillo. Y eso me hace pensar en cómo será todo cuando la luna termine de salir en cuestión de minutos.

En la última luna llena que pasamos juntos, Brianna y yo acabamos teniendo sexo, cuatro veces en la misma noche. Un cosquilleo placentero me recorre el cuerpo y se me clava en la nuca. Me remuevo, consciente de hacia dónde me van a llevar los pensamientos, y me centro en las posibilidades reales de que pasemos esta luna llena juntos: ninguna.

Aunque, teniendo en cuenta que creo que anoche entró en mi tienda...

Joder, mejor me calmo.

Me doy la vuelta para empezar a vestirme y descubro que ya hay un conjunto de ropa sobre la cama, que habrán preparado mientras estábamos en la biblioteca.

Con los nuevos pantalones puestos, aún descamisado, me observo en el espejo de cuerpo completo.

—Tendría que afeitarme —digo para mí mismo mientras me paso la mano por el mentón, la barba incipiente raspándome la palma.

Ladeo la cabeza a un lado, a otro, para verme mejor y me percato de que los pantalones me quedan condenadamente bien.

Y el resto tampoco está nada mal.

A pesar de que en los últimos meses no me he ejercitado con la misma intensidad que antaño, porque lo de no tener que hacerlo por obligación del Hada aún no lo tengo asumido, mis músculos siguen resaltando contra mi piel, con el tatuaje de las fases lunares cruzándome el pecho. Tatuaje al que solo le dedico un vistazo por todo lo que ya no implica. Y por mucho que al principio odiase la cicatriz que Brianna me dejó en la cara, ahora, con el paso de los años, creo que incluso me da un toque mucho más seductor. Por no hablar de los numerosos pendientes. A todas las personas con las que me he acostado, hombres y mujeres, les han vuelto locos la rebeldía que supone tener las orejas plagadas de pendientes.

«Sí, sigo en plenas facultades». Y ese pensamiento me arranca una sonrisa ladeada.

Aprovechando que estoy descamisado, y que me han dejado preparada una pila con agua y utensilios para el afeitado, me rasuro la barba. El agua está fría, pero me viene bien para intentar apaciguar los pensamientos calenturientos que me rondan la mente por culpa del influjo de la luna llena.

Cuando he acabado, termino de vestirme. Primero me pongo la camisa blanca, de una suavidad que no había vuelto a experimentar desde que Pulgarcita nos vistió para el solsticio. Me pregunto si esta noche también iremos a juego Brianna y yo. Aunque lo dudo mucho. Después, me pongo el chaleco negro, que al tacto parece terciopelo, y cojo la levita del mismo color, con brocados dorados, en puños y en la parte frontal, siguiendo una línea desde el hombro hasta abajo del todo, y doble botonadura. Termino de pasar el último botón por el ojal y compruebo la hora en un reloj que no se mueve; faltan cinco minutos para que empiece el banquete. Me quito una pelusilla pegada al hombro y me echo un último vistazo en el espejo para deleitarme con mis propias vistas antes de salir de mi alcoba.

Cierro tras de mí y alzo la cabeza en el preciso momento en el que oigo el chasquido de otra puerta. Y entonces me quedo sin aire. Mi cerebro colapsa por la presencia que tengo frente a mí: Brianna, tan hermosa y despampanante que me arrebata el aliento, hace que mi corazón dé un vuelco y todos mis sentimientos se revuelvan inquietos en mi interior. Ella se está atusando la falda, farfullando algo de que se le va a ver hasta el alma con esa ropa, ajena a mi presencia. Y sí, lo confirmo, su alma escapa por cada poro de su piel y me acaricia con delicadeza, acompañada por su embriagadora fragancia. A punto estoy de postrarme de rodillas frente a ella, rendido totalmente a sus pies.

Lleva un vestido de varias capas de gasa roja, vaporosa. La falda le cae amplia desde la cintura, entallada, y se abre sobre un muslo, casi al descubierto por completo por una raja, donde lleva una de sus dagas. A través de las transparencias de las telas me doy cuenta de que lo único que la separa de la desnudez es la parte inferior de un body del mismo color que le queda condenadamente bien y le hace un culo de infarto. En la parte de arriba, el vestido se convierte en un corpiño con detalles de sugerente encaje y un escote corazón, que le realza los pechos. Las mangas, de la misma gasa, son abullonadas y fruncidas en las muñecas. No necesita de ninguna joya para brillar, porque toda ella es un rubí.

Cuando ha terminado de esconder el muslo entre capa y capa de gasa, levanta la cabeza, con la melena corta acariciándole los hombros, y sus ojos se encuentran con los míos. El glorioso vuelco que le da el corazón me estremece, me hace cerrar los ojos por puro placer y coger aire despacio, deleitándome con su olor entremezclado con un sutil toque de aceite esencial de jazmín y cierta excitación.

—Estás arrebatadora... —consigo decir a duras penas, con voz grave y animal, totalmente embelesado por su belleza.

—Tú tampoco estás nada mal —susurra, con el aire atragantado.

Es lo mismo que me dijo al verme en el solsticio de invierno, lo mismo que me decía cuando teníamos alguna cita y se quedaba sin palabras al verme. Un resquicio de la antigua Brianna. Y la similitud con esos momentos, lo que eso podría significar, me hace sonreír de medio lado. Sus ojos viajan hacia el hoyuelo que ha nacido en mi mejilla y de nuevo a mi mirada, como atraída por ella.

De dos zancadas amplias, cruzo la distancia que nos separa, ella contiene el aliento y yo trago saliva. El vínculo tira de mí hacia Brianna y acerco el rostro al suyo antes de inspirar hondo su fragancia, que me huele a hogar.

—No tengo ninguna duda de que esta noche serás la mujer más bella del banquete —susurro contra su oído, retirándole los cortos mechones de pelo tras la oreja. Mi aliento acaricia su cuello expuesto por el amplio escote y se le eriza la piel.

—Tampoco voy a tener mucha competencia —responde en el mismo tono cómplice.

Ese comentario fruto del ego subido me confirma que la luna llena está ejerciendo el mismo influjo sobre ella que sobre mí. Y eso me calienta demasiado para nuestro propio bien. Estoy a punto de besarle el cuello cuando una de las puertas tras Brianna se abre y ella se tensa. Doy un paso hacia atrás, uno que me sabe a cenizas, y vemos a Pulgarcita salir de sus aposentos. No podría haber aparecido en peor momento.

La chica también va muy elegante, pero nada comparado con Brianna. Lleva un vestido de capas de tul ceñido a la cintura y la parte del pecho cerrada por un trozo de tela alrededor del cuello, con mangas abiertas que terminan en pico. Su escote está en la espalda, completamente al descubierto.

—¡Estáis guapísimos! —grita Pulgarcita con efusividad, la ira y el enfado desaparecidos por un sentimiento mucho más fuerte: la emoción—. Me da rabia que esta vez no vayáis a juego.

—Así que lo admites... —comenta Brianna con pillería.

Me gusta verla así, más relajada, sin la máscara de dureza que se coloca sobre el rostro durante el día, sin la tirantez de la amenaza de los príncipes. Sin el aliento de la Reina de Corazones respirándonos en la nuca.

—A ver, era más que evidente.

—¡Ah! ¡Ahí estáis! —El candelabro se acerca a nosotros dando saltos, con las velas encendidas meciéndose a un lado y a otro—. El banquete va a comenzar. Deprisa, deprisa.

Brianna y yo intercambiamos una última mirada y le ofrezco el brazo, temeroso por que no lo acepte. Para mi sorpresa, me dedica una sonrisa, tan sutil que por poco me la pierdo, y coloca su palma desnuda sobre mi antebrazo. A pesar de las varias capas de tela que me separan de su contacto, el vello se me eriza solo de imaginar que nuestras pieles se rozan.

Descendemos las impresionantes escaleras de mármol y el candelabro nos conduce hacia el gran salón en el que tendrá lugar el banquete. La mesa, servida tan solo para cinco comensales y con bebidas ya dispuestas, es tan larga que casi llega al extremo de esta estancia rectangular. Pero algo me dice que Anabella no se va a presentar.

El jefe de mayordomos, que acaba de entrar, nos pide que nos sentemos sin dejar de mirarse la tripa para comprobar la hora.

Obedecemos y apagan varias velas para atenuar la luminosidad justo antes de que presenten al duque, que aparece con gala y pompa. Nos dedica un cabeceo cortés y toma asiento a la cabecera de la mesa. Lleva el pelaje lustrado y un traje azul y negro, muy elegante, que se adapta a su cuerpo voluminoso. Lo primero que hace nada más sentarse es fijarse en el asiento vacío.

—¿Acaso no va a venir?

—Se encuentra indispuesta —la excusa Pulgarcita despúes de un par de segundos de silencio incómodo—. Comprendedlo, duque, no debe de ser fácil para ella pensar que estará aquí recluida hasta que regresemos.

—No es mi culpa. —Gira la cabeza despacio hacia Brianna y la atraviesa con los ojos. La rabia me trepa por la garganta y la boca me sabe a bilis. Mi instinto ha sido buscar mi espada, pero no la llevo encima—. Si me hubieses ayudado antes, no me habría visto obligado a exigir que alguien se quedara.

—No tenéis por qué actuar así. Os di mi palabra.

—Y en más de un mes, esa palabra no ha valido nada. El tiempo se me agota. —Lo último lo pronuncia con rabia y dolor a partes iguales, con las garras incrustadas en una mesa que ya ha sufrido esa tortura demasiadas veces.

—¿Y en qué os va a ayudar retener a Bella aquí? —insiste Brianna—. En nada.

—Eso no lo sabes.

—No os va a conceder más tiempo secuestrarla.

—No está secuestrada. Es mi invitada.

—No sé si ella lo ve así —intervengo en tono conciliador.

—Es mi garantía de que volverás para cumplir con tu juramento. —Me ignora por completo y vuelve a mirar a Brianna, sentada a su derecha. Y no me gusta ni un pelo la forma amenazadora en la que la observa.

—Si os soy sincera, tampoco es que sienta mucho apego por Bella. —El duque parpadea varias veces, consternado por el comentario. Brianna asiente con una sonrisa de satisfacción y se lleva la copa de vino a los labios—. Sí, se nos unió al viaje de rebote. Algo totalmente inesperado y, a decir verdad, molesto.
—Sé que no lo dice en serio—. Así que es toda vuestra.

—¿No piensas regresar? —Lo pregunta con tanta fuerza que

el vidrio de las copas vibra—. ¿Te atreverías a romper un juramento de sangre?

Eso son palabras mayores. Romper el juramento supondría un destino catastrófico para Brianna.

—Ah, no, no. Volveré. Siempre cumplo mi palabra. Pero no penséis que tenéis la sartén por el mango por retener a Bella aquí a cambio de habernos ofrecido vuestra ayuda, porque no es así. Nos hemos deshecho de un lastre a cambio de información que consideramos preciada. Así que ha sido un intercambio del todo favorable para nosotros.

—¡Roja! —la reprende Pulgarcita.

Brianna le dedica un gesto vulgar y devuelve su atención al duque, que se ha quedado sin palabras.

—Si aceptáis un consejo, duque, os sugiero que no seáis igual de esquivo y huraño con Bella que con nosotros.

—¿Y eso por qué?

—Porque quizá tenéis la solución a vuestro problema más cerca de lo que creéis.

—¿Qué estás...?

—Si nuestras sospechas son ciertas —intervengo, porque no creo que Brianna vaya a decirlo con la delicadeza necesaria—, es probable que un beso de amor verdadero rompa vuestro maleficio, al igual que sucede con muchos de los conjuros más poderosos.

—Según nos ha contado vuestro candelabro mayor, o como se llame, vuestro maleficio afecta a todo el castillo con la intención de que nadie se atreva a poner un pie aquí dentro. Pensadlo. ¿Qué mejor forma de atormentaros que condenaros a encontrar el amor siendo una criatura de pesadilla y residiendo en una morada que nadie se atrevería a visitar?

El duque aprieta los labios todo lo que sus colmillos le permiten y clava la vista en los nudos de la madera.

—¿Y creéis que ella es su amor verdadero? —pregunta Pulgarcita, un tanto horrorizada.

—No podemos saberlo. —Brianna se encoge de hombros—. Lo que está claro es que el duque no podrá comprobarlo si con Bella se comporta del mismo modo que con nosotros. No perdéis nada por intentarlo, duque. —Él vuelve a mirarla, un tanto azorado por la nueva información—. Si a mi regreso todo sigue como antes, buscaré la forma de libraros del embrujo. Si Tahira pudo hacer un juramento de sangre con vos, que yo asumí, significa que debe haber una forma de romperlo. No creo que vuestra condición vaya a perdurar para siempre.

—Una vez el fulgor de la rosa se apague, no habrá vuelta atrás. Todos los que moran en este castillo se quedarán así para siempre, incluido yo. Pero mi forma... —Se observa desde arriba—. Esto no está tan mal comparado con ser un reloj.

Como si hubiera sido invocado, el jefe de mayordomos aparece y anuncia una inesperada invitada: Anabella hace acto de presencia luciendo un majestuoso vestido con falda de volantes, corpiño y mangas caídas sobre los hombros. El color de la tela, de un intenso amarillo que parece casi oro, hace que su piel reluzca con belleza. Pero su rostro sombrío y taciturno interfiere con la majestuosidad de sus ropajes.

Mirando al anfitrión con cierto temor, le dedica una reverencia y se acerca a la mesa para ocupar el asiento que ha quedado libre, justo a la izquierda del duque. Todos los presentes somos conscientes del taconeo de sus zapatos sobre el mármol, del crujir de las patas de la silla al arrastrarse, del suspiro que retiene a medias al sentarse junto a él. E incluso del chirrido que emite la sonrisa tensa que se dibuja en sus labios.

—Gracias por haberme esperado —murmura con un hilillo de voz.

El pecho se me constriñe al verla así, tan enjaulada cuando su cautiverio no ha hecho más que empezar. Y a punto estoy de dejarme llevar por los impulsos y volver a ofrecerme como reemplazo, pero la lógica se impone en el último momento y desvío la vista para concienciarme de que esta es la mejor solución para un problema tan inesperado.

—¿Os...? ¿Os encontráis mejor? —le pregunta el duque con cortesía.

Anabella abre mucho los ojos por la sorpresa y luego nos mira a los demás, como intentando comprender a qué se refiere. Pulgarcita, sin demasiada sutileza, mueve la cabeza un par de veces y la chica parece entenderlo.

—Sí, tan solo estaba cansada por un viaje tan largo.

Un nuevo silencio tenso, fruto de la conversación que hemos mantenido justo antes de que Anabella llegara. Si estas son las dotes de conquista del duque, lo lleva claro.

—Espero que hayáis disfrutado de la biblioteca.

La sonrisa de Anabella se suaviza y pasa a ser un poquito más real, y eso hace que la presión del pecho se alivie.

—Sí, tenéis una colección magnífica, duque. Mañana me gustaría pasar otro rato allí —comenta con cierta timidez.

El duque esboza lo que en un rostro humano habría sido una sonrisa, pero en el suyo resulta una mueca extraña, aunque Anabella no se lo tiene mucho en cuenta.

—Podéis estar allí todo el tiempo que gustéis.

—Gracias, duque. Sois muy amable.

—Sois mi invitada —recalca, mirando a Brianna de soslayo pero sin perder el tono conciliador—. Cualquier cosa que necesitéis, podéis pedirla sin temor.

Anabella le dedica un cabeceo en señal de asentimiento y, despacio, devuelve su atención hacia nosotros.

—Tenía que hablar con vosotros de una cosa. —El duque gira la cara hacia otro lado, como si hubiera perdido el interés en la conversación, y llama al reloj, que se acerca con toda la rapidez que le permiten sus diminutas patitas rechonchas—. Cuando llegamos a la biblioteca, busqué un ejemplar de *Leyendas de los mares*, por si el duque tuviera uno, y no lo encontré. Pero sí que di con uno de fábulas marinas y leí algo muy parecido a lo de nuestro libro. Lo mismo del barquero que ayuda a cruzar a las almas, pero en este sí que se mencionaba una forma de convocarlo.

—Tienes toda mi atención, Bella —murmura Brianna con una sonrisa ladina.

—No sé si será cierto, aunque la información que ahí se reunía era muy similar a lo que ya sabíamos, así que todo apunta a que encierra su parte de verdad.

—O que esa leyenda está mucho más extendida de lo que pensábamos —comento, intentando ser la voz de la razón.

—Sea como fuere, por lo que pude entender, el Barquero solo responde a las ondas que se crean en el agua al lanzar el oro puro al mar. Un pedazo por cada pasajero y trayecto, ni uno más ni uno menos.

—¿Y ya está? —pregunta Pulgarcita con incredulidad.

—¿Te parece poco encontrar oro puro? —replica Brianna.

—No, no. Pero imaginé que habría que añadirle algún sacrificio, o buscar a un pirata pendenciero que nos llevara a un pozo mágico. Cualquier cosa más allá que lanzar el oro al agua.

—Mira, a estas alturas, doy gracias por que algo de todo lo que tenemos por delante sea medianamente fácil.

—En eso estoy de acuerdo —añado.

Desde nuestra derecha nos llega un carraspeo por parte del jefe de mayordomos que, tras una elegante reverencia, nos anuncia que el festín va a comenzar.

33

Pasamos la velada entre espectáculos musicales representados por el servicio, charlas lo bastante amenas como para dudar que el embrujo del castillo nos siga doblegando y bebidas espumosas que a mí no me afectan demasiado pero que a mis compañeras sí. La comida está buenísima. No recuerdo haber disfrutado de un festín como este ni cuando el Hada celebraba recepciones exclusivas y se sentía benévola como para dejarme participar.

El influjo de la luna llena y nuestro vínculo me llevan a acercarme a Brianna en cuanto se me presenta la más mínima posibilidad. Y cuando el duque nos conduce al salón de baile, una nueva oportunidad aparece radiante frente a mí.

La orquesta estalla en una música alegre y un perchero se acerca para sacar a bailar a Pulgarcita. Al principio se queda conmocionada, pero luego accede entre risas y permite que la conduzca hasta el centro del salón para bailar al ritmo de los violines sin músicos. Anabella se queda a un lado, con una copa en la mano, cuando otro perchero hace lo propio con ella. Por mucho que la tristeza brille en sus ojos, la sonrisa que le dedica a nuestra compañera al verla bailar es sincera.

Me quedo un rato absorto en la belleza de los movimientos de Pulgarcita, en su risa contagiosa, en sus pasos alegres y desenfrenados. No nos viene mal distraernos un rato entre tanto estrés y responsabilidades.

—¿Es que esta vez no me vas a sacar a bailar?

Sorprendido, alzo las cejas y miro a Brianna con una sonrisa divertida.

—Nada me complacería más que el que me concedieras el honor de bailar conmigo.

Hago una sentida reverencia frente a ella y ríe comedida. Es la primera vez que me dedica una risa sincera desde que todo estalló, y ese timbre alegre resuena como campanitas en mi mente y hace que se me hinche el pecho.

Extiendo la mano, ella sopesa mi ofrecimiento un segundo para hacerse de rogar y la sonrisa se me ensancha. Sus ojos se clavan en mis hoyuelos y luego buscan mis pupilas, raudos. Su mano se encuentra con la mía y, tal y como sucedió antes de entrar en la gruta, siento una chispa estallar entre los dos, aunque esta vez es demasiado intensa.

«No, no, no, ahora no, por favor».

El corazón me da un vuelco, el temor me trepa por la columna, y a duras penas consigo mantener la sonrisa en la cara. Sus ojos se mueven inquietos por mi rostro apenas un segundo, como si hubiese percibido mi malestar, y los labios le tiemblan. Para mi sorpresa, tira de mí hacia el centro de la pista, pero mi corazón sigue latiendo un tanto desbocado, la confusión nublando mi mente.

Eso que he sentido... Eso que hemos sentido... Era reconocimiento. Y, por toda la magia, más me vale estar equivocado y que no haya sido consciente del vínculo en este preciso momento, porque creo que me odiaría el doble por haberle mentido con lo de Olivia. Empiezo a notar las palmas sudorosas y tengo que hacer acopio de todas mis fachadas masterizadas por el siglo junto al Hada para que no note mi nerviosismo.

Si ha reconocido el vínculo, no da mayores indicios de ello. Y eso hace que me calme lo suficiente como para conseguir poner la mano sobre su cintura sin que me tiemble. Sus ojos buscan los míos constantemente y a mí me cuesta mantenerme indiferente y embelesado, porque tengo que aparentar tranquilidad y fingir que seguimos disfrutando de la fiesta cuando lo que me apetece es gritar por la frustración de lo desconocido.

No obstante, la conduzco en un baile alegre, lleno de giros y vueltas, de pasos enfrentados y manos que se encuentran. Del roce de nuestras pieles y de alientos compartidos.

Las risas de Pulgarcita acompañan a las notas musicales que nos rodean y nos mecen. Brianna se desenvuelve con mucha más soltura que la última vez que bailamos, rígida y tensa en comparación a lo fluida que la siento ahora entre mis manos expertas.

Seguimos así durante dos o tres piezas y, poco a poco, mis latidos se van calmando y adoptando el ritmo propio del ejercicio, más que el de la histeria. Brianna me dedica sonrisa tras sonrisa y se deja hacer cuando la mezo de un lado al otro, cuando la alejo de mí y la acerco. Siento su cuerpo contra el mío tantas veces que pierdo la cuenta, y cuando su mano se encuentra con mi nuca y noto sus uñas rozarme la piel, un escalofrío me recorre el cuerpo y termino por calmarme, en parte porque mis pensamientos se van hacia otros lugares. Como al escote que queda a la altura de mi rostro cuando cerramos una pieza con su cuerpo inclinado hacia atrás y conmigo bien cerca para sostener su peso en el aire. Poco a poco, nos reincorporamos, los ojos fijos el uno en los de la otra, incapaces de romper eso que nos une, que no quiero ponerle nombre.

Sus pupilas se mueven hacia mis labios un segundo y se me seca la garganta en respuesta y anticipación. ¿Es eso una invitación a que la bese? Porque me muero por hacerlo, por presionar mi boca contra la suya y extasiarme con el sabor de su lengua.

Sin preverlo, Brianna entrelaza sus dedos con los míos y tira de mí en dirección a la salida a los jardines.

—¿A dónde me llevas?

—A un lugar en el que podamos tener privacidad. —La miro con el ceño fruncido y cierto recelo, con desconfianza pura fruto del embrujo del castillo, porque bien podría haber cambiado de opinión y querer llevarme a un lugar apartado para matarme—. Confía en mí.

Nos sostenemos la mirada unos segundos y termino claudicando, porque esta mujer podría pedirme la luna y movería cielo y tierra para bajársela.

En cuanto salimos del castillo, el retortijón de las entrañas desaparece y me permito tomar una bocanada amplia de aire que me estira los pulmones. Es como quitarse un peso de encima, literalmente.

Camina por delante de mí, con la mano estirada hacia atrás, y me conduce a través de las calles adoquinadas y flanqueadas por arbustos de diferentes flores que están empezando a crecer. Me pregunto si esta forma de andar, ella por delante de mí, se deberá al hecho de que hacerlo uno junto al otro significaría que estaríamos paseando de la mano, mientras que así tan solo me arrastra a donde quiera que sea.

Giramos hacia la derecha y llegamos a una plazoleta en cuyo centro hay una fuente redonda, seca y un tanto descascarillada. Y a pesar de ese aspecto tétrico, el brillo de la luna llena le confiere un aura íntima y especial que se aleja bastante del terror. Eso o que tengo las hormonas tan revolucionadas que hasta una cuadra me parecería el lugar más maravilloso.

Me dedico a observarla cuando se detiene a valorar qué banco es mejor y el aire se me atasca en la garganta al mismo tiempo que el pecho se me hincha con todo lo que siento por esta despampanante mujer que parece desafiar al fulgor de la luna propia.

Cuando me obliga a sentarme en uno de los bancos de mármol que bordean la plazoleta, me doy cuenta de que estamos tan apartados que ni siquiera me llega el rumor de los instrumentos de cuerda del castillo. La zona está en completa penumbra, únicamente iluminada por el resplandor del astro, pero no me hace falta más para percibir que está nerviosa.

Se queda de pie frente a mí y se muerde el labio inferior. «Sí, está de los nervios».

—He estado pensando... —El temor se hace una bola en mi estómago en un acto reflejo—. Y creo que la única forma de que no acabemos matándonos es dejar de mentir. Dejar de tener secretos el uno con el otro. No sé si eso nos llevará por el camino que tú quieres... —El pulso se me acelera cuando mis ojos se encuentran con los suyos—. Aunque creo que nos llevará al camino que nos merecemos.

A pesar de que sus palabras me duelan, sé que tiene razón, así que me limito a asentir, porque no encuentro voz para responder.

—No pretendo que lo hagas hoy, pero ¿algún día crees que podrías contarme toda tu historia?

Trago saliva para paliar la sequedad de la garganta y apoyo las palmas en el banco para que su frío me confiera algo de valor. Sin poder remediarlo, me empapo de su figura para que se quede bien grabada en mis retinas, porque no sé cuánto tiempo tendrá que pasar hasta que compartamos un momento tan en calma y sin odiarnos, tan serenos y normales. Simplemente Brianna y Axel. Así que me tomo más segundos de los necesarios, aunque ella aguarda con paciencia y respiración tranquila, antes de responderle.

—Solo si tú quisieras escucharla —murmuro con voz ronca.

Ella asiente con los labios apretados y la vista fija en ninguna parte.

—En ese caso, creo que mereces que yo también te cuente algo. —Frunzo el ceño y aguardo a que continúe—. No más secretos. —Sus ojos conectan con los míos y asiento con solemnidad. Entonces da un paso hacia mí y queda tan cerca que casi está entre mis piernas—. Sé quién eres. Te recuerdo.

El corazón me da un vuelco y me veo obligado a aspirar con fuerza para paliar ese dolor cosquilloso que me ha impactado en las costillas. No debería sorprenderme tanto teniendo en cuenta que ya me confesó que sabía que estábamos casados, pero ese «te recuerdo» va cargado de tanto significado que el pecho me pesa de repente y un nuevo temor me acaricia la piel.

—Sé que te llamas Axel Garrett. —Mis ojos se abren más por la impresión—. Sé que yo soy Brianna Lowell. —El corazón se me desboca—. Y sé que nos casamos en el solsticio de verano de mi decimonoveno año; tu vigesimosegundo. —El estómago se me constriñe y temo no haberla escuchado bien. Estoy convencido de que esto es otra de tantas pesadillas—. Y también sé que estuvimos casados hasta mi vigesimocuarto año, cuando cayó la bruma.

Me quedo estupefacto, el aire atascado en el pecho y los ojos fijos en sus facciones.

—Es imposible... —es lo único que consigo murmurar.

Ella esboza una sonrisa triste y niega con resignación.

—Recordé que tú y yo habíamos mantenido una relación de algún tipo la primera vez que nos acostamos estando en la segunda residencia del duque. —Mira al cielo como si necesitase de la luna para aclarar los influjos de la bruma—. Recordé que estábamos casados cuando descubrí tu traición, cuando te fuiste. —Los ojos me escuecen por la falta de parpadeo y los labios se me entreabren por la impresión—. Y terminé de recordarlo todo después de que nos acostáramos juntos en la cueva.

Cuando me mira, sus ojos van cargados de una seriedad y

una dureza nada propias de la Brianna de mis recuerdos. Me pica el fondo de la garganta y clavo la vista en el suelo, procesando lo que eso significa.

—Por eso... te marchaste así —deduzco.

Brianna asiente con solemnidad y se toma unos segundos para pensar.

—No podía comprender cómo *tú*, Axel Garrett, habías podido mentirme de una forma tan vil. Mi pasado y mi presente se entremezclaron con violencia y me bloqueé, no supe qué hacer para escapar de mi propia piel.

Ahora comprendo la explicación que me dio en el balcón, cuando le pregunté el motivo por el que me dejó tirado, y el nudo de los nervios me retuerce las entrañas.

—Me... me mentiste —murmuro con comprensión—. En el balcón. Me preguntaste cosas que ya sabías.

De nuevo un asentimiento serio.

—Quería comprobar si habías dejado de ocultarme información.

Me quedo descolocado unos segundos y después río por la nariz.

—Y me pagaste con la misma moneda.

—Cuando lo recordé... —Coge aire con violencia ante el inminente temblor en su voz—. Fue demasiado para mí. E intento convencerme de que quien me hizo tanto daño fue Lobo —la voz se le rompe un poco y se ve obligada a tragar saliva—, de que mi Axel es otra persona muy diferente. —Ese posesivo se me clava en el pecho como si de un dardo se tratase—. Pero por mucho que me lo repita, había parte de Axel entre todo ese Lobo, porque recuperaste los recuerdos antes que yo y seguiste con las mentiras.

—Lo siento...

—Sé que lo sientes —me interrumpe, y se abraza la cintura

de forma protectora—. De verdad que lo sé. Y comprendo los motivos que te llevaron a ello, aunque no los considere los más inteligentes. Quién sabe cómo habría actuado yo en tu situación. —Se toma unos segundos para reordenar los pensamientos—. He intentado matarte más veces de las que puedo contabilizar.

Niego con la cabeza, con una sonrisa ladeada y triste.

—Eso no importa.

—Sí, sí que importa. Porque cuando te miro el pecho, no puedo evitar recordar la cantidad de veces que lo he acariciado y, al mismo tiempo, veo la cicatriz que te dejó una de mis dagas atravesándote poco a poco mientras yo la empuñaba. Y encima te abandoné a tu suerte en la cueva. Y no consigo perdonármelo.

Me levanto con ímpetu al darme cuenta de que está a punto de llorar y encierro su rostro entre mis manos mientras niego con la cabeza. No reacciona con la brusquedad que venía siendo habitual, sino que su corazón trastabilla al sentir el contacto de mi piel cálida contra la suya y nada más. Y percibo el chisporroteo del vínculo otra vez.

—Lo peor —continúa con la respiración acelerada— es tener la certeza de que mis recuerdos ahora están contaminados por el regusto amargo del daño que nos hemos hecho en este siglo. Todos *nuestros* recuerdos.

Una lágrima se derrama de sus ojos y se la enjugo con el pulgar, porque no pienso permitir que la tristeza tiña esas mejillas pecosas.

—No permitas que una sola mentira fulmine toda una vida de experiencias compartidas, te lo ruego —murmuro con la voz quebrada, los rostros tan cerca que nuestros alientos se entremezclan.

Mis ojos se mueven nerviosos sobre sus facciones, porque me aterra el rumbo que está tomando esta conversación y ni en un millar de años podría estar preparado para que la mujer de mi vida me rompiese el corazón.

—No puedo evitarlo... —solloza—. Pienso en nuestros recuerdos y siempre aparece esa voz desdeñosa que me repite lo que me has hecho. Y, por encima de eso, se sobrepone lo que yo también te he hecho a ti.

Dos lágrimas más que me veo obligado a limpiar. Cierro los párpados unos segundos para contener el incipiente picor que se hace con mis ojos.

—Entonces construyamos recuerdos nuevos —susurro como último recurso. Cuando abro de nuevo los párpados, sus ojos brillan más acuosos todavía—. Empecemos de cero y concedámonos la segunda oportunidad que un siglo separados nos ha robado. Intentemos recuperar la vida que nos han arrebatado —suplico con voz temblorosa.

—No creo que pueda olvidar nada.

—Jamás te pediría que olvidaras ni un solo segundo de tu vida —le digo en tono firme, y su piel responde ante mis palabras erizándose—. Solo te pido que trabajemos en intentar perdonarnos.

Sus iris brillan con reconocimiento al escuchar ese plural, porque por mucho que yo le ocultara lo de Olivia, ella también ha tenido parte de culpa en que nuestra relación se fuera a pique poco a poco con nosotros a bordo.

—Te prometo que se acabaron las mentiras. —Mi vista se pierde en sus labios entreabiertos, igual que la suya en los míos—. Te prometo que, de ahora en adelante, no habrá nada que yo sepa y que tú no. Y te prometo que cumpliré con lo que te dije. —Nuestros ojos se encuentran con avidez—. Si después de un tiempo decides que nuestros caminos deben bifurcarse, lo respetaré y me marcharé. Porque el amor nunca debería ser un «hasta que la muerte nos separe», sino un «mientras no haga daño».

La respiración se le acelera, sus mejillas ascienden de temperatura por el rubor del llanto reprimido.

—Y yo te prometo intentarlo —susurra al mismo tiempo que dos lagrimones más le ruedan por las mejillas.

Conteniendo el aliento, Brianna se pone de puntillas para salvar la distancia que separa nuestros rostros y besarme con dulzura y tristeza al mismo tiempo. Al principio, noto un vacío en el estómago, esa sensación anticipatoria previa a saltar desde un precipicio; después, todo el frío que me inundaba por dentro desde que recuperé los recuerdos en la Hondonada desaparece con el calor de sus labios contra los míos en un beso casto y tranquilo, impropio del influjo de la luna llena. Lo que me confirma, una vez más, que Brianna y yo estamos hechos para romper con todos los esquemas; que somos una suerte de magia en sí misma capaz de desafiar las leyes establecidas.

Y solo me queda pedirle a Luna que me ayude a recuperar a mi compañera. Al amor de mi vida.

VI

Me he pasado las últimas casi dos semanas convenciéndome de que no hubo malas intenciones en que me ocultara lo de Olivia, por muy desafortunada y cuestionable que fuera su decisión. Dos semanas repitiendo el mantra de «No quiso hacerme daño, no quiso hacerme daño» cada vez que mis pensamientos han divagado hacia él.

Y aunque es imposible que pueda perdonarlo sin más, sí que soy consciente de que me he encontrado pensando en Axel en todo momento, y hasta he querido dibujarlo y me he permitido hacerlo. En los días que estuve en el Bosque Encantado, la presión del pecho me decía que regresara con él, pero mi razón me lo impedía. Era superior a mí.

A pesar de que noto el vínculo débil, casi muerto, no puedo ignorar que está ahí; que es como un leve hilo que sobrevive a duras penas por culpa de la tensión a la que se ve sometido. Y por doloroso que pueda resultarme, necesito recuperar eso. Necesito recuperar parte del control de mi vida y necesito recuperar a mi vínculo, aunque eso no suponga recuperar a mi marido.

Quiero dejar de sentirme sola a cada paso, abandonada. Más ahora que ni siquiera tenemos manada, que aunque yo la ignorase, era algo que siempre supe que estaría ahí. Quiero poder aferrarme a las sensaciones cálidas de un buen recuerdo, pero todo lo que he vivido desde que tengo uso de memoria hasta ahora está enturbiado por mi toma de decisiones y por la de las personas que me rodean. Y ansío, de forma desesperada, que la pátina amarga que me cubre la piel se deshaga de una vez por todas.

Por eso, cuando lo he visto tan elegante, tan atractivo, tan como era él, algo en mi pecho se ha henchido. Y no sé si es el influjo de la luna llena o que simplemente no quiero seguir sintiéndome sola, que necesito que alguien ocupe el hueco que la bestia dejó con su marcha, así que cuando lo veo cohibido por mi actitud de estos últimos días, lo provoco para que me saque a bailar.

El chispazo que siento al contacto entre nuestras manos, más intenso que el de la cueva, me confirma que el vínculo sigue vivo, aunque a duras penas, y eso refuerza unas convicciones que ni siquiera sabía que tenía. Él sabe que está ahí, él lo nota, todo en su gesto de pavor mal disimulado me lo ha indicado. Y, maldita sea, necesito poder sentir esos chispazos con la misma energía que lo hace él.

No hay mejor forma de describir la sensación que me embarga cuando me saca a la pista más allá de que, entre sus manos, vuelo cual pájaro. Me siento ligera, me hace flotar y me llena el estómago de unas mariposas que me elevan por el salón de baile con fluidez. Y qué diferente es este baile del último que compartimos, cuando aún no sabía qué sentía por él ni lo mucho que iba a cambiar todo en cuestión de días.

Durante dos o tres piezas, volvemos a ser Axel y Brianna, sin mentiras ni secretos, sin misiones suicidas ni amenazas de muerte. Tan solo dos jóvenes que se pierden irrevocablemente en los ojos del otro, en los latidos del otro. Porque cuando su pecho se encuentra con mi espalda en algunos momentos, cuando giro la cabeza hacia atrás para buscar su rostro, su corazón resuena fuerte contra mi cuerpo y me templa, me calma.

Escuchar ese tronar rítmico y poderoso me lleva a pensar en lo muchísimo que me rompí cuando creía que se estaba muriendo frente a mí, cuando lo vi abrirse las venas con mi propia daga con una impasibilidad que me sigue estremeciendo. Y el dolor tan absoluto que me atravesó, como si yo misma hubiese estado muriendo con él, solo puede significar lo que tantas semanas llevo temiendo admitir.

Por eso lo conduzco hacia los jardines, para poner todas las cartas sobre la mesa antes de verme arrastrada por la corriente de unos sentimientos que se me escapan entre los dedos. Por eso lo llevo a un lugar apartado, para no sentirme expuesta ni observada por un castillo en el que cualquier mueble puede tener ojos. Por eso no soy capaz de sentarme junto a él, con los nervios mordiéndome la piel. Y por eso le confieso que lo recuerdo todo; que lo recuerdo a él.

La dulzura con la que me trata me confirma, una vez más, que este es el Axel del que me enamoré sin darme cuenta. Que este es el Axel de infinita paciencia que me acompañaba en todas mis trastadas. Que este es el Axel que luchaba a brazo partido por concederme más tiempo con el clan. Que este es el Axel que renunció a todos sus sueños por asumir el rol de alfa él solo cuando yo, simplemente, no pude unirme a él.

En el momento en que me pongo de puntillas para besarlo, la sensación que me invade es de una corrección tan superior a mí que me agarro a su pechera con fuerza, para que no me suelte jamás. Sus brazos me envuelven con soltura y la tensión de mis hombros se evapora. Y el beso, bendito beso, no podría ser más casto y puro, justo lo que necesito. Porque hasta ahora siempre nos habíamos dejado arrastrar por la pasión y la lujuria, pero el contacto lento y perezoso de nuestros labios, casi exploratorio, me dice que me necesita más allá del plano físico. Me dice tanto de él, de mí, de *nosotros*, que me termina de convencer para intentar cumplir lo que le he prometido con todas mis fuerzas.

No podré perdonarlo hoy, ni mañana. Quizá tampoco en una semana. Pero haré todo lo que esté en mi mano por recuperar a mi compañero. A mi mejor amigo.

34

Termino de fregar los platos de la cena que preparé anoche cuando la puerta de la choza se abre con ímpetu y entra alguien. Y no necesito levantar la cabeza siquiera para saber que se trata de Olivia.

—Qué, ¿se lo has preguntado ya? —me interroga con la cadera apoyada contra la mesa del comedor y esa sonrisa pícara que tanto se parece a la mía.

Suspiro con teatralidad y dejo caer los brazos a ambos lados, aún con el trapo, con el que me estaba secando, en la mano. Ella cruza los brazos ante el pecho, expectante y un tanto nerviosa. Chasqueo la lengua y hago un mohín triste con los labios, que por un momento se cree y hace un puchero. Después, la sonrisa se me ensancha, su gesto cambia al de la sorpresa, seguido del de la felicidad más absoluta, y los ojos se le tornan vidriosos.

—Me ha dicho que sí —le confieso. El chillido que suelta es tan agudo que me tengo que tapar un oído y me llevo la mano a los labios para mandarla callar—. Que Bri sigue durmiendo —la regaño, pero hace caso omiso y salta sobre mí para engancharse a mi cuello con efusividad. La abrazo por la cintura y la levanto del suelo mientras giramos sobre mis pies entre ruiditos emocionados—. Como se despierte, te echaré las culpas a ti —le digo cuando la dejo sobre el suelo, sin soltarnos todavía.

Mi hermana me mira con absoluto regocijo, los ojos a punto de desbordarse con las lágrimas, y mis comisuras se elevan más aún.

—Ya era hora de que te atrevieras a pedírselo. —Me da un puñetazo en el brazo y se aleja de mí con pasitos alegres hasta rodear la mesa y sentarse al otro lado.

—Eh, que no llevamos ni un año saliendo juntos —me excuso.

Ella hace un gesto con la mano, como para restarle importancia, y pone los ojos en blanco.

—Los únicos que no sabíais que os queríais más allá de como amigos erais Brianna y tú. —Apoya los codos sobre la mesa y la cabeza en las manos, en un gesto inocente e infantil—. Venga, cuéntamelo todo. Y no te dejes detalles, quiero saber hasta si habéis partido otra cama o no.

Una carcajada se escapa de entre mis labios y le doy la espalda para dejar el trapo sobre la encimera. Cualquier otra pareja de hermanos quizá se habría sentido incómoda hablando de sexo, sobre todo teniendo en cuenta que su futura cuñada está al otro lado de la puerta, durmiendo a pierna suelta, pero Olivia y yo no. La conexión que tenemos es tan especial que antes de reconocer a Brianna como mi vínculo, mi hermana y yo llegamos a plantearnos si estaríamos hechos para compartir nuestras vidas juntos. Y que Bri se haya sumado a la ecuación no pudo hacernos más felices a ninguno.

—Pues, a ver, como sabía que iba a estar encerrada pintando hasta tarde —empiezo a relatarle mientras me doy la vuelta—, le preparé...

La sangre se me hiela cuando veo lo que hay frente a mí. Quién está frente a mí, sentada en la misma postura, solo que con una sonrisa taimada y una máscara plagada de corazones ocultándole todas las facciones salvo los ojos y la boca. Sus labios se estiran con mayor malicia y sus dedos tamborilean sobre sus mejillas, expectante.

—Vamos, cuéntamelo —ronronea con esa voz entremezclada con otras.

Me quedo de piedra, con las manos apretando la encimera con fuerza, sin saber bien qué hacer o dónde meterme. El chirrido de la silla al levantarse me eriza la piel y me pone en alerta. Rodea la mesa con lentitud, con las uñas arrastrando sobre la madera y porte altivo. Sus ropajes, de un rojo tan profundo como la sangre, fluyen entre sus piernas con los contoneos sinuosos de sus caderas y se toma todo el tiempo del mundo antes de llegar hasta mí.

—¿Qué pasa? ¿Te ha comido la lengua el gato? —Sonríe más aún, hasta dejar a la vista sus perfectos dientes, y me acaricia la mejilla con una uña.

—¿Qué quieres de mí? —me atrevo a preguntar, la primera vez que interactúo con ella de forma tan abierta, puesto que hasta ahora nuestra dinámica se había resumido a que ella me torturase y yo aguantara o a que ella hablara y yo hiciera lo posible por ignorarla.

—Que vuelvas conmigo —susurra contra mi oído—. Te echo de menos.

—Créeme, si vuelvo a encontrarme contigo en un plano en el que yo pueda hacerte algo, desearás que no hubiera aparecido —respondo con rabia e inconsciencia, porque sé que esto me va a salir muy caro.

Para mi sorpresa, la Reina de Corazones espeta una carcajada y clava sus ojos color trigo tostado en los míos.

—Estoy deseando que llegue ese momento.

Entonces despierto, empapado en sudor, con las sábanas revueltas, la respiración acelerada y el corazón golpeándome el pecho con tanta fuerza que lo oigo claramente. Solo que no es mi corazón, sino que están llamando a la puerta de mis aposentos.

—Axel, tenemos que partir ya —dice Pulgarcita al otro lado de la puerta.

—Ya salgo —respondo con voz ronca.

Saco los pies de la cama sin comprender por qué esta pesadilla, en la que no ha sucedido nada, me ha perturbado más que todas las que he tenido en estos casi dos meses.

—Espera, ¿por qué tenemos solo dos caballos? —pregunto con incomprensión cuando entro en las caballerizas, donde ya se encuentran Pulgarcita, Brianna y Anabella.

—Porque dos salieron huyendo —responde Brianna con obviedad.

—Ya, pero ¿por qué no nos llevamos cualquiera de los otros seis que tiene el duque? —Señalo a nuestro alrededor para recalcar la evidencia.

—Porque suficientemente generoso ha sido ya como para darnos dos caballos más —explica Pulgarcita, tan paciente como siempre.

—Yo he sugerido robarlos —comenta Brianna mientras termina de ensillar el caballo de Anabella—, pero no me ha dejado.

Se gira hacia Pulgarcita con una ceja alzada y un brazo en jarras, ella le responde entrecerrando los ojos.

—Anabella va a pasar con el duque a saber cuánto tiempo, que esperemos que sea poco —se apresura a añadir con una mirada de disculpa hacia la aludida—, así que no nos conviene marcharnos haciéndolo enfadar. Suficiente ha hecho ya compartiendo información con nosotros y permitiendo que nos llevemos algunas sobras de anoche.

—Vale, ¿y cómo lo hacemos entonces?

—¿No puedes ir en tu forma de animal? —sugiere Brianna.

—Como poder, puedo, pero me cansaría y no estaría en plenas facultades si nos encontramos con algún peligro.

Brianna chasquea la lengua y pone los ojos en blanco. Me parece que lo de empezar de cero se lo está tomando muy al pie de la letra, y el reto que eso supone me hace sonreír de medio lado, porque cortejar siempre ha sido uno de mis fuertes.

—Pues os va a tocar compartir caballo —comenta Pulgarcita acariciando el morro de su corcel.

—¿*Nos*? —Brianna me mira largo y tendido y luego hace un mohín que me arranca una risa genuina.

—Sí, Prado es más pequeño. —Señala primero a su caballo y luego al otro—. Penumbra aguantará mejor el peso de ambos.

Brianna bufa con sonoridad y se pasa la mano por la cara en un gesto hastiado.

—Anda, vamos —claudica. Y yo sonrío aún más.

Me acerco al caballo mientras Pulgarcita se despide de Anabella con un abrazo y Brianna extiende la mano hacia el corcel.

—Montas tú primero, yo voy detrás.

Enarco una ceja con diversión al imaginar la escena.

—En cualquier otra situación, habría permitido que te deleitaras con las impresionantes vistas de mi espalda musculada...

—Tampoco te vengas arriba —comenta intentando reprimir una sonrisilla.

—Pero eres más bajita que yo —continúo, haciendo caso omiso—, no verías nada más que eso.

Bri cruza los brazos ante el pecho, visiblemente molesta con la idea de ir delante, y coge aire con fuerza para serenarse. Yo estoy más que encantado con todo esto, porque eso significa que la voy a llevar pegada a mí durante dos gloriosos días enteros.

—Muy bien. Pero las riendas las llevo yo. —Porque eso habría supuesto tener que envolverla entre mis brazos.

—Hecho.

Brianna coloca el pie en el estribo y sube con maestría y gracia. Yo lo hago justo después y procuro que nuestros cuerpos se rocen bastante en el proceso. Para mi sorpresa, no se tensa, aunque suelta un nuevo bufido que me divierte por completo.

Coloco las manos sobre las piernas y estoy tentado a ponerlas sobre sus caderas.

—Ni se te ocurra —murmura, azuzando las riendas.

No sé cuántas veces he sonreído ya en lo que va de mañana, pero, sin duda, vuelvo a hacerlo.

35

El único alto que hacemos en el camino en todo el día es para alimentarnos, que los caballos tengan un breve descanso y hacer nuestras necesidades. Más allá de eso, nos sumimos en una dura cabalgata desprovista de la incesante cháchara de Pulgarcita o de los cuentos e historietas de Anabella. Echo en falta las anécdotas de la bibliotecaria, que amenizaban los largos días de comer camino y más camino. Y sin ella, Pulgarcita se ha quedado sin compañera de conversaciones, aunque de vez en cuando ella y yo comentamos algo del entorno o me cuenta curiosidades sobre alguna planta. Pero yo estoy demasiado distraído con tener a Brianna entre mis piernas como para ser buen conversador. Es como tentar a un alcohólico con una bota de whisky.

En más de una ocasión me he descubierto inhalando su aroma o respirando a su mismo compás, su espalda rozando mi pecho. Y en esas mismas ocasiones he tenido que hacer un enorme ejercicio de concentración para que no notara otra parte del cuerpo clavada en su espalda.

Cuando llega la noche y hacemos un alto en el camino, le sugiero a Brianna que duerma conmigo, solo dormir, para que ella descanse, y yo también, pero se niega. No voy a decir que no lo siento como una pequeña punzada en el corazón, aunque lo comprendo. Voy a tener que emplearme a fondo y a tomarme esto con mucha calma.

Y volver a compartir caballo a la mañana siguiente me sabe a gloria después de toda una noche de pesadillas extrañas que no sé de dónde han salido, porque estuvieron desprovistas de recuerdos por completo, ni tampoco fueron torturas previas revividas. Cada noche duermo menos y me encuentro más cansado, me noto falto de energías y de fuerzas, y no sé cuánto tiempo más duraré así. Aunque me esforcé en mantenerme despierto el máximo de tiempo posible, por temor a encontrarme de nuevo con ella, llegó un punto en el que la inconsciencia me reclamó en contra de mi voluntad. Y me preocupa que haya sido un nuevo influjo de la Reina de Corazones, que cada vez ejerza más poder sobre mí. ¿Significará esto que llegará un punto en el que no podré escapar de los sueños? La simple idea me aterra.

A lo largo del día he dado más de una cabezadita por el sueño y el cansancio acumulados, y aunque creo que Brianna ha sido consciente de ello, simplemente me ha dejado recostarme contra su cuerpo. Y doy gracias por compartir caballo con ella y que su influjo me haya librado de más pesadillas en esos instantes.

El tiempo que he permanecido despierto lo he dedicado a pensar en cómo abordar la situación de acercarme a ella, porque si no hubiésemos estado juntos nunca, habría sido más sencillo, pero ahora tiene mucho con lo que comparar y dejar el listón de uno mismo más alto es muy complicado

Por no hablar de que, aunque no comprenda por qué, sigue sin ser receptiva al vínculo. Pensé que al haber recuperado sus recuerdos, el vínculo volvería a estar en plenas facultades, pero me equivocaba, y eso me lleva a pensar en que quizá tiene que aceptarlo de nuevo, aceptarme, para que recuperemos esa compenetración. Sin poder remediarlo, entrecierro los ojos y clavo la vista en su cabeza antes de hablarle a través del vínculo.

¿Me oyes?

Aguardo unos segundos y me percato de que he estado conteniendo la respiración. Pruebo con algo ante lo que sé que respondería.

El vestido de la otra anoche te hacía un culo de muerte.

Las comisuras se me elevan solo de rememorar esas impresionantes vistas. El corazón me da un vuelco cuando gira la cabeza ligeramente hacia atrás, como para escucharme. Sin embargo, no dice nada.

—¿Ocurre algo? —me atrevo a preguntar.

La boca se me seca y siento el pulso demasiado desbocado, tanto que estoy convencido de que lo notará en su espalda.

—No.

—Esa debe de ser la aldea que nos indicó el duque —dice Pulgarcita por detrás de nosotros y señalando hacia la derecha. Se acabaron los experimentos.

Entre el millar de ramas raquíticas que conforman las copas de los árboles de este bosque putrefacto se distinguen las primeras velas encendidas en el interior de las casuchas de una aldea bastante pequeña y apiñada. A pesar de la oscuridad incipiente de la noche, sobre ella creo distinguir una vasta extensión de nubes esponjosas y estáticas que dotan al lugar de un aspecto más lúgubre todavía. Tal y como sugirió el duque, no hay ningún tallo de dimensiones descomunales a la vista. Espero que eso no signifique que hemos llegado a un callejón sin salida, porque el tiempo no es un lujo del que dispongamos.

Brianna azuza a Penumbra para que aligere el paso y Prado nos sigue de cerca. Según nos vamos aproximando a la aldea, la tensión por lo inesperado nos va envolviendo. Hago un repaso mental de todo lo que tenemos a nuestra disposición, en caso de que nos veamos envueltos en problemas, y entonces me doy cuenta de un detalle.

—Oye, Brianna. —Lo pronuncio tan cerca de su oído que su piel se despierta con un escalofrío provocado por mi aliento.

—Qué —dice, tan mordaz como siempre y haciendo caso omiso a la reacción natural de su cuerpo.

—¿Qué te parece si me devuelves ya mi espada?

Como acto reflejo, apoya la mano en el pomo tallado con forma de lobo, tal y como hago yo con la mía.

—¿Qué pasa? ¿Ahora resulta que sin tu otra espadita te sientes impotente? —A juzgar por cómo se moldea su voz, está sonriendo, y juraría que es con burla.

—En la cueva te demostré con creces que impotente impotente, no soy —ronroneo bien cerca de su oreja, con voz grave y melosa. Y ahí está de nuevo, todo su cuerpo reaccionando para mí en un latido vigoroso, en la piel erizada, en su pecho manteniendo la respiración. Por toda la magia, cómo me pone verla así. Sin poder remediarlo, me pego más a ella, hasta que siento su espalda cálida contra mi pecho, sus caderas encajando contra las mías—. Pero si quieres —aguardo un segundo, estirando el momento—, no me importa volver a demostrártelo.

Sus manos se cierran con fuerza alrededor de las riendas y se queda bien quieta, sin dejar de mirar al frente, pero con la diferencia de altura, y que tengo la vista fija en su cuello para controlarle el pulso, me doy cuenta de que traga saliva despacio.

—No creo que te hayas ganado recuperar tu espada —dice con voz seca, controlada al máximo, para retomar la conversación previa.

Cojo aire despacio y miro al cielo para intentar serenarme un poco, porque cualquiera diría que llevo una vida sin mojar.

—No creo que tenga que ganármela. Es mía.

—Ah, ¿sí? Porque juraría que es la de Olivia.

Me quedo perplejo, e incluso creo que se me desencaja la mandíbula.

—¿Cómo lo sabes?

Se encoge de hombros y la tensión en sus manos se alivia.

—Porque los ojos del lobo son rojos, los de la tuya son azules.

Acto seguido me fijo en la empuñadura de mi espada y luego en la suya. Y ese recuerdo, pronunciado con tanta naturalidad y sin que parezca emponzoñado, como sugirió la otra noche, me arranca una sonrisa de medio lado.

El caballo de Pulgarcita nos alcanza y avanza en paralelo. El camino embarrado se torna empedrado en cuanto enfilamos directamente hacia la aldea, desprovista de muros o murallas que la protejan de los peligros de esta comarca. La población está construida en una ladera y las casas a duras penas consiguen resistir la inclinación.

—¿Creéis que nos costará trabajo encontrar esas plantas mágicas?

—Ni siquiera sabemos si existen —le responde Brianna—. Así que lo mejor es ir con pies de plomo. Si las encontramos, no pienso desaprovechar la oportunidad de hacernos con ellas. Cueste lo que cueste.

Pulgarcita se queda sin palabras unos segundos, pero después asiente con mayor solemnidad de la que podría haber esperado. Aunque yo no tengo ningún reparo en hacer lo que sea necesario, no creo que la chica esté acostumbrada a transgredir los límites de la moralidad. Y algo me dice que nos va a tocar hacerlo, puede que no una única vez.

Según atravesamos la calle principal, llena de barro y excrementos, atraemos todas las miradas posibles: unas curiosas, otras cargadas de recelo y algunas incluso con desdén.

Estamos más al norte de lo que he ido nunca en la comarca, una zona que escapó bastante del control de Aurora y que fue fiel al gobierno de Maléfica durante el sueño de la princesa. Por lo que sé, aquí habita gente de la peor calaña posible, así que en estas tierras prima la ley del más fuerte. Y más nos vale mostrarnos como tal. Aunque Bri de eso va sobrada, porque con la Rompemaleficios, las dos dagas y mi espada corta parece un puñetero alfiletero.

Brianna detiene el caballo en lo que parece ser la plaza central, donde ha supuesto que habrá una posada o una taberna. Y no se equivocaba: se trata de un edificio cochambroso de dos plantas cuya puerta está tan roída como las contraventanas, que chirrían con el mecer del viento. Nos acercamos con paso cauteloso, Pulgarcita llevando a Prado de las riendas y yo a Penumbra; Brianna está alerta por si fuera necesario sacar las armas, porque este sitio nos da muy mala espina.

Dejamos a los caballos atados junto a la puerta y entramos, con Brianna abriendo camino. En cuanto el chirriar de las bisagras cesa, toda la atención de los comensales, en penumbra por las parcas velas que adornan las mesas, recae sobre nosotros. El hedor aquí es agrio y desagradable, a sudor concentrado entremezclado con sangre y orín, si es que no hay algo más. Pero imagino que el único que lo percibe con tanta intensidad como para que el rostro se le demude en una mueca soy yo.

Oigo a Pulgarcita tragar saliva y Brianna apoya una palma sobre el pomo de la espada corta. Con porte altivo e indiferente y mentón bien alto, se acerca a la barra con largas zancadas y pisadas firmes. Y yo no puedo evitar pensar en lo condenadamente atractiva que está así.

Pulgarcita me da un golpecito en el hombro para que vuelva a la realidad y compartimos una mirada cómplice, o al menos es lo que pienso hasta que me doy cuenta de que quiere escudarse tras de mí. Porque se siente expuesta y desprotegida en un ambiente tan hostil en el que todo parece mucho más grande que ella, incluso aunque no haya adoptado su forma diminuta. Y no es de extrañar; con su metro cincuenta quizá yo también me sentiría intimidado. Devuelvo la atención a Brianna y sopeso esa posibilidad. No, si ella no se amedrenta con su metro sesenta y cinco, creo que yo tampoco lo haría.

Con una sonora palmada, Bri coloca varios reales de cobre sobre la barra.

—Tres cervezas de jengibre. —No lo pide ni por favor ni con educación. Una orden bien formulada que amedrentaría a muchos.

El tabernero la mira a ella y luego a las monedas sobre la madera, debatiéndose entre si coger su dinero o no.

—No servimos alcohol a menores.

Los comensales, la mayoría hombres toscos, con barbas desaliñadas y cuerpos fornidos u orondos, le ríen la gracia al tabernero. Y en este preciso momento me queda claro que los quince o veinte tíos que nos rodean comparten una única neurona. Como viene siendo habitual en este tipo de manadas que nada tienen que ver con los animales y mucho con las personas.

—Llevamos vivos un puto siglo —dice con una mordacidad calculada y sin alzar un ápice la voz—, así que o me sirves la puta cerveza o te estampo la puta cabeza contra la puta barra.

—Es imposible meter más improperios en una frase de esa longitud —me susurra Pulgarcita en tono confidente.

Sonrío de medio lado y me apoyo contra la barra.

—Créeme que podría meter más.

El tabernero duda un instante y luego me mira de reojo, como si el mero hecho de estar yo presente, un hombre alto y fuerte, le diera permiso para servirnos lo que pide Brianna. Y eso me cabrea demasiado.

—A mí mejor una tila —digo con soltura justo cuando se da la vuelta—. Me sienta *taaan* mal montar a caballo... —Me masajeo el trasero con teatralidad y a punto estoy de reírme por el gesto de horror del tabernero, que rápido muta al del desprecio. Y eso provoca que mi mejor sonrisa se abra paso por mi cara, esa que hace que salgan los dos hoyuelos—. Por favor.

El hombre emite un gruñido disconforme, arrastra los reales sobre la barra y se da la vuelta para servirnos las bebidas con una mueca asqueada.

—No creo que este sea el mejor sitio para quedarnos —comento con indiferencia, recostado de medio lado contra la barra.

Con cierta dificultad, Pulgarcita toma asiento en uno de los taburetes altos y Brianna lo hace en el contiguo, de tal modo que la chica queda protegida entre nosotros. Aunque ya nos ha demostrado en varias ocasiones que es capaz de defenderse, no me gustaría que acabase como cuando nos colamos en el Palacio de Cristal, con las tripas casi saliéndosele del cuerpo.

—Yo tampoco —coincide Brianna—. Pero necesitamos información. Y teniendo en cuenta las horas que son, no creo que encontremos muchos más establecimientos abiertos para indagar.

El tabernero regresa con dos jarras toscas, con la espuma de la cerveza chorreando por el borde. Brianna coge una y le da un trago; Pulgarcita, por su parte, observa la roña del recipiente con repulsión y lo aleja de ella.

—¿Y mi tila? —pregunto con inquina, ante lo que él responde escupiendo al suelo. Qué bien me lo voy a pasar.

—Aquí no tenemos de eso —responde con desprecio.

—¿Y por un casual tendrías información? —pregunta Brianna, atrayendo la atención del dueño, que le da un repaso con la mirada que no me gusta en lo más mínimo.

El hombre entrecierra los ojos y la estudia con curiosidad.

—Depende de cómo estés dispuesta a pagar, muñeca.

Me sorprende que la trate así teniendo en cuenta la frialdad con la que Brianna le ha hablado antes, lo que me confirma que la inteligencia aquí brilla por su ausencia.

Bri estira los labios en una sonrisa seductora, lo engatusa con varios aleteos de pestañas y se reclina sobre la barra, en una posición que le realza los pechos. El hombre acorta la distancia, atraído por la seguridad que desprende. Ella enrosca la mano en el pañuelo que el tabernero lleva al cuello, juguetona, y a duras penas consigo disimular mi diversión.

Entonces, con unos reflejos felinos, apuñala la madera, dejando el pañuelo del dueño apresado y retenido en el sitio. El gesto del hombre cambia del deleite al horror más absoluto al ser consciente de que Brianna casi le peina las pestañas con el filo e intenta soltarse, pero ella lo agarra por las mejillas y hunde las uñas entre los pliegues de las arrugas de su piel.

—Vuelve a llamarme «muñeca» —ronronea con malicia— y la lengua no será lo único que te rebane. —Unos segundos de silencio tenso en los que los hombres a nuestro alrededor se preparan para una posible trifulca—. ¿Ha quedado claro?

El tabernero asiente con premura, el rostro perlado de sudor, y busca mi ayuda con la mirada. Yo, por mi parte, niego con una sonrisa en los labios.

—A mí no me mires, buen hombre. Aquí la que manda es la señora.

Brianna me lanza un vistazo y lo libera con ímpetu.

—Si buscáis información —dice alguien a nuestra espalda, su voz melosa y seductora—, yo estaría encantado de dárosla.

Los tres nos giramos para descubrir a un atractivo hombre alto y fornido, de tez tostada, cabellos dorados, barba de varios días bien recortada y unos penetrantes ojos azules, gélidos como el hielo. Su sonrisa, no obstante, intenta ser encantadora, aunque hay algo en él que no me inspira confianza y no sé si se puede achacar por completo al establecimiento en el que nos encontramos. Brianna también lo observa con suspicacia; Pulgarcita, por su parte, se muestra afable, en la medida de lo que este ambiente le permite, y le dedica una sonrisa tensa.

—Por un módico precio, por supuesto —añade él metiéndose las manos en los bolsillos.

—¿Cuánto nos va a costar tu gentileza?

El hombre centra su atención en mí y alza una ceja.

—Por lo pronto, una cerveza. Y después, dependerá de la información que requiráis. —Brianna y yo intercambiamos una mirada cautelosa—. Mi mesa es aquella. —Señala una en la esquina, junto a la chimenea ennegrecida y cargada de cenizas—. Si me acompañáis, podemos hablar de lo que necesitéis.

Su sonrisa se ensancha más para terminar de engatusarnos mientras se aleja en dirección a la mesa a paso lento. Brianna se inclina hacia mí y susurra:

—No me fío ni un pelo de ese tipo.

—Yo tampoco —respondo.

—No creo que nadie más aquí esté dispuesto a hablar con nosotros después del espectáculo de Roja. —Brianna le lanza una mirada furibunda a la chica—. No me malinterpretes, me gusta que marques los límites con tanta fiereza. Mucha falta le hace a ese malnacido. —Ahora es Pulgarcita la que observa con desprecio al tabernero, y tanto Bri como yo nos mostramos sorprendidos—. ¿Qué?

—Nunca te había oído hablar así de nadie —respondo, atónito.

—Bueno, porque elijo muy bien mis amistades y me mantengo alejada de la escoria.

Sonrío con diversión y me percato de que Brianna hace lo mismo. Y esa sonrisa... Bendita sea Luna, es de las más bonitas que le he visto últimamente.

—Imagino que no perdemos nada por hablar con él —añade Bri.

—Dinero.

Los labios de Brianna se estiran más al mirarme, esta vez con cierta malicia brillando en los ojos.

—Pagan los príncipes, ¿recuerdas? —Le da un par de palmaditas al saco que lleva atado a la cadera.

Cojo las jarras y nos acercamos al hombre, que espera con calma y gesto satisfecho mientras nos ve llegar, saboreando el botín que aún no ha conseguido. En cuanto nos sentamos, arrastro la jarra que era de Pulgarcita por encima de la mesa y él le da un trago antes de suspirar de placer.

—Este antro deja mucho que desear, pero sirven las mejores cervezas de toda la comarca.

—¿Has viajado mucho por la comarca? —pregunta Brianna, siempre atenta para recabar información.

El hombre, sin embargo, responde con un mohín y un encogimiento de hombros.

—Aquí y allá, ya sabes. Un siglo de anclaje da para *mucho*. —Él levanta las cejas un par de veces en una insinuación y Brianna aprieta los labios.

—Así que has recuperado tu nombre —interviene Pulgarcita. Él, al mirarla, relaja el gesto seductor.

—Exacto. —Se gira hacia Brianna—. Por cierto, preciosa, hiciste un buen trabajo con el Hada. Mis felicitaciones.

Bri se crispa y esconde las manos bajo la mesa, lista para atacar de ser necesario.

—Sabes quién soy. —Él asiente despacio, con esa sonrisa de medio lado desdeñosa—. ¿Cómo?

—Tu reputación te precede, encanto.

Ahora soy yo el que acaricia la empuñadura de mi espada, porque puede que nos veamos metidos en una trifulca. ¿Qué le pasa a la gente de aquí con mostrarse tan sumamente condescendiente y babosa?

Brianna entrecierra los ojos y hace acopio de toda su paciencia, porque este hombre va tan bien armado como nosotros y parece un hueso mucho más duro de roer que el tabernero. Él se reclina hacia atrás en su asiento y cruza las manos tras la nuca en un gesto distendido.

—Bonita, si quieres pasar desapercibida, deberías considerar deshacerte de esa capa roja. Aunque te sienta demasiado bien. —Le da un repaso con la vista y a mí se me enciende la sangre—. No se ven muchas preciosidades jóvenes con cara de pocos amigos vistiendo una prenda como esa. Solo he tenido que atar cabos.

—¿Qué sabes de las plantas que crecen por encima del horizonte? —pregunta, ignorándolo por completo.

—Vaya —comenta él con una risita desdeñosa—, directa al grano, como a mí me gusta. —De nuevo esa sonrisa seductora. Se inclina sobre la mesa para darle un buen trago a la cerveza y adopta un tono confidente mientras se pasa la lengua por los labios—: ¿Vais en busca de las habichuelas mágicas? —Pulgarcita, Brianna y yo compartimos un vistazo y asiento al suponer que esas son las plantas de las que nos habló el duque—. ¿Es que acaso estáis buscando gigantes?

—¡¿Gigantes?! —La chica se lleva las manos a la boca y enrojece un poco—. Perdón.

No es de extrañar que la noticia la sorprenda teniendo en cuenta que nos contó que los gigantes son los protagonistas de sus cuentos de terror.

—¿Qué quieres decir? —inquiero, para desviar la atención de ella y que siga hablando.

Él me mira de reojo y su sonrisa se vuelve lupina, sabedor de que tiene el poder absoluto en esta conversación.

—Las habichuelas mágicas. La escalera hacia el reino de las

nubes, donde moran los gigantes. —Nos observa de hito en hito y chasquea la lengua antes de terminarse la cerveza de un último trago—. Hay una muchacha que tiene en su poder unas habichuelas que crecen tan tan alto —acompaña las palabras con un gesto grandilocuente de las manos— que atraviesan las nubes y llegan más allá, hasta el reino de los gigantes, aunque ya quedan muy pocos.

—¿Por qué? —interviene Brianna sin soltar las empuñaduras de sus dagas.

Él vuelve a recostarse hacia atrás, esta vez con los tobillos y los brazos cruzados.

—Ah, se les dio caza hace demasiado tiempo, para hacerse con sus tesoros.

—¿Y sabrías dónde vive esa chica? —pregunta Pulgarcita.

—A ti te lo digo por un beso —le responde con una sonrisa pícara y una ceja medio alzada.

Ella enrojece aún más y aparta la mirada.

—¿Qué quieres a cambio de la información? —inquiere Brianna en tono monocorde y tenso.

—Nada.

—¿Nada? —bufo—. Eso no hay quien se lo crea.

—Solo quiero que, si conseguís que Jacqueline haga crecer uno de esos tallos, me dejéis acompañaros hasta allí arriba.

—¿Por qué? —vuelve a preguntar Brianna.

—Me muero de ganas por subir. No os equivocabais al suponer que he viajado mucho. He recorrido los Tres Reinos enteros, he viajado más allá de los límites de la coalición, he cruzado la Cordillera del Crepúsculo, recorrido el Bosque de la Plata... Tengo espíritu explorador. E imagino que ahora, sin gigantes para defender el reino, estará todo mucho más tranquilo. —Se encoge de hombros y pasa el dedo por el borde de la jarra vacía—. ¿Te la vas a beber, preciosa? —Señala la cerveza de

Brianna. Ella niega con el rostro serio y él da buena cuenta de la bebida medio intacta.

—Gracias por compartir la información con nosotros —comenta Brianna al tiempo que se levanta—. Considera las dos cervezas tu pago.

El hombre, visiblemente molesto, arrastra la silla tras de sí al ponerse en pie, con el rostro crispado, y yo hago lo mismo por instinto, las manos apretadas en puños y preparadas para dar el primer golpe. A nuestro alrededor reina el silencio, los comensales expectantes y deseosos de que la cosa se desmadre para sumirnos en una batalla campal.

—No deberías jugar con Jackson Fasol, preciosa —la amenaza con un dedo en alto y el ceño fruncido, los ojos reluciendo de un azul mortífero.

Estoy a punto de partirle la napia cuando Brianna se da la vuelta despacio.

—Y tú no deberías olvidar que estás hablando con la Rompemaleficios, *encanto*.

Sin darle ocasión a replicar nada más, enfila hacia la salida y lo deja con la palabra en la boca.

36

Fuera de la taberna, aún tensos y recelosos por que los problemas no nos sigan y con los gritos del tal Jackson de fondo, conseguimos que una vecina nos dé las indicaciones para llegar hasta la casa de Jacqueline. Al principio tenemos nuestras dudas de que lo que nos ha dicho el hombre sea cierto, porque cada vez estamos descubriendo cosas más difíciles de creer, pero después de preguntar a un par de personas para cotejar la información, nos queda bien claro que no mentía.

Recorremos las calles de esta aldea de mala muerte en silencio, sin atrevernos a compartir nuestros pensamientos por temor y desconfianza de las ventanas que escuchan en mitad de la noche y porque estamos demasiado alertas.

Ese tipo no parecía trigo limpio, así que estoy de acuerdo con la decisión de Brianna de no dejar que se una a nosotros, aunque quizá podríamos haberle sonsacado algo más, algo que pudiera resultarnos útil allí arriba si es que de verdad hay gigantes. Ahora comprendo por qué el duque decía que muchos habían subido pero nadie había bajado.

Llegamos a la ubicación que nos han indicado después de quince minutos de caminata por calles mal empedradas, llenas de mierda y barro y con cuestas cada pocos pasos. La respiración de Pulgarcita está acelerada y se lleva la mano a un costado para recobrar el aliento cuando nos detenemos junto a una construcción vieja. Sobre la puerta hay un letrero de madera roída y mohosa cuyo nombre apenas se lee, tan solo distingo la palabra «Viveros» y una *o* y una *l* finales. Aunque por el aspecto que tiene todo, muy vivo no debe de estar lo que haya ahí dentro.

Brianna se asoma por una de las ventanas, semiopacas por la suciedad y las inclemencias del tiempo, y yo rodeo la vivienda para comprobar si hay más entradas. Detrás de la casa se extiende un enorme terreno mal cuidado, con tierra batida, seca y cuarteada y poblada de algunos matorrales pobres, como todo en esta zona del reino. Además de un par de ventanas igual de destartaladas que las frontales, tan solo hay una puerta trasera igual de cerrada.

—Nada, no parece que haya nadie —comento cuando me reúno con ellas.

—Hemos llamado y tampoco responden —dice Brianna.

—¿Y ahora qué? ¿Un callejón sin salida? —Pulgarcita se recuesta contra la pared y se deja caer hasta el suelo, derrotada.

—Yo sugiero que nos colemos e investiguemos. —Se agacha y coge un adoquín suelto.

—¿Qué vas a hacer? —pregunto al tiempo que se acerca a una de las ventanas—. No creerás de verdad que las habichuelas estarán ahí dentro esperándote. —Cruzo los brazos sobre el pecho; Brianna me mira con una ceja alzada.

—Evidentemente no, pero a lo mejor descubrimos algo que nos lleve hasta esa tal Jacqueline.

Empuña la piedra con fuerza y está a punto de estamparla contra el cristal cuando escucho pasos acercándose, el repiqueteo de unas botas contra el suelo.

—Viene alguien.

—¿Y qué? —me pregunta Brianna con incomprensión.

—Que no nos conviene que nos vean allanando una casa.

La cojo por el codo para arrebatarle el adoquín, pero ella intenta alejarlo de mí. En ese momento, una voz cantarina pregunta a nuestra espalda:

—¿Puedo ayudaros en algo?

Acto seguido, Brianna abre la palma y el pedrusco está a punto de reventarme el pie. Pulgarcita se levanta, esboza su mejor sonrisa y asiente con vehemencia mientras Bri intenta disimular. Se trata de una joven de no más de veinte años, cargada con una caja de madera con herramientas de cultivo, ropa de faena llena de barro y tierra, así como las mejillas, la nariz chata y el pelo rubio recogido en un moño bajo medio deshecho. Sus ojos, de un azul profundo, nos estudian con desconfianza.

—Pues... sí —dice Pulgarcita con resolución. Brianna se zafa de mí con disimulo y la observa fijamente—. Veréis, soy boticaria y me estoy quedando sin suministros para nuestro viaje y nos hemos encontrado con este vivero —explica de forma atropellada. Qué mal se le da mentir—. ¿Sabríais dónde podríamos encontrar a los dueños?

—Este vivero hace tiempo que cerró.

Nos quedamos callados durante unos segundos tensos en los que la muchacha nos estudia a los tres.

—Y... ¿sabéis si por aquí hay algún otro? —insiste Pulgarcita—. O si los dueños se han trasladado a otro lugar.

—Si buscáis plantas, es mejor que vayáis a alguna otra aldea, más cerca del corazón de los Tres Reinos. Y si es fuera de la comarca, mejor.

La chica pasa junto a mí en dirección a la puerta y hace equilibrios con la caja en una mano mientras con la otra rebusca en el bolsillo. Entonces, una idea se abre paso en mi mente y pregunto:

—¿Jacqueline?

Aunque intenta reprimirlo, el instinto de responder a su propio nombre se deja entrever en cómo se tensan sus hombros, en cómo detiene su búsqueda un segundo y en cómo cambia el ritmo de su corazón, audible para mí a esta distancia.

—Eres Jacqueline.

—Depende de quién quiera saberlo —responde con voz monocorde, con la cabeza ligeramente ladeada hacia nosotros pero sin llegar a mirarnos.

—La Rompemaleficios —interviene Brianna.

Ahora sí, Jacqueline se gira por completo y la estudia con renovado interés, como evaluando si dice la verdad o no. Tras un suspiro resignado, termina de sacar la llave del bolsillo y abre la puerta, que chirría con agonía.

—Pasad.

La seguimos al interior después de compartir una mirada de confirmación entre los tres y nos encontramos con un establecimiento desatendido, lleno de polvo, telarañas e insectos, humedades en las paredes y un hedor a podrido, entremezclado con estiércol, de lo más nauseabundo. Lo que en otro tiempo fue un vivero ahora no es más que un almacén o trastero para guardar aparejos de cultivo, maceteros y abono.

Con cierto esfuerzo, Jacqueline deja las cajas con las herramientas sobre una repisa que cruje bajo el nuevo peso. Después, se sacude las manos de un par de palmadas y se atusa el pelo, como si se encontrase ante toda una personalidad. Aunque, bien mirado, para la mayoría de los habitantes de los Tres Reinos Brianna debe de serlo.

—Andáis buscando las habichuelas mágicas, ¿me equivoco?

A pesar de que la atención de Jacqueline recae en Brianna,

esta estudia el espacio que nos rodea sin hacerle mucho caso, creo que valorando las posibles entradas y salidas.

—No os equivocáis, no —murmuro sin perder ojo de Bri.

—¿Y para qué las necesitáis? —Se cruza de brazos y nos observa con cierta suspicacia.

—Las princesas no despertaron de su letargo —explico sin dar muchos detalles—. Y creemos que en el reino de las nubes podría haber algo que nos ayudase a traerlas de vuelta.

—Vaya, es una suposición muy... ambiciosa. —Se frota el mentón, pensativa—. ¿Sabéis qué hay ahí arriba?

—Dicen que gigantes —se atreve a añadir Pulgarcita, temerosa. Jacqueline asiente con los labios apretados—. Pero también dicen que no quedan muchos.

—Ya... —Aparta la vista unos segundos y mira por una de las ventanas traseras, de las que dan al campo sin arar—. Me temo que no puedo ayudaros. Hace tiempo que dejamos de cultivarlas.

—Pero eso no significa que no queden —comenta Brianna con indiferencia.

La chica chasquea la lengua y se recuesta contra la mesa de madera, que vuelve a crujir. En cualquier momento, se vendrá abajo.

—Sí, aún tengo una. Pero la persona que las cultivaba falleció con la vuelta del paso del tiempo y se llevó consigo los secretos para hacerlas crecer.

—Si son mágicas... —interviene Pulgarcita—, ¿cómo sobrevivieron a la purga del Hada?

—Porque se nos olvidó que existían siquiera. Creo que en algún momento escuché a mi padre discutiendo con alguien al respecto, pero él no sabía de qué le estaban hablando. Así que supongo que simplemente se dejó correr. Y antes de todo..., hubo algunas desavenencias familiares. —Clava la vista en el suelo, perdida en sus recuerdos—. Como os decía, no puedo ayudaros. Mi padre se llevó ese secreto a la tumba.

—Os acompañamos en el sentimiento —le digo con sinceridad.

—Pues es una pena —comenta Brianna, a la vez que yo y con tan poco tacto como siempre. Luego pasa el dedo sobre una superficie y se limpia el polvo adherido.

—¿Recordáis...? —Devolvemos la atención a Pulgarcita, que habla dubitativa—. ¿Recordáis qué hacía vuestro padre para cultivarlas?

Jacqueline frunce el ceño.

—Pues... enterrarlas en la tierra y regarlas.

—Ya, pero... ¿hacía algo más? —La chica niega—. ¿Agua especial? —Una nueva negativa—. ¿Pronunciaba algún conjuro o encantamiento?

—No. Mi padre era humano, no portador arcano.

—Eso no significa que los humanos no puedan usar magia, solo que no pueden crearla de la nada —medita Pulgarcita en voz alta—. Cualquiera con los conocimientos suficientes podría aprender a cultivar unas habichuelas mágicas.

—¿Crees que tú podrías germinarlas? —le pregunto.

Pulgarcita se frota la nuca y hace un mohín.

—Podría intentarlo. Pero incluso aunque lo consiguiera, una planta no crece de la noche a la mañana.

—A menos que sean mágicas —añade Brianna—, ¿me equivoco?

—No os equivocáis —responde Jacqueline—. Si conseguís que germine, por la mañana habrá crecido el tallo. Pero si falláis..., no quedará ninguna habichuela más para intentarlo.

Pulgarcita traga saliva y sus ojos viajan inquietos por la nada, como repasando todos sus conocimientos de botánica en cuestión de segundos.

—No tenemos otra opción —digo para convencerla.

—No os saldrá gratis —se adelanta a informar Jacqueline. Es evidente que todo el mundo tiene un precio.

—El dinero no es problema —comenta Brianna con los brazos cruzados ante el pecho—. ¿Cuánto queréis?

—Diez tinajas de oro.

Casi me atraganto con mi propia saliva al escuchar la desorbitada cifra que ha pedido. Si las tres tinajas que pidió Brianna para acabar con el Hada ya me parecieron una suma alta —aunque visto lo visto y lo mucho que perdió, se quedó corta—, diez tinajas valdrían para que dejara de trabajar por lo menos siete años.

—Hecho. —Jacqueline pone los ojos como platos, totalmente sorprendida por que Brianna haya accedido—. Mandaré un halcón mensajero a los príncipes para informarles de que deben sufragar el gasto. Mientras tanto, pensad en cómo hacer que esa dichosa judía crezca.

—Habichuela... —la corrige Pulgarcita.

—Lo que sea.

Brianna sale del vivero en dirección al centro de la aldea.

37

Jacqueline se marcha para ir a buscar la habichuela y Pulgarcita y yo nos quedamos a solas en el establecimiento. Por lo que nos ha contado la muchacha antes de irse, la planta tiene que cultivarse en el campo tras la tienda, o al menos así lo hacía siempre su padre. Pero... tendremos suerte si esta zona sigue siendo fértil después de tanto tiempo descuidada.

Con los brazos en jarras, observo a Pulgarcita pasear por el terreno, agachándose de tanto en tanto para coger un pedazo de tierra y desmenuzarlo entre los dedos.

—¿Cómo lo ves?

Pulgarcita suelta un suspiro y se incorpora para secarse el sudor de la frente.

—Complicado, pero no imposible. Aunque primero deberíamos centrarnos en preparar el terreno lo mejor que podamos.

—Dime qué hacer.

Ella sonríe con dulzura y mira a nuestro alrededor.

—Primero hay que quitar todas las malas hierbas y airear la tierra. Regar, abonar y allanar.

Silbo solo de imaginar la de horas que vamos a tardar.

—Pues será mejor que nos pongamos manos a la obra.

Regresamos a la tienda para recoger los utensilios que Pulgarcita me indica y nos ponemos a faenar durante tanto tiempo que cuando me yergo de nuevo, la espalda se me queja, resentida, por una mala postura prolongada.

Resoplo y me quito la camisa para aplacar un poco el calor. Aunque tan solo estemos en los primeros días de primavera, entre el ejercicio físico y mi alta temperatura estoy que ardo. Pulgarcita me mira de reojo y se levanta también para beber un poco de agua.

—Oye, quería darte las gracias —suelto de repente.

—¿Por qué? —Su timbre denota cierta sorpresa.

—Por haberte preocupado por mí después de lo de la cueva. Nunca llegué a agradecértelo.

Su gesto cambia al de la incomprensión más absoluta y después sonríe de medio lado.

—Los amigos se preocupan unos por otros porque les nace así, no para que les den las gracias.

El pecho se me insufla de alegría al escuchar que me considera su amigo.

—Ya, pero mi madre me enseñó que es de bien nacido ser agradecido.

—Bueno, pues... de nada, supongo. —Suelta una risilla y vuelve a trabajar la tierra antes de cambiar de tema—. ¿Cómo van las cosas entre vosotros?

Suspiro y me apoyo en el mango de la azada.

—Digamos que van —comento un poco inseguro. Clavo la vista en la densa masa de nubes que no se ha movido ni un poquito en todo el tiempo que llevamos aquí.

—Os vi bastante sueltos en el equinoccio.

—Bueno, fue un paso. Pero aún nos queda mucho camino por recorrer y no sé ni siquiera con qué rumbo. —Empuño la azada y golpeo la tierra con fuerza, más de la que debería, aunque Pulgarcita lo pasa por alto—. Me dio otra oportunidad.

—Vuelvo a apoyarme sobre el mango, nervioso—. Y me da miedo cagarla y que ya no me vea como antes.

Ella se incorpora y se seca el sudor una vez más.

—Nunca te va a ver como antes. —Suspiro con profundidad y me concentro en la tierra—. Pero porque nunca somos la misma persona que ayer. Todos evolucionamos, en mayor o menor medida, y las personas que nos quieren están dispuestas a acompañarnos en ese camino, al igual que hacemos nosotros con ellas. —Deslizo los ojos hacia ella—. A fin de cuentas, si siempre nos mantuviésemos en el mismo punto de nuestra vida, sería todo muy aburrido, ¿no?

Alza un hombro con indiferencia y una sonrisa juguetona que me contagia.

—Sí, supongo que tienes razón. Pero creo que son demasiadas emociones para una misma relación.

—Roja no parece ser del tipo de chica a la que le guste la calma y la monotonía —dice mientras descorcha la bota de agua.

Jacqueline y Brianna aparecen por la puerta trasera charlando, para mi sorpresa.

—Jacqueline me decía que ella tampoco ha subido nunca —nos explica Brianna.

—¿Por qué no? —Pulgarcita me tiende la bota y le doy un trago tan largo que el agua me chorrea por las comisuras y me cae sobre el pecho.

Cuando termino, me doy cuenta de que Brianna no ha perdido detalle de mí y a duras penas consigo reprimir una sonrisilla.

—Mi padre consideró que se había vuelto peligroso. Además, yo era pequeña entonces.

—¿Tan agresivos son los gigantes? —quiero saber.

Ella cabecea a un lado y a otro y medita la respuesta.

—Al principio, no. De hecho, cuando él era joven, las habichuelas se usaban como un medio para viajar allí arriba y cualquiera podía subir. Mi padre, como cultivador de las habichuelas, comerciaba mucho con ellos, traía bienes a la aldea y había armonía con el reino de arriba. Pero entonces Maléfica se hizo con el control de la comarca y aumentaron los vandalismos, tanto aquí como allí —murmura con cierta resignación.

—Entonces la caza de los gigantes no fue hace tanto tiempo —deduzco.

—Que va, hará unos doce años o así de eso. Bueno, sin contar el siglo de en medio, claro. —Se frota la frente con insistencia. Entiendo esa sensación de desubicación y de perder la noción del tiempo, de no saber cuántos años han pasado y creer que este último siglo no ha existido.

—¿Por qué permitió tu padre que subieran a darles caza? —pregunta Brianna sin tacto alguno.

—Mi padre no lo permitió. De hecho, tanto él como yo nos opusimos, pero... —Duda y aparta la mirada—. Mi hermano mayor es realmente persuasivo cuando quiere, y confiamos en él en una época en la que no debíamos.

—¿Tu hermano? —interviene Pulgarcita.

Ella asiente con resignación y se frota la nuca.

—Los tallos viven varios días, los humanos no tenemos forma de cortarlos, sino que hay que dejar que se pudran y sirvan de abono mágico para este terreno. —Extiende el brazo hacia delante—. La última vez que mi padre subió, se enteró de que mi hermano y sus amigos habían empleado el tiempo de ocio allí arriba para masacrar y robar y le prohibió el paso. Aun así, no sabemos cómo, trepó una vez más y siguió cazando. —La voz se le atraganta por la vergüenza—. Después de eso, mi padre tomó la decisión de no plantar ninguna habichuela más. Desde entonces, solo queda esta.

Del bolsillo del pantalón saca una habichuela del tamaño de

mi pulgar, azulada con destellos de plata que se revuelven en el interior de la semilla como si de una nebulosa se tratase. Es hipnótico y refulge con luz propia en la oscuridad de la noche.

—¿Estás dispuesta a cedernos lo último que te queda de tu padre? —pregunto.

Ella frunce el ceño y lo medita. Brianna me lanza una mirada reprobatoria, porque esto podría hacer que reconsiderara entregárnosla, pero no puedo evitarlo. Yo no entregaría lo único que me queda de mi hermana así porque sí. Y si permito que Bri tenga su espada..., bueno, es porque es Bri.

—Sí. Creo que es lo que mi padre querría para limpiar el nombre de nuestra familia. Se lo debo —dice con un brillo fiero en los ojos.

Pulgarcita extiende la palma frente a ella y no me pasa desapercibido que le tiembla un poco. La responsabilidad está puesta en sus hombros por completo y es más que probable que el futuro de las princesas y el nuestro dependa enteramente de ella. Jacqueline, un tanto recelosa, se la entrega.

Pasamos las siguientes horas trabajando el terreno hasta que Pulgarcita, resignada, decide que no hay mucho más que podamos hacer. A pesar de que lo hemos regado y tratado, su cara me sugiere que no las tiene todas consigo. No obstante, lo único que puede hacer es intentarlo, así que se acuclilla y la entierra en un montoncito húmedo. Después se la queda mirando. Tanto tiempo que Jacqueline se marcha a preparar la cena.

—¿Y ahora qué? —pregunta Brianna. Pulgarcita se tensa y frunce más el ceño—. ¿No hay que pronunciar un conjuro? ¿Sacrificar una cabra y rociar la tierra con su sangre?

Arrugo la frente al imaginar la escena en la mente y la miro con reprobación.

—¿Qué?

No obstante, Pulgarcita está tan abstraída que ni se inmuta.

Un tanto preocupado, me arrodillo junto a ella y le pongo la mano en el hombro.

—Has hecho lo que has podido. Si no funciona, ya buscaremos otra forma de encontrar oro puro.

Sus hombros se tensan aún más, rígidos, y oigo su corazón tronando con vigor en su pecho. Cuando deslizo la vista hacia el montoncito, me doy cuenta de que aprieta un puño con fuerza.

—Hay algo que podría probar... —murmura.

Abre la mano y descubro que su puño escondía un dedal. El dedal con el polvo de hadas.

Brianna contiene la respiración, pero no interviene. Y yo me crispo.

—La reina Áine te lo entregó para ponerte a salvo —le recuerdo, y cojo su mano con la mía para cerrarle el puño.

No obstante, Pulgarcita niega con la cabeza.

—Si nos vemos en una situación en la que mi vida peligre, será porque las vuestras también. Y si pudiera hacer algo por vosotros, lo haría. No os abandonaría.

Gira la cabeza hacia mí y me mira fijamente, sus ojos brillando con una pátina acuosa que me traspasa. Algo dentro de mí se revuelve y me obligo a tragar saliva, sobrepasado por la intensidad de sus palabras y la confianza depositada en nosotros. En mí. No tengo duda alguna de que yo haría lo que fuera por protegerla, a ella y a Brianna, pero escuchar que ella arriesgaría lo mismo por mí..., no me lo esperaba.

Con determinación y agilidad, Pulgarcita aparta el botón que ejercía de cierre sobre el dedal y rocía el montón de tierra con los polvos mágicos. Aguardamos unos segundos, expectantes y rígidos, pero no sucede nada.

—¿Significa esto que no funciona? —pregunta Brianna con voz monocorde.

—Algo ha hecho —responde Pulgarcita, meditabunda—, porque la habichuela no ha salido flotando.

Vuelve a mirarnos y en sus ojos veo una determinación férrea. Si ella cree que de algo ha servido, no seré yo quien ponga en duda sus convicciones.

38

En la pesadilla de esta noche vuelvo a ver a Olivia, porque haber pensado tanto en su espada durante el día me juega una mala pasada. Sueño con ella ayudándome a prepararme el día de mi boda, rememoro lo hermosa que estaba con el vestido de gasa azul que dejaba a la vista las clavículas, con su tatuaje de las fases lunares bien visible. Y después, cuando me acompañaba al arco nupcial, decorado con flores de acónito, bajo la atenta mirada de nuestros seres queridos, cambió a la Reina de Corazones, quien clavó sus uñas en mi brazo y me arrastró a un pozo de experiencias turbulentas. Solo cuando mi propia cabeza rueda hasta mis pies, despierto con la respiración acelerada, el corazón tronándome en el pecho y el cuerpo perlado de sudor. Me llevo la mano al cuello por inercia, por temor a que me esté desangrando sin darme cuenta, pero mis dedos solo se encuentran con el sutil relieve de la cicatriz que Brianna me dejó ahí.

Al principio me siento desubicado, no sé bien dónde estoy ni qué día es, los recuerdos entremezclados con mi propia realidad. Miro a mi derecha y compruebo que Pulgarcita aún sigue durmiendo en la cama contigua, arañándole unos minutos más a este nuevo día que se alza perezoso, y entonces recuerdo dónde me encuentro.

Con temor, me levanto la manga y, para mi horror, descubro la marca de las uñas de la Reina de Corazones atravesándome la piel. No es profunda, sé que en cuestión de minutos la temperatura de mi cuerpo me va a sanar, pero me hace sentir peor que cualquier otra herida mucho más peligrosa que haya sufrido.

No aguanto más en la cama, así que me levanto, cojo mi espada por pura precaución y, en silencio, salgo de la pequeña casa de Jacqueline, dejando atrás los restos de la cena de anoche.

La brisa mañanera me acaricia la piel de los brazos y me recojo el pelo en la nuca.

Me acerco a los caballos, que anoche trajimos hasta la puerta de la casa de Jacqueline, y acaricio a Penumbra en el cuello antes de pasear por las calles de la aldea, con las manos en los bolsillos y la mente en demasiados sitios, empapándome del albor del que soy el único espectador. Cojo aire con fuerza y los pulmones se me llenan del frescor del rocío, aunque viene acompañado del aroma agrio que parece envolver esta zona y me arrepiento al instante. Alzo la vista al cielo y descubro que la capa de nubes es mucho más densa hoy que anoche. Pero eso no es lo que me arrebata el aliento.

Un descomunal tallo verde, de un grosor inimaginable, se eleva poderoso por encima de los tejados inclinados de terracota, como un gigante en sí mismo, y se pierde entre la densa masa esponjosa y blanca allá arriba. Me quedo paralizado unos segundos, estupefacto por lo surrealista de lo que están viendo mis ojos, y me planteo si después de toda una vida contemplando lo imposible, me terminaré acostumbrando.

—Los polvos han funcionado... —murmuro.

Sin pensármelo dos veces, echo a correr en dirección a la base de la planta, sin dejar que la sensación de júbilo que me acecha se instale en mi pecho por pura precaución. Cuando llego hasta el vivero, tengo la respiración desacompasada y una leve capa de sudor me perla la frente, pero ni siquiera el cansancio me detiene y rodeo la estructura hasta llegar a la parte trasera.

Lo primero que llama mi atención no es la descomunal planta que se alza impasible frente a mí, sino Brianna, acuclillada cerca del tallo, con un codo apoyado en una rodilla y la otra mano extendida examinando el terreno.

—Ven a ver esto —me dice antes incluso de que la salude. Y no consigo evitar que mi corazón tropiece consigo mismo, porque incluso con la distancia que nos separa sabe que soy yo quien ha llegado.

—¿Qué ocurre?

—Mira. —Se incorpora y señala un punto por delante de ella.

La tierra está batida y cuando me fijo en mayor detalle, descubro que hay varios rastros de pisadas de hombres o mujeres grandes, a juzgar por el tamaño.

—No son nuestras —comento.

—Ya, es lo mismo que he pensado yo. Solo hay que vernos a Pulgarcita y a mí. Esas huellas, como mínimo, son de tres personas como tú de grandes.

Compartimos una mirada dubitativa y nos quedamos en silencio.

—¿Crees que alguien habrá subido aprovechando la oscuridad de la noche?

—Eso es lo que no me cuadra. He estado haciendo guardia, porque no me fiaba de ese tal Jackson, y no ha venido nadie.

—¿No te has separado del tallo en ningún momento?

—No el tiempo suficiente como para que a alguien le diese tiempo a trepar toda esa distancia —señala hacia el punto en el que el tallo desaparece entre las nubes, a varios cientos de metros— sin que me diera cuenta. Además, ni siquiera terminó de crecer hasta hace una hora o así.

La observo con cierto deleite, aprovechando que tiene la vista alzada hacia el cielo, y me fijo en la piel tersa de su cuello, en los pómulos sonrosados por el frescor de la mañana y en la melenita castaña, un tanto despeinada, cayendo hacia atrás. Entonces devuelve la atención a la tierra y gira la cabeza hacia mí.

—Puede que fuera algún curioso que se acercase a fisgonear justo cuando tú no estabas —digo con la voz un tanto rasposa.

—Puede ser, sí —murmura sin apartar los ojos de los míos.

Todo dentro de mí me pide que rompa el contacto visual para no importunarla, pero me resulta físicamente imposible no mirar a la mujer por la que bebería los vientos. Despacio, desliza la vista por mi cuerpo y se fija en mi brazo al descubierto.

—¿Qué te ha pasado? —pregunta, recelosa, antes de mirarme a la cara de nuevo.

Acto seguido, escondo el brazo tras la espalda, y no puedo evitar sentirme como un niño ocultándole algo a su madre. Ella entrecierra los ojos en respuesta. La idea de inventarme cualquier excusa me tienta, pero me prometí dejar las mentiras atrás, por mucho que tantos años mintiendo me empujen a defenderme de ese modo. Resoplo por la nariz y dejo caer el brazo a un lado. No tiene sentido que siga ocultándoselo cuando ya lo ha visto y no va a descansar hasta descubrir la verdad.

—Ha sido la Reina de Corazones.

Todo el cuerpo de Brianna se tensa al instante y, un parpadeo después, tiene las dagas sacadas y listas para matar. Y aunque me alivia que sus reflejos sean tan rápidos, algo en su postura amenazadora se me traslada al pecho, porque tengo la sensación de que parte de la amenaza la ve en mí.

—Tranquila, no está aquí —digo en tono conciliador.

Brianna duda durante unos segundos más y, después, envaina las dagas otra vez.

—¿Entonces?

—Ya sabes que sueño con ella. —Me froto la nuca, incómodo.

—Sí, pero es la primera vez que veo que un sueño hace eso. —Me señala el brazo y siento sus ojos fijos en mí. Lo que distingo en ellos no puede ser preocupación, ¿verdad?

—Pues resulta que los míos sí. —Mis labios se estiran en una media sonrisa con la que pretendo restarle importancia al asunto, pero no surte efecto.

—¿Desde cuándo?

Me rasco el brazo de los arañazos por el efecto de la curación, que siempre se manifiesta con este picor, y aprovecho para meditar sobre cuánto le quiero contar.

—Un par de veces o tres, no muchas.

—Demasiadas —sentencia con voz dura.

Trago saliva por la autoridad de sus palabras y chasqueo la lengua.

—No pasa nada. De momento no me ha hecho nada grave.

—De momento. —De nuevo, desliza la vista hacia mi brazo, donde los arañazos ya han desaparecido sin dejar rastro por ser superficiales—. Tenemos que darnos prisa... —concluye.

Yo asiento con la cabeza, los labios apretados.

—¿Has vuelto a ver algo real?

—No, gracias a Luna.

Nos quedamos unos segundos callados, ella sin dejar de mirarme el brazo, y comienzo a sentirme un tanto incómodo, como expuesto. Y me maldigo, porque antaño Brianna y yo no habríamos tenido ningún problema en confesarnos nuestros temores.

—Preferiría que soñaras con la realidad —murmura y nuestros ojos se encuentran con intensidad—, porque eso significaría que no te hace daño físico.

Sus palabras me atraviesan y me quedo de piedra, el corazón en un puño y la garganta completamente seca. Al principio dudo, porque creo no haberla oído bien, pero después ella misma se da cuenta de lo que ha dicho y se le tiñen las mejillas de rojo antes de añadir:

—Solo yo puedo hacerte daño —bromea y me guiña un ojo, pero los dos sabemos que no lo decía en ese sentido.

Después de unos segundos de turbación en los que, a juzgar por su lenguaje corporal, sé que se está asfixiando, decido cambiar de tema.

—¿Y tú? ¿Has conseguido descansar? —me atrevo a preguntar.

—Ya sabes que no.

Ella esboza una sonrisa tan sutil que apenas si se puede considerar como tal, un gesto en agradecimiento al cambio de tema, y los dos volvemos a fijarnos en el final del tallo, tan tan alto que da vértigo solo de pensar en trepar esa distancia.

—¿Qué crees que nos encontraremos allí arriba? —pregunta en un murmullo.

—Sinceramente, estoy seguro de que nada bueno. —Me mira con cierta inquietud—. Espero equivocarme, pero entre que el duque nos advirtió de ese hombre avaro y lo de los gigantes... La suerte va a estar en nuestra contra.

—¿De verdad crees que existen? —Se da la vuelta y camina hasta la pared del vivero para recostarse contra ella y dejarse caer al suelo.

—Antes tenía mis dudas, pero después de lo que nos contó Jacqueline ayer... Es imposible no creerla. ¿Viste su expresión mientras hablaba de su hermano?

Me acerco a la pared y me siento a su lado a una distancia prudencial, a pesar de que mi cuerpo me pida estar más cerca.

Ella asiente y suspira.

—Imagino que no debe de ser fácil descubrir que tu hermano es un asesino. —Hace un mohín y apoya los codos sobre las rodillas—. Aunque, bueno, yo no puedo saberlo.

La miro de soslayo y trago saliva antes de decir lo que me ronda la mente.

—Olivia era tu hermana.

Brianna desliza la vista hacia mí y sonríe con tristeza.

—Sí, era una hermana para mí. Y casi la maté igualmente.

—*Casi* no es lo mismo que matarla —me la juego.

Aunque ella sonríe de medio lado, taciturna, chasquea la lengua.

—Es pronto para bromear con eso.

—Lo pillo, tomo nota.

Nos quedamos en silencio de nuevo y mi mente se convierte en un torbellino de pensamientos. Hay tantas cosas de las que me gustaría hablar con ella y disponemos de tan pocos momentos de calma... Y lo que más me sorprende es la tranquilidad con la que está conversando conmigo a plena luz del día, tal y como era la Brianna de antes del maleficio.

—Hay algo que no comprendo —dice entonces. Giro la cabeza y la observo, a la espera de que continúe—. En la mansión del duque, antes del baile del solsticio, me preguntaste si trabajaba para el Hada. ¿Por qué?

—Ah, eso... —Contemplo el tallo una vez más—. El Hada siempre debía ir un paso por detrás, era lo que habíamos hablado. Ella quería que fuese así para obligarte a seguir adelante, para que te sintieras acechada y dieras lo máximo de ti. Pero te enfrentabas a todo con tanta resolución y sin temor alguno, ni un ápice, que llegué a dudar de si se trataba de una prueba para mí.

—¿Una prueba?

Asiento y aprieto los puños sobre las rodillas.

—Para comprobar mi lealtad. En un momento de desesperación, cuando empezaba a estar convencido de que tenía que contártelo todo, llegué a pensar que quizá el Hada te estaba utilizando para cerciorarse de si yo seguía siéndole fiel. A fin de cuentas, ella sí sabía quién eras tú para mí aunque creyese que yo no lo recordaba. Me planteé la posibilidad de que nada de todo aquello fuese real, que tú no fueras el diamante en bruto que ella necesitaba y que tan solo estuviese tanteándome para luego acabar contigo, con Pulgarcita y con todos los implicados y seguir como si nada.

Termino de hablar un tanto acelerado, con las puntas de las garras incrustadas en las palmas por la intensidad de los recuerdos que acuden a mi mente en tropel.

—Entonces te consideraba un súbdito valioso.

Chasqueo la lengua y me froto la cara. No me gusta nada el rumbo de esta conversación, pero supongo que no puede ser peor que lo que le he contado antes.

—Sí, un siglo da para mucho. Demasiado, en realidad —añado con un deje de dolor y el ceño fruncido.

Incómodo, recojo un trozo de tierra compactada y lo deshago entre los dedos.

—Cuando... Cuando te forcé a torturar a Maléfica...

—No me forzaste —la interrumpo, porque no quiero que se eche toda la culpa aunque la tenga en parte.

—Sí que te llevé a una situación que no es plato de buen gusto para nadie. —Nos sostenemos la mirada unos segundos y después le dedico un cabeceo—. Cuando la torturamos, dio la sensación de que no era la primera vez.

Respiro hondo y aprieto los labios antes de atreverme a responder, porque me pidió que le contara mi historia y merece saberla entera, con mis luces y mis sombras. Sobre todo, sombras.

—No era la primera vez, no. Digamos que me convertí en un experto en eso. Cualquier persona que la importunara lo más mínimo, pasaba por mis manos. Y muchas veces conseguía disuadirla... a mi propio coste. —Aprieta los labios y me percato de que también tiene los nudillos blancos de la fuerza con la que cierra los puños. Pero sigo hablando—: En otras, me limitaba a dar palizas rápidas para no matar al pobre desgraciado que acabase en las celdas. Aunque en la mayoría, a ella le gustaba supervisar. Y ahí no tenía otra opción que cumplir o morir. Y el instinto de supervivencia es demasiado potente cuando tu vida está ligada a la de otra persona. Me convertí en alguien que me da náuseas, y a veces creo que me perdí un poco en el camino.

Jugueteo con una piedra y la lanzo lejos.

—No creo que te perdieras tanto cuando conseguiste encontrarme.

Devuelvo la vista a ella con premura y la encuentro con la mirada fija en el final del tallo, como si pronunciar esas palabras le hubiese costado tanto esfuerzo que no es capaz de hacerlo a la cara. Nos quedamos en silencio, aplastados por la realidad de mi última confesión, y jugueteo con otra piedra.

—Lo siento —susurra.

La miro con incomprensión y los labios entreabiertos. De todas las posibles respuestas o rumbos que podría haber adoptado la conversación, una disculpa era lo último que me esperaba.

—¿Por qué?

—Por todo lo que tuviste que sufrir. No debió de ser fácil.

La garganta se me constriñe y me obligo a tragar saliva.

—No, no lo fue.

Este nuevo silencio, aunque tenía todas las papeletas para ser incómodo, es de los más naturales que hemos compartido desde que todo se torció.

Por mucho que me encantaría continuar con la conversación y descubrir hasta dónde nos llevaría, sobre todo teniendo en cuenta lo rápido que me ha mirado y cómo se ha fijado en mi boca, Jacqueline y Pulgarcita aparecen por la puerta trasera, charlando distendidamente. Y me sorprende haber estado tan embobado con Brianna como para no haberlas escuchado aproximarse siquiera, y eso que los tablones del vivero chirrían que da gusto.

Después de saludarnos, Jacqueline nos da un par de bollos dulces a cada uno para tomar un desayuno rápido y reponer fuerzas.

—Mi padre utilizaba esto para subir —nos explica mientras nos tiende unas herramientas de lo más extrañas. Son una especie de suelas con pinchos y unos ganchos con mangos—. Mi padre los llamaba piolets y crampones. Esos —señala las suelas raras— se ponen sobre los zapatos y sirven para engancharse en el tallo dándole patadas. Y eso otro..., bueno, no es complicado averiguar para qué sirve. Pero solo tengo dos juegos de herramientas.

—¿Y cómo lo hacemos entonces? —pregunto ante la falta de material.

—Se lo decía a Jacqueline de camino —interviene Pulgarcita—. Yo puedo encoger e ir encima de alguno de los dos.

—A mí no me importa —me ofrezco—. Lo único es que no podré ayudarte a que no te caigas, así que agárrate bien.

Pulgarcita levanta el pulgar hacia arriba mientras dice un enérgico «hecho». Después, entra en el establecimiento para ponerse el vestido que se adapta a su tamaño.

—¿Estás preparada? —le pregunto a Brianna cuando termina de abrocharse el último crampón.

—¿Acaso tenemos opción a no estarlo?

39

No es ninguna sorpresa que trepar por el tallo iba a requerir de un esfuerzo prolongado, de una gran resistencia mental y física, pero lo que estamos sufriendo supera cualquier nivel. Brianna asciende por encima de mí, abriendo camino y porque me siento más seguro yendo por debajo de ella por si le falla un pie por el cansancio.

Siento el sudor cayéndome a surcos por la espalda, por la sien, el mentón..., por todas partes. La ropa se me pega y me dificulta los movimientos de unos músculos tensos y que se quejan con agonía.

Cargados con las armas y algunas provisiones, ascendemos en completo silencio, reservando todas las fuerzas posibles, bajo un sol inclemente por mucho que estemos en los primeros días de la primavera. Aunque las nubes eternas nos den cierta tregua en cuanto al calor, también tenemos la sensación de estar debajo de una cúpula cálida. Lo único que parece estar de nuestra parte es el viento, que según ascendemos, sopla más fuerte y acrecienta la sensación de frescor. Pero me temo que de aquí a unos cientos de metros, incluso eso nos supondrá un revés.

De vez en cuando nos detenemos para recobrar el aliento y darle un trago a la bota, aunque resulta costoso, porque para ello hay que sacrificar uno de los cuatro puntos de apoyo. Pulgarcita intenta insuflarnos ánimos como puede, habla con nosotros y nos cuenta historias y curiosidades que, sinceramente, hace rato dejé de escuchar porque empezaban a no tener sentido. El agotamiento se está abriendo paso en mi mente y no hago más que suplicar por que el dichoso tallo llegue a su fin de una vez por todas.

—¿Cómo vas? —pregunta Brianna mirando hacia abajo.

—Voy. ¿Y tú?

—Con ganas de vomitar un pulmón.

—Ánimo, que no debe de quedar mucho —comenta Pulgarcita.

—Qué fácil es dar ánimos cuando te llevan en brazos —farfulla Brianna.

Seguimos ascendiendo y me viene a la mente el momento en el que trepamos por la fachada del Palacio de Cristal, con Brianna achispada y el vestido rasgado a la altura de las rodillas que me dejaba unas vistas impresionantes. Y aunque las de ahora tampoco están mal, ni siquiera tengo fuerzas para distraerme de esa forma. Lo único que quiero es llegar arriba y descansar, pero nada nos garantiza que eso vaya a pasar.

Nos acercamos a la capa de nubes bien entrada la tarde, cuando apenas quedan un par de horas de sol. El nivel de extenuación es tal que en más de una ocasión he perdido pie o mano, a punto he estado de perder uno de los piolets o he clavado mal el crampón y he resbalado hacia abajo. Brianna también sigue avanzando a duras penas, pero cuando atravesamos el denso manto esponjoso, la temperatura desciende lo suficiente como para arrancarme un escalofrío. Bri desaparece entre las nubes, tan espesas que ni la veo, como si se hubiera sumergido en un mar de niebla.

—¿Se acaba? —pregunto desde fuera de las nubes.

Me quedo quieto, recobrando el aliento un segundo. Dos. Tres.

—No responde —dice Pulgarcita junto a mi oído al mismo tiempo que retomo la marcha a mayor ritmo del que venía llevando.

La preocupación me oprime el pecho y la garganta se me termina de secar por completo. Un temor correoso me revuelve las tripas y me obligo a lanzar un brazo por encima del otro, a clavarme con más fuerza al brote y a recorrer mayor distancia entre anclaje y anclaje. En cuestión de segundos me he internado en las nubes, con el corazón en un puño y la tensión palpitándome en los oídos.

Llego al final del tallo, que desemboca en una explanada suave al tacto y tan luminosa que me priva de la vista durante un instante. Me deshago de los garfios de escalada y, cuando mis ojos se habitúan al cambio de luminosidad, la busco con la mirada.

—Joder, Brianna... —farfullo en cuanto la veo y, ahora sí, me dejo caer sobre el suelo, completamente rendido. Pulgarcita se queja por mis movimientos bruscos, pero hago caso omiso.

Está sentada al lado del final del tallo, con los brazos apoyados sobre las rodillas, absorta por lo que hay más allá. Y entonces miro en la misma dirección y la mandíbula se me desencaja.

Si ver el brote me creó impresión, contemplar lo que nos rodea queda muy por encima. Aunque parezca increíble, sobre la esponjosa capa de nubes se extiende una pradera verde y frondosa, de césped alto y suave que se mece con la brisa cálida que nos rodea. Aquí y allá crecen arbustos frutales o parterres de flores doradas que no había visto nunca y que hacen suspirar a Pulgarcita. Más allá, tan lejos que el reflejo en sí se asemeja a un espejismo, parece que haya una laguna de aguas amarillas. Y junto a ella, una enorme urbe de ladrillos parduzcos.

—No me queda ninguna duda de que eso —Brianna señala hacia delante— es de tamaño gigante.

Pulgarcita camina por encima de mi cuerpo, se deja caer al suelo y, con un chasquido de dedos, cambia a su tamaño normal. Después, se agacha junto a mí y me descuelga la bota del cinto para echarme un poco de agua por la cabeza, acto que agradezco con un gemido placentero que hace que Brianna me mire de golpe. Pulgarcita me rodea y se acerca a ella.

—Ni se te ocurra —la amenaza con la respiración entrecortada por el cansancio.

—Impídemelo —la reta.

Pulgarcita tira del cuello de la camisa de Brianna y vierte parte del contenido de la bota sobre ella, quien ahoga un grito fruto del contraste entre la temperatura del agua y su propio cuerpo. Sonrío con diversión y extiendo el brazo hacia ella para que me la devuelva y pueda dar un trago.

En silencio, sentados junto a nuestra única vía de escape, observamos el inverosímil panorama que se extiende frente a nosotros.

No sé por qué esperaba encontrar todo esto arrasado, destrozado, un vasto remanente de lo que en otra vida fue un reino próspero con el que comerciaba la comarca. Teniendo en cuenta lo de la caza masiva y casi extinción de esta raza, habría sido lo más lógico. Pero la ciudad a lo lejos parece entera y muy en calma, como si tan solo estuviese dormida.

—Tengo la sensación de que lo amarillo es oro.

—Eso mismo estaba pensando yo —me responde Brianna—. Creo que lo mejor sería acercarnos a la ciudad y estudiar la zona. No me gustaría que ninguna amenaza nos pillara desprevenidos.

—Me parece bien.

Después de recobrar el aliento unos segundos, guardamos los utensilios de escalada y nos preparamos para la caminata.

—Ahora sé cómo te sientes cuando empequeñeces —comento distraído, observando las casas a cada lado de la calle con la cabeza echada hacia atrás.

—Pues imagínate si encogiera ahora... —bromea.

Caminar por la ciudad es como hacerlo por un cementerio, más aún teniendo en cuenta que el sol casi se ha ocultado. Y tal y como aparece ese pensamiento por mi mente, me arrepiento. Los príncipes respondieron a la solicitud del pago a Jacqueline bastante rápido y nos informaron de que todavía no han podido dar caza a los naipes, que son demasiado escurridizos y no han encontrado un patrón de actuación más allá de que siempre atacan cementerios. Poco a poco, van conquistando cada vez más terreno, en ese *modus operandi* que, sin duda, sirve para allanar el terreno a los muertos cuando la Reina de Corazones decida alzarlos. Aunque el Príncipe Arrogante ha demostrado ser de lo más inútil, albergaba la esperanza de que entre las tres fuerzas consiguieran darles caza y nos concedieran algo más de tiempo. Pero está claro que eso habría sido pedir demasiado.

Sacudo la cabeza y me centro en las calles, alerta por lo que pudiéramos encontrar. Aunque lo único que se oye son nuestros pasos resonando contra la piedra y algún sonido provocado por la brisa. Las viviendas están vacías, expoliadas o recogidas con premura para escapar de aquí. Y espero que sea lo segundo, por el bien de estas gentes. No obstante, en cuanto nos adentramos en el centro de la urbe descubrimos que no tuvieron suerte, porque en algunas fachadas empezamos a ver pintadas en rojo que dicen: «Aquí estuvo Jack el Matagigantes».

Nos quedamos de piedra, con el cuerpo cortado por lo que esto supone, por ser testigos de los estragos de la masacre. Y, de verdad, ojalá algunos de los habitantes consiguieran salvarse.

—Tendríamos que cobijarnos en algún lado —sugiere Brianna con voz tensa.

Asiento con un cabeceo y nos colamos en el interior de una casa que tiene la puerta abierta. Movernos por el interior de la vivienda es complicado. El mobiliario mide diez veces más que nosotros, y subir a la segunda planta para tener mejor altura y vigilar el exterior queda completamente descartado. Así que nos dirigimos hacia lo que parece que funcionaba como comedor.

—Podemos trepar por ahí —digo, señalando hacia la mesa, cuyo mantel ha medio resbalado sobre la superficie.

Brianna estudia mi sugerencia y se fija en lo mismo que yo: que la mesa está junto a una ventana y que podría servirnos a la hora de vigilar. Con un gesto de la mano, nos acercamos al mueble y comenzamos a trepar por la tela a cuadros rojos y blancos.

Nos desplomamos sobre la cúspide de esta extraña montaña tanto rato después que la luna ya brilla en el firmamento. Aunque lo que más nos apetezca sea bebernos las botas de agua de un trago, nos vemos obligados a racionarla, puesto que teniendo todo semejante tamaño, nos resultará costoso rellenarlas. Así que nos limitamos a comer lo mínimo indispensable para acallar el hambre en completo silencio, como sumidos en el pesar que tuvo que sufrir este pueblo.

—Venga, dormíos ya. Aprovechad vosotros que podéis —dice Brianna, sin apartar la vista de la ventana.

Me masajeo los brazos y las piernas, agarrotados de tanto sobreesfuerzo, y resoplo solo ante la idea de no descansar una noche más. Pulgarcita camina hasta la ventana y se queda mirando la calle, preocupada o consternada por todo lo que nos rodea, con los ojos tan abiertos que podría competir con un búho.

—Oye, Bri... —Ella mira en mi dirección, con el rostro serio pero relajado. Y me complace que empiece a sentirse cómoda con su verdadero nombre—. Necesito pedirte un favor.

Alza una ceja, escéptica, y aprieta los labios. Pulgarcita también se gira hacia atrás para observarnos y, no sé por qué, siento cierta presión por lo que le quiero decir.

—¿Cuál?

—¿Podrías...? —Cierro la boca y hago un mohín, porque no iba a formularlo bien—. Necesito que duermas conmigo.

Pulgarcita se queda un tanto lívida y se da la vuelta despacio, como si sintiese que esta conversación se va a poner turbia, aunque no sea mi intención. Brianna, por su parte, me estudia con curiosidad y con una arruga entre las cejas, así que me apresuro a explicarme:

—Estoy agotado. Llevo camino de mes y medio sin descansar lo más mínimo. Bueno, miento. —Me escruta con mayor interés—. Solo ha habido dos días que he conseguido dormir tranquilamente y los dos han sido por ti. Porque dormiste conmigo. Necesito recobrar fuerzas por lo que pueda pasar, porque noto que no estoy en plenas facultades y eso podría salirnos muy caro.

Me escudo en que esto es beneficioso para la misión, porque como siguiese por el lado de que la necesito, sé que me rechazaría solo por orgullo, porque aún no hemos llegado a ese punto.

Y no sé si la conversación que mantuvimos esta mañana habrá influido en su decisión, porque me mira de arriba abajo un segundo y, después, vuelve la atención hacia la ventana antes de hablar.

—¿Puedes encargarte de la primera guardia? —le pregunta a Pulgarcita en voz monocorde, y a mí me da un vuelco el corazón.

—Sí, no os preocupéis, tampoco creo que pudiese dormirme. Estar aquí me pone... nerviosa. Es como si tras cada ventana de cada casa pintada con esa maldita frase hubiese un fantasma, vigilando.

—Ya, yo también tengo esa sensación. —Con un resoplido, Brianna se levanta y se gira hacia mí—. ¿Qué tengo que hacer?

—¿Cómo que qué tienes que hacer?

—Sí, si tengo que abrazarte o algo. Puedo buscar un peluche si lo necesitas. ¿O con chuparte el dedo vas bien?

Su comentario me divierte y se transforma en una sonrisa de la que no pierde detalle.

—Si me lo chupas tú, perfecto.

Brianna pone los ojos como platos y el rubor trepa raudo a sus mejillas, lo que me arranca una carcajada de lo más sincera. No obstante, decido no continuar con el pique porque necesito descansar lo máximo posible. Y está claro que Brianna no dejará que Pulgarcita haga toda la guardia y en algún momento me visitarán las pesadillas.

—Lo de abrazarme no suena mal —rectifico mientras hago una almohada con mi capa. Ella arquea una ceja y cruza los brazos ante el pecho—. Te has ofrecido tú.

—No voy a abrazarte hasta que te duermas.

Doy un par de palmadas junto a mí para indicarle que se acerque y vuelve a resoplar antes de sentarse a mi lado.

—La clave no está en cómo nos quedemos dormidos, sino en cómo despertemos. Me juego lo que sea a que, cuando amanezca, estarás entre mis brazos.

—¡Ja! Ya te gustaría...

—Apuéstate algo si tan convencida estás.

Me observa con los ojos entrecerrados y ese gesto que pone al meditar.

—Te gusta jugar, ¿eh? —murmura para sí misma.

—No sé qué tienes en mente, pero sí, acepto.

—¿Sin más?

—Sin más. Puedes pedirme lo que sea y lo haré.

—Está bien.

—Pero esto va en ambas direcciones. —Nos señalo y sonrío de medio lado—. Yo también podré pedirte lo que quiera cuando quiera.

Entrecierra más los ojos mientras reprime una sonrisilla divertida que despierta mariposas en mi estómago. Y creo que este momento de pique, este tira y afloja, es justo lo que necesitábamos para soltarnos teniendo en cuenta la tensión que nos rodea. Incluso Pulgarcita ha desaparecido para nosotros.

—Hecho.

Se tumba de espaldas a mí y adopta posición fetal. Pero esto no ha acabado, así que me inclino sobre ella, hasta que mi rostro está cerca del suyo, y sin siquiera decir nada, solo con mi respiración contra su piel, el vello se le eriza y me hace sonreír más.

—Hasta donde yo sé —ronroneo contra su oído—, los tratos se sellan con un beso.

Ella me lanza un manotazo para apartarme y lo esquivo con una carcajada mientras murmura:

—Buen intento, Axel.

Despertamos sobresaltados por un temblor que nos sacude por completo, como si de un terremoto se tratase. Con el cuerpo en alerta, nos quedamos quietos unos segundos, a la espera de que la tierra deje de moverse, Brianna con los ojos clavados en los míos, muy abiertos y del todo despiertos.

Y cuando el mundo deja de vibrar, sonrío de medio lado e inspiro con fuerza. Ella aprieta los dientes y se zafa de mi abrazo con un empujón que me arranca una risa rasposa a causa del sueño. Sin perder tiempo, Brianna se acerca a la ventana, donde Pulgarcita mira a un lado y a otro de la calle con el ceño fruncido.

—¿Qué ha pasado? —pregunta con voz tensa.

—No lo sé —responde la chica. Me acerco a ellas y observo las inmediaciones, con los ojos entrecerrados para percibir más matices entre los claroscuros de la noche. Apenas habremos dormido tres horas—. Parece un terremoto.

—¿Un terremoto? ¿Sobre las nubes? —inquiero. Pulgarcita se encoge de hombros con gesto preocupado—. Además, ha sido muy breve, apenas un par de segundos.

Nos quedamos en silencio, no sé si a la espera de que se repita ese extraño seísmo o qué, pero no me cabe la menor duda de que debemos salir a investigar, así que me doy la vuelta para recoger mis cosas.

—Hay que buscar el origen de ese temblor —digo mientras me ato el cinto de la espada.

—¿Creéis que es prudente? Apenas se ve nada.

—Hemos venido con una misión —responde Brianna—. Y no podemos quedarnos aquí a la espera de que los peligros llamen a la puerta.

Un nuevo temblor nos sacude de arriba abajo y la chica se habría caído de no haber sido por la intervención de Brianna, que la ayuda a mantener el equilibrio. Y tan rápido como llega, la sacudida desaparece.

—Dudo mucho que eso sea por causas naturales —comento con seriedad.

Tras intercambiar un vistazo y un asentimiento con Brianna, nos ponemos en marcha y empezamos a bajar por el mantel.

En cuanto salimos a la calle, distingo en el ambiente el matiz ferroso de la sangre y me pongo en alerta y desenvaino la espada para tener mayor alcance. Con un par de gestos de la mano, las aviso para que me sigan y guarden silencio; me congratula no necesitar de palabras para llegar a ese nivel de entendimiento.

Caminamos por la desértica ciudad tensos, midiendo muy bien dónde ponemos los pies para no hacer ni el menor ruido, y el rastro nos conduce hacia el centro de la urbe. Cuando el hedor es tan penetrante que sé que estamos cerca de la fuente, nos detenemos tras una esquina, las espaldas pegadas contra la pared y los alientos contenidos.

Muy despacio, les indico que voy a mirar y Brianna asiente con un cabeceo firme. Cojo aire, lo retengo en el pecho y me inclino hacia la esquina para asomarme lo mínimo indispensable. Tal y como suponía, este callejón da directamente a la plaza central, pero apenas si puedo centrarme en cualquier detalle de la arquitectura, puesto que lo que hay en medio de la plaza capta toda mi atención: dos gigantes ataviados con lo que parece una armadura militar tirados en el suelo, quietos, y bajo ellos, sendos charcos de sangre que a punto están de convertirse en piscinas para alguien de nuestro tamaño.

Me quedo lívido por ver una estampa como esta, unos seres tan grandes y que, de igual modo, terminan sucumbiendo a las garras de la muerte. Me pregunto cuál será su destino una vez sus cuerpos dejan de estar vivos. ¿También irán a parar a Nunca Jamás o al País de las Maravillas?

Entonces, siento un roce sobre mi pantalón al mismo tiempo que un jadeo ahogado. Me doy la vuelta con rapidez, la espada lista para ser usada, pero me quedo helado a medio camino al contemplar la escena a mi espalda. Una mano enguantada y desprovista de cuerpo alguno retiene a Pulgarcita con un cuchillo al cuello. Otra mano aparece junto a ella y sube por encima de su cabeza, se detiene, pellizca algo y tira hacia atrás para revelar una cabeza de tez tostada, cabellos rubios y penetrantes ojos azules.

—Os advertí que no se juega con Jackson Fasol —sonríe con burla.

40

—Suelta eso —me dice sin perder esa sonrisa. Obedezco al instante y, despacio, dejo la espada sobre el suelo—. Tú también, muñeca.

Brianna empuña la espada de Olivia con tanta violencia que a duras penas consigue reprimir los temblores de los músculos en tensión.

—He dicho que la sueltes. —El timbre de Jackson se torna amenazador y contengo la respiración, sin perder detalle del cuchillo al cuello de Pulgarcita, del miedo en su cuerpo, de los ojos bien abiertos pero desprovistos de lágrimas contenidas.

—Brianna... —mascullo con voz grave.

Ella chasquea la lengua y abre la palma para dejar caer el arma, que repiquetea contra el suelo.

—Así me gusta, que seas una buena chica.

Brianna aprieta los dientes y yo escondo las manos entre los pliegues de mi capa para ordenar a las garras que salgan; ni un solo músculo de mi rostro denota el dolor que me sobreviene con esa petición.

—¿Qué quieres? —pregunta ella.

—Ah, nada, daros las gracias. —Hace un movimiento con la mano y parte de su cuerpo se materializa frente a nosotros de tal modo que deduzco que lleva alguna especie de capa que lo vuelve invisible a nuestros ojos—. De no haber sido por vosotros, mis chicos y yo no habríamos pasado un rato tan agradable con esos dos de ahí.

Cabecea en dirección a la plaza central y la sangre me hierve en las venas. Acto seguido, desde los diferentes flancos aparecen cuatro hombres más, igual de fuertes que él y con las mismas expresiones del éxtasis fruto de la matanza.

—Aunque, claro, no todo el mérito es vuestro. Si volvéis a ver a mi hermana, transmitidle mi gratitud por haber plantado la habichuela.

En los ojos de Pulgarcita distingo un brillo de culpabilidad.

—Jacqueline... —murmura Brianna, ante lo que él asiente.

Ella y yo compartimos un vistazo rápido de comprensión. La chica se debió de referir a él con lo del suceso familiar. Maldita sea...

—¿Qué hacéis aquí? No queda nada para robar —espeto con rabia contenida.

—Los robos dejaron de importar. Hace tiempo que esto se convirtió en un deporte de élite.

Aprieta más a Pulgarcita contra su pecho y ella se tensa y cierra los ojos con fuerza, sin atreverse siquiera a tragar saliva por la tensión. Los hombres de Jackson se acercan a nosotros con sonrisas pendencieras y andares de depredador, y no pierdo detalle de ni uno solo de ellos según nos van rodeando. Brianna tampoco. Y, de hecho, sutilmente, aprovechando la cercanía con la pared, también esconde una mano bajo su caperuza roja, preparada para sacar una de las dagas.

—¿Cómo habéis llegado hasta aquí? —pregunta para distraerlo con la conversación.

Jackson acerca el rostro al de Pulgarcita y apoya la cabeza contra la de ella mientras sonríe.

—Usando esto. —Tira de la tela que lo rodea y deja de ser invisible para revelar una enorme capa marrón que lo envuelve por completo—. Resulta que los gigantes tienen tesoros de lo más útiles, y este fue uno de los que me llevé en mis primeros expolios. No sabes lo divertido que fue pasar por delante de tus narices sin que te enterases siquiera, preciosa.

Uno de sus hombres se ríe a modo de confirmación y aprieto los dientes con repulsión. El lobo de mi interior me pide que lo libere, que llame al cambio rápido, a pesar de que me resulte doloroso, para enfrentarme en plena facultades a estos desgraciados. Pero el peligro sobre la vida de Pulgarcita es lo único que me hace estar quieto hasta encontrar la oportunidad perfecta.

—¿Me vas a dar un beso ahora? —le pregunta a Pulgarcita al oído—. Ya no tengo información que darte a cambio, aunque quizá tu vida lo valga.

—Será mejor que no le hagas nada —gruño con rabia y voz más animal que humana. Y ese instinto involuntario me lleva a pensar, por una fracción de segundo, que he sentido que amenazaban a mi manada. Aunque ya no la tenga.

Jackson levanta la vista hacia mí despacio, sorprendido por ese sonido tan gutural que me ha salido de la garganta. Uno de sus hombres pasa tras de mí, intentando imponer con la diferencia de altura que me saca, que es menos de la que se cree, pero está cegado por el pavoneo y por la falsa seguridad que otorga la superioridad numérica.

—¿O qué? ¿Eh?

Aprieta la daga como para que su piel se hunda bajo el filo, pero no llega a rasgarle la carne, y eso me sugiere que su arma no está lo suficientemente afilada. Brianna también lo ha percibido, lo que nos otorga una oportunidad de actuar con el factor sorpresa de nuestro lado.

Con un gesto sutil, consigo llamar la atención de Pulgarcita, que clava los ojos en mí.

—¿Tú eres ese tal Matagigantes? —interviene Brianna para que Jackson se fije en ella en lugar de en mí.

—Así es. Jack, para los amigos. Aunque tú puedes llamarme como quieras, encanto.

Le lanza un beso al aire, que ignoro por su propio bien. Despacio, llevo la mano a la altura del bolsillo y le doy un par de palmaditas sutiles para que Pulgarcita las vea.

—¿Tan mal se te da usar la polla que necesitas ir por ahí dejando tu nombre grabado en las paredes para que alguien te recuerde?

Pulgarcita sigue mis movimientos con los ojos.

—Estaré encantado de demostrártelo —suelta con cierto deje de ego herido.

Y los hombres de Jackson se acercan a Brianna de forma amenazadora al mismo tiempo que el líder sonríe con lascivia. Pero mantengo mi atención fija en lo importante. Pulgarcita cierra los ojos con fuerza cuando siente la mano de Jackson apartándole un mechón de la cara. Brianna me mira de reojo.

—Creo que no sabrías ni por dónde empezar —lo pica, dándole donde ha demostrado, con esa bocaza que tiene, que más le duele: en su masculinidad frágil.

Saco tres dedos para contar.

Dos.

—Vamos a comprobarlo.

Con un cabeceo, Jackson les indica a sus hombres que la apresen.

Uno.

Pulgarcita encoge con un chasquido y desaparece de entre los brazos de un Jackson tan atónito que esquiva la daga que Brianna le lanza por puro milagro. No pierde tiempo y propina una patada hacia atrás, más parecida a una coz, y clava la bota en la espinilla del matón que tenía más cerca. Yo me doy la vuelta al mismo tiempo y hago uso de las garras para seccionar la garganta del hombre que me queda más cerca. Uno menos.

Con un movimiento amplio de los brazos, me retiro la capa del cuerpo al mismo tiempo que asesto un codazo al aire para ganar espacio entre los atacantes que nos rodean y yo y recojo la espada del suelo. Brianna finta hacia un lado cuando uno lanza un puñetazo hacia ella, yo me cuelo en su guardia expuesta y le hago un tajo ascendente que le abre el abdomen en dos. Brianna aprovecha para recoger la espada y detiene una acometida de rodillas, el sonido del metal entrechocando rebota en las paredes.

Busco a Pulgarcita con la mirada, pero no tengo tiempo de encontrarla de un simple vistazo, porque Jackson, cegado por la ira, corre hacia Brianna para atacarla mientras ella se enfrenta a otro de los hombres, que le saca un tercio de cuerpo. Pero no lo permito, le asesto un golpe con el pomo en la cara al tío que ha tenido la mala suerte de cruzarse en mi camino y oigo el chasquido de su nariz al partirse. Va a entretenerse unos segundos preciados en comprobar que está sangrando a chorros, así que me doy la vuelta justo en el momento en el que Jackson la iba a atacar por la espalda. Brianna me mira de soslayo, lo suficiente como para captar qué iba a pasar, y desenvaina la Rompemaleficios al tiempo que su otro acero —el de Olivia— detiene los espadazos de su atacante.

Jackson lucha con maestría e intenta deshacerse de mí rápido para llegar hasta ella, pensándose que es la presa fácil y que podrá cobrarse un tesoro muy diferente esta vez. Pero tendrá suerte si lo mato antes de que Brianna venga a por él.

En un breve instante en el que estoy pendiente de que Bri pueda con los dos atacantes que se abalanzan sobre ella, Jackson me empuja, espada contra espada, y me veo obligado a retroceder hasta que mi espalda se encuentra con la de ella. Nos miramos fugazmente y volvemos a centrar la atención en el combate.

Lo que no se esperan es que Brianna y yo, luchando juntos, somos imparables. Sin preverlo ni acordarlo, nos convertimos en un único ente que piensa al mismo tiempo y es capaz de cubrir los flancos abiertos del otro casi sin siquiera ser conscientes de ellos. Vamos rotando y girando, deteniendo acometidas y golpes que iban dirigidos al otro, a uno mismo; perdemos nuestros oponentes principales y nos desenvolvemos con una maestría que pronto se convierte en superioridad según los gestos de estos malnacidos van mutando a los de la extenuación. Y nosotros, a pesar de tener las respiraciones aceleradas, actuamos articulados por los hilos de la muerte.

No sé si es Brianna o si soy yo, pero otro de los hombres termina con la garganta seccionada y nos quedamos en un dos contra dos que me sabe a baile ensayado. Ella gira a mi alrededor para enfrentarse a Jackson, que sonríe y se relame. Yo lanzo una patada lateral que desestabiliza a mi atacante justo cuando me agacho para recuperar la daga que antes arrojó Brianna.

Desde detrás de Jackson aparece una chica rubia cuyo látigo restalla en la noche y se enrosca en el cuello del hombre. Brianna se da la vuelta para cubrirme la espalda al mismo tiempo que lanzo el puñal rojo, que surca el espacio con puntería infalible y se clava en el muslo de Jackson. Pulgarcita tira de su enredadera con fuerza, Jackson se ve obligado a hincar una rodilla en el suelo, Brianna gruñe al esquivar un espadazo y levantarse justo para atravesar su filo en la axila del atacante, que le sobresale por el hombro. Pero tal y como está, no puede darle una muerte rápida, así que, con Jackson asfixiándose, giro sobre los talones, la espada en alto, y le secciono la cabeza. La sangre cae a borbotones y empapa a Brianna, que sonríe.

Y, joder, a punto estoy de recorrer el espacio que nos separa de dos zancadas y plantarle un beso que le arrebate el aliento. Pero Pulgarcita gruñe con esfuerzo y devolvemos nuestra atención a su presa, que intenta soltar la enredadera que le envuelve el cuello con todas sus fuerzas. Tiene los ojos casi inyectados en sangre, la piel del rostro amoratada, las uñas ensangrentadas por arañar el látigo.

Envaino la espada al tiempo que Brianna pasa junto a mí, con porte altivo, y le estampa semejante puñetazo en la cara que lo tumba al suelo. Pulgarcita deja de ejercer tensión con el látigo y le concede algo de aire, pero lo ha enroscado tan bien que cuando quiera, volverá a privarlo de ese elemento.

—No sabes cómo voy a disfrutar contigo —sisea sobre su rostro, con una daga en la mano.

Sin que le tiemble el pulso lo más mínimo, coloca el filo sobre su mejilla con la intención de descender hacia su comisura para abrirle la carne en dos en una media sonrisa macabra. Pero esto no está bien. Esto es lo que hace la primera tortura, que te abre las puertas a descubrir la resistencia real de la carne.

—Brianna, mátalo o déjalo, pero no sigas por ahí.

Tiro de su hombro para intentar separarla, pero se zafa de mí, perdida por completo. Pulgarcita y yo intercambiamos una mirada, la suya desesperada por estar a punto de presenciar semejante horror.

—Estoy convencida de que nadie, mujer u hombre, olvidará esta sonrisa —murmura justo antes de empezar a mover la daga.

Pero no puedo dejar que lo haga.

Rodeo su cuerpo con el brazo y tiro de ella con tal ímpetu que la levanto del suelo sin esfuerzo alguno y se le escapa la daga. Pulgarcita tensa el látigo al instante, para retener a Jackson de tal modo que, con el más mínimo movimiento, se estaría asfixiando a sí mismo.

—¡Suéltame!

—Basta. Esa no eres tú.

La suelto cuando se revuelve entre mis brazos con tanta violencia que su codo me impacta en la mejilla y siento la carne abierta, un ramalazo de dolor me recorre el cuerpo y la cabeza se me embota un segundo. Me llevo la mano al pómulo y luego la observo. Hay sangre. Despacio, levanto la vista hacia ella, que me contempla con los labios entreabiertos y gesto de estupefacción.

Empiezo a sentir una vibración por todo el cuerpo y cojo aire para serenarme, porque ni siquiera me había dado cuenta de que estaba tan alterado como para que mi lobo intentase salir entre temblores.

—Esto es lo que pasa cuando no controlas. —Le enseño la mano llena de mi sangre—. Y esta vez has tenido suerte de que solo haya sido un codazo.

—No haberte inmiscuido —responde con altivez.

Me agacho según la vibración se acrecienta y mi pulso se desboca por la incomprensión de qué me está pasando. Pero no me detengo y recojo la daga que le ha resbalado de entre los dedos manchados de sangre de sus enemigos.

—Toma. Si tan valiente te crees, termina lo que has empezado.

Brianna traga saliva, luego me mira a mí y a la daga un par de veces.

Ahora que he roto su concentración, no es tan sencillo retomar la tortura porque la humanidad y la cordura se han abierto paso por su mente. Y, por toda la magia, qué bien me sienta ver la duda en sus ojos.

Pero entonces el temblor se convierte en sacudidas, y de ahí a un terremoto que nos pone a todos de rodillas, con los ojos desorbitados y sin comprender qué sucede, hay un paso. Porque, a diferencia de los anteriores, este no parece tener fin. Los edificios ni se inmutan, lo que me sugiere que percibimos el movimiento de la extraña tierra en la que este reino está construido porque somos demasiado pequeños.

Jackson se carcajea de forma desquiciada, el agarre de Pulgarcita ahora suelto por las violentas sacudidas que crecen más y más.

—¡Estamos acabados! —dice entre risa y risa.

—Gigantes... —jadea Pulgarcita con comprensión.

—Hay que largarse —sentencio, intentando ponerme en pie en vano.

Pero ni uno solo de nuestros movimientos consigue que nos levantemos cuando incluso sentados empezamos a rebotar sobre el suelo. Como buenamente podemos, me arrastro hacia Pulgarcita en cuanto veo a tres enormes hombres, de proporciones gigantescas, acercándose a nosotros a la carrera, con armaduras de oro cuyos cascos están adornados por plumajes dorados y armas que le arrancan cegadores destellos a la luna.

—Hazte diminuta —le pido a Pulgarcita, a la desesperada.

—¿Has perdido el juicio? —murmura, negando con la cabeza—. Este temblor podría matarme con ese tamaño.

—Confía en mí, por favor. Ya has demostrado ser especialmente útil en tu tamaño diminuto —añado hacia ella, quien entiende que no solo hago alusión a este último combate, sino también a cuando nos liberó en la Cueva de las Maravillas.

Estiro el brazo hacia ella y comprende que quiero protegerla con mi mano. Cogiendo aire para mentalizarse, chasquea los dedos y se hace pequeña. Alargo la palma y la cojo con delicadeza mientras lucho contra los temblores para esconderla entre mi ropa.

Nos quedamos quietos, conscientes de que no tenemos mucho más que hacer, cuando una densa red cae por encima de nosotros. Su peso es tal que, además de desorientarnos por la impresión de que caiga sobre nuestros cuerpos, en cuestión de segundos nos ha desprovisto del aire suficiente como para mandarnos a la inconsciencia.

41

—Despierta, Axel —me susurra Olivia al oído.

Soy incapaz de abrir los ojos, porque me pesan demasiado. Es como si el sueño se negase a dejarme marchar.

—Tienes que despertarte —vuelve a susurrar.

—¿Liv? —pregunto al aire, con voz pastosa y soñolienta.

Siento unos golpecitos en la mejilla, muy sutiles, que me arrancan un cosquilleo y por fin consigo entreabrir los ojos. Esperaba despertar en la tienda familiar de la colonia, la que compartía con mi hermana antes de mudarme con Brianna, pero estoy rodeado de piedra y tardo unos segundos en ubicarme. Me incorporo, frotándome el pecho, incómodo, y miro a mi alrededor, rememorando el sueño. Solo que... no lo recuerdo. Por más que hago memoria, no consigo ubicar qué he estado soñando más allá de haber escuchado la voz de Olivia.

Estoy en completa penumbra, a solas, y doy gracias por tener la vista que tengo. Es una sala de piedra bruta en cuyo techo hay una especie de trampilla de metal por la que se cuela algo de luz. A mi espalda hay una puerta metálica tapiada por otra pared. Nada de esto es tamaño gigante, y eso... me inquieta.

Me pongo en pie con un ligero esfuerzo y me acerco a la puerta enrejada para comprobar que la pared al otro lado da la impresión de no estar fija al suelo, sino que parece formar parte de un complejo mecanismo de elevación, puesto que por debajo también entra un hilillo de luz.

Doy dos pasos hacia atrás para tener una mejor perspectiva y respiro profundamente.

—¡Ten cuidado! —grita una vocecilla chillona tras de mí, y me sobresalto.

¿Por qué narices no he oído a nadie llegar?

Me doy la vuelta con ímpetu, pero sigo solo.

—¡Aquí abajo!

Miro en esa dirección y veo a Pulgarcita, cuya voz no he reconocido en un primer momento por no estar tan acostumbrado a escucharla tan aguda, dando saltitos y agitando los brazos en el aire para llamar mi atención.

Me agacho frente a ella y coloco la mano sobre el suelo para que se suba a mi palma.

—¿Qué ha pasado? —pregunto medio en susurro.

—Os apresaron con una red muy muy pesada, que por poco no me mata, todo sea dicho —refunfuña—, y nos trajeron aquí. Nos han metido por ahí arriba.

Señala hacia el techo y los dos nos quedamos unos segundos callados, observando la trampilla metálica.

—¿Dónde está Brianna? ¿Está bien?

—Se quedó inconsciente, como tú. Y la metieron en otra celda. No sé nada más.

Aprieto los labios con preocupación y me paseo por la sala, muy nervioso. Cierro los ojos con fuerza y me concentro en el vínculo, que me sugiere que sigue viva, pero eso no me dice en qué condiciones.

—¿Te han visto? —Niega con la cabeza, con cierto pesar—. ¿Qué ocurre?

—Lo que vi... —balbucea—. No me gustó nada lo que vi, Axel.

Clava sus diminutos ojos en mí cuando un nuevo temblor nos sobreviene y a punto estoy de caerme al suelo. Con temor, escondo a Pulgarcita en un bolsillo y me preparo para lo que sea, con la vista fija en la trampilla sobre mi cabeza y alerta.

Pero no es la trampilla la que se abre, sino la pared al otro lado de la puerta enrejada. Y en cuanto esta se despega unos centímetros del suelo, todo se colma con el sonido de griterío y vítores animados, profundos y retumbantes. Sea lo que sea esto, al otro lado hay mucha gente.

La claridad que inunda la celda me ciega unos segundos y me cubro los ojos con una mano para que la adaptación a la nueva luminosidad sea más gradual. No obstante, lo que percibo me conmociona tanto que poco me importa que se me quemen las retinas.

Frente a mí se extiende una descomunal plaza de albero que resulta ser el centro de un anfiteatro de oro macizo. De hecho, hasta las paredes de esta celda son de oro, solo que no lo había apreciado por la falta de luz.

Las gradas que se levantan sobre el muro de la construcción están ocupadas por un centenar de gigantes que agitan las manos al cielo del alba, que gritan y jalean no sé a qué. Me pego al enrejado y, a la derecha, observo que hay un palco regio, pero... es de nuestro tamaño, no tamaño gigante. Delante de él, una enorme lupa que permite que el trono de oro tapizado en terciopelo rojo se vea a la perfección desde cualquier punto del anfiteatro.

Sin embargo, lo que hace que el temor me atraviese los huesos es la fila de rejas, algunas como la mía y otras de tamaños inquietantemente grandes, que recorre el círculo en su mitad inferior. Solo una de las celdas, tan grande que cubre toda la altura del muro, tiene barrotes de oro, las demás están cerradas por enrejados de hierro.

—Por toda la magia... —balbuceo.

Siento a Pulgarcita trepando por mis ropajes y la ayudo hasta dejarla en mi hombro.

—Esto es lo que vi.

Giro la cabeza un poco hacia ella, para mirarla de reojo, y devuelvo mi atención al frente. La garganta se me seca y estudio lo que nos rodea, inquieto. Paseo la vista por todas las celdas, pero la penumbra en la que se encuentran no me permite distinguir gran cosa. Aunque sí que capto un destello rojizo forcejeando con su propia puerta: Brianna.

El corazón se me detiene en el pecho al vislumbrarla justo en el lado contrario, apenas visible, sacudiendo el metal que la mantiene presa. Saco el brazo entre los cuadrados de la reja y lo agito para que me vea, pero desconozco si lo hace.

—¿Has visto las armas?

Pulgarcita señala un punto por delante, justo en el centro, y entonces me doy cuenta de que está atestado de armas de todo tipo. Y creo distinguir las nuestras entre ellas.

—Esto no tiene ningún sentido... —murmuro—. ¿No se suponía que este pueblo era pacífico?

—¿Y si convivieron en una paz tensa hasta que Jack el Matagigantes apareció? Supongo que esta gente querrá vengarse por los suyos, y no los culpo. —Hago un mohín y cabeceo en señal de asentimiento—. Además, el duque ya dijo que, por lo que sabía, poca gente regresaba. Puede que se refiriera a después de que las cosas empezaran a torcerse.

Entonces el gentío comienza a callarse y dirijo la atención hacia el palco principal, tan cargado de oro hasta los topes que parece un sol en sí mismo. Por un lateral, a través de unas espesas cortinas que habría jurado que ni siquiera estaban hechas de tela por su rigidez, aparece un hombre mayor, de tamaño normal, barba gris bien cuidada y ropajes pulcros, con porte elegante y mirada escrutadora. Pero, sin duda, lo que destaca en él, más allá de su atractivo innegable, es que no lleva ni un ápice de oro encima salvo por los guantes dorados y la regia corona que le adorna la cabeza. Eso y que carga con una gallina, a la que no deja de acariciar, en brazos.

El hombre alza la mano, con una sonrisa pletórica en los labios, y termina de silenciar los últimos murmullos exaltados.

—Esto no me gusta nada... —mascullo, nervioso.

Mi atención se divide entre el palco y la celda al otro lado del anfiteatro, ya no solo porque Brianna esté ahí, sino porque en la contigua de nuestro tamaño me parece reconocer a Jackson, apoyado contra su propia reja.

—¡Bienvenidas y bienvenidos! —La gente aplaude en cuanto su soberano pronuncia esas palabras, magnificadas por algún tipo de mecanismo sonoro para que se escuche en todas partes. El hombre ríe, complacido por la efusividad, y vuelve a mandarlos callar—. Siento haber avisado con tan poca antelación, pero me congratula que hayáis podido acercaros para disfrutar del espectáculo de hoy. Hacía mucho tiempo que no teníamos unos participantes tan... sanguinarios.

Con una sonrisa maliciosa en los labios, desciende la vista hasta los bajos del anfiteatro y sé que se refiere a los humanos. Y cómo me molesta que me metan en la misma categoría.

—¡Y no solo eso! —grita, apasionado—. ¡Sino que entre ellos tenemos al mismísimo Jack el Matagigantes! ¡Por fin nuestro pueblo va a cobrarse su venganza!

Más vítores, aplausos y puños alzados al aire. Hasta hay pisotones que hacen que se desprenda tierra del techo sobre mi cabeza y que todo tiemble. Y no me pasa desapercibido ese «nuestro» que no debería incluirlo a él pero que todos parecen aceptar.

—¡Midas! ¡Midas! ¡Midas! —corea el público enloquecido.

El rey, con una sonrisa reluciente en los labios, como si él mismo lo hubiese apresado, deja a la gallina en un pedestal junto a una mesa ataviada con víveres y copas de cristal y se gira de nuevo hacia los gigantes.

—¡Que den comienzo los juegos! Y que sobreviva el más fuerte —sentencia con la vista fija en la celda de Jackson.

El público guarda silencio, expectante, con los ojos ávidos por ver sangre y los puños cerrados, fruto de la emoción. Y ese silencio hace que los nervios me muerdan la piel. Me agarro a la puerta con fuerza, como si así fuese a conseguir traspasar el metal, y aguardo, con los músculos en tensión y la garganta constreñida.

Entonces se escucha un chirrido metálico y una puerta se abre despacio. Es la de Jackson, quien, cojeando, corre hasta el centro de la pista.

El segundo chirrido metálico me deja lívido y con el corazón muerto en el pecho, porque la siguiente celda que se abre es la de Brianna.

42

Dejarme la garganta gritando su nombre es mi primer impulso, pero lo reprimo a tiempo para no desconcentrarla.

Corre como un rayo en dirección a las armas, sin perder de vista a Jackson que, aunque ha salido antes, aún no ha llegado hasta su objetivo por la cojera.

Sacudo la reja de metal y me fijo en los enganches a la piedra. Tiro con fuerza, pero no se mueven ni un milímetro. Pulgarcita ahoga una exclamación y devuelvo la atención al centro, donde Brianna ha pasado de las armas y se ha lanzado a placar a Jackson directamente, que se había agachado a coger una espada. Ambos caen al suelo, con la espalda de él como amortiguación, y el público enloquece. Todo tiembla a nuestro alrededor y con un esfuerzo que se refleja en las facciones endurecidas de Brianna, ella consigue inmovilizarle un brazo con la rodilla al tiempo que le asesta un puñetazo certero en la cara. La cabeza de Jackson se sacude con violencia y rebota contra el suelo; Brianna aprovecha la ocasión para recolocarse y hundirle la otra rodilla en el cuello.

La respiración se me congela en el pecho y siento las garras saliendo muy poco a poco, abriéndose paso a través de mi carne por la propia voluntad del lobo revuelto en mi interior.

Pretende acabar con él rápido, pero esa postura la vuelve inestable y un forcejeo más fuerte de lo normal la tirará al suelo. No pierde tiempo y le asesta un nuevo puñetazo. Juraría haber escuchado el chasquido de un hueso, pero el estruendo que nos rodea me hace dudar. Sacudo las rejas y entonces me doy cuenta de que estaba bloqueando otros estímulos.

Pulgarcita me mete la mano en la oreja y me hace dar un respingo.

—¡Escúchame, maldita sea! —Es la primera vez que la oigo blasfemar.

Con la mano casi temblando, y sin preocuparme de retraer las garras, acerco a Pulgarcita a mi cara, aunque no le presto toda mi atención, incapaz de separar la vista del todo del combate entre Brianna y Jackson.

—Necesito que dejes de sacudir la puerta. —Frunzo el ceño y la miro de refilón—. Estaba intentando abrirla y casi me tiras al suelo.

El corazón me da un vuelco al recordar que podemos aprovechar su tamaño a nuestro favor, tal y como hizo en la Cueva de las Maravillas, cuando soltó los grilletes de Brianna. Entonces me doy cuenta de que tiene las manos enrojecidas.

—Es de hierro... —murmuro.

—¡¿Y qué?!

Salgo de mi estupor momentáneo justo cuando escucho a Brianna proferir un alarido y ambos nos quedamos anclados en el sitio. No sé qué ha pasado, porque desde esta celda, ella queda de espaldas a mí, y eso me revuelve más y más. Necesito salir de aquí como sea.

Brianna pierde el equilibrio, tal y como había temido que pasaría, con una mano en la cara. Cae hacia atrás y entonces tiene a un Jackson de rostro hinchado sobre ella. Doy un respingo, como si el que estuviese tirado en el albero fuese yo, y creo que Pulgarcita se queja por mi movimiento, pero no me importa.

Nada me puede importar en este momento, porque estoy viendo a mi mujer asfixiarse bajo las manos de Jackson y no puedo hacer nada para impedirlo.

Mátalomátalomátalomátalo.

Mis propios pensamientos se entremezclan con los del lobo, que aúlla inquieto en mi interior y lucha por salir a la superficie, pero cambiar en este preciso momento supondría perder de vista a Brianna, que intenta zafarse del agarre de Jackson en torno a su cuello con uñas y dientes. Está prácticamente inmovilizada, y aunque intenta asestarle un rodillazo en la entrepierna para quitárselo de encima, no lo consigue.

No puedo más. La piel me quema, los ojos me escuecen por haberse convertido en los del animal sin mi control. Y entonces veo algo que antes me había pasado desapercibido.

—¡Brianna! —gruñe mi voz de lobo, y tiene la potencia suficiente como para que parte del público guarde silencio de repente, consternado por mi intervención—. ¡La mano derecha!

Con la nueva visión, creo distinguir que duda. Duda un puto segundo que le podría costar la vida, joder.

—Pulgarcita, ¡vamos! —le grito, mi voz del todo irreconocible.

—¡Estoy en ello! ¡No son unos grilletes!

Elcuchilloelcuchilloelcuchillo.

Y después de que el lobo lance esa plegaria desesperada, Brianna deja de intentar soltarse del agarre de Jackson y lanza una mano al suelo. Desesperada, palpa a su alrededor. Y lo encuentra.

Sus dedos se cierran alrededor del pequeño cuchillo de plata y mueve el brazo con violencia, directo al ojo de Jackson. Él aúlla, se lleva las palmas a la cara y se saca el cuchillo del ojo, que cae a plomo sobre el albero ahora teñido de bermellón. Brianna se arrastra sobre el trasero para poner distancia entre ellos, con la mano al cuello, boqueando y tosiendo al mismo tiempo.

Los segundos que Brianna se toma para recobrar el aliento son los mismos en los que Pulgarcita y yo nos quedamos helados, petrificados por la intensidad de lo que estamos viendo, meros espectadores de la casi muerte de nuestra compañera. De mi mujer.

El tiempo parece volver a su cauce y Brianna se levanta, feroz y violenta, sedienta de sangre y de acabar con el trabajo. Se agacha para recoger el cuchillo con ímpetu. Salta sobre él, quien se balanceaba adelante y atrás movido por el dolor y dando tumbos mientras el ojo le llora un torrente de sangre, y se encarama a su espalda. Con agilidad, le tira de la cabellera para exponer su cuello y lo degüella sin siquiera pensárselo dos veces. La sangre sale a chorro de su cuello y tiñe la tierra frente a ellos. Las rodillas de Jackson ceden y cae al suelo.

El público estalla en gritos de júbilo, se vuelve loco y aplaude, todo a nuestro alrededor tiembla, pero Brianna se mantiene en pie, muy quieta y resollando, observando el cuerpo del hombre desangrándose a sus pies.

Cuando alza de nuevo la cabeza, en dirección al palco, me parece distinguir su mejilla derecha surcada por cuatro arañazos que han conseguido abrirle la carne.

El rey se levanta de su trono, con calma y facciones endurecidas, con la vista fija en Brianna, quien creo que está hablando, o eso me sugiere el murmullo que me llega entre tanto estruendo. El soberano alza las manos para silenciar al público.

—¡Midas! —ruge Brianna—. ¡Acabad con esto!

—¿Que acabe con esto? —ríe—. Si no ha hecho más que empezar.

—¡Hemos venido en son de paz!

—Eso mismo dijo el malnacido del Matagigantes antes de asesinar al primero de los míos. —Midas se aferra a la baranda de oro con violencia, el rostro crispado por la rabia—. Les ofrecimos bienes para comerciar, ¡y así nos lo pagaron! ¡Masacrando a mi gente hasta casi extinguir una raza entera! —Mueve el brazo hacia un lado, para señalar a los gigantes que la abuchean.

—¿Esto es todo lo que queda de una raza? —pregunta Pulgarcita con temor, tan impactada que ha dejado de trabajar.

—¡Nosotros no tenemos nada que ver con Jack! —se desgañita, la ira tiñendo cada palabra.

—¡Llegasteis con él!

—¡No! —Brianna aprieta los puños con fuerza, el cuchillo aún empuñado—. Plantamos la habichuela para hablar con vos. ¡Él subió sin que lo supiéramos!

Midas entrecierra los ojos y la estudia unos segundos.

—Digamos que te creo... —Se frota el mentón. Y no la cree en lo más mínimo, solo está jugando.

—Sigue con la puerta —le gruño a Pulgarcita.

—¿Qué queríais de mí? ¿Eh? Dime.

—Oro puro.

—¡Oro puro! ¡Cómo no! ¡Los humanos siempre tan ávidos de riquezas!

El gentío enloquece y la abuchean otra vez. Y que alguien como él, que supuestamente ha experimentado con todo tipo de criaturas hasta conseguir que una puta gallina pusiera huevos de oro, haga mención a que los humanos están ávidos de riquezas es de lo más hipócrita que he escuchado. Y un siglo da para mucho. Lo que me sorprende es que no se haya reído de ella por pensar que él podría poseer dicho metal, y eso me hace ponerme más alerta todavía, porque supone que sí que existe el oro puro y que este hombre tiene. Pero conseguirlo se me antoja casi imposible ahora mismo.

—¡No es para nosotros! —se apresura a añadir—. ¡Los Tres Reinos lo necesitan!

No hay forma de que la conversación vaya a terminar bien, y eso me pone aún más de los nervios, porque no le van a conceder el tiempo necesario para explicarlo todo con claridad, y ahora mismo está demasiado alterada por haber luchado por su supervivencia. Y no la culpo. De estar yo en su situación, habría actuado con mucha menos mente fría que ella. El rey alza la palma para pedir silencio y le dedica una nueva sonrisa autoritaria.

—Los Tres Reinos, los Tres Reinos... —Hace un gesto con la mano para restarle interés—. Esas princesas deberían aprender a solucionar sus problemas por sí mismas.

—No os falta razón, majestad. —Brianna está haciendo un esfuerzo sobrehumano para controlar su lengua—. Pero no hay nada que podamos hacer para remediarlo. En lo que sí podemos ayudar es en conseguir oro puro.

—¿Sabes? Podría cumplir tu petición con tremenda facilidad. —Despacio, el rey se quita un guante y luego otro. Después, se coloca junto a la mesa baja atestada de viandas—. Con tan solo hacer esto, tus problemas estarían resueltos.

Alarga la mano hasta una copa y la sostiene con delicadeza antes de alzarla por encima de su cara. El público calla entonces, un silencio sepulcral y expectante. El corazón me martillea el pecho con tanta fuerza que me rebota en las costillas.

—Date prisa...

—¡Voy todo lo rápido que puedo! —sisea, con la voz tensa por el dolor que debe de estar sintiendo al trabajar con hierro forjado.

De repente, el cristal empieza a adquirir un tono dorado y entre la gente se alza un murmullo emocionado. Frente a nuestras narices, y simplemente con el roce de los dedos del rey sobre la superficie, la copa pasa de ser de cristal traslúcido a oro macizo. Con una carcajada socarrona, Midas deposita la copa sobre la baranda ante la atónita mirada de Brianna, cuya fuerza sujetando el cuchillo se deja entrever en el blanco de sus nudillos.

—¿Nos vais a ayudar entonces?

—Yo no, pero él quizá esté interesado en conversar sobre oro.

Despacio, se da la vuelta para sentarse sobre el trono, sin que esa sonrisa taimada desaparezca de sus labios. Tras un par de palmadas, los gigantescos barrotes de oro de la celda descomunal empiezan a ascender y a mí se me hiela la sangre en las venas, por mucho que mi temperatura corporal sea elevada. Porque lo que asoma la cabeza una vez los barrotes lo han dejado libre es un dragón.

43

Lo primero en lo que pienso es que estoy en otra pesadilla. En una de las peores que mi mente podría haber conjurado. Pero de estar soñando, el ritmo frenético que lleva mi corazón me habría despertado de golpe.

Siento las palmas sudorosas cuando me vuelvo a aferrar a la puerta enrejada. Siento un nudo en el estómago cuando veo a Brianna agacharse para recoger sus armas. Siento pavor absoluto cuando, despacio, el dragón, que comparado con un gigante sería un caballo para ellos, va saliendo de su celda, con volutas de humo denso escapando por sus ollares.

En cuestión de segundos, Brianna va armada con sus dos dagas, la Rompemaleficios a la espalda y las dos espadas cortas. Además, se coloca al hombro un carcaj lleno de flechas y coge el primer arco que pilla. Después, echa a correr hacia el lado contrario. Y yo creo que me estoy muriendo solo de verla frente a un dragón.

En cuanto sale a la luz de las primeras luces del día, las escamas de la criatura lanzan destellos de jade que desafían cualquier resplandor del oro que nos rodea. Lo primero que me pregunto nada más ver la aterradora y majestuosa envergadura de su cuerpo es qué le impide largarse de aquí. Cómo es posible que un solo hombre, por muchos gigantes que puedan rodearlo, pueda tener un dragón para su uso y disfrute. Pero está encadenado. Un grueso collar de un material que no reconozco le rodea el cuello y está enganchado a una cadena que se pierde en el interior de su enorme celda.

A pesar de la calma con la que el dragón sale de su jaula, todo en él inspira pavor absoluto. La cabeza culmina en dos cuernos hacia atrás del verde más oscuro. Desde la parte plana del cráneo, le nace una hilera de pinchos que le recorren el cuerpo, la espina dorsal y terminan en la larga cola que se mueve de un lado a otro. El dragón se toma unos segundos para erguirse cuan largo es, como si llevase demasiado tiempo sin espacio para estirar las patas, y bate un poco las alas, lo que genera una polvareda descomunal de la que Brianna tiene que protegerse con los antebrazos, por mucho que esté en el punto más alejado del dragón.

—Tienes que abrir la puerta ¡ya! —De nuevo es la voz del lobo la que habla por mí. Observo con la respiración contenida y sintiéndome totalmente impotente—. ¡Midas! ¡Sácame de aquí! —le grito en vano.

Por mucho que sepa que me ha oído, porque hasta el dragón ladea la cabeza y mira en mi dirección, el rey me ignora por completo. Y eso hace que me hierva la sangre. Brianna se queda muy quieta, con temor a que el más ligero movimiento pueda delatar su posición. Pero yo siempre he sabido leer mejor a las bestias que ella y hay algo... hay algo que no me cuadra.

El dragón, al contrario de lo que cualquiera podría pensar, aguarda donde está, y no es porque la cadena no le permita acercarse a Brianna y comérsela de un bocado, y ni siquiera tendría por qué hacerlo porque con una llamarada podría reducirla a cenizas.

Ella, despacio, empuña el arco, carga una flecha y lo sostiene apuntando al suelo, preparado por si tuviera que usarlo pero sin atreverse a dar el primer paso.

—¡Luchad! —grita el rey, encolerizado.

Ni Brianna ni el dragón le prestan atención, sino que siguen mirándose el uno al otro, jade contra jade.

El público se empieza a inquietar y, poco a poco, pasado el temor inicial de estar ante el dragón —porque por mucho que hayan podido verlo antes, creo que es de esas estampas que nunca dejan de impresionar—, van alzando la voz clamando por un derramamiento de sangre.

Con los ojos del lobo, me fijo en que el cuerpo del dragón está maltratado. Tiene zonas del abdomen sin escamas y con cortes, y a una de sus patas le falta una garra. Y por mucho que pueda ser una criatura violenta y de pesadilla, una pequeña parte de mí no puede evitar empatizar con él, porque sé bien qué se siente viviendo enjaulado y siendo utilizado. Lo que jamás creí llegar a ver es a un dragón dominado por un hombre.

—¡Soltad a las bestias! —ruge el rey Midas por encima del estruendo.

Con chirridos escalofriantes, la celda tras Brianna se abre. Una bandada de cuervos anormalmente grandes sale volando, arrasando con todo a su paso. Ella se cubre con los brazos, y revolotean a su alrededor unos segundos antes de lanzarse a por la criatura alada.

Atónito, dirijo la mirada hacia Midas, que se deleita con el sufrimiento de Brianna y del dragón. Las sospechas del duque de que este hombre experimentaba con todo tipo de criaturas se confirman en cuanto me fijo en que las patas y garras de los cuervos son del oro más puro.

Brianna levanta el arco y por un segundo creo que le está disparando al dragón, pero la flecha atraviesa a uno de esos cuervos, que cae inerte al suelo. El dragón intenta zafarse de los pájaros y algo me escarba en el pecho al verlo sufrir.

Brianna corre y suelta una flecha tras otra. La mayoría impactan, pero un gran número de proyectiles valiosos yerran. Me muevo inquieto, paseo por delante de la puerta, las garras del todo hincadas en las palmas, la respiración irregular, el lobo arañándome por dentro.

Desde detrás del dragón, otra celda más grande se abre con un lamento y, acto seguido, una jauría de lobos blancos como la nieve salen en tropel y se abalanzan sobre la criatura. El corazón se me aprieta en un puño al ver los animales, desquiciados y con garras y dientes de oro. Brianna, cerca del dragón para ayudarlo, también se queda estupefacta unos segundos demasiado valiosos al verlos. Segundos que la dejan expuesta al ataque de uno de ellos.

El chasquido metálico que oigo me confirma que Pulgarcita ha abierto mi jaula y echo a correr con todas mis fuerzas. El lobo se abre paso por mi carne con una violencia inclemente y muto en pleno salto, levantando nubes de albero tras de mí. El dolor lacerante queda en segundo plano cuando veo a Brianna apresada bajo el cuerpo del animal, incapaz de matarlo por el temor de sus propios recuerdos.

«¿Y si es como Olivia?». Los propios pensamientos de Brianna, tan desquiciados y erráticos, me llegan a mí como un murmullo, pero no puedo distraerme con eso. Así que sacudo la cabeza y me abalanzo sobre el animal. La embestida es dura, brutal, los huesos se me sacuden, pero sé que el otro lobo ha acabado peor al escuchar el quejido lastimero que se escapa de sus labios cuando se estampa contra el muro de oro.

Son la mitad de mi tamaño y, aun así, con esas partes del cuerpo modificadas, estos lobos consiguen abrirse paso a través de la coraza de escamas del dragón, que se queja con un rugido potente. Y no lo comprendo, porque el oro es un metal blando y maleable. ¿Acaso el oro puro es todo lo contrario?

Brianna y yo intercambiamos un vistazo cómplice y, acto

seguido, ambos sabemos qué hacer. Salta sobre mí y se encarama a mi lomo antes de echar a correr en dirección a la criatura sin pensar en nada más. El dragón se revuelve, inquieto y sobrepasado, coletea de un lado a otro. Salto para esquivar el golpe de puro milagro. Los cuervos le desgarran el lomo y algo se retuerce en mi interior. Le picotean y él echa el cuello atrás para tratar de quitárselos de encima, en vano.

Con un salto potente, hundo las fauces en uno de esos pájaros y la boca se me inunda de sangre negra con sabor putrefacto. Me sobreviene una arcada que tan solo consigo reprimir con la carrera incesante. Siento a Brianna recolocarse sobre mí y lanzar flechas. De vez en cuando la noto aferrarse con más fuerza a mi pelaje, incluso tira de él, pero no me permito pensar en nada de eso y me dejo arrastrar por el lobo.

Desgarro, araño, gruño, amenazo y aúllo, todo en un revoltijo frenético en el que incluso dejo de saber qué estoy haciendo en cada momento. Ni siquiera sé cómo consigue aguantar Brianna sobre mi espalda con tanto movimiento brusco. Y me ciego por completo porque como me permita dedicar un solo segundo de raciocinio a que estoy matando lobos, fallaré.

El dragón está tan cegado que también tengo que estar pendiente de esquivar sus propias dentelladas al aire, sus garras, batidas de alas y coletazos.

Nos convertimos en un amasijo de todos contra todos que nos movemos al son del griterío que nos rodea, una mezcolanza de chillidos agudos, gruñidos graves, aplausos, vítores y gritos clamando por sangre. *Nuestra* sangre.

«Salvad al dragón», oigo una voz en mi cabeza.

Y, maldita sea, eso me distrae lo suficiente como para que una criatura salida de la nada me embista y tanto Brianna como yo acabemos estampados contra la pared. De entre los labios se me escapa un sonido quejumbroso y oigo a Brianna gritar al sentir mi propio cuerpo aprisionando el suyo. Me pongo en pie en cuestión de un segundo, ignorando el dolor que me sobreviene, y la busco con la mirada. Pero ella tampoco tiene tiempo para dedicarle al sufrimiento y lanza el carcaj y el arco a un lado, inútiles ya, para empuñar las dos espadas cortas.

«¡Salvad al dragón!», vuelve a chillar esa voz en mi cabeza.

Y cuando me doy cuenta de lo que significa, giro la cabeza con violencia hacia la puerta de mi propia celda, donde una Pulgarcita de tamaño normal hace restallar el látigo en la lejanía, en su pelea con unos monos de pelaje dorado.

Devuelvo la atención al frente, donde un oso el triple de grande que yo, con garras de oro, se pasea de un lado a otro, estudiándome y valorando cuál es el mejor punto para atacar. Me agazapo sobre las patas delanteras, gruñendo y mostrando los colmillos al mismo tiempo que le imploro a Luna que Brianna me oiga.

Ve con Pulgarcita, le grito al vínculo. *Pulgarcita. Pulgarcita. Pulgarcita.*

En el preciso instante en el que salto para no concederle a mi rival la ventaja del primer movimiento, Brianna mira en dirección a la chica y echa a correr con todas sus fuerzas, abatiendo a cualquier enemigo que se cruce en su camino con una maestría solemne y sin igual. Implacable, como ha sido siempre.

Mis colmillos están a punto de encontrarse con el lomo del oso, pero él se deja vencer por mi inercia y ambos rodamos por el suelo para, unos segundos después, volver a encararnos.

«¡Salva al dragón!».

Como si Pulgarcita hubiese estado hablando con él, el dragón emite un rugido dolorido en respuesta, un sonido que se me clava en los dientes y que también distrae al oso. Aprovecho para lanzarle un zarpazo a la cabeza, que le hace sangrar, y que lo vuelve más fiero y salta sobre mí con las garras por delante. Las siento incrustadas en los hombros, aunque no permito que eso me ciegue, y revuelvo la cabeza lanzando dentelladas implacables que el oso intenta esquivar. Pero la última se encuentra con su gaznate al mismo tiempo que sus garras se hunden en mi lomo y tiran hacia un lado. Aprieto con mucha más fuerza, no solo por el dolor que me atraviesa, sino porque he escuchado a Brianna gritar y no puedo permitirme mirar para ver qué sucede.

Tiro con violencia y un pedazo de carne se viene conmigo. En cuanto más sangre negra y pútrida me inunda la boca y me priva de la vista, me alejo con premura y sacudo la cabeza para intentar limpiarme parte del líquido. Pero esos segundos de ceguera suponen que uno de esos monos que estaban con Pulgarcita se me encarame al lomo y tire de mi pelaje para llegar a la piel. Me revuelvo, encabritado, lanzando las patas traseras con violencia para quitármelo de encima, cuando siento un nuevo peso sobre mi cuerpo. Las garras diminutas de estos monos escarban en mi carne y aúllo de dolor. Me acerco hacia donde creo que se encuentra la pared, porque sigo sin ver nada, y me estampo contra ella con la esperanza de quitarme a alguno de encima. Aunque lo que me libra de una de las cargas es el restallido de un látigo, y el silbar de un filo cortando el aire hace que desaparezca la otra.

Algo me toca el hocico y gruño, a punto estoy de lanzar una dentellada a matar. Pero un aroma que reconozco muy bien consigue abrirse paso por entre el hedor de la sangre que me baña y lo reconozco como Brianna, cuya mano me sostiene del morro y tira de mi cabeza hacia abajo sin tacto alguno. Después, me frota los ojos con la manga de la camisa y la visión vuelve a mí. Intercambiamos una mirada larga que lo dice todo y nada al mismo tiempo y se reincorpora al combate como un manchurrón bermellón gracias a su caperuza y a la sangre que le tiñe la ropa.

—¡Roja, la cadena! —grita Pulgarcita mientras huye.

Resollando, echo a correr hacia ella para quitarle de encima a un par de cuervos que la acechan. De nuevo la boca se me inunda de ese sabor metálico putrefacto, correoso. Un lobo salta sobre mi chepa y clava los dientes en la carne, gruño y me sacudo justo a tiempo de que la cola del dragón lo mande por los aires. Me veo incapaz de mantener la lengua dentro de la boca a causa del cansancio y del sabor nauseabundo. Me queman los músculos y los huesos se me quejan, pero en cuanto me tomo un segundo de aliento, salto para proteger a Pulgarcita de un mono que le tiraba del pelo.

Ven conmigo, le digo a Pulgarcita mente a mente. Ella me mira con incomprensión un segundo y hace restallar el látigo, ágil. *Sube.*

—¡Estás herido! ¡No puedo subirme!

¡Sube!, gruño, totalmente descontrolado.

No puedo estar pendiente de protegerla, de tener a Brianna ubicada en todo momento y de garantizar mi propia supervivencia. Daría lo que fuera porque Pulgarcita dispusiera de los polvos de hada y pudiéramos librarla de todo esto. La chica entra en razón y me agacho para concederle acceso a mi lomo. La espalda se me queja con violencia, pero lo ignoro y echo a correr hacia Brianna, que justo se ha detenido junto a la cadena del extraño material y la golpea una y otra vez con una de mis espadas.

La Rompemaleficios, jadeo para mí mismo. Entonces Brianna se detiene, envaina la espada corta con premura y saca la Rompemaleficios, cuyo filo de plata deslumbra entre tanto oro.

Sin pensárselo dos veces, lanza un espadazo vigoroso que hace que la pesada cadena que mantiene preso al dragón se parta con un destello azul y un chasquido violento. El tiempo parece ralentizarse tras ese segundo: la actitud del dragón cambia por completo, se yergue sobre dos patas y bate las alas con mucha más fiereza que antes. Nos agachamos para esquivar su cola, que barre el espacio sobre nuestras cabezas, y lanza la suya hacia delante con las fauces abiertas. Un sonido atronador lo colma todo justo antes de que una imperiosa llamarada verde barra el albero de prácticamente el anfiteatro entero.

Las lenguas de fuego trepan por los muros de oro y los gigantes huyen despavoridos al ver las llamas correr violentas hacia ellos. Con otra batida de alas, las brasas suben más altas y hasta el rey Midas, escondido en la seguridad de su palco, echa a correr. Todas las criaturas que quedaban vivas frente a nosotros acaban calcinadas. Y las que sobreviven, escapan al cobijo de las celdas abiertas.

Yo no puedo más y me derrumbo sobre las patas. Creo que Brianna grita mi nombre, pero apenas oigo nada por encima de mi respiración agitada, del potente latido de mi corazón. La temperatura de mi cuerpo sube y sube para comenzar a sanarme y ni siquiera me preocupo por si me he roto algún hueso o no, aunque parece que Pulgarcita sí, porque rápidamente entierra sus manitas en mi pelaje, diminutas en comparación con lo grande de mi cuerpo, en busca de lesiones óseas.

Algo duro y áspero envuelve mi cuerpo e, instantes después, estoy flotando por el aire, más y más arriba, despacio pero a un ritmo constante. Y tras unos segundos estamos volando fuera del anfiteatro de los horrores.

44

Volamos hacia el noreste, o esa es la sensación que me da a juzgar por la posición del sol. Aunque mi cuerpo intenta mandarme a la inconsciencia en varios puntos del trayecto, hago acopio de todas mis fuerzas y me mantengo al borde de esas garras por miedo a que esta pueda ser la última pesadilla que me atormente. Porque estoy convencido de que si la Reina de Corazones me inflige daño físico real, me matará, por mucho que su deseo sea que nos encontremos en el País de las Maravillas.

En uno de los momentos en los que consigo levantar la cabeza, creo alucinar con ver la Cordillera del Crepúsculo al fondo, refulgiendo con su pátina de oro, aunque no podemos haber llegado tan lejos en tan poco tiempo, ¿o sí?

Dejo caer la cabeza, desprovisto de fuerzas, y entonces me doy cuenta de que estoy encerrado en una de las garras del dragón, y que Brianna está en la contigua, totalmente lánguida. Inconsciente. El temor me mantiene despierto y la llamo con gimoteos preocupados, pero no responde. Las uñas del dragón, cerradas alrededor de su cuerpo, están teñidas de una sangre que solo puede ser de Brianna, y percibo gotitas precipitándose al vacío.

Aúllo con fuerza y suelto un jadeo lastimero, pero ni siquiera responde a mi llamada.

«Aguanta, Axel», resuena la voz de Pulgarcita en mi mente. «Ya estamos llegando».

La Cordillera del Crepúsculo queda tan cercana que da la sensación de que podría rozarla con una pata. Entonces, el dragón describe un círculo en el aire y baja en picado hacia una abertura en la montaña, similar a un cráter, y nos adentramos en las entrañas de la piedra. La temperatura desciende drásticamente y hasta a mí se me adhiere el frío a los huesos antes de volver a ascender.

Entre tanta negrura se distingue un puntito luminoso a lo lejos que, poco a poco, va creciendo en tamaño hasta convertirse en el destello dorado del mayor tesoro que haya visto en mi vida. Mire donde mire, ingentes cantidades de oro colman el espacio hueco del interior de la cordillera, que desafía cualquier ley de la lógica. Las paredes son macizas, de un oro tan profundo que casi deja de ser dorado, y el suelo está atestado por montañas y montañas, más grandes que gigantes, de oro, joyas, minerales relucientes y metales preciosos.

El dragón nos deja en el suelo con delicadeza, el cuerpo de Brianna completamente inerte, y apelo al cambio para convertirme en hombre de nuevo. Me duele como mil infiernos, pero ni siquiera con la neblina de las lágrimas retenidas a duras penas dejo de ver a Brianna ahí tirada, cuyo pecho apenas sube y baja. Antes siquiera de haber cambiado del todo, Pulgarcita está sobre ella, presionándole el abdomen con ambas manos y gesto desquiciado.

—¡Ayúdame! —grita hacia mí en cuanto me yergo un poco.

Me arrastro hasta ellas, con mis propias heridas llorando sangre, y coloco las palmas sobre las de Pulgarcita. Mis ojos viajan frenéticos por el rostro de Brianna, pálido como nunca antes ha estado. Y el temor se hace un hueco en mi pecho.

«No puedo estar viviendo esto otra vez, aunque sea con otra persona».

Pulgarcita me agarra del rostro para obligarme a mirarla, siento la sangre caliente de Brianna en mis mejillas y la respiración se me atasca en los pulmones.

—Necesito que te concentres y relegues el dolor a un segundo plano —me pide con dulzura pétrea—. Se va a poner bien, ya lo verás.

Me da un apretón en el hombro justo antes de salir corriendo hacia no sé dónde.

Con manos temblorosas me atrevo a levantarle la camisa a Brianna y una náusea trepa por mi garganta. Tiene cuatro tajos cruzándole el abdomen, pero los preocupantes son los dos del centro, que han llegado más profundo y que no sé cómo no le han atravesado las tripas; los otros dos son más superficiales.

Aprieto su carne con más fuerza, sintiendo su sangre caliente escapando entre mis dedos, y me maldigo por no haberme dado cuenta. Cuando me limpió los ojos, la vi llena de rojo y la sangre de esas bestias modificadas con oro era negra.

Gruño de rabia e impotencia y lanzo la vista hacia su rostro.

—No te vas a morir, ¿me oyes? —escupo con fuerza—. No me vas a dejar solo.

Apartando la desazón a la que me conduce ese pensamiento, recoloco las manos para intentar juntarle la piel y ella se remueve un poco. Y ese gesto de sufrimiento de su cuerpo, aunque debería preocuparme, me alivia, porque significa que no está tan perdida como para no sentir ya dolor alguno.

Pulgarcita regresa junto a mí, jadeando tras la carrera, y se deja caer a nuestro lado.

—Déjame.

Obedezco y aparto las manos, consciente de que ella sabrá qué hacer mejor que yo.

De su morral, que a Luna doy gracias por que sea mágico y se adaptara a su tamaño, saca la bota de agua, cuyo contenido vierte sobre la herida de Brianna, y el instrumental para coserla. Me pide que la ayude y yo lo hago, con las manos temblando por el pánico y sin despegar los ojos del rostro de Brianna, que según con qué puntadas se contrae.

—No sé cómo reaccionará, porque no tengo nada para desinfectarle bien la herida... —comenta con la voz teñida de temor.

Compartimos una mirada preocupada y sacudo la cabeza para restarle importancia. No podemos distraernos con eso. Confío en el metabolismo mestizo de Brianna. Ella siempre se ha curado de todo muy rápido, nunca enfermaba. Eso tiene que servir de algo ahora.

Cuando ha controlado las dos heridas centrales, me señala un punto detrás de mí y el corazón me da un vuelco al encontrarme con la cabeza del dragón, observando todos nuestros movimientos. Me había olvidado de él por completo.

—Galtur dice que las escamas de dragón podrían ayudar.

Miro la escama verde frente a mí, en el suelo. Así parece un trozo de piedra, pero cuando la sostengo entre las manos, tan grande como el torso de Pulgarcita, compruebo que es liviana y maleable.

Me levanto con un quejido y me llevo la mano al costado, donde mi propio cuerpo también está plagado de cortes, arañazos, mordiscos y zarpazos, pero yo ya no sangro ni una mínima parte de lo que lo hace Brianna, por lo que la prioridad es ella.

—¿Qué tengo que hacer? —pregunto clavando mis ojos en los de pupilas verticales del dragón.

—Busca algún arma de oro y machácala —me ordena Pulgarcita.

Me acerco al montón de tesoros más cercano y rebusco con premura, descartando todo lo inútil que encuentro a mi paso.

—¿Te lo ha dicho él?

—Sí.

No añade nada más porque no es momento para explicaciones.

Encuentro un puñal de oro y me dedico a golpearlo contra la escama con todas las fuerzas que me quedan, sin perder detalle de los dedos expertos de Pulgarcita sobre el abdomen de Brianna, que, demasiado lento para mi gusto, va adquiriendo más color, aunque solo una vista tan desarrollada como la mía pueda percibirlo.

Poco a poco, la enorme escama verde va cambiando de consistencia y se desmenuza en un polvillo verduzco que recojo con las manos antes de acercarme a ella. Pulgarcita se seca el sudor de la frente y se la tiñe con la sangre de Brianna, pero no parece molestarle.

—¿Y ahora qué?

Me mira, con los ojos velados por la concentración, como si por un segundo hubiese olvidado qué va a continuación, y después gira la cabeza hacia el dragón. Estoy seguro de que él le dice algo, porque Pulgarcita se levanta, coge un cáliz y me hace echar los polvos dentro antes de descorchar la bota de agua y verter lo último que queda de agua. El líquido burbujea y se torna verde al instante antes de adquirir una consistencia viscosa. Pulgarcita extrae el mejunje con las manos y lo extiende sobre el abdomen de Brianna con tacto.

—Ahora solo queda esperar.

Un tanto derrotado, me dejo caer y me siento de cualquier forma en el suelo. Apoyo la frente sobre la rodilla, la respiración aún agitada y la piel hirviendo por mi alta temperatura, pero me noto falto de fuerzas ahora que la adrenalina empieza a diluirse y soy consciente de que mi cuerpo no quema lo suficiente como para curarme rápido, que yo solo no puedo llegar a ese nivel.

Siento tela sobre la espalda magullada y lacerada y reprimo un siseo de dolor antes de alzar la cabeza para comprobar que

Pulgarcita me ha echado su capa verde sobre los hombros, imagino que para cubrir mi desnudez, aunque no me importa lo más mínimo.

—¿Me dejas mirarte las heridas? —pregunta con amabilidad.

Niego con la cabeza, las lágrimas contenidas solo gracias a mis párpados cerrados.

—No seas cabezota... —me reprende sin perder ese tono maternal.

—Estoy bien —murmuro, la voz más del lobo que mía.

No estoy seguro de poder reprimir todo lo que se me revuelve por dentro si el dolor aumenta, aunque sea solo un segundo antes de empezar a remitir. Me noto a punto de estallar y no me gustaría hacerlo con Pulgarcita, así que prefiero esperar un poco a que mi cuerpo siga su curso natural. Y si veo que sigo desangrándome..., bueno, eso es problema de mi yo del futuro, porque ahora solo puedo preocuparme por Brianna.

Todo tiembla un poco y alzo la vista lo suficiente como para comprobar que el dragón se hace un ovillo junto a nosotros, algunas montañas de tesoros vencen y se deslizan sobre sus propias laderas y la criatura se recoloca hasta estar cómoda, con la cabeza en nuestra dirección para no perder detalle de nosotros. Pero él también necesita descansar para recuperarse de sus heridas.

Apoyo la mejilla sobre la rodilla y estudio el rostro contraído por el dolor de Brianna. Le paso la mano por la frente y le aparto varios mechones pegados a la cara. Los arañazos que Jackson le abrió en la mejilla son ahora cuatro costras feas, pero también tiene pequeños cortecitos aquí y allá, culpa de las garras de los cuervos. Sigo repasando su estado y me percato de que en el cuello tiene otro corte, aunque ya no sangra. Y gracias a la camisa subida veo que en el costado tiene un moratón enorme que le cubre parte del torso y se pierde hacia la espalda, probablemente de cuando nos han embestido contra la pared.

—¿Cómo? —murmuro, mi voz quebrada.

—Fue un lobo —explica con pesar—. No quiso matarlo.

Con furia contenida, vuelvo a observar a Brianna.

—Inconsciente... —mascullo, fruto del dolor más arrasador.

—Bondadosa, diría yo. —Miro a Pulgarcita con curiosidad—. ¿Y crees que podría haber asociado un adjetivo como ese a Roja? ¿Eh?

Devuelvo mi atención a Brianna y suspiro, cansado.

—¿Te llamas Galtur? —le pregunto al dragón, la voz aún grave. Él asiente y cierra los ojos despacio antes de volver a abrirlos—. Gracias por sacarnos de allí.

—Dice que está en deuda con nosotros. Que nos ayudará en todo lo que le pidamos.

—¿Cuánto tiempo llevabas siendo una mascota?

Un humo denso y grisáceo se escapa de sus ollares con un suspiro lánguido.

—Más tiempo del que es capaz de contar. Fueron los gigantes quienes lo capturaron y fue pasando de mano en mano a lo largo de los siglos.

—¿Los gigantes?

Unos segundos de silencio para que Galtur se explique mente a mente con la chica.

—Resulta que vivían en el Bosque de la Plata, antes incluso de La Criba. —Pulgarcita sonríe con pesar, intuyo que recordando la conversación que mantuvimos de camino al castillo del duque—. Y fueron los gigantes los que acabaron con su raza. Cree que solo queda él.

Imagino que es alguna clase de justicia mágica que los gigantes se hayan visto diezmados por una raza inferior a ellos, tal y como hicieron con los propios dragones.

No me entra en la cabeza cómo se puede llegar a tal nivel de odio, cómo se puede estar tan podrido como para mermar a una población de criaturas sin ton ni son. Cualquier depredador es consciente de que no puede imponerse del todo sobre su presa, porque con la desaparición de una raza siempre llegan más extinciones. Es una cadena tensa que se deshace según empiezan a faltar eslabones. Y que la historia no nos haya enseñado nada a estas alturas..., me hace perder toda esperanza en Fabel.

Me fijo de nuevo en Brianna y vuelvo a acariciarle la frente. Su cuerpo está caliente, solo espero que no sea fiebre por alguna infección, sino su cuerpo medio licántropo haciendo su trabajo.

—Galtur dice que no sabe si las escamas la ayudarán, aunque espera que sí —me informa Pulgarcita, y se ve obligada a tragar saliva al terminar.

—¿Qué quieres decir?

—Dice que las escamas de dragón curan cualquier condición, cualquier naturaleza alterada. Pero no hay nada más natural que la muerte.

45

Las siguientes horas pasan en un borrón confuso en el que mi cuerpo lucha por subir más y más la temperatura para curarse cuanto antes y no lo consigue. Cuando me calmo lo bastante como para controlar mis instintos, dejo que Pulgarcita me cosa las heridas más preocupantes y siento cierto alivio, pero no el suficiente.

Y si a mi pésimo estado le sumamos que no me permito pegar ojo por estar pendiente de Brianna..., decir que estoy para el arrastre es quedarse muy corto.

Pulgarcita me encuentra algo de ropa entre el inmenso botín del interior de la montaña, prendas que me quedan algo pequeñas, y me cede la mitad de los escasos víveres que llevaba en su morral, que consiste en la última torta de viaje; la otra mitad la reservamos para cuando Brianna se sienta con fuerzas como para comer. A pesar de que me cuesta horrores tragar, me obligo a dar un bocado tras otro con la esperanza de que eso sirva de algo.

Galtur resulta ser un dragón de lo más tranquilo teniendo en cuenta la imagen que la gente de Fabel solemos tener de su raza, y sé que habla mucho con Pulgarcita, porque la chica se queda absorta mirándolo y pone caras raras, claro indicativo de que conversan.

Pero yo no tengo ánimos como para interesarme por saber de qué charlan, apenas si tuve fuerzas para incorporarme y vestirme con los ropajes que Pulgarcita encontró.

De un acuífero que hay en uno de los muchos túneles que recorren el interior de la cordillera, Pulgarcita consigue agua con la que quitarnos la sangre y la roña de la piel. Y me resulta extremadamente doloroso limpiar el cuerpo de Brianna, sobre todo porque me tengo que enfrentar a la visión de esas heridas verduzcas, a causa del polvo de escama, que me hacen estremecer.

No sé cuánto tiempo después del combate en el anfiteatro, Pulgarcita le pide a Galtur que la saque de allí para ir a por víveres y para deshacerse del tallo de la habichuela, que si no lo cortamos, servirá de vía de entrada y salida para cualquiera hasta que se pudra por sí solo. Y menos mal que ella está en plenas facultades para pensar, porque no me quiero ni imaginar qué pasaría si los gigantes decidieran bajar movidos por el enfado de nuestros actos.

Es increíble lo mucho que pueden cambiar los hechos según de qué bando sea quien cuenta la historia. Al fin y al cabo, Pulgarcita no hacía mal en temer a los gigantes.

Cuando estos descubrieron que el oro puro es el único material capaz de penetrar sus escamas, los dragones se dedicaron a expoliar Fabel de dicho metal para fundirlo y dar origen a la cordillera que ahora sirve como su morada. Y en esa encarnizada batalla entre gigantes y dragones, más allá incluso del Bosque de la Plata, ambas razas se vieron diezmadas. Los gigantes que sobrevivieron se instalaron en el reino de las nubes, y con respecto a los dragones..., Galtur no está seguro de qué fue de ellos, puesto que a él lo retuvieron como mascota.

Me paso los segundos tumbado junto a Brianna, en completo silencio y solo, observándola respirar y sufriendo por cada punzada de dolor que le contrae el rostro. Tengo un nudo en el estómago constantemente y hace tiempo que se me acabaron las plegarias a Luna para que la salve.

Empiezo a preocuparme por mi propio estado cuando alucino con que Brianna abre los ojos y, despacio, gira la cabeza hacia mí, su rostro marcado por la preocupación.

—¿Estás bien? —pregunta, la voz tan ronca que casi ni la reconozco.

El corazón me da un vuelco y me incorporo sobre un brazo para verla mejor. Ella vuelve a girar la cabeza y cierra los ojos, como si el mero hecho de haberlos abierto la hubiera dejado extenuada.

—Estás despierta —murmuro, un poco conmocionado.

Traga saliva un par de veces, con las facciones contraídas.

—A duras penas... —Aunque intenta bromear para restarle seriedad al asunto, estoy tan tenso que no puedo prestarle atención a eso.

Le palpo la frente y compruebo que está caliente, pero no lo suficiente como para relajarme. Ella gime por el contacto.

—Perdona —me disculpo, creyendo que le he hecho daño.

—No. —Me rompe escuchar esa vocecilla—. Sienta bien.

Vuelvo a ponerle la mano sobre la frente y el gesto de dolor se relaja un ápice.

—¿Te duele mucho?

Asiente con un único cabeceo, las cejas tan juntas que casi se tocan. Y, joder, que Brianna reconozca que algo le duele significa que a cualquier otra persona la habría matado hace tiempo.

—Hay algo que quizá podría ayudarte... —No responde y me habría dado un infarto de no ser porque escucho el lento ritmo de su pulso—. Aunque no te va a gustar. —Una de sus comisuras se eleva lo más mínimo y parte de la presión se diluye—. Déjame besarte.

El corazón le golpea el pecho con fuerza, pero esa emoción no se deja ver en su rostro, sobrepasado por el dolor.

—No.

—Hay que hacer que tu cuerpo entre en calor.

—Tienes demasiada confianza en ti mismo si crees que con un beso me vas a calentar.

Este comentario sí me divierte, porque hacer una broma es fácil, pero dos significa cierta mejoría. O al menos a eso me aferro, porque la otra opción, que esté tan moribunda que quiera aliviar mi tensión, es impensable.

—Déjame demostrártelo. —Calla unos segundos en los que la veo tragar saliva y sus cejas se juntan aún más—. Estás sufriendo. Por favor, Brianna.

—No me vas a besar, Axel.

—Eres medio licántropa, ya viste lo que pasó cuando el Hada me apuñaló. El calor acelera nuestro metabolismo, pero si al mío ya de por sí a veces le hace falta ayuda, al tuyo ni te cuento. No te estoy pidiendo que follemos, solo que me dejes probar con un beso. Déjame ayudarte.

Lo último me sale casi como una súplica y me quedo perplejo unos instantes. Y no soy el único.

—Uno apasionado —bufa para restarle importancia, aunque se queda sin fuerzas a mitad de camino.

No esperaba que el enfado me sobrepasara tan rápido, pero ahí está. Porque ha sido tonta por primar la misericordia antes que la supervivencia en un momento demasiado clave para su propia vida. Y no puedo evitar estar cabreado con ella por haber dudado y no haberse defendido, por mucho que una parte de mí se sienta orgulloso de ella por tener semejante corazón.

—Por toda la magia, Brianna, no me obligues a besarte en contra de tu voluntad, porque lo haré. Créeme que no dudaré ni un solo segundo antes de calentarte a la fuerza si con ello te salvo la vida, aunque me arrepienta de haberte forzado durante el resto de mi vida. —La respiración se le atasca en el pecho—. ¿O es que acaso quieres morir?

—No, no quiero morir... —farfulla después de tragar saliva con esfuerzo.

—Pues entonces déjame darte un puto beso. —De nuevo silencio, uno en el que me doy cuenta de que tengo la respiración acelerada. Sé que me va a decir que no, lo sé por cómo aprieta los labios, testaruda como ella sola, pero entonces se me ocurre una idea—. Me lo debes.

—¿Que te lo debo? —dice con una risa, de la que se arrepiente al instante y se lleva las manos al abdomen por el dolor.

—Sí, me lo debes. Apostamos a que dormirías abrazada a mí y así fue. Gané yo.

—No, apostamos a que *amanecería* abrazada a ti. Y nos despertamos antes del amanecer.

Bufo con frustración y a punto estoy de mandarlo todo a la mierda y transgredir unos límites que me repugnan, cuando suspira con cuidado de no hacerse más daño y vuelve a abrir los ojos para mirarme.

—Con el beso, se da la apuesta por saldada.

—Saldadísima.

Me da un repaso con la mirada y regresa a mi cara.

—Tú también estás herido.

Cojo aire con paciencia, porque sé por dónde va a ir, y asiento despacio.

—Yo también estoy herido.

—Entonces no lo haces solo por mí.

La miro con reprobación, una ceja arqueada, y no necesita que le responda para que comprenda que lo que ha dicho es una estupidez.

Un silencio en el que mi cuerpo se tensa por el temor a que

se niegue otra vez. Y estaría en pleno derecho. Si estuviésemos en cualquier otra situación, jamás me plantearía besarla, porque sé que nuestra relación no está en ese punto todavía. Pero verla sufrir, con la incertidumbre de no saber si estos serán sus últimos segundos... No puedo arriesgarme a que se muera delante de mí sin haber hecho todo lo que esté en mi mano por salvarla.

Brianna inspira hondo y sus ojos se desvían un segundo hacia mis labios antes de regresar a mi mirada. Y sé que me está concediendo permiso.

Con cuidado de no hacerle daño, acerco mi rostro al suyo despacio. Cierra los párpados en anticipación y oigo cómo se le acelera el pulso con cada milímetro que acorto. Ni siquiera hemos llegado a rozarnos y sé que su organismo está empezando a trabajar. Me concentro en los sonidos de su cuerpo más que en el momento en sí, porque es lo único que me importa ahora mismo.

El contacto de mi boca con la suya es frío dada la diferencia de temperatura entre nosotros y me crispo, no solo por la impresión, sino por la preocupación que me atraganta con ese pensamiento.

Intento dejar la mente en blanco, el ceño fruncido por el esfuerzo que esta postura también supone para mí, y me concentro en rescatar mis dotes de buen amante para entregarme por completo a un beso que no se puede descontrolar pero que tiene que serlo todo.

Muevo la boca despacio, para tantear su estado, y responde a mí con lentitud, pero responde. El corazón me da un vuelco y le acuno la mejilla sana con la mano. Brianna suspira por el roce de mi piel cálida sobre la suya y es ella la que reclama más de mi boca, con calma y necesidad.

Entreabro sus labios con una pasada exploratoria de la lengua y la suya sale a buscarme por reflejo. En cuanto se encuentran, me nace el impulso de gemir contra su boca, porque yo sí que me estoy encendiendo bastante rápido y el cosquilleo de la curación, una picazón intensa que me pide que me rasque, empieza a invadirme. Y Brianna lo percibe, porque atrapa mi labio inferior entre los dientes y tira con suavidad.

Bufo y aprieto el puño del brazo que me sostiene sobre ella, porque esto me va a costar muchísimo más de lo que me imaginaba. No me había parado a pensar en cuánto necesitaba besarla despacio, sentir sus besos cálidos y profundos, esos que, aunque esperas que conduzcan a más, no lo hacen. Y a pesar de que el beso que nos dimos en la luna llena sea parecido a este, al mismo tiempo es completamente distinto. Aquel estaba cargado de sentimientos dolorosos, de corazones compungidos y este... Este está movido por mi necesidad imperiosa de ayudarla a recuperarse, por la preocupación y el temor más denso.

Seguimos besándonos a un ritmo lento en el que nos empapamos del sabor del otro, nos bebemos sin conseguir saciar la sed. Me acerco más a ella, aprieto mi cuerpo contra el costado del suyo, y con el roce de su mano inerte, a un lado, contra mi erección me estremezco. Y ella también es consciente de lo que ha rozado con mi movimiento involuntario, porque el corazón le da un vuelco y coge aire con fuerza. Jadeo contra su boca, sus labios se estiran en una sonrisa pícara y aumento el ritmo.

Mi lengua busca la suya con exigencia, mi mano baja unos centímetros y encaja en su cuello, con el pulgar acariciando la línea de su mandíbula. Ahora la que jadea es ella al notar mi calor en otra parte de su piel. Siento su temperatura ascender por momentos, su pulso frenético contra la palma de mi mano.

Hace amago de levantar la cabeza para profundizar el beso y se arrepiente al instante. Intento calmar su gemido de dolor, que me inunda la boca, moviendo el pulgar adelante y atrás sobre su mentón, en una caricia lenta que agradece.

Me separo de su boca para bajar a su cuello y, después de fijarme en que no tiene ninguna herida donde voy a plantar mis labios, la beso con delicadeza. Brianna me concede más acceso al cuello, lo expone para mí, y jadea cuando siente mi lengua recorriéndola desde la base hasta el mentón.

Por el rabillo del ojo me doy cuenta de que levanta la mano y se la lleva al abdomen, pero la agarro por la muñeca y le reconduzco el brazo por encima de la cabeza, despacio, para retenerlo ahí, consciente de que tiene la otra mano apresada contra mi erección.

Me separo y la miro, sus ojos con un brillo febril fruto de la temperatura. Chasqueo la lengua varias veces para reprenderla y niego con la cabeza.

—No puedes rascarte, ya lo sabes.

Suspira de frustración y pone los ojos en blanco. Desvío la vista hacia las heridas descubiertas y me percato de que apenas queda mejunje verde sobre su tripa, como si su cuerpo lo hubiera absorbido por fin, y de que las heridas están empezando a cerrarse. Le suelto la muñeca y vuelvo a tocarle la frente. Está que arde. Y eso hace que mis labios se estiren en una sonrisa taimada mientras clavo mis ojos en los suyos.

—¿Qué decías de que no conseguiría encenderte con un beso? —me burlo, algo más tranquilo al ser consciente de que va a mejorar a pasos agigantados.

Me recoloco para quedar a la altura de su rostro de nuevo y mi mano regresa a su lugar natural: en su cuello, acariciándole la línea del mentón.

—No me busques, Axel, porque me vas a encontrar —responde, su voz casi convertida en un murmullo y la vista fija en mis labios hinchados, que sonríen al escuchar mi nombre.

—¿Y si eso es justo lo que quiero? Encontrarte —la reto, con esas palabras tan cargadas de significado y mi boca tanteando la suya. Su respiración se entremezcla con la mía cuando jadea y el corazón se me compunge por lo íntimo del momento.

Esta vez es ella la que hace que nuestros labios se encuentren en un beso más apasionado. Y yo simplemente me dejo llevar por lo que ella necesita, sin importarme lo mucho que me vaya a destrozar cuando el momento de sanar haya pasado y la realidad arrase conmigo, porque estos besos para ella no van a significar nada, mientras que para mí lo son todo.

46

No sé cuánto tiempo están fuera Galtur y Pulgarcita, pero Brianna y yo lo empleamos en juguetear el uno con el otro, con mayor inocencia de la que cualquiera podría haber esperado, y a dormitar cada cierto rato.

Tenerla junto a mí, apretada contra mi pecho y con el brazo alrededor de sus hombros, en la postura perfecta para que con cada respiración me embriague con su esencia, es una suerte de sueño en sí mismo, porque durante ese rato, incluso aunque duermo un poco, no hay pesadilla que valga. Y por más que me repito que tan solo estamos abrazados para compartir mi calor con ella, una pequeña parte de mí atesora el momento como si nuestra vida siguiera en el punto previo a que recayera la bruma.

Cuando se siente con fuerzas, charlamos de todo y de nada, divagamos entre los recuerdos alegres y nos alejamos de los que tienen que ver con nuestra relación o con el clan, porque esa herida para mí es demasiado profunda todavía. Creo que jamás me quitaré la sensación de soledad que me ha dejado que nuestra manada nos haya abandonado, que nos hayamos convertido en lobos solitarios. Y aunque a Brianna no parece incomodarle, porque nunca le ha importado lo más mínimo, a mí me destroza. Porque ellos eran lo último que me quedaba de la vida normal de la que disfrutamos antes de tanto caos, mi familia, mi gente, y ya ni siquiera eso me queda.

De vez en cuando me descubro trazando círculos perezosos sobre el hombro de Brianna, para calmarme a mí mismo, y una punzada de dolor me atraviesa por lo natural que resulta y lo peligroso que es. En otras ocasiones, es ella la que me pide calor y yo se lo doy gustoso, aunque no me pase desapercibido que querer «calor» y querer mis besos no sean lo mismo.

Para cuando Pulgarcita regresa, Brianna afirma estar en condiciones como para continuar con el viaje, y no hay forma de hacerla entrar en razón para descansar un día más. Sus heridas se han cerrado, aunque las cicatrices estén frescas y tirantes y le sigan picando, por mucho que lo niegue. Las mías, por el contrario, están del todo curadas.

En su excursión al exterior, Galtur quemó el tallo de la habichuela y dejó a Pulgarcita allí un rato para agradecerle a Jacqueline su ayuda y explicarle qué pasó, no solo con los gigantes, sino con su hermano. Por lo que nos cuenta, no le sorprendió demasiado, aunque sí se disculpó más veces de las que debería, que son ninguna. No es justo que otra persona se sienta responsable por los actos de un familiar.

Además, trajo algo de comida, nuevos macutos y ropa para que nos cambiásemos. Y menos mal, porque en uno de los besos un poco más fogosos rasgué la camisa con la tensión de los brazos, y la ropa de Brianna es más sangre reseca que tela; casi podría echar a andar sola.

—¿Me puedo quedar mis espadas? —le pregunto a Brianna cuando hemos terminado de vestirnos.

Ella acaricia los dos pomos con cabeza de lobo, sopesándolo, y cruzo los brazos frente al pecho, una ceja arqueada.

—Eres consciente de que te he dejado cogerlas, ¿no? —Ella

se muerde el labio inferior con diversión—. Que me las podría haber quedado en cualquier momento mientras dormías.

Pone los ojos en blanco y resopla antes de soltar el cinturón y tendérmelo. Justo cuando voy a cogerlo, lo aparta de mí.

—¡Peeero!

—¿Pero? —pregunto con una risa.

—A cambio, me debes algo.

—¿El qué?

—Aún no lo sé. Lo que yo quiera, cuando quiera.

No oculto la diversión que se hace con mi rostro y Brianna se fija en mi hoyuelo. Está picadísima por haber perdido la apuesta. Doy un paso con el que mato la distancia que nos separa y ella contiene el aliento.

—Si quieres otro beso, no necesitas buscar excusas. Tan solo tienes que pedírmelo.

Pulgarcita tose para disimular y se da la vuelta en dirección a Galtur, que nos espera para partir. Brianna es incapaz de apartar la vista de mis labios, como atraída por ellos.

—Creo que se acabaron los besos durante una temporada. —Me estampa ambas espadas en el pecho y casi ni espera a que las haya cogido antes de huir de mí—. Gracias por haberme dado una de tus escamas.

El dragón responde con un asentimiento solemne y mira hacia la abertura en la cima de la montaña. A pesar de que no tenemos la certeza de que esos polvos hayan funcionado como Galtur esperaba, lo que sí es indudable es que se curó demasiado rápido para ser mestiza, por mucho que su cuerpo pareciese a punto de entrar en combustión. Hasta ahora, nunca la había visto con una herida de semejante gravedad, pero incluso aunque del corte más pequeño siempre se curaba más rápido que un humano, nunca lo hacía al mismo ritmo que yo. Y en esta ocasión hemos sanado casi a la vez, lo que me sugiere que algo tuvo que ver la escama.

—Galtur dice que podemos coger seis doblones, pero que debemos dejar el resto del oro aquí.

Rehúyo la mirada de Pulgarcita, que se fija en mí, y me dedico a abrocharme el cinto con las espadas. Cómo echaba de menos sentir este peso sobre las caderas. Aunque... Miro de reojo a Brianna y mis labios se estiran con una sonrisa pícara. Hay mejores pesos que sentir sobre las caderas.

—¿Y eso por qué?

—El oro puro es lo único capaz de traspasar la coraza de escamas de un dragón —le explica a Brianna con paciencia—. Si no estás conforme, discútelo con él.

La chica señala a la criatura y esta deja escapar humo por los ollares, ante lo que Brianna traga saliva y niega con la cabeza. Después, extiende la palma hacia Pulgarcita para que le dé las monedas.

—Se parecen a los reales —murmura al aire.

—En algo se tuvieron que inspirar. Todo lo que nos rodea es tan antiguo como el tiempo.

Brianna guarda las seis monedas de oro puro en su nuevo morral. Yo me ciño el mío al hombro y echo de menos mi espesa capa de pelaje negro, regalo de boda de Olivia y que perdí cuando nos despojaron de nuestras pertenencias en el anfiteatro. Espero que las temperaturas suban lo suficientemente rápido como para no necesitarla, aunque aquí abajo no me habría venido nada mal.

—¿Habéis dejado todo el oro? —insiste Pulgarcita tras un segundo en el que creo que Galtur se lo está preguntando a ella.

De nuevo siento sus ojos clavados en mí y jugueteo con el colgante de caracola, al que doy gracias por ser mágico y por que funcione igual que el de cuarzo azul del Hada, porque si no, habría acabado destrozado, junto con mi ropa, cuando muté en medio del salto.

—Sí, vámonos ya, por favor —responde Brianna.

Imagino que este lugar ahora está cargado de muchos recuerdos. Y aunque nos prometimos intentar construir nuevos juntos, ninguno nos referíamos a los que hemos vivido en los últimos días.

Galtur abre las garras frente a nosotros y dejamos que nos coja. Jamás, en la vida, habría imaginado encontrarme con un dragón, creyéndolos extintos, mucho menos que volaría en uno. Con un batir poderoso de las alas, nos separamos del suelo y ascendemos a gran velocidad. El viento me revuelve el cabello y me lo anudo a la nuca para que no me dé latigazos en la cara. Brianna se lo aparta del rostro con la palma, sin ser capaz de ocultar la sonrisa de felicidad que tira de sus comisuras. Y a mí se me seca la garganta solo con verla tan viva.

Galtur nos deja en una cala de arena blanca y fina cuando el sol está muriendo en el firmamento. Si lo que descubrió Anabella es cierto, confiamos en que con lanzar las tres monedas al mar sea suficiente. Si no..., estamos jodidos.

Pulgarcita se gira hacia Galtur, con los ojos vidriosos por la despedida, y este agacha la cabeza para que ella coloque la palma contra su hocico.

—Ha sido un placer conocerte —dice con voz temblorosa antes de callar unos segundos y esbozar una sonrisa—. Espero que volvamos a encontrarnos en algún momento.

Él se separa y estira el cuello, cuan largo es, antes de llevarse una garra al hombro y arrancarse una escama.

—¡No puedo aceptarla! —Pulgarcita cruza las manos frente a ella en un gesto de negación.

—Ya se la ha arrancado, qué más dará... —murmura Brianna.

Y yo aparto la cabeza para que Pulgarcita no vea mi sonrisa divertida cuando mira a Bri con los ojos entrecerrados.

El dragón insiste y Pulgarcita acaba claudicando. Es tan grande en comparación con ella, y nuestros macutos tan pequeños, que se la ata a la espalda, bajo el vestido para no atraer miradas indiscretas, usando algunos de los vendajes que le quedan.

—No hacía falta... —Calla a medias, como si la hubiera interrumpido—. Te liberamos porque era lo correcto, no porque buscásemos tu ayuda a cambio.

Por mi parte no podría ser más cierto lo que ha dicho, porque no soporto la idea de ver a un animal enjaulado. «Pero por la de Brianna...». Le dedico un vistazo. Y teniendo en cuenta lo mucho que está cambiando ella últimamente, no, lo mucho que está volviendo a ser quien era, estoy convencido de que ella tampoco tenía intenciones ocultas. Porque no dudó ni un instante en lanzarse a ayudarlo cuando liberaron a los primeros cuervos.

Nos quedamos observando al dragón hasta que desaparece del cielo y después, como si nos hubiésemos puesto de acuerdo, los tres nos giramos hacia el mar.

Brianna saca los doblones de su morral y los observa durante varios segundos, tensa. Alza la vista, sus ojos se encuentran con los míos y me los tiende.

—Deberías tirarlos tú.

—¿Por qué?

—Porque es a ti a quien busca la Reina de Corazones. Y puede que lanzándolos tú, consigamos ir al País de las Maravillas.

Nos quedamos en silencio por culpa de la magnitud de lo que implican sus palabras, porque ya sí que no hay vuelta atrás. Trago saliva y Brianna envuelve una de mis manos con las suyas para entregarme los doblones. El ligero apretón que me da antes de soltarme me reconforta, pero dentro de mí se instala un frío gélido que me oprime el pecho y la garganta.

No obstante, de nada sirve pensar en ello ya. Sopeso los doblones en mi palma y cojo dos.

—Tomad. —Les doy uno a cada una y Brianna me observa con incomprensión—. Solo por si... —Cojo aire para darme fuerzas antes de soltarlo de golpe—: Solo por si no acabamos en el mismo destino. Para que podáis regresar a Fabel.

Brianna frunce el ceño y ladea la cabeza un poco.

—¿Qué quieres decir? —pregunta Pulgarcita, totalmente perdida.

—Bueno, no sabemos bien cómo trabaja el Barquero. A lo mejor acepta peajes y nos lleva a donde queramos —empiezo explicando, para restarle cierta tensión—. O a lo mejor, aunque no estemos muertos, pesa nuestras almas de igual modo y no acabamos en el mismo sitio...

—Eso es imposible —murmura Pulgarcita.

Brianna se ha quedado estática, como lívida.

—No sabemos a qué nos vamos a enfrentar. A partir de aquí, todo es incierto, y solo podemos ir actuando sobre la marcha. Prefiero... Prefiero que tengáis vuestro doblón, solo por si acaso.

Pulgarcita asiente, no muy convencida, pero Brianna no muestra ningún signo de reacción.

—Lo sabías y no me lo has dicho —espeta cuando estoy a punto de lanzar las tres monedas.

—¿Qué?

—Sabías que nos vamos a separar.

—N-no lo sé, Brianna.

—No me mientas.

—¡No te miento! Es solo algo a lo que le he estado dando vueltas.

—Y no me lo dijiste.

Frunzo el ceño, estupefacto por que me esté echando esto en cara.

Sus facciones se endurecen y nos sostenemos la mirada más tiempo del que es prudente.

—No me mires así, Bri. Cuando lo pensé por primera vez, no sabía en qué punto estaba nuestra relación, así que no sentí que pudiera confiarte mis dudas.

Relaja el rostro, la comprensión abriéndose paso a través de la desconfianza, y chasquea la lengua, aún un tanto disconforme y recelosa.

—Y ahora sí.

—Ahora sí. Pero te juro que no sé qué va a pasar —insisto—. Solo tengo hipótesis.

—Agradecería que compartieras tus hipótesis de ahora en adelante. —Me giro hacia Pulgarcita, sorprendido por su intervención—. No es tu vida la única que está en juego, y me gustaría estar preparada para posibles futuros en los que no se me haya ocurrido pensar.

Cojo aire y lo suelto despacio.

—Está bien, lo siento. Intentaré ser más... —miro a Brianna de soslayo— comunicativo.

—¿Algo más que debamos saber? —inquiere Brianna.

—Que si todo va bien, y eso no significa que sea bueno, puede que estéis a punto de viajar a vuestra peor pesadilla.

Jugueteo unos segundos con los tres doblones antes de lanzarlos con fuerza mar adentro. Rompen la superficie del agua con tres tristes «chop» y se hunden. Sin más. No sucede nada.

Los tres nos quedamos callados, concentrados en el rielar del océano, a la espera de alguna señal que indique que ha funcionado. Las respiraciones y pulsos de Pulgarcita y Brianna se aceleran con cada segundo que transcurre en la más absoluta vacuidad. Y yo, simplemente, me quedo tan perplejo que casi estoy en *shock*.

No me puedo creer que después de todo lo que me he tenido que mentalizar para ignorar mis temores, para relegarlos a un segundo plano y ser capaz de dar los pasos en dirección a ese maldito infierno, no vaya a funcionar.

Pulgarcita empieza a caminar de un lado a otro, nerviosa, sus pisadas crujiendo sobre la arena mojada. Brianna se queda un rato más anclada al suelo antes de darse la vuelta con premura y lanzar una piedra mar adentro, con violencia desatada.

—¡¿Por qué es todo tan complicado?! —grita al viento, haciéndose eco de la frustración de todos—. ¿Y tú por qué estás tan tranquilo? —Lo último que me faltaba ahora mismo es que reconduzca su rabia hacia mí—. ¿También sabías que pasaría esto?

Me da un golpecito en el hombro y aprieto los ojos con fuerza. Despacio, giro el rostro para mirarla, una ceja arqueada.

—No. Sé. Nada. —Muerdo cada palabra con la rabia del lobo que llevo dentro, mal que me pese.

—¿Y ahora qué hacemos? —pregunta Pulgarcita, interponiéndose entre las dos bombas a punto de estallar que somos Brianna y yo.

Devuelvo la vista al mar y Brianna se sienta en la arena, airada. Pulgarcita lo hace a su lado, derrotada. Y yo respiro hondo antes de soltarlo despacio y darme la vuelta para sentarme al otro lado de Bri, aliviado.

—La que parecía encontrar más información al respecto era Anabella —digo pasados unos segundos de observar el mar—. Quizá debamos volver a por ella.

—Eso supondría tener que enfrentarnos a la maldición del duque —responde Brianna con voz monocorde—. Cuando regresemos, tendré que encargarme de romper su hechizo. Y no puedo hacerlo con la amenaza de los príncipes sobre mi cuello y con la incertidumbre de si esa reina demente levantará a los muertos o no. Tampoco quiero arriesgarme a que siga haciéndote daño.

Lo último lo murmura tan bajo que creo que solo yo lo oigo, pero de igual modo lo siento como si lo hubiera gritado a los cuatro vientos y el pecho se me hincha.

—¿Y entonces qué? —interviene Pulgarcita—. ¿Hasta aquí hemos llegado? ¿Dejamos a las princesas a su suerte y rezamos para que todo siga igual durante un tiempo? —Lanza una rama al agua, aunque no llega muy lejos—. Nosotros no nos rendimos. Luchamos hasta el final.

—Apenas nos conocemos... —discrepa Brianna.

Yo hago un mohín con los labios, porque ella y yo sí que nos conocemos.

—No necesito saber qué has vivido en cada minuto de tu existencia para conocerte, Roja —suelta Pulgarcita, algo dolida—. Te vi perder parte de ti por salvar Fabel, por salvar a tu abuela.

—Y mira de qué me sirvió.

Estiro las piernas sobre la arena y cierro las manos en puños. Tengo la sensación de que esta conversación va a acabar en discusión, y sería la primera vez que veo a Pulgarcita discutir con alguien fuera del castillo del duque. Clavo la vista en el mar, que empieza a ser más negro que azul gracias al tono del cielo nocturno. La temperatura ha ido bajando según el sol se ocultaba y ahora comienza a rodearnos una niebla marina que me entumece los huesos.

—Sí, perdiste a tu abuela. Y lo siento, lo siento muchísimo —prosigue la chica. Se lleva la mano al pecho para acompañar a sus palabras—. Pero salvaste a muchísima otra gente. A Axel, sin ir más lejos.

«¿Por qué todo me tiene que salpicar siempre?».

Con los ojos muy abiertos, dirijo la atención hacia Pulgarcita, al otro lado de Bri.

—De no haber accedido a matar al Hada, yo no habría tenido ni que resucitarlo —masculla Brianna.

—No me refería a *esa* salvación. —El corazón de Brianna da un vuelco y a mí se me cierra la garganta. No sé si quiero que la conversación siga por este rumbo, la verdad—. Lo libraste del yugo del Hada. A él y a muchísima gente más. Los salvaste de la esclavitud.

Miro al frente, incómodo, y siento la mirada de Brianna fija en mí.

Ladeo la cabeza y frunzo el ceño al ser consciente de que estamos totalmente rodeados por la niebla. Por *demasiada* niebla. Alzo la mano y la bruma se enrosca alrededor de mi extremidad en volutas fantasmagóricas antes de volver a asentarse, densa, como un manto espeso. Me sacudo las palmas, alerta, y deslizo la vista al frente. Parpadeo varias veces según le pido al lobo que me preste sus ojos y se me llenan de lágrimas por el escozor del cambio, que se transforma en un latigazo de dolor de lado a lado de la cabeza.

Entonces lo veo a la perfección: al fondo, sobre la línea del horizonte, navega un barco de tres palos negro como la noche.

Me pongo de pie de inmediato y llevo las manos a las empuñaduras, listo para lo que sea. Brianna y Pulgarcita me imitan, alteradas por mi respingo.

—¿Qué pasa? —pregunta Bri, las dagas preparadas.

—Hay un barco.

—¿Qué?

—¿Dónde?

Pulgarcita se lleva las manos a la cara para acotar la visión a un punto en concreto. Levanto el dedo y señalo al frente.

—Yo no veo nada —se queja Pulgarcita.

—Yo... —Brianna traga saliva y nos miramos—. Yo sí. Creo.

La niebla sube y sube, nos pegamos los unos a los otros para cubrirnos las espaldas y desenvaino las armas. Me siento oxidado manejando dos espadas cortas, teniendo en cuenta que en el último siglo solo usé la de Olivia, en su honor, y otra larga.

—¿Qué está pasando? —pregunta Pulgarcita, la voz teñida de dolor.

—No lo sé —respondo, para dejarle claro a Brianna que esto me asusta tanto como a ellas.

La neblina termina de envolvernos y presiona contra nuestros cuerpos. Pulgarcita ahoga un gemido y nos aplastamos más y más. Brianna jadea, me fijo en su rostro: los ojos cerrados con fuerza, el ceño fruncido, los labios apretados. Y entonces me sobreviene el dolor que las estruja a ellas y gruño.

Un segundo después, todo se ha desvanecido y aterrizamos sobre un suelo de madera que huele a salitre y a moluscos. Nos tomamos un segundo para que la cabeza deje de darnos vueltas y nos ponemos en pie aprisa, al menos Brianna y yo.

—Lamento haberos hecho esperar —dice una voz sensual a nuestra espalda. Brianna y yo nos giramos al tiempo que Pulgarcita se pone en pie y vemos a un hombre apuesto recostado contra el timón—. Pero hace demasiado tiempo que no me convoca ningún mortal. Os doy la bienvenida a bordo del Jolly Rogers.

47

Los ojos del hombre, de un azul tan claro que parece gris y perfilados de kohl emborronado, nos estudian con interés. Y por algún motivo que desconozco, se demora más tiempo en mi escrutinio, así que yo tampoco pierdo detalle de él. Es joven, rondará mi edad; de tez blanca, pelo negro revuelto y barba de varios días. Su porte indiferente y chulesco hace que su atractivo, considerable de por sí, aumente. Y su sonrisa... Esa sonrisa ha sido cincelada con el único propósito de seducir. Y por cómo me mira, diría que le da igual si su objetivo es hombre o mujer.

—¿Sois el Barquero? —inquiere Brianna.

—Depende de quién pregunte —ronronea con cierto deleite—. Para ti, soy lo que quieras.

Pongo los ojos en blanco al mismo tiempo que ella bufa. Él frunce el ceño, como si no comprendiera nuestra reacción, y se incorpora para avanzar hacia la baranda y apoyarse en ella.

—¿No os gustan esos tira y afloja? —Parece realmente interesado en nuestra respuesta—. ¿Tanto han cambiado los mortales en los últimos siglos?

—Digamos... —empiezo a responder, sin comprender bien la conversación que estamos manteniendo—. Digamos que algunas personas somos más receptivas a la seducción que otras.

Miro a Brianna de soslayo, con una sonrisa taimada, y un nuevo resoplido escapa de sus labios.

—¿«Somos»? —Cuando redirijo mi atención a él, su sonrisa me deja sin aliento—. Interesante.

Da una palmada y desciende las escaleras del castillo de popa con pisadas firmes y lentas, pomposas, las manos cruzadas tras la espalda.

—¿Os parece bien si zarpamos ya?

Ya en cubierta, pasea a nuestro alrededor, estudiándonos con cierto deleite. Y según me rodea me llega su fragancia a cítricos y a salitre, pero lo que llama mi atención es que no percibo latido alguno dentro de su pecho.

—¿Acaso sabéis a dónde queremos ir? —se atreve a preguntar Pulgarcita. Y acto seguido se arrepiente, porque atrae la atención del hombre, que se acerca a ella con una sonrisa agradable en los labios.

—A ti te llevaría a la segunda estrella y todo recto hasta el amanecer —pronuncia con dulzura mientras le levanta el mentón y se inclina un poco hacia ella. Pulgarcita se ruboriza al instante, pero, para mi sorpresa, no se aparta de él, sino que se pierde en sus ojos. Y la entiendo, porque esos iris tienen algo magnético; todo en él, a decir verdad—. Peeero... un capitán se debe a su barco, y el Jolly Rogers no viaja a donde sea.

Se separa de ella y Pulgarcita casi pierde el equilibrio, azorada.

—Entonces podéis llevarnos al País de las Maravillas —apunta Brianna.

—Puedo, aunque la experiencia me ha demostrado que los mortales que quieren ir a semejante circo no están muy cuerdos. Y no parece que ese sea vuestro caso. —Nos estudia con una ceja arqueada—. No obstante, en el Jolly Rogers manda su capitán. Es decir, yo. —Se señala con los pulgares—. Y los tripulantes no deciden a donde ir.

Los tres intercambiamos una mirada nerviosa que no le pasa desapercibida.

—¿Tan desesperados estáis por morir? —pregunta con cierta preocupación, como si de verdad le interesasen nuestras vidas.

—¿Por qué estáis tan seguro de que allí moriríamos? —intervengo con desinterés.

—No lo sé. Dímelo tú. —Su sonrisa se ensancha con cierta malicia y se da la vuelta, de nuevo hacia el timón.

Siento la mirada de Brianna taladrándome la nuca, como preguntándome: «¿No se suponía que no sabías nada?». Y, la verdad, no sé a qué se refiere, porque es evidente que yo no he *muerto* en el País de las Maravillas. Así como también desconozco por qué parece saber más de mí de lo que debería.

—¡Tres doblones! Tres pasajes. —Nos señala uno a uno, contándonos, con una mano en el timón—. Zarpemos pues.

Con un chasquido de dedos, los cabos empiezan a moverse por sí solos, las velas, negras como la más oscura de las noches, se despliegan y un viento inexistente las hincha. Nos movemos con una sacudida que nos hace tambalear y el capitán sonríe aún más, como si le divirtiera vernos tan perdidos a bordo de su buque.

—No sé si esto es buena idea... —murmura Pulgarcita.

—Ese hombre no me gusta ni un pelo —apunta Brianna.

—No nos queda más remedio que seguir adelante. Y de momento no ha dado signo alguno para desconfiar de él —les respondo a una y a otra.

—Tú y yo vamos a tener que hablar de muchas cosas —me reprende.

—Bendita sea Luna... —farfullo, frotándome la cara con hastío—. Brianna, te prometí no ocultarte nada más. No te estoy mintiendo, no te oculto nada. Sabes lo mismo que sé yo. Deja de ver fantasmas donde no los hay.

—A-ahí... —tartamudea Pulgarcita—. Ahí sí que hay uno.

Señala un punto a nuestra espalda y tanto Brianna como yo nos damos la vuelta con ímpetu. A punto está de soltar un alarido de espanto; yo, por mi parte, sé que empalidezco. La cubierta, antes desierta a excepción de nosotros, está atestada de entes incorpóreos y traslúcidos, un tanto azules y ataviados con ropajes de piratas, que deambulan de acá para allá trabajando en el navío. Nos observan con tanta curiosidad que bien podríamos ser nosotros los fantasmas.

Desde el timón nos llega una risa grave y profunda que escapa de los labios del capitán.

—No pensaríais que tengo magia, ¿verdad? Mi tripulación únicamente puede ser vista por otros tripulantes. Y eso solo ocurre cuando acepto el pago. —Me guiña un ojo con cierta picardía y ya no me cabe la menor duda de que está ligando conmigo.

—¿Está ligando contigo? —susurra Brianna en mi oído, haciéndose eco de mis pensamientos. Y sentir su aliento cálido contra mi piel me arranca un escalofrío.

—Y yo qué sé. Pregúntaselo si tanto interés tienes.

—¡No voy a preguntárselo!

—Shhh —nos reprende Pulgarcita.

—¿Acaso estás celosa? —Doy un paso hacia ella y la acorralo contra un mástil, con una media sonrisa que la hace fijarse en mi hoyuelo.

—N-no... Más bien estoy interesada.

—¿Interesada en un trío? —pregunta el capitán desde su posición al timón. Brianna se atraganta con su propia saliva y yo espeto una carcajada antes de girarme hacia él—. No hay nada que se le pueda ocultar a un capitán en su propio barco. Menos aún en uno plagado de espíritus.

Me ahorro el comentario de que a mí sí que me interesaría

porque sé que a Brianna no le haría gracia. Un siglo atrás..., sí, sin duda, pero no estamos en ese punto aún.

Que el capitán pueda oír todo lo que se habla dentro de su barco cambia mucho las cosas. No obstante, creo saber por dónde iba Brianna al decir que estaba interesada en que él ligue conmigo, porque no es la primera vez que usamos la táctica de «dejarnos engatusar» para conseguir algo de alguien, en este caso información. A veces le tocaba a ella, otras a mí, y con algunas personas nos lo jugábamos a suertes.

Ella cabecea sutilmente en dirección al capitán, en un momento en el que él le está dando una orden a un fantasma, y termina por confirmármelo. Cojo aire y pongo los ojos en blanco sin que la sonrisa de medio lado desaparezca de mi rostro. Ella resopla en respuesta a lo mucho que me gusta hacerme el interesante, pero a duras penas evita que sus comisuras se estiren en una sonrisa divertida que me calienta el pecho.

Subo hasta el timón después de solicitar su permiso, que me concede con un asentimiento de cabeza, y observo toda la cubierta desde esta altura. Las chicas se han apartado hacia estribor, para intentar molestar lo menos posible, y Bri se ha sentado sobre un montón de cabos recogidos, enrollados sobre sí mismos; Pulgarcita juguetea con su trenza, nerviosa.

—¿Os conozco? —le pregunto, sin girarme hacia él.

El capitán chasquea la lengua antes de hablar.

—Ah, trátame de tú. No soy tan viejo. —Se queda unos segundos en silencio y ahora sí deslizo la vista hacia él. Está mirando hacia arriba en un gesto pensativo, como echando cuentas—. Bueno, al menos no en apariencia, ¿no crees?

Cuando sus ojos se clavan en los míos, lo hacen con una intensidad que me atraviesa. Va a ser difícil no dejarme engatusar del todo.

—No, la verdad es que estás bastante bien —le digo, para seguirle el juego. Y me siento extraño, porque, por lo general, soy yo el que les entra a las personas, no viceversa—. ¿Qué edad tienes?

Él finge ofensa y luego ríe por la nariz.

—A un caballero no se le preguntan esas cosas.

Cabeceo un par de veces y me recuesto contra la baranda.

—¿Y puedo preguntarte tu nombre?

—James Garfio, para serviros. —Hace una pomposa reverencia antes de devolver las manos al timón.

Después, nos quedamos en un silencio amenizado por el romper del mar contra el mascarón y de los fantasmas faenando.

—¿Nos conocemos? —le insisto al cabo de un rato.

Él ladea la cabeza con interés y me da un repaso intenso con esa mirada de hielo puro pero que quema de todos modos.

—Ya me gustaría, pero me temo que no.

Desliza la vista al frente y juraría que ve hacia dónde vamos, aunque más allá de los límites del barco ni siquiera yo distinga nada por la densa oscuridad que nos rodea, desprovista incluso de estrellas o luna.

—¿Y entonces qué insinuabas antes?

—Tú ya has estado en el País de las Maravillas, ¿a que sí? —Me tenso al instante y él lo percibe, porque ríe entre dientes—. Tranquilo, aquí no tienes nada que temer. Estamos en aguas de nadie, tómalo como una mera pausa en el camino.

—¿Cómo sabes que ya he estado allí?

—Por el color de tu alma. Solo las personas que han viajado más allá de las aguas brillan, como lo haces tú. Ellas, por el contrario... —Señala a Pulgarcita y Brianna, que conversan sin perder detalle ni de nosotros ni de lo que pasa a su alrededor—. Ellas están limpias.

—Pero yo no he viajado más allá de las aguas. De haberlo hecho, me conocerías.

—Por desgracia, con los años se han ideado otras formas de

mandar a la gente a un reino o a otro sin pasar por mí —responde, molesto, pero no conmigo, sino con esos métodos de los que habla. Y sé bien que se refiere a la magia y a los letargos—. Lo que yo sé es que tu alma ya ha estado allí. Pero es el color de tu corazón lo que determinará tu destino final.

—¿Y de qué color tendría que ser para viajar allí? —pregunto con temor.

—Negro. —Sus ojos se entrecierran y me observa con tanta intensidad que me planteo si estará viendo el color de mi corazón ahora mismo—. Tranquilo, solo podré saberlo cuando te lo saque del pecho.

—¡¿Qué?! —Por el rabillo del ojo percibo que Brianna y Pulgarcita nos miran, atentas y alertas, Brianna con una mano en una daga—. Eso no puede ser.

James ríe y luego me observa con cierta burla.

—Ya te digo yo a ti que sí. —¿Nos tiene que arrancar el corazón? ¿Significa eso que vamos a morir?—. No te preocupes. No duele... mucho. Soportable. Bueno, eso si el corazón es bueno. Si no... —Se encoge de hombros y a mí se me hiela la sangre—. No pongas esa cara de espanto, hombre. —Su rostro está teñido de diversión cuando vuelvo a clavar los ojos en él—. Es algo temporal. Los muertos no necesitan los corazones, pero los vivos sí. Solo echaré un vistacito y os los devolveré. ¿Cómo pensabais que iba a saber a dónde llevaros si no?

—Pues no lo sé, pero de cualquier otra forma que no fuera arrancándonos los corazones. —Él ríe por la nariz y su rostro adquiere más belleza incluso con ese gesto—. ¿Y a dónde nos estás llevando exactamente? Porque de momento no me has sacado el corazón del pecho.

Su sonrisa se torna maliciosa y se muerde el labio inferior con cierto disimulo. Después, suspira, como desechando lo que fuera a decir.

—Al punto en el que los caminos se bifurcan.

Con todo lo que me acaba de contar tengo por seguro que nuestros propios caminos también se van a bifurcar, porque no existe posibilidad alguna de que el corazón de Brianna o el de Pulgarcita sean negros. El mío... Miro al capitán de reojo y sus labios se estiran cuando se percata de mi escrutinio. A este hombre no se le puede ocultar nada.

—¿Crees que debería decírselo?

—¿Decirles el qué?

—Que nuestros caminos se van a separar.

De nuevo ladea la cabeza, como si le hubiese planteado un enigma.

—¿Qué te hace pensar que no vais a acabar en el mismo lugar?

—Ellas son demasiado buenas para que sus corazones sean negros.

—Ya, tienen ese aspecto, sí. Sobre todo la rubia. —Sonrío con cariño al mirar a Pulgarcita—. Pero ¿qué hay de ti?

—Yo... He hecho demasiadas cosas en la vida como para plantearme siquiera acabar en otro sitio que no sea el País de las Maravillas.

—Te sorprendería la cantidad de rufianes que han ido a parar a Nunca Jamás.

—¿Significa eso que se te puede convencer para cambiar de opinión? —Me acerco a él, con pasos perezosos, y sus ojos se tiñen de interés.

—¿Por qué no lo intentas?

—Solo actúo si tengo ciertas garantías. —Me coloco a su lado y me percato de que es unos centímetros más alto que yo, pero nuestros ojos quedan casi a la misma altura.

—Quien no arriesga, no gana.

Su voz me llega en un susurro que me invita a inclinarme hacia él, a acercar mi rostro al suyo en este juego pícaro y travieso. Y estoy convencido de que el capitán James Garfio está imbuido con cierto magnetismo mágico que te conduce a rendirte a sus pies.

—Pero soy un hombre con principios y no te usaría de ese modo. —Sus palabras me acarician los labios y da un paso atrás—. Por muy imaginativo que puedas ser —me recorre de arriba abajo con la mirada una vez más—, nada podría alterar el color de tu corazón. Y yo no puedo ignorar lo que ven mis ojos.

Me dedica un nuevo guiño que me provoca un cosquilleo y con eso da la conversación por zanjada.

48

El capitán nos ha cedido un camarote, bastante polvoriento y en desuso. Después de disculparse por su estado, nos explicó que ya no está acostumbrado a recoger viajeros mortales, aunque hace siglos fuese una práctica más común para ver una última vez a seres queridos. Y no me extraña, teniendo en cuenta los estragos que hizo la bruma sobre Fabel. Ya no es solo que conseguir oro puro es de por sí una tarea casi imposible y que ha pasado al olvido, sino que las muertes por causas naturales desaparecieron durante un siglo. También le explicamos que ya no queda oro puro como para pagar su peaje y bromea con que quizá debería replantearse el método de pago, ya que se está perdiendo posibles conquistas.

Según James, estuvo demasiado ocioso durante mucho tiempo, pero él no puede pisar tierra, así que nunca supo los motivos. Y después, de repente, hubo un cúmulo de almas por doquier, todas en tropel, necesitando su viaje a uno u otro reino. Por suerte, esa afluencia de muertos ha ido remitiendo poco a poco.

—¿Viste al Hada Madrina por aquí? —le preguntó Brianna con cierto recelo.

Y se hizo eco de algo que lleva rondándome la mente desde que comenzó todo y que no me he atrevido a verbalizar. Si el

Hada Madrina murió, ¿significaría eso que está en el País de las Maravillas? ¿Tendremos que enfrentarnos a ella también?

Garfio hizo un gesto pensativo y luego negó con la cabeza.

—No, la verdad. Ni siquiera sabía que esa mala pécora hubiera muerto. ¿Cómo sucedió?

Después de relatarle lo acontecido en la Batalla de las Reliquias y mostrarle la Rompemaleficios, supuso que un arma de semejante poder mágico es capaz de eliminar por completo cualquier magia, como ya ocurrió con las cadenas de Galtur. Eso explicaría por qué la espada quemó a Maléfica cuando la usamos en su tortura. Y ese descubrimiento nos hizo ver el arma con otros ojos, porque morir y desaparecer... no son lo mismo.

Tras eso, nos ha dejado a solas en el estrecho camarote, conformado por una litera empotrada contra la pared y una hamaca, que Pulgarcita se agencia y casi se la traga por completo. Nos metemos en las camas y nos dejamos acunar por el lento mecer del barco. Pocos minutos después de que hayamos apagado las velas, la respiración de Pulgarcita se adapta a la propia del sueño, pero Brianna, como no podría ser de otro modo, sigue despierta.

Yo me quedo absorto en las vetas de la madera del techo, en los nudos que conforman caras que solo existen en mi imaginación. Cierro los ojos para apartar las dudas y los miedos, que me acechan constantemente aunque consiga mantenerlos a raya, y me concentro en respirar hondo para que mi pulso no se desboque por la angustia.

Cada vez estamos más cerca de nuestro destino final y jamás imaginé que me aterraría tanto, aunque no sé si lo que me da pavor es encontrarme con la Reina de Corazones cara a cara, hacerlo solo o que exista la posibilidad de que Brianna llegue a conocerla. No, definitivamente lo que más me preocupa es que Bri pueda verse expuesta a las garras de esa mujer.

Entonces siento mi colchón hundirse y un cuerpo se tumba junto a mí. Reconozco el olor a madreselva, así que no me tenso nada más percibirlo. Una cabeza se recuesta sobre mi hombro y paso el brazo alrededor de su cuerpo. Cuando mis dedos se encuentran con una cabellera rizada sé que me he quedado dormido. Suspiro con pesar y mis músculos se agarrotan en anticipación a la pesadilla que me va a sobrevenir.

—Te echo de menos... —susurra Olivia contra mi pecho.

Aprieto el abrazo para empaparme del calor de mi hermana antes de atreverme a abrir los ojos con temor, porque por mucho que mi subconsciente me haya dicho que es Olivia para protegerme, esa voz está entremezclada con otras como para ser la de mi hermana.

—Dime una cosa —me atrevo a preguntar, probablemente a causa del valor que otorga la pérdida de la esperanza y la asunción de la propia muerte—. ¿Por qué me buscas?

El dedo de la Reina de Corazones juguetea sobre mi pecho, perezoso y sin lascivia alguna.

—Porque me perteneces.

—No morí —digo, aunque yo sí que lo sintiera así.

—Tu cuerpo no. Juraría que esta conversación ya la has tenido antes. —Su voz va cargada de una risa que me pone en alerta. Y no me hace ninguna gracia que ella sea consciente de lo que hemos hablado. Lo único bueno que saco de esto es que, aunque fuese así, no sabemos bien cómo abordar la situación una vez lleguemos al País de las Maravillas, por lo que tampoco es que pueda saber cuáles son nuestros planes—. Cuando tu mente llegó a mi reino, creí que el Hada me había hecho un regalo.

Se incorpora sobre un brazo y nos miramos. En esta ocasión, no hay máscara que le cubra el rostro, sino una pátina de sombras que me impide ver sus facciones más allá de esos ojos dorados.

—Y los regalos no se quitan.

Antes de que me atraviese el pecho con la mano, el chirrido de una puerta me despierta, con la respiración contenida a causa del impacto que iba a sufrir mi cuerpo y que, al abrir los ojos, he evitado por muy poco. Me llevo la mano al corazón y me froto la zona, sin sacarme de la cabeza la idea de si sentiré lo mismo cuando James me extraiga el órgano del cuerpo.

De nuevo, la puerta chirría y me incorporo sobre la cama para ver cómo esta se cierra despacio, con un chasquido apenas perceptible. A juzgar por el barullo de telas que es la hamaca, diría que Pulgarcita sigue dentro, así que me asomo hacia la cama de abajo para descubrir que está vacía.

Cuando pasado un rato Brianna no regresa, bajo de la litera, me pongo la camisa y salgo del camarote en silencio. Siento la madera de la cubierta áspera bajo mis pies descalzos, y el exterior está tenuemente iluminado por algunas lámparas de aceite aquí y allá, puesto que los pocos fantasmas que quedan emiten luz propia. El barco está sumido en una quietud tranquilizadora, adornada por el arrullo del oleaje rompiendo contra el barco. La brisa salada me acaricia el rostro y el pelo y lo agradezco, dado el bochorno que hace ahí abajo. Mientras me remango la camisa, de un vistazo por encima del hombro compruebo que el capitán no está al timón. Y, aun así, no me cabe ninguna duda de que se enteraría de cualquier cosa de la que hablásemos.

Al fondo, recostada contra la baranda de proa, está Brianna, con la vista perdida en la infinidad del mar negro. Me acerco a ella y apoyo los brazos sobre la madera.

—¿No puedes dormir? —pregunta, su voz apenas un susurro.

Niego con la cabeza y guardo silencio, empapándome de la calma que nos rodea, que es la típica previa a la tormenta. Sé que ella tampoco puede dormir, así que me ahorro devolverle la pregunta. Al principio creía que su falta de sueño se debía al influjo de la bruma, que la alteró en algún modo, pero si ya ha recuperado sus recuerdos y sigue sin poder dormir...

—Axel —Brianna me saca de mis pensamientos—, quería darte las gracias por haber cuidado de mí.

Me giro para quedar recostado sobre la cadera y el codo y así poder verla bien.

—No tienes por qué dar...

—Sí, sí que tengo —me interrumpe—. Estaba al borde de la muerte, lo notaba. —Traga saliva, como si le costase verbalizar el recuerdo—. Y aun así no quise ceder a... —me mira de reojo— a que me besaras por mi estúpido orgullo.

—Es normal...

—Que seas tan comprensivo no me ayuda a poner distancia entre nosotros —ríe entre dientes.

—¿Y por qué te empeñas tanto en levantar un muro?

Ella suspira y pasa el dedo por los nudos de la baranda.

—No lo sé. Es mi mecanismo de defensa. Me digo que es demasiado pronto, que no puedo dejarme arrastrar por los sentimientos con tanta rapidez, pero me cuesta mantenerlos al margen.

Se masajea el pecho, distraída.

—No es demasiado pronto. —Desliza la vista hacia mí, los labios apretados por la intimidad del momento—. Crecimos juntos. Nos conocemos de toda la vida. Y estuvimos casados cuatro años. Aunque nunca hayamos vivido una pelea como esta, si es que a esta situación se le puede llamar «pelea» —sonríe de medio lado—, son muchos años de compartir experiencias juntos. De querernos, sea el tipo de amor que sea.

Pronunciar lo último me duele, pero no hay nada más cierto que lo que sale por mis labios. Porque me enamoré de Brianna mucho después de quererla como amiga. Ante la mención del amor, el corazón le da un vuelco y se fija en la oscuridad de la noche.

—También siento mucho haberme comportado como una imbécil en la playa —confiesa casi en un susurro—. Sé que quedamos en empezar de cero, y desconfiar de ti a cada momento no es precisamente empezar de cero, porque eso es culpa de lo que hemos vivido en los últimos meses.

—No puedes ignorar todo lo que nos hemos hecho. Ni quiero que lo hagas. Yo tampoco me quito de la cabeza la cantidad de veces que me has puesto una daga al cuello. Aunque ahí entra en juego mi parte masoquista —comento con sorna y una sonrisa pícara para restarle seriedad a la conversación.

Ella ríe por la nariz y me da un empujón suave en el hombro. Me gusta esta complicidad, compartir momentos divertidos y distendidos a pesar de tener un hacha pendiendo sobre la cabeza.

—Entonces ¿cómo lo superamos? —pregunta con cierto deje tenso pasados unos minutos de silencio.

Cojo aire y suspiro antes de perder la vista en el mar, la seriedad reinstaurada.

—No lo sé, sinceramente. Supongo que el tiempo terminará por cerrar las heridas que puedan sanar.

—¿Y si las importantes no sanan?

Despacio, devuelvo mi atención a ella, a su rostro de labios apretados por el dolor.

—Si las importantes no sanan... —Entrelazo los dedos, nervioso, y trago saliva para paliar el picor en el fondo de la garganta—. Si las importantes no sanan, ya te dije lo que haría. Y sigo manteniéndolo.

Esbozo una sonrisa para animarla un poco, aunque no consigo que no sea una triste.

—No quiero perderte, Axel —murmura con la voz quebrada—. No puedo perder a mi amigo.

A pesar de que el corazón se me oprime por lo que eso significa, no puedo evitar sentir una punzada dolorosa por que solo haga referencia a su amigo. No obstante, sé que eso lo tendrá siempre.

—No vas a perderme, Bri —susurro. Alzó la vista, antes fija en el jugueteo de mis manos nerviosas, y la encuentro un paso más cerca de mí—. Que rompamos nuestro matrimonio no significa que vayamos a perder todo lo demás. Te daré lo que me pidas y necesites.

—¿Y qué hay de lo que tú necesitas?

Me quedo desubicado unos segundos, porque nunca me he llegado a plantear esa pregunta. Siempre he tenido en mente que le daría a Brianna todo lo que ella quisiera para sentirse bien, sin importar que eso me destrozase en el camino, y para mí no existe otra posibilidad.

—Lo único que yo necesito es que tú seas feliz.

Brianna se queda sin respiración, sus ojos atraídos por los míos, los labios entreabiertos. Y por más que me apetezca encerrar su rostro entre mis manos, acariciarla y besarla, le prometí que se acabarían las mentiras.

—Hay algo que tengo que contarte.

En sus iris de jade distingo el segundo justo en el que la intimidad que compartíamos se quiebra, como una ramita soportando todo el peso de un cuerpo, mientras se frota el pecho de nuevo, como con cierto nerviosismo.

—No he querido decírtelo antes porque no sé cómo reaccionará Pulgarcita. Prefería que lo abordásemos juntos. —Aprieta los labios y cabecea en señal de asentimiento para darme pie a continuar—. Según me ha explicado el capitán, necesita ver de qué color son nuestros corazones para decidir a qué lugar llevarnos. —Brianna me observa con preocupación, con un surco profundo entre las cejas—. Y para ello, debe sacarnos el corazón. —Su rostro se transforma a causa del horror de lo que supone imaginar que te arranquen el corazón del pecho. Para mi desgracia, yo no tengo que imaginarlo—. Pero luego nos lo devolverá. No puede interferir en nuestra mortalidad.

—Vale... —Se muerde el labio inferior, nerviosa, y desliza la vista en la profundidad oscura que es el mar—. ¿Y qué más?

Cojo aire para darme fuerzas y me recuesto sobre la baranda, los codos apoyados en ella y mi brazo rozando el de Brianna.

—Es más que probable que mis sospechas sean ciertas y que no acabemos en el mismo destino.

Siento los ojos de Brianna clavados en mí, pero no me veo con fuerzas como para sostenerle la mirada.

—¿Te lo ha dicho Garfio? —Asiento con pesar—. Entonces demos la vuelta. Volvamos a Fabel y busquemos otra solución.

—No podemos. El tiempo se nos echa encima, las princesas siguen sufriendo y...

—¡Me importan una mierda las princesas, Axel! ¡O que los muertos se alcen sobre la tierra! —Su calma se transforma en un estallido con tanta velocidad que ahora sí la miro. Sus iris brillan con rabia y, sobre todo, impotencia—. No puedes ir allí tú solo.

—No pasa nada...

—Sí que pasa —me interrumpe—. He visto lo muchísimo que sufres cada vez que duermes. Lo he sentido. —Se lleva la mano al pecho y me pregunto si el vínculo, aunque débil, le ha trasladado parte de mi dolor en sueños—. Esa mujer te matará, y nada de esto habrá servido. Y sentir que te mueres otra vez...

La voz se le atraganta y percibo su congoja como mía propia, en el pecho, pesada y empalagosa. Y aunque me alegra reconocerlo como uno de los muchos poderes del vínculo, me duele que ella empiece a aceptarlo justo ahora, cuando nuestros caminos se van a bifurcar.

—No tengo otra elección, Brianna. Yo no decido si mi corazón es negro o rojo. Las cosas son como son.

Su mano se cierra alrededor de la mía y se me hace un nudo en la garganta.

—Te conozco desde siempre, y nunca has demostrado maldad alguna. Si acaso, yo era la mala de los dos.

—No sabes todo lo que he tenido que hacer...

—En contra de tu voluntad —completa por mí.

—¿De verdad crees que mi corazón va a ser lo suficientemente rojo como para ir a Nunca Jamás?

—Sí —sentencia sin dudar, y su confianza en mí me llena el pecho con unas esperanzas que no sabía que necesitaba—. Y desde ahí, encontraremos el modo de viajar a ese maldito inframundo.

—¿Y si no lo hay? ¿Y si no existe forma alguna de viajar entre ambos planos y perdemos nuestra oportunidad?

—En ese caso, ¿qué más da? —pregunta con cierta necesidad, pero no sé a qué se refiere, y parece leerlo en mis ojos—. ¿Qué más da que no encontremos un modo de cruzar al País de las Maravillas mientras estemos juntos?

—No quiero regresar a Fabel y arriesgarme a que la Reina de Corazones levante a los muertos. No puedo permitirlo.

—¿Por qué te parece tan importante? —Y aunque suena a cierto reproche, sé que el dolor está hablando por ella.

—Porque no me quiero ni imaginar lo mucho que sufrirás si, un día, despiertas y te encuentras a tu abuela saliendo de la tierra dispuesta a acabar con todos y con todo. Va a resucitar a los muertos, buenos o malos, Brianna.

Ella boquea un par de veces, buscando una argumentación en contra, los ojos velados por las lágrimas contenidas.

—No vas a poder decidir al respecto —sentencia con un ápice de esperanza tiñendo su voz—. Tú mismo lo has dicho, las cosas son como son y no puedes cambiar el color de tu corazón.

Escucho un crujido de tablones y pisadas acompañadas de un aroma a cítricos y salitre, sin latido alguno. Brianna mira por encima de mi hombro, en dirección a popa, y traga saliva.

—Supongo que lo averiguaremos pronto —concluyo.

49

El capitán Garfio nos reúne en cubierta y nos pide que aguar-
demos de pie, después de que nos ataviemos con nuestras pertenencias y separados por una distancia de un par de metros los
unos de los otros. Pulgarcita nos mira con inquina, como si
supiese que le estamos ocultado algo, sobre todo porque cuando
ha subido del camarote nos ha visto con las manos aún entrelazadas.

—¿Preparados? —pregunta el capitán con cierto tacto.

Yo hago un mohín, Brianna aprieta los puños con fuerza y
Pulgarcita se muerde el labio inferior.

—Voy a entender todo eso —nos señala las caras— como un
sí. Para elegir vuestro lugar de destino, tengo que ver de qué
color son vuestros corazones. Y, para eso, tengo que sacarlo de
vuestros cuerpos con esto. —Levanta un garfio de plata frente
a sí y oigo dos corazones dar un vuelco.

—Espera, ¿qué? —interviene Pulgarcita, horrorizada.

—Os prometo que no os dolerá. —Mira a Brianna y a Pulgarcita de hito en hito, obviándome a mí—. Sentiréis una presión
muy intensa, como intentando doblegaros, nada más. Pero es muy
importante que os mantengáis en pie. Si no lo lográis..., significa
que no merecéis visitar ninguno de los dos reinos; que no sopor-

taríais el dolor que supone reencontrarse con un ser querido que ha muerto recientemente y volver a dejarlo marchar, en caso de que esa fuese vuestra intención.

Por cómo lo pronuncia, sabe perfectamente que esa no es nuestra intención.

Brianna traga saliva y aprieta los labios, el corazón de Pulgarcita late desbocado y nos mira con pavor, pero entonces lee la determinación en nuestros rostros y deduce que nosotros ya lo sabíamos; su expresión se transforma en una desconfianza y traición que me duelen. Yo, por mi parte y al margen de eso, me encuentro en un estado de calma enfermiza que me hace pensar que no estoy siendo verdaderamente consciente de lo que va a pasar a continuación.

—Empezaré contigo, ¿te parece? —James se detiene frente a Pulgarcita y le dedica su mejor sonrisa, una cargada de afabilidad y tranquilidad. Ella coge aire y parece calmarse al instante, como si le hubiese transmitido esas sensaciones con la mirada. Pulgarcita asiente, un cabeceo trémulo, y deja caer los brazos a ambos lados—. ¿Lista? Voy.

El capitán levanta el garfio frente a ella y, con un movimiento fuerte, lo clava en su pecho. Pulgarcita jadea y veo que sus rodillas se doblan un instante, pero se mantiene en el sitio, todo lo firme que la presión que debe de estar sintiendo le permite. James, por su parte, la agarra del brazo para ayudarla a sostenerse en cuanto saca el instrumento de su pecho, pero lo hace vacío. Él gira el garfio frente a su rostro, un par de veces, como examinando la pieza que no aparece ante nuestra vista, y luego asiente antes de volver a colocar el órgano fantasma en su lugar.

Cuando James camina en dirección a Brianna y da por terminado su escrutinio, Pulgarcita se derrumba sobre el suelo, jadeando, y alza la vista hacia nosotros, con los ojos empañados de lágrimas.

—Ahora nos vemos... —murmura justo antes de desaparecer envuelta en una niebla densa.

Brianna se tensa y a mí se me aprieta el corazón en un puño.

—¿A dónde ha ido? —me atrevo a preguntar.

—A su destino —responde Garfio sin apartar la vista de Brianna, evaluándola.

—Bri... —murmuro. Ella me mira con premura y avidez—. Cuando nos separemos...

—*Si* nos separamos —matiza.

Suspiro y respiro hondo para armarme de fuerzas.

—Si nos separamos, no vengas a buscarme.

—No me conoces si crees que te abandonaría a tu suerte. —Su respuesta va teñida de mordacidad, como si la hubiera ofendido.

Sonrío con cierta amargura, porque ahora me vendría muy bien hablar con Roja en lugar de con Brianna, porque Roja me habría dejado atrás sin duda alguna.

—Por favor, Bri...

—No, Axel —me interrumpe—. No es algo que esté abierto a discusión. Si nos separamos, viajaré hasta el confín del mundo para encontrarte. —Calla unos segundos y traga saliva, la vista fija en los tablones del suelo para no sostenerme la mirada ante semejante intensidad—. Como harías tú por mí —susurra. La respiración de Brianna se acelera, su corazón se desboca y, muy despacio, levanta la cabeza hacia mí—. Es lo que se hace por un vínculo.

Me quedo totalmente atónito, perdido en la infinidad de sus ojos. Se me seca la garganta, me pican los ojos y siento un revoloteo en el estómago, como mariposas. Pero no puede haber reconocido el vínculo, ¿verdad? Porque no he notado ese latido vigoroso de la primera vez, no he sentido esa conexión. ¿Acaso yo debería sentir algo siquiera, cuando en ningún momento he rechazado lo que nos une?

La cabeza me da vueltas y sé que nos quedamos sin tiempo para despejar todas las incógnitas que nos merecemos resolver. Así que el único modo que se me ocurre de transmitirle todo lo que siento ahora mismo es dando las dos zancadas que nos separan para encerrar su rostro entre mis manos y plantar mis labios sobre los suyos. Sin permitirme pensar en si ha reconocido el vínculo o no, porque eso no significa aceptarme como marido ni como pareja. Y este primer beso que percibo *real*, sin que esté empañado por el dolor o por la necesidad de salvarla, me llena de un calor que nada tiene que ver con la lujuria y me sabe a luz de luna.

Nos besamos con dulzura, mis pulgares acariciando sus mejillas, sus manos cerradas en la pechera de mi camisa. Me acerco más a ella, hasta que no queda aire entre nuestros cuerpos, y entreabro los labios despacio para buscar su lengua, que responde a mi reclamo en un movimiento lento y sentido, una caricia. Y cuando nos separamos tras un carraspeo del capitán, ambos lo hacemos con los ojos velados por las lágrimas. La intensidad con la que sus iris de jade me miran me desarma por completo y a punto estoy de postrarme a sus pies, rendido y a su merced, independientemente de si ha reconocido el vínculo o no.

—Es la hora —dice James con voz monocorde.

Brianna se aparta de mí, sin resignarse a dejar de mirarme. Sin darle aviso alguno, el capitán alza el garfio y lo hunde en su pecho. Ella ahoga un gruñido y aprieta los puños, pero, salvo su rostro, contraído por el esfuerzo, no hay señal alguna de que esté sufriendo. Siento cierta opresión y me masajeo el pecho, como si fuese a mí a quien le hubiese clavado el instrumento, sin dejarme arrastrar por esa euforia peligrosa que me empuja a pensar que lo nuestro vuelve a ser fuerte. Porque prefiero convencerme de que no lo ha reconocido justo ahora que nos vamos a separar y quién sabe lo que va a pasar.

El capitán ladea la cabeza un par de veces y trata de sacar el garfio, pero no lo consigue hasta el segundo intento. De nuevo, no veo nada salir de su pecho. Los labios de James se estiran con regocijo y mira a Brianna de soslayo, quien se ha quedado lívida, con los ojos fijos en lo que el capitán sostiene frente a ella, sea lo que sea. Después, usando ambas manos, le devuelve el corazón y sonríe con deleite.

Brianna desliza la vista hacia mí, los ojos aún vidriosos, y murmura:

—Nos vemos al otro lado.

Estiro el brazo, ella hace lo mismo, y nuestros dedos están a punto de rozarse cuando la densa niebla la envuelve y desaparece, dejándome con una sensación de vacío que me hace estremecer.

—Ese sí que ha sido un buen beso —comenta Garfio en tono jocoso. Asiento, con la vista perdida y el regusto amargo de la despedida en el fondo de la garganta—. Intuyo que a ti sí que te va a doler de verdad.

—Lo sé.

Mi voz suena ajena a mí, tensa y grave, incluso con un deje de temblor; las garras pugnan por salir y aprieto los puños para mantenerlas a raya. El capitán coge aire, como si le fuese a doler a él en vez de a mí, y levanta el garfio entre nosotros.

—¿Estás preparado?

Tan solo me veo con fuerzas como para asentir. Entonces, James echa el brazo hacia atrás y me apuñala en el corazón con el garfio de plata. La presión que me sobreviene es tan dolorosa que me quedo sin aire al instante. Las piernas se me doblan y a punto estoy de caer, de no haber sido porque James lo impide sosteniendo mi peso con su propio cuerpo, un brazo alrededor de mi cintura. Y cuando alzo la vista hacia él, no sin esfuerzo, compruebo que su rostro está contraído con la misma fuerza que el mío.

—¿Por qué? —consigo preguntar, en alusión a que debía soportar el peso yo solo.

—Porque es prácticamente imposible que consigas sostener lo mucho que pesa tu corazón por ti mismo —murmura con voz ronca.

De un tirón, me arranca el órgano del pecho y profiero un alarido de dolor que me quiebra la voz, la sangre me quema en las venas y las lágrimas acuden a mis ojos, aunque las retengo apretando los dientes con fuerza.

El capitán toma una profunda bocanada de aire y me ayuda a reincorporarme antes de, con esfuerzo, levantar el garfio frente a nosotros y estudiarlo. Se queda callado, el rostro totalmente inexpresivo, o esa es mi sensación, porque no logro apartar la vista del corazón oscuro como la noche que veo atravesado por el gancho de plata. De haber tenido el órgano en mi pecho se habría detenido; en su lugar, siento un frío gélido alojado en la nuca y me sobrevienen unos temblores que no consigo controlar.

Entonces, el capitán levanta la vista y me observa con esos ojos tan azules como el hielo.

—No es negro. —Me quedo atónito, incapaz de pronunciar palabra—. Es de un azul profundo, pero no es negro.

Sus labios se estiran en una sonrisa de medio lado que no me contagia en lo más mínimo, porque sigo lívido.

—¿Y qué significa eso? —me atrevo a preguntar, con voz trémula—. ¿Que voy a Nunca Jamás?

Niega con la cabeza y la respiración se me vuelve a atascar en la garganta, el estómago tan revuelto que podría vomitar.

—Significa que puedes elegir a dónde ir. —Frunzo el ceño con incomprensión—. Te dije que en Nunca Jamás también había rufianes. Hay ciertas personas que, aunque no sean buenas del todo, tampoco son malas. Y a esas se les concede la oportunidad de que hagan un ejercicio de conciencia para decidir a dónde ir. Algunos asumen sus malas acciones y eligen el País de las Maravillas; otros, obvian ese juicio de valor y prefieren seguir su camino en Nunca Jamás. Tú eres uno de esos. Aunque no vaya a ser tu residencia de por vida, puedes elegir a dónde ir. A Nunca Jamás, con ellas dos —mira hacia donde estaban Brianna y Pulgarcita—, o al País de las Maravillas, tú solo.

Trago saliva para intentar pasar el nudo que me oprime la garganta, la vista perdida en ninguna parte y mi mente convertida en un hervidero de pensamientos que me fustigan sin clemencia. Por un lado, nada me gustaría más que ir a Nunca Jamás y reencontrarme con Brianna y descubrir qué acaba de pasar entre nosotros, dar con un modo de llegar al País de las Maravillas y encontrar la solución que veníamos buscando. Juntos.

Pero por otro lado, me aterra tanto la posibilidad de hallar ese modo de viajar entre ambos reinos y que ella ponga un pie allí... Es como una presión superior a mí que me dice que le ahorre ese sufrimiento, que no se lo merece, que la Reina de Corazones solo me quiere a mí y que no sería la primera vez que he estado sometido al yugo de una tirana; que encontraría un modo de solucionarlo todo. Que Brianna ya ha sacrificado y padecido suficiente. Que la Rompemaleficios se merece un descanso.

Y al mismo tiempo sé que no puedo elegir por ella, que no me corresponde a mí librarla de ningún sufrimiento si eso es lo que ella quiere.

—¿Sabes ya a dónde ir? —me pregunta Garfio.

Su voz melosa y reconfortante me insufla los ánimos necesarios para tomar una decisión. Asiento con solemnidad antes de que me devuelva el corazón. El dolor pasa a un segundo plano, relegado por la importancia de mi decisión.

—Buena suerte —me susurra antes de que la niebla me envuelva y me deje sin respiración.

50

«Me va a odiar toda la vida», es lo primero que pienso en cuanto la densa niebla se despeja a mi alrededor. Y aunque me duele haber tomado esta decisión, mis ansias por mantenerla alejada de ella, por librarla de su infierno, son mucho mayores. Y si esta va a ser la última decisión que tome con respecto a nosotros..., que así sea.

Me permito unos segundos para ubicarme, porque nada de lo que me rodea me suena en lo más mínimo. Estoy en la profundidad de un bosque moribundo que, en cierto modo, me recuerda al paisaje de la Comarca del Espino, con árboles raquíticos, aunque sumamente altos, de copas oscuras casi negras. Y nada tiene que ver con que sea de noche.

Camino sin rumbo alguno y le doy vueltas y más vueltas a mi situación. La realidad es que estoy jodido, muy jodido. Porque aunque la misión era venir al País de las Maravillas a rescatar a las princesas, la Reina de Corazones reclamó mi presencia. Nada de esto habría sucedido si ella no me quisiera aquí, aunque desconozca para qué exactamente. Y no se me ocurre forma alguna de escapar de esta pesadilla y regresar con Brianna.

Quizá... Quizá podría llegar a algún trato con ella.

Solo de pensarlo se me revuelve el estómago. Pero lo mejor

que puedo hacer ahora es centrarme en encontrar a las princesas. Paso a paso, porque si no me mantengo con un objetivo claro, terminaré por volverme loco.

Continúo avanzando, incansable. Dejo atrás encrucijadas con carteles cuyas indicaciones se contradicen entre sí y viajo en dirección sur, porque algo me dice que es por ahí. Aunque ni siquiera sé a dónde pretendo ir, ya que tampoco puedo presentarme en el castillo de esa mujer y preguntar al primero que pase por el lugar en el que retienen a las pobres almas.

Con cada minuto que transcurre, me siento más y más ridículo, pero lo único que me queda es seguir poniendo un pie por delante de otro. El tiempo se estira y se contrae, a la vez. Por momentos tengo la sensación de que llevo aquí una eternidad cuando creo que tan solo ha transcurrido un parpadeo. Y lo que más me escama es no haberme cruzado con nadie, como si todos los parajes que voy dejando atrás estuviesen muertos.

La falta de agua y comida empieza a ser acuciante. El estómago me ruge y por más que trago saliva, no consigo aliviar la sequedad de la garganta. Hace rato que mi bota de agua se quedó vacía, aunque no sé cuándo exactamente. Los pies me arden y tengo la sensación de que la suela de mis zapatos se va a desprender de tanto caminar. Pero no he podido andar tanto, ¿o sí?

Llamo a mis instintos para que me conduzcan a una fuente de alimento o de agua y no encuentro de dónde tirar, como si mi lobo interior estuviese dormido. De hecho, trato de sacar las garras y me quedo perplejo cuando no sucede nada y me paso varios minutos mirándome las manos como un pasmarote.

Un nuevo temor empieza a treparme por la espalda y aprieto los dientes. Sin embargo, lo único que me queda es continuar andando.

El follaje empieza a ser más denso y cuidado, encuentro arbustos florales, árboles recortados, setos y césped frondoso.

Y durante todo el camino, tengo la impresión de que las flores, vivas a duras penas, se giran a mi paso; que cuchichean a mi espalda y callan cuando me vuelvo para observarlas. A pesar de que sigo sin cruzarme con nadie, no puedo quitarme esa sensación pegajosa de que estoy siendo observado. Me dejo guiar por un aroma peculiar, como a humo de cedro afrutado, para ver hasta dónde me lleva.

Lo que no esperaba era que me condujese hasta una enorme oruga azul, casi la mitad de grande que yo, sentada, en medio de lo que parece un jardín, sobre una seta de tamaño descomunal sosteniendo un narguile con una de sus múltiples patitas rechonchas.

Me quedo escondido tras un arbusto, observando cómo la Oruga absorbe desde la pipa, infla los pulmones y, despacio, suelta ese humo que tan bien huele en volutas que conforman distintas siluetas. Lo primero que escapa de sus labios es la cabeza de un gato, redonda y con bigotes despeluchados. Después, con una nueva bocanada, crea la figura de la cabeza de un lobo y me crispo. Estoy decidido a darme la vuelta cuando su voz, rasgada y aguda, dice:

—¿Sales ya? —Me quedo quieto en el sitio, agazapado para observar cualquier movimiento, pero no ocurre nada—. Hablo contigo.

Cuando me he asegurado de que no parece haber ninguna amenaza, me levanto, con la mano en una de las empuñaduras para estar preparado, pero no acorto la distancia que nos separa.

—¿Quieres una predicción? —Le da una nueva calada al narguile.

—¿Una predicción?

—Un pronóstico, una profecía, un augurio, una buenavent...

—Sé lo que es una predicción —lo interrumpo.

—¿Quieres una?

Sus ojillos negros y redondos, medio cerrados por tanto humo, o por estar drogado, no lo sé, relucen con cierto chisporroteo. La idea de aceptar el vaticinio me tienta, porque estoy totalmente perdido en un lugar que me aterra sin plan ninguno que seguir, y esto bien podría servir para arrojar algo de luz sobre la situación. No obstante, sé bien que las predicciones no siempre son esclarecedoras, en Fabel tenemos al Oráculo como ejemplo.

—¿Te decides? —Aspira una nueva bocanada y de sus labios se escapa un humo con forma de pieza de ajedrez.

—¿Qué quieres a cambio? —tanteo.

Él paladea, como si estuviese masticando algo, al tiempo que sopesa mi pregunta con un «hmm» dilatado. Después, sus ojos se iluminan con la aparición de una idea, pero primero aspira de nuevo. Esta vez el dibujo que se deshace en el aire es el de una mano con cuatro dedos.

—Agua. De la fuente.

—¿Y por qué no vas tú?

La Oruga se recoloca sobre la seta y me deja ver unos grilletes que lo encadenan al tallo del hongo. Hago un mohín con los labios y la idea de que un preso me ofrezca su ayuda me agrada aún menos. Estoy a punto de rechazar su ofrecimiento y marcharme cuando me explica:

—La Reina de Corazones. —Se encoge de hombros. Con la mera mención de esa mujer me crispo y aprieto las manos en puños—. Me usa.

Y con eso comprendo que lo retiene aquí para poder disfrutar de sus predicciones siempre que quiera. Algo dentro de mí se revuelve molesto.

—¿Y no te dejó nada para comer y beber? ¿Cómo pretendía que sobrevivieras?

—No eres de aquí. —Me reprendo a mí mismo por haber sido tan estúpido como para dejar que lo descubra, pero me encuentro demasiado cansado y tengo hambre y sed como para estar en plenas facultades. Así que no me queda más remedio que asentir—. Los de Maravillas no necesitamos comer ni beber. Pero lo encontramos una necesidad.

No tiene ningún sentido lo que ha dicho.

La Oruga da otra bocanada y esta vez dibuja una caracola marina.

—Date prisa. No queda mucho tabaco.

Hace un gesto hacia el narguile. Aunque no puedo comprobar si lo que dice es cierto, al artilugio tampoco le queda demasiada agua, por lo que muy mentira no deberá de ser.

—¿Dónde puedo encontrar agua? —pregunto, porque yo sí que necesito beber.

—¡Ah! —Ahora sus ojos se iluminan con ilusión—. Justo aquí. En la fuente. ¿No lo oyes?

Alzo una ceja, escéptico, y voy a negar con la cabeza, pero entonces escucho el rumor del agua cayendo y frunzo el ceño, porque hasta hace apenas un segundo no había captado ese sonido.

—Ve. Rápido, pronto, raudo, veloz.

Me hace un gesto un tanto excéntrico con sus numerosas patitas en dirección a la procedencia del rumor del agua y me resigno a ir hacia allí. Apenas he dado treinta pasos cuando llego a una fuente literalmente plantada en medio de la nada escupiendo agua y con un cartel de madera que pone «Bébeme». Es negra, parece de forja, y a sus pies el agua discurre en un camino... cuesta arriba. Esto no tiene ni pies ni cabeza.

Con los sentidos alerta, aunque ya han demostrado fallarme demasiado para mi gusto, relleno la bota y empiezo a salivar solo por la idea de refrescarme por fin. Pero no pienso dar ni un trago sin haber comprobado que no está envenenada o algo por el estilo.

Regreso junto a la Oruga, cuyo último dibujo no me ha dado tiempo a ver, y sus ojos se iluminan de nuevo, esta vez con ansia. Estira las patitas en mi dirección y, sin emitir sonido alguno, me pide que le entregue la bota. Se la cedo y la abre con avidez antes de colocarla sobre su enorme boca abierta y dejar que el agua caiga sobre ella.

Cuando termina, suelta un suspiro placentero y sus ojillos se entrecierran, como colocados. El agua del narguile ahora está rellena. Estira la pata hacia mí y me devuelve la bota, que aún contiene algo de agua. Espero un segundo, dos. No sucede nada.

—¿Quieres una predicción?

Sé que no es buena idea, pero no tengo más pistas que seguir. Tampoco quiero quedarme aquí eternamente y que tengan que venir a buscarme. Pierdo la vista en la nada y parpadeo varias veces, consternado. ¿Quién tendría que venir a buscarme?

—Toma. —Extiende el brazo con la boquilla hacia mí para insistir un poco y termino por chasquear la lengua y aceptar la pipa—. Fuma. Bocanada amplia. Y suelta. Despacio, lento, pausado...

Para evitar que se lance en otra diatriba, me lo llevo a la boca y aspiro con fuerza, sin pensármelo dos veces. Los pulmones se me inundan de una presencia voluminosa con un ligero sabor afrutado que me raspa la garganta, pero contengo la tos y, despacio, espiro el humo, que cuando abandona mi cuerpo me deja un regusto amargo muy desagradable. Frente a mí, se forma una nube gris que adquiere la forma de un corazón. Tras unos segundos flotando hacia el cielo, se parte por la mitad antes de deshacerse en el aire.

—¡Ah! ¡Magnífico, esplendoroso, excelente, grandioso!

—¿Ya está? —pregunto, consternado.

—Ya está.

Le devuelvo la manguera y da una amplia calada. Esta vez, el humo tan solo conforma volutas fantasmagóricas que se deshacen rápido. Un tanto pensativo, tratando de dilucidar qué puede significar eso, descorcho la bota y me la llevo a los labios para quitarme el mal trago.

—¡Ah! Yo no...

La Oruga calla en cuanto ve que tan solo he dado un trago pequeño y dejo de beber. Lo miro con suspicacia y recoloco el corcho.

—¿Tú no...?

Siento un retortijón en el estómago que me hace fruncir el ceño y la Oruga suelta un trémulo «ji» que me pone en alerta. Pero es demasiado tarde, porque antes de que pueda darme cuenta siquiera, mi cuerpo empieza a menguar, o todo lo de mi alrededor empieza a crecer, no lo sé. El corazón me late desbocado en el pecho según la distancia entre los árboles y plantas que me rodean crece más y más. Miro a mi alrededor, consternado.

—¡¿Qué me has hecho?! —le recrimino. Y mi voz suena aguda y ridícula cuando abandona mis labios.

—Solo los de Maravillas podemos beber y comer.

Se encoge de hombros, como si no me hubiese hecho diminuto frente a él, pero apenas si tengo tiempo para recriminarle nada más cuando una voz tras de mí ronronea:

—Vaya, vaya...

Al siguiente segundo, ya tengo una de las espadas en la mano, pero parece un simple mondadientes en comparación. No obstante, cuando me doy la vuelta para encarar a la persona que me ha pillado por sorpresa, cuyos latidos y aroma me han pasado desapercibidos, no encuentro nada.

Siento los músculos en tensión, los dedos apretados con fuerza en torno a la empuñadura, el corazón latiéndome en los oídos; todo mi cuerpo preparado para un enfrentamiento que puede surgir por cualquier flanco. Porque en el País de las Maravillas nada es imposible, y si ya vi a un hombre invisible en Fabel, aquí... aquí espero cualquier cosa.

«Me equivocaba».

Jamás podría haberme esperado que una sonrisa radiante, con forma de medialuna y de dientes puntiagudos, se fuese a materializar frente a mí. Ni que esa boca se abriese para hablarme.

51

—Hacía mucho tiempo que no veía a un mortal por aquí. —Alrededor de esa boca se va dibujando un gigantesco rostro redondo, con abundante pelaje negro y bigotes, y unos penetrantes ojos amarillos que, en plena oscuridad, relucen como dos luceros—. Desde Alicia, sin ir más lejos.

La cabeza da un giro de ciento ochenta grados y me mira panza arriba, con su cuerpo de gato rechoncho del revés, la cola moviéndose de un lado a otro, flotando en el aire. Y quizá no es que sea tan grande, sino que, efectivamente, yo he menguado.

—¿Quién eres tú? —me pregunta, sus labios estirados en una sonrisa de oreja a oreja del todo imposible.

—¿Por qué quieres saberlo? —inquiero con desconfianza.

—Por mera curiosidad —tercia con inocencia.

—No voy a decirte mi nombre. —Porque en Fabel aprendimos por las malas que son demasiado valiosos.

—No he preguntado cómo te llamas. —A juzgar por esa sonrisa, parece estar deleitándose con esta conversación. El gato da otra vuelta y apoya la enorme cabeza sobre las patas.

Incómodo por esta extraña presencia que ha aparecido de la nada, me hago con el control de la conversación.

—¿Y tú quién eres?

—Un gato.

—He preguntado *quién* eres, no *qué* eres.

Mi respuesta le complace porque se yergue de nuevo y se acerca más a mí, las orejas atentas y el cabezón sumamente enorme en comparación. Con solo abrir la boca un poquito, podría engullirme entero. No obstante, no la abre para responderme.

—Oruga, viejo chiflado, ¿qué le has hecho?

—Yo nada. Quería agua. Un poquito, un traguito, un buche...

—Sí, sí. —El gato hace un ademán con la mano y lo ignora antes de revolotear sobre la seta y arrancarle un pedazo—. ¿De dónde vienes?

—De ninguna parte.

—Vaya, has recorrido un largo trecho desde Ninguna Parte hasta aquí. Queda muy al norte.

—¿Y dónde es aquí, exactamente? —inquiero, para intentar arrancarle algo de información, visto que la Oruga no me ha servido de nada.

—El País de las Maravillas, ¿dónde va a ser? —Aprieto los labios y el gato se fija en mi gesto, volando por encima de mí sin dejar de seguirme cuando echo a andar, cansado de tanta palabrería absurda. Aunque apenas tiene que moverse unos centímetros cada poco rato. La Oruga se despide con un gesto de la mano y una sonrisa radiante—. ¿No era esa tu pregunta?

—Precisamente por saber esa respuesta he puesto esa cara... —mascullo.

—¿Acaso habías venido antes?

—No es de tu incumbencia —respondo, mordaz, mientras envaino la espada y continúo caminando, no sé a dónde. Juraría que sus cejas se juntan y que nace una arruga entre ellas, pero apenas dura un instante.

—¿Y a dónde te diriges? —El gato me persigue, flotando a mi alrededor—. Si quieres regresar a Ninguna Parte, vas en dirección contraria. Por aquí se llega directo al Palacio de Corazones.

Me tenso al instante y miro a mi alrededor. Una chispa de reconocimiento me atraviesa la mente como en un fogonazo, pero sacudo la cabeza para apartarla y cambio de dirección. Pero estas piernecitas diminutas apenas me hacen avanzar. Ahora comprendo la frustración de... Parpadeo varias veces y se me queda el regusto amargo de que estoy olvidando algo.

El gato se detiene frente a mí, su sonrisa iluminando la noche.

—Sigues yendo en dirección al palacio... —se burla de mí.

Me detengo de golpe, atenazado por el temor de enfrentarme a ella. Y frustrado, muy frustrado.

—¿Cómo es posible, si he cambiado de dirección?

—Todos los pies conducen a donde uno quiere ir. —Se encoge de hombros y suelta una risilla que nada tiene que ver con los gatos. Turbado, levanto la cabeza para observar bien su gigantesca figura y respiro hondo—. Pero llegar y entrar no son lo mismo.

—No quiero entrar —miento. A medias, porque no sé lo que quiero.

—¿Y por qué ibas a ir allí si no es para entrar? Aunque con ese tamaño no llegarás muy lejos.

Chasqueo la lengua y me observo, tan pequeño que hasta las briznas de césped son más altas que yo.

—Hagamos una cosa. Yo te doy esto, que te hará crecer —me muestra el pedazo de seta arrancada—, si tú accedes a escuchar el problema de una amiga mía.

Cambio el peso de una pierna a otra y cruzo los brazos sobre el pecho, receloso, porque la mera mención de un trato me deja muy mal sabor de boca.

—¿Solo escuchar su problema?

Asiente con efusividad y el cuerpo le desaparece para darle

mayor énfasis. Sus labios se estiran con una sonrisa pilla y se pasa la lengua por ellos.

—¿Quién sabe? Lo mismo después de escuchar sus problemas, ella tenga algo que ofrecerte.

—Trato hecho —concedo finalmente, porque escuchar me brinda la opción de marcharme en cuanto termine de hablar y continuar con lo que me ha traído hasta aquí.

—En ese caso —vuela frente a mí—, será mejor que subas.

Extiende la pata y aguarda a que trepe por su cuerpo. Lo medito un par de segundos antes de acceder.

El gato me saca flotando del jardín en un silencio sepulcral. Un tiempo indeterminado después, tiempo que siento como arenas resbaladizas, escapando entre mis dedos grano a grano, llegamos a una choza destartalada cuyo aroma hace que me pique la nariz, porque huele como a pimienta. Me deja en el suelo y me ofrece el pedazo de seta.

—Aún no he escuchado a tu amiga —le digo con una ceja enarcada y sin fiarme ni un pelo.

—Es un voto de confianza.

Sus labios se estiran con malicia y me observa, relamiéndose los bigotes, mientras le doy un mordisco a la seta, porque no me queda más remedio que fiarme para deshacerme de esta condición diminuta. En cuanto trago el primer bocado, siento algo muy parecido a la mutación a mi forma de lobo, solo que cuando me miro no encuentro pelaje ni extremidades alargadas, sino que crezco y crezco hasta adoptar mi tamaño real.

—Gracias —murmuro, estirándome la ropa.

—Recuerda escuchar.

Desliza sus ojos amarillos hacia la puerta, como invitándome a que la abra. Y en cuanto lo hago, un cerdo sale corriendo de la vivienda, despavorido, y casi me embiste.

—¿Qué era eso? —le pregunto, sobresaltado.

—Un cerdo, ¿es que no lo has visto?

Sus ojos se entrecierran, escrutadores, y se adentra en la casa. Aprieto los labios, no muy conforme con esta situación, y me resigno a seguirlo, porque tampoco tengo otra alternativa. El interior está muy dejado, lleno de polvo, muebles arañados y con ventanas rotas por entre las que se cuelan silbidos agudos y molestos. Todo está en completa penumbra y el gato se detiene en el centro de lo que supongo que es la sala de estar.

—¿A quién me has traído, Cheshire, viejo amigo? —inquiere una voz de mujer desde algún rincón oscuro.

Mi cuerpo responde poniéndose alerta y mi instinto me lleva a desenvainar una espada.

—Buena suerte —ronronea el gato una última vez antes de desaparecer frente a mí.

Escucho un crujido a mi derecha, y cuando dirijo la vista hacia allí, descubro una figura de amplias curvas que se acerca hasta quedar iluminada por los rayos de luna que se cuelan en el interior de la choza. Y permanezco anclado en el sitio, paralizado con la visión de la hermosa mujer de rasgos afilados, porte regio y vestida entera de rojo.

52

—Así que Garfio ha vuelto al negocio después de tantos siglos —comenta la mujer con una sonrisa en los labios nada más
salir a la luz.

—Eso parece —interviene otra voz.

Ella ladea la cabeza en dirección al interlocutor invisible y,
segundos después, reaparece el gato rechoncho de orejas atentas.

—¿Quién eres? —me atrevo a preguntar en tono desconfiado.

—La cuestión aquí es... *qué* eres tú. —Tengo una sensación de
déjà vu muy extraña. Ella entrecierra los ojos y me rodea, exami-
nándome de arriba abajo—. No eres un humano, como Alicia.

—¿Quién es Alicia?

—Y es evidente que tampoco estás muerto. —Me ignora y
se detiene frente a mí, una mano en la barbilla, pensativa.

—No, diría que estoy bastante vivo.

Sus labios, finos, se estiran en una sonrisa burlona. Se da un
par de toquecitos en el mentón y su gesto, antes serio y amenazador, se relaja con la aparición de una idea.

—Déjame probar algo.

Sin darle permiso siquiera, me agarra la muñeca y la levanta
entre nosotros para observar mi mano. Después, estruja y siento la sangre bullir en mis venas en respuesta al cambio involun-

tario. Reprimo un gruñido, aprieto los dientes y la miro con el ceño fruncido. Un dolor correoso y lacerante me nace bajo las uñas y se convierten en largas garras. De un tirón, me zafo de su agarre y las uñas vuelven a aparecer.

Ella sonríe con satisfacción y se relame.

—Vaya, vaya... No esperaba ver a un lobo.

Cheshire da una voltereta en el aire y luego apoya el enorme cabezón en sus patitas peludas, atento a todos mis movimientos.

—¿Cómo lo has hecho? —pregunto, molesto por que ella haya conseguido algo que yo no.

—Mucho menos uno envuelto en el aura azul del País de las Maravillas —continúa, ignorándome de nuevo—. Tú ya habías estado aquí, ¿me equivoco?

Aprieto el puño para controlar la tensión de mi cuerpo y niego con la cabeza. De dos zancadas ágiles, acorta la distancia que nos separa y sus dedos atrapan el colgante de caracola que llevo al cuello.

—¿De dónde has sacado un contenedor de almas? —Va saltando de una pregunta a otra con rapidez, sin darme tiempo a pensar siquiera.

—Uno lleno, además. —La voz de Cheshire suena burlona y los labios de la mujer se estiran en una sonrisa complacida.

—No es de tu incumbencia —espeto, mordaz.

—A mí me respondió lo mismo. Pero mi pregunta fue otra.

—Juraría que has acudido a mí por tu propio pie —me reprende—. Por mucho que Cheshire sea muy persuasivo, no es más que un dulce gatito. —La mujer le rasca bajo el mentón y él empieza a ronronear, aunque su sonrisa se torna maliciosa—. Así que no seas tan arisco.

—Eso no es cierto —respondo, un tanto airado y cansado de que me mangoneen—. Hicimos un trato.

Ella abre mucho los ojos y se fija en el gato.

—¡Cheshire! Aquí no hacemos tratos —lo regaña y se apresura a negar con la cabeza en un gesto reprobatorio.

—Ups... —El gato desaparece y ella pone los brazos en jarras—. Que sepas que iba en dirección al Palacio de Corazones —se chiva para resarcirse, su voz incorpórea.

Ella frunce el ceño, perpleja, y luego estira los labios, complacida.

—Interesante... —masculla, su timbre convertido en un ronroneo que podría competir con el del felino.

—¿Qué es tan interesante? —me atrevo a preguntar.

—Tú, por supuesto —interviene el gato.

—¿Y podríais explicarme por qué?

—Todo a su debido tiempo —dice ella, los brazos cruzados ante el pecho—. Dime, ¿por qué tú, un mortal, has venido al País de las Maravillas, *mi* reino, con un contenedor de almas lleno? —Su voz se vuelve autoritaria y me deja claro que no tengo opción de rechazar esta pregunta. Y aunque he acudido aquí con la promesa de escuchar, tengo la sensación de que no hago más que hablar.

El gato sugirió que esta mujer podría tener algo que ofrecerme si la escuchaba. Y acaba de decir que el inframundo le pertenece, cuando yo creía que era propiedad de la Reina de Corazones... Me falta información para comprender este galimatías y decidir por dónde tirar en mi misión, y creo que solo la conseguiré demostrando algo de confianza.

—Se me encomendó liberar tres almas malditas aquí y recuperar otras tres que nunca deberían haber acabado en este lugar —explico con voz monocorde, serena y firme.

A ella se le ilumina el rostro y da un par de palmaditas complacidas.

—Creo que no cabe duda de que se refería a él... —comenta, más para sí que para el resto.

—Eso pensé yo —le responde el gato de todos modos, quien se ha tumbado alrededor de los hombros de la mujer.

—Qué ingenuos fuimos al malinterpretar la profecía de la Oruga...

—Tampoco hay que restarle méritos a la pobre Alicia.

La mujer levanta la mano y juguetea con la punta de la cola del gato.

—No, ni mucho menos, pero la profecía hacía alusión a un mortal que regresaría al País de las Maravillas para librarnos de la plaga.

—Y Alicia no *regresó* —completa el animal por ella—. Era la primera vez que *pisaba* el País de las Maravillas.

—No comprendo nada... —murmuro.

El rostro se le ilumina aún más por la ilusión y la esperanza. El gato se relame los bigotes y su sonrisa dentada le ocupa el rostro completo y casi la nuca.

—Y no tienes por qué comprender. Tan solo, dime, ¿estás dispuesto a ayudarnos a cambiar las cosas?

«¿Cambiar?». Miro al gato de soslayo, cuya sonrisa se ensancha aún más si cabe.

—Desconozco en qué podría ayudaros...

—¡En todo! —me interrumpe—. Y si tú nos ayudas a nosotros, a cambio te ayudaremos a recuperar esas almas.

—¿Es otro trato? —pregunto, un tanto temeroso.

—Aquí no hacemos tratos, ya te lo he dicho. Aquí nos hacemos *favores*. Tu ayuda a cambio de la nuestra.

—¿Y qué me asegura que vayáis a cumplir con vuestra parte cuando yo os haya ayudado?

—Mi palabra. —La mujer se lleva la mano al corazón en un gesto solemne—. Además, probablemente esas almas estén en el mismo lugar en el que nosotros queremos entrar.

—¿Y dónde es eso?

—El Palacio de Corazones —ronronea Cheshire, flotando a mi alrededor.

La idea me repugna al instante y siento un nudo en el estómago.

—Después, podrás usar la pieza de oro puro que te quede y regresar a tu hogar.

«Hogar». Esa palabra resuena en mi mente con tanta intensidad que casi se materializa con forma propia. Con un rostro de nariz respingona y pecosa y ojos verdes como jade que no consigo ubicar.

—Está bien —sentencio con firmeza—. Os ayudaré en lo que esté en mi mano.

La mujer aplaude con emoción y da un par de saltitos en el sitio. Cheshire ronronea y hace una pirueta en el aire antes de detenerse junto a la mujer, con diversión solemne, y ladear la cabeza hacia mí.

—En ese caso solo queda darte la bienvenida a la rebelión de la Reina Roja, legítima soberana del Reino de Corazones y del País de las Maravillas.

53

Durante el trayecto que recorremos en el más completo silencio, escondiéndonos de los naipes que patrullan los bosques colindantes al palacio, no hago más que pensar en lo que hemos hablado en la destartalada casucha con hedor a pimienta. En dónde me estoy metiendo, para ser exactos. Por mucho que mi objetivo aquí sea dar con las princesas, y que esta sea una posibilidad tan buena como cualquier otra para lograrlo, bien podría ser una encerrona. Y a pesar de tener esa incertidumbre, tampoco me puedo arriesgar a ir por libre en un entorno que desconozco y en el que acecha mi peor pesadilla, por no hablar de que no me gustaría volver a acabar siendo diminuto.

Así que no me queda más remedio que seguir a la Reina Roja, ambos ocultos bajo gruesas capas, durante tanto tiempo que ni siquiera podría contabilizarlo, aunque la luna se mantiene estática en el mismo punto todo el trayecto. En determinado momento, cruzamos un ancho río que nos conduce hasta un viejo local, con las ventanas destrozadas y a medio tapiar y de aspecto abandonado.

Sin mediar palabra, la reina se acerca a la puerta, mira atrás una última vez, y la abre con bastante esfuerzo, como si estuviera medio atrancada.

—Ven —susurra en mi dirección.

Cojo aire para mentalizarme y me percato de que no hay ni rastro de Cheshire, desvanecido en medio de la oscuridad. Cuando entro en el local, una mezcolanza de olores me abofetea el olfato: humedad, descomposición, huevo podrido, lana mojada... Una mueca de desagrado se hace con mi rostro y la Reina Roja se ríe nada más verme.

Avanzamos entre las destartaladas estanterías de madera carcomida acompañados por el crujir de los tablones bajo nuestros pies hasta que la Reina Roja se detiene y se agacha, aparta una espesa alfombra, cuyo patrón me resulta familiar, aunque no sé de qué, y abre una pesada trampilla. Antes de que pueda preguntarle siquiera a dónde lleva ese pasadizo que ha abierto frente a nosotros, la reina ya ha entrado y empieza a descender por una escalera de mano que me genera de todo menos seguridad.

Me resigno a seguirla y me pide que cierre la trampilla antes de alejarme. Una vez obedecida su petición, nos enfrentamos a una oscuridad que de seguro la obligará a moverse a tientas, bajando el pie con cautela para encontrar el siguiente travesaño.

El final conduce a una gruta excavada en piedra negra y a un acuífero que se ramifica en diferentes direcciones. La reina da con un farol y lo enciende sin necesidad de prender chispa alguna. Frente a nosotros hay algunas barcazas, que han visto mejores vidas, y la Reina Roja se apresura a subir a una de ellas.

—Vamos, ¿a qué esperas? —me pregunta con los remos en las manos cuando me ve plantado en el borde del acuífero.

—¿A dónde conduce esto?

—¿Acaso importa? Aunque te lo diga, no vas a saber dónde es.

—Ya, pero ¿qué vamos a hacer?

—Reavivar la rebelión —comenta con indiferencia una voz

tras de mí y doy un respingo—. ¿O es que todavía no te has enterado?

Cheshire cruza el espacio flotando hasta la reina y se queda levitando sobre la barca, sentado sin llegar a sentarse. Respiro hondo para calmar los latidos de mi corazón y me resigno a subir a la destartalada embarcación rezando para que no se hunda con nuestro peso.

Cuando nos detenemos, la Reina Roja está prácticamente sin aliento, el rostro empapado por el sudor, pero con una sonrisa satisfecha en los labios. Con una energía que no sé de dónde saca, se levanta con premura y sale casi corriendo de la barca, haciendo que se meza a un lado y a otro con tanta violencia que creo que voy a volcar.

—¿Majestad?

—¿Sois vos?

—¡Es la reina!

Dejo el bote atrás y observo a las criaturas que la rodean, con rostros emocionados y empañados por lágrimas de júbilo. La mandíbula se me desencaja al comprobar que son animales que hablan —un dodo, un ratón, una rana, un búho...—, tan grandes que casi me llegan a la altura del pecho y que tienen la inteligencia suficiente como para mantener una conversación coherente con la Reina Roja.

—Os he traído un regalo de no cumpleaños —les explica con entusiasmo—: la solución a nuestros problemas. —Con un gesto grandilocuente, señala en mi dirección—. Él se encargará de acabar con la Reina de Corazones de una vez por todas y devolverá su esplendor al País de las Maravillas.

—Perdona, ¿qué? —intervengo, turbado por sus palabras. Me he metido en esto con la intención de buscar ayuda y no tener que cruzarme con esa mujer, ¿y ahora voy a tener que enfrentarme a ella?—. ¿Con «acabar» te refieres a «matar»?

Ella se gira hacia mí y pone los ojos en blanco.

—No exactamente. Mi idea era que la recluyeras aquí —coge mi colgante entre los dedos— y te la llevaras muy lejos. Tampoco quiero matarla. —Lo último lo pronuncia con un deje triste.

—Nadie había hablado de dar un golpe de Estado —argumento, molesto.

—¿Y a qué creías que hacía alusión lo de «rebelión»? —pregunta Cheshire con inquina, relamiéndose mientras observa al ratón—. ¿A una fiesta del té?

Un lirón se ríe con pillería y disimula en cuanto clavo los ojos en él.

—Es evidente que no, pero...

—No hay peros. Esa mujer lleva más de un siglo destrozando el País de las Maravillas —suelta la Reina Roja con resquemor—. Y aunque nuestro cometido aquí sea velar por las almas malditas, eso no supone torturarlas ni drenar el reino de bondad alguna. —Calla unos segundos en los que sus facciones se endurecen más aún—. En el Reino de Corazones, todo es una partida de ajedrez. Solo debes decidir qué papel quieres desempeñar. ¿Acaso serás un simple peón?

—Incluso el peón es necesario sobre el tablero —respondo con dudas.

—Cierto, aunque suele ser a quien se sacrifica primero. ¿Te gustaría ser esa pieza? —Niego con la cabeza, el ceño fruncido por el temor de encontrarme con *ella*—. Pues entonces elige quién quieres ser. Pero recuerda: en este juego, de nada sirve hacerle jaque al rey.

Después de mirarme fijamente durante unos instantes, para que sus palabras me calen, se gira de nuevo hacia la comitiva de animales.

—Divulgad la noticia. Viajad hasta los tableros y avisad a las piezas que aún me sean leales, blancas o rojas. Hablad con Hatta para que regrese a mí, convenced al Conejo Blanco. Pero, por lo que más queráis, que la Reina de Corazones no se entere.

—¿Y si buscamos a Alicia para que nos ayude? —propone la Liebre.

—Alicia no va a volver, o no debería, por su propio bien.

—¿Por qué? —me atrevo a preguntar—. Cuanta más ayuda obtengamos, mejor.

—Los mortales que pasan demasiado tiempo en el País de las Maravillas corren el riesgo de olvidar algunas cosas, generalmente a sus seres queridos, y ella ya estuvo aquí antes —me explica la reina antes de mirarme de arriba abajo—. Por lo que más quieras, tú no olvides quién eres. Te necesitamos, porque solo los mortales pueden usar el colgante.

Llevo los dedos a la caracola y jugueteo con ella, nervioso por la posibilidad de volver a perder todos mis recuerdos. No es algo por lo que esté dispuesto a pasar otra vez. Aunque se me queda la sensación de que ya estoy olvidando cosas.

—¿Y qué pasaba con los mortales que venían a visitar a sus familiares?

—Eso fue hace demasiado tiempo. El País de las Maravillas ha cambiado mucho desde que la Reina de Corazones lo emponzoñó todo —comenta con pesar—. Antes de ella, esto era diferente. Maravillas no era tan mal sitio para quienes fuesen buenos. Se podía hacer turismo, disfrutar de la capital y amenizar el triste momento de ver a un familiar en las visitas reguladas. Era una cárcel, dura, sí, pero no un lugar de tortura.

—Habría que buscar al Galimatazo —comenta Cheshire para cambiar de tema, pasándose una uña entre los dientes.

Deslizo la vista entre los asistentes y me percato de que ha desaparecido el ratón. Devuelvo mi atención a él con rapidez y descubro que sus ojos están clavados en los míos con una sonrisa que me provoca escalofríos.

—Me gusta tu idea. —La reina sonríe en dirección al gato, pero ese gesto va cargado de dolor y malicia—. Quiero que esa mujer sienta auténtico pavor en cuanto lo vea aparecer cruzando el cielo. Pero hay que tener cuidado, porque un animal que se siente acorralado es mucho más peligroso. Y la conozco, ella en especial sé que luchará con uñas y dientes.

—La *conocías* —matiza Cheshire con diversión—. Hace tiempo que dejó de ser la mujer de la que te enamoraste.

La Reina Roja entrecierra los ojos en dirección al gato y este desaparece lentamente, hasta que lo único que queda son sus iris amarillos de pupilas como agujas.

—Pienso devolverle todo el daño que nos ha hecho al País de las Maravillas y a mí. Y esta vez será para siempre.

54

Con el transcurso del día va llegando más gente, deseosa de unirse a esta rebelión tan improvisada, y en cuestión de un rato —que no sé si es mucho o poco— nos convertimos en una cuadrilla nada desdeñable. Me veo rodeado por animales de todo tipo, por extraños humanos que hace tiempo perdieron la cordura, como dos gemelos calvos y rechonchos, de rostros demacrados, que van siempre juntos o un hombre de melena desgreñada y alto sombrero de copa que no hace más que preguntarnos por la talla de nuestras cabezas. Aunque cuando se junta con el Lirón y la Liebre, montan unas fiestas de té que ni en los mejores palacios.

Con la breve aparición del Conejo Blanco, descubrimos que esta noche se celebra una fiesta de ajedrez en palacio, que consiste en que los asistentes vistan de negro o de blanco. La idea del código de etiqueta no le hace la menor gracia a la Reina Roja, y no sé si es porque detesta esos colores o qué, pero concluye que es la mejor ocasión para actuar, porque muchos de los que se han unido a la rebelión están invitados al evento por ser miembros de la corte y podrán infiltrarse con facilidad.

Después de acordar la estrategia, el Conejo Blanco desaparece con el pretexto de buscarme una vestimenta adecuada para pasar desapercibido, y para cuando regresa y me entrega unos elegantes ropajes de terciopelo negro, casi hemos terminado de perfilar los detalles.

Como la Reina Roja no podrá entrar sin más, puesto que la reconocerían, aguardará cerca con un grupo de soldados de su confianza, por si el plan no funciona a la primera y se ven obligados a intervenir. El éxito de la misión va a depender enteramente de mí y de quienes me acompañen a esperar a que la Reina de Corazones haga aparición en la fiesta para reclamarla.

Seguimos discutiendo los pormenores y posibles cabos sueltos durante horas. O esa es mi percepción, porque el tiempo aquí abajo, o en todo el País de las Maravillas, es algo extraño y curioso. Constantemente tengo la sensación de que pasa deprisa y a la vez lo siento pegajoso y denso, como anclado en el mismo segundo una y otra vez.

—Es por culpa del dichoso Tiempo —me explica la Reina Roja cuando le comento mi percepción.

—Espera, ¿me estás diciendo que Tiempo existe en realidad?

Por mucho que crea en Sol y en Luna, que considere que en algún momento de la creación de nuestro mundo interfirieron en él, me choca que sigan actuando. Aunque lo que más me choca es la confirmación de que mi fe es real.

La Reina Roja me mira con perplejidad.

—Sí... ¿Por qué no iba a existir?

—Creía que los dioses habían dejado de existir.

—¿No ves a Luna y a Sol en el cielo cada día? —Asiento con un cabeceo un tanto dubitativo—. Pues ahí tienes tu respuesta. Lo que pasa es que Tiempo se ha desacostumbrado a trabajar tanto y ya casi ni sabe cuánto es un segundo. Y no me extraña, después de un siglo sin trabajar por cumplir los deseos de esa maldita bruja por estar enamorado de ella.

—¿Quién? ¿La Reina de Corazones?

—No, el Hada Madrina.

Las piezas terminan de encajar en mi mente y ahora comprendo cómo el Hada podía dominar con su magia un concepto tan abstracto e incorpóreo que debía ser tarea de los dioses. Porque Tiempo estaba enamorado de ella y cumplía con sus designios. Y en cuanto ella murió..., imagino que reconsideraría que no le quedaba nada por lo que mantenerlo anclado. Aunque me parece muy hipócrita que condenara a sus padres, Sol y Luna, a permanecer una eternidad separados por no cumplir con sus designios y él también olvidara sus labores por amor.

—Aquí, en los planos inmortales —continúa explicando—, nos da un poco igual, porque no morimos con el transcurso de los días, pero debió de ser duro más allá de las aguas, ¿no?

—Fue... complicado.

Hago un mohín con los labios y me dedico a explicarle los estragos que el Hada Madrina causó con la bruma en los Tres Reinos y anclando el tiempo en toda Fabel. Según le voy relatando lo que ocurrió, su rostro se va transformando por la sorpresa y la indignación.

—Creía que esa malnacida solo nos había perturbado a nosotros al traerla de vuelta... —farfulla.

—¿Al traer a quién?

—A la Reina de Corazones.

—Siempre he creído que estos eran sus dominios.

Ella niega con resignación y con las facciones endurecidas mientras se afana en sacarle brillo a las placas de su armadura roja, preparándose para el posible combate.

—Los mortales sabéis muy poco de lo que acontece aquí. Por vuestra seguridad y la nuestra. —Levanta la cabeza de repente, se queda quieta un segundo y luego me mira—. Eso ha sonado a que la conoces.

Hago una mueca y deslizo la vista hacia la empuñadura de la espada que estaba afilando, la del pomo de lobo con ojos rojos.

—En cierto modo, sí.

—Es imposible. No puede viajar al plano de los mortales. Bueno, ni ella ni ninguno de nosotros.

—Pues ella no opina igual. De hecho, ese ha sido su plan últimamente y estuvo a punto de conseguirlo hace un par de meses.

—¿Qué? —pregunta atónita, el ceño fruncido a causa de la incomprensión—. ¿Cómo?

Me encojo de hombros y niego con la cabeza.

—Ni idea, pero usó un espejo para comunicarse con nuestro plano.

—Sí, bueno, lo de comunicarse es muy habitual entre soberanos... —Hace un gesto con la mano para restarle importancia, aliviada por mi respuesta.

—No me refiero a eso. —Despacio, vuelve a fijarse en mí—. Intentó cruzar el espejo.

—Eso es imposible... Nuestro espejo no se abre al mundo mortal de ese modo.

—Pues te aseguro que estuvo a punto de traspasarlo con la mano, apoyándose sobre la superficie.

La Reina Roja se queda absorta mirando a ninguna parte, sin dejar de frotar la armadura en un movimiento mecánico.

—¿Quién es la Reina de Corazones exactamente? —me atrevo a preguntar tras unos minutos, porque conocer al enemigo siempre ha sido lo más inteligente. Y ahora mismo, no sé nada de ella más allá del pavor que me genera.

—La mujer más malvada y despiadada que puedas imaginar —mascula con desprecio y el rostro contraído por el enfado que la embarga de repente.

—He conocido a muchos hombres y mujeres que se disputan ese puesto.

A pesar de que con la broma intento aliviar la tensión que la ha envuelto, se limita a cabecear sutilmente, perdida por completo en sus pensamientos.

—Creo que no es la respuesta que el chico iba buscando —ronronea Cheshire, que se materializa junto a nosotros poco a poco.

—¿Tú no te ibas a buscar al Galimatazo? —murmura ella.

—Venía a avisarte de que me marcho, pero esta conversación es demasiado interesante como para perdérsela. —La Reina Roja masculla un «cotilla» y él sonríe, travieso, mientras se atusa los bigotes con una pata—. La Reina de Corazones no siempre fue reina —me explica. La soberana se crispa tanto que estruja el trapo con el que estaba limpiando—. Antes no era más que Alissa, cortesana de Corazones, hija de un duque o un marqués, ya no lo recuerdo.

—Marqués... —farfulla ella.

—¿Se lo cuentas tú? ¿O se lo cuento yo?

La Reina Roja aprieta los labios con fuerza y se levanta, airada, para perderse entre los recovecos laberínticos de este escondite bajo tierra.

—Dijiste que la Reina Roja se enamoró de esa mujer —intervengo para darle pie a que siga hablando.

Él asiente con efusividad, tanta que su cuerpo se desvanece y solo queda la cabeza.

—En el País de las Maravillas, el poder se disputaba a una partida de ajedrez entre los miembros de la realeza roja y blanca.

—¿Y qué tiene eso que ver?

—Me gusta tu impaciencia —ronronea y su sonrisa dentada se estira aún más—. Cada cincuenta años, tenía lugar esa partida y, gustosamente, el color perdedor le cedía el control del País de las Maravillas al bando contrario en un sistema rotatorio que funcionaba. La última partida la ganó el bando rojo. Aunque poco después del ascenso al trono, el Rey Rojo murió en un trágico accidente que poca lógica tuvo, en unas circunstancias sospechosas. Pero el dolor por la pérdida de su esposo cegó a la Reina Roja y no quiso escuchar. —Se encoge de hombros y se lame la pata para frotarse los enormes ojos. Su actitud me hace pensar que de accidente tuvo poco y mis sospechas recaen en la Reina de Corazones—. Como monarca, se vio obligada a encontrar consorte incluso estando de luto.

—Eso es muy cruel...

Solo de imaginar el tener que hacer yo eso... Siento un escalofrío y sacudo la cabeza para apartar esos pensamientos, porque yo iría detrás el día en que muera...

«¿Quién?».

Me quedo de piedra y un sudor frío se instaura en mi nuca, en mis palmas. Parpadeo varias veces, confuso, el corazón en un puño, la garganta seca. Siento un tirón en el pecho, una opresión que me arrebata el aire unos segundos, y entonces su rostro se materializa en mi mente, con la melenita despeinada y las mejillas manchadas de pintura.

Antes eran sensaciones. Ahora tengo la certeza absoluta de que he olvidado a alguien importante. Trago saliva para intentar deshacer el nudo que se me ha formado en la garganta y devuelvo mi atención al gato, que continúa hablando, ajeno a mi turbación. No obstante, lo hago a medias, porque no dejo de darle vueltas al asunto.

—Así es como funcionan nuestras leyes. O, al menos, así funcionaban antes. —Él se encoge de hombros y da una vuelta sobre la panza—. Siempre debía haber dos personas en el poder, para que fuera más complicado que el trono quedase vacío de repente. Se organizó una fiesta a la que se invitó a toda Maravillas, y quienes quisieran contraer nupcias reales optaban al puesto. Así fue como la reina conoció a Alissa. Y, durante el cortejo, la Reina Roja se enamoró irremediablemente de ella. Parecía recíproco al principio. Era un encanto de mujer, la verdad.

Una carcajada incrédula escapa de mis labios y los dientes de Cheshire relucen cuando todo él desaparece, hasta quedar solo la sonrisa, antes de volver a materializarse.

—*Era* un encanto —puntualiza—, hasta que dejó de serlo. La Reina Roja y ella se casaron poco después de conocerse y ahí empezó la locura. Se ganó el corazón del pueblo de inmediato, siempre tan bondadosa y amable. De ahí su sobrenombre. Y tras el pueblo, llegaron los naipes. Y con ellos... el castillo entero se vino abajo. Ella cambió por completo, ya no era la misma mujer, incluso su voz se volvió distinta, siempre teñida de maldad y desprecio. —Niega con un gesto de pesar que no cuadra con la sonrisa dentada de su rostro redondo—. Se convirtió en otra persona muy diferente, empezó a envejecer muy rápido, podrida por el poder. Y cuando la Reina Roja se dio cuenta, era demasiado tarde. La Reina de Corazones les había comido la cabeza a los naipes y se pusieron de su lado para usurpar el trono, y aunque la guardia privada de la reina es numerosa, los naipes lo son más. Con ellos de su parte, la Reina de Corazones se convirtió en una plaga imparable. Acabó con el Rey Blanco y la Reina Blanca para no tener competencia, empezó a oprimir al pueblo... Un absoluto caos. Solo sobrevivió la Reina Roja, y sospecho que porque Alissa también la quería, en cierto modo.

—¿Y lleva reinando desde entonces?

El gato da una voltereta y apoya el cabezón sobre las patitas. Asiente y la sonrisa le desaparece un instante.

—Hubo un breve periodo de tiempo en el que no, cuando

apareció Alicia y nos ayudó a derrocarla. Pero mientras nos recomponíamos y la Reina Roja se volvía a hacer con el poder, el Hada Madrina la trajo de vuelta, mucho más despiadada que antes e irreconocible. Lo que ahora les hace a las pobres almas que acaban en el inframundo... No tiene parangón.

—Pero la Reina Roja dijo que esto es una cárcel dura. ¿No es eso lo que se hace en esos sitios?

Ahí está esa sonrisa traviesa y complacida otra vez.

—Sí y no. El inframundo no era un lugar agradable en el que acabar. Pero las almas aquí solo vivían bajo tierra, nunca veían la luz del sol, no podían comer ni beber y siempre sentían esa necesidad. Ah, y se enfrentaban a trabajos forzosos y tediosos.

—No suena tan mal...

—Bueno, todo depende del aprecio que le tengas a tener el estómago lleno y la garganta húmeda, a sentir el calor del sol y a no ser un esclavo. Pero ahora a todo eso hay que sumarle torturas esporádicas.

—¿Y por qué la Oruga también siente la necesidad de beber y comer si me dijo que la gente de Maravillas no lo hacéis?

—Porque es un preso. Todos los presos viven con esa sensación de que les falta algo. Solo que nosotros lo llevamos mejor que las almas.

Cheshire enrosca la cola alrededor del cuerpo y clava esas pupilas como agujas en mí. Y yo me atuso las solapas del chaleco negro en un gesto incómodo, porque hablar de la Reina de Corazones o de todo lo que ella supone no me agrada.

Si comparo acabar en el inframundo con el siglo de esclavitud que ya he sufrido... Sí, no comer, beber ni sentir el sol suena feo, pero no me parece para *tanto*. Aunque supongo que no todo el mundo ha vivido lo mismo que yo.

—Lo que tú has sufrido —continúa— es lo que sufren desde que ella está al mando. Y lleva siendo así tanto tiempo como el que no fue así.

Frunzo el ceño, porque no sé si he comprendido qué quiere decir.

—¿Cómo sabes por lo que yo he pasado?

—Por el color de tu alma. —El gato se fija en un punto por encima de mi cabeza y se relame—. Es azul, como el color de los que están retenidos bajo tierra.

«Alma azul y corazón casi negro. Bonita gama cromática».

—Hatta, por ejemplo —señala hacia el Sombrerero—, tuvo la mala suerte de confeccionarle un sombrero demasiado pequeño a la Reina de Corazones y acabó así.

Se lleva una garra a la sien y da un par de vueltecitas. El hombre, pálido y de cabellos desgreñados, pasea de un lado a otro en un caminar errático y un tanto desquiciado, riendo a ratos y sollozando a otros. Y ese bien podría ser yo si mi corazón termina de volverse negro.

—Era eso o que le cortaran la cabeza. Aunque, de igual modo, ha terminado perdiéndola.

—¡Amigos! —exclama la Reina Roja, subida a una enorme piedra para hacerse ver y oír—. Ha llegado el momento que tanto estábamos esperando. El momento de recuperar lo que es nuestro. De revivir nuestras costumbres y de dejar de temer que nos corten la cabeza. Es hora de reclamar nuestra paz y de mandar a esa mujer al olvido de una vez por todas. —Lo último lo pronuncia con la voz un tanto rota y una pátina húmeda en los ojos—. Ya lo logramos una vez, y no veo por qué no podremos lograrlo una segunda.

La gente enloquece, se alzan armas e incluso las llamas de las escasas antorchas se ven agitadas ante tanto movimiento. Con la inminente batalla, cierto miedo me trepa por la espalda. Por mucho que sepa que en combate soy imparable, que todo esto salga bien depende de encontrarla y conseguir recluirla en el colgante. Y eso supone enfrentarme directamente a ella, cosa que había descartado por completo.

—La prioridad es encontrar a Alissa y conducirla hasta él. —Me señala y todas las miradas recaen sobre mí—. Hay que tomar el castillo como sea, pero intentad no matar sin más. Demostrémosles que no somos como ellos.

En cuanto la Reina Roja concluye su discurso, la marabunta se hace con las barcas y nos alejamos en silencio por los serpenteantes ríos del acuífero. Y con cada remo que se mueve, la vocecilla que me susurra que voy directo al matadero cobra más y más fuerza.

55

Somos pocos los que podemos entrar en el palacio, y esa inferioridad numérica me pone un tanto nervioso. No sé de dónde sale exactamente, pero tengo la sensación de que, a lo largo de mi vida real, no en ese siglo de miseria, he estado más tiempo arropado por otras personas que el que he estado solo. Que, cuando lo he necesitado, he tenido a gente para apoyarme en los momentos crudos. Y pensar en esa sensación me deja un regusto agrio y el pecho se me llena de un vacío y una soledad que me turban, porque todo esto es demasiado grande para los pocos que vamos a entrar en el palacio. Sí, los refuerzos estarán esperando, pero nos estamos metiendo de lleno en el hogar de las pesadillas y quienes nos enfrentamos a la primera línea del peligro somos nosotros seis.

Y ya no es solo que seamos pocos, sino que tengo que fiarme del equipo de la fiesta del té, conformado por el Sombrerero, el Lirón, la Liebre y los dos gemelos. Si nuestro cometido fuese infundir pavor, lo cumpliríamos con creces, incluso yendo ataviados con ropajes elegantes, porque el aspecto de los demás es demasiado descuidado y macabro.

No obstante, pronto me doy cuenta de que lo que para mí es normal, aquí no lo es. Los asistentes a la fiesta son de lo más variopinto, y a pesar de que intento no observarlos demasiado para que no se note mi curiosidad y extrañeza, no puedo evitar fijarme en ellos.

Justo antes de entrar en el recinto del Palacio de Corazones, les pido a mis acompañantes rodear la propiedad para examinar el perímetro y comprobar cuántas posibles entradas y salidas hay. En un sigilo que no habría esperado de mi compañía, cruzamos los frondosos jardines delanteros plagados de flores exuberantes y plantas de todo tipo, que se giran a observarnos y nos indican qué camino seguir para esquivar al mayor número de naipes y personal de servicio.

Nuestra última parada es en una encrucijada del lado este, donde nos agazapamos para contemplar lo que tenemos frente a nosotros: una explanada de césped verde y recién cortado en el que varios naipes, contorsionados en forma de puente, aguardan a no sé qué, quietos en el sitio salvo para descansar de vez en cuando tumbándose en el suelo. A la derecha hay un extenso laberinto de setos, uno que reconozco de algunas de mis pesadillas, en cuya entrada se encuentran otros dos naipes pintando los rosales blancos de rojo a toda prisa, cuchicheando entre ellos.

Desde aquí se ve la cuarta entrada al grandioso castillo, tallado en mármol blanco y negro, adornado con distintos motivos de ajedrez y con largos estandartes de telas rojas que hacen que parezca que las ventanas lloran sangre.

«Hablando de sangre...».

La brisa trae hasta mí un olor ferroso que identifico y me hace fruncir el ceño en dirección al aroma, que proviene de los naipes que trabajan sobre los rosales.

—No puede ser... —musito.

Los gemelos se ríen y se miran entre sí con complicidad. Hatta, el Sombrerero, sonríe desquiciado y clava los ojos en el mismo punto que yo.

—¿Pintan las rosas con sangre? —pregunto, horrorizado.

Hatta asiente con efusividad y devuelve la atención al palacio.

—No quieras saber de dónde la han sacado —murmura la Liebre, el más cuerdo de todos.

Aprieto la mandíbula y centro mi atención en el campo donde los naipes conformaban puentes, ahora ocupado por gente ataviada con lo que aquí se entienden ropas elegantes y tocados estrafalarios. Entre sus manos sostienen lo que parecen ser flamencos y puercoespines y me quedo boquiabierto por la extraña estampa.

—Van a jugar al cróquet. Eso significa que la fiesta ya ha empezado —comenta la Liebre.

—Hay que entrar —apunta el Sombrerero—. Una llegada demasiado tardía podría hacer que nos corten la cabeza.

Regresamos por donde hemos venido con premura y nos enfrentamos al camino principal, adoquinado y flanqueado por distintos setos podados con formas animales. Vamos siguiendo a la gente, charlando para disimular y mimetizarnos con los que nos rodean, hasta llegar a la entrada de un enorme salón lleno de gente vestida de blanco y negro. Sobre el suelo, decorado a cuadros a juego con el código de vestimenta, parecen piezas de un tablero de ajedrez, y ahora comprendo el nombre que le han puesto a esta fiesta.

Los invitados se detienen junto a las puertas, donde un elegante Conejo Blanco hace sonar la trompeta previamente a cada presentación pomposa. En cuanto nos ve aparecer, me hace un gesto con la cabeza y con las orejas para que me escape de las presentaciones y entre a la fiesta por un pasillo lateral que hay a esta altura. El corredor está plagado de amplios ventanales tapados por espesas cortinas negras que dotan al salón principal de una intimidad especial gracias a las velas encendidas aquí y allá. Desde aquí arriba tendré una panorámica perfecta de todo el recinto.

Entre que mi ropa es del mismo color que las cortinas y las sombras que la noche crea en el interior son de una densidad inquietante, mimetizarme con la oscuridad me resulta tan fácil como respirar.

Nada más separarme, la trompeta resuena otra vez y el Conejo Blanco alza la voz.

—Hatta, el Sombrerero Real —lo presenta.

De un vistazo por encima del hombro compruebo que desciende las escaleras con los hombros y la espalda rectos, una sonrisa tensa en los labios y los ojos muy abiertos. Antes de que llegue al salón principal, la trompeta resuena de nuevo. Sigo avanzando por el pasillo, con cuidado de que las cortinas no se muevan a mi paso, y escucho al Conejo Blanco proclamar:

—Haigha, la Liebre de Marzo.

Cuando llego al lado contrario, donde según el Conejo Blanco la Reina de Corazones hará su aparición por el nivel inferior, el paje ya ha presentado a Tweedledum y Tweedledee, los gemelos, y al Lirón. Los cinco se mimetizan con la algarabía de invitados con naturalidad y maestría, propia de quienes se han visto envueltos en estos festejos en demasiadas ocasiones.

Unos se acercan a las enormes mesas atestadas de comida, otros se mimetizan entre los blancos y negros que se mueven por el salón, charlando animadamente, y yo me limito a esperar. No me atrevo a desenvainar ninguna espada para prepararme por si los destellos de alguna vela delatan mi posición, pero sí que me descuelgo la caracola para tenerla en la mano, porque no pienso darle la oportunidad siquiera de que me vea.

Me quedo escondido entre las cortinas lo que me resulta una eternidad. Mi espalda empieza a resentirse por la tensión de mis músculos y por permanecer de pie quieto tanto tiempo. Con cada movimiento brusco, con cada risa más alta que las demás, doy un respingo y empuño el colgante con fuerza.

En determinado momento, mis ojos conectan con los de la Liebre, que mueve las orejas a un lado y a otro, como si estuviera buscando a la Reina de Corazones con el oído, pero yo tampoco la he escuchado acercarse. El Sombrerero juguetea con las manos, intranquilo, y se le cae una taza de té al suelo, lo que atrae la atención de los invitados. Los gemelos se muestran nerviosos y temerosos, e incluso desde aquí les veo las calvas perladas de sudor, aunque se acercan a hablar con un enorme huevo con brazos y piernas como palillos. El Lirón se ha quedado dormido en un rincón y no hay ni rastro del Conejo Blanco.

Me muerdo el labio, inquieto, porque de seguir así, acabarán llamando la atención de los naipes que vigilan el salón bajo mis pies, que ya los observan durante más tiempo del deseado. Si no actuamos pronto, terminarán descubriéndonos. Sobre todo porque mis compañeros no hacen más que mirar en mi dirección, cada vez con más descaro.

Aprieto la mandíbula y paseo la vista por el salón una última vez, con la esperanza de que, con estos segundos de diferencia, vaya a aparecer. Seguir esperando no va a servir de nada, estamos perdiendo demasiado tiempo. Y yo, como depredador, tampoco estoy hecho para aguardar a mi presa eternamente, porque cuando la presa no llega a ti, siempre hay que rastrearla. Y sé que es lo que me va a tocar hacer.

Sin permitirme pensar demasiado en ello para que el temor no me haga huir, regreso hacia la entrada en la que el Conejo Blanco nos ha recibido, haciendo el menor ruido posible, y dejo atrás el bullicio de la fiesta.

Me dirijo hacia la derecha, por probar suerte, y saludo con un cabeceo a los invitados con los que me cruzo, porque pasar de largo cuando es evidente que se han fijado en mí me resulta más sospechoso que no hacerlo. Algunos incluso me dedican una sonrisa que correspondo con cortesía y disimulo.

Con cada zancada que me aleja de la falsa seguridad del salón, mi corazón bombea con más fuerza, las palmas empiezan a sudarme y la garganta se me va secando poco a poco. Me muevo, guiado por mi instinto, hacia los corredores vacíos, subiendo más plantas, ya que algo me dice que siga por ahí. Y no sé si es el miedo, que me ha llevado a establecer cierta conexión con ella, pero en determinado momento, cuando creo que me he perdido entre tanto pasillo y pasillo, reconozco una fragancia que me resulta familiar.

Hago uso de mi olfato para seguirlo, un arma lista y el colgante en la otra mano. Despacio, recorro un largo pasillo enmoquetado de bermellón en el que tan solo hay unas altas puertas doradas al fondo. Puertas entreabiertas por las que se escapa ese aroma y los titileos de varias velas o una chimenea.

Cuando llego junto a ellas, me detengo a escuchar, y me maldigo porque lo único que oiga sea el estúpido retumbar frenético de mi propio corazón. Respiro hondo un par de veces, los ojos cerrados para relegar los temores a un segundo plano, y cuando los abro, entro sin siquiera mirar. Porque es su aroma el que me ha conducido aquí.

—¡Te recla...!

—Has tardado en venir a buscarme.

Las palabras mueren en mi boca, a punto estoy de soltar el arma en cuanto ella habla y se pone en pie frente al tocador en el que se estaba colocando unos pendientes. Su piel marrón reluce por el fulgor de la enorme chimenea prendida a su derecha. Me llevo la mano al pecho, el arma olvidada por completo, cuando soy consciente de que siento mi corazón estrujarse con más fuerza. Me falta el aire, una rodilla cede bajo mi peso y la hinco en el suelo. La Reina de Corazones levanta la mano despacio, como sosteniendo algo en ella, y entonces me percato de que sostiene un corazón tan azul que casi es negro, un tanto traslúcido, y lo estruja aún más.

Me miro el pecho por inercia, aprieto las manos con más fuerza, pero no hay agujero alguno, no me ha sacado el órgano del cuerpo. Tan solo es una sensación. Está en mi cabeza.

Devuelvo la atención a ella cuando la mujer se da la vuelta, con el rostro pétreo, y me veo atraído por completo por esos ojos dorados, que reclaman toda mi atención.

—No puede ser... —murmuro, la voz estrangulada por el haz de recuerdos que me ha cruzado la mente.

Tengo que sostener mi cuerpo apoyando una palma en el suelo, sobrepasado por el dolor que me golpea de repente al reconocer esos ojos. Porque son idénticos a los míos.

La visión se me torna borrosa, no sé si por la falta de oxígeno o por las lágrimas que se me acumulan.

—Liv...

—Tu hermanita te ha echado mucho de menos.

Y tras esas últimas palabras, no me cabe ninguna duda de que ella es capaz de controlar mi consciencia, porque no tengo nada que hacer cuando las sombras se alargan y me engullen para arrastrarme hacia el abismo más profundo. Hacia la profundidad de mi propia mente atormentada.

56

Dentro de mí viven las sombras. De volutas negras que me aprietan las entrañas y me arrastran a un pozo de negrura infinita con regusto a culpabilidad. Y esas sombras que zumban en mi interior se hacen eco de todas las pesadillas que he vivido últimamente. Las sombras me empujan a doblegarme a su voluntad, a buscar la manera de arrancarme la piel para que el sufrimiento acabe. Y no lo consigo.

Soy consciente de que recupero la conciencia sobre mi propio cuerpo aún con los ojos cerrados y la respiración un tanto acelerada. Me quedo unos segundos así, inmerso en el vacío de mi mente, incapaz de abrir los párpados. ¿Habrá sido todo lo que recuerdo otra pesadilla? No sería la primera vez que creo vivir algo real que luego se retuerce tanto que me despierta del sueño. Y la única forma de descubrirlo es abriendo los ojos.

Respiro hondo una última vez y el pecho se me queja en un acto reflejo. Poco a poco, entreabro los párpados para descubrir que estoy en un lugar en penumbra. «Podría ser un dormitorio», me dice mi subconsciente, que intenta protegerme a cualquier coste. Pero la realidad es que huele a humedad y hace demasiado frío como para haberme quedado dormido en alguna cama. Y el dolor en las muñecas y tobillos no puede significar otra cosa que estar engrillado a una pared.

En cuanto me muevo, el tintineo de los eslabones me lo confirma. Me reincorporo todo lo que la tensión de las cadenas me permite e intento aliviar parte de la rigidez de mis músculos, doloridos por la postura. Lo que me sugiere que llevo demasiado tiempo desmayado.

Parpadeo un par de veces, aún aturdido por la niebla de la inconsciencia provocada por la Reina de Corazones, y observo la estancia. Es una habitación oscura, apenas iluminada por el fulgor de un brasero cargado de carbones candentes y la luz que se cuela por la rendija bajo la puerta, que aunque parece maciza, creo que podría romper de algunas patadas. A mi izquierda, al alcance de mi mano si no estuviera encadenado, hay una mesa robusta, y encima de ella hay un tapete de cuero enrollado sobre sí mismo. En los otros dos lados libres de la habitación, hay más cadenas ancladas a la pared y una silla con correas.

La opresión del pecho aumenta y un nuevo temor me roe los dientes. No hay cama, ni siquiera un montón de paja para dormir, tampoco hay cubo para hacer las necesidades. Esto no es una celda de un calabozo, sino una sala de torturas.

La realidad de todo me golpea con fuerza y me arrebata el aliento un instante.

Olivia. La Reina de Corazones es Olivia. ¿Cómo es posible?

—Tengo que salir de aquí como sea... —murmuro.

Desesperado, tiro de las cadenas que me anclan las muñecas a la pared. Y a pesar de que siento el metal ceder unos milímetros, es del todo inútil. Pruebo con las piernas, pero el resultado es el mismo. Trato de convertirme en lobo para librarme de los grilletes y sigue sin funcionar. ¿Es que acaso también he olvidado cómo se hace?

Con la respiración agitada, intento concentrarme en mantener la calma, aunque se me antoje imposible. Mis planes han cambiado con tanta velocidad que no sé ni qué hacer ahora. No puedo enfrentarme a la Reina de Corazones, no puedo enfrentarme a Liv. Ni recluirla en el colgante sin más. Colgante que, obviamente, me ha quitado, así como las armas. Aprieto la mandíbula.

Solo me queda una opción.

Resoplo y me miro la muñeca izquierda durante unos segundos, mentalizándome para lo que voy a tener que hacer.

Con una motivación que no sé de dónde sale, tiro del brazo con todas mis fuerzas. Siento los contornos del grillete clavados en la carne, al principio como una molestia soportable, pero según me van abriendo la piel, el picor se convierte en un dolor atroz que a duras penas consigo soportar. Mi cuerpo me pide que pare, que deje de hacerme tanto daño; sin embargo, la única forma de salir de aquí es partirme el hueso o arrancarme la piel. La sangre gotea sobre el suelo de piedra cada vez a mayor velocidad, y estoy a punto de liberar la mano cuando la puerta se abre con un chirrido que me pone en tensión.

—Te vas a hacer daño... —me reprende tras chasquear la lengua un par de veces.

Desisto por completo en cuanto la razón se impone sobre la desesperación y soy consciente de que con ella aquí no voy a ir a ninguna parte. Lleva la densa melena rizada recogida en un moño medio deshecho y ha reemplazado el vestido por un mono ceñido y negro, con un amplio escote que deja ver el colgante de caracola al cuello. En una mano lleva una lamparita que me deslumbra hasta que mi vista se acostumbra a la nueva iluminación. Se detiene junto a la pared y la coloca en un soporte antes de acercarse a mí.

—Mira lo que te has hecho... —comenta con lástima fingida al cogerme la mano para observar el estropicio.

Reprimo un siseo de dolor cuando me mueve la articulación a un lado y a otro para observar bien. Despacio, aparta la vista de la herida y nuestros ojos se encuentran, su cara casi a la misma altura que la mía. Me empapo de las hermosas facciones de Olivia, de sus cejas gruesas, sus labios carnosos, su mandíbula afilada... Y a pesar de reconocerla en esos rasgos, hay algo que me sugiere que no es ella del todo.

—Liv... —susurro.

Ella frunce el ceño y se gira en dirección a la mesa.

—Tu hermana no está —dice con esa voz que mezcla varias al mismo tiempo. Y ahora, entre ellas, reconozco el timbre de Olivia.

Tiro de las cadenas una vez más, en un último intento angustiado, pero el resultado es el mismo salvo porque el dolor que me atraviesa el brazo izquierdo termina recorriéndome el cuerpo entero como un latigazo.

—¿Qué quieres?

—A ti, ¿aún no te ha quedado claro?

Con parsimonia, despliega el tapete de cuero para revelar las numerosas herramientas que sé que va a emplear sobre mi cuerpo. Pasea la mano por encima de ellas, moviendo los dedos con nerviosismo y emoción al mismo tiempo, decidiendo cuál utilizar primero.

—¿Por qué?

Me mira por encima del hombro con una ceja enarcada. Su vista se pierde en la nada unos segundos y, después, vuelve a centrar la atención en mí.

—Porque necesito un aliciente.

—¿Un aliciente? ¿Para qué?

Con un gesto de desprecio, retoma el escrutinio de las herramientas. Se decide por un cuchillo largo y fino y se acerca a mí con él a un lado del cuerpo, el brazo inerte. Ladea la cabeza con curiosidad y me mira de arriba abajo, de nuevo con la vista perdida. Vuelve en sí y, sin siquiera responder, introduce el cuchillo por entre mi ropa y rasga el chaleco de terciopelo para abrirlo, después le sigue la camisa negra. Tira de las telas con fuerza para abrirlas, hasta que se convierten en harapos que a duras penas se sostienen sobre mis hombros y mis brazos.

—Mucho mejor así... —comenta para sí misma.

—¿Para qué? —insisto con tanta rabia que casi me muerdo la lengua.

Despacio, desliza la mirada hasta mí y ladea la cabeza con incomprensión, como si en estos segundos hubiese perdido el hilo de sus propios pensamientos. Entonces, la lucidez se hace con su rostro.

—Para que tu hermana deje de luchar.

Su mano está fría en comparación con la piel de mi vientre, calentada por la rabia, la herida de la muñeca y la desesperación. Sin apartar los ojos de los míos, apoya el filo del cuchillo sobre mi abdomen y, despacio, aprieta. El metal se va abriendo paso a través de mi piel y mi carne y reprimo el siseo de dolor que me nace en la garganta. Nos batimos en un duelo de miradas mientras ella sigue haciéndome un corte largo que solo se detiene porque se encuentra con mi cinturón ceñido sobre las caderas.

—¿No vas a gritar?

Me muerdo la lengua, casi literalmente, porque decirle que va a necesitar mucho más que eso sería provocarla. Y he jugado a este juego demasiadas veces como para perder tan rápido. Ella bufa con frustración, pero una sonrisa macabra se hace con sus labios.

—Bien... ¿Qué tal si probamos aquí?

Mueve el cuchillo hasta mi bíceps izquierdo y repite el proceso sobre el músculo en tensión. El dolor aquí es mayor, pero no le concedo el gusto de escucharme sufrir. Oigo mi propia carne abrirse, siento la sangre chorrearme por la axila, el costado y siguiendo su curso hasta el suelo.

—Olivia —mascullo.

Su atención recae sobre mis ojos, en lugar de sobre la nueva herida que me ha abierto, con la velocidad de un látigo restallando. Veo una claridad diferente en sus iris dorados, apenas dura unos segundos.

—Olivia, si estás ahí, sigue luchando.

El puñetazo que me propina en la mandíbula es tan inesperado que me hace girar la cabeza. Un sabor ferroso me invade la boca y sé que me he mordido la lengua por haberme pillado aún hablando. Escupo sangre al suelo y, despacio, levanto la cabeza hacia la mujer.

—No hables con ella —dice con rabia mal contenida.

—Lo aguantaré, Liv —continúo, ignorándola por completo.

Un nuevo puñetazo, esta vez en la nariz. El dolor me atraviesa el cráneo en el mismo momento en el que escucho el chasquido del hueso al partirse. Bufo y echo la cabeza un poco hacia delante para no tragarme mi propia sangre. La siento sobre los labios, la barbilla y goteando.

—Axel... —susurra Olivia.

Rápido, la miro a los ojos y veo a mi hermana en ellos. A la de verdad. El rostro contraído por el dolor de verme así. Pero, entonces, sacude la cabeza con violencia y vuelvo a enfrentarme al rostro desprovisto de sentimiento alguno.

—Va a ser peor para ti... —farfulla la Reina de Corazones con esa voz extraña, y sé que no está hablando conmigo—. Puedo estar así todo el día.

Mueve el cuchillo hasta mi pectoral y abre un nuevo corte sobre mi piel. Siento mi cuerpo incandescente, luchando por curarse, y empiezo a notar la cabeza un tanto embotada por la temperatura.

—Lucha, Liv —siseo, el rostro contraído por el dolor.

La Reina de Corazones gruñe con rabia y el cuchillo se detiene sobre mi cuerpo, la mirada perdida de nuevo.

—Tú lo has querido.

Con un respingo, se aleja de mí y se acerca al brasero para dejar el cuchillo entre los carbones. Aprieto los dientes con fuerza e intento deshacerme de las cadenas una vez más. Según el metal se va tornando incandescente, su sonrisa se estira más y más y yo siento una opresión extraña en el pecho.

—¿Quieres que pare? Ríndete.

—Liv, no te rindas.

Me fulmina con la mirada, la sonrisa desaparecida de golpe, y ya no sé si es Olivia o la Reina de Corazones. Empuña el cuchillo con fuerza, el metal al rojo vivo, y siento el sudor entremezclándose con mi sangre.

—Puedo soportarlo —le miento a Olivia.

La mano le tiembla con violencia según la acerca a mi cuerpo y se ve obligada a sujetarse la muñeca con la otra para controlar sus movimientos. La Reina de Corazones aprieta la mandíbula y clava los ojos en mi pecho.

—Esto solo es el principio —sentencia.

Y apoya el metal sobre el tatuaje de las lunas. Grito, de repente tan sobrepasado por el dolor que mi contención desaparece de un plumazo. Apenas puedo oler nada más allá de la sangre, que me embota los sentidos, pero distingo un matiz a quemado. La Reina de Corazones ríe y ejerce más presión. Creo que me va a atravesar los huesos. Un dolor lacerante y correoso, distinto, me sobreviene en oleadas que hace que las rodillas me cedan. No caigo al suelo gracias a los grilletes, que se me incrustan en las muñecas.

—Te quiero, Liv —susurro cuando creo que estoy a punto de perder la consciencia, sobrepasado por el dolor.

De repente, la Reina de Corazones trastabilla hacia atrás con violencia para separarse de mí, el rostro demudado por el horror, y sus ojos relucen con reconocimiento.

—Ax... —murmura.

Los ojos se le anegan de lágrimas y se acerca a mí con premura, me sostiene el rostro entre las manos, me intenta limpiar la sangre que me mana de la nariz en un goteo incesante y clava los ojos donde antes un tatuaje me cruzaba el pecho. Las lágrimas se le desbordan de los párpados como en una cascada.

—Lo siento, lo siento, lo siento... —solloza.

—No es culpa tuya... —respondo, la voz ronca y del todo irreconocible.

—Te voy a sacar de aquí.

Aún con el cuchillo en una mano y sin dejar de llorar, abre el grillete de la mano izquierda y mi brazo cae inerte a un lado de mi cuerpo, sin fuerzas para sostenerlo. Alarga el brazo hacia la muñeca derecha y se queda de piedra, rígida y a medio camino de liberarme.

—No... —balbuceo.

Cuando mis ojos se encuentran con los suyos, reconozco a la Reina de Corazones en ellos. Levanto el brazo en dirección a su cuello, pero es demasiado tarde. Me agarra de la muñeca, usando la propia fuerza de la loba de mi hermana. Lucho contra ella y me sobrepasa sin esfuerzo siquiera. Conduce mi brazo hasta la mesa, me hace apoyar la palma en ella.

—Te lo advertí —le gruñe a Olivia.

Antes siquiera de que pueda añadir nada, alza el cuchillo con violencia y me secciona el meñique de un solo tajo vigoroso. Me desgañito con el rugido feroz que me nace de las entrañas, forcejeo con ella, tiro del brazo y me suelta con una sonrisa en los labios. Ver que el dedo se queda atrás, en la mesa, como pegado a ella, me revuelve tanto el estómago que estoy a punto de vomitar. La mano me palpita, la sangre mana con violencia del lugar donde hace unos segundos estaba mi meñique, y me quedo lívido. Siento que empalidezco, un sudor frío me perla la piel y me arranca temblores. Las piernas me fallan, noto un tirón en el pecho y empiezo a ver arañas negras en la periferia de mi visión.

La Reina de Corazones ríe, pero su risa queda eclipsada por el estruendo de la puerta al rebotar contra la pared tras abrirse con violencia.

—Si vuelves a ponerle la mano encima —gruñe una chica, el rostro contraído en una mueca de odio y la respiración agitada—, te juro que te mato.

El reconocimiento me parte la mente en dos con la violencia de un rayo y un aire nuevo, renovado, me llena los pulmones al ver a Brianna, mi Bri, ahí plantada, tan fiera que podría reducir el mundo a cenizas sin necesidad de que prendiera una chispa siquiera. Pero ese regocijo rápidamente se ve reemplazado por el temor, por mucho que me hayan vuelto todos los recuerdos perdidos.

—¿Otra vez? —se burla la Reina de Corazones según se gira hacia ella, en alusión a lo que Brianna le hizo a Liv.

Brianna guarda silencio apenas medio segundo. Si le sorprende encontrarse ante el cuerpo de Olivia, no da señales de ello.

—Otra vez —sentencia, la voz teñida de muerte.

57

—V-vete... —murmuro con un quejido extraño, más preocupado por ella que por mi propia seguridad.

Brianna, con los mismos ropajes que la última vez que la vi y el pelo revuelto y húmedo por el sudor, clava la vista en mí y me estudia de arriba abajo, demorándose un segundo más en mi dedo seccionado. En sus facciones y en sus ojos veo a la perfección que la ira, el odio, la rabia y el dolor han tomado el control de su cuerpo.

—Qué reunión familiar tan conmovedora —se mofa la Reina de Corazones—. ¿Tú también quieres unirte? Hay sitio para ti.

Sus labios se estiran en una sonrisa pérfida y, con el cuchillo, señala la pared tras ella, adornada con otro juego de cadenas.

Aguanta, Axel. Te sacaré de aquí.

Escuchar la voz de Brianna en mi cabeza es como un soplo de aire fresco que despeja parte del embotamiento y, al mismo tiempo, me sobresalta por lo inesperado de oírla a través del vínculo después de tanto tiempo.

«Sí que lo reconoció en el barco, no fueron imaginaciones...».

Me fijo bien en ella, atenta incluso a la respiración de la Reina de Corazones, dispuesta a matar sin control, y me percato de que no porta la Rompemaleficios.

—Querida, no me mires así. —Brianna entrecierra los ojos y la Reina de Corazones me dedica un vistazo fugaz—. Tan solo han sido unos pequeños arañazos...

Brianna coge aire con fuerza, como si esas palabras le hubieran propinado una bofetada real y tangible, y los ojos se le tornan vidriosos por la tensión.

—Estás muerta —gruñe, las manos, que empuñan las dagas, temblando de furia.

—Si yo muero, ella muere —responde con indiferencia y señalándose a sí misma.

—Ahora mismo me importa una mierda.

—Bri... —balbuceo, no sé si a través del vínculo o a viva voz.

No tengo fuerzas para seguir hablando, apenas si las tengo para respirar. La temperatura de mi cuerpo es tan alta ahora mismo que todo esto podría ser incluso una alucinación. Pero el tirón del pecho, la voz del vínculo, me dice que esto es demasiado real.

En cuestión de lo que dura un parpadeo, Brianna se ha abalanzado sobre la Reina de Corazones, las dagas por delante. Esta alza la mano en el mismo gesto que empleó conmigo para estrujarme el corazón, solo que con Bri no funciona. La estupefacción que la invade es lo que consigue que Brianna entre en su guardia y consiga hacerle un corte muy feo en la mejilla. La Reina de Corazones trastabilla, protegiéndose de las acometidas implacables de Brianna con el cuchillo. El sonido del entrechocar del metal me embota los sentidos, porque creo que la Reina de Corazones está perdiendo de forma demasiado sencilla.

Brianna se convierte en un huracán de movimientos precisos y calculados que encuentran carne que abrir, aunque sea de forma superficial porque la Reina de Corazones, u Olivia, es mucho más ágil que ella. Entonces me doy cuenta de que la mujer parece estar llevando un combate interno al mismo tiempo.

La Reina choca contra la mesa en su retroceso para escapar de los tajos de Brianna y echa la mano atrás para hacerse con una herramienta.

—¡Cuidado! —consigo gritar en cuanto lanza el brazo hacia delante, en un movimiento circular que habría hecho que el martillo le impactara en la cabeza si no la hubiera avisado.

Brianna se inclina hacia atrás para esquivar el golpe y la suerte se pone en su contra, porque el suelo está tan empapado con mi sangre que resbala y cae sobre su trasero. Se arrastra hacia atrás para poner distancia entre las dos, consciente de que si la Reina de Corazones se lanza sobre ella, tendrá las de perder. Pero esta mujer es famosa por su imprevisibilidad, así que antes de que Brianna haya podido alejarse siquiera, la tengo junto a mí, el cuchillo contra mi cuello ejerciendo la presión suficiente como para que un hilo de sangre escape de mi piel. Justo encima de la cicatriz que Brianna me dejó en la Hondonada de las Hadas.

—Quieta... —resuella la Reina de Corazones—. Las dos.

Brianna se pone en pie, despacio, la respiración acelerada y los ojos taladrando a la reina.

—Retrocede.

Ella da un par de pasos hacia atrás, las dagas aún empuñadas con fuerza.

—Suelta las armas.

—N-no... —balbuceo.

Brianna abre las manos sin pensárselo siquiera y las dagas resuenan con un estrépito al rebotar contra la piedra del suelo.

—Acércate a esa pared.

Bri mira hacia atrás por encima del hombro y se percata de las cadenas que la adornan, idénticas a las mías.

—Vete... —gruño y me revuelvo, pero el cuchillo se aprieta con más fuerza contra mi cuerpo y este responde quedándose quieto por sí solo.

—Así, muy bien... —ronronea la Reina de Corazones cuando Brianna obedece—. Y ahora encadénate.

No lo hagas, le suplico a través del vínculo.

Brianna apenas desvía la atención de la Reina de Corazones, pero la veo tragar saliva cuando escucha mi voz en su cabeza.

No me iré sin ti, me responde.

Sin dudar ni un solo segundo, con una determinación férrea que me hace estremecer, Brianna cierra los grilletes alrededor de ambos tobillos. Cuando se reincorpora para encadenarse una de las manos, sus ojos brillan con fuego puro. Tras el tercer chasquido de metal cerrándose, la Reina de Corazones se relaja y deja caer el brazo.

—Buena chica.

Se coloca frente a mí y me mira fijamente, a medio camino entre perdida en sus pensamientos y siendo consciente de la realidad, para volver a encadenarme la mano libre. Siseo por el dolor de que me toque, el hueco del dedo palpitándome, y me dejo hacer, sin fuerza ninguna como para resistirme.

—Sigue luchando, Olivia. No te rindas.

La Reina de Corazones chasquea la lengua.

—Sabe que si se rebela, tanto tú como ella —cabecea en dirección a Brianna— moriréis. Así que ahora yo tengo el control total.

Se aleja de mí con una sonrisa y se acerca a Brianna para encadenarle la mano libre. En cuanto está lo suficientemente cerca, Brianna le propina tal puñetazo en la mandíbula que la Reina de Corazones se dobla hacia un lado. Se reincorpora despacio, la mano sobre el golpe, y se la mira para comprobar que le ha hecho sangre. Le da un bofetón que le hace girar la cara, pero Brianna le devuelve el golpe. La Reina de Corazones la inmoviliza como puede y sus manos encuentran el cuello de Brianna.

—¡Suéltala! —gruño con una voz que casi ni es mía.

Llamo al lobo interior, porque ahora sí recuerdo cómo hacerlo, para intentar ayudarla, pero mi cuerpo se niega porque no me quedan energías para soportar semejante tormento. Me retuerzo para intentar soltarme de las cadenas, olvidado cualquier dolor o el hecho de que la sangre vuelva a manar con fuerza al reabrirme las heridas. La Reina de Corazones me ignora por completo. Brianna, con la mano que sigue teniendo libre, trata de librarse de la opresión que la está estrangulando. Araña y golpea, aunque su captora no se inmuta. Y con cada segundo que transcurre, Brianna tiene menos fuerzas.

Tiro de la mano izquierda, tan ensangrentada y machacada que cede bajo el grillete y, con un dolor atroz, consigo que la articulación pase por el cierre circular y la mano quede libre. Alargo el brazo hacia la mesa y rozo una herramienta. Aprieto los dientes y miro de reojo hacia Brianna, cuyos ojos a duras penas se mantienen abiertos. La está matando. La está matando frente a mí y no puedo hacer nada para salvarla.

Mis dedos ensangrentados se encuentran con el mango de unas tenazas, consigo hacerme con ellas y las lanzo hacia el lado contrario con tanta violencia que le habría partido la cabeza a la Reina de Corazones, de no haber fallado por unos milímetros por culpa de toda la sangre, que ha hecho que la herramienta se me resbalara un poco.

La Reina de Corazones da un respingo y suelta a Brianna. El cuerpo de Bri cae hacia delante, desprovisto de fuerzas. Me quedo estático por completo, el temor me paraliza y los ojos se me llenan de lágrimas por el pavor que me corta la respiración. Me fijo en su pecho mientras la Reina de Corazones la reincorpora para encadenarle el brazo libre, pero no distingo movimientos respiratorios.

De repente, el techo se sacude con violencia y se desprenden polvillo y piedras. Ambos miramos hacia arriba y el retumbar se repite.

—¿Y ahora qué? —masculla, visiblemente irritada.

Con las facciones endurecidas por el enfado, la Reina de Corazones me lanza un último vistazo antes de salir de la sala de torturas.

58

—Bri... —musito cuando dejo de oír sus pisadas por el pasillo—. ¡Brianna!

Con la mano libre, e ignorando el dolor lacerante y palpitante de la amputación, intento soltarme de las cadenas. Me obligo a mantener la atención en Brianna y en liberarme, porque como le dedique un solo vistazo al dedo sobre la mesa, sé que me vendré abajo.

—Brianna, por favor, despierta —le suplico, la voz ronca por los esfuerzos.

—Yo no sé ni cómo no me he matado... —farfulla una vocecilla aguda.

El corazón me da un vuelco al reconocer a Pulgarcita y le pido al lobo su visión para verla en detalle, pero sigo sin poder hacer eso, esta vez por la extenuación.

—¿Estás bien, Axel? —pregunta entre jadeos según trepa desde la camisa de Brianna, donde había permanecido escondida.

—Estoy.

—Roja, despierta —le pide cuando llega a la altura de la muñeca.

En cuanto su cuerpo entra en contacto con el hierro de las cadenas, reprime un siseo por el dolor.

—Gracias —balbuceo a duras penas.

—No me las des. Aún no.

Su voz suena seria, concentrada en su tarea y por el esfuerzo. Introduce sus manitas diminutas en el mecanismo de cierre, como tantas otras veces ha hecho, y consigue accionarlo para soltar uno de los brazos de Brianna. La extremidad cae inerte a un lado y Pulgarcita ahoga un grito con el movimiento, que para ella ha debido ser como saltar desde un precipicio. Consigue detener la caída agarrándose a la capa de Brianna y trepa por el lateral del brazo, resollando.

Cuando llega a su cabeza, se detiene junto a su oído y le grita con fuerza para intentar despertarla. Para mi alivio, sus ojos se mueven bajo los párpados cerrados y, poco a poco, los va abriendo.

—Eso, vuelve con nosotros —la alienta Pulgarcita según continúa su escalada hasta la otra mano.

—Bri... —susurro, la voz constreñida por la preocupación.

En cuanto me oye, abre los ojos con rapidez y los clava en mí.

—Axel —jadea. Entonces mira a su alrededor, alerta y preparada para matar, solo que no encuentra a su objetivo—. ¿Dónde está?

Un nuevo temblor sobre nuestras cabezas nos hace fijar la atención en el techo, que podría venirse abajo en cualquier momento.

—Ha ido a ver qué es eso —le explica Pulgarcita entre gruñidos de esfuerzos.

Desliza la vista hacia mí, el corazón latiéndole desbocado contra las costillas, la respiración acelerándose por momentos.

Otro chasquido metálico nos indica que le ha soltado la muñeca restante. Brianna recoge a Pulgarcita en el aire y se acuclilla para concederle acceso a los grilletes de los tobillos. En un silencio tenso, en el que se me seca la garganta y siento el sudor entremezclarse con mi sangre reseca, Pulgarcita trabaja sin descanso. En cuanto termina, Brianna se levanta con premura, con Pulgarcita entre las manos, y corre hasta mí.

Sin demasiado cuidado, deja a la chica sobre el grillete de la mano derecha y envuelve mi cuerpo entre sus brazos en un abrazo que me duele tanto como me reconforta. Entierro la cabeza en su cuello y aspiro lo poco que la nariz rota me permite para empaparme de su fragancia, que me huele a hogar. Me estrecha con más fuerza, conteniendo un sollozo, y a duras penas consigo reprimir el gemido de dolor por el contacto de su ropa áspera contra mi pecho quemado.

Siento el brazo derecho liberado y todo mi peso recae sobre el cuerpo de Brianna, que apenas consigue aguantarme. Me sostiene como puede, incapaz de sentarme en el suelo por la reducida longitud de la cadena, y recoloca a Pulgarcita para que suelte mis tobillos.

Nos separamos apenas unos centímetros y le acuno el rostro con una mano.

—Tu dedo... —musita, la voz constreñida por el llanto reprimido.

Sacudo la cabeza en una negación silenciosa y, de nuevo, mis ojos se ven atraídos por los suyos al tiempo que le aparto algunos mechones sudorosos del rostro.

—Estoy bien.

—Y tu pecho... —A punto está de llorar al ver de cerca el tatuaje mutilado, cubierto por una capa de piel arrugada, plagada de ampollas y rojiza, sanguinolenta.

—No pasa nada... —gruño cuando siento un pie libre que me da mayor amplitud de movimiento y me recoloco sobre el suelo.

Brianna deja la mano a medio camino sobre mi tatuaje, desviando la mirada por momentos al dedo encima de la mesa, estupefacta y conmocionada por la realidad de lo que esto supone. Como si la adrenalina por rescatarme lo hubiera eclipsado todo y ahora fuera verdaderamente consciente de lo que ha pasado.

Con la mano buena, la obligo a mirarme a los ojos, los suyos tan vidriosos que en lugar de verdes parecen aguamarina. Cuando hablo, mi voz apenas es un susurro.

—Estoy bien...

... *porque me has encontrado*, finalizo a través del vínculo.

Brianna coloca la palma sobre mi mano y me da un apretón sentido.

Te dije que te encontraría incluso en el confín del mundo, responde, la voz quebrada hasta en mi mente. Una lágrima rebelde se desborda de su párpado y la enjugo con el pulgar, sin permitir que ensucie ese rostro tan perfecto.

El último chasquido nos indica que Pulgarcita ha terminado y, acto seguido, la chica aumenta de tamaño hasta adquirir el normal. Sin ser capaz de sostener mi propio peso más tiempo, me deslizo por la pared hasta sentarme, acompañado de Brianna, que se arrodilla frente a mí.

—Déjame vendarte eso —dice Pulgarcita, y no me da opción a responder, porque antes de que pueda hacerlo, ya ha sacado algunas muselinas.

—Tus manos... —murmuro al percatarme de que las tiene plagadas de ampollas, casi al rojo vivo.

Ella hace una mueca y niega con la cabeza, ignorando sus propias heridas para tratar las mías. Con movimientos certeros, anuda las vendas alrededor de la amputación para tratar de contener la hemorragia hasta que mi cuerpo comience a recuperarse. Aprieto los dientes por el dolor y aparto la vista cuando la venda sobre el hueco de mi dedo me recuerda, una vez más, que lo he perdido para siempre.

—Hay que salir de aquí —dice la chica al terminar.

Brianna asiente en un gesto solemne y va a incorporarse cuando la retengo del brazo. Ella desliza la vista hacia mí, el ceño fruncido por la preocupación, y comparto una mirada significativa con Pulgarcita. No sé cómo me entiende, pero lo hace, le entrega las dagas a Brianna, que había recogido del suelo por ella, y sale de la sala de torturas.

—Escúchame...

—Sabes que no estás, ni de lejos, tan grave como para morirte, ¿verdad? —me interrumpe, tajante.

Una sonrisa ladeada me nace en los labios y niego con la cabeza. Alzo la mano y le acaricio la mejilla con el pulgar.

—No, no me estoy muriendo. Pero esto no ha hecho más que empezar y necesito que entiendas a quién nos enfrentamos.

La respiración se le atasca en el pecho y traga saliva, el corazón dando un vuelco.

Nos sostenemos la mirada tanto tiempo que creo perderme en la infinidad de sus iris vidriosos, que tanto encierran y tanto comparten.

—Sé que vas a intentar salvar a Olivia a cualquier precio. —Encierra mi cara entre sus manos—. Pero ten por seguro que yo te salvaré a ti, me cueste lo que me cueste.

Entonces acerca su rostro al mío y me da un beso casto en el que nuestros labios apenas se rozan, pero que, a pesar de tanta sangre, me sabe a miel y me calienta el pecho, solo que no lo suficiente para acelerar mi curación. Después, se separa para acariciarme la mejilla una última vez, me aparta algunos mechones rebeldes de la frente y se empapa de cada recóveco de mi rostro antes de incorporarse y tenderme la mano para ayudarme a levantarme.

—No puedo —musito, el dolor latiéndome en las sienes—. Necesito algo de tiempo.

—No tenemos de eso, Axel.

—Lo sé, pero siento mi cuerpo aumentando de temperatura. Y si alcanzo el punto máximo ahí fuera... —Levanto el brazo en dirección a la puerta, un tanto tembloroso—. Si la fiebre me golpea en una situación comprometida..., estoy muerto.

Nos sostenemos la mirada largo y tendido unos instantes, la preocupación surcando su rostro.

—¿Cuánto tiempo necesitas?

—No lo sé. No estoy tan grave, pero se me ha juntado con el cansancio acumulado y con...

Callo y trago saliva, incapaz de reconocerlo en voz alta.

—Y con el miedo —concluye por mí.

A pesar de haber compartido el vínculo durante años, ahora no estoy acostumbrado a que pueda entrar en mi cabeza de esa forma.

—No puedo perderla otra vez...

—Lo sé. —Se acuclilla frente a mí para que nuestros rostros queden a la misma altura y yo me recuesto contra la pared—. Pero yo a ti tampoco, ¿lo comprendes?

Aprieto los labios y cierro los ojos al tiempo que asiento sutilmente.

—Has reconocido el vínculo... —murmuro más para mí que para ella, pero atraigo su atención de todos modos.

—¿No te habías dado cuenta?

—En el barco sentí... algo. Pero no fue como la primera vez. Y ya había sentido chispazos extraños antes, así que supuse que seguían siendo imaginaciones mías.

—Conseguimos hablar. —La estudio con incomprensión—. Durante lo del anfiteatro. Bueno, no fue hablar como tal, pero nos comunicamos. ¿No te acuerdas?

Ahora que lo menciona, sí. Estaba tan atento a todo que me pasó desapercibido que sus pensamientos y los míos se entremezclaron en algún momento.

—¿Hace tanto que lo reconociste y no lo noté?

—No, entonces no lo había terminado de aceptar. Estaba luchando contra mi propio cuerpo, que siempre ha sido más inteligente que mi mente.

—Siempre tan terca... —murmuro, y ella esboza una sonrisa débil.

—Lo reconocí en el barco —me explica—, antes de separarnos. Supongo que no lo sentiste como yo porque tú nunca dejaste de reconocerlo.

Asiento, los ojos fijos en ella aunque Brianna tenga la vista perdida en el suelo. Nos quedamos así unos segundos en los que le pido a mi cuerpo que se caliente rápido, pero estoy tan extasiado, tan magullado y he perdido tanta sangre que sé que no va a ser rápido. Y eso me frustra.

—Pulgarcita —la llama Brianna. La chica se asoma por la puerta, atenta—. ¿Puedes ir a buscar la Rompemaleficios?

Ella asiente y vuelve a desaparecer. Permanezco atento a sus pasitos cortos y apresurados resonando contra la piedra. Brianna se sienta a mi lado, la cabeza contra la piedra, y nos quedamos en silencio.

—¿La escondiste? —le pregunto, mi voz apenas un gruñido.

—Sí. Sabía que no estabas bien. Y el modo en que sufrías... —Calla unos segundos y sacude la cabeza, como apartando los recuerdos de lo que el vínculo le haya mostrado—. Presentía que estabas con ella y no podía arriesgarme a que me capturara y se hiciera con la espada.

—Sabes que no vas a usar la Rompemaleficios contra Liv, ¿verdad? —le digo, la voz seria.

Ella hace un mohín y fija su atención en la nada.

—Ya lo veremos.

—No, Brianna. —Desliza la vista hacia mí, una ceja enarcada—. Ya oíste la teoría de Garfio. Quien muere bajo esa espada, desaparece. Para siempre. No hay alma a la que podamos visitar.

—¿De verdad sigue ahí dentro? —pregunta, consternada. Asiento y sus facciones se endurecen—. Cuando te vi hablando con ella, creía que tú también habías perdido la cabeza.

—Comparten cuerpo.

—Ha tenido que ser... un infierno —comenta en un murmullo.

—Por eso no puedes matarla.

Chasquea la lengua y pone los ojos en blanco antes de mirar mi tatuaje, o lo que era mi tatuaje. Hace una mueca y alza la vista hasta mi rostro.

—Intentaré evitarlo.

—Es Olivia.

—Lo sé... —resopla—. Pero tú eres Axel, mi vínculo. Y siempre vas a estar por encima en mi escala de prioridades.

Me quedo sin aliento un segundo y me pierdo en sus iris de jade, que parecen mecerse arriba y abajo, como si del baile de un prado de hierba alta se tratase. Tengo la sensación de que estoy empezando a alucinar por el calor. No obstante, me reconozco en ese sentimiento, porque yo también antepuse a Brianna antes que a Olivia cuando traicioné al Hada Madrina. Porque ella es mi todo.

Sus palabras son como una caricia que me calienta el pecho, pero no es ayuda suficiente para sanar de inmediato.

—No te acostumbres a que te diga cosas bonitas —murmura con la boca pequeña.

Para mi sorpresa, se me escapa una risa entre dientes y la miro de soslayo.

—Sé que el empalagoso siempre he sido yo, no te preocupes.

Me concentro en pedirle a mi cuerpo que se caliente de una vez, lo desplazo todo a un segundo plano para sentir el torrente abrasador que me bombea por dentro. Apoyo los brazos sobre las rodillas y cierro los puños con fuerza, para pedirle al lobo que me ayude, pero entonces siento que algo me falta. Mis ojos se clavan en el hueco del meñique y se me revuelve el estómago. Aparto la vista, asqueado, la concentración perdida por completo.

—¿Cómo vas?

—Mal —gruño.

Pero no podemos perder más tiempo, así que, sirviéndome de la pared como apoyo, me arrastro hasta incorporarme, con un gemido de dolor atragantado entre los dientes.

—¿Qué haces? —Se levanta, rauda.

—Hay que seguir.

—Aún no estás bien.

Con la tensión de ponerme en pie, la herida del dedo se reabre y los vendajes se empapan más de rojo, algo que no le pasa desapercibido a Brianna, aunque intento ocultar la mano tras la espalda.

—Vas muy lento —me reprende, atrapando la mano vendada con delicadeza para observarla.

—Gracias —murmuro, irónico.

—¿Qué te pasa?

—¿Qué no me pasa? —bufo. Ella frunce el ceño—. No puedo concentrarme pensando en todo lo que ha tenido que soportar mi hermana. Y al mismo tiempo me da pavor enfrentarme a esa mujer. Tiene pleno control sobre mí. Un pensamiento y reducirá mi corazón a cenizas. Por no hablar del tatuaje, que ya sabes lo mucho que significaba para mí. Y, además, he perdido un puto dedo, Brianna. Y eso no se recupera con el calor. —Levanto la mano entre los dos y aprieta los labios—. Y encima de todo, tú estás aquí.

—Vaya, jamás imaginé que sería una presencia *non grata*.

—No es eso, y lo sabes. He tenido pesadillas con las cosas que esa mujer te hacía, con las cosas que me obligaba a hacerte. Y solo con que estéis en la misma habitación...

Las palabras mueren en mi boca con el estremecimiento que me recorre.

—Si te quedas más tranquilo, no puede emplear ese tipo de magia conmigo. —La miro con incomprensión y ella coge aire para explicarse—. Mi corazón es de plata. Según me dijo Garfio en mi mente cuando lo vio, es la recompensa para los verdaderos héroes: un corazón inmune.

Lo último lo pronuncia con repudio y una mueca de asco. Aunque ahora comprendo la propia turbación de la Reina de Corazones al intentar doblegarla con su magia y ver que no podía.

—Una espada te matará igual, tengas el corazón de plata o no —murmuro.

—Lo sé, pero tienes que preocuparte por ti. Puedo cuidar de mí misma.

—Nunca lo he dudado. Pero el día que deje de preocuparme por ti será porque he muerto.

Me mira de soslayo y suspira con teatralidad.

Me debes una, me dice por el vínculo y doy un respingo.

—¿Qué? —pregunto, atónito.

Te devolví las espadas a cambio de algo. Déjame ayudarte. Solo necesito diez segundos.

—No me vas a calentar en diez segundos.

Entonces clava sus ojos en los míos, brillando con intensidad, y siento ese tirón en el pecho que tan bien sabe. Y creo saber cuál es su intención, porque tras un asentimiento mío, Brianna se cuela por completo en mi cabeza para mandar unas imágenes demasiado claras y casi reales a mi mente.

En ellas, me empuja contra la pared, se pone de puntillas y

me besa. La cabeza me palpita con el fuego que me arrasa de repente al ver esa escena y tan solo tengo pensamientos para su boca, sus dientes tirando de mi labio inferior de forma juguetona. La ventaja de que sea una ilusión es que puedo agarrarla de la cintura y pegarla a mí sin importarme el dolor, hasta sentir sus pechos presionando contra mi piel expuesta, hasta sentir mi pene apretado entre su cuerpo y mis pantalones. Y la erección sí que es real.

En esas imágenes que esboza para mí casi con violencia, me rodea el cuello con los brazos y entierra los dedos en mi pelo enmarañado, ante lo que mi garganta responde con un jadeo muy real que le sirve como excusa para dibujar un beso más profundo y que mi piel, mi sangre y mi mente se conviertan en magma puro. La picazón se hace con mi cuerpo solo con visualizar lo que ella pinta con maestría para mí, y siento la irrefrenable tentación de rascarme todas las heridas del cuerpo. Pero no puedo. Así que le devuelvo el golpe y, en esta fantasía, giro sobre mí mismo y la acorralo contra la pared, Brianna apoya la cabeza en la piedra y abre más la boca con un gemido ahogado al visualizar mi mano encerrándole un pecho. Cuando levanta el muslo y enrosca la pierna alrededor de mi cuerpo, creo que me voy a derretir por completo con la temperatura que me abrasa. Acepto su invitación muda y presiono contra ella hasta que mi erección se frota contra su entrepierna y ambos gemimos de placer. El intenso calor que siento va a hacer que me estalle la cabeza, y creo que a ella también porque bufa.

El último coletazo del calor que me sobreviene me confirma que estoy mucho mejor y siento la presencia de Brianna deshaciéndose entre mis pensamientos. Parpadeo varias veces, turbado, para salir del trance en el que me ha inducido, que apenas ha durado seis segundos, y la encuentro con las mejillas arreboladas y la respiración acelerada. Y nuestros cuerpos cerca, muy cerca, como si se hubiesen dejado arrastrar un poco por la lujuria de nuestra imaginación.

—Me encanta sentirte dentro de mi cabeza de nuevo... —susurro con malicia y una sonrisa en la boca—. Aunque he de admitir que es la primera vez que me proyectas unas imágenes tan claras. He dudado de si era real.

—Ya... Es que me estabas ahogando con tu dolor a través del vínculo —mascula, su aliento rozando mis labios.

—Perdona.

Ella niega con la cabeza y se toma unos instantes para calmar la respiración.

—Solo he necesitado seis segundos —se burla y hace que una risa sincera me nazca del pecho. Ella se queda absorta en mis hoyuelos, con una sonrisa ladeada en los labios—. ¿Mejor?

—Casi como nuevo.

A pesar de los años, sigue maravillándome el poder que tiene la mente sobre nuestros cuerpos, porque no solo se ha llevado el dolor físico consigo, sino que la ola de sus pensamientos ha arrastrado también parte de las preocupaciones que me fustigaban. Si bien no es la primera vez que lo hacemos, un jugueteo inocente al que recurríamos para poner al otro en situaciones incómodas o para transmitirnos ciertas necesidades, jamás lo había sentido tan tangible. Y doy gracias por que haya funcionado y mis heridas se hayan cerrado, aunque siga sintiéndome al borde de la combustión espontánea.

59

En cuanto salimos de la sala de torturas, desembocamos en un pasillo angosto, parcamente iluminado, y nos topamos de bruces con Pulgarcita, que llegaba corriendo con la Rompemaleficios pegada al pecho y la escama en la mano, aunque no sé por qué. Desde aquí ya es audible el estruendo de la batalla, el entrechocar de los aceros y los gritos desgarrados.

—Gracias —le dice Brianna, y la chica se queda perpleja.

—D-de nada.

—Dámela a mí —le pido.

—¿Qué? —Brianna ríe entre dientes.

—Voy desarmado. —Separo los brazos a cada lado para recalcar lo evidente—. Y las dagas son lo tuyo, no lo mío. Siempre me he manejado mejor con una espada. Y tampoco es como si pudiera usar dos armas ahora.

Levanto la mano entre ambos, Pulgarcita suelta un jadeo ahogado por la impresión de volver a verlo y Brianna se muerde el labio inferior.

—Está bien —refunfuña y me tiende la vaina con el cinto, que cierro alrededor de mi cadera.

—Arriba todo es caos —dice la chica en cuanto echamos a andar—. Hay que regresar al espejo cuanto antes.

—¿Qué espejo?

Brianna y Pulgarcita comparten una mirada significativa y cómplice.

—El espejo que conecta el plano de los muertos entre sí —me explica Pulgarcita.

—El que mencionó la Reina Roja... —murmuro, más para mí que para ellas.

—¿Quién es la Reina Roja? —inquiere Brianna—. ¿Y de qué la conoces?

—¿Cuántas reinas hay?

—Demasiadas. Ahora mismo trabajo con ella. Teníamos un plan para acabar con la Reina de Corazones, pero no fue muy bien. Es la legítima soberana del País de las Maravillas. El resumen rápido es que el Hada Madrina puso a la Reina de Corazones en el poder, imagino que para controlar este reino y para poder llevarse a las villanas.

—Pero esa era Olivia... —apunta Pulgarcita.

—La Reina de Corazones estaba muerta. Pero no *muerta*, como el Hada, sino que su alma estaba aquí. Tengo la sospecha de que el Hada se aprovechó del cuerpo de Olivia para meter dentro a la Reina de Corazones, pero tampoco podía matar a Olivia sin matar su cuerpo.

—¿Y por qué no la mandó a un letargo sin más y ocupó su cuerpo después? —pregunta Brianna.

—Eso tendremos que preguntárselo a Olivia. —Un sutil temblor sacude el techo en cuanto llegamos a la entrada de una escalera de caracol—. ¿Cómo encontrasteis ese espejo?

—Tuvimos... ayuda —comenta Pulgarcita con un encogimiento de hombros—. Del guardián de las almas buenas.

—¿Y estuvo dispuesto a ayudaros sin más? —inquiero con suspicacia—. Si algo hemos aprendido es que en Fabel nada sale gratis.

—Técnicamente no estamos en Fabel... —murmura la chica, y clavo la vista en ella.

—¿Qué os ha pedido a cambio?

—Le prometimos negociar los términos a la vuelta —suelta Brianna con indiferencia.

Entrecierro los ojos y aprieto los labios.

—¿Estáis locas?

Todo tiembla una vez más y nos quedamos quietos, aguardando a que el techo se derrumbe, pero no sucede.

—Parecía simpático —dice Pulgarcita—. Además, no era más que un adolescente rodeado de un puñado de críos.

—Con lo ansiosos que estaban por encontrar una madre, apuesto a que con un par de cuentos a cambio bastará —interviene Brianna—. Ya viste cómo se les iluminó la cara cuando mencionaste la historia de Cenicienta.

Las miro de hito en hito, sin comprender, y tras un escueto «ya te pondremos al día», apretamos el paso.

Siento el sudor empaparme la espalda, el cuerpo quejarse por el cansancio y la mano palpitarme. Me aferro a la empuñadura de la Rompemaleficios e intento dar con un modo de salvar a Olivia y, al mismo tiempo, deshacernos de la Reina de Corazones.

Desembocamos en un pasillo plagado de cristales rotos, charcos de sangre y tinta, y nos ponemos en alerta, las armas preparadas. Llegamos hasta unas cortinas tupidas, iguales a las que había en el salón de la fiesta, por lo que creo que estamos cerca.

—¿Qué es eso? —pregunta Pulgarcita con horror, señalando al otro lado de las telas.

Por entre la rendija que separa las cortinas, distingo una algarabía de cuerpos moviéndose de un lado a otro; sangre y tinta entremezcladas. Hay enormes agujeros en la estructura del palacio, escombros por doquier que se han desprendido de un lateral, derrumbado casi por completo. E imagino que semejante destrucción es la que ha requerido la atención de la Reina de Corazones. Distingo al Sombrerero corriendo de un lado para otro, mareando a naipes y burlándose de ellos antes de lanzarles su alto sombrero de copa, cuya solapa se estira en el aire y corta el papel de los naipes a su paso. También ubico a los gemelos, que hacen rodar al enorme huevo trajeado y lo usan como apisonadora. Jamás imaginé que un huevo pudiera llegar a ser tan robusto.

Pero lo que me deja lívido, con los músculos agarrotados por la tensión, es la monstruosa criatura, de cuello largo y sinuoso, que mueve la cabeza de un lado a otro, mordiendo y masticando sin ton ni son. Sin duda alguna, eso es lo que ha abierto el agujero en la pared. Trozos de papel destrozado, empapados en tinta, escapan de sus fauces con doble hilera de dientes como agujas. Y aunque podría compararlo con un dragón, teniendo en cuenta que he estado en presencia de uno, es más bien una serpiente gigante con garras, alas y cuernos por todas partes. Y con Cheshire a su lomo, esa sonrisa dentada tan suya refulgiendo en medio de la noche.

—Creo que es el Galimatazo —respondo después de tragar saliva.

—No sé si quiero saber qué es exactamente —balbucea Pulgarcita.

—¿Y quién es toda esta gente? —interviene Brianna, escrutando el entorno y buscando posibles entradas y salidas.

—El ejército de la Reina Roja.

—Entiendo que son aliados, ¿no?

—Eso creo.

Nos quedamos en silencio unos segundos, abrumados por el caos y la muerte que hay miremos donde miremos.

—Ahí está.

Brianna levanta la mano y señala un punto al fondo, dentro del salón de la fiesta de ajedrez, donde hay demasiados cuerpos inocentes inertes. Con una espada roja, la Reina de Corazones, incansable, hace frente a cualquiera que se cruce en su camino, sea aliado o enemigo, mientras trata de poner distancia con el Galimatazo, que se abre paso hacia ella poco a poco.

—Hay que ayudarla. No puedo abandonarla a su suerte cuando esto es culpa mía.

—No es culpa tuya, tú la salvaste. De mí. —Respira hondo un par de veces y chasquea la lengua—. Vamos a salvarla. Se lo debo —admite, con la voz constreñida—. Pero pensemos primero.

—No es que dispongamos de mucho tiempo para pensar... —musita Pulgarcita.

Brianna y yo intercambiamos un vistazo y devolvemos la atención a la batalla al otro lado.

—Puede que tenga una idea —murmuro—. Vine aquí con la intención de recluir a la Reina de Corazones en la caracola, y creo que esa sigue siendo nuestra mejor opción.

—Pero la tiene ella —señala Pulgarcita, ante lo que asiento con la cabeza.

—Hay que recuperarla.

—¿Cómo?

Miro a Brianna, su rostro surcado por la preocupación y la incertidumbre.

—Solo se me ocurre una cosa. —Clavo los ojos en los suyos y aprieta los labios, como si hubiese leído mis pensamientos—: Usar un cebo.

60

—No va a salir bien —refunfuña Pulgarcita cuando he terminado de explicárselo todo.

—Es muy probable que no, pero ¿se te ocurre algo mejor? —la reprende Brianna.

—Si no confiamos en mi plan, sí que no va a funcionar —intervengo con paciencia.

Pulgarcita hace un mohín mientras prepara su látigo, las manos aún llenas de ampollas, y esconde la escama dentro de un baúl con telas revueltas. La miro con extrañeza y ella se da cuenta, porque dice:

—No encoge conmigo, tengo que dejarla en algún lado, igual que antes.

Entonces me doy cuenta de que la escama tiene una abolladura profunda a la altura de su hombro, si la hubiera tenido colocada a la espalda.

—¿Qué le ha pasado? —le pregunto con el ceño fruncido, pasando los dedos por el relieve hundido.

—Intentaron matarla —responde Bri sin más, la vista fija más allá de las cortinas.

—¡¿Qué?! —Casi me atraganto con mi propia saliva.

—Le dispararon una flecha.

—¿Quién? ¿Ese supuesto guardián de las almas? —Miro a Pulgarcita, que se encoge un poco en el sitio.

—En realidad, fue Tootles, uno de los niños —me explica ella—. Pero la escama detuvo el impacto.

—¿Niños con armas?

Ambas se encogen de hombros y me quedo atónito. Pulgarcita cierra el arcón con un movimiento vigoroso y los tres nos contemplamos mutuamente, como mentalizándonos para lo que va a suceder.

—Vamos —digo con voz firme.

Estoy a punto de atravesar las cortinas, pero Brianna me detiene agarrándome del brazo.

—¿Y si no funciona? —me pregunta con temor—. ¿Y si Olivia no consigue controlar a la Reina de Corazones?

—Lo conseguirá.

—Pero ¿y si no?

—Si no... —Me empapo de cada facción de su rostro, de las treinta y siete pecas que le surcan la nariz y las mejillas, del destello amarillento de sus iris de jade, de todo—. Si no, espero que llegues a tiempo.

Nos sostenemos la mirada un instante más y, después, atravieso las cortinas, decidido a meterme de lleno en la marea de cuerpos combatiendo. El Galimatazo ahora mismo se ve asediado por innumerables naipes, que se pegan a él entorpeciéndole los movimientos. Esquivo a un naipe que iba a caer sobre mí con una finta, corto a otro por la mitad sin apenas esfuerzo, mientras busco a la Reina de Corazones.

—¡Alissa! —ruge una voz por encima del estruendo de la batalla.

Dirijo mi atención hacia allí y encuentro a una Reina Roja, que más bien es negra por la cantidad de tinta que la mancha, plantada en medio de la batalla, con su séquito protegiéndola incansable y la espada alzada hacia delante en una amenaza clara.

—Hola, cielo —responde ella desde el otro lado del salón.

Detengo la acometida de un animal, que debe de haberme confundido con un aliado de la Reina de Corazones al no reconocerme, y lo noqueo con un golpe fuerte en la cabeza. Me agacho para cogerlo por las axilas y dejarlo a un lado, apartado y a salvo de pisadas.

Cuando alzo la vista de nuevo, la respiración ya acelerada, ambas reinas están luchando, espada contra espada, con una fiereza que sugiere que el combate va a durar poco. Y no me conviene que ninguna muera.

Intento abrirme paso hacia ellas, sin dejar de mover la espada, que reluce con destellos de plata hasta que se ve empapada de negro. Con cada nuevo enemigo que abato, el cansancio va haciendo mella en mí, y para cuando estoy medianamente cerca de ellas, me percato de que la Reina Roja tiene pleno control sobre Alissa, tumbada en el suelo, la punta de la espada apoyada en el gaznate. Y para no querer matarla, tal y como dijo hace un tiempo, parece muy dispuesta a hacerlo.

El pánico se hace con mi cuerpo y apenas soy consciente de lo que estoy haciendo. Me agacho, recojo el casco de uno de los naipes y se lo lanzo a la Reina Roja con todas mis fuerzas. Le impacta en el costado y su turbación dura lo suficiente como para permitirme acercarme e interponer mi espada entre la de ambas, porque Alissa había aprovechado ese momento de desconcierto para levantar su propia arma y atacar a su examante.

La Reina Roja me mira con los ojos refulgiendo de rabia e incomprensión, de traición incluso, pero no me distraigo y le doy un empujón para apartarla de Alissa al tiempo que me giro hacia esta para encararla. La Reina Roja trastabilla con un cuerpo y cae tras nosotros, el sonido que hace su cabeza al rebotar contra el suelo, a pesar del casco, es parecido al de un melón al partirse y la sangre se me hiela. Mientras, la Reina de Corazones hace un movimiento grácil, propio de un licántropo, para tratar de desarmarme. Me zafo de su agarre y pongo algo de distancia entre nosotros, ambos casi resollando, pero eso no impide que una sonrisa le nazca en los labios.

—Sabes que puedo matarte fácilmente.

—Lo sé —jadeo.

Y no le concedo el tiempo suficiente como para hacerlo, porque antes siquiera de que pueda parpadear de nuevo, me lanzo a por ella. Nuestros aceros entrechocan una y otra vez, pero ninguno conseguimos atravesar la guardia del otro. Pasamos demasiados años entrenando juntos como para no conocernos y leernos mutuamente. El problema es que sé que no voy a durar demasiado, porque Olivia tiene la fiereza de una alfa, solo que ella nunca ha estado interesada en los roles de la manada y siempre se mostró sumisa por el bien del clan. Ahora no.

Los iris de Olivia burbujean, una ola de colores que se entremezclan, como si mi hermana estuviese luchando también con ella. Y es justo lo que necesitaba, porque Alissa termina de cabrearse y sus facciones se endurecen.

Tal y como imaginaba, no necesita de la mano para manipular mi corazón, porque tan pronto me encuentro bien como dejo de estarlo. El aire escapa de mis pulmones de repente y me quedo vacío, tan solo puedo sentir una opresión en el pecho, palpitante, caliente, que hace que incluso los ojos me quemen. Caigo al suelo, las rodillas refrenan el golpe, pero no puedo sostener mi cuerpo y apoyo las palmas sobre el mármol frío, que casi se queja al contacto de mi piel ardiendo.

Boqueo en busca de un ápice de aire y no lo encuentro. Siento la sangre concentrada en los oídos y cuando creo que ya está, que el final ha llegado, la tensión de mi corazón estallando dentro de mi cuerpo se deshace lo suficiente como para permitirme dar una bocanada de aire amplia.

Ahora es Brianna la que se enfrenta a Alissa, pero la Reina de Corazones no ha dejado de ejercer su poder sobre mi órgano maltrecho. Aunque ha intentado pillarla desprevenida para cumplir con su parte, Alissa sigue teniendo el instinto y los sentidos de un lobo.

Por mucho que Brianna siempre haya sido mucho más ágil que Olivia y que yo, con las dagas se ve obligada a buscar constantemente un hueco en su guardia por el que colarse para poder hacerle daño, así que se mueve con la violencia de un huracán, intentando adelantarse a las acometidas de la Reina de Corazones. Pero Olivia es tan experta en armas como Brianna y siempre se mantiene a la distancia de su espada.

Calma, consigo mascullarle a través del vínculo. *Piensa*. No responde, tan concentrada en el combate.

Como si la Reina de Corazones hubiese percibido nuestra comunicación, mis pulmones se ven desprovistos de aire y ya ni siquiera puedo sostenerme con los brazos. Caigo al suelo, la mano en el pecho, en la garganta, intentando apartar de mí eso que me priva de aliento. Solo que no hay nada y no me está asfixiando, sino que el dolor del centro de mi cuerpo es tan intenso que me bloqueo y no soy capaz de respirar.

Entonces veo un destello dorado caer desde el cuello de Alissa. Pulgarcita salta y, en medio del aire, vuelve a su tamaño real. Siento los ojos anegados de lágrimas, la garganta me pica, y aun así me arrastro por el suelo para intentar acercarme a ellas y recuperar el colgante del suelo. Hasta mi último aliento.

Pulgarcita hace restallar el látigo en dirección a Alissa, para enroscarlo alrededor de su cuello, pero la Reina de Corazones interpone el brazo en la trayectoria y queda enrollado en su extremidad. Sin perder el foco de atención de Brianna, da un tirón y consigue arrebatarle el látigo a la chica. Y esa es la distracción que me concede una mínima tregua y me permite alargar el brazo y encerrar la caracola entre los dedos.

Alissa me pisa la mano y mi grito de dolor se ve silenciado por la falta de aire en los pulmones. Un acceso de tos me sobreviene y escupo tanta sangre que creo que me voy a ahogar en ella.

—¡Olivia! —grita Brianna—. ¡Lo estás matando!

Brianna detiene una acometida entre ambas dagas y aprieta con fuerza para retener el acero entre los suyos apenas un instante antes de empujarla y separar sus armas.

Arañas negras se dibujan en la periferia de mi visión, siento los párpados pesados, el corazón deshaciéndose y llorando sangre. ¿O son mis ojos los que lloran sangre?

Brianna..., la llamo a través del vínculo.

—¡Estás matando a tu alfa! —La mentira, porque es probable que Olivia no sepa que ya no tenemos manada, le sale rota por el esfuerzo, por el llanto furioso retenido.

Sé que voy a morir, que este es el fin y que mi cuerpo no aguanta más, y no puedo abandonar este reino sin habérselo dicho una última vez.

No me importa si tus sentimientos no son románticos, porque con haberte tenido como vínculo, con haber compartido contigo mi vida, me basta.

Ni se te ocurra despedirte, me responde, enfadada.

—¡Lucha contra ella! —le pide a Olivia, desesperada, la voz quebrada por completo.

Reenamorarme de ti ha sido el mayor regalo que Luna podría haberme dado, continúo, desprovisto ya de fuerzas. Una nueva tos cargada de sangre me atraganta.

No, Axel, por favor, gruñe en mi cabeza.

Y ni cuando no te recordaba y mi cuerpo me pedía odiarte dejé de quererte, le susurro con mi último aliento.

VII

—¡Detente! —rujo con todas mis fuerzas y me desgañito. Siento una oleada extraña salir despedida de mi cuerpo y barrer a nuestro alrededor, pero apenas tengo fuerzas para sostenerme en pie, como para percatarme de qué está sucediendo. Las piernas me vencen, la opresión del vínculo es tal que creo que me va a partir el pecho en dos. Y lo peor es percibir que esa tensión se va deshaciendo según el vínculo entre nosotros, entre mi compañero y yo, deja de existir.

Me derrumbo por completo, los ojos llorando a lágrima viva y me llevo la mano al pecho para hacer un puño con la tela de mi camisa, como si así fuese a vencer al dolor que me asola y me araña.

—Axel... —sollozo, rendida por completo.

No me importa haber fracasado, no me importa que nuestros esfuerzos hayan sido en vano. Lo único que me importa es que la Reina de Corazones acabe de una vez conmigo y haga que me reúna con él, porque el vacío que siento llenándome por dentro, como si de una marea ascendiendo despacio se tratase, es superior a mí. Y no puedo vivir sin mi vínculo.

El corazón se me compunge con tanta fuerza que cuando toso, a causa de la intensidad del dolor, creo que voy a escupir sangre.

—Yo te reclamo, Alissa —musita una voz dulce más allá.

Conmocionada, alzo la cabeza hacia la procedencia de la voz y me quedo consternada al ver a una imponente loba blanca tumbada frente a Axel, la cabeza sobre las patas y gimoteando de forma lastimera. De la caracola que Pulgarcita empuña en dirección al animal sale un vapor anaranjado que la envuelve por completo y se desliza, en volutas sinuosas, hacia Olivia. La loba cierra los ojos, un surco de lágrimas sobre el pelaje, y la bruma la rodea hasta adherirse a ella como una segunda piel. Suelta un gimoteo lastimoso, gruñe y su cuerpo tiembla.

Ni siquiera lo pienso cuando me arrastro hacia delante y le rodeo el cuello con los brazos, aunque es tan grande que mis manos no se encuentran al otro lado. Entierro la cara en su pelaje níveo y me empapo de su aroma a madreselva y rosas, diferente al que recuerdo y, al mismo tiempo, con un toque que me sugiere que sigue siendo el de siempre. Como si la presencia de Alissa en su cuerpo hubiese cambiado hasta algo tan propio y único como su fragancia.

—Sigue luchando —le ruego entre lágrimas—. Por tu hermano. —La voz se me quiebra—. Por el tiempo que os he arrebatado.

Olivia gimotea y el vapor se despega de su cuerpo para volar de regreso hasta la caracola, que Pulgarcita empuña con fuerza, las mejillas empapadas. La loba deja de temblar y, poco a poco, se va deshaciendo de su armadura de animal para convertirse en una mujer de carne blanda y piel tersa y suave. Me envuelve entre sus fuertes brazos y me da un ligero apretón antes de soltarme y que ambas nos enfrentemos al cuerpo inerte de Axel.

—La detuve... —balbucea Olivia, los ojos estudiando a su hermano con avidez.

Me deshago en lágrimas silenciosas al ver el rostro de Axel

desprovisto de la aflicción tan arrasadora que se lo ha llevado y que he sentido en mi propia piel. En calma absoluta.

Pulgarcita está inclinada sobre él, sin ser capaz de dejar de llorar, con el oído sobre su boca. Pero es inútil, porque por mucho que aún note los últimos coletazos del vínculo haciéndose añicos dentro de mí, solo con fijarme en su pecho sé que no respira.

Me acerco y lo aparto de ella, lo atraigo hacia mí y lo subo a mi regazo para abrazarlo con fuerza.

—Otra vez no... —farfullo.

Los recuerdos de una batalla muy distinta a esta me fustigan y se burlan de mí, me hacen estremecerme y me recuerdan que todo lo que hemos sufrido no ha servido para nada, porque el final ha sido el mismo. Se me concedió una segunda oportunidad con él, tuve la oportunidad de salvarlo, para terminar perdiéndolo de nuevo.

Pulgarcita me mira atónita, sin poder parpadear, totalmente conmocionada, y levanta el brazo, tembloroso, hasta colocar dos dedos en su yugular. Dejo de escuchar los sollozos desconsolados de Olivia, dejo de escuchar las armas retumbar con la rendición de los naipes, dejo de escuchar los rugidos del Galimatazo. Dejo de escucharlo todo, sobrepasada por el dolor de mi vínculo rompiéndose para siempre.

—Me prometiste que no me abandonarías... —le susurro al oído, aunque sea inútil y me sienta ridícula.

Aprieto los dientes al recordar que me prometió que solo me abandonaría cuando muriera. Un sollozo desgarrado me araña las cuerdas vocales y estrecho su cuerpo cálido entre mis brazos con más fuerza.

Siento una sacudida y me aferro más a él, sin estar dispuesta a dejar marchar esa unión, esa conexión única e inexplicable que enlaza tu alma con la de otra persona, sin permitir que me aparten de él. Pero no es eso, sino que Pulgarcita me está llamando y Olivia está apretándome el hombro para hacerme reaccionar, tan encerrada en mi dolor que lo había bloqueado todo.

—¿Qué...? —farfullo con incomprensión.

—Que su corazón late.

Como si el mío propio se hubiera olvidado de hacerlo, da un vuelco vigoroso y, al mismo tiempo, lo siento muerto en el pecho. No he debido de escucharlo bien.

Pero entonces centro mi atención en el cuerpo de Axel. Su piel no ha perdido color, tampoco está frío. Y por debajo de todos los ruidos que nos rodean, percibo un débil aleteo, un retumbar muy sutil pero vivo que el vínculo me susurra.

Está vivo.

Olivia y yo compartimos una mirada cargada de sentimientos y algo dentro de mí me guía. Y si no tuviese la certeza de que la bestia me abandonó hace tiempo, pensaría que es ella diciéndome qué hacer.

—Su manada —musito—. Necesita el calor de su manada.

Lo dejo sobre el suelo y me tumbo a su lado, mi mano envolviendo la suya de vendajes empapados en sangre seca, la cabeza sobre su hombro. Olivia hace lo mismo en el lado contrario, entrelaza los dedos con los de su hermano y le susurra algo al oído, aunque no le puedo prestar atención. Permanezco con la vista fija en su pecho, que sigue sin moverse lo más mínimo.

Deslizo la vista para recorrerlo por completo, para captar cualquier detalle de su cuerpo, y entonces me percato de que Pulgarcita, que le ha cedido su capa a una Olivia desnuda, nos observa con las manos enrojecidas contra el pecho, incapaz de reprimir el llanto, sentada a nuestro lado.

Sin siquiera pensarlo, levanto la palma hacia ella. La contempla unos segundos, sin comprender.

—Tú también formas parte de esta manada.

Una nueva oleada de lágrimas se escapa de sus ojos y acepta mi mano. Le hago un hueco junto al cuerpo de Axel y ella también se abraza a él, llora contra su abdomen. Alzo la cabeza para mirarlo, sus pestañas tupidas, la cicatriz que le atraviesa de la ceja al pómulo, los numerosos pendientes... Daría lo que fuera por volver a ver esos estúpidos hoyuelos.

Vuelve conmigo, le suplico al vínculo. *Vuelve con tu familia. Vuelve a casa.*

61

Sé que estoy en la guarida del lobo porque todo lo que me rodea es de una negrura tan absoluta que me hace estremecer. Me encuentro en un limbo extraño en el que floto y no me puedo mover. A mis pies, un lobezno de pelaje negro me mira, con sus ojos amarillos como dos luceros, y ladea la cabeza. Después, se da la vuelta y camina hacia la oscuridad. Lo sigo, nadando en el espacio infinito que me rodea, y aparecemos en medio de un bosque en plena noche.

El lobezno camina con la boca abierta, una patita por delante de otra, alegre por haber conseguido su primera presa por sí solo, sin la ayuda de los mayores. Pero entonces se detiene, las orejas atentas, moviéndose hacia el origen del sonido, y cambia de rumbo. Frunzo el ceño, sin comprender hacia dónde va, puesto que yo no he oído nada.

Cuando se detiene, lo hace junto a un bulto que apenas puedo distinguir. El lobezno se queda a su lado, la cola moviéndose de un lado a otro, y le da unos toquecitos con el hocico. La oscuridad alrededor del bulto se deshace un poco y descubro que es una niña, de apenas cinco años, con la cara enterrada entre los brazos y estos sobre las rodillas, escondida de todo.

El lobezno la empuja con el hocico y ella parece volver a la realidad, porque, despacio, se asoma desde detrás de su fortaleza de brazos y le muestra al mundo unos vibrantes ojos verdes que refulgen con el agua de unas lágrimas contenidas. El lobezno ladea la cabeza y se recoloca frente a ella. Da un par de saltitos y la niña termina de levantar la cabeza. El lobo se queda absorto con ese hermoso rostro de mejillas regordetas y sonrosadas y salpicadas de pecas. Después del estupor, mueve la cabeza hacia la de ella y le golpea la nariz con el hocico. Ella ríe, y con esa risa, la cola del lobezno vuelve a moverse inquieta. Alegre.

—Me llamo Brianna —dice, y se limpia la nariz con la manga—. ¿Tú cómo te llamas?

Los dos se quedan mirándose fijamente a los ojos unos segundos, como si pudieran leerse el pensamiento con ese gesto.

Pero son cosas que un niño olvidaría con demasiada facilidad.

—Axel... Me gusta.

El lobezno se pone en pie, mucho más contento, y suelta un aullidito agudo, extraño, poco trabajado y modulado, discordante. Ella ríe otra vez.

—¿Te importaría decirme cómo volver a casa? Me he perdido.

El lobezno se separa unos pasos y mira hacia atrás por encima del lomo, para esperar a que la niña lo siga.

Ella, muy resuelta, se alisa la ropa al levantarse, se echa la diminuta caperuza roja sobre la cabeza y recoge la cesta de mimbre que había a su lado.

Vuelve a casa.

62

No sé si he dejado de sufrir o si el dolor es tan abrumador que ha bloqueado mis sentidos. Tampoco sé si el silencio que me rodea es real o si me han estallado los tímpanos. Qué digo, ni siquiera sé si estoy vivo o muerto. Lo que sí sé es que, despacio, mi olfato reconoce el dulce olor de la madreselva, tan característica en los lobos. Primero con un subtono cítrico, como de pomelo rosado. Después, fresco y floral. ¿Rosas? El tercero que percibo no es madreselva en sí, pero también es de flores. Manzanilla y margaritas. Y esos tres aromas, entremezclados con el mío propio, me dejan una sensación de hogar que me abruma.

Según voy tomando conciencia de quién soy, de qué soy, una presión cálida en el pecho se aviva. Con cada nuevo latido de mi corazón, que parece estar despertando tras haber estado colgando sobre el precipicio de la muerte, esa opresión aumenta y me acaricia el alma.

Una voz dulce, que al mismo tiempo me seca la garganta y me deja con congoja, me susurra al oído. Apenas distingo qué dice, pero según mi sentido se va afinando reconozco una nana que me resulta muy familiar y me transporta a mi más tierna infancia. Era la que nos cantaba mi madre antes de ir a dormir.

Intento tragar saliva para paliar la sequedad, pero el sabor ferroso que me inunda la boca es tan intenso que me arrepiento al instante.

A mi derecha, siento cierto peso sobre el abdomen, y de él caen gotitas que me mojan la piel. Pero el detalle en el que más me concentro es en el de una mano que me acaricia el pecho con dulzura, arriba y abajo. El tacto cálido de esos dedos, el jugueteo perezoso de las yemas sobre mi pecho, es tan característico y lo tengo tan grabado en la memoria que consigo abrir los ojos.

Despacio, mis párpados se mueven. Al principio apenas veo nada, sumido en una negrura que me sugiere que es de noche. Pero lentamente, mi visión se va aclarando y distingo los contornos de una enorme lámpara de metal en el techo, con remates desprendidos, colgando de cualquier manera. Hay humo, polvo que sobrevuela por el ambiente y que se me adhiere a la piel.

Poco a poco voy siendo consciente de mis sentidos y empiezan a abrumarme, un tanto sobrepasado por los estímulos que me rodean y que creí que jamás volvería a experimentar.

De repente, una presión me oprime el cuerpo y me sobresalto, me arrebatan el aliento de golpe y tardo demasiados segundos en comprender que hay tres personas que se han vuelto locas y que me están abrazando con tanta fuerza que podrían asfixiarme. Aunque no me molesto en decirles que paren ni las aparto, porque esta opresión es tan reconfortante que podría experimentarla durante toda la vida. Rodeo los dos cuerpos que siento a cada lado con los brazos y mi oído se destapona por completo. Ahora escucho varios sollozos, varias voces que me hablan al mismo tiempo, en tropel.

Pero tan solo me veo capaz de centrar mi atención en la de mi izquierda, que me mira con ojos suplicantes anegados de lágrimas. Unos ojos verdes y profundos que me hacen sentir un vuelco en el estómago, un tirón en el pecho. Mi vínculo.

Todo termina de encajar con una corrección que me sabe

dulce y me lleva a incorporarme, con un quejido por el esfuerzo. Nos fundimos en un abrazo a cuatro bandas que termina de curar cualquier herida que haya podido sufrir mi maltrecho corazón.

Pulgarcita es la primera en separarse de mí. Después, un tanto reticente, lo hace Olivia. Pero lo hace porque quiere, no porque yo se lo pida. Así, me quedo unido al cuerpo de Brianna, que se aferra a mí como si fuese su balsa en medio de un mar impávido. La escucho sorber por la nariz y cuando hago amago de buscar su cara, ella se arrebuja más contra mi pecho. Sin comprender por qué, en mi mente aparece la imagen de una niña de mejillas rechonchas y arreboladas perdida en medio de la noche. La estrecho con más fuerza entre mis brazos, me empapo de su fragancia y escondo la cabeza en los contornos de su cuerpo, tan juntos que casi ni distingo dónde termino yo y dónde empieza ella.

Has vuelto a casa, oigo su voz trémula en mi cabeza. Y sentir esa tensión del vínculo, que a punto ha estado de morir conmigo, me sabe a caricia cálida.

—Te dije que nunca te abandonaría —le digo al oído mientras le acaricio la cabeza.

Despacio, separa la cara de mi pecho y clava los ojos en los míos con tal intensidad que temo que ella sí que consiga reducir mi corazón a cenizas.

Yo también te quiero, susurra en mi mente. La garganta se me cierra y los ojos se me anegan de lágrimas cuando presiona sus labios contra los míos. *En todas sus variantes.*

63

Hablar con Olivia después de más de un siglo separados me resulta una suerte de sueño. Y hace tanto que no sueño como tal, en lugar de tener pesadillas, que apenas si sé lo que es.

—Gracias —le digo a Olivia, recolocándole la capa de Pulgarcita sobre los hombros—, por haber conseguido detenerla.

Ella se limpia las lágrimas con el dorso de la mano.

—Creí que había llegado demasiado tarde —musita.

—¿Cómo lo conseguiste? —le pregunto.

—Me lo ordenó mi alfa. —Desliza la vista hacia Brianna, pero ella la rehúye—. Para salvar a mi otro alfa.

—No tiene sentido... —murmuro al aire.

—Pues claro que lo tiene —me responde ladeando la cabeza, y ese gesto me resulta muy lobuno—. Sois mis alfas.

—Pero ya no tenemos manada.

Ella frunce el ceño y me señala con un dedo, luego a Brianna y, por último, a Pulgarcita.

—Yo veo aquí a mi manada. Es pequeña, y un tanto variopinta —le dedica una sonrisa sincera a Pulgarcita, sentada frente a nosotros, abrazándose las rodillas—, pero sigue siendo mi nueva manada.

«Mi manada...». El pecho se me calienta con ese pensamiento.

Me creí tan abandonado, tenía tan arraigado tal sentimiento de soledad que nunca pensé que pudiera conformar mi propia manada entre las personas más inesperadas; entre las personas a las que más quiero y a las que les confiaría mi vida ciegamente. Por las que daría mi último aliento sin dudarlo.

Y eso me deja con el regusto de que todo está en orden, de que desde que murieron nuestros padres no he sabido qué era pertenecer a una manada de verdad y ahora sí. Que todo en la vida me ha conducido hasta encontrarme con estas mujeres fuertes, valientes y rompedoras, únicas por sí mismas y arrasadoras en conjunto. Verdaderas lobas en cuerpo y alma.

—¿Cómo no escuchaste que el corazón de Axel aún latía? —le pregunta Pulgarcita, con afabilidad.

—Llevo un siglo sin ser una loba —suspira—, hay demasiadas cosas que se me escapan ahora mismo.

—Ya recuperarás tus instintos —le digo, con cariño y acariciándole el dorso de la mano.

Ella asiente en respuesta y desliza la vista desde mi rostro al de Brianna, que se ha mantenido un poco al margen.

—Bri... —susurra mi hermana. Ella hace una mueca con los labios, recelosa y un tanto esquiva—. No te culpo.

Rauda, Brianna levanta la cabeza y la mira fijamente. De repente, sus ojos se anegan de lágrimas otra vez y se ve incapaz de contenerlas.

—Lo siento... —farfulla.

Olivia la estrecha entre sus brazos y ella se deja hacer.

—Shhh...

—Siento tanto casi haberte matado...

—Yo tampoco sabía quién eras, no pasa nada. —Le acaricia la cabeza en un gesto fraternal que me conmueve y a punto está de hacerme llorar. Pulgarcita no lo ha podido evitar y se ha convertido en un nuevo mar de lágrimas, así que decide levantarse para recuperar la escama de su escondite y ayudar con los destrozos en lo que pueda—. No es culpa tuya.

—Sí que lo es. Si yo no te hubiera atacado en el bosque, Axel no se habría visto obligado a aceptar un trato y no habrías tenido que...

—No es tu culpa, Brianna —la interrumpe, tajante, y la obliga a mirarla al tiempo que le enjuga las lágrimas—. La culpa de todo esto, de *todo*, ¿me oyes?, es del Hada Madrina. Y doy gracias por que desapareciera de mi vida de repente.

Brianna se recompone un poco y escapa de la prisión de mi hermana para erguirse, aún sentada en el suelo, mientras se limpia las lágrimas de un par de manotazos.

—La maté yo, ¿sabes?

Olivia pone los ojos como platos y nos mira de hito en hito. Con una sonrisa en los labios, cabeceo en señal de afirmación.

—Nadie debería sentirse orgulloso por el asesinato de otra persona, pero qué orgullosa estoy de que lo hicieras —ríe Olivia y vuelve a atraparla entre sus brazos.

—¿Cómo podías no saberlo?

Ambas parecen salir del estupor que este momento, esa intimidad, les confería, como encerradas en su propia burbuja, y me miran.

—La Reina de Corazones tampoco lo sabía. Simplemente, el Hada dejó de aparecer por aquí un día y no le importó lo más mínimo. Después de un tiempo sin que la viéramos, me rebelé un poco y..., bueno, no se lo tomó demasiado bien. Pensé que, sin la supervisión del Hada Madrina, conseguiría librarme de la Reina de Corazones. Pero mi valentía solo sirvió para que todo te salpicara y ella quisiera usarte en mi contra, para doblegar mi voluntad.

Me pide perdón con la mirada y ahora soy yo quien vuelve

a abrazarla, porque aún no me puedo creer que la tenga aquí, conmigo.

—Doy gracias por que lo hicieras, porque si no, jamás te habría encontrado.

—¿Me buscaste? —pregunta, sorprendida.

La separo de mí para observarla, el ceño fruncido porque no me puedo creer que dude siquiera.

—Cada día, durante un siglo, hice todo lo posible por dar con tu paradero.

Un nuevo llanto la sobreviene, pero este llega acompañado de una sonrisa que hace que un hoyuelo idéntico a los míos aparezca en su mejilla. Y esa sonrisa termina de llevarse todos los temores que se negaban a abandonar mi pecho.

Recuperarnos del caos que nosotros mismos hemos provocado nos lleva tiempo. Tiempo del que me alegro de disponer. En cuanto la Reina Roja recobra la consciencia tras el golpe que se dio en la cabeza a causa de mi empujón, me disculpo con ella y le explico la situación antes de que mate a Olivia.

La Reina Roja se despide del Galimatazo, que ha resultado ser una criatura bastante servicial, y le promete darle recuerdos a Alicia si alguna vez llega a verla de nuevo. Cheshire, un tanto a regañadientes, lo acompaña hasta su guarida, cuya ubicación muy pocos conocen, para asegurarse de que vuelva a hibernar. Con todo lo que ha comido en esta batalla, tendrá el estómago lleno una buena temporada.

Ayudamos con los heridos, retiramos los cadáveres y echamos una mano con los entierros e incineraciones pertinentes. Me complace ver que el extraño equipo que me trajo hasta aquí ha sobrevivido. Algunos están más malheridos que otros, pero todos de una pieza, que es lo que importa. El que no está de una

pieza es el huevo, que se ha descascarillado un poco y los gemelos se pelean por ver quién de los dos se encarga de vendar la
fisura por la que se escapan gotitas de clara.

Después de varias horas de trabajo sin descanso, la Reina
Roja nos conduce por unos túneles subterráneos que se adentran
en el mismísimo corazón de la isla. Según descendemos, la temperatura se vuelve gélida, la oscuridad, agobiante, y el ambiente
se torna húmedo, maloliente, incómodo. Con cada tramo de
escaleras talladas en la tierra que dejamos atrás, aumenta el repiqueteo de metal golpeando la piedra.

—Es por aquí —dice la Reina Roja con voz seria y una lamparita en alto.

Nos conduce por una red de túneles laberínticos, subimos,
bajamos, giros y más giros. Y aunque trato de prestar atención
a la dirección que toman nuestros pies, termino perdiéndome de
todos modos. Al menos me queda el consuelo de saber que, para
salir de aquí, hay que ascender. Esquivamos a las almas conde-
nadas a trabajar eternamente, sus cuerpos fantasmagóricos y que
emiten destellos entre azules y negros. Pican piedra, extraen
minerales, cargan carretillas, todo sin un solo segundo de descanso, los rostros chupados por la deshidratación y consumidos
por el hambre. Algunos se atreven a cortarnos el paso para su-
plicarnos el perdón o la liberación, para preguntarnos, desesperados, si somos familiares suyos que vamos a visitarlos, pero con
una sola mirada gélida por parte de la Reina Roja, guardiana de
las almas malditas, huyen despavoridos.

Nos detenemos en una encrucijada y la Reina Roja señala hacia la derecha, a un pasillo sinuoso y angosto, oscuro como la boca
de un lobo, en cuyo interior hay tres mujeres demacradas, atavia-
das con ropajes raídos, picando piedra como buenamente pueden.
Apenas si consiguen levantar los picos por encima de las cabezas.

Para mi alivio, ellas no presentan el mismo aspecto deplorable que el resto de las almas que habitan en estos túneles escarbados en la tierra. Aunque eso no significa que no estén tan trastocadas como los demás.

La Reina Roja me mira y sonríe.

—Un favor por un favor, ¿no es así?

Asiento, los labios apretados por la impresión del estado de las princesas, y empuño la caracola en dirección a ellas. Después de reclamarlas llamándolas por su nombre, me quedo con el consuelo de que podrán descansar hasta que regresemos a Fabel. Cuando dejamos a las villanas en su lugar, las tres gritan y se quejan, sus cuerpos, al principio casi tangibles, se transforman en una densa neblina hasta adoptar el aspecto del resto de los espectros que moran por aquí, sus almas casi negras y chupadas hasta los huesos. Tras un chasquido de dedos de la soberana, las tres se apresuran a recoger los picos del suelo y a clavarlos en la piedra, sin dejar de lanzarnos miradas furibundas, improperios y amenazas de venganza.

Una vez recuperadas las princesas, la Reina Roja nos guía hasta el despacho real para hablar con calma; para terminar de encajar los sucesos y poder despedirnos.

Se trata de una estancia amplia, decorada con sobriedad en blancos y rojos, muy en sintonía con lo que es la base gubernamental del País de las Maravillas. Además de una enorme chimenea en la que Pulgarcita cabría de pie, de mármol blanco con las siluetas de distintas piezas de ajedrez cinceladas, también hay una mesa robusta de una piedra roja que no consigo identificar y varios asientos, estanterías en dos de las cuatro paredes y un sofá junto a una mesa de café. Pero lo que llama mi atención es el espejo de más de dos metros, con marco trabajado con un grabado floral, que devuelve nuestros reflejos.

—¿Entrasteis por aquí? —les pregunto a Brianna y a Pulgarcita.

Brianna se deja caer en el sofá y suspira de placer al sentir la tela mullida bajo su cuerpo. Olivia, por su parte, lo hace en una de las butacas frente al escritorio por petición de la reina y se atusa las faldas del vestido robado del vestidor de Alissa, que también debería ser suyo, si lo pienso bien. Pulgarcita se acerca a mí y acaricia el marco dorado.

—Sí.

Alargo la mano hacia la superficie pulida, pero la chica me retiene agarrándome por la muñeca.

—Si lo tocas, te absorberá y te llevará a Nunca Jamás.

Dejo caer la mano a un lado y tomo asiento en la butaca orejera junto a la de mi hermana. Pulgarcita se acomoda al lado de Brianna, más cerca de ella de lo que habría imaginado en un primer momento, pero no parece molestarle esa cercanía. Resulta que va a ser cierto eso de que ahora formamos parte de la misma manada.

—Lamento haber intentado matarte —dice la Reina Roja.

Olivia, tan dulce como la recuerdo, niega con la cabeza, como si no tuviera la menor importancia.

—Entre tanta Reina de Corazones, llegué a conocer a Alissa —le confiesa mi hermana, algo abrumada—. Y ella también os amaba, majestad. —La Reina Roja se queda sin respiración unos segundos y aprieta los labios—. Pero su forma de amar se volvió demasiado retorcida, incluso para este mundo.

La soberana asiente, taciturna.

—¿Cómo era? Estar ahí, digo. —La mujer formula una pregunta que ha estado rondando por la mente de todos desde que llegó la calma y que, por tacto, no nos hemos atrevido a hacer.

Olivia parpadea varias veces, conmocionada, y respira hondo.

—Una batalla constante. A veces era tranquila. En esas raras ocasiones en las que tenía la suerte de encontrarme con Alissa, podía hablar con esa persona de voz jovial para intentar convencerla de que abandonara mi cuerpo. Pero no surtía efecto. —Aprieta los puños sobre las rodillas—. No obstante, casi siempre era doloroso, turbio. Tenía que enfrentarme a las garras de la mujer que me empujaba hacia el fondo de la mente, que me gritaba con esa voz vieja y desgastada, podrida por el poder, todo el tiempo. —Se frota los brazos, nerviosa, y yo le doy un apretoncito en el hombro—. Aunque a veces yo conseguía tomar el control sobre mi cuerpo. —Alza la cabeza y me mira a los ojos—. En tus sueños, cuando te veía y lograba hablar contigo, recuperaba parte de la esperanza. Pero entonces me arrebataba el mando y te torturaba frente a mis ojos. Me decía que si me portaba mal, tú sufrirías.

Cabizbaja, juguetea con los dedos sobre su regazo.

—Hacerte daño era su forma de mantenerme sumisa para que ella pudiera reinar y vivir aquí tranquilamente. Y ahora... —Su voz apenas es un murmullo cuando abandona sus labios. Se toma unos segundos para coger aire.

—No tienes por qué contárnoslo si no quieres —le digo en tono afable, la mano acariciando su cabeza de rizos negros.

Ella niega, los ojos apretados unos segundos, y alza la vista de nuevo.

—Ahora me siento sucia en mi propia piel, porque aunque sé que yo no hice nada de eso, no consigo olvidar que eran mis manos las que veía ejecutando. No consigo olvidar que era mi propio reflejo el que contemplaba desde el fondo de mi mente.

—Eras una rehén en tu propio cuerpo —interviene Brianna, ambos miramos hacia atrás—. No puedes culparte de lo que tu secuestradora ha hecho contigo.

—Gracias... —musita, la voz desprovista de fuerza.

—¿Y sabes por qué el Hada no te mandó a un letargo para quitarte de en medio? —pregunta Pulgarcita.

Olivia se encoge de hombros y medita unos segundos.

—No lo sé, la verdad.

—Puede que yo sí —interviene la Reina Roja—. Los letargos mandan a las mentes aquí. Ya habéis visto a las princesas. Toman forma seudocorpórea. Y sumir a Olivia en esa condición habría supuesto arriesgarse a que su alma y su cuerpo se encontrasen, se diera una especie de cataclismo y su magia colapsase, porque sería como reencontrarse con uno mismo sin ser uno mismo. No sé si me explico.

Entrecierro los ojos, intentando seguirle el ritmo, y la cabeza empieza a dolerme.

—Creo que sí —aventuro—. ¿Algo como que si su alma hubiese visto su cuerpo, habría querido reclamarlo?

Ella se acaricia el mentón y chasquea la lengua.

—Es más complejo que eso, pero dejémoslo en que sí.

Olivia y yo intercambiamos un vistazo en el que vuelvo a no creerme que la tenga a mi lado. Me pregunto si en algún momento dejaré de sentirme así cada vez que la miro.

—Como soberana, estoy obligada a encontrar un nuevo consorte —dice la Reina Roja con solemnidad—. ¿Querrías asumir tú ese papel en deferencia por todo lo que has tenido que sufrir? Aquí no tendrías que preocuparte nunca por nada, vivirías una vida de lujos, estemos en el trono o no, y no tendrías que enfrentarte a más peligros jamás.

Olivia se queda atónita y nos sobreviene un silencio tenso. Por un lado me muero por pedirle que le diga que no, que regrese con nosotros, porque la idea de perderla otra vez me supera por completo. Pero al mismo tiempo sé que aquí tendría unas oportunidades, una calidad de vida y unas garantías de las que, ni por asomo, disfrutaría en Fabel. No obstante, la decisión es de mi gemela por completo.

—Gracias por el ofrecimiento —titubea. A mí se me encoge el corazón en un puño, aunque no soy el único, porque también escucho el de Brianna latir del mismo modo—. Pero llevo un siglo separada de mis seres queridos y me gustaría recuperar el tiempo perdido.

Olivia entrelaza los dedos con los míos y se queda mirando el hueco de mi meñique.

—Lo comprendo. —La Reina Roja cabecea en señal de asentimiento—. En ese caso, solo me queda dejaros marchar.

Se levanta apoyándose en la mesa y nosotros hacemos lo mismo.

—Muchas gracias por habernos ayudado a restablecer el orden.

Extiende la mano frente a mí y se la estrecho en un apretón firme.

—No hay por qué darlas. La ayuda ha sido mutua.

Miro a Olivia de refilón, que se ha desplazado hasta quedar junto a Brianna, y la Reina Roja tira de mí para acercarme y que solo yo oiga sus palabras.

—Vigílala bien. —Frunzo el ceño con incomprensión—. Quien permanece aquí tanto tiempo como ella, deja atrás un pedazo de cordura.

—No la perderé de vista.

Me suelto de su agarre y le dedico una sonrisa tensa antes de acercarme a las chicas y rodear los hombros de mi hermana con un brazo.

—¿Listas para volver a casa? —les pregunto.

Las tres intercambian una mirada con diferentes gestos en los rostros: preocupación, recelo y anhelo.

—Creí que nunca llegaría este momento —dice Olivia con una sonrisa radiante en los labios.

64

Atravesamos el espejo uno detrás de otro, los cuatro cogidos de las manos, por lo que cuando llegamos al otro lado, caemos en tropel. Detengo la caída con las manos por delante, pero no me dura mucho la posición, porque Brianna cae encima de mí y me desplomo de bruces.

—¡Han vuelto! —grita una algarabía de vocecillas agudas y aniñadas.

Alzo la vista para descubrir a un grupo de seis críos lanzarse, desesperados, a ayudar a Pulgarcita a levantarse. Los demás también nos incorporamos y nos limpiamos el polvo de los ropajes. Hemos aparecido en una sala en penumbra, una especie de guarida subterránea, terrosa, adornada con muebles desparejos, sillas hechas de palos, asientos de setas y siete túneles de madera que se pierden en el techo. En el centro, en una pose triunfal con los puños en las caderas, hay un chico de pelo cobrizo y cara pecosa que nos observa con el mentón alzado.

—¿Esta vez no me vas a recibir con un flechazo, Tootles? —bromea Pulgarcita, con los brazos un tanto separados del cuerpo para que todos puedan acercarse a ella. Y tal y como está, parece una madre pato dejando que sus patitos la abracen. El aludido responde enseñándole la lengua.

—Hemos vuelto para establecer los términos del trato —dice Brianna, deseosa por quitarse todo esto de encima y regresar a Fabel—. Así que, dinos, ¿qué quieres a cambio de habernos ofrecido tu ayuda?

Los niños se revuelven inquietos y me fijo en ellos. Todos tienen la carita manchada de suciedad, la ropa hecha con telas y hojarasca sin mucho éxito. Unos son más grandes, otros más pequeños, pero ninguno aparenta tener más de diez años. Olivia saluda a dos gemelos con una sonrisa en los labios y estos se esconden de ella tras Pulgarcita.

—¡Venga, Peter, díselo! —suelta el niño que parece más avispado.

—No tengas prisa, Slightly.

El tal Peter hincha el pecho cual palomo y afianza los pies en el sitio en una postura de superioridad que le está saliendo muy mal. ¿Y este es el guardián de las almas buenas? Aunque supongo que aquí cualquiera podría mandar, puesto que vivirán con libre albedrío.

Otro niño se acerca a Peter y le tira de la especie de túnica verde que lleva a modo de ropa, sobre unas calzas de cuero marrón.

—¿Puedo decírselo yo? —le pide con una vocecilla.

—Ni hablar, Nibs. Esa es la tarea del padre.

Olivia y yo compartimos una mirada de incomprensión y Brianna pone los ojos en blanco.

—¿Qué vas a pedir a cambio? —le insiste.

El chico, con mucha pompa y gesto grandilocuente, levanta un dedo frente a sí y se lo queda contemplando unos segundos.

—Una semana al año. En primavera.

—No comprendo... —digo.

—Queremos que la cuentacuentos venga una semana al año —interviene un tercer niño.

—¡Curly! —lo reprende Peter—. ¡Tenía que decírselo yo!

El rostro del chico se transforma en una mueca que pretende ser amenazadora, pero con esos dientes torcidos le queda bastante cómica. No obstante, cumple su objetivo sobre el pobre Curly, que se aleja para esconderse. Es entonces cuando mis ojos se cruzan con los de Pulgarcita, tan teñidos de preocupación que me hace fruncir el ceño.

—¿Quién es la cuentacuentos? —pregunta Olivia.

—¡Ella! —gritan los niños a destiempo señalando a Pulgarcita.

Brianna y yo intercambiamos una mirada significativa y siento mis músculos tensarse por momentos. Llevo las manos a las caderas para enroscarlas en las empuñaduras de mis espadas cortas y doy gracias por haberlas recuperado. Aunque, pensándolo bien, tendré que devolverle la suya a Olivia.

—Me temo que eso no es posible —me adelanto a explicarle—. Aquí solo se puede llegar pagando con oro puro.

Y, tal y como lo digo, mi corazón se detiene, y no es el único, porque cuando giro la cabeza, Brianna ya está mirando en dirección a Pulgarcita, quien, con una mueca triste, observa el doblón que sostiene sobre la palma.

—No —digo con voz tajante.

—No pasa nada...

El dolor en el rostro de Pulgarcita se suaviza y se acerca a nosotros, los niños se apartan para abrirle camino. Con movimientos lentos, la chica cierra unos dedos aún enrojecidos alrededor de la muñeca de Olivia, le gira la mano y deposita el doblón de oro puro sobre la palma de mi hermana.

—Tres doblones, tres pasajes —dice con voz trémula, lo mismo que nos dijo el capitán Garfio antes de zarpar. Después, nos señala a Brianna, a Olivia y a mí.

—No se deja a un amigo atrás, ¿recuerdas? —interviene

Brianna, las facciones endurecidas—. Tú misma me lo dijiste cuando llegamos aquí y te pregunté si querías acompañarme.

Pulgarcita sonríe con dulzura y se gira hacia Brianna, los brazos caídos a cada lado.

—Me alegro mucho de haberte conocido, de verdad. —Brianna frunce el ceño—. Jamás imaginé todo lo que íbamos a vivir cuando accedí a acompañarte en aquella locura de misión en la taberna de Los Siete Cabritillos.

Brianna sorbe por la nariz y Pulgarcita hace una mueca con los labios. Cuando está a punto de darse la vuelta, Brianna la retiene por el codo y le da un abrazo que termina por romper todos los diques de Pulgarcita y comienza a llorar en silencio. Después, se separan y se miran a los ojos unos segundos.

—Gracias por todo —le dice Brianna, la voz rota por el llanto contenido—. Aunque al principio no me caías muy bien, has demostrado ser una mujer talentosa, valiente y de gran corazón. Es un orgullo que formes parte de nuestra manada.

A Pulgarcita la sobreviene un sollozo que no consigue reprimir y se dirige a mi hermana, que le da un abrazo escueto y esboza una sonrisa triste.

—Me habría gustado poder conocerte —le dice la chica.

—Y a mí también —responde Olivia—. Ojalá en el futuro nuestros caminos vuelvan a encontrarse.

Pulgarcita le dedica un asentimiento quedo y se planta frente a mí, las manos temblándole. Sin pensármelo dos veces, le cojo la mano y le doy mi propio doblón.

—No vas a quedarte aquí. Todo esto empezó por mi culpa.

—Creo que deberíamos empezar a enterrar la conversación de quién tiene la culpa de qué —contesta, con una sonrisa afable en los labios y los ojos empañados—. Tienes que volver a casa. No puedes quedarte aquí ahora que has recuperado a tu hermana. Ahora que parece que empiezas a recuperar a Roja. —La mira por encima del hombro y le regala otra sonrisa—. No vayas a echar por tierra todo el trabajo que tanto esfuerzo me ha costado, ¿eh? —bromea con una risa entre dientes, a medio camino del llanto.

Le limpio una lágrima y me muerdo el labio inferior para contener las mías propias.

—No puedo dejarte aquí sin más —murmuro.

Ella suspira y se acerca a mí para darme un abrazo largo y sentido, de esos que dejan huella en el alma, y yo la rodeo con los brazos para apretarla contra mí, tan pequeña en comparación conmigo que temo partirla.

—No me vas a dejar aquí. Me quedo yo. —Se separa de mi cuerpo para mirarme—. Porque os quiero. —Entrelaza una mano con la mía vendada y alza el brazo para pedirle a Brianna que se una. Ella obedece sin objeción ninguna y Pulgarcita le hace un gesto para que agarremos a Olivia y cerremos el círculo—. Yo no entiendo nada de manadas, apenas si comprendo la intensidad de lo que puede ser un vínculo, pero sí sé mucho de familias que se encuentran por casualidad. Y por las personas que se eligen, se hace lo que sea. Vosotros sois mi nueva familia.

Una lágrima rebelde me cruza la mejilla y escucho a Olivia sorber por la nariz.

—Tomad, coged esto. —Pulgarcita se suelta la escama y me la entrega. Yo niego con la cabeza, pero ella insiste.

—¿Y si tú la necesitas aquí?

Esboza una sonrisa amable y triste al mismo tiempo y me mira con la cabeza ladeada.

—Estaré en Nunca Jamás. Espero no tener que necesitarla. Otra vez. —Le lanza una miradita a Tootles. Yo termino por asentir, a regañadientes, y la dejo a un lado—. Solo os pido dos cosas —añade después de unos segundos de silencio tenso.

—Lo que quieras —digo sin dudar.

—Avisad a Campanilla. Explicadle lo que ha pasado y decidle que la quiero.

—Se va a enfadar con nosotros... —murmuro en tono jocoso.

Pulgarcita niega con la cabeza, con las comisuras de la boca un tanto elevadas.

—Lo entenderá y encontrará el modo de llegar hasta aquí. Es muy testaruda.

Su comentario me hace sonreír de medio lado y siento un apretón en la mano para que la mire. Cuando lo hago, sus ojos refulgen con luz propia.

—La segunda es que dejéis de llamarme Pulgarcita.

—Sabía que nadie podía tener tan mal gusto como para ponerle semejante nombre a su hija —bromea Brianna.

La chica suelta una risita entre dientes y le dedica otra sonrisa, esta un tanto maternal.

—Tenías razón, Brianna. —Los labios de Bri se estiran al escuchar que la llama por su verdadero nombre por primera vez.

—¿Y cómo te llamas entonces? —interviene Olivia, con la voz cargada de cariño.

—Wendy. Me llamo Wendy.

Epílogo

¿Sabes? Creo que, después de encerrar a la Reina de Corazones, ninguno llegamos a pensar que nos tendríamos que enfrentar a meses de resolver asuntos sin descanso, meses de viajar de un sitio a otro explicando la misma historia una y otra vez, reviviendo el dolor y los sacrificios. Estábamos tan deseosos de regresar a Fabel que ni siquiera nos planteamos que nuestra misión no había terminado.

La despedida en Nunca Jamás fue dolorosa incluso para mí, algo que jamás habría imaginado. Qué tonta fui... No sé cómo no pude darme cuenta de la enorme impronta que esa chiquilla ha ido dejando en mí hasta que tuve que despedirme de ella. Aunque entre lágrimas de pena y sonrisas cómplices ella afirmaba estar haciéndose la valiente, a mí no me cupo ninguna duda de que su valentía no era fingida, porque semejante valor no se puede impostar y solo surge del corazón más bondadoso, del que está dispuesto a darlo todo por sus seres queridos. Y algo dentro de mí se revolvió por tener que dejarla allí, por abandonar a un miembro de la manada, a pesar de que sepamos que vivirá en paz, rodeada de unos niños que sin conocerla ya la querían como a una madre y en una isla tan llena de entretenimiento que jamás podrá aburrirse.

Tras convocar al Jolly Rogers, nuestra prioridad, en lugar de devolver a las princesas junto a sus maridos, fue viajar a la Hondonada de las Hadas para explicarle a Campanilla lo sucedido en las últimas semanas. Y, aunque al principio no sabíamos ni cómo empezar a abordar el tema con ella, haber hablado con el capitán Garfio nos allanó bastante el terreno.

—Sois conscientes de que las hadas no son mortales, ¿verdad? —nos dijo desde detrás del escritorio de su camarote después de relatarle nuestra última aventura, los tobillos cruzados sobre la mesa.

Axel y yo intercambiamos una mirada significativa y devolvimos nuestra atención al capitán.

—¿Qué quieres decirnos con eso? —preguntó Axel, expectante.

—Que ellas no se rigen por vuestras normas. —Se encogió de hombros y empezó a juguetear con el garfio, el dichoso garfio, entre las manos—. Podrían viajar más allá de las aguas si quisieran. —Me incliné hacia delante, interesada por sus palabras—. Solo tienen que volar hacia la segunda estrella a la derecha, y luego todo recto hasta el amanecer.

—¿Me estás diciendo que nos hemos enfrentado a un puñetero infierno cuando ellas podrían haber ido hasta allí libremente? —quise saber, el enfado trepándome por la garganta.

—Solo si son buenas. —Sus labios se estiraron en una sonrisa pícara con los ojos clavados en mi pecho, en mi corazón de plata, y una picazón extraña me hizo rascarme—. Pero es más que probable que incluso ellas hayan olvidado esa información. No solo un conjuro mágico causa estragos en las mentes. El tiempo termina por matarlo todo, incluso los recuerdos.

Con la mirada perdida en ninguna parte, Axel asintió, como si hubiese vivido eso en sus propias carnes. Y aunque me moría de ganas por hurgar en su cabeza para descubrir qué me estaba ocultando, conseguí vencer la desconfianza y le concedí la intimidad que se merece.

Una vez en tierra, continuamos nuestro camino hasta la Hondonada de las Hadas, yo montada a lomos de Axel en una caminata tranquila, porque él también se merecía una tregua, y con Olivia en su forma de loba siguiéndonos, incansable. A Liv todavía le quedaba mucho por reaprender; de hecho, aún hay veces en las que le cuesta invocar a su forma animal o a la humana y se ve retenida en una u otra piel más tiempo del que quiere. No obstante, tener la certeza de que, por fin, íbamos a disfrutar de algo de paz nos sirvió como bálsamo para calmar los nervios y para animarla a seguir intentándolo.

La visita a la Hondonada fue breve, aunque la reina Áine se alegró de que hubiésemos logrado nuestro cometido y de que estuviésemos bien. Y no fue la única. Maese Gato había regresado a lo que considera su hogar, después de tantos años allí encerrado. En cuanto les explicamos lo ocurrido con Pul... con Wendy, Campanilla no tardó ni dos segundos en marcharse, rauda como un halcón, en dirección a la segunda estrella a la derecha, sin importarle siquiera si mentíamos o no. Y ese gesto de amor..., me hizo observar a Axel cuando él no se daba cuenta y empaparme de su ceño fruncido por la pena según lo explicaba todo, de su sonrisa cargada de orgullo después, de los latidos vigorosos de su corazón resonando en el vínculo cuando hablaba de la grandísima persona que es Wendy.

Esa despedida me dejó el regusto amargo de una muy similar que tuvimos apenas una semana antes, sobre todo porque Gato me dijo que mamá habría estado orgullosa de mí. Sin embargo, a pesar de ese poso nostálgico y triste, en esa ocasión partimos con un deje de esperanza por la sugerencia que nos hizo Gato en cuanto al Oráculo: que es un espejo, y si la Reina de Corazones pudo emplearlo para hablar con nosotros, nosotros también podríamos usarlo para hablar con Wendy. Y a eso nos aferramos según continuamos hasta el Principado de Cristal.

Las explicaciones allí fueron mucho más tediosas, cargadas de exigencias por nuestra tardanza, recriminaciones por el estado de los numerosos cementerios que fueron atacados durante nuestra ausencia y por el pésimo estado de las princesas, que aunque despertaron al dejar sus esencias en los cuerpos, las tres estaban tan cansadas que durmieron cinco días seguidos. Y esos cinco días... Qué cinco días tan largos. Incluso nosotros empezamos a dudar de que fueran a despertar finalmente.

Olivia aprovechó ese periodo incierto para viajar hasta la colonia, hablar con los miembros de nuestro antiguo clan y despedirse de ellos. Tanto a Axel como a mí nos sorprendió que se mostrase tan dispuesta a abandonar a las cinco manadas, sobre todo teniendo en cuenta que ella era, de los tres, la que más sentimiento de unidad compartía con el clan. Pero tras un siglo sola, hasta ese vínculo, por llamarlo de algún modo, se terminó deshaciendo y eligió permanecer con nosotros. Axel no preguntó qué pareja nos había reemplazado, ni yo tampoco, y Olivia solo nos dijo que Diot se alegraba de que estuviéramos bien.

Fueron cinco días de reordenar pensamientos. Cinco días de meditar acerca de todo lo vivido desde aquel tortuoso día de invierno en el que accedí a viajar, con la nieve por encima de los tobillos, desde la choza hasta la taberna de Los Siete Cabritillos, abrazada a mi caperuza roja como si ella sola pudiese protegerme de todo lo que estaba por venir. Y a pesar de que ha sido una fiel compañera durante este tiempo, sé que ha llegado el momento de despedirse de ella y dejar que pase a mejor vida.

También fueron cinco días de calma inesperada, aunque tensa; de horas de no hacer nada más allá de descansar, de esquivar a Axel al principio, por miedo a mis propios sentimientos, y de encontrarme buscándolo yo misma hacia el final de esa pausa.

Por mucho que lo quiera, no me resultó sencillo enfrentarme a la realidad de que habíamos compartido demasiado dolor y que eso había ensuciado la relación que tuvimos antes de la bruma. Y también me aterraba que mis propios sentimientos se hubiesen visto magnificados por la idea de perderlo de nuevo, de que se muriera y yo me quedase aquí sola, sin él a mi lado para compartir una vida.

Y entonces tuve que hacer frente a otra verdad: que desde que acepté el vínculo, eso que nos une de esta forma tan única, empecé a conciliar el sueño incluso sin tenerlo a mi lado. Cuando cierro los párpados, ya no veo sus ojos dibujados en la negrura de mi mente, vigilándome, porque he comprendido que esa imagen era el recordatorio constante de que él era lo que faltaba en mi vida para estar plena. La manera desesperada de mi cuerpo de decirme que me reuniera con él, por mucho que yo creyera que era una especie de tormento. Ser consciente de eso, sumado a que Axel me concediera mi tiempo y mi espacio, tan paciente como siempre a pesar de saber que se moría por estar conmigo, creo que fue lo que terminó por impulsarme a intentar recuperar lo que teníamos, pero esta vez de verdad. De momento nos va bien. Renovamos nuestros votos en el Pico de la Luna y nos prometimos seguir intentándolo mientras no duela. Y aunque a veces nos invade el rencor, después de un siglo odiándonos, poco a poco vamos aprendiendo de nuestros errores.

Cuando las princesas despertaron al fin, se mostraron mucho más agradecidas que sus maridos por haberlas rescatado de aquel infierno y se ofrecieron a recompensarnos con lo que quisiéramos, por mucho que al Príncipe Azul se le llenase la boca diciendo que *solo* habíamos cumplido con nuestro cometido para con los Tres Reinos. Puedo contar con los dedos de una mano las veces en las que, en todos estos años, he visto a Axel entrar en combustión espontánea, casi literalmente, por la ira. Y después de que el Príncipe dijera eso, fue una de ellas. No lo mató allí mismo porque no tenía sus espadas cortas. Y a él no lo ejecutaron de inmediato porque Felipe medió en deferencia a nuestro esfuerzo por salvar Fabel. Otra vez.

Según me contó Axel más tarde, pasó algo similar después de que me soltaran tras arrastrarme a aquella reunión, maniatada y amordazada. Y aunque sea una mujer fuerte y capaz, y no necesite que nadie me defienda o se vengue de mí, no pude evitar sentirme complacida por que incluso entonces, cuando yo lo ignoraba deliberadamente y mi mayor deleite era hacerle la vida imposible, él estuviese dispuesto a reducir el mundo a cenizas por mí.

Las princesas, muy amables, se ofrecieron a cedernos un terreno donde quisiéramos, y elegimos el Bosque Encantado, para estar cerca del Oráculo, el lugar donde por fin vamos a asentarnos como manada, aunque pequeña, para vivir una vida tranquila. Y a pesar de que siempre he sido un culo inquieto, como me decías de niña, estoy deseosa por experimentar algo de verdadera paz ahora que por fin todo ha acabado.

Valoramos la posibilidad de descansar un poco antes de terminar con todo, pero Axel estaba deseando deshacerse del último peso, y no lo culpo. Por eso regresamos a la costa de Landia casi de inmediato, para hacerle otra visita a la Bruja del Mar y devolverle el colgante. Esa vez sin sacrificios de sangre de por medio, porque Axel no estaba dispuesto a poner un pie en esa cueva. «Demasiados recuerdos», nos dijo como explicación. Y puedo imaginarme lo doloroso que tiene que resultar para él pensar en regresar al punto donde todo se rompió, donde sus máscaras se resquebrajaron y nuestra relación pendió de un hilo. A pesar de que la idea de volver allí a mí tampoco me agrada, creo que es diferente, porque aceptar que has mentido y que has hecho mucho daño con ello es más complicado que enfrentarse a las propias mentiras.

Así que se limitó a lanzar la caracola al mar con el pretexto de que, si realmente la quería, la Bruja acudiría a por ella. Esa mujer está tan ávida de poder que picó como un pez en un anzuelo. Por mucho que ya no sea problema nuestro, que se mostrase tan complacida por disponer del alma de la Reina de Corazones para su uso y disfrute nos dejó con los cuerpos un tanto revueltos. Aunque nos aseguró que jamás la liberaría, porque supondría un problema incluso para ella, nadie en su sano juicio se fiaría de la palabra de esa mujer.

Y en cuanto regresamos al Palacio de Cristal para recoger nuestras pertenencias y marcharnos hacia el Bosque Encantado, descubrimos que había una misiva esperándonos que nos convocaba en el ducado De la Bête. He de reconocer que me había olvidado por completo del juramento de sangre, y no sé si fue esa culpa o el hecho de no querer jugármela con la magia de sangre, pero acabamos acudiendo al reclamo, que fue bastante escueto. Aunque, cuando hablamos de esto, Axel insiste en que la decisión de ir a la Comarca del Espino fue suya, ya que no podíamos dejar a Bella abandonada a su suerte.

Decidimos que lo mejor era ir él y yo solos, que Olivia viajara a nuestro nuevo asentamiento, para no tener que enfrentarnos a explicaciones de quién es ella, y quitarnos el problema del juramento de en medio cuanto antes. Fueron unos días bastante tensos en los que el único consuelo a mi angustia por la incertidumbre de lo desconocido llegaba al caer la noche, en esas horas de compartir tienda de campaña con Axel y que sus manos, su lengua y todo su cuerpo, tan expertos como recuerdo, me quitasen cualquier preocupación de encima.

No obstante, en cuanto entramos en la propiedad del duque, supimos que algo había cambiado, porque los caballos no respondieron encabritándose ni se pusieron nerviosos, sino que continuaron por el camino mal adoquinado hasta las mismísimas puertas.

—Tengo la sensación de que esto está más muerto todavía —me comentó Axel con preocupación.

Y yo pensé lo mismo, porque la primera vez que estuvimos allí, aunque todo lucía un aspecto lúgubre, tuvimos la impresión de que nos observaban por todas partes, y luego descubrimos que el mobiliario tenía vida. Aquella vez no.

Para nuestra sorpresa, en cuanto llamamos a la puerta y aguardamos a que respondieran, sin atrevernos a allanar su morada otra vez, nos recibió una Bella radiante, con la piel casi brillando con luz propia por la felicidad. No me resistí cuando me abrazó para saludarme, tan perpleja como estaba de no haberla encontrado en cautiverio. Axel me riñó diciéndome que el duque ya nos aseguró que Bella sería su invitada, no su prisionera, pero mi sexto sentido auguraba que había algo más.

Y no me equivoqué.

Tras Bella apareció un apuesto hombre rubio, de ojos penetrantes y sonrisa socarrona que me dedicó un escueto cabeceo en señal de agradecimiento y que se presentó como Adam De la Bête, duque de Colwir.

Nos condujeron hacia un agradable salón, que reconocí como el mismo espacio en el que nos recibió el duque la vez anterior, aunque mucho más cuidado y con una renovación que no lo hacía parecer el mismo, renovación que Bella se atribuyó.

La joven, sentada en el reposabrazos del asiento de su pareja, nos relató sus vivencias en el tiempo que permanecimos separados. Al principio le costó asumir el cambio, pero poco a poco se fue habituando y, tal y como Axel y yo sospechamos, el amor verdadero fue lo que rompió el maleficio que asolaba a todo el castillo, quedando así el juramento de sangre resuelto. La verdad es que me alivió mucho descubrir que no tendría que enfrascarme en otra misión para luchar contra los estragos de la magia.

—Bri, ya hemos terminado de empaquetarlo todo.

La voz de Axel a mi espalda me sobresalta. Él se acuclilla a mi lado y me dedica una sonrisa de hoyuelo izquierdo en la que me pierdo unos segundos, pero después me veo atraída, de forma irremediable, por esos ojos de ámbar líquido y me contagia su sonrisa. Cuando salgo del estupor en el que me meten sus atractivas facciones, me percato de que trae la camisa manchada de mis pinturas, porque seguro que se le ha caído algún tarro, y un tanto abierta en el pecho, con la fea cicatriz sobre el antiguo tatuaje al descubierto.

Esa imagen aún sigue trayendo demasiados recuerdos, así que deslizo la vista a su antebrazo expuesto por las mangas remangadas, hasta el nuevo tatuaje con las fases de la luna adornadas con varias constelaciones que tapan otras cicatrices, unas antiguas y otras no tanto. Y eso me recuerda que yo aún tengo que actualizar el tatuaje de mi espalda para adaptarlo al símbolo de nuestro propio clan.

—¿Has terminado de poner al día a la abuelita?

Ambos miramos la lápida blanca que tenemos frente a nosotros, sobre la que descansa un ramo de claveles adornados con madreselva.

—Ya casi he terminado —me sincero con la voz cargada de sentimientos.

—No tengas prisa. Tómate todo el tiempo que necesites.

Axel me da un beso en la frente, largo y sentido, y me deja una caricia en la cabeza antes de levantarse y caminar hacia la casa de la abuelita. El corazón se me hincha con la normalidad de la estampa que capturan mis ojos. El porche frontal está lleno de cajas cerradas para la mudanza al Bosque Encantado, con los trastos que aún quedaban en la casa de mis padres, donde Axel y yo vivimos durante los cuatro años de matrimonio, y con los de toda mi otra vida. Ojalá los sucesos traumáticos se pudiesen empaquetar con la misma facilidad con la que se cierra una caja para pasar de una etapa de la vida a otra.

Respiro hondo al ver aparecer a Tahira, dispuesta a echarle una mano a Olivia con una de las cajas más pesadas para dejarla encima de Alfombra. Me empapo de su risa tosca y grave, que sobresalta a Liv, y me fijo en que sigue llevando la lámpara al cinto.

Cuando Axel y yo viajamos hasta Nueva Agrabah después de la incursión al ducado, lo hicimos con una sola idea y ninguna certeza. Nos costó que nos dejaran entrar en el Palacio de las Mil Estrellas, pero cómo no hacerlo si llegamos con un aspecto deplorable después de días de cabalgar por el desierto, casi deshidratados y con los ropajes sucios. Doy gracias a que la general del ejército de las dunas nos reconociera y nos condujera hasta la estatua de oro que adornaba uno de los jardines más grandiosos que he visto nunca.

Tahira y Yasmeen seguían en la misma posición que cuando las vi la última vez, ambas abrazadas, con las manos entrelazadas y los rostros inundados de una paz y una calma que envidié. Con el puñal de oro puro que Axel tan diligentemente le robó a Galtur, —«Por si acaso», me dijo a modo de excusa—, machacamos la escama que Wendy nos entregó al despedirnos y convertimos el polvo verduzco en una plasta que me traía muy malos recuerdos.

Tras extenderla sobre sus cabezas, y esperar unas horas angustiosas en las que teníamos a todo un sultanato respirándonos en la nuca, tanto Yasmeen como Tahira volvieron a la normalidad. Lo primero que hicieron fue besarse con una necesidad y un anhelo que me abrumaron por completo, con esa muestra de amor tan incondicional y eterno que pocos tienen la suerte de entender.

Después llegaron las explicaciones y los agradecimientos, los festejos en nuestro honor y las comilonas, las risas y los descansos en los baños, Axel y yo a solas con todo el tiempo para disfrutar el uno del otro.

Según la *djinn*, es la primera vez que sucede algo semejante. Yo seguía siendo la dueña de la lámpara maravillosa, porque aunque ya no me quedasen deseos que conceder, la lámpara había estado todo ese tiempo en mi poder. Y lo único que se me ocurrió fue devolvérsela a su legítima dueña: ella misma. No fue ninguna sorpresa que la propia Tahira haya resultado ser un diamante en bruto en sí mismo y que ahora ella sea ama y señora de sus propios deseos, lo que sí nos sorprendió es que le costase tanto aceptarlo después de una eternidad viviendo en servidumbre completa.

Y después de todo, aquí estamos, reunidos como una familia despidiéndome de mi antigua vida para saludar a la nueva que está por venir.

Aún nos quedan semanas de trabajo, de terminar de construir la casa de Olivia en nuestros terrenos, de descubrir cómo comunicarnos con Wendy a través del Oráculo, de asistir a la boda de Bella con Adam y de conformar nuestra propia paz.

Antaño, verme rodeada por tanta gente me habría abrumado y me habría llevado a apartarme de ellos, porque yo nunca he tenido un sentimiento de pertenencia a ninguna parte; a ninguna persona más allá de Axel y Olivia, de la abuelita y mis padres cuando vivían. Ahora, no obstante, no podría imaginarme una vida en semejante soledad.

Y todo gracias a una chiquilla que decidió acompañarme en un viaje hacia la muerte, que se tragó sus miedos e inquietudes para enfrentarse a mi mal carácter y terminó enseñándome que, aunque los vínculos sean algo propio de los licántropos, se pueden establecer otros lazos igual de fuertes fuera de nuestra raza. Que la familia también se puede elegir; que es posible encontrar a tu propio clan incluso entre las personas que llegan a tu vida de la forma más repentina.

Que me hizo ver que hasta la loba más solitaria siempre va a necesitar a su manada.

Agradecimientos

Antes de ponerme emotiva con la larga lista de seres queridos que me han acompañado en este viaje, me gustaría dedicar unas palabras a esos escritores que han hecho posible esta bilogía. *Bruma Roja* y su secuela, *Reino Feroz*, nacieron como un homenaje a la nostalgia; como un homenaje a mi yo pequeña con el que decirle que no hay por qué crecer en todos los aspectos de la vida.

Y es por eso que me gustaría mencionar a algunos de esos autores que dejaron su huella en la historia y en mí. Porque sin *Caperucita roja* de Charles Perrault, esta novela ni siquiera se habría llegado a escribir. Y debo también mucho a las obras de Hans Christian Andersen, los hermanos Grimm, J. M. Barrie y Lewis Carroll, entre muchos otros (y otros tantos que nos llegaron como Anónimo).

Pero esta bilogía no solo se la debo a ellos, que crearon grandes obras con las que he ido creciendo, sino también a todas esas adaptaciones que nos llegaron a través de la pantalla y que, de una forma u otra, han influido en muchos aspectos de nuestra vida. Gracias, Disney, porque, aunque aún te queda mucho (muchísimo) por aprender, hiciste que tuviera una infancia rica en imaginación y estímulos que me han acompañado hasta hoy.

No sé si serás de esas personas a las que les gusta buscar *easter eggs*, o guiños, pero si es que sí, espero que los hayas encontrado todos. Porque entre todas las páginas que conforman la bilogía no solo hay guiños a las películas Disney y a los cuentos de toda la vida, sino también a otros referentes audiovisuales de la cultura pop con los que he crecido: *Shrek* (todas, aunque *Shrek II* es la mejor), *Érase una vez*, *Lilo y Stitch*, *La princesa Mononoke*, *El príncipe de Egipto*, *Harry Potter* y un largo etcétera; tan largo que ni siquiera lo recuerdo entero.

Y ahora sí, toca dejar por escrito mi eterna gratitud a todas las personas que han contribuido a que esta historia salga adelante, porque si por algo se ha caracterizado *Reino Feroz* es por ser caótico. Ha sido de los libros que más me ha costado sacar por la gran cantidad de veces que lo he tenido que reescribir hasta quedarme contenta, algo que no me había pasado en todos estos años que llevo escribiendo.

Gracias a Nacho, el faro que me guía cuando voy a la deriva, por soportar mis lloros cuando algo de esta historia no me encajaba (que fueron muchas veces). Por comerte los primeros *spoilers* en lugar de leer a ciegas, como solías hacer, porque me moría de ganas por contarte los *plot twists*, y por escucharme con tu infinita paciencia y una sonrisa en los labios. En definitiva, gracias por haberte convertido en esa persona por la que yo, al igual que Brianna, viajaría al confín del mundo para encontrarte.

Gracias a mi familia por vivir esta experiencia casi con más ilusión que yo, por emocionaros con mis logros y por animarme a seguir escribiendo cada nueva historia. Gracias por ser ese pilar al que regresar una y otra vez.

Gracias a Nia Area por compartir la misma neurona que yo y por complementarnos de ese modo tan absurdo y tan nuestro. Sabes que sin ti esta historia no existiría por muchos motivos. Porque *Reino Feroz* vive gracias a ti y a tus ánimos cuando me quejaba de que no encontraba el ritmo de la trama. Gracias por escuchar mis diatribas cuando no conseguía conectar con la historia y por esa maravillosa charla en pleno Retiro, en medio de la Feria del Libro de Madrid de 2022, fantaseando con el momento en que esta bilogía llegara a esos puestos. Porque aquella fue la conversación que le dio vida real a la Reina de Corazones, y gracias a ti surgió toda su subtrama. Por eso, y por muchos otros motivos, te dedico esta novela.

No me puedo olvidar de Andrea D. Morales, mi Andrea, realmente. Por escuchar mis dramas existenciales, por los ánimos y las palmaditas en la espalda y, sobre todo, por ser mi historiadora predilecta. Ya no concibo escribir algunas novelas sin que tus ojos estén ahí para reprenderme por no mantener cierto rigor. Tú me haces más grande, amiga. Algún día escribiré ese libro que te prometí.

Gracias a mis chicas del grupo de lecturas conjuntas (Ana, Tata, Nia) por vivir esta publicación como si fuera vuestra, por contar los días que faltaban para la salida y por las risas. También a mis excelentes betas por dejarme un pedacito de vuestra sabiduría para plasmarla entre estas páginas: Laura G. W. Messer, Estefanía Carmona, Nia Area y Andrea D. Morales. Sois el mejor equipo de lectoras beta que se podría pedir. Gracias a Lourdes González por seguir al pie del cañón a pesar de todo y por compartir tu alegría y tu ilusión conmigo en cada paso del proceso. Y gracias también a Adriana Pintado por apoyarme en cada nueva historia y desear leer todo lo que escribo.

Un gracias muy especial a la comunidad de Bookstagram y de Booktok por haber acogido Bruma Roja con tantísimo cariño y haberme arropado de formas inimaginables, con reseñas que me han llegado al alma y creando contenido para que esta bilogía llegara mucho más lejos.

Gracias infinitas a Clara Rasero por tu santa paciencia, por ayudarme a pulir esta historia y a cerrar todos los cabos sueltos que me dejé y por animarme a creer más en mí. Has hecho que este proceso sea un paseo, y no podría haber imaginado estar acompañada de nadie mejor que tú. Gracias también a Ediciones B y a toda la gente que ha participado en esta publicación, por arroparme con cariño y luchar porque *Bruma Roja* y *Reino Feroz* llegaran lo más lejos posible. Gracias a Pablo Álvarez y al equipo de Editabundo por tenderme la mano y darme la oportunidad de que esta bilogía viera la luz. Por confiar en mí y en esta historia cuando ni yo misma lo hacía.

Y, por último, gracias a ti, que estás leyendo esto, por darle una oportunidad a esta bilogía. Por confiar en la historia de Roja hasta llegar aquí y descubrir la que ocultaba Lobo. Por conocer a Axel y a Brianna. Por adentrarte entre estas páginas y viajar directamente a la nostalgia. Espero que hayas disfrutado de la conclusión de sus aventuras y ojalá volvamos a leernos pronto.